USA
ATLANTIK
CUBA
KARIBIK
GRENADA

Wolfgang Schreyer · Der Mann auf den Klippen

WOLFGANG SCHREYER

Der Mann auf den Klippen

ROMAN

Militärverlag
der Deutschen Demokratischen
Republik

Für Hannes Bahrmann und Christoph Links

Der Autor folgte bei seiner Darstellung den zeitgeschichtlichen Tatsachen, soweit sie ihm bekannt geworden sind und in dem Roman berührt werden können, beansprucht als Erzähler aber für sich das Recht, sie aus eigener Sicht – oder der seiner Figuren – zu deuten.

ISBN 3-327-00380-7

August

I

All der Reiserei müde, verbrachte ich meinen Urlaub diesmal fast vor den Toren der Stadt an jenem Strand, an dem meine früheste Erinnerung hängt. Damals, gegen Ende des Krieges, war ich drei oder vier gewesen, und vom verbrannten Hamburg aus kam man in quälender Bahnfahrt an den Rand der Halbinsel Eiderstedt, wenn man in Husum umstieg in eine Kleinbahn, die einen anfangs rückwärts fuhr. Die Station hieß St. Peter-Ording … Nun trug es mich weich über die Bundesstraßen 5 und 202 in gut zwei Stunden hin, ein Katzensprung an die Quellen der Kindheit.

Am Tage der Abfahrt, vor Dirks Bücherschrank – er behielt ja sein Zimmer, obwohl ich ihn kaum noch sah, seit er in Westberlin studierte –, fiel mir zwischen seinen Kunstbänden in Chateaubriands Memoiren ein Lesezeichen auf, wildledern und kupferfarben wie mein Rock. So stieß ich auf den Passus: «Eines demütigt mich:

das Gedächtnis ist oft ein Zeichen von Dummheit, es ist schwerfälligen Geistern eigen, die durch das Gepäck, mit dem es sie belastet, noch träger werden. Dennoch, was wären wir ohne Gedächtnis? Wir vergäßen unsere Freundschaften, unsere Geliebten, unsere Vergnügen, unsere Geschäfte; das Genie könnte seine Gedanken nicht mehr sammeln; das liebevollste Herz verlöre seine Anhänglichkeit, wenn es sich nicht mehr erinnern könnte; unser Dasein würde sich auf die einzelnen Momente einer unablässig abrollenden Gegenwart beschränken; es gäbe keine Vergangenheit mehr, welch ein Unglück! Unser Leben ist so eitel, daß es nur der Widerschein unseres Gedächtnisses ist ...»

Ich schob das Buch zurück. Ach, das Edle und Vage, die Eleganz und Banalität französischer Prosa! Das Gedächtnis ein Zeichen von Dummheit, nur leider unentbehrlich. Ohne es keine Freundschaften, keine Geliebten (wo sind die geblieben?) und kein Vergnügen, selbst die Geschäfte vergäßen wir (wohl kaum, dafür war gesorgt). Das liebevollste Herz verlöre seine Anhänglichkeit – nun, Dirk hatte die auch ohne Gedächtnisschwund verloren. Es war bloß der Erguß einer schönen Seele.

Das Seebad war mir fremd. Dies sollte der zauberhafte Ort meiner Kindheit gewesen sein? Ich hatte erwartet, ihn geschrumpft zu finden, doch er erschien mir gebläht. Der Sandweg, über den man die Koffer im Handwagen vom Bahnhof zu den reetgedeckten Katen zog, wo war der hin? Es gab sie noch, diese freundlichen Häuser – tief geduckt, überragt von klinkerverblendeten Bettenburgen. Blitzend glatt oder porös und brutal eiferte das Dorf mondäneren Bädern nach. Später erst, auf dem Außendeich, südwärts im warmen Seewind, kam ein Hauch von Erinnerung. Es war Ebbe und Essenszeit, der Wind pfiff in Böen über den Priel, über den graugelb gekräuselten Grund des Wattenmeers, über die grünen Marschen, die silbrig zitternden Pappeln und den Dünensand, aus dem er kleine Wirbel riß. Es war wie im Kino, wenn ein Aktionsfilm anfängt: der weite, noch unbestimmbare Strand, an dem gleich jemand landet oder im Wellensaum eine Leiche rollt ... Aber hier fing nichts an, am wenigsten ein Abenteuer. Ich suchte keines, grub nur ein bißchen nach Spuren der Vergangenheit, um mich auszuruhen vom irren Alltag, der Hetzjagd draußen oder in der Redaktion.

Ja, der Salz- und Jodgeruch, stark wirkende Medizin, die Farben des Meeres und des Himmels erkannte ich wieder; den Flug der

Seemöven, die mit reglosen Schwingen jäh wegkippten und entglitten; auch die Sandbank hinter dem Priel, nun genutzt von Strandseglern, deren dreirädrige Flitzer durch die Pfützen des Wattenmeers zischten. Das Unermeßliche, die traurige Schönheit der Natur. Ziehende Wolkenschatten, ganz fern die geflochtenen Strandkörbe von einst und ein paar Menschen in der Einsamkeit. Damals hatte ich, nahte die Flut, im waschbrettartig gerippten Watt Wälle geschippt, eine Festung, jedesmal vom vordringenden Wasser umzingelt und Stück für Stück erobert, bis sie Meeresgrund war. Meine Mutter fand, ich spiele wie ein Junge. Angriffslust defensiv getarnt, während Mutter von der Vorkriegszeit sprach, vierzig Pfennig habe die Tafel guter Schokolade gekostet – ich schrieb eine 4 spitzgieblig in den Sand, wußte nämlich, dies war mein Alter –, und auf Helgoland, fuhr sie fort, wohin allwöchentlich von Tönning ein Motorsegler fuhr, sei die Tafel noch viel billiger gewesen! Man habe sie nur leicht geknickt, nicht mehr Handelsware, durch den Zoll bringen müssen.

In der ersten Augustwoche schlug das Wetter um. Der Jahrhundertsommer, so nannte man ihn dann, schob eine Pause ein. Ich lief im Trenchcoat umher, den Schirm stülpte es einem um, die Scheiben beschlugen, das Bett wurde klamm, die krummen Bäume trieften im Wind. Und im glänzenden Holz des Hotelrestaurants begannen Familien zu streiten. Der junge Mann vom Nebentisch pirschte sich an mich heran. Wiederholt stand er auf, ein zuckendes Flämmchen in der Hand, wenn er sah, daß ich rauchen wollte. Ein weißer Porsche gehörte ihm. Er schlug mir einen Trip nach Sylt vor. «Was fängt man hier schon bei Regen an?»

«Was fängt man dort an?»

«Oh, da wüßte ich einiges.»

«Ich hab nicht vor, etwas anzufangen.»

Wohlerzogen wich er zurück. Ich schätzte ihn auf Anfang dreißig. Er gab mir das Gefühl, auch für junge Männer noch zu zählen, bei soviel taufrischer Konkurrenz, doch seine Nachbarschaft war lästig. Der sanfte Blick, die Hundeaugen, das Aufspringen, all dies nahm kein Ende. Ich verkniff mir die Zigarette – seine Anbetung aber blieb. Er sah aus, als wisse er wenig mit sich zu beginnen. Abends trug er zum marineblauen Clubjackett hellgraue Hosen, weiße Socken, Druckknopfhemden und schmale Querbinder. Die kecke Fliege, einem zweiblättrigen Propeller gleich, unterstrich sein derbes Kinn, das ein Grübchen hatte. Außer zu flirten und sich umzuziehen fiel ihm nichts ein; ein gepflegter Esel also.

Einmal, an der Bar, bestieg er den Nachbarhocker und bat, mich zu einem Glas Sekt, oder was immer ich möge, einladen zu dürfen. Es mißlang ihm zu verbergen, daß er selber sich schon gestärkt hatte, vielleicht für ebendiesen Schritt. «Na gut», sagte ich. «Hoffentlich ist Ihnen klar, ich könnte Ihre Mutter sein.»

Er zupfte an seiner dynamischen Fliege. «Sehr übertrieben, Frau Janssen! Ein Abiturient bin ich auch nicht mehr.»

«Sie kennen meinen Namen, haben sich erkundigt?»

«Das ist nicht nötig gewesen, gnädige Frau. Wer kennt denn Judy Janssen nicht?»

Die Schmeichelei, aufs Berufliche zielend, tat mir wohl. Offenbar sagte ihm sein Gespür, wie mir beizukommen war. «Wollen wir tanzen?» fragte er beim zweiten Glas. «Sie sind doch nicht schon zu müde?»

«Ich würde es werden. Was langweilt, macht auch müde.»

«Ist es wenigstens erlaubt, Ihre Arbeit zu erwähnen?»

«Erlaubt ist immer, was gelingt.»

«Ihnen gelingt einfach alles. Die Reportagen aus Tripolis und Teheran zum Beispiel – eine Wucht. Das Interview, das ein so schwieriger Mann wie Chomeini Ihnen gab, als der bisher einzigen Frau ...»

«Sind Sie denn aus der Branche?»

Er senkte den Kopf wie ertappt. «Freischaffend.»

«Kein Grund, sich zu schämen.»

«Tue ich auch nicht. Bei mir ist das so: Es muß immer was passieren; action is satisfaction.»

«Sehr männlich, Ihr Wahlspruch.»

Er lächelte etwas starr, maskenhaft, so als prüfe er, was da bei mir überwog – Ironie oder doch Respekt. Mein Gott, *action is satisfaction,* Handeln bringt Zufriedenheit, es war die närrischste Unterhaltung, die ich je geführt hatte. Bestimmt hielt er mehr solcher Worte bereit, etwa daß er *island-hopping-holiday* und *outdoor-life* liebe. Doch es kam nicht mehr dazu. Handeln bringt Zufriedenheit, dies war das einzige, das mir von ihm blieb.

Meine Sicht der Dinge, fuhr er fort, sei ihm Vorbild; er schreibe für das «Geo»-Magazin. Leider spare man dort in letzter Zeit, schicke eher die angestellten Mitarbeiter hinaus, auch auf Kosten der Qualität. Nirgends habe man's mehr leicht ohne festen Job.

«Und nun denken Sie, wenn wir hier nett beisammen sind, könnte ich Ihnen behilflich sein?»

Er hielt sich an der Chromstange fest, als tue sich der Boden auf, um ihn zu verschlingen. Zu meiner Verblüffung gestand er alles – jedenfalls den heimlichen Wunsch, unter meine Fittiche zu schlüpfen ... «Aber ich hab's wohl ganz falsch gemacht», schloß er mit sanftem Hundeblick.

«Es fällt schwer, Ihnen zu widersprechen.»

Nicht mal seine Zerknirschung war echt. Ich zahlte für mich und ging hinauf. Auf dem Nachttisch lag Reiselektüre, ein Thriller des Autorenpaars Boileau-Narcejac, voll von Sätzen wie: «Ich litt auch körperlich, alles tat mir weh. Vielleicht muß jedes Glück solch einen Beigeschmack von Trauer haben. All dies zerreißt mir das Herz, nun, da es vorbei ist. Und es war mir physisch unmöglich, von hier wegzugehen.»

Nun, mir nicht. Ich hatte genug; der Urlaub war mir verleidet. Am nächsten Tag fuhr ich ab, in strömendem Regen.

Die Wohnungstür klemmte vor einem Berg von Werbung und Post. Kein Brief von Dirk, nicht mal eine Ansichtskarte aus Griechenland, wohin er hatte trampen wollen. Doch vom Tonband des automatischen Anrufbeantworters wenigstens seine Stimme, wie immer klang sie unreif, bestürzend schutzlos. «Hallo Judy», hörte ich ihn forsch sagen. «Weißt du, ich wandere aus, für ein paar Monate nach Nicaragua, mit ein paar Typen aus der Gruppe. Auf der Suche nach Sinn, nach was Echtem und so. Gib Laut, wenn du zufällig in der Nähe bist! Mich zu finden war ja nie ein Problem für dich. Wir helfen drüben bei der Ernte, wär das kein Stoff für dein Blatt? Du, das Land hat ehrliche Berichte nötig ... Tschüß, dein verlorener Sohn.»

Dem Datum nach war er längst weg, schmiß einfach das Studium hin! Welche Ernte überhaupt? Zuckerrohr schnitt man im Winter, was gab's da noch, Kaffee, Bananen? Es war schon ein Kreuz mit ihm.

Der letzte gespeicherte Anruf war von geschäftlicher Glätte. Dr. Holger Baron, rechte Hand des Leiters der Auslandsabteilung, bat mich, sollte ich des Wetters wegen schon vor Ablauf meines Urlaubs verfügbar sein, mit einfühlsamen Worten in die Redaktion. Er verstand es, stets den Eindruck zu erwecken, es erwarte einen höchst Bedeutsames, eine glanz- und ehrenvolle Mission.

Auch wenn es dann bloß ein Flug in das zerstörte Beirut, das orthodox-islamische Teheran oder in ein charmant verwildertes Villenviertel von Poona war, dem Märchenort des großen Gurus und Nabel der Befreiung in hysterischer Ekstase.

II

«Fein, Sie schon zu sehen», sagte Strathmann, der Mensch mit dem Nußknackerkopf, Haupt der Auslandsabteilung meines Magazins, von unerschütterlicher Vitalität, die er in sein immenses Tageswerk steckte. «Gleich wieder am Ball, recht so, Judy.» Er sprach jeden mit dem Vornamen an, während er selber Gunar Strathmann blieb, das Leitbild, der große alte Mann, ein Denkmal des deutschen Journalismus. Ich setzte mich unter seinem gütigen Blick. Zwecklos, sich gegen ihn zu wehren. Man sollte ihn lieben, ihm folgen, nicht aber kritischen Abstand wahren.

«Es geht um höchst Diffiziles», sagte Dr. Baron auf die bekannte geheimnisvolle Art. Er hatte empfindsame, lang bewimperte Augen – ein Softy, der in seiner leisen Müdigkeit auf mich stets dekadent wirkte, so zart besaitet und hübsch, daß er auf dem Satinpolster eines Etuis hätte ruhen können. «Wenn wir's überhaupt jemandem zutrauen, da Licht hineinzubringen, dann Ihnen.»

«Sehr spannend. Ich höre.»

Aber sie schwiegen, als wüßten sie nicht, wie es mir zu erklären sei und wer von ihnen das tun sollte. Strathmann zeigte sein informiertes Lächeln, ließ mich in Wohlwollen baden, einer fast somnambulen Leutseligkeit, während seine Hände grob und behaart auf dem Schreibtisch lagen, zwischen dem goldenen Druckstift und der grünledernen Garnitur mit dem Tagesplan.

«Ein Grenzkonflikt in Übersee.» Behutsam ergriff Holger Baron das Wort. «Weiße Flecke auf der Landkarte, zwischen Honduras und El Salvador.»

«Was soll uns das? So was ist doch ganz alltäglich.»

«Manchmal wird aus solchem Streit ein scheußlicher Krieg, wie zwischen dem Irak und dem Iran.»

«In El Salvador ist schon Krieg, Bürgerkrieg.»

«Das eben macht es so brisant.» Strathmanns Hände begannen zu wandern; sparsam und schonend, mit ordnungsliebender Vorsicht, bewegten sie sich zwischen seinem Eigentum. «Vor genau vierzehn Jahren, Sie erinnern sich gewiß, gab es dort den sogenannten Fußballkrieg. Ein Spiel für die Weltmeisterschaft artete aus zu Krawallen, Mord und Totschlag. Und El Salvadors Armee, der von Honduras überlegen, stieß vor.»

«Angeblich zum Schutz der dreihunderttausend Gastarbeiter auf den Plantagen des Nachbarn», flocht Dr. Baron ein. «Ein blutiges Kapitel: dreitausend Tote in hundert Stunden, dann Waffenstillstand entlang einer nordwärts verschobenen Linie bei formellem Kriegszustand, zwölf Jahre lang! Erst im vorletzten Sommer kam unter Washingtons Druck ein Friedensvertrag zustande, sehen Sie ...» Sein Bericht wurde dunkel. Er schnipste mit den Fingern, suchte nach Namen, Daten, Umschreibungen. Man merkte ihm an, daß er Wörter wie Blut oder Krieg (selbst Fußballkrieg) nur ungern in den Mund nahm. Als Ästhet verabscheute er Gewalt in jeder Form. Vielleicht beirrte ihn auch der Umstand, daß sein Chef dabei war, einen so abseitigen Fall aufzuwärmen.

Ich fragte: «Paßt das nicht besser in die Zeitschrift ‹Damals›?»

«Warten Sie ab, Judy, das sind keine ollen Kamellen», sagte Strathmann autoritär und dennoch so behaglich, als sei ein knakkendes Kaminfeuer hinter ihm entfacht worden. «Dieser Friedensvertrag schrieb nämlich die Grenze gar nicht fest. Um die wird seit hundert Jahren gefeilscht. Der Vertrag sah nur vor, daß die strittigen Gebiete einstweilen beim Sieger von 1969 verbleiben; er gibt aber El Salvador nicht das Recht, dort oben Soldaten zu stationieren.»

«Und dieses Vakuum zog die Rebellen magnetisch an», fuhr Holger Baron fort. Er hatte schöne weiße Zähne; man sah, daß er einen teuren Zahnarzt hatte. «Die entmilitarisierten Zonen in den Bergen boten ihnen ja den idealen Unterschlupf!» Es klang, als sei er persönlich betroffen von der Hinterlist der Guerrilleros. «Das ist deren Basis geworden.»

Er war sehr wandlungsfähig. Und stets kam er mit moralischer Bugwelle daher, ganz gleich auf welchem Kurs. Es paßte zum Bild der Wende, die gegen erheblichen Widerstand allmählich im Hause durchgesetzt wurde, von einer fernen Befreiungsfront abzurücken und lieber auf das Herkömmliche zu bauen, auf Solideres, Bürgertugenden wie Ruhe und Ordnung. Vielleicht empfand Baron sein Einschwenken als schmählich und überspielte das Unbehagen, indem er eine Oktave zu hoch griff. Denn obwohl ihm keiner widersprach, fügte er hinzu: «Das geht auch uns etwas an. Wer heute zum Beispiel in Westberlin ein Taxi besteigt, dem kann es wie mir passieren, daß er wider Willen in obskure Waffengeschäfte verstrickt wird. Stellen Sie sich vor, ich sitze in einem Wagen der ‹Ikarus Taxi GmbH› und hab plötzlich vor mir an der Lehne ein Schild mit dem Text: ‹Die Gesamteinnahme dieser Schicht wird gespendet für Arbeitsbrigaden in Nicaragua und/oder Waffen für El Salvador›!»

«Ich fühle mit Ihnen», sagte ich. «Man hat Sie gezwungen, die Terrorszene dort zu finanzieren.»

«Sie müssen da gar nicht ironisch sein.»

«Zur Sache.» Strathmann klopfte auf den Tisch. «Die Armee El Salvadors hat das auf die Dauer nicht hingenommen. Gelegentlich ist sie schon mal in diese Zonen eingedrungen. Daraus leitet nun wiederum Honduras das Recht ab, bis zu seiner alten Grenze vorzurücken. Judy, können Sie mir folgen?»

«Ich denke schon. Mir scheint, aus dem Grenzstreit ist ein Komplott beider Staaten zur Bekämpfung des Aufstands geworden.»

«Immer langsam; wir wollen nicht spekulieren. Fliegen Sie hin, ohne Vorurteil, und finden Sie's heraus.»

«Das dürfte kaum gelingen. Es sind Kampfzonen, da kommt doch kein Mensch hin.»

«Müssen Sie's denn?» Dr. Baron neigte sich mir zu. «Sie wissen ja, wie man wichtigen Leuten auch fern vom Schuß die Wahrheit entlockt.»

«In solch einem Krieg bleibt die Wahrheit als erstes auf der Strecke.»

«Aber, aber! Wer hat denn Idi Amin blamiert und den Guru von Poona entlarvt? Wer hat den Präsidenten Mobuto gefragt, ob er an Gott glaube oder meine, selbst Gott gleich zu sein?» Baron ließ sich nicht stoppen, er reihte die Sternstunden meiner Laufbahn auf zu einer Perlenschnur lächelnder Beredsamkeit. «Ihr erfrischender Mut vor den Mächtigen ist bei uns Legende. Wem glücken stets die schmerzhaftesten Fragen? Niemand anderem als Ihnen.»

Ich fühlte mich eingekreist. Barons Zähne blinken von Speichel und Schmeichelei; wieder einmal fand ich die schimmernden Eigenschaften eines Satans in ihm vereint (um im Stil des Blattes zu bleiben). Was wollte er wirklich, sollte ich etwa drüben scheitern?

War er scharf auf meinen Job? Lehnte ich ab, flog er am Ende selbst, um mit einer Story heimzukommen und sich als künftiger Chefreporter zu empfehlen. Oder wartete im Hintergrund ein kleiner Protegé? Man schrieb ihm eine Schwäche für junge Männer zu.

«Gut; aber in zehn Tagen ist da nichts zu holen. Drei Wochen müßten es wohl sein.»

Strathmann sagte: «Das ist uns die Sache wert.»

«Wir geben Ihnen Klaus Ziesel mit.» Die Luft war raus, Holger Baron gähnte kaum merklich, als ob er keinem Zwang mehr unterliege und nur noch aus guter Familie war. «Mit dem haben Sie ja bereits in Kampala und anderswo gearbeitet. Dessen Fotos sind glänzend auf Ihre Texte abgestimmt.»

«Viel Glück», schloß Strathmann, ganz der alte Herr, schlau und eingeweiht, rosig vom Bluthochdruck und beginnender Verkalkung. «Wir drücken Ihnen beide Daumen, Judy.» Die Sache war abgehakt, sein Nußknackermund klappte zu.

«Exakt gesagt, alle vier», fügte sein Assistent hinzu.

Mit solchen Sprüchen entließen sie mich.

Auf dem Heimweg begriff ich, es war soweit. Der Geist der Wende griff nach meiner Arbeit. Hätten sie mich früher losgeschickt, dann eher zu einem Bericht über deutsche Entwicklungshelfer in Mittelamerika. Einer von denen schien Dirk zu sein, solch eine Reportage erhoffte er von mir. Aber unsere Wünsche spielten keine Rolle. Unter dem Blick des neuen Chefredakteurs kroch man nach rechts oder verschwand vom Fenster. Wo blieb das liberale Gewissen? Auf der Strecke. Meine Unerschrockenheit gegenüber den Mächtigen galt nur fürs Ausland. Den Ajatollah am Bart zu zupfen war lobenswert, sich hausinternen Weisungen zu entziehen glatt unmöglich. Dabeisein, am Ball bleiben, das galt einem inzwischen als die ganze Kunst.

Zu Hause stieß ich auf Dirks letzten Brief. Zwei Jahre war der alt, da stand Dirk im zweiten Semester, seither war unser Austausch zu Kartengrüßen oder dem üblichen Anruf geschrumpft, wenn er klamm war oder wenn ich etwas für sein Blatt «radikal» spenden sollte, das ihn völlig in Anspruch nahm: «Zeitung für die Jagd aus Leidenschaft», wie es im Untertitel hieß. Eine alternative Monatsschrift, sie erschien nur in fünftausend Exemplaren und hatte statt des I-Punkts in der Wortmitte frech den roten Stern.

«All Deine Erfolge, die großen Reportagen, bedrücken mich auch», hatte er damals geschrieben. «Es klingt mächtig undankbar, Judy, aber der fast literarische Reiz dieser Texte vertieft mein Gefühl, daß etwas mit ihnen nicht stimmt. Auf jeder Seite spürt man die Grenzen Deiner Darstellung. Enthüllungen allein bringen die Welt doch nicht voran, selbst wenn sie reinigend wirken können. Du entwickelst einfach keine Gegenposition zu den Haltungen und Zuständen, die Du so clever hinterfragst. Bei Dir erscheint das Leben als Kampf aller gegen alle, geht es um Eitelkeit, Besitzgier und Macht, will man erobern, bewältigen, was erreichen oder auch bloß überleben ... Gedanken um historische Etappen, um die Frage, wie die Menschheit herauskommt aus der Misere – nämlich durch Umwälzungen, durch soziale und nationale Befreiung –, bleiben immer aus! Statt in der Geschichte die Glut zu suchen, siebst Du die Asche.»

Na schön, womöglich hatte er recht. Aber brach ich jetzt nicht auf, um in der Glut zu stochern? Und zwar mit soviel deutscher Gründlichkeit, daß ich mich vielleicht dabei verbrannte. Jedenfalls würde ich in seiner Nähe sein. San Salvador war von Managua wohl nicht mal so weit entfernt wie Hamburg von Köln.

III

Immer war ich auf die Reise gegangen, von einem Thema ins nächste gestürzt; ich lebte, indem ich unterwegs war ... Im Transitraum von Frankfurt a. M. stieß Klaus Ziesel zu mir, er schwenkte sein Handgepäck mit den drei Kameras. Hatte ich das nicht schon früher erlebt? Da wiederholte sich eine Szene von Paris-Orly oder dem Kennedy-Airport, Flughäfen ähneln einander fatal.

Im Pfeifen der Triebwerke dämpften wir das Reisefieber, das uns noch immer ergriff, er mit einem großen Bier, ich mit dem italienischen Kräutersaft Campari. Ziesel war Ende dreißig, ein dünner Mann, recht witzig unterwegs. Ein Mann ohne Durchblick und Schliff, der wenig auf sein Äußeres gab. Er hatte eine seltsam geformte Nase, sie ließ an die Rückenflosse eines Raubfisches denken. Ihr allein folgte er, wenn er, wie jetzt mit mir, auf ein Schlachtfeld flog – ins *war theatre,* wie es auf Englisch heißt. Meisterlich hielt er Kriegsszenen im Bilde fest, stets neu empört über sinnloses Leiden, ohne die tieferen Ursachen zu sehen: zuständig nur für die Hochglanzfotos zum Text.

«Nicht drängeln», sagte er an der Gangway zu mir, «wir kommen noch früh genug in den Himmel.» Das ewige Kind in ihm sehnte sich nach einer gewaltfreien Gesellschaft, ohne Profitsucht und Militär; bisher hatte er die bloß nirgends entdeckt. Ihm schwebte wohl ein Zusammenschluß von Schrebergärtnern und Kleingewerbetreibenden vor, die Schafe hielten, in Bächen ihr Selbstgestricktes wuschen und einander rostige Sensen ausliehen. Daß sein Traum ein Leben in Armut bedeutete, störte ihn nicht, solange es noch Whisky gab. Den bestellte er sich, kaum daß wir abgehoben hatten und die Leuchtschrift (angurten, nicht rauchen) vorn erloschen war.

Von dem Drink beflügelt, stieg er auf zur Hochform seiner Beredsamkeit. Wiederum erfuhr ich: Klaus Ziesel sah das Schlechte im Menschen, glaubte aber an dessen innere Erneuerung. Anspruchslos mußten wir werden, duldsam und dankbar, uns selber läutern, bevor wir versuchten, die Außenwelt zu verändern. (Die Folgen von Poona! Den Bhagwam Shree Rajneesh hatte er im Rolls Royce entlarvend abgelichtet, doch dessen Lehren oder auch die Sexorgien hatten ihn nachhaltig umnebelt.) Daß allenfalls ein Wandel der Zustände Menschen bessern konnte, leuchtete ihm keineswegs ein. Er nahm sogar an, moralische Mahnrufe könnten Herrschende dazu bewegen, ihre Machtstellung zu schwächen. Seine Fotos rührten an das Gewissen der Welt, daß der Appell ins Leere ging, schmerzte ihn, doch ganz mochte er's nicht glauben. Irgendwann würde die Saat, in feinkörnigen Film gesenkt, schon mal sprießen und blühen, es brauchte nur etwas Geduld.

Der Flug nach México-Stadt über New York dauerte reichlich vierzehn Stunden, genug Zeit, sich an Ziesel zu reiben. Doch erst mal legte er sich mit der Stewardeß an. «Hei Honey», rief er, als sie ihm das zweite Glas gab, «wo bleibt mein Lächeln?»

«Wissen Sie was», sagte das Mädchen am zentnerschweren Servierwagen, «Sie lächeln zuerst, dann lächle ich zurück, okay?»

Bereitwillig strahlte Ziesel sie an.

«Sehr gut! Und nun lächeln Sie bis México weiter so.»

«Verdammt, die hat ja recht», brummte er. «Man muß es wirklich mal von ihrer Seite sehen.»

Ich ließ ihm Zeit, diese Erkenntnis zu vertiefen, und zog mein Material hervor. Obenauf lag eine Touristenkarte El Salvadors, präsentiert von der Ölfirma Esso in den sechziger Jahren. An der Grenze zu Honduras liefen die Worte *frontera indefinida* entlang: Grenze unbestimmt. Diese Grenzlinie, so hatte Dr. Baron auf einem angehefteten Blatt vermerkt, war im Jahre 1884 zwischen den beiden Ländern provisorisch vereinbart worden. In El Salvadors Nordostprovinz Morazán folgte sie dem Lauf des Río Negro. Aber die offizielle Karte des Landes von 1978 wies auch einen rund hundert Quadratkilometer großen Streifen nördlich des Flusses als salvadorianisches Staatsgebiet aus! Dies also schien einer der weißen Flecke zu sein. Er war tatsächlich weiß, fast ohne Eintragungen, selbst die Schraffur der Gebirgszüge fehlte, als hätte es den Kartenzeichnern der Regierung an topographischen Daten, an jedweden Unterlagen gemangelt. Dafür hatten sie *área sin fotografiar* dort eingetragen, und ich fragte mich, ob dies bedeute, daß ihnen für diese Fläche keine Luftbilder zur Verfügung standen, oder ob es ein Fotografierverbot für Reisende war. Die Straßenkarte von Esso gab mir gleichfalls Rätsel auf. Rechts oben in der Ecke wies ein stilisierter Tankwart lustig auf den Spruch: *Maneje con cuidado, la vida que Ud. salve puede ser la suya.* In meinem armen Verständnis des Spanischen hieß das etwa: Sorgsam behandeln, es kann Ihr Leben retten.

«Hör mal», sagte Ziesel mitten über dem Atlantik, «was ist das für ein Kram, den du da liest, anstatt ein bißchen nett zu mir zu sein?»

«Das Übliche. Finger weg, du bringst mir's durcheinander.»

«Wetten, dein Text ist fertig, ehe wir landen.»

«Du glaubst, ich schreibe das bloß ab?»

«Du zerlegst das und klebst es neu zusammen. So macht ihr's doch, Judy. Täte ich auch so, geht nur nicht bei Fotos.»

«Die kann man kaufen. Horrorbilder aus Amerikas Hinterhof, so was bieten die Agenturen an wie saures Bier.»

«Und weshalb sitzen wir hier? Was ist unsere Mission?»

«Herauszufinden, was dort gespielt wird im Grenzgebiet.»

«Dein Spürsinn ist eben legendär. Wir zwei sind Spitze, meinst du nicht?»

«Ich rede es mir jedenfalls ein. Woher sonst den Mut nehmen? Es wird soviel geschrieben.»

«Die Größten in der Branche ... Bist ein prima Kumpel, Judy.»

«Trink nicht soviel und sei noch ein bißchen still.»

Er nahm die Hand von der Armstütze und widmete sich wieder

seinem Glas. Von Zeit zu Zeit mußte man ihn aufmuntern. Ein Pressefotograf zu sein war viel, zumal an einem Blatt, bei dem jahrelang zunächst nach den Bildern zur Geschichte und dann erst nach dieser gefragt worden war. Doch überall, wo gedruckt wird – auch dort, wo man Bilder zu wichtig nimmt –, setzt sich schließlich *die Feder* durch, hat der Vorrang, der schreiben kann. Ziesel gab das Beiwerk, man bezahlte ihn gut, aber er war kein Schreiber, blieb die Nummer zwei im Team ... Der Jumbo stieg durch eine Wolkenbank in Richtung der Neuen Welt ab, die Klarsichtmappe mit den Unterlagen aus dem Redaktionsarchiv zitterte mir auf den Knien. Nach einer Weile tauchte draußen aus dem Dunst die Skyline von Manhattan auf. Es quietschte wie üblich, das Flugzeug setzte auf.

Leicht taumelnd kam Ziesel auf der falschen Seite, nämlich durch den Backbordgang, von der Toilette zurück, vorbei an der händeringenden Stewardeß. Nun erst fiel mir auf, daß er zu kakaobraunen Gabardinehosen ein graugrünes Jackett im Fischgrätenmuster trug. Zusammen mit seinem Polohemd entsprach das – meine Mutter hatte dies einst in St. Peter erwähnt, es haftete in mir so zäh wie nur Nebensächliches – ungefähr der Sommermode von 1938. Für die Tropen war es ganz bestimmt zu schwer.

«Hast du's durch?» Er zwängte sich neben mich, um verspätet den Gurt anzulegen. «Bist du jetzt schlauer?»

«Es ist sehr verzwickt, fast ein Dissertationsstoff für Völkerrechtler.» Meine Stimme bebte unter den Stößen der Landebahn. «Immerhin wird klar, wir stehen vor der kniffligsten Aufgabe seit langem.»

«Na, das sagt man mir jedesmal. Immer entspannt bleiben!»

«Glaub mir, Chomeini war nichts dagegen ...»

Erinnerungen bedrängten mich, während der Jumbo ausrollte. Auf dem Weg in die heilige Stadt Ghom hatte ich mir den Lack von den Fingernägeln gerieben und ein schwarzes Tuch umgelegt, unter dem Haar und Schultern verschwanden. Da Ziesel fand, das Bußgewand lasse noch weibliche Formen ahnen, hüllte ich mich obendrein in den Schador, den düsteren Umhang der rechtgläubigen Iranerin. So vermummt, eher ein Paket als ein menschliches Wesen, trat ich dann vor den Ajatollah hin und fand Gnade in seinen Augen. Aber am Ziel dieser Reise würde uns keine Vermummung schützen.

Ich saß vorm Balkon meines Zimmers im Western International, einem der neuen Hotels von San Salvador, spähte vom Schreibtisch aus über die Stadt im Tal und hörte den fernen Gefechtslärm vom Guazapa-Vulkan. Er lag dreißig Kilometer nordwärts und war seit drei Jahren heiß umkämpft. Irgendwie hielten die Guerrilleros all den Attacken stand. Ich zündete mir eine Zigarette an, erfüllt von geheimer Spannung, dem vertrauten Gemisch aus Entdeckerlust und Furcht. Es war erregend, ein Thema zu haben und den Stoff dafür zu holen – Stoffe und Themen, die Furore machten. Stoffe, verdichtet zu Geschichten. Recherchieren hieß Fakten und Belege sammeln. Das Material, das ich zusammentrug, wurde gekrönt von Geschichten. Es galt, die Realität so komplett zu erfassen, daß man die anderen aus dem Felde schlug. Doch man konnte darin auch ersticken, den Bezug zur Wirklichkeit verlieren – oder die Aufmerksamkeit des Publikums, falls es zu wenig Geschichten gab.

Es widerstrebt mir, die letzten Etappen und unsere Ankunft zu schildern, minutiös-banal. So etwas ist vielfach nachzulesen, auch in meinen Reisebüchern. Wen es kümmert, wie man umsteigt, Geld wechselt oder fragwürdige Papiere durch den Zoll bringt, der mag darin blättern. Durch die Zeitverschiebung waren wir gegen zehn Uhr abends auf Ilopango gelandet, dem einzigen Zivilflugplatz der Pazifikrepublik, nach Mitteleuropäischer Zeit um fünf Uhr früh. Und ich hatte dann versucht, die innere Uhr mit Schlaftabletten um sieben Stunden zurückzustellen ... Matt verträumte ich den ersten Tag, bis Ziesel von unten anrief, um mir zu sagen, wir hätten ja einen Korrespondenten hier! In Hamburg habe man glatt versäumt, uns das mitzuteilen.

Bestimmt nicht, Dr. Baron war darin sehr genau. In meinen Notizen fand ich gleich den Namen, Helmut v. Kaden, Hotel El Salvador Intercontinental, zwischen diesem Haus und unserer Botschaft ... Da starrte man auf die Grenze und übersah das Nächstliegende! Im herben Duft des Zedernholzes der Wandtäfelung (es riecht auch dann noch aromatisch, wenn es ganz getrocknet ist) zog ich mich um und fuhr hinab. Herr v. Kaden wartete schon im Hotelrestaurant. Er war freier Mitarbeiter, eher rechtsstehend, ein Karibik-Spezialist. Ich bin da ohne Vorurteil, saubere Reportagen konservativen Zuschnitts sagen mir meist mehr als die emotionsgeladenen Äußerungen linker Hitzköpfe, wie mein Sohn einer ist.

«Ich kenne Ihre Berichte», sagte ich, als v. Kaden mich zu einem trockenen Martini einlud. «Glanzvoll und finster.»

«Danke.» Er setzte das Glas ab, das Eis klirrte leise. «Zu finster? Es ist unmöglich, solch eine Nacht noch zu schwärzen. Wer will Ihnen denn daheim nicht wohl, daß man Sie hierher schickt?»

Ich lachte, v. Kaden blieb stumm, er hatte gar nicht scherzen wollen. Ein ausdrucksarmes Gesicht, von ihm sprang kein Funken über, nein, da knisterte nichts. Er war um die fünfzig, hager, gebräunt, ein bißchen steif und würdevoll. Äußerlich glich er einem Firmenvertreter, etwa einem 60000-Dollar-Mann der Elektronikfirma IBM: dunkelblauer Anzug, blaues Hemd, schwarze Schuhe, die Konzernuniform saß wie angegossen. Ein Typ aus der Chefetage von *Mother Blue,* wie IBM-Leute ihr Haus gern nennen. Eigentlich konnte man sich ihn fern von Schreibtischen mit Rufknöpfen und dem Summen blaugrauer Büromaschinen schwer vorstellen.

«Das ist doch nicht Ihr erster Bürgerkrieg. Gefiel es Ihnen denn in Argentinien oder Chile besser?»

«Sicher, Frau Janssen; für unsereins herrscht da Ordnung.»

«Hier nicht?»

«Nein. Ein bedrückendes Klima. Es lähmt die Berichterstattung.» Etwas von seinem schwarzen Haar stand drahtig hoch wie eine Antenne zum Orten von Gefahr. Der ganze Mann wirkte erschöpft und alarmiert. Vielleicht spielte er den Geschäftsmann, damit man ihm den Reporter nicht ansah. Touristen, unter die er sich hätte mischen können, schien es ja kaum noch zu geben.

«Ich spreche gar nicht von den Inlandsmedien», sagte er, als das Steak kam. «Früher hatte noch ‹El Independiente› gewisse Möglichkeiten, das Blatt der militärischen Reformer, die längst gekippt worden sind. Nach dem Mord an den amerikanischen Nonnen wurde die Redaktion zerbombt. Das hiesige Nachrichtenbüro und auch ‹La Cronica› haben die Arbeit eingestellt, der Kirchensender YSAX ist in die Luft geflogen ...»

Beim Dessert fiel mir an ihm ein Zug nach unten auf. Sein Kopf hing über der hochstieligen Silberschale, in der – zerteilt und auf Eis – die gezuckerte Grapefruit lag. Mit hängenden Lippen löffelte er die Frucht, das Kinn zitterte, selbst wenn er beim Kauen innehielt. Es war, als habe er längst genug gesehen und ziehe es vor, mit geschlossenen Augen zu meditieren.

«Ich hoffe, uns zeigt man bloß die Krallen?»

«Gewiß – solange Sie die Spielregeln beherzigen.»
«Was verstehen Sie darunter?»
«Bleiben Sie bei den ‹Extremisten von rechts und links›, gegen die das Regime im Zweifrontenkampf steht, und es wird Ihnen nichts geschehen. Allenfalls dürfen Sie das Los der leidenden Mehrheit beklagen, der es ganz gleich ist, wer über sie herrscht, die Armee oder die Guerilleros, wenn man sie nur in Ruhe läßt, am Leben.»
«Das ist aber kaum Ihr Rezept.»
«Deshalb hat man mir auch dies geschickt.» Helmut v. Kaden entnahm seiner Brieftasche einen Zettel. In der Perlschrift einer elektrischen Schreibmaschine stand dort auf spanisch der Satz: *In drei Tagen bist du weg, per Flugzeug oder Blei!* «Bei einem belgischen Kollegen lautete der Spruch: ‹Du kannst wählen zwischen Koffer und Sarg.› Sehr bildkräftig, nicht wahr? Es gibt ihn in mehreren Versionen. Da entfaltet die Sprache ihre ganze Farbenpracht.»
«Wann ist das gekommen?»
«Vorgestern. So haben Sie mich also noch erreicht. Und bis zum Abendflugzeug bleibt mir ja noch etwas Zeit. Wie ist übrigens Ihr Spanisch?»
«*Modico, señor.* Keine tausend Worte.»
«Das reicht nicht aus. Wie steht's mit Ihrem Begleiter?»
«Nicht besser; er ist meist in Afrika gewesen.»
«Das dachte ich mir. Er schreibt dort drüben Ansichtskarten.» Herr v. Kaden sagte dies so, als wundere es ihn, daß Klaus Ziesel überhaupt schreiben konnte, da er doch Bildreporter war. Selber ging er, um zu telefonieren, kehrte jedoch bald zurück, unverrichteterdinge. «Um diese Zeit erreicht man ihn schlecht.»
«Von wem reden Sie?»
«Verzeihung: von Ihrem künftigen Dolmetscher, wenn Sie ihn akzeptieren. Na, ich weiß schon, wo er zu finden ist. Falls Sie wirklich hinauf zur Grenze wollen, kommen Sie ohne ihn kaum aus.»
«Geht er auch mit zu den Behörden? Kann er mir helfen, eine Fahrt ins Kampfgebiet genehmigt zu kriegen?»
«Das weniger; die wird man Ihnen auch schwerlich genehmigen. Für die Provinzen Chalatenango und Morazán wär das übrigens witzlos, dort hat nämlich die Guerilla das Sagen.»
«Aber die Armee kontrolliert doch wohl die Zufahrten.»
«Nicht lückenlos, dazu reichen deren Kräfte niemals aus. Der

größte Teil El Salvadors ist Niemandsland, Frau Janssen. Die Macht hat, wer gerade durchmarschiert; meistens ist keine der Kampfparteien präsent. Das ist Ihr Risiko und Ihre Chance.»

«Glauben Sie, Ihr Mann hat Kontakte zum Untergrund?»

«Wer hat die hier nicht? Es gibt fast in jeder Familie einen, der abgetaucht ist, so oder so.»

«Das klingt ja recht verheißungsvoll.»

«Vielleicht in Ihren Ohren.» Höflich rückte Helmut v. Kaden an meinem Stuhl, um mir das Aufstehen zu erleichtern. «Faktisch aber heißt es, jeder fünfte Einwohner dieses unglücklichen Landes ist entwurzelt. Jeder fünfte ist hier Soldat oder Polizist, Guerrillero oder Sympathisant, ins Ausland geflüchtet, verschwunden oder tot.»

IV

Sonst waren Leihwagen vorteilhaft, Helmut v. Kaden aber zog Taxis vor – das erschwere die Verfolgung. Auf keinen Fall sollte man sehen, wohin wir uns jetzt wandten. Geheimhaltung war alles. Aufrecht, als habe er einen Stock verschluckt, saß er neben mir im Fond, ab und zu nach hinten spähend auf die Avenida Cuscatlán, ein Geflecht aus Licht und Schatten, bis er überzeugt zu sein schien, es habe sich niemand angehängt. Wie er's bei dieser Paranoia über sich brachte, Regimegegner zu treffen, war mir ein Rätsel.

Von der Stadt begriff ich wenig, ihre Struktur erschloß sich mir nicht, eine tropisch üppige Hauptstadt im Krieg ohne Barrikaden. Militär auf den Straßen, patrouillierende Polizei, bunte Sprayparolen an mancher Wand, Bankportale schwer bewacht, dort ein Sandsackwall, ganz selten ein zerstörtes Haus oder von Einschüssen zernarbte Fassaden ... Daß wir in die Calle Modelo bogen und in sanfter Kurve den Zoologischen Garten streiften, ging mir erst abends überm Stadtplan auf.

«Journalisten, die neu sind, werden bespitzelt, bis man sich klar ist über sie, Frau Janssen. Treten Sie also kurz, nehmen Sie nur Kontakt zu amtlichen Stellen auf. Nach einer Woche läßt das Interesse an Ihrer Person dann nach. Schließlich kann man nicht jeden rund um die Uhr beschatten ...» Wir passierten den Stadtrand, Slums auf Sand und Geröll, gewöhnliches Elend. Hinter einer abgebrochenen Palme stand *Los Planes – 7 kilómetros* auf einem verstaubten Schild. Kurvenreich wand sich die Straße am Südhang des Tals empor, in dem San Salvador liegt.

An einer Tankstelle wechselten wir das Taxi, vorsichtshalber. «Wenn Ihnen mein Zeug noch halbwegs erinnerlich ist», sagte v. Kaden, «kennen Sie doch nur das, was Strathmann stehenließ. Ihm sind die Texte immer zu lang, zu wenig pointiert. Informations- und Unterhaltungswert schließen einander oft aus. Zu einer Tragödie fällt einem dann keine Pointe ein ...»

Das übliche Lamento, der Zwiespalt des Reporters. Ich verstand ja auch die Gegenseite, den Verlegertraum. Wie prächtig stünde das Haus da mit seinem Endprodukt aus Leistung und Genauigkeit, mit der perfekten Organisation, all den Beschäftigten in Druck, Vertrieb, Layout, Illustration, Dokumentation, Rechtsabteilung, kaufmännischer Leitung und so fort, wären nicht die Reporter mit ihrer spitzen Feder! Denn mit dem Neuesten aus aller Welt, soweit es nicht beruhigend vorgefiltert war durch die großen Agenturen, kam von dieser schreibenden Minderheit stets Reizung und Störung des Geschäftsgangs. Auch das Verlegen von Zeitschriften war ja so trefflich eingespielt, fast automatisiert, anfällig gegen Fremdkörper, daß der Herausgeber sich fragen mochte, wann endlich der Störfaktor Mensch auch im Journalistischen ersetzbar wurde; letzter Schritt zur Vollendung.

Nun wechselte die Szene, ein feines Restaurant glitt vorbei. Märchenhafte Pflanzen umgaben uns, Riesenbäume, leuchtende Blumen und nachgeahmte Maya-Skulpturen. Inmitten des Balboa-Parks, einem Ort der schwelgerischen Natur, des Wohlstands und der Erholung, hielt das Taxi an – unterhalb einer turmhohen Klippe, die rostfarben aus dem Steilhang sprang. Der Fels lag im Schatten, an seinem Fuß standen zwei dunkle Kombiwagen, ich sah ein paar Männer umherkriechen in der Haltung von Leuten, die eine Müllkippe nach Verwertbarem absuchen. Sie bückten sich zwischen Steinen und Gestrüpp, ihr Tun wirkte deplaziert.

«Sehen Sie die Öffnung unterhalb der Spitze?» fragte mein Begleiter. «Sie heißt das Teufelstor, ist auf der Rückseite des Berges bequem im Auto erreichbar und bietet den schönsten Ausblick auf die Stadt bis zu den Gipfeln von Honduras in violetter Ferne. Einst ein beliebtes Fotomotiv. Heute aber stößt man dort Nacht für Nacht, während der Sperrzeit ganz ungestört, verschleppte

Personen und Häftlinge hinab. So trägt der Ort seinen Namen jetzt zu Recht.»

«Und diese da – bergen die Leichen?»

«Das tun sie. Es sind Wagen der Bestattungsfirmen *La Protectora* und *El Respeto,* die ‹Schützerin› und die ‹Ehrfurcht› …» Herr v. Kaden rollte das R, er glänzte überhaupt in der makellosen Aussprache des Spanischen selbst innerhalb deutscher Sätze. «Sie laden auf, forschen dann nach zahlungskräftigen Angehörigen, und wenn es keine gibt, kippen sie die Leichen kurzerhand am Zentralfriedhof in der Calle del Cementerio ab. Ein Ort von starker Anziehungskraft. Das ist mal ein Geheimtip gewesen, mein Vorgänger hat ihn mir gezeigt.»

«Also ein kollegialer Brauch.»

«Der Mann ist ausgewiesen worden wegen eben dieses Reports vom Teufelstor, *Puerta del Diablo.* Darin stand der Satz: ‹Die junge Frau, deren nackter Körper mit gefesselten Händen und verbundenen Augen heute da unten in den Dornen hängt, ist vor dem tödlichen Sturz noch vergewaltigt worden.›»

«Das hat man ihm so gedruckt?»

«Gewiß, ihm war's doch geglückt, zugleich mit der Wahrheit lüsternes Grauen zu verbreiten, das heißt, im selben Atemzug informativ und unterhaltsam zu sein.»

Wozu rieb er mir das hin? Natürlich füllten wir den Musikdampfer, die Wundertüte unseres Magazins jede Woche neu, gierten die Chefs nach frischen Reizen, maßlos in ihren Forderungen an den Redaktionsstab und sicher im Urteil, wann eine Nackte oder ein Tier hermußten, um zwischen zwei ernsthaften Themen das Blatt aufzulockern, es genießbar zu machen, bekömmlich. Und so den Jahresgewinn auf sechzig Millionen zu heben. Was waren dagegen die Schriften der Alternativen, die nie aus den roten Zahlen kamen, obschon sie kein Honorar zahlten und in jeder Nummer um Spenden baten oder auch bloß um Bezahlung des Abonnements? Wackere Zwerge im Land der Medienriesen.

«Fakten und Emotion, wie sich das stößt», klagte v. Kaden. «Soviel langweilige Sachverhalte, Zusammenhänge. Da sucht man dann krampfhaft nach der Story, die den trockenen Kram würzt … Hier nicht, an diesem Punkt trifft sich das, Politik und Verbrechen. Hier werden journalistische Hoffnungen und Leserwünsche prompt bedient, die ewigen Medienbedürfnisse Sex und Gewalt! Wer aus dieser Quelle schöpft, der trägt ganz von selbst so dick auf, daß ihn der Hintergrund nicht mehr kümmern muß; einfach weil kein Hintergrund mehr sichtbar wird.»

Er ging mir auf die Nerven. Für seinen Karibik-Bericht hatte man ihn mit einem der drei Egon-Erwin-Kisch-Preise ausgezeichnet, die alljährlich vergeben werden. Die Belehrungen waren lähmend. Welch eine Idee, mich herzuschleppen! Da sahen wir den Bestattungsleuten zu, gar nicht weit von denen weg, Leichenfledderer auch wir; wenn auch nicht mit solch widerlicher Ausschließlichkeit. Umhüllt von Gerüchen der Verwesung, die uns in süßlichen Wellen streiften, nahm ich mir vor, herauszufinden und zur Sprache zu bringen nicht wie, sondern warum hier so gestorben wurde – auf beiden Seiten der unsichtbaren Front, die das kleine Land zerriß, die Gartenrepublik, wie es in meinem Reiseführer hieß ... Was übrigens tat der junge Mann dort, ein Mensch im Hawaii-Hemd? Er barg den Körper zu seinen Füßen keineswegs, fotografierte ihn nur schamlos. Ich trat näher und fragte, wozu er das mache.

Der Jüngling ließ die Kamera sinken. «Wir versuchen, die Opfer zu identifizieren.»

«Wer ist ‹wir›?»

Er fingerte an seinem Apparat und antwortete nicht. Jemand vom Beisetzungsdienst rief mir zu: *«Comisión de los derechos humanos.»*

«No, no», sagte der Jüngling. *«Socorro jurídico.»*

Herr v. Kaden holte mich ein. «Das ist Carlos Rivas vom Rechtshilfebüro des Erzbistums, mit ihm wollte ich Sie zusammenbringen ...» Er hielt sich ein Taschentuch vor die Nase. «Am besten, Sie geben ihm Ihre Hotelanschrift. Er dolmetscht hervorragend englisch-spanisch und kann Ihnen auch sonst behilflich sein.»

Obwohl v. Kaden mir davon abriet, begleitete ich ihn zum Flugplatz in dem Gefühl, ihm das zu schulden. Und für diese Geste wurde ich am Schluß auch noch belohnt. Als wir am Hauptbahnhof vorbei über den vierspurigen Boulevard Ilopango ostwärts fuhren, zeigte er mir links oben am Hang den Vorort Mejicanos. Bis dorthin seien die Aufständischen bei ihrer Offensive vor zweieinhalb Jahren gelangt, die Gruppen der Volksbefreiungskräfte (FPL) und des Revolutionären Volksheers (ERP). Dort erst hätte die Armee sie gestoppt, weil es ihnen an schweren Waffen gefehlt habe und der Generalstreik in der Hauptstadt gescheitert sei.

Beim Griff nach der Zigarette bebte meine Hand. Bei mir setzt die Wirkung meist verspätet ein. Das demonstrativ Beiläufige, die kalte Routine der Exekutionen! Gleichgültig gegenüber der Weltmeinung, nur auf blinde Abschreckung aus. Ich bekam plötzlich den Mund nicht wieder zu, rang nach Luft und warf die Zigarette aus dem Fenster.

Der Flugplatz lag nur acht Kilometer vor der Stadt am Rande eines Kratersees, des *Lago de Ilopango,* grausilbern wuchs er auf uns zu. Im Militärsektor standen zwei Dutzend leichte Kampfhubschrauber und Jagdbomber des US-Typs «Dragonfly» mit Zusatztanks an den Spitzen der Tragflächen. Die französischen «Magister»-Strahljäger, sagte v. Kaden, gebe es nicht mehr. Zweimal schon hätten die Guerrilleros fast die gesamten Luftstreitkräfte zerstört, durch Sprengkommandos hier am Boden. Aber Washington ersetze beharrlich jedweden Verlust – und mehr als das.

Den Checkpoint kannte ich schon. Der Chauffeur glitt so behutsam hindurch, als fahre er Nitroglyzerin über eine besonders heikle Strecke. «Steigen Sie bitte nicht mit aus», riet mein Kollege. «Der Mann wird bereits nervös, er muß ja zu Haus sein, wenn um neun Sperrstunde ist. Schade, mir blieb kaum Gelegenheit, Ihnen wirklich zu helfen! Aber nehmen Sie doch das, damit riskiere ich nur Ärger vorn beim Zoll. Nicht ins Hotelsafe tun, lesen und weg damit ...» Er zog einen Hefter aus dem Aktenkoffer und ließ ihn neben mir zurück.

Anderntags, nach dem Erkundungsmarsch durch das Zentrum, duschte ich und legte die Füße hoch. Sie schwollen leicht an, manchmal saß mir ein ziehender Schmerz im Bein. Wie lange würde ich noch taugen für meinen Beruf? Die Papiere deprimierten mich. Sorgsam hatte v. Kaden notiert, was Auslandskorrespondenten in diesem Land widerfahren war, und zwar von Anfang an, seit Beginn der Unruhen im Herbst 1979. Drohungen, Diebstahl des Arbeitsmaterials, Verhöre. Journalisten wurden beschossen, entführt und mißhandelt. Proteste, Solidarität, Hilfe durch Diplomaten? Kaum der Rede wert. Offenbar eisten nur die Yankees manchmal ihre Leute los; auch um Briten und Italiener hatten sie sich schon bemüht. Ihr Einspruch war der einzige, der zählte. Der Freilassung folgte stets die Ausweisung.

Jeder dritte Fall schien tödlich zu enden. Vom Dach des Regierungssitzes aus wurde der mexicanische Korrespondent Rodriguez erschossen. Rache, wofür? Das Papier verriet es nicht. Drei Kollegen fuhren am Stadtrand auf eine ferngezündete Straßenmine; einer war gleich tot, die zwei anderen schwer verletzt ... Herr v. Kaden hatte dazu notiert: «Jan Mates filmte den Mord an einer Schülerin, US-Fotograf John Hoghland war Augenzeuge der Ermordung von Rodriguez, seine ‹Newsweek›-Partnerin Susane Moirelas hatte die Leichen der vier nordamerikanischen Nonnen entdeckt.» Den französischen Reporter Rebbot traf es im zurückeroberten San Francisco Gotera fern jeder Kampfhandlung in die Brust.

Ich legte die Mappe weg. Ein Eishauch entstieg ihr, etwas Dumpfes, Schicksalhaftes, als sei dies normal und lohne keine Gegenwehr. Der Zug nach unten an v. Kaden fiel mir ein, die hängenden Augenlider, der abwärts gekrümmte Mund. Melancholie im Anfangsstadium, das war Trauer, in sich selbst verliebt, in die Passivität der Hoffnungslosigkeit. Zu lange, das spürte man, befaßte er sich aus dem Blickpunkt Lateinamerikas mit dem Zustand der Welt, als daß er noch an Rettung glaubte. Am Ende sah der schwermütige Mann sich selbst in jedem bedrängten Menschen und jeden Menschen bedrängt von Mächten der Finsternis. Aber man mußte sich hüten, die Mächte zu dämonisieren.

Später kam Klaus Ziesel mit einer Flasche Whisky. Auf der Vorderseite klebte mein Porträt, auf der Rückseite das Bild eines hiesigen Polizisten, der es sich mit ausgestreckter Hand verbat, fotografiert zu werden. «Sie sind sehr kamerascheu», sagte Ziesel. «Weißt du, woran sie mich erinnern? An die chinesischen Pandabären. Die sind mir so lange entwischt, bis ich sie dann im Freigehege schoß. Der einzige Türke, den ich je gebaut hab, glaub mir das.»

«Ich glaube es dir, aber diese Burschen sind gefährlicher. Sie kriegen es fertig und schießen zurück.»

«Das mußt du mir nicht groß erklären. Wer so lange im Geschäft ist wie ich, der spürt schon, wenn es brenzlig wird.»

Auf dem Servierwagen schob der Etagenkellner Gläser, Tonicflaschen und einen Chromkübel voller Eis herein, genug, eine Zimmerparty zu bestreiten. Ziesel steckte ihm eine Dollarnote zu. Während er die Getränke mixte, fragte ich mich, ob er auch spürte, daß dies ein ziemlicher Aufwand war: die Fotos, der Whisky, das Eis. Es war verdächtig, ein gründlich vorbereiteter Annäherungsversuch, den es zu bremsen galt – taktvoll, damit der

Mannschaftsgeist nicht litt. Ich hatte das schon zwei- oder dreimal bei ihm geschafft und eigentlich Anspruch darauf, daß er mich in Ruhe ließ.

Ziesel gab mir den Drink. «Judy, ich muß mit dir reden … Über das weitere Vorgehen, noch bewegt sich zu wenig, wir treten auf dem Fleck … Aber auch über uns.»

«Über uns? Die Aufgabenverteilung?»

«Nicht in erster Linie. Die Verteilung ist ganz okay. Du weißt ja, wie sehr ich dich schätze, als Mensch und als Boß.»

«Klaus, das haben wir doch schon gehabt.»

«In deiner Gegenwart stellt sich die Frage immer neu.»

«Du bist ein lebensfroher Mensch. Kaum bist du im Ausland, da fehlt dir weibliche Nähe.»

«Auch daheim, nicht bloß im Ausland … Ja, ich mag Frauen, ist das nicht normal? Dich aber bewundere und verehre ich, weil du einfach super bist! Auf dich, Judy.»

«Auf unseren Erfolg.»

«Was verstehst du denn darunter?»

«Na, auf zur Grenze! Das Rätsel der weißen Flecke lösen.»

Er setzte sein Glas ab und füllte es neu. «Sag mal, warst du immer so?»

«Das ist das, wofür man uns bezahlt.»

«Nie ein Privatleben gekannt?»

Ich war nicht sicher, ob diese Unterhaltung mir gefiel. Seine Worte schienen die Intimsphäre zu streifen, den verletzlichen Kern, bei mir wie auch bei ihm; ich hätte dies gern auf nette Art beendet. «Frag die zwei Männer, die mir weggelaufen sind.»

«Ich wette, es war umgekehrt. Du hast sie sausen lassen.»

«Kein Kommentar.»

«Ich weiß, du denkst, Gefühle knechten einen. Du verläßt dich ganz allein auf deinen Kopf.»

«Und dazu rate ich auch dir.»

«Deshalb mein Vorschlag: Laß uns ein Team sein, auf Dauer. Das ist ein ernsthaftes Angebot. Zusammen sind wir unschlagbar, die größten in der Branche …» Wiederum setzte er sein Glas ab und goß sich nach. «Ich denke mir das so, ein halbes Jahr wird geackert, den Rest genießen wir. Ich hab ein Landhaus in der Lüneburger Heide … Weißt du eigentlich, daß Blumen und Tiere vor der Kamera mir mehr bedeuten als jeder gottverdammte Krieg?»

«Das hast du mir schon in Kampala gesagt.»

«Verzeih die Wiederholung. Ich hab mich übrigens ungenau ausgedrückt …» Er schluckte und schloß: «Wir könnten nicht bloß ein Team sein, sondern ein Paar.»

In diesem Augenblick läutete das Telefon.

Ich hob ab. «Señora Janssen?» fragte eine jugendliche Stimme. «Hier ist der Mann aus dem Balboa-Park. Ich hab etwas für Sie, darf ich heraufkommen?»

«Aber ja», sagte ich wie erlöst.

V

Mit seinem Eintritt begann das, was mich lange in Atem hielt und noch heute erschreckt. Der junge Mann war braun und lebhaft, ich sah ihn unscharf in der Tür, dann stand er, ein Glas in der Hand, mit dem Rücken zum Balkon, wohin es ihn zu ziehen schien; im Gegenlicht verschwamm sein Bild. (Ich habe Mühe, es mir in Erinnerung zu rufen.)

Damals fiel mir eine Ähnlichkeit mit Dirk auf. So ungefähr, dachte ich, würde mein Junge aussehen, wenn er aus Nicaragua heimkam. Bei der ersten Begegnung, unterhalb der Klippe, hatte ich nichts davon bemerkt. «Nehmen Sie doch Platz», wiederholte ich. Wir klärten gleich die Honorarfrage. Ich bot ihm den üblichen Tagessatz für Dolmetscher an, mit einer Geste legerer Überheblichkeit willigte er ein, als lohne es nicht, diesen Punkt zu berühren. Rivas' Vater, hatte v. Kaden erwähnt, sei Geistlicher; ich kannte mich zu schlecht aus in der katholischen Hierarchie, um mir den Kirchenrang zu merken.

Die Ähnlichkeit lag mehr im Wesen als im Äußeren, in einer Art unpraktischer Verträumtheit. Auf mein Fragen hin sprach Rivas zögernd von seiner Arbeit, dem täglichen Versuch, ein paar Tote zu identifizieren. Ja, ein schlimmer Job, man gewöhne sich auch nicht daran. «Gott sei Dank», sagte er. «Wenn ich mich dabei manchmal übergeben muß, zeigt es mir, daß ich noch ein Mensch bin.»

«Das Regime, es duldet Ihre Nachforschungen?»

«Das ist ja direkt nicht verwickelt. Alles geschieht heimlich, angeblich hinter seinem Rücken. Als die Presse Leichenfunde noch gemeldet hat, hieß es immer: ‹Tote durch Gewalt, durch Unbekannte, keine Gruppe übernahm die Verantwortung, Hergang nicht zu bestimmen.› Die Junta betrachtet sich da als neutral.»

Ziesel sagte: «Wo sie tatsächlich die Linken jagt.»

Carlos Rivas nickte. Solange wir zu dritt waren, sprach er wenig. Zurückhaltend lag sein Blick auf Ziesel. Er hatte schöne Augen, eine Nummer zu groß, und einen indianischen Blutsanteil wie viele Salvadoreños. Er schien reichlich Zeit zu haben. Es war, als wollte er meinen Helfer aussitzen – abwarten, bis der ging. Ich hatte ihm Ziesel als den Mann vorgestellt, der für mich die Fotos schoß, doch er zögerte, ihn einzubeziehen. Ziesel hatte am Teufelstor gefehlt, Rivas tat, als sei er sich über ihn nicht ganz klar.

Und ich, warum sagte ich ihm nicht, daß es vor meinem Assistenten kein Geheimnis gab? Es gehört zu dem Merkwürdigen dieser Begegnung, daß ich selber wünschte, Ziesel möge gehen. Ich wollte mit Rivas allein sein, obschon ich an der Wichtigkeit seiner Nachricht zweifelte. Ich fühlte, er ging sonst nicht aus sich heraus. Im Grunde wollte ich ein Interview, seine Geschichte, und er gehörte zu den Menschen, die sich nur im Zwiegespräch öffnen.

Es ist wahr, ich sah in ihm einzig die Quelle, den Informanten. Er war für mich der Einstieg in das Land: ein gebildeter Vertreter jenes Großteils der Bevölkerung, dem es gleich war, wer gewann, wenn nur das Blutvergießen ein Ende nahm. Diese Tendenz verkörperte er schon durch seine Tätigkeit. So ordnete ich ihn ein in den Raster, jenes Liniennetz, das ich unbewußt über alles zu breiten pflegte, um mir ein Bild von fremder Wirklichkeit zu machen. Rivas bedeutete mir nichts, er war ein Objekt meiner Berufsroutine, der professionellen Neugier und journalistischen Dynamik.

Denn so oft ich irgendwo hinflog, stets sprang in mir derselbe Motor an, wurden Reserven freigesetzt, Energien mobilisiert und verschlissen. Ich nutzte jeden Gesprächspartner aus, entriß ihm seine Erinnerungen, ebendas war mein Rezept. Und während ich geschmeidig durch den rätselhaften Dschungel schlich, dem Gipfel zu, meiner großen Reportage, konnte ich, dort angelangt, rückblickend oft nur fassungslos die eigene Öde anstarren. Wozuwozuwozu? Ich war ein Wirklichkeitsschaufler, der kaum Partei ergriff, ein Genremaler, dessen Bild mit wachsender Breite an Tiefe verlor … Als das nämlich sah mich Dirk, wenn er schrieb: Du entwickelst einfach keine Gegenposition zu den Haltungen und Zuständen, die Du so gekonnt hinterfragst.

Mein Aufstieg in der Branche, ach, ich wurde dessen manchmal nicht mehr froh. Solange ich solche Menschen bloß ausnahm, blieb ich selber ja ein Instrument, degradierte ich auch mich zum Zulieferer, der Weisungen folgt, keinem eigenen Impuls. Saftige Stücke entriß ich der Realität, um sie, zwischen *report* und *thrill* jonglierend, in den Schlund des Molochs zu werfen, unter den Heizkessel des Musikdampfers, der unser Bilderblatt war, damit es mit glitzernder Bugwelle daherkam, ein Traumschiff der Unterhaltsamkeit. In dieser Lage und bei solchem Arbeitsstil ging einem der Sinn allmählich verloren.

Der Gedanke kam mir so scharf zum erstenmal, als Ziesel in dem Gefühl, zu stören, nun aufstand und ging. Rivas saß noch immer im Gegenlicht, was die Täuschung förderte, er sei ein Doppelgänger meines Sohns. Ich achtete auf das Spiel seiner Hände, einziges Zeichen von Nervosität. Seine schlanken Finger verjüngten sich zu den Kuppen hin; Augen und Hände sind mir immer wichtig. Auch die Stimme berührte mich angenehm, fast war sie zu klangvoll für einen schmalen jungen Mann, mit Dirks Stimme hatte sie keine Ähnlichkeit. Die Übereinstimmung der zwei, falls es sie gab, lag tiefer, in ihrer Empfindsamkeit wohl, dem sozialen Gewissen als Ursprung ihres Engagements. Beide kamen aus «gutem Haus». Die Jugend verlieh ihnen Frische, aus ihrer Erziehung schöpften sie Lässigkeit, Geldsorgen kannten sie kaum, das machte sie großzügig. Mit der Liebe wurde man in ihrem Alter leicht fertig, ein eher beiläufiges Vergnügen, die wahre Leidenschaft galt der Politik.

Ich erfuhr, zwei Gruppen suchten hier die Leiden des Bürgerkriegs zu lindern: die Menschenrechtskommission von El Salvador und das Büro für Rechtsbeistand, beides Anhängsel der Kirche. Die Kommission, gegründet vor fünf Jahren, sollte Verletzungen der Menschenrechte registrieren; sie bestand aus Rechtsanwälten, Journalisten und Ärzten, manch einer lebte nicht mehr, andere waren ins Exil gegangen. Es gab ja nicht nur anonyme Drohungen, die Vorsitzende war gleich anfangs umgebracht worden. Doch man hielt durch, machte weiter. Das Büro für Rechtsbeistand verteidigte Angeklagte vor Gericht, wo es noch zu Prozessen kam, es unterstützte Angehörige von Verschwundenen, begrub die Toten der Repression und schickte Ärzte zu solchen Verletzten, die im Krankenhaus Gefahr liefen, ermordet zu werden.

Sei es das, was er mir habe sagen wollen, fragte ich Rivas – bestrebt, ihn tiefer ins Gespräch zu ziehen. Unvermittelt mißfiel es mir, nicht auf seinem Platz zu sitzen, das grelle Abendlicht im Rücken; es hätte mich in seinen Augen verjüngt. Innerhalb dieser beiläufigen Empfindung begriff ich, ich wollte ihm gefallen; ganz grundlos übrigens, aus Eitelkeit, dieser weitverbreiteten Schwäche. Statt zu antworten stand er auf, drehte das Radio an und bat mich auf den Balkon hinaus.

Dort gab er mir leise zu verstehen, Herr v. Kaden habe ihm erklärt, wohinter ich her sei. Er wolle mir helfen, Erkundigungen einzuziehen über die Vorgänge im Grenzgebiet, zumal ich es nicht bereisen könne. Morgen nachmittag könne er mich mit einem Vertreter der Revolutionär-Demokratischen Front zusammenbringen, doch seien Vorsichtsmaßregeln unerläßlich. Polizeispitzel hängten sich oft an, um Leute im Untergrund aufzuspüren. Den Behörden sei bekannt, daß Auslandsreporter auch im Stadtgebiet Kontakt zum Widerstand suchten. Ein paar Umständlichkeiten müsse ich schon auf mich nehmen.

«Ich weiß, wie man Schatten loswird.»

«Hier muß man mehrmals den Wagen wechseln. Fahren Sie zuerst zur First National City Bank an der Kreuzung 1a Calle Poniente und 9a Avenida Norte; dann zu Sears Roebuck 6a Avenida Sur 126. Das Warenhaus hat einen Ausgang zur Calle Oriente, den benutzen Sie beim Verlassen.»

Ich notierte die Details, wider Willen belustigt von der Präzision seiner Angaben. Rivas sah mich streng, ja zwingend an, so als behage es ihm, meine Schritte zu lenken; vielleicht wertete es ihn vor sich selber auf. Ich sollte dann zur Britischen Botschaft fahren und dahinter den Campo de Marte durchqueren. Auf der Rückseite des Parks befinde sich ein Taxistand. In der Avenida El Progreso müsse ich aussteigen und auf das Nationalstadion zugehen. Er würde mich vor der Turnhalle auf der Südseite in einem grünen japanischen Auto erwarten.

«Darf Herr Ziesel dabeisein?»

«Nur bis zum Campo de Marte. Sie trennen sich im Park. Sollte dort noch wer an Ihnen hängen, weiß er nicht, wem er folgen soll. Danach wird Ihr Landsmann nicht mehr gebraucht. Keine Fotos – Sie verstehen.»

«Okay. Sie wissen wenigstens, was Sie wollen.»

«Ich will dasselbe wie Sie: niemanden gefährden.»

Als Rivas gegangen war, suchte ich die Orte auf dem Stadtplan. Sie lagen zumeist im Zentrum, das ergab kurze Strecken. Am weitesten sprang das Nationalstadion heraus – vom Campo de Marte in Luftlinie auch bloß zwei Kilometer ... Der Abend sank, unten flammten die Lichter auf. Ehe ich mit Ziesel zum Essen ging, las ich in meinem Reiseführer (Guide to the Caribbean and Central America by James Felton): *San Salvador is a fantastic dream. To feel its full impact, try to arrive at night, when the wonders of the city can steal upon you, piecemeal and slow* ... Ich sah hinab auf das Schachbrett der City. Deren Wunder würden, so hatte Mr. Felton vor vier Jahren noch gemeint, bei nächtlicher Ankunft langsam über einen kommen, so daß man *full impact* verspürte, vollen Anprall, also den ganzen Genuß davon hatte.

Vorm Schlafengehen duschte ich und stand einen Augenblick vor dem riesigen Spiegel, rieb ihn mit dem Badetuch blank, in der schwülen Trägheit des warmen Wassers, das an mir herabgeprasselt war. Ich hob das feuchte Haar hoch und verharrte in dieser Haltung; sie ließ die Brüste hervortreten und schmeichelte der Figur, an der nur wenig auszusetzen war. Der Körper altert zuletzt, glattes Fleisch unter der schimmernden, überperlten Haut ... In einer jähen Hitzewelle begriff ich, daß ich mich wie mit Rivas' Augen musterte, und ging verwirrt zu Bett.

Bis zum Einschlafen las ich ein paar schwarze Geschichten von Roald Dahl; eine Droge, die beruhigen und trösten kann. Trügerisch kaschierte Scherze ließen Raum für eigenes Erinnern, wobei mir das Buch dann aus der Hand fiel. In dieser Umgebung aber war es wohl die falsche Lektüre, Fiktion und Realität addierten sich und plagten mich im Schlaf. In jagenden Fortsetzungsträumen, die einander überlappten, sah ich an allen möglichen Orten Spitzel, wurde sie auch los, doch nur, um nach sämtlichen Regeln konspirativer Vorsicht in eine Falle zu laufen. Das grüne Auto, in das ich stieg, entführte mich.

Man muß Träumen ihren Lauf lassen, sie vergessen, der aber ließ mein Herz hämmern, quälend, durch wechselvolle Wiederholung. Zuletzt saß stets ein Mädchen am Steuer, eine aufgedonnerte Vorstadtschönheit. Sie sprach ein sinnlich angerauhtes, höhnisches, leicht krächzendes Englisch. Ihr Gesicht, ohne Ebenmaß, bestand aus langen graugrünen Augen mit schräg aufsteigenden Brauen und einer zugunsten des aggressiv geschnittenen Mundes plump abgestumpften Nase. Die Fahrerin grinste mich an. Die Tür ließ sich nicht öffnen.

Was bedeutete das? Vielleicht war's bloß eine Fußnote zum Tage, eine erotische Arabeske. Ich war kein ängstlicher Mensch. Für mich galt das Prinzip, auf Reisen häufig Feindberührung zu haben. Wie im Krieg lief das auf ständige Gefechtsbereitschaft und manches Scharmützel hinaus. Doch der zweite Grundsatz hieß: Geh nie zu einem Treff, der eine Falle sein kann! Hab alles unter Kontrolle, besondes dich selbst, und behalte die Initiative.

Irgendwann in dieser Nacht sprang mich ein Gedanke an, der monströse Verdacht, Rivas sei womöglich gar nicht Rivas. Der Besucher mußte nicht identisch sein mit dem Jüngling, den v. Kaden mir an der Klippe vorgestellt hatte. Ein verwandter Typ, das schon, darauf würden sie geachtet haben, sonst roch ich ja Lunte. Aber ich war mir nicht sicher – der Anblick der Leichen hatte mich erheblich abgelenkt, ja geradezu betäubt. Die Ähnlichkeit mit Dirk war mir erst gestern aufgefallen. Immer hielt er sich im Gegenlicht, so daß sein Umriß ausfranste, eine grelle Schnur, und der Rest verschwamm. Auf mein Personengedächtnis konnte ich kaum bauen, das ließ mich oft im Stich. Solange ein Mensch mich nicht beschäftigte, passierte es mir, daß ich ihn beim Wiedersehen verwechselte oder schlicht übersah. Nachbarn und Berufskollegen hielten mich deshalb für hochmütig. Nun, damit konnte man durchaus leben – daheim, aber hier?

Immerhin, so sagte ich mir gegen Morgen, war wohl noch Verlaß auf das Empfinden, aufs Gespür. Rivas hatte gute Augen, ein Spiegel der Seele, der eigentlich niemals trog. Wohlgeformte Hände, eine schöne Stimme und klare, sensible Augen mit langen Wimpern. Daß ich Gesichter verwechseln konnte, hieß ja nicht, daß es mir an Menschenkenntnis fehlte. Schwerlich hätte es mich auch nur im geringsten zu ihm hingezogen, wäre er ein Falschspieler gewesen.

Den nächtlichen Spuk verschwieg ich Klaus Ziesel; mein Alleingang mißfiel ihm sowieso. Nach dem Frühstück wogen wir das Risiko ab. Aus v. Kadens Papieren las er mir die Notiz über den Tod der vier holländischen Journalisten im März vor, Angestellte der niederländischen Fernsehgesellschaft «Radiotelevision News». Das Team bestand aus dem Leiter, einem Interviewer names Koster, dem Toningenieur und dem Kameramann. Koster war am

11. März von der *Policia de Hacienda* verhört worden, angeblich hatte sie bei einem toten Guerrillero Kosters Hotelanschrift nebst Telefonnummer gefunden. Im Beisein seiner drei Gefährten leugnete er jeden Kontakt zum bewaffneten Widerstand. Wenig später geriet das Team bei dem genehmigten Versuch, in der Provinz Chalatenango zu filmen, unter Feuer ... Der Fall war nie aufgeklärt worden.

Ziesel zitierte noch einen Vermerk jüngsten Datums. Danach hatte eine «Antikommunistische Allianz El Salvadors» Todesdrohungen an fünfunddreißig ausländische Journalisten gerichtet, sogar an Howard Lane, den Presseattaché der US-Botschaft. Die ultrarechte Allianz warf den Presseleuten vor, Handlanger eines «sowjetisch-cubanisch-sandinistischen Kommunismus» zu sein, der «sich unseres Landes bemächtigen will». Es war vollkommen absurd. Auf der Liste standen weitere Nordamerikaner, so die Korrespondenten von UPI, AP und der Fernsehfirmen NBC und ABC. Auch wurden Reporter der «Washington Post», der «New York Times», des «Miami Herald» und des Nachrichtenmagazins «Newsweek» genannt. Dazu hieß es, dies sei «nur die erste Gruppe von Pseudo-Journalisten im Dienst der internationalen Subversion, die wir zum Tode verurteilt haben». Über andere Reporter, die im Lande hin und her reisten, stelle die Allianz noch Ermittlungen an.

«Wahnsinnige soll man nicht reizen», sagte Ziesel.

«Denk an die Größenordnung. Zwanzig Kollegen sind bisher umgekommen, gegen vierzigtausend Salvadorianer.»

«Das ist deren Sache. Judy, ich bin ganz und gar nicht dafür, mich im Park von dir zu trennen.»

«Es ist so vereinbart. Sei froh, wenn uns das eine Fahrt ins Grenzgebiet erspart ... Klaus, wir sind beide erwachsen.»

«Eben! Es paßt mir nicht, daß der Bursche uns Weisungen gibt.»

«Er hat sie plausibel begründet.»

«Du vertraust ihm mehr als mir? Was haben wir überhaupt an diesem lausigen Ort verloren!»

«Du weißt ganz gut, es ist das, wofür man uns bezahlt.»

«O Gott, es muß doch noch andere Arten geben, mit Anstand sein Geld zu verdienen!»

Unter solchen Klagen ging er, mir die üblichen Interviews zu verschaffen – Gesprächstermine mit Lokalgrößen und Amtspersonen. So hielten wir's überall, es lieferte mir den Hintergrund und nebenbei auch Alibis in jenem Hauch aus Komik und Gefahr, wie ihn nur die Pressearbeit bietet. Ziesels Rastlosigkeit war da stets hilfreich. Im Grunde brauchte er Druck und Chaos. Trotz der Seufzer, erst das Tohuwabohu pulverte ihn auf, es kitzelte seinen Improvisationsgeist wach. Ich wußte genau, was ich an ihm hatte.

VI

Wir nahmen eines der Taxis vorm Hotel. Im Stadtkern fand ich mich schon zurecht, er bot sich heiter dar, oder war es meine Erwartung, die ihn in mildes Licht tauchte? San Salvador, zuletzt 1922 durch ein Erdbeben zerstört, ist eine Metropole voll moderner Bauwerke und Marmordenkmäler, raschelnder Palmen an den Boulevards, die zu eleganten Plätzen und Parkanlagen führen. Ihre Höhenlage am Fuß zweier Vulkane, 700 Meter überm Meer im lieblichen Tal, lindert die Nachmittagsglut. Wenn der Wind blies, war es erträglich, im Schatten ideal.

Während ich in dem Bankhaus mit meiner Kreditkarte etwas Bargeld holte, behielt Ziesel die Schwingtür im Blick und suchte sich die Gesichter der Nachfolgenden einzuprägen. Auf der Fahrt zum Kaufhaus, dem zweiten Anlaufpunkt, spähte er wieder durch die Heckscheibe, ohne bei dem Verkehr herauszufinden, ob sich ein Wagen angehängt hatte. Die Strecke war zu kurz, sieben Blocks ostwärts, fünf nach Süden, nur einmal bogen wir rechs ab. Vor Sears Roebuck griff Ziesel zur Kamera, aus einer schnellen Drehung heraus schoß er durch sein Weitwinkelobjektiv die 6a Avenida Sur.

Wir kauften nichts, verließen das Haus zur Calle Oriente und fanden im Gewühl gleich wieder ein Taxi. Beim Einsteigen nahm Ziesel die Szene hinter uns auf. Dasselbe tat er von den Stufen der Britischen Botschaft aus, um mögliche Spitzel abzuschrecken. Nach meinem Gefühl waren wir sie los, falls es sie überhaupt gegeben hatte; die Tricks erübrigten sich, doch wir hielten uns ans Drehbuch. Beim Empfang fragte ich nach der eigenen Botschaft und hörte, sie sei seit langem geschlossen.

Nun zu Fuß in den Campo de Marte, ein hübscher Park, auch recht belebt. Mehrmals knipste Ziesel mich vor wechselndem Hintergrund. So hatten wir in Conakry einmal Späher entlarvt, doch hier machte es mich nervös – mir war, als könne uns dies gefährden. «Weißt du», fragte ich ihn, «an wen mich das erinnert? An Bill Stewart von ABC, damals in Managua.»

Er kannte die Story und hörte auf. Vor vier Jahren war der Bildreporter Stewart von einem Nationalgardisten erschossen worden. Ein Tod für ABC und das lüsterne Publikum, denn natürlich – gelernt ist gelernt – hatte Stewart im entscheidenden Moment auf den Auslöser gedrückt. Das Foto des Mörders ging um die Welt, was mit dazu führte, daß Washington dem Diktator Somoza in letzter Minute seine Gunst entzog. Inzwischen freilich war der Präsident aus härterem Holz und das Weltgewissen durch all die Journalistenmorde abgestumpft. Ronald Reagan hätte solch ein Bild, wäre Ziesel US-Korrespondent gewesen, höchstens noch zu einem Stimmbeben auf der nächsten Pressekonferenz veranlaßt, zu ein paar Sätzen gut gespielten Bedauerns.

Auf der Südseite der Avenida El Progreso, die schon im Schatten lag, erwartete mich Carlos Rivas in einem flaschengrünen Toyota. Wie bei einem heimlichen Rendezvous lächelte er mir komplizenhaft zu und fuhr augenblicklich los. Dabei schien er im Rückspiegel etwas zu sehen, das ihm nicht gefiel. Ein gelbes Auto scherte gleichfalls aus der Parkreihe, es wendete wie wir und schlich hinter uns her.

«Sind Sie sicher, Frau Janssen, das gilt nicht Ihnen?»

«Unsinn, der Wagen stand schon da. Ich bin eben daran vorbeigegangen … Vielleicht aber interessiert er sich für Sie?»

«Kaum. Es kann harmlos sein, ein Zufall. Ich hab eine ganze Stunde damit verbracht, meine Spur zu verwischen.»

«Ich auch. All Ihre Gebote sind befolgt worden.»

Wir erreichten das Nationalstadion Flor Blanca und versuchten, die Übersicht zu behalten. Anfangs blieb das gelbe Auto hinter uns, ein Chevrolet, dann, auf der Rückseite der Tribünen, schoben sich andere Wagen dazwischen. Rivas umrundete das riesige Oval. Gegenüber der Markthalle des Viertels Flor Blanca glitt er in eine Parklücke und ließ den Fahrzeugstrom passieren, wie in einem Krimi. Der Chevrolet war nicht dabei.

«Wir sind die Fliegen los», sagte Rivas, es klang etwas gepreßt. Er sah mich an und fügte hinzu: «Anscheinend.»

«Hatten Sie vorher welche entdeckt?»

«Nein; aber das muß nichts heißen, manchmal sind sie sehr perfekt. Es ist eine Frage des Aufwands, wissen Sie. Allein bin ich denen kaum die drei bis vier Autos wert, die man zur diskreten Überwachung braucht ...» Seine Finger streichelten das Lenkrad, ich merkte ihm Spannung an. «Mit Ihnen dürfte das anders sein.»

Dies bezweifelte ich. So wichtig war ich nicht für die Behörden. Wie viele Korrespondenten bewegten sich außer mir noch in der Stadt, vierzig oder sechzig? Selbst wenn es vier verschiedene Sicherheitsdienste gab, wie v. Kaden vermerkt hatte, sie konnten nicht jeden Ausländer so umständlich observieren. Technisch mochte es möglich sein, nur ergab es wenig Sinn. Doch gehörte Verfolgungsangst zum Alltag hier, vielleicht baute sich Rivas unbewußt damit auf, spielte den Helden vor mir, was ja immerhin ganz schmeichelhaft war.

Am Parque Cuscatlán bog er links in die Alameda Franklin Delano Roosevelt. Wir hatten die Sonne im Gesicht, sie sank auf die Lavafelder der Vulkane, deren Krater sich noch mal zwölfhundert Meter über uns erhoben. «Was ist denn eigentlich unser Ziel?»

«Die Adresse? Besser, wenn Sie die nicht kennen.»

«Fehlt nur noch, daß Sie mir die Augen verbinden.»

Er lachte nervös. Der Traum fiel mir ein. Auf relativ angenehme Art fühlte ich mich entführt. Mein Stadtplan lag im Hotel, ich konnte bloß vermuten, wo wir uns befanden – jetzt auf der Carretera Panamericana, irgendwo zwischen den Villenvierteln San Benito und Roma. Hinter einem umgitterten Park, dem Parque Arce vielleicht, riß Rivas den Wagen nach links, schnitt den Gegenverkehr und jagte an der südlichen Peripherie durch Siedlungen, die ärmlich wurden. Es ging über Sand- und Schotterbetten, ausgetrockneten Flüssen ähnlich, in denen nichts wuchs und nichts stand, als sei dies unsicherer Boden: Bruchlinien der Erdkruste aus früheren Beben. Stadtwärts ragten Fabrikschlote, rechts dehnten sich Vororte, die Monserrate, San Antonio und Colonia los Arcos hießen. Der Industriegürtel San Salvadors. Dort also war vor zweieinhalb Jahren, bei der vermeintlichen Schlußoffensive der Aufständischen, ein Generalstreik entfacht worden, mangelhaft befolgt und vom Militär erdrückt ... Wir rollten an einer Friedhofsmauer dahin, als Rivas sagte: «Da ist er wieder. Es hat keinen Zweck.»

Meine Kehle zog sich zusammen. Hinter uns war ein gelber Chevrolet. Hier, in der Calle del Cementerio, hatte er – falls es derselbe war – uns wieder übernommen. Womöglich hatten sie an den Toyota einen Sender geklebt, der es ihnen erlaubte, uns zu orten. «Was wollen Sie tun?» fragte ich.

«Sie heimbringen. Wir brechen ab, es ist zu riskant.»

Das klang gescheit, doch mir kam der Gedanke, es könne abgekartet sein. Spielte Rivas mir dies vor, beauftragt, mich einzuschüchtern oder sich mein Vertrauen zu erschleichen? War er doch nicht der Mann vom Teufelstor? Aber was hatten sie davon, seine imaginären Hintermänner? Wenn sie mich irreführen und desinformieren, mir über die Guerilla Unsinn erzählen wollten, mußten sie ja einen Scheinkontakt inszenieren. Da war keine Logik drin. Ich jedenfalls sah nicht mehr durch.

Während wir uns dem Zentrum näherten, zuckten die ersten Lichtreklamen auf, gefolgt von den Straßenlampen. Der Augenblick des Zwielichts, den Fotografen lieben; Momente des Zweifelns für mich. Um Rivas auf die Probe zu stellen, bat ich ihn, mir seinen Arbeitsplatz zu zeigen. Aber er meinte, für heute sei es zu spät, das Rechtshilfebüro schließe in wenigen Minuten mit den übrigen Büros der Erzdiözese.

«Was geben Ihnen auch schon unsere Akten?» fuhr er fort, als wir in der Hotelhalle auf die Rumcocktails warteten. «Klagen über Prozeßverschleppung und Häftlingsmißhandlungen, über all die ungeklärten Morde, das Eindringen der Polizei in die Gefängnisse …»

«Sie möchten mir dies ersparen?»

«Eher rate ich Ihnen, den Garten des Priesterseminars mit mir zu besuchen. Er ist seit Jahren voller Flüchtlinge, einige sind immer bereit, ihr Herz auszuschütten. Ich hab Herrn v. Kaden einmal hingeführt, und er fand es viel überzeugender. Es bot ihm mehr als das trockene Papier in unseren Regalen.»

Ich erinnerte mich an v. Kadens Flüchtlingsberichte, die unter dem Titel *So fern von Gott und so dicht an den USA* erschienen waren. «Man kann nicht aufwärmen, worüber schon geschrieben wurde.»

«Man sollte es immer wieder der Welt ins Gedächtnis rufen.» Der Garten, sagte Rivas, werde von der Polizei zwar bewacht, aber nicht betreten. In engen Grenzen – nur in der Hauptstadt – respektiere sie die Caritas, die kirchliche Autorität. Leider rücke der Erzbischof selber allmählich ab von der Tätigkeit seines Büros. Und auch «La Orientación», sein Wochenblatt, werde von Jahr zu Jahr ängstlicher, weiche zurück vor der anonymen Gewalt.

«Und wie halten Sie das durch, Carlos?»

«Es stimmt, der psychische Druck nimmt zu. Längst nennt man uns öffentlich ‹subversiv›, obwohl wir nicht kämpfen ... Aber wer soll die Arbeit tun? Sie ist so wichtig! Und irgendwie glaube ich, der Kampf neigt sich dem Ende zu. Es kann ja nicht ewig so weitergehen.»

Ich tat, als leuchte mir dies ein. In seinen Worten lag soviel Naivität, daß ich von neuem begann, ihm zu vertrauen. «Den Garten heben wir uns auf. Oder sind dort auch Flüchtlinge aus den Grenzzonen, die früher zu Honduras gehörten?»

Rivas hielt das für unwahrscheinlich.

«Wie denken Sie über eine Fahrt nach Norden? Würden Sie mich eventuell begleiten? Es sind doch nur achtzig Kilometer.»

Er sah mich sonderbar an. «Die letzten dreißig wären für uns recht gefährlich. Müssen Sie unbedingt dort hin?»

«Ich glaube, das wird von mir erwartet.»

«Ist es das, weshalb man Sie hergeschickt hat?»

«Ja – wofür man mich bezahlt. Aber mir geht es so, ich mache mir so was meist zu eigen. Die weißen Flecke auf der Karte ziehen mich um so stärker an, je schwieriger es wird, sie zu betreten.»

Am Rande meines Blickfelds blieb ein Hotelboy in Hörweite stehen. Ich hatte den Eindruck, er sei zu einem bestimmten Zweck gekommen und wage es nicht, näher zu treten; daher nickte ich ihm zu. Der Boy murmelte Rivas' Namen, in dem flotten Couvert des Western International übergab er ihm eine Nachricht. Rivas riß den Umschlag auf, las das Kärtchen und preßte die Lippen zusammen.

«Etwas Unangenehmes?»

Seine Hand bebte, als er mir den Text übersetzte: «Wenn du so weitermachst, Freund, müssen wir 268484 wählen ... Keine Unterschrift.»

«Was bedeutet das?»

Er räusperte sich, wie um etwas wegzuhusten, das sich ihm auf die Stimme legte. «Ja, das können Sie nicht verstehen. Hier genügt es tatsächlich, daß man Sie telefonisch anzeigt, unter 268484, damit Sie auf der Schwarzen Liste sind. Rundfunk und Fernsehen senden die Nummer täglich mit dem Hinweis: ‹Meldet den Streitkräften Verdächtige und Subversive!› So einfach ist das ... Im Interesse der ‹öffentlichen Sicherheit› ist das Telefonzentrum rund um die Uhr besetzt.»

«Und wer schickt Ihnen diese Drohung?»

«Wohl die, die uns vorhin gefolgt sind.»

«Unter diesen Umständen will ich Sie nicht mehr bedrängen, mit an die Grenze zu fahren.»

Rivas trank einen Schluck, er sagte nichts.

«So ungern ich darauf verzichte – vielleicht sollten Sie überhaupt nicht mehr für mich tätig sein.» Nach kurzem Überlegen erwiderte er: «Es wird genügen, wenn ich das Hotel künftig meide ... Wenn wir uns zwei, drei Tage lang nicht sehen. Kann sein, es läßt sich inzwischen von uns aus etwas vorbereiten, das Ihnen weiterhilft.» Er verabschiedete sich, ohne auszutrinken.

«Vielen Dank, und gute Nacht.» Ich sah ihm nach, die Schwingtür schwappte, er tauchte in Neonlicht, dann umfing ihn die Dämmerung. *San Salvador is a fantastic dream.* Unwillkürlich stellten sich in mir Mr. Feltons Sprüche ein. *To feel its full impact, try to arrive at night.* Da verschwand er, ein langer, schmaler Junge, Student der Volkswirtschaft, was hatte er noch von sich erzählt? Fast nichts; nur, daß die Universität seit langem geschlossen sei.

Zurück blieb das leere Couvert. Ich strich es glatt, las die Aufschrift «Sr. Carlos Rivas» und schob es in die Handtasche. Hätte nicht auch mein Name dort stehen können? Kein ganz absurder Gedanke. Nur konnte ich das Feld räumen, falls es gar zu dick kam. Selbst ohne den Schutz einer Botschaft war ich soviel besser dran als Rivas ... Was aber gab mir Gewißheit im Hinblick auf ihn? Auch dies noch konnte Täuschung sein! Wenn man plante, mir einen Spitzel beizugeben, einen Provokateur im Gewand des verfolgten Helfers, zog man die Nummer wohl knallhart ab.

Doch gewiß bildete ich mir all das bloß ein. Ein Alptraum, weiter nichts. In vergifteter Luft haben Menschen mit Phantasie es doppelt schwer.

Kaum war ich auf dem Zimmer, da kam schon Klaus Ziesel. Er habe sich Sorgen gemacht, versicherte er. Ich beschrieb ihm den Fehlschlag, er hörte kaum zu, offenbar froh, mich heil wiederzusehen. Er schien sich für mich verantwortlich zu fühlen. Ich wollte ihm den Verlauf der Fahrt im Toyota zeigen, fand aber meinen Stadtplan nicht.

Dafür präsentierte er mir ein Dutzend Fotos, heimlich frohlokkend. Fünf davon waren beweiskräftig. Er hatte sie von den Stufen der Britischen Botschaft und im Campo de Marte geschossen. Stets erkannte man im Hintergrund dieselbe Gestalt, einen Mann in hellem Hemd, das er über der Hose trug, mit Stirnglatze und Schnauzbart. Das konnte kein Zufall sein, wir waren beschattet worden – nur, wie hatte man's geschafft, an uns dranzubleiben?

«Hut ab», äußerte Ziesel. «Das sind Profis.»

«Du bist es auch.» Die Bilder waren scharf genug, ich dachte sie mir auf den Seiten unseres Magazins. Dort würden sie – einen Kreis um den Kerl oder Pfeile auf ihn gerichtet – meine Deutung, daß dies ein schlimmer Polizeistaat sei, gebührend illustrieren. Trotzdem blieb es unheimlich; soviel geheimdienstliche Bemühung und Präzision. Wie ging es zu, daß man uns weder vor der First National Bank, wo wir sogleich ein Taxi nahmen, noch im Gewühl von Sears Roebuck aus dem Blick verloren hatte?

«Hör zu, Judy, es ist besser, wir packen ein.»

«Ohne jedes Resultat? Das wär das erste Mal.»

«Soviel Kontrolle macht einem alles kaputt. Du siehst es an deinem Rivas. Ob Dolmetscher oder Gewährsmann, sie haben's in der Hand, uns jeden einzuschüchtern.»

«Ich hoffe, er meldet sich wieder.»

«Damit man ihn dann erledigt?»

«Ja, das ist der Punkt ... Ich weiß, Klaus, wie man die Wahrheit herausbringt; und ich weiß auch, wie man Menschen schützt. Aber ich weiß nicht, wie sich beides gleichzeitig tun läßt.»

«Du bist total fixiert auf die weißen Flecke, Strathmanns Schnapsidee. Aber da kommen wir nie hin! Praktisch zerstörst du jeden, mit dem du hier darüber sprichst.»

«Ausgenommen dich.»

«Gut, sprich nur noch mit mir, das ist das einzig Gescheite.»

«Du bist von uns beiden der Gescheite.»

Während wir noch witzelten und soviel Humor entwickelten, wie die Lage zu verlangen schien, dämmerte mir, daß mein Stadtplan aus dem Zimmer verschwunden war. Ich hatte sämtliche Anlaufpunkte darauf verzeichnet, die Bank, das Warenhaus, die Botschaft, den Park und die Sporthalle vor dem Stadion Flor Blanca. Wer den Plan entwendet hatte, dem war damit klar, wo ich zu finden sein würde. In gewisser Weise beruhigte mich das. Meist ist die Wirklichkeit ja dröger als ein Krimi. Übernatürliche Kräfte waren nicht im Spiel, auch in San Salvador wurde nur mit Wasser gekocht.

VII

Beim Frühstück sagte mir Klaus Ziesel, das Armeehauptquartier empfange ausgewählte Korrespondenten zu einer Pressekonferenz, auch wir seien erwählt. Beim Autoverleih im Edificio La Centroamericano habe er uns einen Wagen bestellt. Das Stabsquartier nämlich liege vor der Stadt am Rande eines erkalteten Lavafeldes, wegen der entnervenden Kontrollen und aus Furcht vor der Armee bringe einen da kein Taxifahrer hinauf.

Ich stimmte zu. Wie er wieder alles in die Hand nahm und vorantrieb! In ihm steckte der Eifer eines Handwerksmeisters oder Ladeninhabers aus Uelzen, dem die Eltern das anerzogen haben, was eine deutsche Kleinstadt zusammenhält: Fleiß, Ordnung, Sauberkeit. Kannste was, haste was: haste was, biste was. Bestimmt hatte die Mutter ihn gelehrt, immer das gute Händchen zu geben. Und im Medienrummel hatte er gelernt, das Händchen auch aufzuhalten. Ein Landhaus in der Heide! Das Risiko, das er im Ausland lief, war – wie bei mir – ganz gut abgefedert.

Ziesel riet davon ab, Papiere ins Schließfach zu tun; der Hotelsafe sei auch nicht sicher. Was ich mitnehmen wollte, schob er zu seinen Fotos in ein Couvert. Das gab er dann unterwegs hinter der Alameda Roosevelt in einer hübschen Villa ab. Sie lag hangaufwärts in der noblen Colonia Escalon, das ovale Schild «Botschaft der Bundesrepublik Deutschland» über dem Portal. Dort residierte zwar niemand mehr, seit das diplomatische Personal vor dreieinhalb Jahren aus Sicherheitsgründen abberufen worden war; damals wurden Diplomaten gelegentlich entführt. Seit dem Winter aber erwog das Auswärtige Amt, Washington zuliebe den Posten neu zu besetzen, den Joachim Neukirch innegehabt hatte. Bis dahin hielt ein Hausmeister mit zwei Gehilfen Stallwache, er goß die Blumen des prächtigen Gartens. Ziesel hatte schon gestern mit den Leuten Skat gespielt, er meinte, sie gehörten entweder zum Bundesgrenzschutz oder zum BND, dem Auslandsgeheimdienst Bonns. Der Umgang mit solchen Leuten hob wohl sein Wertgefühl.

«Für diese Freundschaft zahlst du noch mit Agentendiensten.»

«Ach, die begnügen sich damit, deine Notizen zu kopieren.»

Von da an fuhr ich, so daß Ziesel die Hände frei hatte für die Landkarte und seine Kameras. Soweit wir sehen konnten, folgte uns über den nordwestlichen Stadtrand hinaus kein Mensch. Wir hatten ja auch, in den Augen der Überwacher, ein ganz solides Ziel. Offenbar hörten sie mein Telefon ab; das ließ sich zur Täuschung nutzen, wenn nötig. Schloß ich mich Rivas an, schienen sie alarmiert, sonst war man halbwegs unverdächtig. Das war doch gar nicht so kompliziert, ich hätte früher darauf kommen müssen.

Am ersten Kontrollpunkt, hinter dem Kloster San Antonio, lag die Stadt unter uns wie in einer Schüssel. Den Südrand, der die Sicht auf den Pazifik nahm, bildete eine Felsformation mit jener 1200 Meter hohen Klippe, in der sich das Teufelstor öffnet. Rechts schweifte der Blick in die Küstenebene, links blinkte der Kratersee, an dessen Westufer der Flugplatz liegt ... Das Hauptquartier selber glich mit seinen Wachtürmen, Betonmauern und Sandsackwällen durchaus einer Festung. Freies Schußfeld über dem Tal und der vor sechzig Jahren erstarrten Lava. *Estado Mayor* stand am Eingang, was Generalstab hieß. El Salvadors Armee bestand aus zwei bis drei Divisionen.

Wir passierten die Schwingarme des Stacheldrahts und rollten auf einen Parkplatz zu anderen Zivilfahrzeugen, den Autos der Kollegen: ein Dutzend Journalisten, von denen ich nur Larry Robinson kannte, einen Mann der Londoner «Times». Es gab Erfrischungen, ein kaltes Büfett unter einer waagerecht gespannten Zeltbahn. Drinnen im Kartenraum empfing uns der Presseoffizier, ein knapp vierzigjähriger Oberst namens Adolfo Blandón, mit einem Bericht zur Lage. Robinson flüsterte mir zu, dessen Stern steige, bald werde er aufrücken zum Stabschef der Armee.

Blandón, mit Hornbrille, Ehering und frisch gebügeltem Hemd, gab sich ganz zwanglos und zivil. Nur das goldene Kreuz der Miniaturgewehre an den Kragenecken verriet seinen Rang. Er sprach anschaulich, lächelte gewinnend und glich insgesamt eher dem Werbe- oder Marketingchef einer großen Firma als einem militärischen Führer im Bürgerkrieg. Das fiel auch den übrigen auf und ermunterte sie zu Zwischenrufen und Fragen. Der Oberst ging stets darauf ein, mit liebenswürdiger Gelehrsamkeit verkaufte er vor der Wandkarte seine Sicht des Kampfgeschehens.

«Es ist richtig», sagte er etwa in korrektem Englisch und wies mit dem Zeigestab auf den Südostwinkel der Provinz Usulutan. «Die Subversiven halten noch das Städtchen Jucuarán, einen staubigen, trostlosen Ort dort in den Bergen am Rande des Baumwollgebiets. Derzeit greifen wir sie mit drei Bataillonen, rund dreitausend Mann, von Norden und Osten her an. Nach Süden können sie nicht entweichen, dort ist das Meer. Im Westen versperren ihnen der Río Grande und die Küstensümpfe den Weg. Damit sind sie in der Falle.»

«Haben die es nicht oft geschafft, durch Ihre Linien zu sickern, Oberst?»

«Das ist vorgekommen; hier aber sind sie ohne Chance.»

«Stimmt es», fragte Robinson, «daß die US-Luftwaffe Sie durch Erkundungsflüge von Honduras aus unterstützt, indem sie Ihr Bild der Feindbewegungen komplettiert?»

«Tut mir leid, das kann ich nicht bestätigen. Wie Ihnen bekannt sein dürfte, haben wir zur Luftaufklärung eigene Maschinen. Und zwar die zweistrahlige Cessna A-37 B ‹Dragonfly›, ein Mehrzweck-Flugzeug, das aus der T-37 entwickelt und uns auch mit Fotoausrüstung geliefert worden ist. Ein leichter Jagdbomber, die Startmasse liegt bei sechs Tonnen, achthundert Stundenkilometer schnell; fast zwei Tonnen Bomben und Raketen kann er tragen.»

«Ein Vietnam-Veteran», äußerte Robinson. «Nun, konventionelle Fotoausrüstung nützt Ihnen wenig, die Rebellen marschieren doch nachts. Nach meinen Quellen werden sie neuerdings von unbewaffneten ‹Mohawk›-Maschinen ausgemacht, Turboprops, die auf dem nordamerikanischen Stützpunkt Palmerola stehen, also in Honduras, bestückt mit hochsensiblen Infrarot-Überwachungssystemen. Das Pentagon gibt zu, daß dreihundertfünfzig Mann der 224. Luftaufklärungsgruppe aus Georgia an den Einsätzen beteiligt sind. Die Guerilla hat keine Waffen, die ‹Mohawks› in der normalen Operationshöhe bei dreitausend Metern gefährden könnten.»

«Das letztere mag wahr sein. Aber wir haben keinen einzigen Einflug aus Honduras genehmigt, so etwas findet nicht statt. Allerdings, an der Grenze bedient US-Personal Radaranlagen, die bis zu uns hineinreichen und Truppenbewegungen sowie geheime Waffenlieferungen über den Golf von Fonseca hinweg entdecken können. Die Ergebnisse teilt man uns mit.»

«Ihre Regierung, Colonel, erlaubt es den Vereinigten Staaten nicht, Ihnen beim Aufspüren der Rebellen wirksamer zu helfen?»

Blandón blieb freundlich, obwohl ihn die Fragestellung stören mußte. Ermüdend ging er ins Detail. Seine Taktik bestand darin, sich unbequemen Fragen zu entziehen, indem er deren Inhalt problematisierte. Von Militärkram genervt, ließ ich mein Bandgerät laufen, gab es selber aber auf, all dies zu verstehen. Großzügig gestattete es der Oberst, daß man ihn vor seiner Karte aufnahm. Sie zeigte zwei große Aufstandsgebiete im Norden und im Nordosten an der Grenze zu Honduras nebst einem weiteren im Südosten, an den Ozean gelehnt; dazu vier kleinere Zonen auf oder beiderseits der Längsachse des Landes, gebildet vom Panamerican Highway. Es sah so aus, als habe man ein Viertel El Salvadors nicht mehr im Griff. Wenn die Karte den Zustand beschönigte, konnte es auch ein Drittel sein. Im Osten, jenseits des Río Lempa, litt die Armee unter Nachschubmangel. Sämtliche Brücken waren zerstört bis auf eine schmale Eisenbahnbrücke. Als Notbehelf diente der erst jüngst vollendete Staudamm des Elektrizitätswerks «15. September»; nur leichte Fahrzeuge durften ihn morgens und abends für je zwei Stunden in einer Richtung passieren. Die Garnisonen im Norden wurden aus der Luft versorgt.

«Wir können nicht überall sein, das nutzt der Feind aus», bemerkte Blandón. «Er schlägt ganz gezielt auf die Infrastruktur los. So sind in den letzten drei Jahren an die achtzig Brücken, rund dreihundert Hochspannungsmaste, ein Drittel der Busse und zwei Drittel aller Bahnanlagen zerstört worden. Man hat die vierundzwanzig Güterzüge des Landes bis auf drei vernichtet. Der Schaden, den unsere Wirtschaft erlitt, liegt bei einer Milliarde Dollar.»

Neben Robinson hob ein flott gekleideter junger Mann die Hand. Er hatte kastanienbraune Locken und rauchte Zigaretten der Marke «Embassy», was mich gegen ihn einnahm. «New York Post», sagte er mit eher texanischem Akzent. «Als Sie vor zweieinhalb Jahren den Großangriff stoppten, Oberst – aus eigener Kraft, denn unsere Hilfe lief ja erst an –, da schätzte man die Guerilla auf dreitausend bis fünftausend Mann. In dem Maße nun, wie wir unser Engagement verstärkten, schien Ihr Heer relativ schwächer zu werden, während die Zahl der Aufständischen, wie man hört, offenbar unaufhaltsam wuchs.»

«Richtig. Wir schätzen sie heute auf zehntausend bis zwölftausend. Aber das ist noch immer nur ein winziger Bruchteil eines Volkes von fünf Millionen! Der Feind hat nicht wirklich die Unterstützung der Bevölkerung, er lebt durch Hilfe von außerhalb.»

«Der Feind», warf ich ein, «besteht aus fünf verschiedenen militärisch-politischen Organisationen. Zwar sind sie im Generalkommando der FMLN vereinigt, der sogenannten Befreiungsfront, aber folgen sie wirklich einem zentralen Plan?»

Man sah mich an, als hätte die einzige Frau hier nur zu notieren, da dies doch Männersache war, ein Ort hehren Soldatentums und taktischer Fachsimpelei. «Schauen Sie», erwiderte Blandón lächelnd, «der Feind ist zerstreut in autonome, zumeist spontan handelnde Gruppen. Streifen sie durch das Land, jagen wir sie mit unseren hochtrainierten Eliteverbänden. Sie zu unterscheiden, dazu bleibt uns selten Zeit.»

«Wer Ihnen im Gefecht gegenübersteht, kümmert Sie nicht?» Unwillkürlich verfiel ich in die waffenklirrende Sprache meiner Umgebung. «Es muß doch Erkenntnisse zur Feindlage geben, über operative Einzelheiten hinaus.»

«Die haben wir. Fest steht zum Beispiel, die aggressivste Gruppe nennt sich ‹Revolutionäres Volksheer› ERP und nistet im Norden der Provinz Morazán. Die zweitstärkste Bande, genannt FPL, also ‹Volksbefreiungskräfte›, hat ihre Basis in den Bergen von Chalatenango.»

«Sind das nicht auch die Gebiete, Colonel, die Ihr Land damals im ‹Fußballkrieg› Honduras abgenommen hat?»

«Ja, im Grenzstreifen deckt sich das.»

«Nach dem Friedensvertrag sollten es militärfreie Zonen sein.»

«Der Feind respektiert die Bestimmung gleichfalls nicht.»

«Sprechen Sie von Honduras oder von den Guerrilleros?»

Der Oberst ließ den Zeigestab sinken, mit dem er eben noch die Positionen des ERP in Morazán markiert hatte. «In gewissem Sinne von beiden. Der Paragraph ist überholt, niemand hält sich mehr daran. Natürlich mußten wir vorrücken, als die Subversion dort Fuß faßte.»

«Hatten Sie dabei Erfolg?»

«Mehrfach. Aber einer Hydra wachsen öfter neue Köpfe nach.»

Ich spürte, er wich mir aus. «Nutzt Honduras etwa Ihre Schwierigkeiten, um seine alte Grenze de facto wiederherzustellen?»

Blandón verhielt sich, als werde ein Staatsgeheimnis berührt. Sein Lächeln gerann, das straffe Gesicht wurde undurchdringlich. Er sagte etwas von politischen Verwicklungen außerhalb seiner Kompetenz. Der Kampf im Gebirge sei hart, verlange höchste Anspannung der Kräfte. Mit dieser Wendung kehrte er auf militärisches Terrain zurück, ihm wohlvertraut, voll von Details, die er geradezu mit Besessenheit darbot. Nur Deutsche und Nordamerikaner entwickeln sonst solche Faktensucht. Meine zum Schluß unter vier Augen vorgebrachte Bitte, mir eine Fahrt ins Grenzgebiet zu erlauben, lehnte er höflich ab – da sei ich bei ihm an der falschen Adresse.

Danach hielt ich mich an Robinson, um von seinen Kenntnissen zu profitieren. Er war schon länger im Lande und ohne Wagen hier, der Beau von der «New York Post» hatte ihn mitgenommen. Ich fragte ihn, ob er Schotte sei und solcherart Spesen spare.

«Es bleibt in der Familie», brummte er. «Derselbe Laden! Dem Boß dieses Lockenkopfs gehört ja auch mein Blatt, seit vorigem Jahr.»

Robinson fuhr mit uns heim, ich stieg zu ihm nach hinten, zu Ziesels Verdruß. Anstatt aber von El Salvador zu sprechen und Erfahrungen mitzuteilen, klagte der Brite mir unterwegs sein Leid. Ich wußte schon, in der hochangesehenen, doch auflagenschwachen «Times» pfiff jetzt ein scharfer Wind. Der australische Zeitungszar Rupert Murdoch hatte sie seinem transkontinentalen Imperium einverleibt. Überall kaufte er halbtote Blätter auf, injizierte ihnen eine brutale Dosis aus Sex, Krawall und schriller Politik. Das geistige Niveau drückte er in solche Tiefen, daß ein Teil der Weltpresse sich genötigt sah, ihm in die Gosse zu folgen. Schon lag die Gesamtauflage seiner Tageszeitungen und Zeitschriften bei 22 Millionen, dazu sammelte er Buchverlage, Druckereien, Papierfabriken, Schallplattenfirmen, Fernseh- und Filmgesellschaften, demnächst auch Nachrichtensatelliten. Ein neuer Randolph Hearst, ein Medientitan, der größte auf Erden. Alles verschmolz bei ihm: Nachrichten, Unterhaltung, Elektronisches, Gedrucktes ... «Die schöne neue Welt», sagte Robinson.

Glaubte man ihm, so fegte Murdoch hemdsärmlig durch die Büros, um Leitartikel umzuschreiben und Leute vor die Tür zu setzen (schwer denkbar bei mehr als vierzig Redaktionen). Mit Nacktfotos, dummem Klatsch und Patriotismus – Schlagzeilen wie *Gotcha* («erwischt!»), als im Falklandkrieg Argentiniens Kreuzer «Belgrano» sank – machte er aus dem Boulevardblatt «Sun» die irrsinnigste Zeitung Englands, ein Organ chauvinistischer Umnachtung. Die «Times», eine Institution wie das Königshaus und der Londoner Tower, schluckte er in der erklärten Absicht, «auf diesem Friedhof aufzuräumen». Nun griff er nach Reuters, der ältesten Nachrichtenagentur.

«Welch eine Erniedrigung», rief Robinson. «Sensationen nach vorn, Horror auf die Titelseite! Hunde, die ein Baby fressen; Bilder von Prinzessin Diana. Das Heer der Arbeitslosen aber rutscht wie durch eine Falltür aus dem Blatt … Hier in Mittelamerika begrüßt der Kerl den harten Kurs der Vereinigten Staaten, schreiben Sie mal dagegen an.»

«Wechseln Sie doch die Zeitung.»

«Ach, der schnappt sie sich doch alle. Erst schwimmt er grinsend neben einem her, dann – zack – stößt er zu. Blut mischt sich mit Wasser, Ihr Kopf ist weg. Ein wahrer Pharao! Sein Reich, das ist Macht in Form einer Pyramide.»

«Ich würde niemanden dämonisieren.»

«Aber er ist ein böser Geist! Ein wahnsinniges Känguruh, das von einem Erdteil zum anderen hüpft. Momentan sackt er den Warner-Konzern ein, Ronald Reagans alte Vertragsfirma, mit dreieinhalb Milliarden Jahresumsatz und dem größten Filmarchiv der Welt. Ein Saurier des Unterhaltungsgeschäfts, der Massenmanipulation! In Hollywood widersteht ihm einzig noch die Coca-Cola-Tochter Columbia Pictures … Ein Jammer, was hier in El Salvador geschieht, ich komme gleich dazu. Aber glauben Sie mir, das ist nichts gegen den Verfall unserer Branche. Der greift viel tiefer und zerstört noch mehr.»

Weder hatte Carlos Rivas eine Nachricht hinterlassen, noch meldete er sich im Laufe des Tages. Würden wir nach dem gestrigen Vorfall, dieser anonymen Drohung, überhaupt wieder von ihm hören? Es wäre verständlich gewesen, wenn er sich von uns zurückzog – ein Gedanke, der von einer Art Verlustgefühl begleitet war. Seltsamerweise hatte ich den Eindruck, es gebe für ihn keinen gleichwertigen Ersatz.

Nachmittags begann ich meinen ersten Text. «Im Estado Mayor, dem Generalstab der Armee, läuft der Krieg noch prächtig. Oberst Adolfo Blandón preist die angeblichen Erfolge seiner Truppen, erläutert freimütig Einsatzgebiete und Angriffspläne: sichtlich ein Mann, der sein Handwerk versteht. Vor Ort freilich sieht alles anders aus. Auch im vierten Jahr des Bürgerkriegs zeigt der Gegner keinerlei Erschöpfung, irren die Truppen des Regimes, zermürbt von Strapazen und nächtlichen Überfällen, durch verlassene Guerilla-Camps oder sinnlos bombardierte, längst geräumte Ortschaften …»

Das letzte hatte Robinson erzählt. Nach dem Gespräch war mir, als hätten die Bilder in meinem Kopf sich soweit verdichtet, daß der Versuch einer Darstellung möglich war. Doch es mißlang, ich spürte, die Sätze griffen nicht. Sie klangen zu spritzig, zu salopp, ganz nach Art meines Hauses. Mit Routine aber kam man diesem Stoff nicht bei. Das ging nicht tief genug, verfehlte den Kern ... Ich ließ es sein, legte die Füße hoch und wartete auf Ziesel, auf einen Anruf meines Dolmetschers. Vom Vulkan her wehten Schußfolgen über das Tal.

Später rief ich das Presseamt der Regierung an und bat um einen Passierschein für Chalatenango oder Morazán. Die Antwort war nein: «Sie werden einsehen, wir müssen in der Lage sein, die Sicherheit unserer Gäste zu garantieren. Im Falle der Nordprovinzen sind wir leider derzeit außerstande, diese Verantwortung zu übernehmen.»

VIII

Tags darauf sprachen wir in der amerikanischen Botschaft vor, einem Betonklotz mit Natursteinfront und versenkbarem Gitter in der Auffahrt, kaum schlechter bewacht als der Armeestab. Statt der blauweißen Flagge El Salvadors hing das Sternenbanner über dem Portal. Den ersten Kontrollring bildete die Sicherungsgruppe des Majors Zapata (die Guerilla erschoß ihn wenig später), salvadorianische Fallschirmjäger mit Halstüchern, weißem Koppelzeug und Fangschnüren. Vor drei Jahren hatte der Kopf einer Bazooka das Tor zerschmettert, dem war kein Anschlag mehr gefolgt, doch man überprüfte uns, als sei dies erst gestern passiert.

Dean R. Hinton, der Missionschef, hatte mir ein Gespräch gewährt. Unter dem Blick zweier Marines saßen wir fröstelnd in der klimatisierten Halle – nach Yankeeart leicht unterkühlt – auf den gelben Polstern einer Marmorbank. Alles ringsum war kostbar und gediegen, erschaffen wie für die Ewigkeit. Tuschelnd erwähnte Ziesel das Gerücht, rechte Obristen wollten Alvaro Magaña stürzen, den konservativen Übergangspräsidenten, um Neuwahlen zu vermeiden und gänzlich freie Hand zu haben. Sogar von der Schutzmacht rückten die Ultras ab, sie wünschten den totalen Krieg, aber Hinton werde den Putsch wohl verhindern. «Ohne den geht nichts in diesem Land, gegen ihn schon gar nicht.»

«Natürlich, er ist doch der Prokonsul hier.»

«Der was, Judy?»

«Na, der Platzhirsch.»

«Ach so. Weißt du übrigens, weshalb in den USA niemals geputscht worden ist? Schließlich muß das irgendeinen Grund haben.»

«Ich hab noch nicht darüber nachgedacht.»

«Ich schon. Denk dir, ich kenne den Grund.»

«Dann komm heraus damit.»

«Ganz einfach: weil es dort keine US-Botschaft gibt.»

Ziesel weidete sich an seinem Witz; man hatte es ihm untersagt, im Inneren des Hauses zu fotografieren. Ich konnte mir denken, weshalb. Hohe US-Beamte kamen regelmäßig hierher. Ihre Anwesenheit war vermutlich ein Alptraum für den Sicherheitsdienst, es wurden wohl ständig die üblichen hektischen, spannungsgeladenen und verworrenen Vorkehrungen getroffen ... Was stand über den Botschafter in meinen Papieren? Dean R. Hinton, um die Sechzig, war vor vierzig Jahren Leutnant in der US Army gewesen. 1946 Eintritt in den diplomatischen Dienst, Wirken an der Botschaft zu Damaskus, später in Ostafrika. Von 1955 bis 1958 Leiter der Sektion Osteuropa, danach Chef des CIA-Verbindungsstabs im State Department. Ab 1961 Besuch einer Kriegsschule. 1967 bis 1969: Direktor der AID-Mission in Guatemala, der US-Agentur für Internationale Entwicklung, also Wirtschaftslenker dort zur Zeit scharfer Repression. 1969 bis 1971 AID-Chef in Chile. 1974/75 Botschafter in Zaïre, wegen eines Komplotts ausgewiesen ... Ein harter Bursche, der die Welt kannte und das, worauf es ankam: die Wirtschaft, den Geheimdienst, das Militär.

Nach all dem gefaßt auf eine Persönlichkeit, sah ich mich dann aber doch enttäuscht. Der Botschafter – in hellem Anzug, weißem Hemd mit abgerundeten Kragenecken und trivial gestreiftem Schlips – war ein Mann von disharmonischem Wuchs: lange Beine, kurzer Rumpf, breite Hüften, großer Kopf. Sein Mund war schwach, die Augen schienen glanzlos, über der weißlich gefaßten Brille wölbte sich die Stirn, von grauen Haarfäden umweht. Er empfing uns im Beisein seines Presseattachés, ich verstand dessen Namen nicht und fragte mich, ob dies noch der Mr. Lane sei, den die Antikommunistische Allianz El Salvadors als Umstürzler bezeichnet hatte.

«Exzellenz», sagte ich, als wir saßen, «Ende 1979, nach dem

Sturz des Diktators General Romero, soll es hier kaum zweitausend Rebellen gegeben haben. Zwei Jahre später überflogen Sie im Hubschrauber das Aufstandsgebiet von Morazán und hielten danach einen klaren militärischen Sieg des Zwanzigtausend-Mann-Heeres über die schätzungsweise fünftausend Guerrilleros für möglich. Heute, nach umfassender Militärhilfe durch Ihr Land, ist die Armee nach eigenen Angaben annähernd dreißigtausend Mann stark, während die Zahl der Feinde sich auf mehr als zehntausend verdoppelt hat. Manche Beobachter nennen zwölftausend Bewaffnete und glauben sogar, ihr Sieg stehe bevor.»

«Nun, das kann ich mir kaum zu eigen machen.»

«Wenn das Land wirklich dabei ist, unter Ihrer Anleitung eine Demokratie zu werden, wie erklären Sie es dann, daß nicht die Zahl der Regierungsanhänger wächst, sondern die der Gegner?»

«Das rührt von dem Wirtschaftschaos her. Sehen Sie, der Bürgerkrieg ruiniert das Land. Das Bruttosozialprodukt ist seit 1979 von anderthalb auf eine Milliarde Dollar gesunken. Sprunghaft steigt die Arbeitslosigkeit. Die Exporte gingen um ein Drittel zurück, das Pro-Kopf-Einkommen gleichfalls, es liegt jetzt bei vierhundert Dollar im Jahr ...» Noch erschien Hinton sehr gelöst, seiner Kompetenz ganz sicher. Wie Blandón überschüttete er mich mit Fakten und Zahlen. Allmählich aber stockte sein Redefluß, es mehrten sich bei ihm Züge von Schwunglosigkeit und beamtenhafter Vorsicht.

«Ihre Wirtschaftshilfe hält den Verfall nicht auf?»

«Leider nein; keineswegs. Nicht vor einer Liquidierung des Aufstands, der alles ins Elend stürzt. Die Bohnenernte, die Erzeugung von Rindfleisch und Milchprodukten sanken um achtzig Prozent ...»

«War der Aufstand nicht vielmehr die Folge des Elends?»

«Worin auch immer Sie die Ursache sehen mögen, Frau Janssen – für mich liegt sie im Signaleffekt des Umsturzes in Nicaragua –, Tatsache ist, daß die Kriegskosten ständig steigen, die Steuereinnahmen sinken und das Haushaltsdefizit vierhundert Millionen Dollar erreicht. Durch Kapitalflucht ging dem Land eine weitere Milliarde verloren, noch einmal soviel wie die Kriegsschäden selbst. Die Kaffeernte fiel zurück auf den zweitniedrigsten Stand der letzten zwanzig Jahre, und wegen des Preisverfalls auf dem Weltmarkt war der Exporterlös fünfmal kleiner als damals.

Zugleich blieb mehr Kaffee als je zuvor unverkauft, trotz seiner vorzüglichen Qualität.»

Der Attaché sagte: «Letztlich wurzelt die Misere in der Doppelwirkung von äußerer Depression, den bekannten Absatzschwierigkeiten für Agrarprodukte, und innerer Zerrüttung. Der Feind greift gezielt die Infrastruktur an, so schaukelt sich dies beides wechselseitig auf.»

«Dann kann ja das Ende nicht mehr fern sein.»

«Wenn wir weiterhin die notwendige Hilfe schicken», erwiderte der Botschafter, «nicht amerikanisches Personal, aber Waffen, Medikamente und Wirtschaftsgüter, dann werden wir bald ein ausreichendes Gegengewicht zu der cubanischen und nicaraguanischen Unterstützung für die Aufständischen schaffen.»

Minutenlang fuhr er so fort. Fauler Zauber, dachte ich – ein wenig schockiert, daß ich das von einem Mann wie dem Botschafter dachte. In seiner Erklärung gab es nicht einen bemerkenswerten Satz; doch vielleicht war das ihre Stärke. Ein Diplomat hält sich bedeckt. Ich rief mir ins Gedächtnis, daß Hinton seine Weisungen und wohl auch Überzeugungen hatte, daß er nur ein Rädchen der Reagan-Administration, Teil einer Mammutbehörde war. (Das State Department hat 24000 Beamte, ein Drittel sitzt in Washington, in dem banalen Zweckbau nahe dem Potomac. Der Rest ist in rund 280 Botschaften, Konsulaten und anderen auswärtigen Einrichtungen beschäftigt. Das Korps der US-Berufsdiplomaten zählt stattliche 3800 Mitglieder.)

«Wie kommt die ‹östliche› Unterstützung ins Land, Exzellenz?» Mir schien, ich hatte mich lange genug geduldet; die Zeit war reif für eine klare, verständliche Sprache. «Sind denn die See- und Luftwege nicht fest in Ihrer Hand?»

«Es sollte eigentlich unmöglich sein, doch irgendwo rutscht immer etwas durch, mit Kleinflugzeugen und Motorbooten.»

Das überzeugte nicht. Die vielen «irgendwo» und «eigentlich» machten die Auskünfte verschwommen. Rücksicht auf seinen Status ließ ihn zaghaft werden, was er wirklich meinte, blieb dunkel … (Später sagte Hinton auf die Frage eines Senatskomitees, wie viele der für die salvadorianische Guerilla bestimmten Waffen denn abgefangen worden seien: «Nicht eine Pistole, Senator.») Stets kamen mir solche Diplomaten wie Mönche eines gigantischen Klosters vor, die sich der Aufgabe geweiht haben, orakelhaft zu reden, scheinbar leeres Stroh zu dreschen und dennoch den Aussprüchen anderer die letzte verborgene Bedeutungsnuance abzuringen. Hinton also blieb auf der Hut, vor dem laufenden Tonband mißlang es mir, ihn aus der Reserve zu locken. Seit April 1981 war er hier als Nachfolger von Frederic Chapin, der gleich nach Reagans Amtsantritt den gemäßigten Robert White abgelöst hatte (und inzwischen Statthalter in Guatemala war). Hinton selber wurde bald nach dem Gespräch durch den robusteren Thomas Pickering ersetzt: vier Herren in drei Jahren, dies war wohl ein Job auf dem Schleudersitz, und der Botschafter sah aus, als sei er sich dessen bewußt.

«Nicaragua baut die stärkste Militärmacht in Zentralamerika auf», hörte ich ihn sagen. «Fast so stark wie México, und México ist viel größer!»

«Ist es nicht so, daß erst Ihr Druck auf Nicaragua den Aufbau der Streitkräfte erzwang?»

«Nicaragua versucht seit langem, den Terrorismus zu exportieren. Dem konnten wir nicht tatenlos zusehen. Die Vereinigten Staaten haben sehr lange Grenzen und offene Küsten im Süden, vitale Interessen, nicht wahr ... Wichtige Schiffahrtsrouten gehen durch die Karibik. Wenn nun diese Region immer mehr unter die Kontrolle von Regimen geriete, die eng mit der Sowjetunion verbunden sind, müßten wir einen Großteil unserer Streitkräfte verlegen oder das Verteidigungsbudget immens erhöhen ...»

«Noch mehr?»

«... um uns selbst wie auch die Belange unserer Verbündeten zu schützen. Deshalb harren wir aus an diesem Ort, auch wenn Sie meinen, daß dies ein verlorener Posten sei. Unser Motto ist: bis hier und nicht weiter!»

Er erregte sich ein bißchen, ohne daß es ihn glaubwürdiger machte. Ich spürte, woran das lag – es fehlte ihm an Ausstrahlung. Er hatte keine Aura. Es mußte ja nicht gerade das sein, was ein Showstar hat und wofür es, seltsam genug, bei uns nur Fremdwörter gibt: Sex, Flair, Glamour, Charisma oder Extravaganz. Aber ein wenig Ruchlosigkeit, ein Hauch von Zynismus und Machtgefühl, so fand ich, gehörten nun mal zur Verkörperung einer Politik, wie er sie vertrat. Nur Exzellenz sein genügte nicht.

«Vor drei Tagen war ich an der schaurigen Klippe unterhalb des Teufelstors, Sir. Man hat mir die Leichen gezeigt – keinesfalls Opfer der Guerrilleros. Ich kann nicht glauben, daß dies ein Ort ist, auf den Sie stolz sind und den Ihre große Nation verteidigt.»

Hinton verzog das Gesicht. «El Salvador hat eine lange Geschichte von Gewalt. Der Bürgerkrieg verstärkt noch diese Tendenz. Es trifft leider zu, auch die durch uns unterstützten Ordnungskräfte halten nicht immer Maß. Deshalb versuchen wir ja, das Justizwesen zu verbessern und die Todesschwadronen an die Kandare zu nehmen.»

«Die haben auch mir schon gedroht», sagte der Attaché. «Andererseits jedoch ist der zweite Mann unserer Militärmission, Captain Albert Schaufelberger, im Mai hier auf offener Straße von roten Terroristen erschossen worden; zu der Tat hat sich die FPL bekannt. Das steht durchaus im Widerspruch zu den Beteuerungen der Aufständischen, mit uns verhandeln zu wollen.»

«Immerhin sind weit mehr US-Bürger Opfer des Rechtsterrors geworden», entgegnete ich. «Vier Nonnen, zwei Landwirtschaftsberater, sogar Touristen und mehrere Reporter. Zum Teil liegt das schon weit zurück, Ihr FBI hat die Schuldigen ermittelt, aber bisher ist keine einzige Person angeklagt, geschweige denn verurteilt worden.»

«Wie anderswo mag es Vertuschungen gegeben haben ...»

«Sie haben der Regierung eine Liste von zwei Dutzend Offizieren überreicht, die mit den Todesschwadronen zu tun haben, und verlangt, diese Leute ins Exil zu schicken. Daraufhin wurden drei oder vier auf diplomatische Posten ins Ausland entsandt, was man nicht gerade als Bestrafung werten kann. Weshalb, meine Herren, ist sonst überhaupt nichts geschehen?»

«Ich hoffe, Ihre Frage enthält keine Unterstellung», sagte Hinton gallig. «Wenn Sie zum Ausdruck bringen wollen, daß es zu viele Mordfälle gibt im Lande, dann trifft das freilich zu.»

«Zwanzig bis dreißig pro Tag.»

«Es gibt Morde auf Grund von Familienfehden, Blutrache und ähnlichem. Es gibt Anschläge der Guerilla. Und dann gibt es die viel zu vielen Toten, die auf das Konto der Todesschwadronen gehen, bei denen manchmal der Verdacht entsteht, Männer aus der Regierung oder aus den Streitkräften steckten dahinter. Leider läßt sich das nur schwer beweisen.»

«Wenn das in Nicaragua geschähe, ginge ein Aufschrei durch die Medien, und ich weiß nicht, wozu Ihre Regierung sich hinreißen ließe.»

«Da täuschen Sie sich; wir sind nicht der oberste Polizist der Region.»

«Manchmal entsteht aber dieser Eindruck.»

«Mit Verletzungen der Menschenrechte werden wir uns nie abfinden.»

«Dieses Volk», sagte der Attaché, «ist von Natur blutdürstig, es hat ein leichtfertiges Verhältnis zum Tod. Da wirkt die iberische Tradition stark nach. Es herrscht eine ‹Kultur der Gewalt›, wie die Soziologen meinen. Unsere Historiker sehen den Ursprung der Todesschwadronen in der blutigen Niederschlagung eines Bauernaufstands im Jahre 1932, die als *la matanza,* das Gemetzel, in die Geschichte eingegangen ist. Das Gemetzel muß alle Hemmschwellen beseitigt haben. Nur so wird erklärbar, daß im tiefreligiösen El Salvador der Erzbischof vor dem Altar ermordet werden konnte, daß eine Mafia ‹Hinrichtungen› beschließt und man auf abstoßende Leichenhalden trifft.»

«Als atavistische Form der Machterhaltung», fügte Hinton hinzu. «Vergessen Sie nicht, bei Ihnen und bei uns, in jedem modernen Industriestaat schützt man sich vor dem Terrorismus durch hochtrainierte Sicherheitskräfte. Die haben Computer, einen Erkennungsdienst, ein erstklassiges Meldewesen und komplette Kontrolltechniken. So etwas fehlt in Entwicklungsländern, da sollen halt primitive Mechanismen der Abschreckung, so scheußlich sie in unseren Augen sind, die Ordnung aufrechterhalten.»

«Die Herrschaft einer Minderheit.»

«Eine Minderheit ist stets am Drücker; es kommt nur darauf an, daß sie im Sinne der Mehrheit handelt.»

«Nach Ihrem Gefühl, Exzellenz, ist das hier der Fall?»

«Gewiß, mehr und mehr. Wir finden uns nicht ab mit den Formen, mißbilligen da manches, doch hat unser Einfluß ja Grenzen. Auch bin ich überzeugt, man kann schwerlich Krieg führen und zugleich eine gerechtere Gesellschaft schaffen. Erst muß der Sieg errungen sein! Das Ende des Bürgerkriegs bringt uns dann den vollständigen Durchbruch zur Wahrung der Menschenrechte, zu einer demokratischen Ordnung im Geiste der freien Welt.»

Banalität brachte ihn nicht in Verlegenheit, die Schablonen der Diplomatie und Propagandasprüche schienen seine Muttersprache zu sein. Ebenso formelhaft beantwortete er meine Frage nach den weißen Flecken im Norden, nach den Rätseln des Grenzgebiets zu Honduras. Ich dankte ihm und stand auf; kein Zweifel, seine Geduld war erschöpft. Wir setzten uns noch einmal für

Klaus Ziesel, der draußen im Halbschatten der Terrasse ein Dutzend Fotos schoß. Sie zeigten den Botschafter vor einem Tulpenbaum im gefilterten Licht der Mittagssonne. Auch dort aber war mit ihm kein Staat zu machen. Er sah verdrießlich drein, wirkte wie ein Sparkassendirektor oder Filialleiter, der eine Revision seiner Bücher und Kassenbestände erwartet. Von der Machtfülle, die in seinen Händen lag, verrieten die Bilder nichts.

Später saß ich im Frisiersalon meines Hotels, umschmeichelt von Düften, zärtlicher Musik und den Fingern des jungen Mannes, der mir zu kurzem lockigem Haarschnitt riet. Bisher trug ich das Haar glatt, halblang, in der Mitte gescheitelt. Das sei zu streng, redete er mir ein, Ponys verjüngten ungemein. Ich gab mich der Kopfmassage so hin wie den Evergreens, die anheimelnd von den Wänden rieselten. Doch darunter lauerte die Sorge um Carlos Rivas, der nichts mehr von sich hören ließ, und um meinen Sohn.

Vermutlich hing beides zusammen. Ich hatte Dirks wegen gleich bei der Ankunft nach Managua telegrafiert, an das Innenministerium dort, das ihn ausfindig machen und ihm meine Telefonnummer geben sollte. Dies war wie in Trance geschehen, nach dem endlosen Flug, als mir noch nicht klar war, daß ein Kontakt mit Nicaragua mich wohl zwangsläufig verdächtig machte. Hatte dies erst die Überwachung ausgelöst oder intensiviert, die nun auch Rivas galt? Im Spiegel der Kopf einer Frau von Mitte, Ende Dreißig. Die Haartracht stand mir, das schon, doch für wen eigentlich die Prozedur?

Oben spielte ich die Tonbänder ab: Rivas', Blandóns und Hintons Stimmen. Ziesel kam, um mich zu bewundern, wortreich die Verwandlung zu loben – wie dumm. Gemeinsam prüften wir die Texte und seine Fotos, bemüht, aus dem dampfenden Haufen von Halbwahrheiten, schlauen Andeutungen und bunten Sofortbildern ein paar Erkenntnisse zu gewinnen. Bei dem Versuch, all dies zu deuten und zu erahnen, wie es mit uns weiterlief, gingen wir so insektenhaft vor wie die Spezies der Kreml-Astrologen ... «Hier auf der Terrasse, wo ihm das Haar in die Stirn weht», sagte Ziesel, wie immer stolz auf einen Schnappschuß, «hab ich Hinton erwischt, da liegt der Charakter bloß.»

«Falls er überhaupt einen hat.»

«Sieh doch den schiefen Blick! Da wirkt er so schlitzohrig wie Alec Guinnes in dem Film ‹Ladykillers›, hab ich recht?»

Abends las ich im Vorwort zu Stefan Zweigs «Joseph Fouché» den Satz, vor 54 Jahren zu Papier gebracht: «Und täglich erleben wir es neuerdings, daß in dem fragwürdigen und oft frevlerischen Spiel der Politik, dem die Völker noch immer treugläubig ihre Kinder und ihre Zukunft anvertrauen, nicht die Männer des sittlichen Weitblicks, der unerschütterlichen Überzeugung durchdringen, sondern daß sie immer wieder überspielt werden von jenen professionellen Hasardeuren, die wir Diplomaten nennen, diesen Künstlern der flinken Hände, der leeren Worte und kalten Nerven.»

An dieser Stelle erlosch das Licht; Sekunden später wurde die Luft erschüttert von einem Knall. Dann sprang das Notstromaggregat des Western International an, und Ziesel brachte die Nachricht, ein Umspannwerk sei explodiert bei einem Sprengstoffanschlag der Rebellen. Wir traten auf den Balkon hinaus, finster lag uns die Stadt zu Füßen.

Flüsternd erklärte mir Ziesel, Rivas habe sich unter falschem Namen bei ihm gemeldet, ihn in der Dunkelheit vor ein Kino bestellt, um uns dort für übermorgen eine Fahrt ins Landesinnere zu empfehlen; womöglich nach Norden. «Er will uns begleiten, heroischerweise. Offenbar braucht er Luftveränderung.»

«Ach, er hält einfach Wort. Er tut das eher für uns, denke ich.»

«Kann sein – vielleicht für dich.»

Über meinem Magen zog sich etwas zusammen. Die Einzelheiten sollten morgen vereinbart werden, bei einem weiteren Treff. Ziesel werde sich um alles kümmern. Ich stimmte zu, froh, daß es losging, zugleich alarmiert von der Gefahr, die uns jenseits der Stadtgrenze zu drohen schien.

Lange nach Mitternacht schrillte das Telefon. «Carlos?» fragte ich atemlos, doch zu meinem Erstaunen war Dirk in der Leitung. So klar, als rufe er aus der Halle an, drang mir seine Stimme ins Ohr. Er sei in einer Klinik in Matagalpa tätig, hörte ich ihn sagen, ihm und seinen Gefährten gehe es ganz gut. Aus Berlin habe er weggewollt, weil gegen ein paar Freizeitredakteure seines Blatts Haftbefehle ergehen sollten; dazu einmal später mehr. Das Land sei in Bedrängnis, es brauche ihn, und er fühle sich wohl, trotz der Sprachschwierigkeiten und des harten Alltags.

«Laß sein», unterbrach er mich. «Wir müssen uns kurz fassen,

Judy, man hört uns todsicher ab. Komm lieber her oder ruf mich aus México an! Und mach dir bloß keine Sorgen.»

Meine Hand war feucht, als ich auflegte. Die wenigen Sätze hatten mich erschöpft. Und der Eindruck, ich bange mehr um Rivas als um meinen Sohn, saß wie ein Stachel in mir.

IX

Ein wasserdichter Plan, diesmal durfte nichts schiefgehen. Zur Irreführung der Lauscher hatte ich Larry Robinson gebeten, mich telefonisch zu einem Ausflug an den Pazifik zu überreden. Am Apparat begründete er die Einladung mit dem Wunsch, sich für die Heimfahrt vom Armeestab zu bedanken. Es war Sonntag – ganz plausibel, daß es auch Korrespondenten ans Meer zog. Klaus Ziesel aber nahm den Bus Nr. 29 zum Flugplatz, um dort einen Wagen zu mieten und mich in Estero de Toluca aufzupicken, dem kleinen Seebad vierzig Autominuten von San Salvador. Die Gegend südlich der Hauptstadt war ruhig und frei von Kontrollpunkten.

Bei meinen Unterlagen war die Pressemeldung: «Rechtzeitig zum Beginn der Badesaison hat das salvadorianische Heer die an den Stränden nistenden Freischärler vertrieben. Nach Angaben des Leiters der Säuberungsaktion, Oberst Domingo Monterrosa, sind dabei drei Terroristen getötet worden, das Heer hat keine Verluste erlitten. Die Operation ist bis zum Strandbad El Cucu ausgedehnt worden. ‹Die Streitkräfte arbeiten, während das Volk sich erholt, sagte der Oberst.›» Überall Verdrängung im offiziellen Bild! Da pries die Luftfahrtgesellschaft Taca in farbigen Broschüren «die faszinierende Kombination von Ozeanstränden, geheimnisvollen Maya-Ruinen und dem phantastischen Panorama der Vulkankette». Als kämen noch Touristen nach Cuscatlán, wie die Mayas das Land nannten – «das Land der wertvollen Dinge». Heile Welt ebenso in der Universidad Delgado, die höhere Bildung für Wohlhabende anbot, seitdem die staatliche Universität vor drei Jahren geschlossen worden war. «Das Tragen von Krawatte und Jackett ist für die männlichen Studenten obligatorisch», stand gleich am Eingang; und die Professoren unterrichteten im schwarzen Talar.

Wie vor fünf Tagen mit v. Kaden führte der Weg uns aufwärts durch Los Planes. Der Parque Balboa mit dem Teufelstor blieb rechts zurück. Das Vorhaben belebte mich trotz Robinsons verstohlenem Gähnen; ferne Schußfolgen, denen niemand mehr Beachtung schenkte, hatten ihn um den Schlaf gebracht. Übrigens rühmte er sich, am Knall zu erkennen, aus was für einer Waffe und von wem da geschossen werde. Für mich schwarze Kunst, nie würde ich lernen, Gefechtslärm zu unterscheiden. Ob also Guerrilleros Hochspannungsmaste gesprengt oder Polizisten ein Armenviertel gestürmt hatten, wie Robinson mutmaßte, das ließ sich nicht klären. Für die einheimische Presse waren die Kämpfe ohnehin nur Erfindung der Auslandskorrespondenten, die Sensationen meldeten, um ihre Spesen zu rechtfertigen und sich weiterhin in den Hoteldiskotheken zu amüsieren … Verdrängung des Krieges, sichtbar noch in Geschmacklosigkeiten wie dem Namen jener Diskothek, die «Haus des Terrors» hieß.

«Wir erfahren es noch», sagte ich zu ihm. «Da stürzen sich schon andere drauf, die Sammler ‹harter nachprüfbarer Fakten›: wo und wann wieviel Tote, ich bitte Sie, Larry!» Denn das war Stoff für die Agenturen, daraus brauten sie Kurzmeldungen und ließen sie über die Fernschreiber tickern. Da ging's um Tempo, die internationale Berichterstattung war hastig, oberflächlich, immer schon. Bewußt verfälschten Reporter selten etwas, doch es gab die eurozentrische Brille: ihre Denkmuster, die Sicht der Nordhalbkugel, ihr Markt und Herr des Restes der Welt.

Robinson stimmte mir bei – fünf Sechstel des täglichen Nachrichtenstroms der westlichen Hemisphäre produzierten die großen Vier, AP und UPI in New York, Reuters in London, AFP in Paris. Sie allein, sagte er, hätten die Finanzkraft und den Apparat, alle nur möglichen Nachrichten zu liefern. Westdeutschlands DPA war hier die Nummer fünf. Aus kolonialgeschichtlichen Gründen war noch die spanische EFE wichtig, das Informationsmonopol der alten Großmächte sei ja historisch gewachsen: «Früher ein britisch-französisch-deutsches Nachrichtenkartell, dann erweitert von den USA.»

Ich ließ das Thema fallen; mein Sohn hatte es mir sattsam aufgetischt. Etwas anderes beschäftigte mich – das Wiedersehen mit Rivas? Als könne Robinson Gedanken lesen, lobte er meine Idee, solch einen Mann zu benutzen. Der übliche Fehler sei nämlich, Einheimische als *stringers* (Spanner) zu nehmen, die einen Draht zu den Behörden hatten, folglich rechts standen. Der hiesige AFP-Korrespondent bezog sein Material von dem regierungstreuen «Diario Hoy»; der AP-Mann war ein Freund von General Medrano, dem Helden des Fußballkrieges mit Honduras und Vater der Todesschwadronen, dem ranghöchsten Mörder von allen; die EFE hielt Kontakt durch den Bruder des Verteidigungsministers ... Ganz gut, sich auf Neutrale zu stützen, das werde mir helfen, den amtlichen Redefluß zu verkraften. «Wer zu den Quellen will, der schwimmt halt gegen den Strom.»

Bei Rosario de Mora lag der Ozean blaugrün unter uns, ein fast leerer Strand vor langen Wellen, die schaumlos anrollten, ehe sie sich brachen. Wir fanden den Parkplatz am Rande des Badeorts, schlossen die Sachen ein und liefen zum Meer. Das Wasser war lau, salzig, seidenweich und voll saugender Kraft, es schob mich auf eine Flußmündung zu und machte mir Angst, bis ich wieder Grund unter den Füßen hatte.

Beim Herauswaten sah ich Klaus Ziesel winken, es war sein Ehrgeiz, pünktlich zu sein. Er hatte einen weinroten Landrover des Typs Nissan Patrol gechartert, ein plumpes Vehikel mit Stoßgitter und Allradantrieb, wie er betonte. Die leuchtende Farbe sei der beste Schutz vor einer Verwechslung mit Kampfteilnehmern. In einem Anflug von Besorgnis, gemischt mit sportlicher Anerkennung, drückte Robinson mir die Hand. «Viel Glück bei der Großwildjagd», äußerte er im Hinblick auf das Fahrzeug. Es hatte ihm gar nichts ausgemacht, uns Deckung zu geben.

Über *La Litorial,* die Küstenstraße, erreichten wir rasch den Hafen Libertad und bogen rechts ab. Durch vulkanisch gedüngtes Mais-, Zuckerrohr- und Weideland wand sich die Chaussee bergan. «Auf Straßen sind wir nicht angewiesen“, rief Ziesel im Vollgefühl der Zugkraft seines Sechszylindermotors. «Das ist ein Off-Road-Profi, weißt du? Unseren Freund lesen wir an der Panamericana auf, der Traumstraße von Alaska bis Feuerland. Getrennt marschieren, vereint schlagen! Action is satisfaction ...»

Wo hatte ich das zuletzt gehört? Auch nach einem Bad im Meer.

Santa Tecla ist eine Stadt von sechzigtausend Einwohnern, um die Mitte des vorigen Jahrhunderts erbaut als Ersatz für die erdbebenzerstörte Hauptstadt, zwölf Kilometer westlich von ihr, auch Nueva San Salvador genannt. Die Panamericana kreuzt den Ort, nahe der Tankstelle stand Carlos Rivas, er glich einem Tramper und tat erfreut, als wir ihn zusteigen ließen. Während man uns die Reservekanister füllte, wandte ich mich ihm zu – wortlos froh, ihn unversehrt wiederzusehen. In gewissem Sinne fühlte ich mich verantwortlich für ihn. Andererseits bot er uns auf unklare Art auch Schutz. In seinem Beisein, so schien es mir, würde uns kaum etwas mißlingen. Gleich oberhalb der Stadt begann die Vulkanregion, eine Mondlandschaft, die wir in der Absicht passierten, auf Nebenwegen zu bleiben. Ständig versucht, Rivas anzusehen, fragte ich ihn, ob er denn noch eine Warnung erhalten habe. Mit dem Satz, die bekomme man nur einmal, ging er darüber hinweg.

Der Wagen kroch beinahe bis zum Gipfel, einem erloschenen Krater von anderthalb Kilometern Durchmesser. Wir nahmen das letzte Stück zu Fuß und warfen einen Blick in die aschgraue, schwindelerregende Tiefe. «Am Nordhang gibt's ein Museum mit indianischen Altertümern», sagte unser Führer. «Wenn man uns anhält, erklären Sie, wir suchten es.»

Ich stieg hinten ein und saß jetzt neben ihm. «Bald fängt es an, das umkämpfte Gebiet», fuhr er fort. «Falls das Militär uns stoppt, behaupten Sie einfach, wir seien unterwegs zu dem Armeeposten in Aguilares.»

«Und was sage ich hinter Aguilares?»

«Daß Sie zum Hauptquartier der IV. Infanteriebrigade in El Paraiso möchten. Die Armee zeigt es gern. Nordamerikanische Anti-Guerilla-Experten haben es vor zwei Jahren zur uneinnehmbaren Festung ausgebaut.»

Ziesel drehte sich zu uns um. «Und von da an?»

«Von da an müssen Sie nichts mehr sagen.»

«Wieso nicht, Mr. Rivas?»

«Weil keiner mehr groß fragen wird. Das ist Niemandsland, da wird meist nur geschossen.»

«Free strike zone?»

«Das wäre der Fachausdruck.»

Ich fröstelte in der Höhenluft, wir rollten abwärts.

«Soll das heißen», fragte Ziesel, «wir werden nicht erwartet?»

«Eine Gruppe der FPL weiß vermutlich, daß wir kommen.»

«Vermutlich ... Und wo beginnt deren Gebiet?»

«Das wechselt natürlich. Ich rechne – etwa bei Kilometer siebzig.»

«Wo man die vier Holländer erledigt hat?»

Die zwei schienen heimlich zu streiten. Auch ich war nervös, trotzdem reizte mich die Situation, zumal der dreifache Verwandlungsakt: Tourist, Journalist, vogelfrei – es ließ sich ja kaum besser steigern für die Story, für mein Blatt. Allen Ernstes, ich fand Trost darin, mir auszumalen, wie ich dies zu Papier brachte, so trocken wie möglich, um Gunar Strathmann und eine Million Leser damit zu entzücken. Wie schon so oft siegte in mir der Ehrgeiz über die Furcht.

Neben mir fragte Rivas: «Was jammern Sie, Ihnen geht's doch um Fotos, die kein anderer hat?»

«Was haben Sie denn gedacht!»

«Also Sie machen das für Dollars.»

«Schweizer Franken und Pfunde tun's auch. Erst bei mexicanischen Pesos oder Ihren Colones ziehe ich die Grenze.»

«Die Guerilla könnte Sie nicht bezahlen; höchstens mit 'nem Nachtquartier und ein paar Maiskuchen.»

«Das ist auch der Grund, weshalb sie keine Bildreporter hat.»

«Die hat alles, was sie braucht.»

«Nicht genug, um die Armee zu schlagen.»

Das Gestichel endete erst bei Kilometer 53 in dem Bergnest Colima. Soldaten in grüngelbem Kampfanzug bewachten die Brücke über den schmalen Oberlauf des Río Lempa, der die Grenze zur Provinz Chalatenango bildet. «Wir wollen nach El Paraiso», erklärte ich den Burschen, die uns umringten, und Rivas übersetzte es. «Zum Stab der IV. Brigade, auf Empfehlung von Oberst Blandón.»

Wir mußten aussteigen, der Wagen wurde durchsucht, wohl nach Waffen. Ziesel schob das Schild «Presse» unter den Scheibenwischer, hißte am Dachgepäckträger die weiße Fahne und zog noch solch ein Tuch quer über die Motorhaube, der Flieger wegen.

«Sie sollten auf den Konvoi warten», riet uns der Wachhabende, ein Leutnant. «Drüben ist unsicheres Gebiet, Heckenschützen tausend Schritte beiderseits der Straße ...» Aber der Konvoi ging erst morgen, ich erklärte dem Mann, wir zögen es vor, am Zielort zu kampieren. Achselzuckend wies er mich an, nach drei Kilometern rechts abzubiegen, das sei der Weg zum Stab.

Man gab uns die Brücke frei.

«Kein Mensch hat telefoniert unseretwegen», sagte ich am anderen Ufer. «Nicht mal Papiere wollten sie sehen.»

«Vielleicht sind es Analphabeten», knurrte Ziesel.

«Das war schon ein Stück Front», sagte Rivas. «Da ist man über jeden froh, der von Süden kommt und harmlos ist.»

Statt uns nach El Paraiso zu wenden, fuhren wir geradeaus in Richtung der – noch anderthalb Autostunden entfernten – Grenze. Womöglich konnte der Leutnant es im Fernglas sehen. Rechts, nur zehn Kilometer weg, erhob sich das Hauptquartier der IV. Brigade auf einem Berg, den wir in weitem Bogen umfuhren. Man hätte uns dort sicherlich zurückgeschickt. (Vier Monate später, am Jahresende, fiel die vermeintlich uneinnehmbare Festung den FPL-Rebellen in die Hand. Sie stürmten El Paraiso zu einem Zeitpunkt, da sich die Hälfte der 1200-Mann-Garnison auf Patrouille befand; 200 Regierungssoldaten fielen, 200 weitere gerieten in Gefangenschaft. Nach Angaben des Senders *Radio Venceremos* erbeuteten die Volksbefreiungskräfte – FPL – vier Mörser, fünf 90-mm-Geschütze, zehn Granatwerfer, dreizehn Maschinengewehre, Hunderte von Sturmgewehren und 27 Funkgeräte, ehe die Armee frische Kräfte einflog und das Gleichgewicht wieder herstellte. Nach zwölf Stunden Kampf wich die FPL zurück, die Festung war niedergebrannt, das Heer begrub seine Toten. Oberst Blandón, inzwischen Stabschef der Armee, stritt die Zerstörung der Garnison noch ab, als sich die schwarzen Rauchwolken längst verzogen hatten, die man bis zur Provinzhauptstadt Chalatenango sah.) Das Bild der Festung von El Paraiso folgte uns geraume Zeit. Erst am Kilometer 67, wo die Straße nach La Reina abzweigt, schoben sich Berge davor.

Bewaldete Hänge, Niemandsland. Was weiter nördlich noch an Truppen lag, das wurde aus der Luft versorgt. Rivas beschrieb mir die Entstehung und den Charakter der FPL. Ich fand es beruhigend, ihm zuzuhören, obwohl ich nicht alles begriff. Die zweitstärkste Gruppierung der Befreiungsfront, das hatte schon Blandón auf jener Pressekonferenz gesagt. Wie kam es, daß sie, isoliert und bedrängt, trotz innerer Schwierigkeiten von Jahr zu Jahr wuchs?

Rivas erwähnte eine Spaltung in der FPL, die im Frühjahr zu schlimmen Verwicklungen in Managua geführt habe. Der Konflikt sei mehr in der Emigration als im Lande selbst ausgetragen worden. Es klang, als gebe es in der Rebellenführung eine Mehrheit, die durch Verhandlungen eine politische Lösung anstrebte, und andere, die kämpfen wollten bis zum Sieg, dem militärischen Sieg um jeden Preis. Um die richtige Linie war derart erbittert gestritten worden, daß der FPL-Begründer, als er sich mit dem rein militärischen Konzept gegenüber seiner Stellvertreterin nicht durchsetzen konnte, diese beseitigen ließ. Von den eigenen Kameraden überführt, nahm er sich das Leben. Tief betroffen wurde daraufhin in der Befreiungsfront das Problem eines sauberen demokratischen Führungsstils erörtert. Kein revolutionäres Ziel, so fand man, rechtfertige solch ein Verbrechen.

«Die den Captain Schaufelberger getötet haben, das sind auch die Radikalen gewesen», sagte Rivas. Es wurde deutlich, er ging da auf Distanz.

Hinter der Gabelung lag der erste Tote am Straßenrand. Ein Bauer, den zerfransten Strohhut im Gesicht, als schlafe er; um ihn eine Lache geronnenen Bluts. Der nächsten Leiche waren die Hände mit Draht gebunden, das Hemd war hochgerutscht, so daß man im Rücken die Einschußlöcher sah. «Die Armee», sagte Rivas.

Ziesel hielt an, er fotografierte. Es ist nicht wirklich, dachte ich, es stammt aus einem Film über die Aasgeier des Journalismus. Der dritte Tote, inmitten eines verlassenen Dorfs, schien das Opfer eines Luftangriffs zu sein. Es roch durchdringend nach Verwesung, nach Fäkalien, nach verkohltem Holz. Und wo die Hütten noch standen, sahen wir das grenzenlose Elend, das hinter der Statistik, hinter dem Pro-Kopf-Einkommen von jährlich vierhundert Dollar steckt. Köter kläfften uns nach, am Dorfausgang bewegte sich jemand.

«Nicht anhalten», rief Rivas. «Von Tejutla kommt die Armee hierher, es gibt Spitzel, die würden uns an die Patrouillen verraten.»

Trotz allem, was ich in meinem Beruf schon erlebt hatte, überkam mich eine schwere, anhaltende Übelkeit. Eine Welle zitternden Abscheus wie neulich auf dem Weg zum Flugplatz, nachdem v. Kaden mich zum Fuß der Klippe geführt hatte. Minutenlang kämpfte ich gegen den Brechreiz an ... Doch so betroffen ich auch war, ich sollte das nicht erzählen wie etwas, das mir zustieß oder noch passieren konnte; es war vor allem diesen Menschen zugestoßen, den Bauern. Die lebten in einer Armut, die sich kein Europäer vorstellen kann, und ob sie nun aufbegehrt hatten oder nicht, man jagte sie und brachte sie erbarmungslos um. Mir ging ein Satz meines Sohnes durch den Kopf: Auch der moderne Kapitalismus hat seine Arbeitssklaven und Konzentrationslager, sie liegen in der Dritten Welt.

X

In der sinkenden Dämmerung erwartete uns an der Straßenkreuzung zwischen San Rafael und Dulce Nombre de Maria ein Trupp Bewaffneter, Leute zwischen fünfzehn und fünfundzwanzig Jahren. Geschickt schleusten sie uns an zwei Militärposten vorbei. Die Guerrilleros behielten recht in der Annahme, daß die Armee höchst ungern – nur während ihrer Großangriffe – nachts patrouilliert. Zwar hörten wir am schwarzen Himmel über uns eines der Geisterflugzeuge, die von US-Basen in Honduras aufsteigen, imstande, mit ihren Wärmesensoren jeden Trupp zu orten und minutenschnell dem nächsten Militärposten zu melden. Aber die Soldaten dort, so hieß es beruhigend, seien gewöhnlich zu feige, um daraufhin zu handeln.

Vier Tage lang bewegten wir uns durch die von der FPL kontrollierten Zonen von Chalatenango; mehr zu Fuß und auf Maultieren als im Auto. In weiten Teilen der Provinz schien mir die Frage nach der Unterstützung des Aufstands durch die Bevölkerung, über hunderttausend Menschen, gelöst: Hier war die Guerilla das Volk. Wir stießen auf manchen Mangel, so an Seife, Medikamenten, Papier; doch hungern mußte niemand. Ein Großteil der Ernte wurde in Blechspeichern vergraben. Es gab keine Vielfalt, das Menü bestand meist aus Tortillas mit Bohnen und etwas zähem Fleisch, wenn mal eine Kuh geschlachtet worden war; ein Stück frischen Käses wurde als besonderer Leckerbissen gereicht.

Wir kamen bis San Antonio los Ranchos im Süden der Provinz, Nueva Trinidad im Osten und La Palma im Nordwesten, jenem Bergdorf zwölf Kilometer vor der Grenze, das im Jahr darauf weltbekannt wurde durch das erste Treffen des Staatspräsidenten Duarte mit den Führern der Befreiungsfront: Friedensgespräche im Schutz der Kirche und ihres Erzbischofs, die leuchtenden Farben der Fahnen und Gewänder flimmerten vor dem Hintergrund lehmgrauer Hütten tagelang über die Bildschirme … Die weißen Flecke freilich blieben tabu. Wir hörten, dort werde gekämpft.

US-Militärberater in El Salvador wie auch in Honduras versuchten, die Guerrilleros mit Truppen beider Länder in die Zange zu nehmen. Das werde «Sandwich-Aktion» genannt. Die FPL habe solche Operationen bisher überstanden, könne aber im Grenzgebiet nicht für unsere Sicherheit sorgen. Bestimmte Einrichtungen wie Trainingscamps und Munitionswerkstätten zeigte man uns gleichfalls nicht. Nie sahen wir einen wirklichen Kampfverband, und doch beherrschte die FPL halb Chalatenango.

Ein strapaziöser Marsch durch diese Provinz. Es fiele mir schwer, die sich dauernd ändernde Lage zu beschreiben oder das Knäuel der Wechselwirkungen zwischen Elend und Aufstand, Schlag und Gegenschlag, Kirche und Krieg zu entwirren. Mein Einblick reicht nicht aus, den Reportagen viel hinzuzufügen, die in letzter Zeit über Chalatenango erschienen sind. Dem Rätsel der weißen Flecke spürte ich erst in Morazán weiter nach, der Nordostprovinz. Dort ging mir dann endlich auf, daß dies in Wahrheit nur ein Nebenaspekt der Tragödie war. Die Redaktion hatte mich, wie es oft geschieht, auf eine kalte Spur gesetzt; das eigentliche Geheimnis dieses grausamen Bürgerkriegs lag nicht in einem bestimmten Territorium, obwohl es sich mir im östlichsten der weißen Flecke enthüllte.

Während der ganzen Zeit gab es Spannungen, an denen ich nicht schuldlos war. Klaus Ziesel hatte meine Schwäche für Rivas erfaßt, daher versuchte er, sich auf dessen Kosten hervorzutun. Rivas ignorierte das; auch mir gegenüber zog er sich ziemlich zurück. Zum eigenen Schutz hatte ich ihn gleich am ersten Tag unter vier Augen mit der Behauptung verblüfft, jüngere Männer ließen mich kalt. Das nahm er leider durchaus wörtlich, aus seiner Wärme wurde Sachlichkeit. Weshalb erwähne ich das? Ginge es nur um meine Gefühle, hätte derlei kaum Platz in dieser Erzählung. Doch das Fortbestehen der gehemmten, daher aufgestauten, jedenfalls von meiner Seite romantisch überhöhten Zuneigung bestimmte dann den Lauf der Dinge mit.

Bei Nombre de Jesús, oberhalb des Kraftwerks «5. November», schlüpften wir zurück in die Legalität. Es ging erstaunlich glatt, Militär war gar nicht vorhanden. Dem Ufer des Stausees folgend, erreichten wir in der ziemlich ruhigen Provinz Cabañas den Ausflugsort Ilobasco und rasteten im Hotel Las Rosas. Touristen kamen früher wegen des nahen Staudamms, prächtiger Prozessionen zum Tag der Heiligen Barbara und der Töpfereien her; zumal die

Weihnachtskrippenfiguren begehrt gewesen sind ... Tags darauf überquerten wir auf der Panamericana den Río Lempa, der knapp hundert Kilometer ostwärts San Salvadors das Land teilt. (Die Hälfte der mit ihren 460 Metern längsten Hängebrücke Mittelamerikas flog in der Silversternacht als 23. Brücke des Jahres in die Luft, zwei Wachkompanien konnten es nicht verhindern, der Sachschaden betrug an die vier Millionen Dollar.)

Auch in San Miguel, vierzig Autominuten jenseits der todgeweihten Puente Cuscatlán, schien die Armee umgänglicher als in San Salvador. Schöne Kirchen, Parks und Gärten prägten das Gesicht der größten Stadt jenseits des Stroms. Vorbei an alten Kolonialhäusern und an einer Barockkathedrale dirigierte uns der Posten zum Stab. Man hörte und spürte wieder die Nähe der Front. Ein Eliteverband der Guerrilleros, die legendäre Brigade Rafael Arce Zablah – sie sprengte später die Brücke – hatte der Garnison gerade einen Schlag versetzt, und Verteidigungsminister Vides Casanova hatte seinen erfolgreichsten Offizier, den Oberst Monterrosa, in die bedrängte Stadt geschickt.

Hinter zernarbten Kasernenmauern, dunkelgrün getüncht und altspanisch mit Zinnen bewehrt, empfing mich ein hagerer Major. Sein Englisch war so gut, daß wir auf den Dolmetscher verzichten konnten. Pressefreundlich gab er mir ein Bild der Lage. Abseits saß ein Zivilist mit hoher Stirn und kurzgestutztem Haar, gelegentlich etwas notierend. Er wurde mir nicht vorgestellt, ich hielt ihn für einen Beamten des Geheimdienstes. Womöglich verlieh das dem Treffen einen Hauch von Nervosität, es stand im Zeichen jener Erregung und intellektuellen Unzulänglichkeit, die militärischen Handlungen oft eigen ist. In dieser Atmosphäre blieb auch ich unter meinen Möglichkeiten. Wie bei Blandón sah man durch das Fenstergitter auf Wälle aus Stacheldraht und ein endloses Feld erstarrter Lava. Ich fand, die Armee entwickele eine Vorliebe für Vulkane.

«Jahrelang konnten wir die Patt-Situation nicht recht überwinden», erklärte mir der Major. «Aber kürzlich hat es einen Umschwung gegeben, eine Veränderung der Tendenz, die es uns erlauben wird, die Rebellen in den Griff zu kriegen.»

«Ist nicht dieselbe Eliteeinheit der Guerrilleros, die schon zweimal große Teile Ihrer Luftwaffe am Boden zerstört hat, bis in diese Stadt gekommen?»

«Unter erheblichen Verlusten, ja.»

«Sie sollen auch zweihundert Mann verloren haben.»

«Wir sind dem Stoß ausgewichen, unsere Gefechtsführung ist sehr beweglich geworden. Mit technischer Hilfe unserer Freunde haben wir die Kurve gekriegt. Wir sind auch dabei, die Luftstreitkräfte zu dislozieren, das verschafft uns die Oberhand.»

«Hier bei San Miguel entsteht jetzt ein Flugplatz?»

«Richtig. Wir ergreifen die Initiative durch Verbesserung der Mobilität, durch den Einsatz einer neuen Flotte von Transport- und Kampfhubschraubern ...» Er blickte auf den schweigenden Zivilisten, als stelle sich ihm die Frage, wie weit er in seinen Auskünften gehen dürfe. «Natürlich braucht es zur Umsetzung mobiler Taktiken wirklich gute kleine Einheiten, Kommandeure und Kämpfer, die diese Art von schnellen Angriffen und Rückzügen meistern.»

Es klang nach Kriegsschule, nach Theorie. Gewiß war der Mann in der US-Kanalzone von Panama ausgebildet worden. «Wenn sich die gegenwärtige Linie durchsetzt», schloß er, «werden wir den Feind bis 1985 endgültig besiegt haben.»

«Sie denken in langen Zeiträumen, Major.»

«Ja, es braucht zweifellos Geduld und Energie.»

Im Hinausgehen fragte mich der Zivilist: «Sie waren in Chalatenango, nun möchten Sie hinauf nach Morazán?»

Das kam zu schnell, als daß es mir geglückt wäre, da etwas zu leugnen. Es hatte auch keinen Zweck, seit fünf Nächten war mein Bett im Western International unberührt; sie haben es erfahren, dachte ich, sie wissen Bescheid.

«Wir haben Verständnis, Sie müssen gar nichts heimlich tun.» Der Mann sprach akzentfrei amerikanisch, er lächelte mich an. «Major Bustillo ist befugt, Ihnen die Fahrt nach San Francisco Gotera freizugeben; wenn Sie wollen auch darüber hinaus, soweit Ihr Benzin reicht, ober sagen wir mal – Ihr Mut.»

«Vielen Dank, Sir.»

«Wir bitten nur um die Personalien Ihrer Begleiter.»

«Für den Passierschein?»

«Sie brauchen kein Papier. Es ist sogar besser, nichts dergleichen mitzuführen. Wir melden Sie bei den Kontrollpunkten an.»

«Und was erwarten Sie für Ihr Entgegenkommen?»

«Oh, fast nichts. Wenig genug. Neutrale Berichterstattung, also das, woran Ihnen sowieso liegt ... Vielleicht bei der Rückkehr Ihren Besuch; zum Austausch von Ansichten und Eindrücken.»

Es lief auf das Angebot hinaus, für ihn zu spionieren. Wünsche solcher Art waren mir nicht ganz neu. Es gab schon immer Berufskollegen, die sich durch Zusammenarbeit mit den Behörden ein Zubrot verdienten oder doch in deren Gunst standen. Auf dem Weg zum Hotel Hispanoamericano, das er mir empfohlen hatte, überlegte ich, wie ernst dies gemeint war und was wir ihm wert sein mochten. Er mußte andere Quellen haben, bessere als uns. Dazu kam die Frage seiner Nationalität. Er konnte ebensogut Israeli wie Chilene sein, es gab solche Sicherheitsexperten hier; seine Ausdrucksweise allerdings schien dafür zu flüssig, zu perfekt. Eine der Wendungen, die er gebraucht hatte, war eigentlich nur waschechten Amerikanern geläufig. Offiziell hatten die Vereinigten Staaten nur 55 Militärberater im Land, die Zahl lag durch einen Kongreßbeschluß seit Jahren fest; aber letztlich war das wohl ohne Bedeutung.

Nun, man kam nicht dahinter. Falls er wirklich ein Yankee war, würden wir kaum in der Lage sein, ihm zu nützen, selbst wenn wir dazu bereit gewesen wären. Der US-Luftaufklärung entging sehr wenig. Die Infrarot-Erkundungsflüge von Honduras her fielen mir ein, jene «Mohawk»-Maschinen, die Mensch und Tier und Metallteile orten und sogar den Funkverkehr der Guerilleros abhören konnten. Die gesammelten Daten gingen, das hatte man mir auf der anderen Seite versichert, ständig an das Oberkommando Süd in Panamá und von dort aus ins Pentagon. Nachdem sie durch ein komplexes System von Computern geschleust und ausgewertet worden waren, schickte man dann die Erkenntnisse dem Hauptquartier der FAS *(Fuerzas Aéreas Salvadroeña)* auf dem Flugplatz Ilopango, wo auch die Mehrzahl der Berater saß. Vom Auffangen der Daten bis zu operativen Empfehlungen an die hiesigen Luftstreitkräfte sollten allenfalls zwei Stunden vergehen. Taktische US-Flugzeuge standen mit der salvadorianischen Armee direkt in Verbindung, da ging es noch viel schneller. Was also konnte sich der Mann von uns versprechen? Vielleicht einen kleinen Stimmungsbericht.

Im Hotel entfaltete ich die Esso-Karte. Ja, San Miguel war auf dem Heimweg zu umgehen. Man kam auf schlechten Straßen auch über das Städtchen Guatajagua oder, nach einer wüsten Tour durchs Gebirge, über Ciudad Barrios zurück auf die Panamericana. Nur das Nadelöhr der Cuscatlán-Brücke ließ sich auf keinen Fall vermeiden. Die Puente de Oro im Süden war seit langem zerstört. Am Río Lempa würde man uns kontrollieren.

Beim Abendbummel durch die Stadt trieb uns ein Regenguß in die Chinameca-Kirche; sie hieß so nach einem der zwei erloschenen Vulkane, die San Miguel überragen. Im Weihrauchduft rasteten wir nahe dem prunkvollen Altar und spürten bald die Härte der Bank und ihre steile Lehne. «Noch mal ins Gebirge?» murrte Ziesel neben mir. «Ich hab sämtliche Berge von Chalatenango im Kasten, die von Morazán sehen ganz genauso aus. Komm zur Vernunft, Judy, es ist sinnlos. Wir werden die Grenze wieder nicht sehen und machen bloß das Militär nervös.»

Um Rivas gegenüber höflich zu sein, legte ich meine Gründe auf englisch dar. Das ärgerte Ziesel, er wandte sich dem zu und fing wieder einmal an, zu sticheln. «Ihnen reicht's doch auch, Carlos? Oder glauben Sie noch an einen Sieg der Rebellen?»

«Ich denke – ja. Auch wenn sie die Armee nicht schlagen, wird es große Veränderungen geben, weil sie selber unschlagbar sind.»

«Unschlagbar? Ich bin sicher, denen geht langsam der Atem aus. Der Krieg aus der Luft zwingt sie in die Knie.»

«Stärke in der Luft – Folge der Schwäche am Boden.»

«Das sind so Sprüche, mein Sohn. Damit gewinnt man keinen Bürgerkrieg.»

«Die Befreiungsfront bewegt sich fast ungehindert in einem Drittel des Landes, sie greift nun schon in Bataillonsstärke an. Es ist der Armee mißlungen, sie im Norden festzunageln.»

«Man kann keine Armee schlagen, hinter der die stärkste Militärmacht steht.»

«Aber das Volk hat die Zustände satt.»

«Vor allem das Blutvergießen hat es satt.»

«Wie können Sie nach den fünf Tagen noch so reden? Sie haben doch erlebt, zu welchen Opfern man bereit ist!»

«Ich hab eben, im Unterschied zu Ihnen, in rund zwanzig Ländern die Opfer gesehen.»

«Natürlich, Sie fliegen ja wieder weg, von einem Kriegsschauplatz zum anderen ... Wie kann ich so dumm sein, von Ihnen Anteilnahme zu erwarten?»

Ich ging zum nächsten Beichtstuhl und strich über das von Schuld und Kummer verbrauchte Mahagoni. Im Grunde stritt man da meinetwegen, ich hielt mich besser heraus. Es hatten wohl beide von mir genug – von meinem Eifer, noch mal zu versuchen, einen der weißen Flecken zu betreten. Es war ja auch ein verrückter Entschluß.

Nachts träumte ich von Carlos. Im Dröhnen der Orgel umarmte er mich hinter dem Altar. Bunte Lichtbündel drangen durch das Bleiglas des Chors, jemand, der dem Major Bustillo glich, zelebrierte die Messe, unterstützt von dem Herrn mit der hohen Stirn. Latein hallte über uns hin, Rivas' Hände liebkosten mich, er sprach kein Wort – niemand durfte uns bemerken, am wenigsten der Zivilist, der unsere Personaldaten notiert hatte.

Beim Frühstück waren wir anfangs allein, Ziesel hatte verschlafen. Ich nutzte die Gelegenheit, Rivas zu bitten, nicht mehr mit ihm zu streiten. Er antwortete, daß er uns Korrespondenten mißtraue, hinsichtlich der Lauterkeit unserer Motive. Rivas war immer sehr direkt, wenn er leicht verlegen war. Er hatte schon für mehrere Teams gedolmetscht und nahm von seinem moralischen Argwohn nur zwei Personen aus, Herrn v. Kaden und mich. Speziell den Fernsehleuten und den Bildreportern galt seine Verachtung. Gewiß, ihr Dabeisein war oft ein Schutz für die Wehrlosen, zumal in der Hauptstadt. Die Sicherheitskräfte fühlten sich vor den Kameraaugen behindert, und so wischten sie den Berichterstattern gern eins aus; manchmal wurden die selber Opfer des Terrors.

Rivas räumte ein, viele meiner Kollegen sympathisierten mit dem leidenden Volk und den kämpfenden Rebellen. Liberale Presseleute waren, empört von dem Terror, hier innerlich nach links gerückt, in die Nähe der Guerrilleros. Aber da sei auch Romantik im Spiel und der Drang, kühne Burschen abzulichten und heimzukehren mit verwegenen Bildern. Auf der Jagd nach der optischen Sensation wechselten sie dauernd die Front und stünden letztlich auf keiner Seite. Er hasse Leute, die sich all der Kriege rühmten, in denen sie schon gewesen seien, stets auf der Suche nach *action.* Reporter, denen es gleich war, wie sie an die Kampfbilder kamen, für die sie lebten und für die man sie glänzend bezahlte. Sie stifteten Soldaten dazu an, vor der Kamera zu posieren und gegen ein Trinkgeld wild ins Gelände zu feuern, egal, wen es dabei vielleicht traf.

«Und es gibt auch den umgekehrten Trend», fuhr Rivas fort. «Bildreporter wie diesen John Hoghland. Der kam mit einer wirklich menschlichen Haltung an, fand Zugang zu den Guerrilleros und fotografierte meist aus deren Sicht. Aber dann lernte er den Oberst Monterrosa kennen, der nahm ihn im Hubschrauber mit, das ergab noch effektvollere Fotos! So wechselte Hoghland, geil auf Pulvergeruch, allmählich den Standort. Sein Umgang mit den Guerrilleros wurde dünn, die Armeekontakte nahmen zu. Sie müssen wissen, Domingo Monterrosa hat seine Ausbildung in Taiwan gekriegt und dabei gelernt, wie man mit der Presse umgeht. Er hätschelt und verwöhnt sie. Da hat der Oberst ein weites Herz, zeigt grinsend seine schiefen Zähne, ein unglaublich vitaler und lustiger Killer! Musikliebend, charmant. Ein Fernsehteam aus den USA hat eigens für ihn einen Kriegsfilm zusammengemixt: Kampfszenen aus der Sicht beider Seiten, unterlegt mit Monterrosas Lieblingslied. Den hat man ihm in Ihrem Hotel vorgespielt, es war ein Bombenerfolg.»

«Sie meinen – eine Verbrüderungsparty?»

«Eben das. Getrunken wird sowieso viel bei Ihren Kollegen, warum also nicht im Beisein eines Mörders, der ihnen zu so prächtigem Material verhilft? Die schießen ja dauernd Bilder, von denen dem Publikum übel wird. Selber können und wollen sie nicht wegsehen, sie sind in ihrem Job so aggressiv wie Soldaten nur im Kampfgetümmel. Aber all das Scheußliche rumort hinterher in ihnen, sie betrinken sich dann, und es spukt trotzdem noch durch ihre Träume.»

Im Nachhinein erschütterte mich das Gespräch; es gibt mir noch heute zu denken. Der Oberst und der Reporter, wie sie einander zuprosten und sich lachend das Videoband ansehen, das die Greuel des Bürgerkriegs zeigt, hübsch objektiv aus beiden Perspektiven! Amerika lieferte die Waffen, El Salvador die Leichen ... Auch ich sprach ja mit Leuten wie dem Botschafter Hinton oder dem Oberst Blandón und tat dabei so, als ob ich sie für normale Menschen hielt.

Blandón und Hinton leben noch, Blandón – längst Chef des Generalstabs – wurde im März 1985 zusammen mit drei weiteren Obristen zum General ernannt; die zwei anderen sind inzwischen tot. John Hoghland wurde in den Rücken getroffen, als er bei einem Angriff der Guerrilleros mit den Truppen des Regimes floh. Domingo Monterrosa stürzte im Oktober 1984 mit weiteren führenden Offizieren El Salvadors in seinem «Huey»-Hubschrauber ab. Eine monatelange Untersuchung der Todesumstände durch US-Spezialisten für Militärsicherheit aus Fort Rocked (Alabama) ergab, daß im Inneren des Hubschraubers eine Bombe detonierte, die als Teil einer Rundfunk-Sendeanlage getarnt war. Sprengstoffexperten der FMLN hatten die Anlage präpariert und dann absichtlich in die Hände der Streitkräfte fallen lassen. (Die Zerstörung von *Radio Venceremos* war seit Jahren ein Hauptziel der salvadorianischen Armee). Es hieß, Oberst Monterrosa habe im Hubschrauber auf dem erbeuteten Aluminiumgehäuse gesessen, als dieses explodierte.

Aber das ist natürlich auch kein Trost.

XI

Siebzehn Kilometer vom Hotel, am Cerro Santa Anita, bogen wir ab von der ausgezeichneten Straße, die in das Gebiet der Gold- und Silberminen um Las Rosas de Lima führt. Die Sonne im Rükken rollten wir bergan in das dampfende, regenfeuchte, geheimnisvolle Morazán. An den Kontrollpunkten winkte man uns einfach durch. In San Francisco Gotera lag ein ganzes Regiment, seit Wochen im Einsatz. Das Krankenhaus, so hörten wir, nahm keine Patienten mehr auf, es war voll von verwundeten Soldaten.

Das dritte Dorf hinter der Provinzhauptstadt hieß Delicias de Concepción (Köstlichkeiten der Empfängnis), es empfing uns geradezu heiter. Bewaffnete Zivilisten räumten die Baumstämme weg, die den Weg versperrten. Es war ein Wehrdorf des Regimes, geschützt durch Palisaden, die tausend Bewohner fühlten sich isoliert, bedrängt, verlassen. Manchmal wurden sie angegriffen, es gab Verluste, nie kam Verstärkung durch – so klagte der Bürgermeister. Weg der forsche Ton von San Miguel! Das «Großreinemachen» von Gotera aus endete meist weit unterhalb im Tal.

Der Chef der Zivilgarde, ein stämmiger Mann mit blauweißer Armbinde, tischte Coca-Cola-Büchsen auf, anhand einer zerlappten Karte beschrieb er uns die Lage. «Gestern haben wir eine Streife geschickt nach Osicala, sechs, vier sind zurückgekommen. Der Feind sitzt auf den Höhen, beherrscht die Straße. Osicala lebt auch bloß von Containern, die am Fallschirm herunterkommen.»

«Und weiter nördlich?»

«Trostlos, ja ... Nördlich der Linie El Rosario – Meanguera–

Joateca ist alles leer, bis auf sie ...» Seine dicke Hand patschte auf das Gebiet beiderseits des Río Negro, der bis zum Fußballkrieg die Grenze gewesen war. «Neulich sind sie in San Simón eingedrungen, hundertfünfzig Mann. Unsere Leute kamen gerade noch heraus. Fahrt nicht weiter, ich warne euch, die kennen kein Erbarmen.»

Unterwegs zeigte mir Ziesel ein Flugblatt, das man ihm zugesteckt hatte. Der Text lautete ungefähr: «Zivilgardist, Soldat, dein Platz ist an der Seite des Volkes! Die Hauptleute, Obristen und Generäle bekommen viel Geld, sie kämpfen für ihre Privilegien. Laß dich nicht länger betrügen! Das ist ein Passierschein. Die Befreiungsfront wiederholt ihre schon bewiesene Zusicherung, daß das Leben desjenigen, der zu ihr kommt oder sich im Kampf ergibt, respektiert wird.»

Meanguera war unbewacht, ein Dorf aus Lehmziegeln und Holz, das sich anscheinend selbst versorgte. Wir fragten eine alte Frau nach den Rebellen, doch sie verstand uns nicht gleich. «Hier ist nichts passiert, alles ruhig, bis auf die Flieger ... Die Armee ist letztes Mal mit ein paar Lastwagen durchgekommen, das war im vorigen Herbst.»

«Und das ERP? Die Guerrilleros?»

«Ach, die *muchachos!* Ich glaub, heute früh waren welche da. Fragt mal im Laden, da hat sie wer gesehen.»

Der Laden am Dorfplatz gegenüber der bröckligen, weißgetünchten Kirche füllte sich hinter uns, obwohl kaum etwas in den Regalen lag. «Die *muchachos?*» fragte der Inhaber. «Na ja, sie haben Brot und Bohnen und noch'n paar Sachen gekauft.»

«Sie kommen, stellen Wachen auf, bezahlen und gehen», erklärte mir jemand. «Wär die Armee hier, würden sie schießen.»

Niemand wünschte militärischen Schutz. Der kleine Ort war Niemandsland. Wir verteilten die üblichen Geschenke, und man riet uns, zu rasten, bis die, zu denen wir wollten, wiederkämen. Es sei gefährlich, auf eigene Faust weiterzufahren in Richtung Jotoatique und Perquín ... Beide Orte hatten mehrfach den Besitzer gewechselt. Rivas wirkte besorgt. Anders als in Chalatenango war er hier ohne Verbindung, hatte keinen von unserer Ankunft verständigen können. Und so beschlossen wir, zu warten.

Nachmittags schrieb ich an Dirk, ich dächte oft an ihn und unsere dünne, verschlissene Beziehung, seit ich in seiner Nähe sei. (Bis auf fünf Autostunden war ich an ihn herangerückt, nur trennten uns zwei Grenzen.) «In San Salvador hab ich einen Dolmetscher gefunden, in Deinem Alter. Er mußte sein Studium abbrechen, ist für die Kirche tätig, durch ihn beginne ich, das Land zu verstehen ...» Wozu schrieb ich das, fern von jedem Postamt? Wer alles außer ihm würde das lesen? Ich zerriß den Brief.

Drei Tage später standen wir mitten im größten der «weißen Flecke», einer Zone von fast hundert Quadratkilometern, vor dem Kurzwellensender *Venceremos*. In einer Hütte aus Bambus und Palmenblättern stellten zwei junge Frauen das Programm zusammen. Wer hätte je gedacht, in solcher Wildnis Schreibmaschinen, Tonbänder und Vervielfältigungsgeräte zu finden? Zwei Motoren erzeugten den Strom für die mobile Station, dreimal täglich sendete sie eine Stunde lang Frontberichte, vermischt mit Musik, Nachrichten und Interviews ... Das Revolutionäre Volksheer (ERP) gewährte uns weit mehr Einblick als die Guerrilleros der Volksbefreiungskräfte (FPL) oben in Chalatenango.

Man zeigte uns eine Sprengstoffwerkstatt, in der achtzehn Arbeiter Minen und Wurfgranaten bastelten; eine Zuckerrohrmühle nebst Saftkocherei; auch Schneiderwerkstätten. Zehn Hosen fertigten fünf Schneider täglich oder neun uniformähnliche Hemden, dazu Munitionstaschen und Rucksäcke. Es gab eine Feldklinik mit zwei Ärzten, fünf Sanitätern und Säcken voll Verbandzeug und Medikamenten. Ferner eine «Gesundheitsschule» zur Ausbildung von Sanitätspersonal. In der Grundschule lernten über hundert Waisen und Kinder von Guerrilleros zwischen sechs und zwölf Jahren Lesen und Schreiben, dazu die Grundsätze des Befreiungskampfes. Die wichtigste Schule aber war in der Nähe eines zerbombten Dorfes. Wir sahen kurzgeschorene Rekruten exerzieren; weiblichen Kämpferinnen hatte man das Haar gelassen. Einen Monat dauerte die Grundausbildung. – «Zwanzig Klassen haben hier schon den Abschluß gemacht», erläuterte mir der Schulleiter ... Ich war am Ziel meines Ehrgeizes, mußte bloß noch die Ernte einbringen.

Klaus Ziesel nahm widerstrebend, wie um sich vor Rivas aufzubauen, an der Abschlußprüfung teil; ein Nachtmarsch gehörte dazu. Gegen Ende des Kurses wurde nämlich Kriegspraxis geübt. Die Klasse schlich sich an den nächsten Militärposten heran, viele Stunden südwärts. Beim ersten Schuß des Feindes durfte jeder Schüler dreimal abdrücken, dann ging es zurück.

Chico Argueta, ein Propagandachef, erklärte mir: «Bald gehen wir dazu über, den Feind in seinem Kerngebiet zu stellen. Der Schlag auf San Miguel war die Generalprobe. Nächstes Jahr ist die Hauptstadt reif, diesmal sorgen wir dafür, den Ring von Armenvierteln, der sie umschließt, mit der Waffe abzusichern. Unsere einzige Sorge ist die Entfernung! Bis unsere Kolonne hinkommt, werden die Compañeros vom Guazapa, aus Chalatenango und San Vicente schon das ganze Bier ausgetrunken haben.»

Argueta prahlte nicht nur, er verschaffte mir auch das wichtigste Gespräch der Reise. Ihm verdanke ich die unheimliche Bekanntschaft mit Capitán Córdova, einem gefangenen Armeeoffizier. Córdova war von seiner Truppe schwer verletzt in Perquín zurückgelassen worden. «Ich war sicher, man bringt mich um», erzählte er mir. «Statt dessen kam ich ins Lazarett. Ein Arzt pflegte mich wochenlang, ich hatte einen Lungenschuß ... Schreiben Sie ruhig, man weiß hier, daß längst nicht alle Militärs Verbrecher sind. Verbrecherisch sind nur die Befehle einiger hoher Vorgesetzter.»

Der Hauptmann, um die Vierzig, war ein schwerer, stark behaarter Mann mit tiefer Stimme und geschmeidigen Bewegungen. Er hatte große glänzende Augen, dunkel gerändert. Augen und Brauen beherrschten sein Gesicht, das von einer matten Terracottafarbe war. Ich fühlte, Córdova hatte Format. Eine düstere Anziehungskraft ging von ihm aus; ich saß einem Killer gegenüber, unfähig, ihn zu verachten. Auch Schurken haben manchmal Persönlichkeit. Laut Argueta wußte dieser Mann einiges über die Todesschwadronen; in langen Verhören hatte er gestanden, Mitarbeiter des militärischen Geheimdienstes gewesen zu sein. Offenbar, so dachte ich, als Rivas ihm meine Fragen stellte und die ersten Antworten übersetzte, ist es seine Linie, sich hinter Amerika zu verstecken und den US-Beratern generell die Schuld zu geben. Nicht zu Unrecht nahm er wohl an, dies werde hier gern gehört und geglaubt.

«Der amerikanische Botschafter hat mir gesagt, die Todesschwadronen seien Ihre Spezialität, er mühe sich, sie an die Kandare zu nehmen», hielt ich ihm entgegen. «Wie paßt das zu Ihrer Darstellung?»

«Es paßt schon, Señora. Kann sein, daß Hinton das versucht. Ich glaub's ihm sogar. Sein Vorgänger White hat es übrigens ernsthaft probiert – im Hinblick auf die Einhaltung der Menschenrechte, auf das böse Echo daheim in der Presse und im Senat, der schließlich die Militärhilfe bewilligen muß. Es wird ihnen peinlich von Zeit zu Zeit. Aber Tatsache bleibt, die Yankees haben uns diese Form der Bekämpfung des Kommunismus gelehrt, sie sind die geistigen Väter.»

«Wann soll das geschehen sein?»

«Oh, es reicht weit zurück; meine eigene Erinnerung mischt sich mit Erkenntnissen aus Gesprächen, die ich später mit Offizierskameraden führte.»

«Sie sind selber in solche Dinge verwickelt gewesen ...»

«Nur sehr indirekt, am Rande.»

«Macht es Ihnen nichts aus, das zuzugeben?»

«Ich bin bereit, soviel wie möglich aufzuklären.»

Doch wieviel war möglich? Córdova hielt sich an seine früheren Aussagen, man kam schwer an ihn heran. Doppelte Botschaften in Sprache, Gestik und Mimik! Er brachte es fertig, Bestätigendes zu sagen und dabei den Kopf zu schütteln oder mit den Schultern zu zucken. Dreist saß er da, spürbar davon angetan, eine Frau vor sich zu haben. Manchmal zuckte es um seinen Mund, es war abzusehen, daß er bald anfangen würde, mit mir zu scherzen.

Bis zu Beginn der 60er Jahre, gab er an, waren die Sicherheitskräfte El Salvadors kaum mehr als verstreute Gruppen im Dienste örtlicher Grundbesitzer und Caudillos – der berühmten vierzehn Familien –, nahezu unpolitisch und nur locker miteinander verknüpft. Dies habe sich mit John F. Kennedys «Allianz für den Fortschritt» rasch geändert. Das Reformprogramm kombinierte Geldspritzen und kapitalistische Entwicklung mit neuen Polizeimethoden, um in ganz Lateinamerika Revolutionen zu verhindern. «In den Sicherheitsdiensten führten die US-Berater wissenschaftliche Methoden zur Jagd auf Subversive ein, sie lenkten das Zusammenwirken der zivilen, polizeilichen und paramilitärischen Aktivitäten ...»

Da war sie wieder, die absichernde Ungenauigkeit, das Schulmäßige und Einstudierte seiner Aussage. «Über welche Personen lief das bei Ihnen?»

«Die Schlüsselfigur ist General Medrano gewesen, der spätere Sieger im Honduras-Feldzug. Ein guter Freund der Vereinigten Staaten und Mann der CIA. Er flog oft nach Washington ins Hauptquartier der CIA. Alle Vierteljahre traf er sich unter Aufsicht des State Departments mit den Sicherheitschefs der Nachbarstaaten zum Erfahrungsaustausch in Sachen Repression. Ich entsinne mich, daß er 1968 von Lyndon B. Johnson eine silberne Präsidentenmedaille erhielt – ‹für außergewöhnliche Verdienste›. Johnson sagte zu ihm: ‹Ich weiß alles über Sie, Medrano; Sie leisten gute Arbeit.› Mit Hilfe von Arthur Simmons, einem Oberst der Green Berets, schuf er die Geheimtruppe ‹Orden›, die Keimzelle der Todesschwadronen. Simmons war Fachmann für Guerillabekämpfung, Stabschef des Zentrums für verdeckte Kriegführung in Fort Bragg. Mit zehn Ausbildern fing Simmons hier an, weitere folgten.»

«Was glauben Sie, wie stark ‹Orden› ist?»

«Im Moment? Keine Ahnung. Auf dem Höhepunkt sind es an die hunderttausend Mann gewesen, mit all den kleinen Spitzeln. Mancher Offizier von Heer und Nationalgarde gehörte in Personalunion dazu. Später hat sich Müdigkeit ausgebreitet, die Zweifel am endgültigen militärischen Sieg nahmen zu.»

«Und wie geht die Geheimtruppe vor?»

«Je nachdem. Sie hat den Doppelauftrag, Antikommunismus einzutrichtern und verdächtige Personen aufzuspüren. ‹Den Kommunismus erkennt man an seiner Sprache›, prägte uns Medrano ein. ‹Er redet gegen den Yankee-Imperialismus, gegen die Oligarchie und das Militär. Rote kann man leicht ausmachen.›»

«Was geschah dann mit ihnen?»

«Man hat Schluß gemacht. Manchmal führte ‹Orden› die Aktionen selbst durch, ein andermal tat das die Armee, die Nationalgarde oder die Todesschwadron ‹Mano Blanco›. Die ‹Weiße Hand› war ein Exekutivorgan, ein Ableger von ‹Orden›.»

«Hauptmann, Sie selbst sind dort Mitglied gewesen?»

Aus den Furchen seines Gesichts lief jeder Ausdruck ab. «Nur nominell, in übermittelnder und koordinierender Funktion ...» In Tonfall und Haltung schwang nach: na und? Es war nicht seine Schuld, er hatte Befehle gehabt, war dem Gesetz der Karriere, dem Rat der Amerikaner gefolgt. Und mit jeder weiteren Äußerung machte Córdova klar, daß er überhaupt keinen Grund zur Reue sah.

«‹Im Bürgerkrieg kommen die Feinde aus dem Volk›, hielt uns Medrano oft vor. ‹Es sind Landesverräter, für sie gilt nicht die Genfer Konvention. Was kann die Truppe tun? Wenn sie die findet – Schluß und aus.›»

«Was wird der General zu Ihren Enthüllungen sagen?»

«Er kennt sie längst, ich hab das auf Band gesprochen, für den Sender.»

«Würde er nicht Verrat darin sehen?»

«Das ist mir gleich, die Wahrheit muß ans Licht. Den Yankees wird sie peinlicher sein als ihm. Seit kurzem lebt er im Ruhestand und rühmt sich, ohne Leibwache auszukommen. Nur seinen fünfundvierziger Revolver hat er bei sich – und das Handschuhfach voller Handgranaten. Übrigens, er leugnet nichts; das wär auch kaum sein Stil.

«Ein alter Haudegen demnach?»

«Sie können ihn getrost so nennen. Die Yankees haben ihn umgarnt. Heute hat jede Garnison beliebiger Größe ihre Todesschwadronen. Die Yankees haben sie nicht nur trainiert, ihr Beitrag geht weit hinaus über Rezepte zum Psychoterror und Bombenlegen.»

«Bitte, inwiefern?»

«Die CIA liefert oft Namen, Fotos und Aufenthaltsangaben Verdächtiger, stellen Sie sich vor ... Im Frühjahr war ich im Archiv der Nationalpolizei für Analyse und Ermittlungen, dem Nervenzentrum für die Operationen der Todesschwadronen, schlicht gesagt. Und sehen Sie, die Akten über die politische Linke enthielten Vermerke über deren Auslandsreisen – mit Flugdaten, Aufenthaltsorten und Kontakten bis nach Europa und Fernost. Kein hiesiger Geheimdienst hätte dies beschaffen können. Auf Grund solcher Informationen weiß man, wer wer ist; und wen man kennt, den kann man erschießen ...»

«Sie beschuldigen die CIA der Anstiftung zum Mord?»

«Richtig. Eine Hand wäscht die andere. Umgekehrt nämlich erhält Washington routinemäßig Kopien aller wichtigen Überwachungsberichte, die unsere Sicherheitsleute schreiben. Die Yankees kriegen in vielen Fällen sämtliche Details, und zwar noch bevor abschließende Aktivitäten entfaltet werden. Zuletzt haben wir stets alles Wesentliche dem Generalstab übergeben, und der reichte es an die US-Botschaft weiter. Sechs oder sieben Militärberater dort – Experten für Geheimdienstfragen und psychologische Kriegführung – kooperieren mit dem Generalstab von El Salvador. So einfach ist das.»

«Höre ich recht, die Botschaft wird gefragt, bevor man tötet?»

«Jedenfalls ihr CIA-Chef. Bei dem läuft das meiste zusammen. Er lenkt zum Beispiel die Tätigkeit der Nationalgarde, die sich auf

Überwachung der Gewerkschaften und des Erziehungswesens konzentriert. Sie ist auch für Studenten zuständig.»

«Die Nationalpolizei, welchem Sektor des Widerstands widmet sich die?»

«Wen ihr Geheimdienst kontrolliert? Lassen Sie mich nachdenken. Der Stab hat zweihundert Beamte, die zivile Einsatzgruppe in der Hauptstadt ist dreißig Mann stark ... Ja, sie kümmert sich um kirchliche Organisationen wie die Menschenrechtskommission und den *Socorro Jurídico.*»

«Das Rechtshilfebüro des Erzbistums?» fragte ich auf spanisch, denn Rivas übersetzte nicht mehr. Er stieß den Stuhl fast um und stand auf.

«Man hält es für marxistisch infiltriert, von der Guerilla unterwandert; keine Ahnung, ob das stimmt.»

An diesem Punkt unterbrach ich das Interview und folgte meinem Dolmetscher ins Freie.

Rivas lehnte an einem Baum, sein Haaransatz im Nacken war schweißgenäßt. Als ich ihn an der Schulter berührte, starrte er mich an und rief: «Unerträglich! Der Kerl muß vor ein Gericht ...»

«Was er mir sagt, ist unbezahlbar.»

«Wirklich? ‹Die CIA kriegt die Details, bevor abschließende Aktivitäten entfaltet werden›! Das wollen Sie schreiben für Ihr Blatt?»

«Gewiß, ich hab's auf dem Tonband.»

«Das druckt Ihnen doch keiner.»

«Warum denn nicht?»

«Weil Ihr Land mit den Yankees verbündet, von denen abhängig ist.»

«Seien Sie unbesorgt, ich krieg das schon gedruckt. Bitte, Carlos, streiken Sie nicht.»

«Ich kann ihn nicht mehr sehen.»

«Gut – wir legen eine Pause ein.»

XII

Am Freitag, dem 26. August, kehrten wir mittags nach San Salvador zurück, ohne ernsthaften Zwischenfall. Den Wagen hatten wir zuvor in Ilopango gewechselt. Rivas ließ uns einen Umweg zum Messegelände machen, vorsichtshalber. Am Nationalmuseum in der Carretera Troncal del Norte stieg er aus und versprach, mich abends anzurufen, um weiteres zu vereinbaren. Viel blieb nicht mehr zu tun; die Tonbänder, Notizen und Fotos füllten einen Aktenkoffer, und ich begann mich zu fragen, ob man das heil durch den Zoll bekam.

Mein Zimmer im Western International empfing mich mit Zedernholzduft, all seiner teuer bezahlten Pracht. Das Bett war einladend aufgeschlagen, der Rest wirkte unberührt. Die Genüsse der Zivilisation! Zwei Wochen hatten genügt, sie mir durch einfachen Entzug von Komfort wieder schmackhaft zu machen.

Im Bad spülte ich den Staub der Berge ab und verbrachte die Zeit bis zum Abendessen mit Schreibversuchen, Entwürfen für die Artikelfolge und dem Ordnen der Unterlagen. Es schien ungewiß, ob die Serie diesmal Strathmanns Beifall fand. Wie üblich versuchte ich, bei aller Faktenfülle locker zu sein, kaum tendenziös, also gezielte Anklagen zu vermeiden. Es mißlang mir jedoch, mein Urteil so zwischen den Zeilen zu verstecken, wie es sich gehörte. Der Text war zu unausgewogen, zu bitter für mein Blatt. Vor allem fand ich keine passende Eröffnung. Es fehlte noch die kleine, anschauliche Szene, mit der eine Reportage zu beginnen hat.

Ich schrieb: «‹Saat dieses Krieges ist die Ungerechtigkeit›, erklärt Comandante Torres vom Camp San Gerardo. ‹Wir mögen nicht kämpfen, fürchten den Tod. Aber die Ungerechtigkeit läßt uns keine Wahl.› Wie fast alle Guerrilleros in Morazán stammt Torres aus einem Dorf in der Nähe seines Operationsgebietes. Ähnlich sagen es alle, wenn sie das elende Leben der Bauern schildern, die Ausbeutung durch den Grundherrn, die Obrigkeit; die Korruption der Behörden: ‹Immer wieder erfanden Bürgermeister oder Polizeichef eine neue Steuer!› Und bei den meisten stand am Anfang die christliche Basisgemeinschaft, in der erstmals das Wort Gerechtigkeit gesprochen wurde. So erklärt sich die völlige Mobilisierung dieser Bauernbevölkerung – sie wollen das Gepredigte nun erleben, auch wenn sie es mit den Waffen erkämpfen müssen.»

Mein Denken schweifte von dem Geschriebenen weg zu Carlos Rivas. Das religiöse Kolorit des Berichts war ja sein Werk. Er hatte mir die Augen geöffnet für die Psychologie der Bergbauern, für ihre Würde und Naivität. Nur konnte ich über diese Innenseite des Aufstands die eigene Seele nicht ganz vergessen. Was war zwischen Rivas und mir geschehen? Äußerlich praktisch nichts, es fiel kaum ein persönliches Wort. Obschon von ihm verzaubert, hatte ich ihn für meine Zwecke eingespannt, darauf verstand ich mich. Es war, als würde ich mit den Jahren beruflich immer kontaktfähiger, perfekter; leider ging das einher mit einer Dämpfung im Persönlichen. Privat fand ich oft keinen Zugang mehr. Ein gegenläufiger Prozeß. Noch ein- oder zweimal würde ich ihn sehen, ohne daß etwas übersprang, dann war's aus ... Es schien ein Problem des Älterwerdens zu sein, der Strahl, den man aussandte, verengte sich, bis er eines Tages gar keinen mehr erwärmte.

«Zum Aufstand ruft über den Rebellenrundfunk sogar der belgische Priester Rogelio Poncel auf, der seit zweieinhalb Jahren die Guerilla in Morazán seelsorgerisch betreut», fuhr ich fort. «‹Wir müssen alles tun, was eine bessere Gesellschaft bringt›, erklärte er mir nach einer Messe. In christlichen Basisgemeinschaften hatte sich die Kirche seit langem um *concientización,* um die Bewußtseinsbildung der Bauern bemüht und die christlichen Landarbeitergewerkschaften unterstützt. ‹Doch dann zwang die Unterdrückung die Gewerkschaften in den Untergrund, deren Kader wurden Guerrilleros›, sagte der Pater. ‹Wir haben friedliche Lösungen angestrebt. Jetzt, wo die nicht mehr möglich sind, muß ich mit dem Volk marschieren.› Seine Messen sind immer gut besucht, von Bauern wie von Bewaffneten. Auch zu den obersten Führern der Befreiungsfront, städtische Kader mit marxistischer Schulung, hat er gute Beziehungen. Tatsächlich scheint Ideologie bei den wenigsten Guerrilleros eine Rolle zu spielen. Zwar suchen einige Comandantes in Lenins Werken Inspiration, doch die Landbevölkerung ist unerschütterlich in ihrem Glauben.»

Bei Sonnenuntergang fuhr ich hinab in die geräumige, sehr elegante Bar und bestellte grünen Chartreuse. Ich wußte, der Likör – einst von Mönchen gebraut – rief fünf verschiedene Geschmacksempfindungen hervor, wenn er einem langsam und tröstlich über die Zunge lief. Es war, als ob man ein Spektrum trank. Ich zündete mir eine Zigarette an.

Aus dem Rauch (oder der Tiefe des Glases) stieg ein Moment der Reise, stand mir seltsam klar vor Augen. Es war gestern gewesen, wir hatten unterhalb des Cerro Cocaguatique gut zwölfhundert Meter hoch im wehenden Staub an einer Quelle gestoppt, da zog Rivas sein Hemd aus, um sich zu erfrischen. Ich ließ das Wasser durch die Finger rinnen und sah ihm zu. Dieser Drang, ihn anzusehen, machte mich nervös. Am liebsten hätte ich seine Hand genommen, ihn in ein Gespräch über uns und die Welt verstrickt, nun, da unsere Wege sich bald trennten. Mir schien es der rechte Augenblick zu sein. Ach, der Magnetismus, die unerklärliche Chemie zweier Körper! Mein Blick glitt über ihn hin, haftete an seinen Oberarmen. Obwohl Rivas breit in den Schultern war, wirkten die Arme doch wenig muskulös, in ihrer Zartheit sehr jung. Das Bild, das er in den Reflexen des Sonnenlichts bot, erinnerte mich so heftig an Dirk, daß ich, verwirrt durch den Doppeleffekt von Fremdheit und Vertrautheit, es wieder nicht schaffte, ihn anzureden.

Dann freilich, bei der Weiterfahrt, wuchs mein Wunsch, ihn zu berühren, ins Grenzenlose. Müde nach einer von Schüssen zerrissenen, halb durchwachten Nacht, neigte ich zögernd den Kopf und ließ ihn an seine Schulter gleiten – ja, ich lehnte mich einfach an. Rivas tat so, als sei ihm das gleichgültig, kameradschaftlich ließ er es zu, doch ich glaubte zu spüren, daß es unter seiner Haut vibrierte, daß er schneller atmete. Weder kam er mir entgegen, noch rückte er weg, wenn es uns durch die Kurven trug und aneinanderdrückte. Ich hatte den Eindruck – und genoß das Gefühl –, er verberge da Empfindungen vor mir. Was würde geschehen, wenn ich ihn jetzt verstohlen streichelte? Aber so weit war ich nicht gegangen, aus Furcht vor einer ernüchternden, verletzenden Reaktion. Gott erhalte uns die Träume, hatte ich mir gesagt. Es lebte sich leichter mit einem bißchen Illusion …

Ein Sänger in türkisblauem Seidenhemd bestieg das Halbrund der Bühne, schüttelte seine schwarzen Locken und hob die Gitarre beim ersten Applaus. «‹Gewalt›», rief man ihm zu. «Sing uns ‹Gewalt!›» Sein Griff zum Mikrofon ließ das Publikum verstummen, er zupfte den Anfang eines Lieds, das voller Trauer und Sehnsucht war. «Das Weinen der zitternden Mutter», hörte ich ihn singen, «das Weinen der Kinder, die leiden … Gewalt, verfluchte Gewalt, weshalb läßt du den Frieden nicht kommen?» Schwermütige Akkorde folgten dem Refrain.

Man stellte das zweite Glas vor mich hin. Ein starker Auftritt. Ich notierte den Text, wußte plötzlich, wie meine Serie beginnen: mit dieser Szene in der Bar des Western International. Es war die Art von Eröffnung, die zum Weiterlesen zwang. Genau das hatte mir gefehlt … In San Salvador, würde ich fortfahren, der Hauptstadt des nach dem Erlöser *El Salvador* benannten Landes, herrscht zwar Ruhe, doch der Bürgerkrieg ist so nahe, die Gewalt so allgegenwärtig, daß die Menschen nicht mehr fähig sind, das Unheil zu verdrängen, selbst wo sie in städtische Vergnügungen fliehen … Ich spürte, wie der Alkohol sich sacht und gütig in mir verteilte. Nun, am Ende der Reise, fand ich den passenden Anfang.

Beim nächsten Glas setzte sich Klaus Ziesel zu mir. «Wir fliegen Montag heim», verkündete er geschäftig, ein rastloser Reiseleiter. «Es geht nicht anders, die späteren Flüge sind ausgebucht.» In meinen Ohren klang es, als wollte er sagen, die Dolmetscher kommen und gehen, Klaus Ziesel aber bleibt dir, ist immer für dich da. «Die heiße Ware geht als Diplomatengepäck heraus, das schaukele ich morgen.»

«Hat Carlos sich bei dir gemeldet?»

«Das wird er schon noch. Sein Geld für die letzte Woche, das vergißt er nicht. Sag mal, was ist denn los? Ich suche dich im Restaurant, du sitzt da im Geschluchze dieses Lockenkopfs und trinkst Likör.»

«Was hast du gegen Chartreuse?»

«Daß du ihn allein trinkst statt mit mir. Kein bißchen Vorfreude auf die Heimat? Es hat doch geklappt, wir leben noch und sind wieder mal so tüchtig gewesen.»

«Schön erfolgreich – ja, es sieht so aus.»

«Judy, was bedrückt dich?»

«Vielleicht eben das. Es ging verdächtig glatt.»

«Wir haben Glück gehabt. Warum soll's einem immer schlecht gehen? Kopf hoch, Mädchen, in sechzig Stunden heben wir ab und sind aus all dem raus.»

Andere blieben hier. In meiner Kehle wuchs ein Kloß. «Ja, du hast recht, etwas stimmt nicht mit mir. Alles wird zur Routine. Manchmal bin ich wie blockiert, weißt du? Mit der Zeit fällt es mir immer schwerer, wirklich Kontakt zu haben – mich zu öffnen und Freundschaft zu schließen … Ach, hör nicht auf mein Gejammer.»

«Doch, ich höre. Falls du dabei an mich dächtest, würde ich dir gern recht geben. Aber ich bin wohl nicht gemeint.»

Ich nippte an meinem Likör.

«Was nun andere betrifft, so wirst du noch dahinterkommen, daß es überhaupt nicht lohnt. Oft braucht man die zweite Hälfte des Jahres dazu, sich von den lästigen Freundschaften zu befreien, die man in der ersten Hälfte geschlossen hat.»

Ich sagte nichts, auf solche Sprüche gab es keine Antwort. Ziesel hatte eine verquere Art zu flirten, doch es war gut, daß er's tat, und beruhigend, ihn dabei zu haben. Er ließ sich einen doppelten Whisky kommen.

Am Rande meines Blickfelds tauchte ein Hotelboy auf, ein Papier in der Hand. Er sah sich suchend um und schritt dann auf uns zu. Ich hatte das vage Gefühl einer Personenverwechslung: Robinson war abgereist, wir kannten keinen außer ihm, wer sollte uns eine Nachricht senden? Mein zweiter Gedanke war, es wiederhole sich da etwas, das ich im Restaurant schon einmal miterlebt hatte und das auch Herrn v. Kaden passiert war: Man schickte mir eine Warnung, die grobe Aufforderung, zu verschwinden. Ließ man uns gleichfalls drei Tage Zeit, war das ja noch zu schaffen.

Mein Herz klopfte, als ich den länglichen Umschlag bekam, eines der flotten Couverts des Hauses. In Blockbuchstaben stand mein Name darauf. Ich fühlte mich beobachtet. Es mußte jemand in der Bar oder in der Halle sein, der dem Boy gezeigt hatte, wem das zu überbringen war. Ich zupfte an dem Umschlag, er ließ sich schlecht öffnen. Ziesel nahm ihn mir aus der Hand, er sah, wie nervös ich war. «Das ist der Rausschmiß, Klaus … Hoffentlich reicht unser Spanisch, den Text zu würdigen.»

Doch es gab keinen Text. Die Ahnung, die mich befallen hatte, blieb weit hinter der Wirklichkeit zurück. Ein Blatt, steif und rechteckig, fiel heraus – die Rückseite eines Sofortbilds mit der blaßgrauen Inschrift *this paper manufactured by Kodak*. Er drehte es um. Das Foto zeigte Carlos Rivas nah, von oben, er lag rücklings auf Beton. Das gelbgrüne Hemd – er hatte es heute angehabt – war bis unter die Achseln hochgerutscht, es ließ zwei rotgesäumte Einschüsse über dem Herzen frei. Unter ihm hatte sich Blut ausgebreitet.

Das sah ich, doch es dauerte wohl eine Viertelminute, ehe es mich wie ein Stromstoß traf und mir klar wurde, was ich sah. Die Menschen, Gläser und Flaschen, alles ringsum verschwamm, die Bar war wie weggewischt. Ich spürte, wie Ziesel mich zum Lift schob, der summend aufstieg, und in mein Zimmer führte. Dort verfiel ich in einen Zustand völliger Lähmung. Etwas preßte mir die Luft ab, der Druck auf der Brust wurde unerträglich, strahlte bis in die linke Hand. Der Hotelarzt kam, er gab mir eine Spritze. Aber es gab kein Mittel gegen diesen Schmerz, der die Folge einer gräßlichen Mischung aus Verlust- und Schuldgefühlen war.

Ziesel hielt tapfer bei mir aus, nur mißlang es ihm, mir einzureden, da in keiner Weise verantwortlich zu sein. Denn es war ja gelogen. Wir – besonders ich mit meinem Drang zur Grenze – hatten mitgewirkt an diesem Mord.

September

I

In Hamburg schien die Sonne, ein milder Spätsommertag, es war eine nördliche Sonne, kein Vergleich mit der grellen Scheibe der Tropen. Ihr Licht wirkte abendlich, wie erstickt im Autodunst und Flußnebel. Doch das lag eher an mir. Ich selber meinte zu erstikken, in mir war es trübe geworden. Während das Bild des Toten quälend in mir haftete, stand ich am Abgrund, war bereit, zu fallen. Zwar kam ich diesmal aus eigener Kraft, ohne ärztlichen Beistand davon. Aber ein Nerv war getroffen worden; ich glaubte, er werde nie aufhören zu schmerzen.

Kein Aufatmen bei der Heimkehr. Unterwegs hatte ich mich gefragt, wie es wäre, abzustürzen – hätte es mir etwas ausgemacht? Beruf und Karriere, diese Muntermacher, stützten mich jetzt nur wenig. Es ist sinnlos, dachte ich, jeder von uns spielt sein eigenes bedeutungsloses Spielchen ... Mich reizte gar nichts mehr. So verlor ich den Appetit, jeden Antrieb, die Lust am Schreiben, am Leben überhaupt. Alles, was sich sagen ließ, hatten schon andere gesagt, und besser, ohne daß es etwas änderte am schlimmen Lauf der Welt. Und wie immer äußerte sich meine Stimmung in Melodien, die mir ganz von selbst in den Sinn kamen: traurige Lieder, Melodien in Moll. Ich kriegte sie kaum noch aus dem Kopf. Wenn dagegen auch nichts half, die schwarzen Gedanken schob ich schließlich doch von mir weg. Vielleicht gelang es, weil ich wußte, mein Verstummen würde nichts bewirken. (Solange man noch wirken will, glimmt da ein Funke in der Brust.)

Nein, es gab keinen, den mein Abgang getroffen hätte. Gewiß, Dirk würde trauern, Dr. Baron einen Nachruf schreiben, den man vorm Weiterblättern dann überflog. Das wäre schon fast alles gewesen. Ich konnte also eigentlich nicht sterben, nur spurlos verlöschen, aus dem Dasein verschwinden. Und das war mir eben nicht genug.

Anfangs suchte ich Erleuchtung und Trost in Büchern; die Antwort auf das bohrende Wozuwozuwozu? Bei Aldous Huxley fand ich den Passus: «Das Fatale an Romanen ist, daß sie zuviel Sinn ergeben. Die Wirklichkeit ergibt nie einen Sinn ... Vielleicht aus der Gottesperspektive. Nie aus der unsern. Ein Roman hat Einheit, ein Roman hat Stil. Die Wirklichkeit hat weder das eine noch das andere. Im Rohzustand ist das Dasein immer eine verflixte Sache nach der anderen. Und jede davon ist Thurber und zugleich Michelangelo, Mickey Spillane und zugleich Thomas von Kempen. Das Merkmal der Wirklichkeit ist ihre wesentliche Beziehungslosigkeit.»

Trotzdem beschloß ich, Ziesels Rat zu folgen und mir wie ein Literat die Bedrückung von der Seele zu schreiben. Es war der fast gewaltsame Versuch, mich zu retten, indem ich den geleugneten Lebenssinn wiederherstellte. Die übliche Therapie. Während des Resturlaubs zwang ich mich, den Schock zu verarbeiten: im dritten Teil der Serie die Ermordung meines Dolmetschers vor dem Hintergrund der nordamerikanischen Machenschaften zu schildern. Der erwartete Einspruch blieb nicht aus. Ich wurde in die Redaktion bestellt.

«Es war natürlich falsch von uns, Sie in solch ein Chaos zu schikken, Ihnen dies zuzumuten», sagte Gunar Strathmann. Er lächelte mitfühlend, ja charmant, und sprach verhalten, in einem bedeutungsschweren Ton, der an jedem anderen unecht und aufgeblasen gewirkt hätte, bei ihm jedoch überzeugend klang, weil er ihn unbewußt anschlug; ein Ausdruck seiner väterlichen Souveränität. «Daß es ein Fehler war, ging uns erst bei Herrn v. Kadens Rückkehr auf.»

«Wir waren halt nicht voll im Bilde», fügte Holger Baron demütig hinzu. «Sie sind dort unten glatt überfordert gewesen, zumal durch unseren Vorschlag, sich den Rätseln des Grenzgebiets zu widmen.»

«Kein Vorschlag – eine Weisung.»

«Wie auch immer, es war einfach zuviel.»

Eine Zeitlang ritten sie darauf herum, lobten den Bericht, meinen Mut, bezeugten mir Achtung und Verständnis, entschuldigten das Unausgewogene, die Überspitzungen des dritten Teils, die Dr. Baron mit meiner Hilfe zu glätten versprach. Dann, als hätte ich dem zugestimmt, zeigte Strathmann mir auf seinem Globus schon das nächste Ziel: die Insel Grenada am südlichsten Punkt des Antillenbogens. «So erholsam, wie Sie's jetzt brauchen, Judy. Die schönste Perle der Karibik ...» Er sprach so behaglich wie der Chef eines Reisebüros, während sein goldener Druckstift das Ziel umkreiste. «Wieder drei Wochen. Es wird Ihnen guttun, die reinsten Ferien. Bringen Sie uns das Bild einer Revolutionsregierung, die sich erstaunlicherweise seit gut vier Jahren dort im Sattel hält.»

«Seien Sie so positiv, wie Sie wollen!» Barons Zähne glänzten genießerisch. «Lassen Sie Ihren Sympathien für die Linke ruhig freien Lauf.»

«Vielen Dank, meine Herren. Aber was wird aus Teil drei?»

Strathmann sagte: «Da werden Sie sich mit Holger schon zusammenraufen. Dafür bezahlen wir ihn ja.»

Dr. Baron nickte zustimmend, ohne den Vorgesetzten aus den Augen zu lassen. Die Tendenz, beizupflichten, war im Hause stark.

«Wozu raufen? Ich möchte das gedruckt sehen, ohne Abstrich, verstehen Sie mich?»

«Und ob wir das verstehen. Nur ist es noch nicht ganz druckreif so.»

«Bei Ihnen», erläuterte Baron, «liest sich der Tod Ihres Dolmetschers wie eine Tat der Nordamerikaner, was sie gewiß nicht gewesen ist. Mit dieser Story suggerieren Sie dem Leser ...»

«Ich suggeriere nicht, ich weise nach.»

«Pardon, Sie drehen aus ein paar Indizien den US-Beratern einen Strick, um die Vereinigten Staaten moralisch aufzuhängen.»

«Sie kennen doch das Tonband meines Gesprächs mit dem Hauptmann Córdova. Danach wird das Rechtshilfebüro überwacht vom Sicherheitsdienst der Nationalpolizei, nicht wahr? Und die fragt stets die US-Botschaft, bevor sie ‹abschließende Aktivitäten entfaltet›, wie es so schön heißt. Es ist die Umschreibung für Mord.»

«Das erscheint uns alles recht weit hergeholt.»

«Mir nicht, ich war vor Ort. Umgekehrt geben die Yankees selber Hinweise auf störende Personen, die der Sicherheitsdienst dann ‹neutralisiert›, also erschießt. Bei dem Interview in San Miguel saß ein Zivilist dabei, hörbar ein ‹stiller Amerikaner›. Als ich sein Ansinnen ausschlug, für ihn zu arbeiten, wird er gehandelt haben. Die Personalien waren ihm bekannt. Carlos Rivas hatte zuvor schon in meinem Beisein eine Drohung erhalten, schriftlich, anonym.»

«Reine Spekulation, Frau Janssen», sagte Baron mit einem Seitenblick zu seinem Chef in einer Art von vorauseilendem Gehorsam. «Córdovas Behauptungen widersprechen völlig dem, was der amerikanische Botschafter Ihnen sagte.»

«Lassen Sie den Widerspruch getrost so stehen.»

«Bedenken Sie die Lage dieses Hauptmanns! Als Gefangener sagt man oft das, was die gern hören, die Macht über einen haben.»

«Bedenken Sie auch die Lage des Botschafters, der all das leugnen muß, was unter seinem Dach geschieht.»

Strathmann warf ein: «Sie glauben an die totale Verfilzung der amerikanischen Dienststellen mit den salvadorianischen Machtorganen?»

«Absolut. Beim Geheimdienst genau wie beim Militär.»

«Nun, ich teile Ihre Meinung. Wir haben das Interview abgeklopft. Hintons Satz, er hoffe, Ihre Frage enthalte keine Unterstellung, klingt ziemlich verräterisch.» Strathmann ließ wieder spüren, daß er Format hatte und die Statur, sich über hausinterne Empfehlungen zu erheben. Eine andere Generation! Er war Kriegsberichterstatter der Wehrmacht gewesen, ein Mann, dem kein Verbrechen fremd sein konnte. «Sie dürften recht haben, Judy. Nur reichen Ihre Beweise nicht!»

«Wir haben Millionen von Lesern und viel Verantwortung», erinnerte Dr. Baron. «Ich nenne nur das Stichwort ‹heißer Herbst›, liebe Kollegin. Darf man in dieser Situation leichtfertig mit in das Horn des Antiamerikanismus stoßen?»

«Ich bin weder leichtfertig noch antiamerikanisch!»

«Wo ist der stichfeste Beleg für Ihren Verdacht? Die Geschichte der ‹weißen Flecke› haben Sie glänzend recherchiert ...»

«Nicht die Flecke sind der springende Punkt, sondern die Verfilzung! Das Steuern der Konterrevolution durch die Botschaft ...» Mir bebten die Hände, ich zog eine Zigarette hervor und schob sie zurück, unter Barons mahnendem Blick; in diesem Zimmer wurde nicht geraucht. «Wenn Ihnen mein Material nicht reicht, muß ich den Bericht als Paperback veröffentlichen, in einem Verlag, der nicht so leise tritt wie Sie.»

Strathmann hob dämpfend die Pranken. «Judy, Sie wissen, daß das nicht geht. Sie waren in unserem Auftrag und auf unsere Kosten dort. Schließlich haben wir einen Vertrag.»

«Den müßte ich kündigen, in diesem Fall.»

«Was sagen Sie da?»

Es hämmerte in meinen Schläfen, ich fürchtete plötzlich, die Beherrschung zu verlieren. Ich hatte keine Reserven mehr, stand mit dem Rücken zur Wand, und so kämpft man wohl verbissen, aber niemals gut. «Wenn Sie mir Wesentliches streichen, zwingen Sie mich, hier wegzugehen; so schwer mir das auch fiele.»

Es folgte beklemmendes Schweigen. Eine Kraftprobe. Strathmanns Nußknackerkopf schwoll rosig an. Er haßte es, wenn man so mit ihm sprach. Man sollte ihn lieben, ihm folgen, nicht ihn herausfordern und vor peinliche Entscheidungen stellen. Seine Hände, grob und behaart, wanderten über die Schreibgarnitur. Offenbar prüfte er, ob auf mich verzichtet werden könne. Keiner war unentbehrlich, doch er gönnte meine Feder wohl auch nicht der Konkurrenz.

Holger Baron bot Hilfe an. «Könnte man nicht Frau Janssen entgegenkommen und ihr erlauben, den Teil drei als Broschüre herauszubringen – in irgendeinem obskuren Verlag, wenn ihr das dermaßen am Herzen liegt?»

«Aha, die Insassen übernehmen das Irrenhaus», knurrte der Chef. «Ein ganz fauler Kompromiß! Nein, mein Freund, wir bringen es selbst, mit ein paar Korrekturen zur Härtung gegen Angriffe. Sollen unsere Juristen prüfen, wo der Text noch abzudichten ist.»

«Die halten die halbe Beweiskette für entschieden zu dünn.»

«Dann laßt ihr sie eben halb zwischen den Zeilen, mancher Leser denkt ja selber mit. Mal nicht so ängstlich, Holger! Wenn wir immer nur druckten, was sich wortwörtlich belegen läßt, könnten wir bloß noch monatlich erscheinen.»

Beim Verlassen des Hauses glaubte ich, gesiegt zu haben. Das Unglaubliche war geschehen, zu neunzig Prozent hatte ich mich durchgesetzt. Carlos Rivas würde nicht umsonst gestorben sein, sinnlos von mir verheizt, ein Opfer des Ehrgeizes, der schlimmen Routine von Neuigkeitsjägern (Aasgeiern, wie ich mit dem Blick auf andere oft fand). Seinen Tod umzumünzen zur Anklage gegen die Hintermänner all der Morde, das wenigstens war geglückt.

Den Rückweg über hielt das Gefühl an. Entlastend und mild lag es über meiner Traurigkeit. Daheim aber schwand die Besänftigung – so als habe man mich auf abgefeimte Art hereingelegt. Wenn ich an den Anfang der Debatte dachte, zeigte sich, mein Protest hatte weniger bewegt, als er mir in meinem Rausch erschien. Geglättet wurde doch, «Überspitzungen» sollten weggeschliffen werden, dabei war's schließlich geblieben. Sie hatten bloß probiert, wieviel ich mir gefallen ließ – mit verteilten Rollen Theater gespielt: Baron als Wachhund des Auslandsressorts, Strathmann dessen gnädiger Herr, Bollwerk aus Courage und Redlichkeit, Denkmal des deutschen Journalismus.

Der Eindruck, genarrt worden zu sein, vertiefte sich beim Durchblättern des Materials über Grenada, das sie mir in die Hand gedrückt hatten. Die Insel war winzig, sechzigmal kleiner als El Salvador. Sie paßte wohl zwei- oder dreimal in den Bodensee hinein. Trotzdem gab man mir wieder auf, Flecke zu erforschen, rote diesmal: einen mutmaßlichen Militärflughafen, der südlich der Hauptstadt bei Point Salines entstand, und eine angebliche sowjetische U-Boot-Basis östlich davon in der Westerhall Bay.

Die Angaben folgten Notizen in US-Nachrichtenmagazinen. Auf unklare Weise fühlte ich mich benutzt, zum Kundschafter erniedrigt – so sah es meine frisch erworbene Empfindsamkeit. Dazu also brauchten sie mich, zum Nachweis von Sensationen, als Untersuchungsrichterin für Zwergstaaten, von denen es hieß, sie drifteten ab in den kommunistischen Machtbereich. Was aber blieb mir übrig? Kopfüber in die Arbeit, nur das betäubte und heilte mich vielleicht.

II

Ließ man den Umweg über Cuba beiseite, führten drei Wege nach Grenada: mit der Air France via Martinique, mit der BOAC via Barbados und mit der PAN AM via Trinidad. Ich nahm die mittlere Route und traf nachmittags auf dem Seawell Airport von Barbados ein, dem *gem-like island,* wie es in Feltons Reisebuch emphatisch hieß; *gem* muß ein Edelstein oder eine Knospe sein. Aus der Luft ein flaches, birnenförmiges Stück Land aus Korallenkalk, grün überhaucht, im Osten umbrandet. Erst die zwölf Meilen Busfahrt enthüllten ein paar Reize – den sanften Fluß der Linien, den Blick über Hügel voller Zuckerrohr, auf Weiden, Bananen und die Reste von Windmühlen.

Kein Zweifel, dies war die britischste Insel weit und breit, drei Jahrhunderte pausenlos britisch, seit 1966 unabhängig, noch ganz auf England fixiert. In Bridgetown ragten graue Kirchtürme mit reichem Zinnenschmuck und pseudogotischen Fenstern empor.

All das erreichte mich gedämpft, durch den Filter meiner Traurigkeit. Die Hauptstadt lag an der lieblichen Westküste, berühmt für ihren feinen weißen Sand. Das Barbados Hilton, mein Quartier, war die wohl fremdartigste Schöpfung des Hotelkonzerns. Es glich zwei Reihen von Büroklammern, die auf der Spitze stehen; keine sehr romantische, doch die einzig mögliche Beschreibung. Das Haus, in den sechziger Jahren erbaut, stand auf einer Landzunge westlich von Bridgetown, so daß man vom Balkon den neuen Tiefwasserhafen wie auch die historische Carlisle Bay überblickte. Die Ruinen von Fort Charles hinter dem Swimmingpool gehörten zum Hotel.

Das kleine Flugzeug der LIAT (Leward Islands Air Transport) stieg erst morgen auf zu meinem noch 270 Kilometer fernen Ziel. Vor dem Informationsstand in der Halle erwog ich eine Stadtrundfahrt, um der Einsamkeit des Zimmers zu entfliehen. Mit hunderttausend Bewohnern, einem Drittel der Insulaner, den Wintersitzen reicher Briten und seiner Kolonialgeschichte schien Bridgetown ein ganz lohnendes Objekt. Gotische Spitzbogen unter Palmen und ein zinnengekröntes Parlament am Hauptplatz, dem Trafalgar Square. Ihn zierte ein Nelson-Standbild, wesentlich älter als das in London. Die hiesigen Pflanzer, hatte

Mr. Felton maliziös vermerkt, *put it up in 1813 in grateful recognition of the hero who saved their sugar profits from the French.*

Ja, es lockte schon. Polizisten in weißem Dreß, rote Streifen an der Hose, mit Schlagstock und Tropenhelm, regelten den Verkehr. Selber waren sie schwarz, ein fotografisches Negativ der Londoner Bobbies. Noch seltsamer die Hafenpolizei: zur blauen Tuchhose, die hoch über die Hüften ging, die weiße Matrosenbluse und den steifen runden Strohhut mit Rand – kostümiert wie zu Nelsons Zeiten, bis auf den Zopf. Und die Regimentskapelle der Inselstreitmacht war ein Technicolorabzug von *Her Majesty's Coldstream Guards* in schwarz ... Aber in der depressiven Mattheit, die mich wieder überkam, zog ich es vor, mir all das nur auf Ansichtskarten zu betrachten, statt im Gewühl der City, mit ihren Läden für zollfreien Luxus ein Magnet für Touristen auf Kreuzfahrt.

Ein leichter Imbiß; es schmeckte mir nichts mehr. Dann schlenderte ich ein bißchen durch den Park des Hotels. Immerblühende Sträucher und Casuarina-Bäume wisperten im Wind, ihre Zweige streiften mich mit langen, nadelartigen Blättern. Tafeln nannten pedantisch jedes Tropengewächs. Ein paar Kanonenrohre des Oliver Cromwell wiesen noch westwärts auf den hundert Seemeilen entfernten Bogen der Kleinen Antillen; andere lagen, von Muscheln zerfressen, im Wasser und schützten nun die Reste des Forts gegen den Anprall der Brandung. Einst hatte es Barbados vor dem Zugriff der Holländer oder der Franzosen geschützt.

Früher hätte ich die halbe Insel durchstreift, jeden Farbfleck des bunten Bildes begierig in mich aufgesaugt. So aber verging dieser Aufenthalt, und mir blieb von Barbados nur eine wirre Erinnerung an das Tuten von Kreuzfahrtschiffen im Tiefwasserhafen, an klimatisierte Räume mit marmornen Fußböden, an Wasser ringsumher, das glatten Stein bespülte und schimmernde Kreise an die Zimmerdecke warf, an Fischer- und Sportboote, die in der Careenage dümpelten sowie an warme Käsesandwiches, Hummersalat und Champagnercocktails, mit denen ich meine Melancholie bekämpfte.

Und an das merkwürdige Paar im Park.

An jenem Abend sah ich das Paar zum ersten Mal. Die Sonne sank unter den gläsernen Horizont, leuchtend neigte sich der Tag, Glut schwamm auf der Carlisle Bay, als ich auf die beiden stieß. Sie lehnten an der Brüstung und blickten über den alten Hafen, schwarz wie ein Scherenschnitt gegen das Gelbrot des Himmels, und ich hörte ihn etwas hochnäsig sagen: «Carénage ist die französische Bezeichnung für das Kielholen der Segelschiffe. Wollte man sie unterhalb der Wasserlinie flicken, mußten sie gekippt werden, mit Seilzügen am Mast. Die Engländer übernahmen das Wort für ihre Häfen: careenage.»

Ihre Antwort ging im Plätschern der Wellen unter. Sie sprach ein sinnlich angerauhtes, leicht gequetschtes Englisch. Ich blieb sechs, acht Schritte daneben stehen und betrachtete verstohlen ihr Profil, denn mir war, als hätte ich sie früher schon gesehen. Ihr Gesicht schien aus großen Augen mit schräg aufsteigenden Brauen, einem herausfordernd geschnittenen Mund und der Stupsnase zu bestehen. Eine grelle, derbe Schönheit um die dreißig. Woher kannte ich sie bloß? Und wie standen die zwei zueinander? Für ein Liebespaar war ihr Gespräch zu wenig gedämpft, zu konventionell. Ein Ehepaar, das schon eher. Von ihm sah ich wenig, sein Kopf blieb von ihr verdeckt. Der Stimme nach, einer angenehm klangvollen Stimme, schien er nicht viel älter zu sein als sie. Ich hielt ihn zunächst für einen Engländer. In Worten und Haltung wirkte er ziemlich ausgeglichen, ja blasiert: aller Leidenschaften ledig, gelenkt von keinem anderen Wunsch, als es bequem zu haben und nicht belästigt zu werden. Vielleicht sprach er mit der Dame nur, um für das einzige zu sorgen, das kein Mann für sich selbst tun kann.

Da er in meine Richtung sah, verstand ich jeden Satz. «Als Großbritannien Deutschland den Krieg erklärte», sagte er jetzt, «erhielt Neville Chamberlain, der Premierminister, folgendes Telegramm: ‹Nur mutig voran, England, Barbados steht hinter dir.›»

Die Frau lachte, ein krächzender Laut, bei dem mir aufging, woher ich sie allenfalls kannte. Sie hatte mich vor vier Wochen entführt, in einem grünen Auto, dessen Tür sich nicht öffnen ließ. Sie war das Mädchen aus dem Alptraum, der mich in San Salvador in wechselvoller Wiederholung heimgesucht hatte, immer mit demselben bösen Schluß ... Auch kein Ehepaar. Er fuhr fort, Anekdoten aufzutischen. Eheleute haben sich dergleichen längst erzählt. Etwas in seinem Benehmen ließ mich an Geschäftsleute denken, die sich auf Reisen die Zeit vertreiben, indem sie weibliche Partner flüchtig umwerben. Es war wohl kaum sehr ernst gemeint. Ein wenig ähnelten sie Ziesel und mir; unsere Unterhaltungen mochten sich ebenso angehört haben.

«Nächstes Mal», erklärte er ihr, «müssen Sie in Sam Lord's Castle wohnen. Näher am Flugplatz, die andere Richtung. Das letzte ehemalige Herrenhaus der Kronkolonie. Dieser Sam Lord war nämlich eine Spätausgabe vom Typ des ruchlosen karibischen Piraten. Durch irreführende Beleuchtung täuschte er dort, an der rauhen Südostküste den Hafen vor. Er hängte Laternen in die Palmen ... Den Rest muß ich Ihnen nicht schildern. Er war nur an der Ladung, nicht an der Mannschaft interessiert.»

Konversation, dachte ich, eine Hotelbekanntschaft. Doch was kümmerte das mich, weshalb eigentlich zerbrach ich mir den Kopf? Die beiden lösten sich von der Ufermauer, spazierten rund um den Swimmingpool. Ich hütete mich, ihnen zu folgen. Daß sie mich beschäftigten, nahm ich als Zeichen wiedererwachender Anteilnahme, einer Hinwendung zum Leben. Wohl eine zu günstige Deutung. Womöglich war das kein Symptom beginnender Genesung, sondern purer Neid ... Der Wind verschlaffte zum mulmig-feuchten Hauch. Linker Hand, am Südufer der Carlisle Bay zuckte der Funke des Leuchtturms auf. Als ich mich umdrehte, hatte die glitzernde Doppelreihe von Büroklammern das Paar verschluckt.

Vorm Einschlafen las ich bei Huxley: «Seltsamerweise gelten die der Wirklichkeit am nächsten kommenden Romane als die am wenigsten wahren. Nehmen Sie die ‹Brüder Karamasow›. Der ergibt so wenig Sinn, daß er fast Wirklichkeit ist.»

Das besänftigte mich nicht. Ich schlug das Buch zu und wechselte zu James Felton, der über die Insel schrieb: Das liebliche Land, wellig wie die Hügel von Devon, sei ein schmuckes *patchwork* von Feldern, gesprenkelt mit winzigen Häusern und Gärten, ganz britisch geblieben trotz der exotischen Note *of purple moonflower or red hibiscus* ... Wie weise, zu ruhen, anstatt Kraft auf Barbados zu verschwenden. Das Bett erwies sich als mein bester Freund. Jeder Fleck dieser Erde war erschöpfend beschrieben worden, kein Bericht von einer Zwischenlandung ergab irgendeinen Sinn.

Es geschah am nächsten Tag, im Flugzeug. Ich hatte schlecht geschlafen, wollte mich bequem ausstrecken, kippte den Sessel flach und belästigte damit den Reisenden hinter mir. Der hatte das Tischchen aus der Lehne geklappt, nun stieß es ihn vor die Brust; in der kleinen Maschine standen die Sitzreihen zu eng. Ich entschuldigte mich, er aber gab mir durch Gesten zu verstehen, es mache ihm gar nichts aus. Der Platz neben mir war leer, ich bot ihm an, doch den zu nehmen, damit er weniger eingeklemmt sei. Erst als er sich dort setzte, erkannte ich ihn, und zwar an der Stimme. Es war der Mann aus dem Hilton-Park, ohne die Begleiterin.

Er war so groß wie ich, mittelblond, Ende dreißig, rauchte Pfeife und hatte einen Aktenkoffer mit Zahlenschloß bei sich. Seine sandfarbenen Brauen liefen an der Schläfe aus in krause Büschel, was ihm einen verschmitzten Ausdruck gab. Die Hornbrille, die sonnenbraune Stirnglatze unter dem dünnen welligen Haar und der grobporige Teint machten ihn wahrscheinlich älter. Ein würziger Tabakduft haftete an seiner etwas nachlässigen Kleidung, die mir irgendwie grell vorkam, dem Stil der Unterhaltung nicht ganz angemessen, die er am Vorabend geführt hatte.

Mehr nahm ich gar nicht wahr, denn plötzlich wurde mir schwindlig. Ein Kribbeln durchlief meine Glieder, ein leichter Schleier von Schweiß bedeckte die Haut, während es mir schien, als löse der Kopf meines Nachbarn sich vom Hals und schwebe ein wenig weg. Ein Zustand der Übermüdung zweifellos. Das Flugzeug vibrierte, stieg durch Luftlöcher ab. Ich schloß die Augen und streckte mich aus, meine Schwäche verwünschend. Ungenutzt verstrich die Gelegenheit, ein paar Worte zu wechseln. Wer allein reist, ist im Grunde arm dran. Eben noch hatte ich, seit Tagen wie isoliert, nach belanglosem Plaudern gelechzt; schon banale Bemerkungen hätten mich aufmuntern können. Nun aber war mir, als gleite ich in eine krankhafte, wehrlose Situation, in der einem alles gleichgültig wird.

Als ich mühsam durchs Fenster spähte, lag Grenada schon schaumgesäumt unter uns, mit seinem dschungelgrünen Waldgebirge. «Er fliegt die Landeschleife», äußerte mein Nachbar so beiläufig, wie er der fremden Frau erklärt hatte, was Careenage und Sam Lord's Castle sei. Erst jetzt fiel mir auf, daß er zum dunkelblauen Hemd eine zitronengelbe Krawatte trug. Mit diesem Schlips und seinem Ostküstenakzent konnte er kein Brite sein. «Die Piloten der LIAT fliegen stets über die Berge an, gegen den Passat, trotz des steilen Winkels. Anders die Cubaner! Die kommen von See her, vorm Wind dicht über den Wellen, mit Karacho.«

»Liegt das am Flugzeugtyp?»

«Eher am Nationalcharakter.»

Mehr sagte er nicht. So kärglich begann die Bekanntschaft. Auf Pearls Airport, dem Flugplatz aus der Kolonialzeit, verloren wir uns aus den Augen, obgleich es kaum zwei Dutzend Passagiere gab. Hinter der Zollabfertigung glaubte ich ihn noch einmal zu sehen. Er stieg in einen knallgelben Zweisitzer, der mit hochgeklapptem Verdeck auf dem Parkplatz stand, während ich mir mit anderen Ankömmlingen ein Taxi teilte. Fuhr man zu viert, kostete es nur drei Dollar pro Platz ... Gelb schien seine Lieblingsfarbe zu sein.

III

Mein Ziel lag nahe der Hauptstadt St. George's am anderen Ende der Insel. Obwohl sie kaum dreißig Kilometer lang und allenfalls halb so breit ist, dauerte die Fahrt im Taxi eine Stunde. Sie führte durch Dörfer, die Mirabeau, Birch Grove, Vendôme oder Snug Corner hießen; Reste der französisch-britischen Kolonialgeschichte. Holzhütten auf steinernen Sockeln zogen an mir vorbei, wacklige Veranden und Pultdächer, gedeckt mit Wellblech oder Bananenblättern. Es wurde mit Propangas gekocht, die Leute trugen es in Flaschen auf dem Kopf herbei. Übermüdet und benommen, wie ich war, blieb von dieser ersten Stunde wenig in mir haften.

Die schmale Straße, gewiß die wichtigste Grenadas, wand sich durch Berge, zerklüftet wie der Oberharz und in grüngoldenes Licht getaucht. Man fuhr links wie im Mutterland auf dem löchrigen Asphalt und hupte vor jeder Kurve. Ein paar Trupps schippten Löcher zu, ohne sie zu teeren; der Bau des neuen Flughafens band wohl alle Mittel. Hinderlich auch die Autowracks zu beiden Seiten des Weges. Dem Land fehlte ein Schrottplatz, bei den sechstausend Autos, die es laut Statistik gab, lohnte es offenbar nicht, Schrott zu pressen und zu verschiffen. Die Busse hatten Aufbauten aus Holz, bunt bemalt mit Namen wie «God is Love», «Angel Baby» und «Why Worry?»

Why worry – warum sich quälen, aufregen, Sorgen machen – in dieser Frage lag der Geist dieser Insel, der einen so durchdrang wie ihr Gewürzduft. Das begriff ich vollends im Hotel, dem Spice Island Inn, sechs Kilometer südlich von St. George's am feinsandigen Strand der Grand Anse Bay, einem der schönsten Badeplätze der Karibik. Das feinste Haus von allen, nur sechzig Betten, verteilt auf dreißig weiße, blütenumrankte, spitzgieblige Bungalows, *cottages* genannt. Zehn davon hatten auch noch eigene Schwimmbassins, als läge das Meer nicht vor der Tür. In sagenhaft großzügiger Manier zahlte der Verlag siebzig Dollar für jede meiner Übernachtungen. Es hätte keiner Fernbuchung bedurft, das Etablissement stand ziemlich leer. Mein Reiseführer pries es als seinen westindischen Liebling und schrieb ihm ein Somerset-Maugham-Südsee-Air zu. Im Zimmer und in der Lobby hingen echte Ölgemälde, es gab lautlose Klimaanlagen und ein mondänes Restaurant ohne feste Essenzeiten. «Bei uns», wurde mir lächelnd erklärt, «muß niemand wählen zwischen ausschlafen und speisen.»

An die Arbeit? Ach, noch nicht. Ich schnupperte nur ein bißchen an dem Material, das Dr. Baron für mich im Archiv hatte zusammenstellen lassen. Zuoberst das älteste Gerücht über Aktivitäten des Ostblocks hier. Schon im Sommer vor vier Jahren, sehr bald nach dem Umsturz auf Grenada, waren die ersten Meldungen in den nordamerikanischen Medien erschienen. Ein Feldzug, der in der karibischen Presse von Trinidad bis Jamaica sein Echo fand; ja selbst in Europa. Ein hiesiges Blatt, «The Torchlight» (Das Fackellicht), hatte nämlich am 1. Juli 1979 unter der Schlagzeile *Soviets in a Holiday Paradise* die westdeutsche Zeitschrift «Bunte» folgendermaßen zitiert: «Grenada, durch den Filmschauspieler Raimund Harmstorf als stille Karibikinsel bekannt geworden, sah kürzlich rätselhafte Besucher – Cubaner und Russen. Sie bauen dort eine Marinebasis für sowjetische Kriegsschiffe. Amerikanische Spähflugzeuge haben außerdem entdeckt, daß Waldgebiete im Inneren der Insel, durch die Straßen führen, abgeholzt werden. Ähnliche Bilder lieferte die US-Luftaufklärung vor 17 Jahren, als Cubas Fidel Castro den Russen erlaubte, Raketen aufzustellen.»

Der Herausgeber von «Torchlight» hatte sich mit der Bemerkung salviert: «Wir wissen von Raimund Harmstorfs Besuchen bei uns und von der Anwesenheit einiger Cubaner. Was an den anderen Punkten wahr sein mag, kann ‹Das Fackellicht› nicht feststellen.» Das klang wie der Auftakt einer Kampagne, die seither ständig Nahrung gefunden und nun auch mich hergeführt hatte. «The Torchlight» übrigens war – wie von Dr. Baron handschriftlich vermerkt – nach weiteren Kontroversen mit der Regierung Maurice Bishop streng ermahnt und am 13. Oktober 1979 dann endgültig geschlossen worden; gewiß zum Schaden der Regierung, die so in den Geruch kam, die Pressefreiheit zu mißachten. «Das Fackellicht» hatte den Premierminister unter anderem mit der Falschmeldung gereizt, er sei nach einem Bienenstich erblindet.

Solch lokales Gestänker sollte mich nicht beschäftigen. Die Behauptung, es würden Raketen stationiert, war im Laufe der Zeit durch die Klage ersetzt worden, ein cubanisch-sowjetischer Luftstützpunkt entstünde hier. An der östlichen Marinebasis hielt man jedoch fest. Sie wurde als U-Boot-Stützpunkt beschrieben und zunächst auf Carriacou vermutet, der dreizehn Quadratmeilen großen Nebeninsel dreißig Kilometer weiter nördlich, dann auf einem der kleinen Eilande vor der Südküste Grenadas, der Landzunge Fort Jeudy und schließlich in der Westerhall Bay; dort hatten Präsident Reagans Berater die Basis zuletzt geortet – auf Luftbildern oder Satellitenfotos, die der Presse gezeigt worden waren.

Um mit der Flottenbasis zu beginnen, entfaltete ich die schöne Landkarte im Maßstab 1 : 50000, veröffentlicht 1979 vom Londoner Amt für Überseevermessung im Auftrag der Regierung Grenadas; wir verdankten sie dem grenadischen Honorarkonsul in Kiel. Die Karte zeigte drei Inselchen vor der wild zerklüfteten Südküste. Auf der ersten stand ein 20-Betten-Hotel, das ironischerweise Secret Habour (Geheimer Hafen) hieß. Die zweite schien dicht bewaldet und unbewohnt zu sein. Die dritte, Glover Island, war eine Walfangstation gewesen, mußte also eine Anlegestelle haben. Auf der Landzunge Fort Jeudy, mit den Ruinen des Forts, standen Ferienhäuser begüterter Ausländer, obwohl «U. S. News & World Report» geschrieben hatte, es sei ein militärisches Sperrgebiet. Natürlich konnten die Angaben auf der Karte überholt sein. Die Westerhall Bay lag gleich nebenan, eine geschützte Bucht, fast anderthalb Kilometer lang und wohl geeignet, ein dieselgetriebenes Unterwasserfahrzeug aufzunehmen.

Ich setzte mich ins leere Restaurant und bedachte das weitere Vorgehen. Mein Vertrauen in die Karte rührte offenbar daher, daß sie viel sorgsamer gezeichnet und besser gedruckt war als die zwei, mit denen ich in El Salvador auskommen mußte. Aber nichts ersetzte den Augenschein. Sollte ich ein Flugzeug mieten und es über den fraglichen Orten kreisen lassen, falls das statthaft war? (Ein Verbot wäre bereits ein Indiz gewesen.) Auf Pearls Airport hatte ich zwei kleine Maschinen gesehen, die gewiß für Rundflüge bereitstanden. Doch es lockte mich nicht, schon wieder aufzusteigen; auch fiel mir ein, wie wenig man aus Sportflugzeugen oft erkennt – die Sitzposition ist meist zu tief. Unauffälliger und informativer konnte es sein, ein Motorboot zu chartern.

An diesem Punkt der Überlegung kam eine etwa fünfzigjährige Britin an meinen Tisch, die fragte, ob es mich störe, wenn sie sich zu mir setze. Sie heiße Mrs. Seymour und sei mit ihrem Mann hier, der habe einen Sonnenbrand und wolle nichts essen. Sie war hochgewachsen und schlank, mit dünnen schüchternen Lippen und grauen, gesprenkelten Augen. Ich stellte mich ihr vor. Es mußte sie Überwindung kosten, so auf mich zuzugehen. Sie finde es trostlos, allein zu speisen, sagte sie und riet mir zu frischer grüner Schildkrötensuppe und Langusten, die einheimische Kost verdiene den Vorzug vor allem importierten, dem Geschmack der Yankees angepaßten Zeug ... Mrs. Seymour sprach leise und etwas stockend, als sei sie nie ganz sicher, ob die Menschen auch hören wollten, was sie zu sagen hatte. Ich nickte ihr höflich zu. Sie mußte sich sehr langweilen, es geschah zum ersten Mal, daß eine Lady sich einfach zu mir gesellte.

Vom Strand her, den man über palmengesäumten englischen Rasen erreichte, drang der dünne Klang eines Horns. «Sturmwarnung?» fragte ich.

Mrs. Seymour schüttelte den Kopf. «Im Gegensatz zur Ostküste, die im Passatwind liegt, stürmt es hier praktisch nie. Da übt bloß wieder die Polizei oder die Armee oder die Miliz.»

«Die Jugend wird halt auf die Zukunft vorbereitet.»

«Das klingt recht düster, Mrs. Janssen.»

«Nur ein Trick. Man wirkt gleich intelligenter, wenn man sich düster gibt. Ich konnte der Versuchung nicht widerstehen.»

«Sie sind noch recht abgespannt von der Reise, nicht wahr?»

«Von der Welt. Grenada wird mir sicher gut tun.»

«Hoffentlich behalten Sie recht. Dreihundert Yards weg ist ein Trainingscamp der Polizei. Und fünfhundert Yards in der anderen Richtung liegt die sowjetische Botschaft. Ich glaube, sie hat die fünf Bungalows des Hotels The Flamboyant belegt. Mein Mann sagt, da sind wir hübsch eingerahmt.»

So lachhaft es klingt, mir kam der Gedanke, Dr. Baron habe

mich derart nobel einquartiert, weil dieses Haus der Sowjetbotschaft am nächsten lag. Sein Drang nach Perfektion war mir bekannt. Vielleicht glaubte er, ich würde durch ein Fernglas die Besucher des Flamboyant mustern wie ein Spion. – «Ich nehme doch an, es ist eine Polizei und eine Armee, an der man noch seine Freude haben kann», sagte ich.

Mrs. Seymour streifte mich mit einem besorgten Blick. «Freude an deren Armee, wie kommen Sie darauf?» Ihr Ton verriet, sie hatte nicht den geringsten Sinn für Ironie.

«Sie ist doch wohl so klein, daß sie harmlos ist.» In meinen Unterlagen stand, die Polizei habe 443 Mann, die Armee rund zweitausend.

«Nun, wir können nicht klagen, sie benehmen sich anständig. Als Brite, Amerikaner und Canadier braucht man nicht mal einen Paß, sie lassen jeden herein, der ein Rückflugticket hat.»

«Von Westdeutschen wird immerhin kein Visum verlangt.»

«Und die Zollvorschriften sind human. Aber bedenken Sie, all die Bewaffneten werden von Cubanern zu Revolutionären ausgebildet. Und Revolutionäre sind meist auch Terroristen, sagt mein Mann.»

«Was ist Ihr Gatte von Beruf?» fragte ich, die Avocado-Eiscreme löffelnd.

«Eigentlich ist er Seeoffizier.»

«Sie sagen eigentlich. Übt er den Beruf nicht mehr aus?»

«Das ist ja der Kummer.» Mrs. Seymour lächelte scheu über ihrem Krabbensalat. «Er gehört zu denen, die pensioniert worden sind, als man im Sommer einundachtzig die Royal Navy verkleinert hat. Ein Jahr vor Falkland, wo sich dann zeigte, wie nötig man sie braucht ... Von ihren vierundsechzig Admiralen ging ein Dutzend vorzeitig in den Ruhestand.»

Tags darauf lernte ich den Konteradmiral außer Diensten Albert Seymour kennen, einen stämmigen Mann um die Sechzig. Er trug einen Anzug aus Baumwollstoff, schon zum Frühstück in einer Art gekleidet, die ihm einen Anflug von städtischer Eleganz verlieh; was in diesem trägen Milieu (dem *Somerset Maugham South Sea air*) recht vorteilhaft wirkte. Sein Haar war ein bißchen zu lang für einen Ex-Militär, wohl weil er sich im Urlaub nicht die Mühe nahm, zum Frisör zu gehen. Der breite graue Schnurrbart stand ihm gut. Ich schaute ihn an wie einen, von dem man sich etwas erhofft. Er war gleichmäßig gebräunt – keine Spur von Sonnenbrand; nur nahm er die Sonnenbrille auch bei Tisch nicht ab.

«Dies hätten Sie früher erleben müssen, vor der Revolution», sagte er zu mir. «Da waren die Hotels noch nicht so verödet. In diesem gab Ihnen der Manager bei Ihrer Ankunft eine kleine Plastikpfeife mit dem Spruch: ‹Keiner außer uns rührt sich, wenn Sie etwas brauchen, blasen Sie bloß!› Das ist noch Service gewesen.»

Mr. Seymour richtete das Wort fast nur an mich, kaum an seine Frau. Falls mein Dabeisein ihn erfrischte, wollte ich das nutzen. Solch ein Marinefachmann lief mir ja schwerlich wieder über den Weg. Die Frage war nur, ob ich ihm meinen Auftrag enthüllen konnte, ohne daß es sich herumsprach, wonach ich suchte – am Ende bis zu den Behörden ... Jetzt winkte er den schwarzen Kellner herbei und bestellte sich einen Rumpunsch mit geriebener Muskatnuß, eine Spezialität der Insel, wie er mir erklärte.

Mrs. Seymour fragte: «Ist es dafür nicht noch zu früh?»

«Liebling, für geeisten Rumpunsch ist es nie zu früh.»

«Auch, wenn man den Tag damit beginnt?»

Sie fingen an, halb scherzhaft ein wenig zu streiten. Sein Ton war heiter-autoritär, er machte deutlich, wer von ihnen das Sagen hatte. Andererseits schien sie zufrieden, daß sie ihn genötigt hatte, sich ihr zuzuwenden. Der Rumpunsch kam, und sein Duft vermischte sich mit dem frischen Geruch, der vom Meer hereinströmte, und mit dem Hauch von Herrenkosmetik, der den Admiral umgab. «Wir kennen viele moderne Ehepaare», hörte ich ihn sagen und merkte, daß er über das Glas hinweg schon wieder meinen Blick suchte. «Beständig treffen beide Partner Entscheidungen. Immer, wenn mir eine Frau mit sorgenvoller Miene begegnet, weiß ich, daß ihr Mann sie zuviel entscheiden läßt.»

«Ich wäre weniger besorgt, wenn du auf mich hörtest; jedenfalls in diesem Punkt.»

«Was halten Sie von dem Gerücht um einen russischen U-Boot-Hafen hier?» fragte ich so, daß es scheinen mußte, als sei mir darum zu tun, dem ehelichen Geplänkel die Spitze zu nehmen.

Er ließ von seiner Frau ab. «Nun, ich bin sicher, den hätten die ganz gern.»

«Was meinen Sie, ist er schon vorhanden oder erst geplant?»

Mr. Seymour antwortete nicht gleich, er sah mich stumm an. Ich hatte das Gefühl, er kenne meinen Beruf und wittere die Absicht.

Ein Ausdruck von List kam in sein Gesicht, als er schließlich sagte: «Wer weiß das schon genau?»

«Washington behauptet, der Stützpunkt existiert.»

«Gut, ich bin überzeugt, daß es in gewissen höheren Militärkreisen Moskaus zweifellos Offiziere gibt, die in ihrer Begeisterung für das Kriegshandwerk aus rein beruflichen Gründen hier wie anderswo fröhlich U-Boot-Basen errichten würden, sofern man es ihnen gestattet.»

«Wer sollte sie daran hindern?»

«Natürlich die eigene Regierung.»

«Nicht auch die von Grenada?»

«Schon – in zweiter Linie auch die.»

«Welcher Punkt der Insel wäre denn Ihres Erachtens für solch einen Zweck geeignet?»

«Mrs. Janssen, das scheint Sie ja sehr zu beschäftigen.»

«Ja, ich gehe dem ein bißchen nach.» Es gab kein Zurück mehr, ich mußte mich ihm anvertrauen. «Die ersten Meldungen nannten damals Carriacou.»

«Ach, Unsinn. Carriacou hat keinen Tiefwasserhafen.»

«Das wäre die Voraussetzung?»

«Gewiß, wo wollen Sie sonst Versorgungsgut entladen?»

«In St. George's also könnte das geschehen.»

«Durchaus – bis zu elf Faden Tiefe. Für jedes Frachtschiff genug Wasser unterm Kiel.»

«Und dann müßte das Versorgungsgut zur Basis rollen, etwa in die Westerhall Bay.»

Er nickte anerkennend, als hätte er mir soeben mit viel Geduld die Grundsätze maritimer Logistik beigebracht. «Sehen wir uns das doch mal an», rief er und erhob sich ohne weiteres, mit einer kleinen Entschuldigung an die Adresse von Mrs. Seymour. Mir kam es vor, als bedauere sie längst, mich gestern angesprochen zu haben. Ihr Mann strahlte so viel Straffheit und Frische aus, daß mir gar nichts anderes übrigblieb, als ebenfalls aufzustehen – gleichsam im Sog seines Kielwassers. Ich folgte ihm also an die holzgetäfelte Querwand des Lokals, wo unter Glas eine Seekarte hing, die Karte Nummer 2821 des Hydrographic Office in London. Sie stellte die Insel im Maßstab 1 : 71500 dar und stammte aus dem vorigen Jahrhundert, was auch der Aufriß eines Segelschiffs bewies, war aber 1936 aus seemännischer Sicht überarbeitet worden; die letzte Korrektur datierte von 1979. Sie war schwarzweiß, mit eindrucksvoller Schraffur der Gebirgszüge und violetten Kegeln dort, wo es Leuchtfeuer gab. Ich zählte deren sieben: fünf um die Hauptstadt, einen am Point Saline im äußersten Südwesten und einen im Osten bei Pearl. Der Flugplatz fehlte im Kartenbild. Dort, wo Pearl's Airfield entstanden war, hatte man eine Pferderennbahn eingezeichnet ... Die goldenen Zeiten der ungetrübten Freude am Kolonialbesitz.

Mr. Seymour wirkte jetzt derart souverän, als gehe er seinem schwierigen und gefahrvollen Handwerk noch immer nach. Wie er so stramm vor der Karte stand, erinnerte mich sein Profil an die Bilder von Befehlshabern, die man in illustrierten Geschichtswerken findet. «Die nautischen Angaben sind korrekt, das Landesinnere aber präsentiert sich uns so, wie es früher einmal war», erläuterte er halblaut, angenehm vertraulich. «Die Straßen, die Sie da sehen, haben noch die Franzosen gebaut; und zwar für ihre Munitionstransporte im Kampf gegen die Royal Navy.» Er tippte auf das Glas. «Wie sich zeigt, gab es schon damals einen Weg von St. George's zur Westerhall Bay.»

«Falls die Russen ihn benutzen, müßte er befestigt und verbreitert worden sein.»

«Sie würden die Transporte kaum bemerken. Kriegsmaterial bewegt man nachts, in geschlossenen Lastwagen.»

«Keine Chance, etwas zu entdecken?»

«An Land? Hoffnungslos! Da wird zu gut aufgepaßt. Ihnen bleibt nur die Möglichkeit, etwas von See her aufzuspüren.»

«Könnten Sie mir mit Ihrem Rat behilflich sein?»

«Selbstverständlich. Verfügen Sie nur über mich.»

Als wir zum Tisch zurückkehrten, lag auf seinem Gesicht der triumphierende Ausdruck eines Jünglings, der dabei ist, in Gegenwart Älterer etwas Verzwicktes und Lobenswertes zu vollbringen. Das hätte mich vielleicht warnen sollen, doch ich war ihm einfach nur dankbar – froh über diese ganz unverhoffte Unterstützung.

Im Laufe des Tages schleppte er mir Bücher mit Titeln wie *West Indies Pilot* oder *Sailing Directions for Grenada and the Grenadines* an. Fürsorglich hatte er Zettel eingelegt und Absätze angestrichen, in denen es zum Beispiel hieß: «Glover Islet, eine kleine, 40 Fuß hohe Insel, verlassene Walfangstation, liegt 8 Kabellängen südlich der Westhuk von Hardy Bay mit weniger als 3 Faden Wasser.» Oder: «Die Westerhall Bay bietet trotz von Klippen verengter Einfahrt kleinen Fahrzeugen unter ortskundiger Führung gute Ankerplätze auf 4 Faden Wasser.»

Beim Lunch traf ich ihn sinnend vor der Karte. «Eine kleine Insel, doch ein großer Dschungel», bemerkte er etwas rätselhaft. «Wissen Sie was? Wir schließen uns Ihnen an. Ich hab bei den Yacht Services für morgen ein kleines Motorboot bestellt, für Ihren Ausflug an die Südküste.»

«Sie beide wollen so gut sein, mich zu begleiten?» Es fiel mir auf, daß er dies als meine Unternehmung ausgab, vielleicht mit Rücksicht auf seine Frau. Wenn ihm das half, Auseinandersetzungen zu vermeiden, wollte ich mir seine Lesart gern zu eigen machen.

«So ist's geplant! Erkundungsfahrt bis zur Westerhall Bay ...» Er rückte an seiner unvermeidlichen Sonnenbrille und fügte hinzu: «Natürlich wär es stilvoller, zu segeln; aber nicht ganz ohne Risiko mit so gemischter, überwiegend ungeübter Mannschaft.»

«Ein guter Kommandant hält das Risiko klein.»

«So ist es, Mrs. Janssen. Bitte erlauben Sie mir, zu sagen: Sie sind eine blitzgescheite Frau.»

Seymour plauderte amüsant. Die verhaltene Tatkraft und Gewandtheit, die in manchem Satz aufschimmerte und in seinem Wesen lag, berührten mich angenehm. Auch körperlich hielt er sich fit: früh ein halbes Stündchen Tennis, mittags ein Trip im Segelboot und abends drei Meilen im Dauerlauf. Er war ein vielbeschäftigter Mann.

IV

Der Yachtverleih lag am Ende der Ballast Ground Road in Belmont, dem südlichen Vorort der Hauptstadt. Ein Taxi brachte uns in fünf Minuten hin, vorbei am Holiday Inn, dem Silver Sands Hotel, den De Frietas Cottages und dem Ross Point Inn. Die ganze Bäderküste von Grand Anse schob sich zusammen auf vier Kilometer – zweieinhalb englische Meilen. Der Strand war weiß, aber schmal, von Hügeln bedrängt und jetzt in der Frühe verschattet durch tropischen Baumwuchs. Die Hotels verschwanden darin, sie waren flach und winzig bis auf das zweistöckigen Holiday Inn, dessen 186 Apartments gut die Hälfte der Gästebetten enthielten, die es auf der Insel gab. Vom Standpunkt des Hotelgewerbes, fand ich, war der Bau eines internationalen Flughafens verfehlt oder doch verfrüht. Zwei Jumboladungen reichten aus, all die hübschen Häuser zu füllen.

Aber eins nach dem anderen. Um den Flugplatz würde ich mich später kümmern ... Der Hafen von St. George's erinnerte entfernt an den venezianischen Hafen von Kyrenia auf Cypern. Zwei Berge flankierten wuchtig, mit braunem Fels und strotzendem Grün, die kaum dreihundert Meter breite Einfahrt. Das dreigeteilte Hafenbecken wirkte verträumt und geschützt, es ließ durch seine Segelboote an ein Piratenschlupfloch denken, wie es die Filme zeigen. Teergeruch und Morgendunst lagen über The Lagoon, dem Südbecken, in das der lange Steg der *Grenada Yacht Services* kühn vorstieß; der größte Bootsverleih in diesem Teil der Karibik.

Man sah, Albert Seymour wurde respektvoll bedient, als guter alter Kunde. Verwundert hörte ich jedoch von seiner Frau, sie müsse ärgerlicherweise auf ihre Teilnahme verzichten. Während er sich das Boot zeigen ließ, sagte sie mir, sie habe sich den Magen verdorben und ziehe einen Einkaufsbummel vor. Ich sprach mein Bedauern aus, doch indem ich das tat, merkte ich, daß ich tatsächlich dachte: Ist das nicht nett, mit dem Admiral allein zu sein und ungehindert von seinem Wissen zu profitieren? Mrs. Seymour blickte mich ein bißchen unsicher an. Nach kurzer Überwindung riet sie mir, darauf zu achten, daß ihr Mann nicht unnütz anlege, wozu er manchmal neige; zumal die Prickly Bay sollten wir meiden.

«Wieso, ist die Bucht gefährlich?»

«Für ihn schon, fürchte ich.»

«Das müssen Sie mir erklären.»

«Nun», sagte sie gedämpft, fast verschwörerisch, mit einem Seitenblick auf das Boot, in dem sich ihr Mann zu schaffen machte, «immerhin, es gibt dort eine Bar, wo ihm der Rumpunsch noch besser schmeckt als in unserem Hotel. Man sollte an Bord aber doch klaren Kopf behalten.»

«Ja, gewiß ... Ich will mein Bestes tun.»

«Alles, was man zum Picknick braucht, hab ich Ihnen hier eingepackt; es muß also nirgends angelegt werden.» Sie gab mir eine blauweiße Tragetasche mit dem Aufdruck ihrer Luftlinie. «Mehr kann ich leider nicht tun für Sie beide. Viel Glück! Und reden Sie ihm jede Landungsabsicht aus.»

Sie hatte es eigentlich nett gesagt, doch die Besorgnis, die aus ihren Worten sprach, erschien mir übertrieben. Der Admiral, in Bermuda-Shorts, weißem T-Shirt und kecker Mütze, lächelte vertrauenerweckend unter der Sonnenbrille. Er machte am Steuer eine glänzende Figur. Daß seine Frau zurückblieb, störte ihn weiter nicht. Sie habe, meinte er, ihn zu oft begleitet und diesen Törn wohl satt. Blubbernd sprang der Motor an, beschwingt stieg ich in das halboffene Boot, es hatte eine Windschutzscheibe, war beruhigend breit und mindestens sechs Meter lang.

Zwischen Freihafen und Yacht Club, hinter dem cremefarben in victorianischem Stil das Theater stand, lenkte Mr. Seymour gemächlich der Ausfahrt zu. Dabei erläuterte er ständig, was man gerade sah: links das Felsenriff mit dem Monument im Wasser (ich vergaß gleich wieder, was es darstellte), rechts die 230 Yards lange Bananenpier mit den drei silbrig glitzernden Lagerhäusern. Dann rückte The Carenage ins Blickfeld, die nördliche Hafenbucht, malerisch umfaßt von den pastellfarbenen Häusern der Unterstadt. Ein Kaleidoskop kubistischer Formen, geschwätzige Läden, gesäumt und überragt von wucherndem Grün. Vor uns erhob sich, 180 Fuß hoch, saftgrün und felsig die Halbinsel, auf der das Fort George stand mit dem Leuchtfeuer, der Anglikanischen Kirche, dem Allgemeinen Krankenhaus und dem Hauptquartier der Polizei. Die schönste Stadt der Karibik, wie es hieß; in meinen Augen ganz europäisch. Ein Hauch vom 18. Jahrhundert verklärte mir die Szene.

«St. George's wirkt, als läge es am östlichen Mittelmeer», hörte ich meinen Begleiter sagen. «Aber täuschen Sie sich nicht, was Sie von weitem für Ziegeldächer halten, ist Wellblech, rot bepinselt. Grenada hat keine Ziegelei. Dort oberhalb der Methodistenkirche, das ist Fort Rupert, ein uraltes Objekt der Armee. Es heißt so nach dem Vater des Premiers, Rupert Bishop, der schon vor der Revolution zum Märtyrer wurde. Beachten Sie links daneben die vier Turmspitzen der neugotischen Kathedrale. Viele Kirchen, für jede Religionsgemeinschaft zumindest eine ...» Er redete die Stimmung ziemlich tot.

Dann aber, als die Tennisplätze rechts vorbeiglitten, gab er Vollgas, so daß sich der Bug aus dem Wasser hob. An der äußeren Leuchttonne drehte er bei, eine Seemeile vom Hafen, damit im sanften Wiegen der Dünung das Panorama auf mich wirke. Obwohl die Sonne über der Grand Anse Bay uns blendete, war es imposant. Zwischen Himmel und Meer über dem fahlen Strich des Strandes in Ketten ansteigend und bis zu den Gipfeln bewaldet, schimmerten die Hänge in sämtlichen Abstufungen der Farbe Grün. Mir wurde gezeigt, welches der 1700 Fuß hohe Mount Maitland war, wo das Fort Frederick die Stadt krönte und daß hinter der Abbruchkante des Eloi Hill die Gran Mal Bay lag, mit den Festmachertonnen und der Unterwasserleitung zu den Öltanks des Exxon-Konzerns, aus denen alle Energie hier floß.

«Diese Tonne warnt die Schiffahrt vor den Annas-Bänken», sagte Mr. Seymour. «Dem Handbuch nach sollte sie schwarz sein, doch der Vogelkot färbt sie weiß. Als ich vor zwanzig Jahren mit dem Kreuzer ‹Jamaica› einlief, auf dessen letzter Fahrt, ist sie noch nicht elektrisch gewesen. Der Lotse zündete abends bei Bedarf eine Ölfunzel darin an, stellen Sie sich vor.»

«Sie haben einen Kreuzer befehligt?»

«Mit Ihrer Erlaubnis – ja. Kein Problem, irgendwo einzulaufen, wenn man zuvor die Nase ins Buch gesteckt hat und gut freibleibt von den Hindernissen.»

Erst von See her ging mir auf, wie klein die Insel in Wirklichkeit war. Drei Meilen südwestlich unserer Position, bei Point Saline, war sie schon zu Ende. Der Admiral hielt darauf zu. Genießerisch wies er mich auf die sowjetische Botschaft hin, fünf oder sechs Bungalows, im Fernglas blinkte der Maschendraht. Sie standen etwas erhöht an der Wurzel der Landzunge, die die Grand Anse Bay begrenzte. Die Landzunge lief in einer felsigen, zwölf Meter hohen Spitze aus, dem Long Point, wo von alters her Schiffe in Quarantäne lagen, wenn nötig … Wir schnurrten über ein Flach weg, die Long Point Shoal, in anderthalb Meter Tiefe reckten sich Korallen.

Hinter Point Saline, dessen Leuchtturm wir rasch umrundet hatten, wurde die See unruhig. Ein paar Spritzer schwappten lauwarm gegen die Scheibe. «Steuerbord voraus Ihre Glover-Insel», meldete Mr. Seymor. «Möchten Sie, daß wir anlegen?»

Ich dachte an seine Frau und verneinte.

«Recht so. Wird nur von Sportfischern aufgesucht. Glover ist kaum doppelt so lang wie ein U-Boot. Wenn Sie mich fragen: wenig Schutz und Chancen, Vorräte anzulanden und zu lagern.»

Auf Ostkurs passierten wir die Baustelle des Flughafens. Sie dehnte sich zwei Meilen weit bis nach True Blue, der amerikanischen *School of Medicine.* Man sah mit bloßem Auge die Bagger und Planierraupen, die Hügel abgetragen und eine ganze Bucht aufgefüllt hatten, um Platz für das Rollfeld zu schaffen. Auf der Höhe von True Blue Point griff der Admiral in den blauweißen Beutel und bot mir aus einer Thermosflasche einen Becher Rumpunsch an. Zu seinem Kummer aber enthielt die Flasche schwarzen Tee, eiskalt und ungesüßt. Er machte ein Gesicht, als versuche er, einen körperlichen Schmerz zu verbergen. Mir kam der Verdacht, seine Frau habe ihm Tee in die Rumflasche gefüllt und sich vor der Fahrt gedrückt, damit er ihr in meinem Beisein keine Szene machen konnte.

«Da zieht was herauf», hörte ich ihn wenig später sagen. Er wies auf den Mount Sinai, einen der höchsten Gipfel Grenadas, hinter dem sich eine dunkle Wand hochschob. «Sieht böse aus. Der tägliche Guß, Mrs. Janssen! Aber keine Angst, wir schaffen's noch. Wir gehen einfach in die nächste Bucht, dort ist genügend Unterschlupf.»

Es war natürlich die Prickly Bay. An ihrem Ostrand lag die mondäne Halbinsel Lance aux Épines, auf der sich die Kette intimer Hotels mit Häusern wie dem Horse Shoe Bay und dem Calabash fortsetzte. Zwischen den beiden stand das Twelve Degrees North, Mr. Seymours Stammlokal, auch mit eigenem Landungssteg. Noch ehe der Regen losprasselte, hatten wir dort festgemacht und saßen bei unserem Punsch. Der Admiral sagte, es läge trotz des Namens nicht exakt auf dem 12. Breitengrad, sondern drei Kabellängen südlich, doch dürfe man in Anbetracht der Güte von Speisen und Getränken da nicht so kleinlich sein ... Ich dachte, auf dieser Insel gibt es beinah alles, sogar Wolken auf Bestellung.

Wir hatten einen Ecktisch etwas abseits von den übrigen Gästen und sahen zu, wie es draußen goß. Der Regen spritzte von Blättern, schlug Blasen in die Pfützen auf der Terrasse, die Westseite der Bucht mit dem Steilufer von True Blue Point versank hinter Schleiern. Ich spürte, wie der Drink in mir aufblühte. Dabei lauschte ich aufmerksam dem, was mein Begleiter über U-Boote sagte – ihren Tiefgang, die Wendigkeit, den Versorgungsbedarf in Übersee. Ich wollte mir das genau merken; bei jeder Unklarheit hakte ich ein und fragte ihn. Das schien ihn zu freuen, es beflügelte seine Redelust.

Allzu schwierig konnte es nicht sein, ein paar Grundsätze der Seekriegführung zu erfassen. Dennoch überkam mich das Gefühl, daß all dies ganz unwirklich sei; ich tat es nicht, weil es einem vernünftigen Zweck diente, sondern aus Gewohnheit. Man hatte mich zur Erkundung der weißen Flecke nach El Salvador geschickt, und nun war ich auf Grenada, um rote Flecke aufzuspüren. Es hatte wenig mit mir zu tun. Ich verhielt mich wie ein Geschäftsmann, der nach dem Bankrott noch immer ins Büro geht und über erledigten Konten sitzt, nur weil er sich im Laufe der Zeit daran gewöhnt hat und nicht weiß, wie er sich anders beschäftigen soll ... Mußte ich mich nicht zusammenreißen und dem Schicksal dankbar sein dafür, daß es mich in ferne Länder trug, mir ständig neuen Einblick gab in die argen Zustände der Welt? Die meisten Berufe waren wesentlich eintöniger, woher also der Mangel an Tatkraft, die innere Müdigkeit? Vielleicht hatte ich einfach zuviel Unerfreuliches erlebt.

«Sie glauben an den Wert von Flottenbasen auch heute noch, Admiral, im Zeitalter atomgetriebener Kriegsschiffe mit ihrem enormen Aktionsradius?»

«Aber ja. Schon ihr Vorhandensein beweist den Wert.»

«Und Sie nehmen an, daß solch ein Stützpunkt hier im Bau oder bereits vorhanden ist?»

«Ich schließe es nicht aus», sagte er aalglatt. «Versetzen wir uns doch in die Lage der sowjetischen Marineleitung. Ich an deren Stelle hätte mich dafür stark gemacht. Die Weltmeere sind wie ein Schachbrett, gegliedert durch Längen- und Breitengrade. Wenn die Gegenpartei ein Feld räumt – wie das bei der Ecke zwölf Grad Nord und zweiundsechzig Grad West –, schiebt man dort zumindest einen Bauern hin, nach der eisernen Logik der Geschichte.»

«Wird Ihnen nie schlecht beim Gedanken an den nuklearen Aufmarsch beider Seiten?»

Mr. Seymour leerte sein Glas, in dem noch Eisstückchen klingelten, und winkte dem Kellner zu. «Und ob», seufzte er. «Durchaus! Und zwar gerade in Verbindung mit den kernwaffentragenden Unterseebooten. Das können Sie mir ruhig glauben.»

«Warum gerade in diesem Zusammenhang?»

«Es sind nun mal äußerst gefährliche Waffen.»

«Gefährlicher als luft- oder landgestützte Raketen?»

«Selbstverständlich; ohne jede Frage. Wissen Sie, ein bewaffneter Konflikt beginnt meist aus einer schweren internationalen Krise heraus. Und je störanfälliger die Kontrolle über das eigene Kernwaffensystem ist, desto wahrscheinlicher wird die Möglichkeit eines ungewollten Raketenstarts. Bei Kernwaffen nämlich, die während des Fluges zurückbeordert, entschärft oder aber nur durch einen verschlüsselten Funkbefehl scharf gemacht werden können, erscheint das Risiko gering, daß sie versehentlich oder gar ohne Befehl mit Absicht gestartet werden und zerstörerisch beim Gegner einschlagen. Anders steht es mit Waffensystemen, die von den nationalen Kommandozentralen ziemlich unabhängig sind. Das strategische U-Boot mit seinen ballistischen Fernraketen ist das autonomste System dieser Art.»

«Wegen der schwierigen Funkverbindung mit Booten auf Tauchfahrt?»

«Richtig. Das war der Grund für ihre Unabhängigkeit. Sie sollten ja in der Lage sein, auch noch zurückzuschlagen, wenn kein Befehl sie mehr erreicht, etwa weil die Zentrale auf dem Festland bereits vernichtet ist. Die Führungscrew also entscheidet das. Aber was hindert nun einzelne Offiziere einer solchen Crew, die Raketen mutwillig loszulassen, ohne die Gewißheit, im Sinne des obersten Befehlshabers zu handeln? Ich will es Ihnen sagen: nur sehr wenig.»

«Demnach kann ein verrückter Kapitän, ein Extremist den nuklearen Holocaust auslösen?»

«Im Komplott mit dem Bordfunker schon. Der Kapitän muß vor dem Abschuß seiner Raketen rein bürokratische Hemmnisse überwinden. Es gibt für seinen Feuerbefehl keinerlei mechanische Sperren ... Schauen Sie, im Ernstfall beginnt das Abschußverfahren mit einem Befehl des Oberkommandos, der an ein Codewort geknüpft ist. Es wechselt dreimal täglich und ist zunächst nur dem diensthabenden Funker bekannt. Der sitzt streng abgeschirmt allein in einem Raum und vermerkt als einziger Mann den Eingang des Befehls. Er ruft den Offizier vom Dienst an und meldet ihm, was anliegt. Dann werden zwei Offiziere in den Funkraum geschickt, um den Empfang und das Codewort zu überprüfen. Sie – und natürlich der Kapitän – haben Zugang zu dem Safe, wo die Codebücher liegen. Die meisten U-Boot-Kommandanten würden sich allerdings in diesem Fall selbst vor Ort vergewissern.»

«Der Kommandant kann die Offiziere überspielen?»

«Stimmt, Mrs. Janssen; sehr gut, wie rasch Sie mir folgen. Der

Kapitän kann die beiden Kontrolloffiziere auf ihrem Weg in den Funkraum abfangen und ihnen sagen, er habe den Abschußbefehl schon persönlich überprüft. Man dürfte es ihm glauben. Die Neigung, einem Vorgesetzten zu widersprechen, ist nirgendwo sehr ausgeprägt, am wenigsten auf See. Es folgt also der Countdown. Der Kapitän erklärt der Mannschaft über die Bordlautsprecher, man befände sich im Krieg, die Raketen müßten gezündet werden. Im Kontrollraum schließt der Raketenoffizier einen Schalter, der sie abschußbereit macht. Drei weitere Offiziere tun das gleiche, nämlich der Navigator – er ist dafür verantwortlich, daß die Koordinaten stimmen –, der Abschußoffizier und der stellvertretende Kommandant. Praktisch geben sie bloß Signale, die bestätigen, daß die Raketen scharf und auf ihre Ziele gerichtet sind. Die wirkliche Entscheidung liegt beim Kapitän. Er schiebt seinen Schlüssel in den Schlitz, und wenn er ihn dreht, heben die Raketen ab, auf Nimmerwiedersehen.»

«Die Folgen wären ...»

«Ja, das strapaziert die Vorstellungskraft. Ein einziges strategisches U-Boot der US-Marine führt rund hundertsechzig Atomsprengköpfe mit sich: genug, um jede sowjetische Stadt mit mehr als zweihunderttausend Einwohnern zu zerstören. Natürlich kann ein entsprechendes sowjetisches Schiff ähnlich viele Ziele treffen. In jedem Falle bleibt dem Angegriffenen noch Zeit zum Gegenschlag, so daß die Nordhalbkugel mit Sicherheit verglüht ... Warum lächeln Sie?»

«Mir fallen all die verrückten Kapitäne der Weltliteratur ein.»

«Bedenken Sie auch die geistige Verfassung eines gestreßten Kommandanten nach wochenlanger Tauchfahrt. Es reicht, wenn's mal bei einem von hundert aushakt. Es gibt zur Zeit ungefähr hundert solcher Atom-U-Boote, wir Briten haben vier. Im Schnitt sind schätzungsweise jeweils vierzig Boote im Einsatz.»

Ich schwieg. Das klang nicht nach Seemannsgarn. Man spürte, es war ihm ernst. Was für eine Prognose! Wie weit entsprang sie seinen Ressentiments, der persönlichen Kränkung? Die modernen Trends in der maritimen Rüstung hatten die Royal Navy schrumpfen lassen, und es war klar, an der Überwasserflotte wurde nur deshalb gespart, damit England sich die Unterwasserrüstung leisten konnte – vier der gespenstischen Tauchburgen, die offenbar ein aberwitziges Risiko darstellten. Seit ihn die Intrigen der unvermeidlichen Rivalen ausmanövriert hatten, vergrub er sich im Luxus und trank sogar, um der Leere des Ruhestands zu entfliehen. Oder sollte umgekehrt der Griff zur Flasche seine Pensionierung beschleunigt haben?

«Sehen Sie keinen Ausweg, Admiral?»

«O doch. Wenn U-Boot-Raketen wirklich jene Zweitschlagwaffen sind, als die sie immer hingestellt werden, wird es niemals nötig sein, sie in großer Hast abzufeuern. Daß sämtliche strategischen U-Boote nach einem Nuklearangriff auf die Heimat ohne Kontakt sind, ist äußerst unwahrscheinlich. Inzwischen gibt es fliegende Befehlsstände und Kommandosatelliten, nicht wahr? Die Verbindung wird schon klappen. Der gesunde Menschenverstand verlangt, daß es Kapitänen unmöglich gemacht wird, auf eigene Faust loszuschlagen, ohne daß von einem Befehlsstand außerhalb ein verschlüsseltes Signal direkt an die Raketen geht ... Geschieht das nicht, werden sich über kurz oder lang ein Funker und ein Kapitän zusammentun. Wenn der ein Fanatiker ist, schafft er's notfalls allein.»

Ich nahm an, das Boot sei halb vollgelaufen, doch ein schwarzer Boy hatte es schon gelenzt. Mr. Seymour gab ihm ein Trinkgeld und half mir hinein. Der Wald um das Twelve Degrees North dampfte in der Sonne. Ich hatte plötzlich den Wunsch, lieber umzukehren, doch Seymours Fluidum stand dem entgegen: seine höfliche, mühelose Art, tonangebend zu sein, selbst wenn er es nicht darauf anlegte. Von den vier oder fünf Drinks, die er zum Lunch genommen hatte, merkte man bei ihm nichts – außer vielleicht, daß er meinen Arm zu lange hielt, als er mich zu dem feuchten Sitz führte. «Alles, was ich Ihnen da drin erzählt hab, dürfen Sie getrost verwenden», erklärte er am Prickly Point.

«Werden Sie auch keine Scherereien kriegen?»

«Mein Standpunkt ist bekannt. Sie täten mir einen Gefallen, wenn Sie mich namentlich zitierten.»

Jeder Zoll ein Mann von Charakter. Zwischen den Porpoises und dem Tara-Inselchen wurde das Wasser kabbelig. Die Porpoises waren ein Haufen drei Fuß hoher, weiß umschäumter Klippen. Mr. Seymour wies nach links auf die hüglige, dicht bewaldete Hog-Insel: wegen ihrer Nähe zum Festland als Basis wohl geeignet, aber durch die vorgelagerten Riffe und Bänke für Kriegsschiffe schwer erreichbar. Ich fotografierte die Insel trotzdem, es konnte ja noch gebaggert und der Anschluß hergestellt werden –

nur fünfzig Meter durch flaches Gewässer, das sich leicht zuschütten ließ. Über den Sandbänken brach sich die See.

Als wir die gurkenförmige Calivigny-Insel erreichten, an deren schmalem Strand das kleine Badehotel stand, fragte ich ihn, was die Amerikaner denn so sicher mache, daß hier ein geheimer Hafen sei; auf ihren Luftbildern habe man nicht viel erkannt. – «Ach, wissen Sie», antwortete er, «fremde U-Boot-Basen vor ihrer Haustür sind ein altes Trauma. Um die Jahrhundertwende haben sie mit Kopenhagen endlos um die dänischen Jungferninseln gefeilscht, ohne sich zum Kauf zu entschließen. Dann aber, 1917, waren die Inseln ihnen auf einmal fünfundzwanzig Millionen Dollar wert – aus Furcht vor deutschen U-Booten, die dort hätten unterschlüpfen können. Heute schwatzen sie andauernd von der Sicherheit ihrer Tankerrouten. In ihren Augen ist Arabien ja die Ölpumpe, der Atlantik der Schlauch und die Karibik der Zapfhahn dieser Treibstoffleitung!»

Hinter dem Point of Fort Jeudy, die Ruine stand hoch über der Brandung, wurde es unangenehm. Der Wind kam schräg von vorn. Ich hörte Mr. Seymour etwas von einer insellosen Korallenbank und von Versenkungsgebieten für Munition sagen, verstand aber den Zusammenhang nicht. Sein Benehmen machte mich nervös. Er wich einem Feld von Brechern aus und schnitt die Einfahrt von Calivigny Habour, wo es etwas ruhiger war; ein nur kleinen Schiffen zugängliches Becken. «Die engste Stelle ist noch fünf Faden tief», erläuterte er unermüdlich. «Für den gewitzten Kapitän ein so gutes Unterwasserversteck wie zwischen schwedischen Schären.»

«Aber keine Basis?»

«Kaum. Das Innenbecken ist winzig.»

Allmählich reichte es mir. Vor uns lag Westerhall Point in vollem Seegang. Spritzwasser kam über, nicht schlimm in der Wärme, doch es ängstigte mich. Das Boot war eine Nußschale auf den langen, schaumgekrönten Wellen. Wagte mein Skipper, durch den Punsch gestärkt, da nicht zuviel? Als wir in die Bucht bogen, löste sich zwar der Knoten in meinen Eingeweiden. Vergleichsweise still dehnte sich vor uns die Westerhall Bay, trotzdem war sie eine Enttäuschung. Ihr Nordufer schien unzugänglich, eine Mangrovenküste voller Luftwurzeln und Lianen. Und am Südufer lagen viele Sportboote, ich zählte acht Landungsstege. Sie gehörten, sagte Seymour, einem ausländischen Tourismusunternehmen;

es habe die ganze Halbinsel gekauft und erschlossen, mit Ferienhäusern gespickt und zweitausend seltene Bäume angepflanzt, als ob es nicht schon Vegetation genug gäbe. Westerhall Point sei fünfzig Hektar groß, durch einen Zaun vom Hinterland getrennt.

Ich war sprachlos, fühlte mich genarrt. Wie hatte er glauben können, die Sowjetmarine lege vor den Augen fremder Urlauber einen Stützpunkt an? Das Südufer war Sperrgebiet – einer Privatfirma, die es von Wachmännern sichern ließ! Der Admiral nahm einen Zug aus der Thermosflasche, man hatte sie ihm im Twelve Degrees North wohl neu gefüllt, er sah mich von der Seite an, und ich begriff, er hatte das keinen Moment lang geglaubt, ihm ging es von Anfang an nur um meine Gesellschaft. Er langweilte sich am Hotelstrand und hatte mich einfach hergelockt.

Der Wind wurde böig, durchwühlte die Fächer der Uferbäume, ließ die Segelboote an den Stegen tanzen und pfiff gefährlich in ihren Wanten. Mir grauste es vor der Rückfahrt, dennoch nahm ich die Szene auf; schien sie doch Ronald Reagans Story zu widerlegen. Vielleicht wurde umgekehrt ein Schuh daraus ... Als wittere Seymour meine Verstimmung, wendete er schweigend und blieb dicht unter Land. Aber es nützte nichts, die Wellen rollten unter uns weg, sie drückten das Heck herum, so daß es ihm schwerfiel, Kurs zu halten und von der Ostküste des Points of Fort Jeudy frei zu bleiben.

In der nächsten Bucht geschah es, daß uns ein Brecher achterlich erwischte. Wir wurden naß bis auf die Haut. Seymour nahm die bespritzte Sonnenbrille ab, sie nützte ihm nichts mehr – erstmals sah ich deutlich seine Augen, die rötlich verquollenen Äuglein eines Alkoholikers, und spürte eine panische Wallung. Er schien mir betrunken zu sein, ich glaubte, er würde das Boot im nächsten Moment zwischen den schäumenden Klippen da vorn auf Grund setzen. In dieser Anwandlung glitt ich über Bord und schwamm auf die Landzunge zu; es war der Point Egmont. Hätte ich dem Admiral vertraut (wozu Anlaß bestand, denn er brachte das Boot heil nach St. George's zurück), wäre ich einige Zeit später unverrichteterdinge, doch in Frieden heimgeflogen; der bittere Rest der Geschichte wäre mir erspart geblieben. Aber mein Zorn auf ihn und der Fluchtimpuls waren stärker.

Albert Seymour versuchte noch, mich wieder aufzufischen. Er fuhr das Manöver Mann über Bord und warf mir ein Tau zu, das ich nicht nahm. Ich sah ihn gestikulieren, schüttelte den Kopf und schwamm weiter. Ich hatte von ihm und seiner Steuerkunst genug. Er aber konnte mir nicht weiter folgen, ohne zwischen all den Untiefen das Boot und sein Leben zu riskieren.

V

Vor mir, über schmalem Sandstrand, den es rhythmisch überschwemmte, ragte rostrot ein Kliff auf, die nackte Abbruchkante eines Berges. Oben stand – weiß in all dem Grün – ein Haus, ich hatte es vom Boot aus gesehen, jetzt war es nicht mehr zu erkennen. Ich schwamm darauf zu, es schien mir Hilfe zu versprechen: trockene Sachen, ein Taxi oder das Geld für den Bus. In jeder Lage praktisch denken ... Als ich dem Fuß des Kliffs näher kam, hob mich eine Welle hoch und, nachdem sie sich an dem Fels gebrochen hatte, sog sie mich zurück. Ich spürte Sand unter den Füßen, sogleich aber wurde es wieder tief, ich schluckte Wasser, mein Atem ging mühsam. Unglaublicherweise begann so dicht am Ufer erst die Gefahr. Hinter mir zog Seymour in dem tanzenden Boot Kreise, als wolle er sich vergewissern, daß ich heil herausstieg. Das nützte mir nun auch nichts mehr.

Von irgendwo her tauchte am überspülten Strand die Gestalt eines Mannes auf, der mir Zeichen gab. Um in der tobenden See gehört zu werden, hielt er die Hände trichterförmig an den Mund; ich verstand ihn trotzdem nicht. Zwei Männer fruchtlos um mich bemüht. Mein Knie stieß an, ich hörte mich schreien, überrascht von diesem Laut. Steine unter Wasser! Alles war kantig, unheildrohend. Ich hatte das Gefühl, die Herrschaft über die einfachsten Dinge zu verlieren, die Bewegungen meiner Arme und Beine, die Stimme in meinem Hals. Die Zeit schien dahinzujagen. Ein Brecher begrub mich. In mir breitete sich Lähmung aus. Ich kam wieder hoch, rang nach Luft und dachte, wie schön es doch wäre, schwerelos in dem lauen, blasigen Salzwasser zu treiben, zurückzusinken in das Blaugrün, das schützende Dunkel der See.

Der Mann lief mir entgegen, vor einem Hintergrund aus Spritzern und Schaum. In seiner geblümten Badehose sah er gesund und kräftig aus. Mehrmals riß es mich von ihm weg, schließlich wurde ich gegen ihn geschleudert, er griff zu und zerrte mich ins Flache, wo die Sturzwellen einem nur noch bis zur Wade gingen und man zwischendurch die eigenen Füße sah. Das Kliff hing über uns, schwarzrot, vulkanisch, heiß in der Mittagssonne. «Ziemlich leichtsinnig von Ihnen», hörte ich meinen Retter sagen, «bei Windstärke fünf hier an Land zu schwimmen.»

«Sie baden doch gleichfalls», erwiderte ich töricht.

«Ja, auf der anderen Seite, in Lee. Ich bin nur durch das Boot aufmerksam geworden. Hatten Sie Streit mit dem Herrn darin?»

«Nein, eigentlich nicht.»

«Wieso hat er's dann zugelassen?»

«Zugelassen? Er kann mir doch nichts verbieten.»

«Also nicht Ihr Mann ...»

Ein kindischer Dialog. Anstatt ihm zu danken, benahm ich mich wie ein trotziges Kind. Sein Ton war begütigend und höflich, aber der Ausdruck seiner offenen, blaugrauen Augen war etwas frostig geworden. «Winken Sie ihm wenigstens», fuhr er fort, «damit der Skipper weiß, Sie sind okay. Das sind Sie doch, oder?»

«Es sieht so aus.» Ich winkte beklommen, der Admiral grüßte zurück und drehte ab. Mir war elend zumute, ein dumpfer Schmerz saß in dem Knie, und ich fing an, mich meiner Flucht zu schämen. Ohne diesen Helfer hätte ich wohl kaum lebendig das Ufer erreicht ... In diesem Augenblick erkannte ich ihn. Es war der Mann aus dem Hilton-Park auf Barbados, der später im Flugzeug erst hinter, dann neben mir gesessen hatte. Die Hornbrille fehlte, das dünne Haar war ihm an den Kopf geklatscht, deshalb begriff ich es so spät. Er hingegen schien sich meiner überhaupt nicht zu erinnern. Vor Jahren hätte es mich gewurmt, so gar keinen Eindruck zu hinterlassen; inzwischen nicht mehr. Auch ich sah für ihn anders aus als neulich in der Luft, jetzt, da er mich wie eine nasse Katze aus dem Bach gefischt hatte.

Auf der Rückseite des Kliffs lief ein Weg steil bergan, mehrmals gab es Stufen. Mein Retter schulterte eine schäbige Tragetasche mit der Aufschrift «Air Jamaica». Craig sei sein Name, Jeffries Craig, er wohne dort oben. Im Schatten von Baumkronen ein Haus aus weiß lackiertem Holz. Unter dem pfeilergestützten Vordach der gelbe Sportzweisitzer. Ich humpelte über die Schwelle. Drinnen roch es nach Pfeifentabak und überreifen Früchten. Craig gab mir einen Bademantel, ich ging unter die Dusche, um das Salz abzuspülen. Die Dinge vorm Spiegel verrieten mir, er lebte hier allein. Ich wusch gleich meine Sachen aus und föhnte mir das Haar. Was er auch von dir halten mag, dachte ich, er soll wenigstens zugeben müssen, daß du nicht übel aussiehst.

Der Wohnraum glich bis auf den Flügel einem Arbeitszimmer. Der Flügel war weiß, seinem verkratzten Lack sah man die Mühe an, ihn übers Meer und hier heraufzuschaffen. Craig nötigte mich in einen Schaukelstuhl. Aus Wermut, Gin und zerstoßenem Eis mischte er im Shaker den Begrüßungsschluck. In dem gelben Trikothemd, seinen Drillichhosen und den Tennisschuhen wirkte er wie ein intellektueller Sportruderer. Eine unpersönliche Hilfsbereitschaft ging von ihm aus. Er schwenkte den Drink so behutsam, als wollte er mir die Gewißheit geben, daß mir – obgleich ich unter dem flauschigen Bademantel nackt vor ihm saß – von seiner Seite kein weiterer Schaden durch eine unüberlegte Bewegung drohe.

«Verzeihen Sie, aber was ist denn nun wirklich passiert?»

Es ging nicht an, ihm zu sagen, daß ich geflohen war, als ich, von Seymour enttäuscht und geänstigt, ihn plötzlich ohne Sonnenbrille sah, die Trinkeräuglein, und glaubte, dies sei sein wahres Gesicht. «Ach, es war bloß so eine Wette.»

«Sie sind doch beide keine Engländer?»

«Er ja – Seeoffizier im Ruhestand.»

«Das erklärt mir alles.»

Ich mußte unwillkürlich lachen. Die Art, wie Craig dastand, ohne eine Spur von Verlegenheit und dennoch respektvoll, ließ mich seine Stirnglatze und den grobporigen Teint vergessen. Er setzte den Shaker ab; die Hand, mit der er ihn gehalten hatte, blieb zu einer greifenden Geste gerundet. Diese kleine Zerstreutheit deutete an, daß unser Gespräch ihn zu fesseln begann. Ich sagte ihm, ich sei Journalistin und wohne im Spice Island Inn. Die Mitteilung verschwand kommentarlos hinter seinem bronzebraunen Gesicht, er nickte gleichmütig – ein aufreizendes Gemisch aus Güte, Geduld und Blasiertheit. Als er mir dann zutrank, waren die verschatteten Augen von einem Grau, das ins Violette hinüberspielte, und von eindringlicher Klarheit. Ich fragte: «Sie verbringen Ihre Ferien allein?»

«Nein …, vielmehr versuche ich, zu arbeiten, Mrs. Janssen. Dies ist der ideale Platz dafür, kein Fremder verirrt sich bis Point Egmont. Man hat die ganze Landzunge für sich.»

«Wird sie wie Westerhall Point privat bewacht?»

«Soweit wiederum wollte ich nicht gehen. Dazu bin ich auch

nicht reich genug. Das Haus kostet mich im Monat weniger, als Sie an einem Tag in Ihrem Hotel ausgeben.»

«Ich gebe gar nichts aus, für mich zahlt mein Verlag. Was arbeiten Sie denn?»

«Ich schreibe ebenfalls – Erzählungen, keine Reportagen.»

«Geschichten aus der Karibik?»

«Kaum. Zwar bin ich lange genug auf der Insel, weil es so schön billig ist. Daheim in den Staaten kann ich mir keinen Wohnsitz mit solcher Aussicht leisten. Nein, es sind eher phantastische Geschichten.»

Phantastische Geschichten. Ein richtiger Schriftsteller, das gab es also hier. «Mich hat auch so etwas hergeführt, eine phantastische Geschichte. Mein Blatt hofft, durch mich eine russische Marinebasis zu finden.»

«Die können Sie allenfalls erfinden.»

«Sind Sie da ganz sicher?»

«Absolut. Hören Sie, wer seit vier Jahren auf der Insel lebt, und zwar an der Südküste, wo die Basis ja sein soll, der weiß wohl, ob das Märchen sind oder nicht.»

«Und was ist mit dem Flughafen? Glauben Sie im Ernst, man braucht für hundertzehntausend Einwohner und knapp fünfhundert Hotelbetten, die zu zwei Dritteln leer sind, einen internationalen Flugplatz?»

«Die Betten sind leer, weil der Airport fehlt ...» Anfangs sprach er mit sanfter Geduld, doch als er fortschritt in seinem Plädoyer für den Flugplatz, das ich mit spitzen Fragen unterbrach, mehrten sich bei ihm Töne von Entschiedenheit, ja einer gewissen Strenge. Fast hörte es sich an, als sei ich für ihn einer der Reporter, die mit fertiger Story an den Tatort eilen, um alles, was sie dort finden, so hinzubiegen, daß es zu ihrer Story paßt. Ihm entging, daß er, indem er mich so sah, selbst einem Vorurteil erlag. Die Klischees saßen fest, was die Branche betraf. Ich sagte ihm das und konnte nicht verhindern, daß es zurechtweisend klang. Darauf stockte das Gespräch, die Pausen wurden länger und ein wenig bedrückend.

Craig schien das zu spüren, er stand auf, um uns einen Kaffee zu kochen und mir so Gelegenheit zu geben, den Aufbruch einzuleiten. Ich ging hinaus auf die Terrasse, wo meine Sachen im Wind hingen. Sie waren längst trocken, ich zog mich an und sah nun leicht zerknittert aus, wie ein fremdartiger, einsamer Vogel wohl, der nicht weiß, ob er wegfliegen oder angreifen oder doch nach Futter picken soll. Ja, ich fühlte, in meiner Haltung Craig gegenüber lag etwas Zwiespältiges, Nervöses – eine Portion Dankbarkeit und gleichzeitig etwas Herausforderndes. Ich hatte ihm nicht nur widersprochen, um mehr von ihm zu hören, als er von sich aus sagte, sondern auch, weil er mich auf unklare, sehr verdeckte Weise beunruhigte und provozierte. Ich wollte wissen, woran ich mit ihm war; doch eben das ließ sich bei solch einem Typ schwer ergründen. Immerhin, ich hatte ihn ein wenig aus der Ruhe gebracht – etwas, das mir meist gelang.

Der Ausblick übrigens war wirklich einmalig. Wie krumme grüne Finger schoben sich die Landzungen wulstig, mit der Pracht ihrer tropischen Vegetation, in das bald hellgrüne, bald azurblaue Meer. Man sah die Ruine des Forts Jeudy, sah dahinter Calivigny Habour schimmern und ahnte die Westerhall Bay, während rechts unter der Nachmittagssonne all die schaumgesäumten Riffe, Bänke, Klippen und Inselchen bis Lance aux Épines im gleißenden Gegenlicht lagen. Welch eine Lust für den Mann, hier Geschichten zu schreiben! Und wenn er essen wollte oder wenn ihm nichts einfiel und er Gesellschaft brauchte, war er mit seinem Flitzer binnen fünf Minuten im Calabash Hotel oder im Twelve Degrees North.

Dieser Craig lebte wie Gott in Frankreich. Ich trat zurück in sein Studio, zu den Bücherwänden – er war noch in der Küche –, vielleicht stand dort irgend etwas von ihm? Nach meiner Erfahrung hob ein Autor das, was man ihm gedruckt hatte, oft in Griffweite auf. Aber der Name Jeffries Craig war im Umkreis des Schreibtischs auf keinem Buch zu finden. Der Name sagte mir auch nichts, ich hatte ihn, obschon mit der amerikanischen Literatur ein wenig vertraut, tatsächlich noch nie gehört. Fing er erst an oder schrieb er unter einem Pseudonym? Hatten der paradiesische Ort und vier Jahre schöpferischer Stille nicht ausgereicht, ihn zu einem Werk zu inspirieren? Oder sollte er mir einen falschen Namen genannt haben? (Absurde Idee – sie erinnerte mich an den Abend in San Salvador, als ich mißtrauisch gedacht hatte, Rivas sei am Ende gar nicht Rivas; die Phantasie ging manchmal mit mir durch, verständlich im dortigen Milieu, doch hier war Argwohn fehl am Platz.) Alles, was sich nahe dem Schreibtisch häufte, waren Bücher und Zeitschriften, die von Grenada handelten. Ich hatte nicht geahnt, wie viele Quellen es da gab. Craig war ein Kenner, den ich mir warmhalten mußte.

Er kam herein und sagte, es werde nichts mit dem Kaffee, der Strom sei ausgefallen, bevor das Wasser kochte. Vermutlich wisse ich nichts von den Abschaltungen, da mein Hotel ein Notaggregat habe. Craig trug jetzt dieselbe Hornbrille wie auf Barbados und im Flugzeug, so daß man nur noch wenig von seinen Augen sah. «Ohne Strom», fügte er hinzu, «bin ich auch ohne Wasser ... Die Schattenseiten der Romantik.»

«Alles hat seinen Preis. Ich wollte sowieso längst gehen.»

«Mit Ihrem Bein, zwei Meilen bis zum Bus?»

«Vielleicht können Sie mir ein Taxi rufen?»

«Mein Telefon ist leider defekt. Aber keine Sorge, ich bringe Sie ins Hotel.»

«Sie haben schon soviel für mich getan.»

«Ich tue gleich noch mehr», sagte er kühl, zog ein paar Broschüren aus dem Regal und drückte sie mir in die Hand. «Darin steht alles über den Flugplatz. Erst lesen, dann schreiben! Oder, mit dem Wort Ihres Dichters, ein Blick ins Buch und zwei ins Leben.»

Draußen vertauschte er die Brille gegen dunkle Gläser. Sie verfärbten sich zum oberen Rand hin und schienen ein Filter zu sein, den er bewußt zwischen sich und die Welt schob. Ich öffnete die falsche Tür, mir war entfallen, daß auf Grenada die Autos das Lenkrad rechts hatten. Beim Einsteigen schmerzte mein Knie. Seit meiner Mädchenzeit war ich mir nicht mehr so linkisch und unbeholfen vorgekommen ... Der Wagen, hart gefedert, rumpelte über einen unbefestigten Weg aus halb erstarrtem Schlamm bergauf und bergab. Wir durchfuhren Lower Woburn, ein Fischerdorf, und Craig erwähnte, daß dort der schöne Film *Island in the Sun* entstanden sei. Ich ließ die Landschaft vorüberziehen und schwieg. Nach meinem Empfinden war, seit wir im Auto saßen, unser Kontakt gestört. Craigs dunkle Gläser bildeten eine zusätzliche Schranke.

Hinter Lower Woburn überquerten wir ein Flüßchen, erreichten durch ein strotzend grünes Tal die Zuckerrohrmühle von Ruth Howard und bogen rechts ab in das südliche Anhängsel der Hotelkette von Grand Anse Bay. Nun war die Straße asphaltiert, sie verband die Badebucht mit der fashionablen Halbinsel Lance aux Épines. Allmählich fand ich mich zurecht. Bunte Wegweiser deuteten auf ein Drive-in-Kino, auf den Bergweg zum Bird's Nest, wo man chinesisch aß, und auf kleine Herbergen oder Restaurants, die South Winds, Palm Court, Maffiken Motel und Evening Palace hießen.

Craig zeigte mir noch die Radiostation *Free Grenada* neben dem Hotel Cinnamon Hill, bevor er mich wie ein Chauffeur mit den Worten absetzte: «Spice Island Inn, Madam, bitte sehr.» Er stieg gar nicht aus, mein Dank erstickte im Aufheulen seines Motors, und schon verschwand der gelbe Flitzer hinter der Hecke, die das Hotelgelände begrenzte.

VI

Drinnen sah ich auf die Uhr, sie war wasserdicht und heil geblieben. Die Fahrt hatte zwölf Minuten gedauert, mein Aufenthalt in dem Haus über den Klippen keine anderthalb Stunden. Und doch war diese kurze Spanne die bisher wichtigste gewesen. Der Admiral hatte mir mehr Zeit gewidmet und Bedeutsameres erzählt, sah man von dem kleinen Schwindel ab. Den verzieh ich ihm schon, denn ohne sein Geflunker hätte ich Craig nicht getroffen ... Wie unterschiedlich Sonnenbrillen wirkten. An Craig befremdete mich das dunkle Glas, bei Seymour verdeckte es wohltuend die dunklen Säcke unter den ungesund gelblichen Augen, die in Öl zu schwimmen schienen. Vielleicht war es falsch, Menschen nach ihren Augen und den Händen zu beurteilen; eine Gewohnheit von mir, die auf instinkthafter Erfahrung beruhte.

Ich legte die Beine hoch und vertiefte mich in das Material. Es gab zwei Arten von Flugplätzen in der Karibik: alte und neue. Die alten, wie Pearls Airfield, hatte das einstige Mutterland für den Bedarf seiner Kolonialbeamten gebaut. Das Flugfeld von Pearls war 5200 Fuß lang, 1586 Meter, und 150 Fuß breit. Nur zweistrahlige Maschinen konnten darauf landen. Als vor dreizehn Jahren eine britische BAC lll (genannt *One Eleven*) dort niederging und auch wieder abhob, wurde das als Erfolg verbucht. Die *One Eleven* hatte, den Unterlagen nach, eine Startmasse von 36 Tonnen, sie flog bis zu 885 Stundenkilometer schnell und legte, maximal betankt, 2000 Meilen zurück – 3200 Kilometer. Ihre am Heck sitzenden Triebwerke ermöglichten kurze Start- und Landestrecken. Gewöhnlich flogen viel ältere und bescheidenere Typen wie die Douglas-Muster der LIAT Pearls Airfield an. Dem Flugplatz fehlten moderne Navigationshilfen, er konnte Flugzeuge nur bei Tageslicht abfertigen.

Zwar setzte Cubas Luftlinie seit Februar 1981 eine Maschine sowjetischer Bauart ein, die in den Papieren AN 26 hieß und für die 2500 Kilometer ab Habana, mit Zwischenlandung in Santiago de Cuba, reichlich acht Stunden brauchte. Beide Staaten hatten die Visapflicht abgeschafft, aber von regem Luftverkehr konnte dennoch keine Rede sein. Der Vogel kam immer nur freitags und flog samstags wieder heim. Seine Sitze reichten schwerlich aus für das Pendeln des Botschaftspersonals und der sechshundert übrigen Cubaner, die es als Bauarbeiter, Lehrer oder Ärzte auf Grenada gab ... Auf der Nebeninsel Carriacou lag noch eine kleine Rollbahn, Lauriston Airfield, nur 550 Meter lang und für Maschinen zugelassen, die weniger als viereinhalb Tonnen wogen. Carriacou wurde von der LIAT mitbedient, die Flugzeit ab Pearls betrug zehn Minuten.

Auf diese Weise hatte die LIAT fast das Monopol im hiesigen Luftverkehr. Sie gehörte den zwölf englischsprachigen Inselstaaten des Antillenbogens gemeinsam. Die *Leward Islands Air Transport* flog täglich Grenada an, sie verband es mit Trinidad, Barbados und Antigua – Nachbarn, die internationale Flughäfen besaßen und in der Rolle als Einfallstor in die Karibik den Großteil des Touristenstroms abfingen. Es leuchtete ja ein, daß es vielen Touristen zu umständlich war, so wie ich in Barbados auf Anschluß zu warten, dann in ein kleines Flugzeug zu steigen und auch noch die einstündige Bergfahrt von Pearls nach Grand Anse Beach zu ertragen. Außerdem konnte Grenada im Spannungsfall von seinen Luftverbindungen leicht abgeschnitten werden. Einige Zwischenfälle – Zollschikanen und Verletzung der diplomatischen Immunität zumal in Bridgetown – wiesen auf die unangenehme Möglichkeit hin, die sich feindseligen Nachbarn da zum Druckausüben bot.

All das erklärte mir den Wunsch Grenadas nach einem eigenen Anschluß an das internationale Flugnetz. Der Gedanke war übrigens beinah dreißig Jahre alt. Schon 1954 hatten britische Wirtschaftsexperten das Projekt ins Auge gefaßt, im Hinblick auf den Versand verderblicher Südfrüchte und Gemüsearten. Ihrem Entwurf von 1964 folgten Studien der Weltbank von 1976 und 1977, die den Flughafenbau für lohnend erklärten und dafür die Südwesthalbinsel Point Salines vorschlugen. Man rechnete aus, die

Zahl der Besucher würde von 32000 im Jahr auf 50000 steigen. Aber bei einem Staatshaushalt von nur 20 Millionen ostkaribischer Dollar fehlte natürlich das Geld für eine gewisse Selbstbeteiligung an dem Projekt, das ein Vielfaches dieser Summe kostete. Und dem korrupten Regime des Bishop-Vorgängers Eric Gairy traute niemand so recht über den Weg.

So wurde die Sache eigentlich erst nach Gairys Sturz im März 1979 machbar. Die Revolutionäre Volksregierung (PRG) brauchte offenkundig ein mitreißendes, das kleine Inselvolk begeisterndes Ziel. Daher wandte sie sich, nach einer schnellen Absage seitens der Vereinigten Staaten, mit ihren Kredit- und Beistandswünschen an insgesamt fünfzehn Länder. Wie aus den Texten hervorging, halfen ihr bei der Finanzierung Frankreich, Canada, Mexico, die Europäische Wirtschaftsgemeinschaft und Cuba, das dann kräftig einstieg: Es übernahm 40 Prozent der auf 71 Millionen US-Dollar veranschlagten Kosten.

Allmählich gingen mir die Zusammenhänge auf. Zweifellos wollte Fidel Castro Grenadas Traum verwirklicht sehen – zugunsten des Unabhängigkeitsstrebens, der Idee der Blockfreiheit in Amerikas Hinterhof. Zur erhofften politischen Ausstrahlung kamen Gründe ökonomischer Effektivität. Eine schlichte Überlegung sagte ihm nämlich, daß, wenn jeder Cubaner für die ferne Insel nur zehn Dollar opferte, auf den Kopf jedes Bürgers von Grenada tausend Dollar entfielen. Gerade weil das Land so winzig war, konnte man ihm wirksam helfen. Cubanischer Stahl und Zement schwammen an, nebst schwerem sowjetischem Baugerät. Mit von der Partie waren auch arabische Länder wie Algerien, Syrien und Libyen, die weitere Dollarmillionen vorschossen, die britische Spezialbaufirma Plessy Airports, ein amerikanisches Baggerschiff der Layne Dredging Company aus Florida (es legte die Hardy Bay trocken) und Venezuela (10000 Faß Dieselöl). Die Startbahn sollte 9800 Fuß lang werden, knapp 3000 Meter; die Pisten der Nachbarn wie St. Lucia, Antigua und Martinique maßen 9000 bis 11000 Fuß.

Für die Karibikinseln hatte, über den wirtschaftlichen Nutzen hinaus, ein eigener Airport offenbar den gleichen Prestigewert wie für größere Entwicklungsländer die eigene Luftlinie. Der Flughafen von Point Salines stärkte das Selbstgefühl, er wurde zum Symbol des Aufbruchs aus nachkolonialer Lethargie. Aber auch für Washington war es ein Symbol, ein Signal der Unbotmäßigkeit. Erstmals baute eine karibische Regierung, die noch dazu links stand, solch ein Objekt zwar mit internationaler Unterstützung, doch in eigener Regie, ohne Billigung der USA oder Kontrolle durch die amerikanisch beherrschte Weltbank. Damit gab sie natürlich ein schlechtes Beispiel.

Die Antwort war entsprechend schroff. Der Flugplatz wurde als Militäreinrichtung hingestellt, man schrieb ihm drei Startbahnen zu, obwohl nur eine entstehen sollte. Blätter mit Millionenauflage wie The Boston Globe, The Washington Post, The New York Times, The Wall Street Journal, The Miami Herald, The Los Angeles Times, Newsweek und Time nannten Grenada in Schlagzeilen «Winziger Revolutionsexporteur». Man erfand Raketensilos und die Marinebasis. Im Januar 1981 ließ eine Stiftung des Nationalen Sicherheitsrats der USA den 25-Minuten-Farbfilm «Angriff auf beide Amerika» drehen, darin sagte ein Sprecher des Pentagon: «Bei seiner strategischen Lage kann das Flugfeld von Point Salines Cubas Truppen auf ihrem Weg nach Afrika oder Südamerika als Stützpunkt dienen – noch ein Sowjetstützpunkt in der westlichen Hemisphäre, von dem sowjetische Fernbomber aufsteigen können.» Daß Cubas Truppen seit 1975 Angola auf dem Luftweg ohne Zwischenlandung erreichten, störte dabei nicht.

Einen Höhepunkt erreichte der Feldzug im Mai 1981, als USICA, die Propaganda-Agentur des State Departments, die Leitartikler aller größeren Zeitungen Westindiens nach Washington einlud. Das Konferenzthema war, obgleich man es umschrieb: *How to deal with Grenada* – wie Grenada behandeln. Danach schlugen die Wellen auch in den karibischen Medien plötzlich hoch, was ein seltsames Licht auf deren Unabhängigkeit warf. Der Wind blies bis nach Europa, wo die BBC in einer Fernseh-Dokumentation von einem Polizeistaat Grenada, von den drei Startbahnen und von der Marinebasis sprach ... Diese Basis gab es nicht, doch der Flugplatz existierte, wenn auch die Baubeteiligung mehrerer Länder den Verdacht militärischer Nutzung entkräftete. Militärobjekte wurden kaum mit internationaler Hilfe errichtet.

Premierminister Maurice Bishop hatte zu der Kampagne gesagt: «Wenn man von freier Presse spricht, wo doch derselbe Mann oder dieselbe Gruppe von Männern und Firmen all die Zeitungen, all die Rundfunksender und Fernsehstationen in der Hand haben – meint man tatsächlich jene Leute, die nur so tun, als sprächen sie mit unterschiedlichen Stimmen.» Sehr vereinfacht, im

Kern aber wohl wahr. Der Satz klagte auch mich an, sofern ich in die gleiche Kerbe hieb und nicht mit größter Sorgfalt meine Arbeit tat.

Ich ging zu Bett mit dem Entschluß, morgen die Baustelle zu besuchen, wenn möglich. Falls sie zugänglich war, mußte dies auch noch nichts bedeuten. Vielleicht stieß ich beiläufig auf etwas, das den Verdacht zerstreute oder aber erhärtete? Recherchieren, ohne Vorurteil!

Eine Zeitlang war mir, als seien im Dunkeln Craigs Augen – ohne die Gläser – mild und gedankenvoll auf mich gerichtet. Blaugraue, wimperngesäumte Augen; der zurückhaltende Ausdruck war aus seinem Gesicht verschwunden. Es schien, als lobe Craig an mir, daß ich die Texte, die er mir gegeben hatte, so gründlich studierte: Broschüren mit Titeln wie *Grenada, The Peaceful Revolution* – die friedliche Revolution, letztes Jahr in Washington gedruckt – linksliberale Schriften nordamerikanischer Verfasser, die um Verständnis warben; ich vermutete Craig unter ihnen, obschon sein Name nirgends erschien ... Dann sank ich in einen unruhigen Schlummer voll wirrer Träume von Sturzwellen, von Schritten und Echos in finsteren Korridoren, von Türen in dem Labyrinth, die sich öffneten und schlossen und von dem Tor eines Flugzeughangars, das mit einem fern hallenden, endgültigen Laut zufiel.

Um dem Admiral zu entgehen, frühstückte ich ziemlich spät, lief ihm aber trotzdem in die Arme. «Weshalb sind Sie mir denn entflohen?» fragte er unverblümt; seinem Atem war der morgendliche Rumpunsch anzumerken.

«Ich sah an Land einen Bekannten winken», antwortete ich und fand, daß er mir nicht glaubte.

«Ich hab mich so um Sie gesorgt, Mrs. Janssen! War es nicht auch meine Schuld? Sie haben sich an Bord nicht mehr wohl gefühlt. Wir hätten vor der Ostküste bleiben sollen, der Südwesten liegt meistens im Passat, ich hab Ihnen zuviel zugemutet.»

«Wie konnten wir im Osten bleiben, wo wir die Basis doch im Süden suchten?»

Mr. Seymour wich meinem Blick aus. Es schien, als schämten wir uns beide. Jedenfalls, wir waren quitt. Er war kein Säufer, und wenn er gestern ein paar Glas zuviel gehabt hatte, so doch bei weitem nicht genug, um mich und das Boot zu gefährden. «Ich wäre begeistert», hörte ich ihn sagen, «wenn Sie sich mir noch einmal zu einer ganz ruhigen Tour anvertrauen würden, zum Beispiel nordwärts bis Gouyave oder bis Victoria.»

«Ist das Ihr Ernst?»

«Weshalb nicht ... Machen Sie mir doch das Vergnügen! Es ist Ihnen hoffentlich nicht unangenehm, daß ich Sie bewundere – als eine selbständig denkende und handelnde und dazu noch verteufelt gutaussehende Frau.»

«Sie wollen es erneut mit mir versuchen?»

«Aber ja, nur zu gern! Beharrlichkeit ist das Rückgrat der Marine.»

«Ich finde eher», sagte da seine Gattin, «das Rückgrat der Marine ist die Idiotie.» Sie hatte sich uns unbemerkt genähert und gab mir in dem Plastikbeutel mit einer abrupten Geste meinen Fotoapparat zurück. Ihr Dazwischentreten beendete den unschuldigen Flirt, weitere Seeabenteuer blieben mir erspart.

Der Portier ließ mir ein Taxi kommen. Es war Sonntag, ich hatte mich fein gemacht, der schwarze Fahrer öffnete schmunzelnd die Tür, als stimme er meiner Aufmachung zu. Ich trug ein wadenlanges, ärmelloses Seidenkleid, an den Seiten geschlitzt und phantasievoll bemalt – der letzte Schrei unserer Mode –, dazu an der Halskette einen tropfenförmigen Brillanten. Auf der Brust prangte ein Pfau im Jugendstil, dessen Rad erst an den Schultern endete. Die Absatzschuhe mit den Riemchen über den Knöcheln waren Gift für mein Knie, doch sie gehörten dazu.

Vorbei an der Sowjetbotschaft, dem Lokal Flying Dutchman und der BBC-Diskothek umrundeten wir einen Hügel mit den Resten eines Forts und erreichten das Dorf Calliste. In der Luft lag der Geruch des Teers, der an den Schlaglöchern klebte und in der Sonne schmolz. Calliste war nach Meinung des Fahrers das Hauptquartier der Cubaner: ihrer Militärberater wie auch der fast sechshundert Bauarbeiter, die an sechs Wochentagen mit ebensoviel Grenadern von früh um vier bis Sonnenuntergang an dem Flugplatz schufteten. «Man lernt viel von den Cubanern», sagte der Fahrer. «Sie zeigen einem alles, was man wissen will.»

Vor mir lagen zwei Meilen Beton, vier von fünf Schichten hatte man schon aufgebracht. Bis zum Jahresende sollte alles fertig sein. Die Cubaner genossen offenbar ein beträchtliches Ansehen. Mein Fahrer brachte sie mit den Fortschritten der letzten Jahre im

Wohnungsbau, im Schul- und Gesundheitswesen in Verbindung. Auch sein Gewerbe profitierte davon: Über den Bauplatz kurvten Taxis voller Touristen, die mit dem wöchentlichen Kreuzfahrtschiff gekommen waren. Es gab keine Absperrung, man durfte auch fotografieren. Ich nahm einen Hochdecker der Aeroflot auf, das einzige Flugzeug weit und breit; ein Sowjetfrachter hatte es im März gebracht. Ein Flugzeug zur Schädlingsbekämpfung – würden wirklich eines Tages Militärmaschinen folgen?

Am Campus von True Blue flitzten jetzt Studenten der St. George's University School of Medicine auf Motorrädern los. Ziel ihres Rennens war der Leuchtturm im Westen, den ich gestern vom Meer her gesehen hatte. Die medizinische Akademie sollte eine Privatgründung reicher US-Bürger sein. War ihren Söhnen daheim durch schwache Leistungen der Weg zum Studium versperrt, so bot Grenada außer milder Luft, Steelbands und braunen Mädchen noch immer die Aussicht auf eine Arztkarriere.

Mehr ließ sich heute nicht erfahren. Ich nannte Point Egmont als neues Fahrtziel, zehn Kilometer ostwärts von Frequente, denn ich hatte vor, Craig die Schriften zurückzubringen. Die Straße nach Ruth Howard, einst eine Pferderennbahn der Briten, war von Palmen gesäumt, die das Geräusch des vorbeisausenden Wagens als weichen, huschenden Laut zurückwarfen; es klang wie gedämpfter Trommelschlag in nervösem, besessenem Rhythmus. Hinter Lower Woburn wurde mir klar, daß ich mich eigens für Craig so gekleidet hatte. Er sollte sich glücklich schätzen, wenn ich ihn so bald wieder aufsuchte.

Sein Sportwagen stand unter dem Vordach, knallgelb und schlammbespritzt, also war er im Haus oder unten am Strand. Ich fand ihn auf der Terrasse, leider nicht allein. Ein zimtfarbenes, ziemlich hübsches, etwa achtzehnjähriges Mädchen war bei ihm. Sie trug eine aufreizend zitronengelbe Bluse und schnitt ihm kichernd mit Kamm und Schere das dünne, wellige Haar. Die abgeschnittenen Strähnen ließ sie auf die Freitagsnummer des Free West Indian fallen – sie lag ihm auf den Knien –, eine regierungstreue Zeitung, die (wie zuvor das oppositionelle Torchlight) dreimal wöchentlich in 2500 Exemplaren in St. George's erschien. «Verzeihen Sie, wenn ich nicht aufstehe», sagte Craig unter seinem weißen Umhang. «Sonntags bleibe ich meistens sitzen.»

Die Negerin lachte; es gab mir einen Stich.

«Das ist Sheila Ashby, sie kommt ab und zu von Calivigny herauf und sieht nach dem rechten», sagte Craig. «Sheila, das ist Judy Janssen aus Westdeutschland …» Schön, daß er sie ohne Herablassung behandelt, dachte ich; doch mir entging nicht der genußsüchtige Zug um ihren Mund. Ihr Gehorsam haftete bloß an der Oberfläche, sie konnte ganz gut seine Liebste sein. Ich kam mir albern und unnütz vor. Dieser Mann hatte, was er sich wünschen konnte, er brauchte meine Gesellschaft nicht.

«Sie haben das alles schon durch?» fragte er, als ich die Broschüren vor ihn hinlegte. Er streifte das Handtuch ab, entschuldigte sich nochmals und bat Miss Ashby, uns Kaffee, Tee oder Rumpunsch zu bereiten, was ich denn möge?

«Nur ein Glas Saft», sagte ich, auf der Hut vor Spott und bereit, ihn abzubiegen, falls er vorhanden war.

«Sie sollten ihren Rumpunsch kosten. Sie nimmt dazu Zitronensaft, Sirup, Angostura-Bitter, eine Prise Muskatnuß und natürlich jungen Rum. Noch volkstümlicher wäre Kokosnußwasser mit einem Schuß Gin.»

«Dann lassen Sie mich das probieren.»

«Sie werden es nicht bereuen. Sehr schön! Für das Kleid, das Sie tragen, ist Ihr Geschmack recht demokratisch.»

«Mißfällt Ihnen das Kleid?»

«Im Gegenteil, es steht Ihnen glänzend; erinnert mich an die Eleganz einer Madame Tschiang Kai-schek.» Es klang ein bißchen frech, aber es gefiel mir doch, daß er das Kleid würdigte. Er sprach ruhig und mit einer Aussprache des Amerikanischen, die sich kaum auf eine bestimmte Landesgegend zurückführen ließ. «Ihre ganze Erscheinung hat seit gestern sehr gewonnen, wenn ich das in aller Zurückhaltung bemerken darf.»

«Sonntags springe ich nie in die Brandung.»

Miss Ashby kam mit den Drinks. Sie war zu naiv, um die dunklen Unterströmungen zu erkennen, die ihr Dabeisein hervorrief und die Begegnung trübten. Craigs Miene blieb höflich, nur um seine Mundwinkel lauerte ein leises, rätselhaftes Lächeln.

Ich lächelte zurück, ohne damit einen Anspruch auf Vertraulichkeit zu verbinden. «Sie haben mir sehr geholfen, etwas von dem Hintergrund zu erkennen, vor dem die ganze Sache spielt.»

«Das klingt ja höchst eindrucksvoll.»

«So eindrucksvoll ist es gar nicht. Mir kam schon gestern die Idee, statt der Story, die man von mir haben will, das Gegenstück zu schreiben – nämlich, daß es hier keine Militärbasen gibt.»

«Das kriegten Sie wirklich fertig?»

»Hören Sie auf, machen Sie sich nicht über mich lustig.»

«Das tue ich nicht, bezweifle nur, daß Ihr Blatt davon begeistert sein wird.»

«Überlassen Sie das getrost mir.»

Wieder das verzeihende Lächeln, um den Schimmer guter Formen über die traurige Wahrheit zu breiten, daß er mich für ein Rädchen im Apparat der Mediengiganten hielt. «Bitte, gern», sagte er lässig und schob sein Glas auf dem Tisch ein wenig von sich weg, wie jemand, der einen Zug auf dem Schachbrett tut. «Möchten Sie noch mehr über Grenada lesen?»

«Ich will etwas von Ihnen lesen.»

«Von mir?» Craig winkte ab. «Ein paar Kurzgeschichten in Magazinen ... Vertrödeln Sie damit bloß nicht Ihre Zeit.»

«Ein paar Kurzgeschichten, in vier Jahren?»

«Na ja ... Da ist schon noch ein fertiger Roman. Mein Agent hat ihn aber noch nicht an den Mann gebracht.»

«Lassen Sie mich einmal hineinschauen.»

Nachdem ich ihn eine Weile vergebens gebeten hatte, ging Craig ins Haus, kam mit dem Manuskript zurück und warf es vor mich hin. Wie er so dastand – verlegen und trotzig, beinahe tragisch, als werde ihm etwas entrissen –, hatte ich den Eindruck, daß er innerlich unzufrieden und trotz allem, was ihn hier umgab, von seinem Leben enttäuscht sei. Mein Gefühl riet mir, mich zurückzuhalten und es ihm zu überlassen, das Tempo der Annäherung zu bestimmen. Doch es gab keine Annäherung mehr.

«Ich warne Sie, es sind fünfhundert Seiten», sagte er, «und vermutlich taugt es nichts ...» Trotz des leichten Tons war kaum zu überhören, daß er stolz auf seine Arbeit war und sie sehr ernst nahm. Ich sah ihn an, doch er hatte offenbar nicht vor, etwas hinzuzufügen. Es war, als sei mit dem Weggeben des Manuskripts sein Interesse an mir erloschen. Irgend etwas sollte ich doch tun können, um ihn aus einem Fremden wieder in den freundlichen Retter von gestern zu verwandeln? Aber ich fand keine passenden Worte und verabschiedete mich rasch.

VII

Mit mir selbst und der Ausbeute des halben Tags zufrieden, dachte ich *action is satisfaction,* als der Wagen vor meinem Hotel hielt; zufrieden ist, wer handelt. Der Fahrer verlangte acht E. C.-Dollar (rund acht Mark) für die zwanzig Meilen, ich gab ihm zehn Dollar, weil er am Point Egmont gewartet hatte. Taxis waren billig, wenn auch die Preise nicht mehr stimmten, die *Felton's Guide to the Caribbean* nannte: sechzig Cents für die erste Meile, dreißig für jede weitere. Sollte ich nicht bei Royston's Rent-a-car für nur fünfzig Mark pro Woche ein Auto mieten, um kreuz und quer hier umherzustreifen? Das fragte ich mich in dem Gefühl neu erwachender Tatkraft.

Zwar konnte niemand wissen, was mit dem Flugplatz geschah, war er erst einmal fertig. Aber im Augenblick gab es keinen fremden Stützpunkt auf der Insel, weder für See- noch für Luftstreitkräfte, und es sah auch gar nicht danach aus, als sei dergleichen geplant. Folglich blieb mir nur noch übrig, die Gegenstory zu schreiben – zu enthüllen, was hinter den Vorwürfen steckte. Hatte Dr. Baron mich nicht ausdrücklich ermuntert, meiner Sympathie für die Linke freien Lauf zu lassen und so positiv zu sein, wie ich mochte? Von Strathmann war mir der Ausspruch im Gedächtnis: «Bringen Sie uns das Bild einer Revolutionsregierung, die sich seit gut vier Jahren dort im Sattel hält.» Gewiß, das hatten sie gesagt, bevor herauskam, was sie wirklich von mir wollten. Aber was hinderte mich, sie beim Wort zu nehmen? Mit Craigs Hilfe – und zu seiner Verblüffung – würde ich ein Bild von Grenada geben, wie es noch in keiner Zeitschrift mit Millionenpublikum gestanden hatte.

Solch ein Vorhaben würde uns einander näherbringen, durch die Arbeit zusammenführen ... Vielleicht auch schon durch das, was er geschrieben hatte? Sein Manuskript hieß «Der Ernstfall». Nach dem Essen löste ich den Anfang heraus und nahm ihn respektlos mit an den Strand. Die Sonne sank herab auf das unsichtbare Venezuela hinter dem Strich des Horizonts, als ich in das Geglitzter tauchte. Es ging ein leichter Lufthauch, umfächelte mich und kühlte die Haut, in der noch die weiche Berührung des Wassers nachschwang. So erfrischt, auf dem Bauche liegend, blätterte ich in Craigs erstem Kapitel, durch das weiß der Korallensand rieselte, und begann auf meine Art zu lesen – immer geneigt, Seiten zu überspringen, die wenig in mir bewegten.

So war es auch bei diesem Text. Ich fand ihn sauber gearbeitet, nicht mehr. An mancher amerikanischen Hochschule wurde ja gelehrt, wie man erfolgreich Bücher schreibt, geeignet, ein großes Publikum zu fesseln. Craig schien solche Kurse besucht zu haben. Dann aber blätterte ich zurück, sah genauer hin und stieß auf Wendungen, um die ich ihn beneidete. Es mehrten sich Spuren eines Talents, das in knappen Sätzen und scharf umrissenen Bildern zutage trat. Langsam grub sich der Text in mich ein und mobilisierte meine Phantasie. Ich merkte, wie die Umgebung versank, Grand Anse Bay mit ihrem trägen grünen Wellenschlag, den leuchtend blühenden Hibiskussträuchern, dem Vogelgezwitscher über und den weißen Cottages vor mir, all das löste sich in Nebel auf. Kaum daß ich die anderen Gäste noch wahrnahm, ihr lästiges Ballspiel hörte, ganz fern nur prallten die Bälle auf, gleichsam am äußersten Rand der Welt, in die mich das Manuskript versetzte. Die Überraschung war da. Ich hatte in Craig einen Anfänger, einen Handwerker vermutet, doch sein Roman hatte Tempo, er fing an wie eine Kurzgeschichte, deren Autor gleich zur Sache kommt, weil ihm nur hundert Zeilen zur Verfügung stehen. Er begann lakonisch:

«Als der Außenminister, durch Blitzruf verständigt, das Souterrain des Weißen Hauses betrat, fand er neun Männer vor. Im Kriegsraum erwarteten ihn der Geheimdienstdirektor, die drei Spitzenberater des Präsidenten, der Vorsitzende der Vereinigten Stabschefs mit den Vertretern von Army, Navy und Air Force sowie sein eigener Hauptfeind, der Verteidigungsminister. Eben entrollte man auf dem großen Lagetisch einen Plan der Antarktis. Es war fünf Minuten nach Mitternacht. An der fensterlosen Wand voll elektronischer Karten flammte ein Bild des Südostpazifiks auf. Daneben leuchtete es grünlich, das Luftverteidigungskommando hatte Alarmstufe neun gegeben, der Färbung wegen *Apple Jack* – Apfelschnaps – genannt. Der Startzähler stand auf ool, er zählte die Anflüge feindlicher Fernraketen. Ein Routinefall also, es schien sich bloß um einen Testschuß der Russen zu handeln … ‹Wo ist der Präsident?› fragte der Außenminister. ‹Wer ruft den Krisenstab zusammen wegen einer lausigen Rakete irgendwo am Südpol?›

‹Der Präsident schläft, er hat sich mit Grippe hingelegt›, antwortete der Verteidigungsminister. ‹Das Krisenmanagement ist in Kraft. Da der Vizepräsident im Ausland ist, habe ich das Exekutivkomitee des Nationalen Sicherheitsrats einberufen.›

‹Bitte, mit welchem Recht?›

‹Bei Nichtverfügbarkeit des Präsidenten und seines Vize geht die Entscheidung auf mich über.›

‹Irrtum›, sagte der Außenminister. ‹Das Präsidenten-Nachfolgegesetz in der gültigen Form vom Oktober sechsundsechzig billigt Ihnen nur Rang sechs zu: nach dem Vizepräsidenten, dem Sprecher des Repräsentantenhauses, dem amtierenden Senatspräsidenten, dem Außenminister und dem Finanzminister. Tut mir leid, Mac, so ist das nun mal.›

‹Es geht nicht um Nachfolge, sondern um das militärische Verfügungsrecht! Da liegt im konkreten Fall das Kommando bei mir.›

‹Bei Ihnen? Gehen Sie mal nach Hause, Junge, und lesen Sie in der Verfassung nach!›

Der Farbklecks neben dem Startzähler sprang von grün auf gelb (*Lemon Juice* – Zitronensaft) und der Sicherheitsberater rief: ‹Meine Herren, Alarmstufe acht. Sollten wir uns nicht dem Flugobjekt widmen?›

‹Es steht bei Südchile und nähert sich rapide dem vierzigsten Breitengrad›, bemerkte der Vorsitzende der Stabschefs, den Zeigestab in der Hand. ‹Kurs Nord, etwa auf dem Längengrad Chicagos.›

‹Will niemand den Präsidenten verständigen?›

Der CIA-Direktor wiegte den Kopf. ‹Er könnte nicht viel mehr tun als sich Sorgen machen. Haben wir ihn geweckt, als wir damals die libyschen MiGs erledigten?›

Der Außenminister starrte ihn an, damit er schrumpfe unter der Härte des Blicks. Sie mochten sich nicht, alle hier waren eifersüchtig aufeinander, wie das so ist bei Hofe, jeder wollte den anderen ausstechen in der Gunst von Nummer eins. Und natürlich wuchs das Gewicht jedes einzelnen, wenn der Präsident sich zurückzog … ‹Wieviel Zeit bleibt noch?›

‹In achtzehn Minuten ist sie über New Orleans.›

‹Der Präsident hat gesagt, es sei gestohlene Entscheidungszeit, ihn bei einem Atomalarm nicht gleich zu wecken.›

‹Dies ist kein Atomfall›, sagte der Verteidigungsminister.

‹Was zum Teufel ist es dann, ein Spuk? Ein Vogelschwarm oder wieder ein Manöverband, das einen Angriff simuliert?›

‹Keineswegs. Alle Dienste bestätigen, das Objekt kommt aus der Bellinghausensee. Kann sein, es hat was mit unserem Testschuß von gestern abend zu tun.›

‹Sie haben Moskau provoziert?›

‹Wie kürzlich mit Ihnen abgestimmt.›

‹Mich hat kein Mensch unterrichtet.›

‹Es mußte sein, Sir›, warf der Vorsitzende der Stabschefs ein. ‹Die Air Force schuldet uns den Beweis dafür, daß eine MX sechstausend Meilen über den Nordpol fliegen und dann noch ein Silo des Gegners treffen kann. Wir dürfen sie nicht immer nur von Vandenberg in die Südsee schießen, zum Atoll Kwajalein. Unsere Sorge ist, daß Raketen bei ihrem Flug über die Arktis durch Polarwinde, die etwas stärkere Erdanziehung und magnetische Störungen vom Kurs abkommen. Deshalb haben wir eine MX auf eine dem Ernstfall angenäherte Bahn gebracht und dafür eine Route gewählt, die Moskau möglichst wenig irritiert.›

‹Sie führt über Sibirien, bei Irkutsk›, warf der Geheimdienstdirektor ein. ‹Der Treibsatz wurde so verstärkt, daß auch noch China, Vietnam und Indonesien überquert worden sind, ehe …›

‹Instinktlos, China zu reizen, wenn der Vizepräsident es besucht! So also läuft das, wenn man mich nicht konsultiert.›

‹Niemand kann sich beleidigt fühlen. Die MX hat alles hoch genug überflogen und kaum Lufthoheit verletzt. Der Aufschlagpunkt liegt bei den Weihnachtsinseln im Indischen Ozean.›

‹Und jetzt demonstrieren die Russen uns das gleiche.›

‹So scheint es. Man fragt sich nur, wie. Wo haben sie ihr Ding gestartet? Vielleicht von einem Atom-U-Boot?›

Der Vertreter der Navy rief: ‹Unmöglich! Keine ihrer Seeraketen fliegt so weit.›

‹Wie weit denn?› fragte der Verteidigungsminister. ‹Habt ihr die Bahndaten, endlich?›

‹Ja, Sir. Sie macht noch vierzehntausend Meilen in der Stunde und müßte um null Uhr dreiunddreißig herunterkommen, und zwar in Minnesota, am Red Lake.›

‹Das ist der blanke Hohn. Die Kerle sehen zu, wie weit sie gehen können mit uns! Wo ist sie inzwischen?›

‹Bei den Galápagos-Inseln, überm Äquator.›

‹Wieviel Zeit bleibt uns zum Abfangen überm Golf?›

‹Knapp sechs Minuten, Sir.›

‹Also drei! Drei braucht der Präsident, um munter zu werden

und die Nachricht zu verarbeiten ... Los, weckt ihn! Er muß sofort her. Man stoppt sie nur nuklear, und das geht nicht ohne ihn.›

Das Objekt erreichte den Breitengrad des Panamakanals. Während des Wartens auf den alten Herrn sagte der Armee-Generalmajor am Lagetisch: ‹Wenn kein U-Boot sie gezündet hat, muß sie aus der Antarktis kommen. Bitte, sehen Sie her! Verlängert man ihren Kurs rückwärts über den Pol, stößt man genau auf ihre Station Mirny an der sogenannten Prawda-Küste!›

‹Kaum zu fassen, die waffenfreie Antarktis ...›

Der Präsident trat federnd ein, sein Gesicht zeigte keine Spur von Erkältung, es glänzte in der Vorfreude auf eine Tat. Alle spürten, er war ein Fall von psychosomatischer Gesundheit, das Amt gab ihm Kraft, es dämpfte seine Leiden. ‹So›, rief er, ‹das soll deren Antwort auf unseren harmlosen Probeschuß sein? Seltsame Art, einen Streit zu beginnen! Na egal, was es ist, so können sie uns nicht kommen, das lassen wir ihnen nicht durchgehen. Wo ist der Angreifer?›

‹Hundert Meilen vor Südmexico, Mr. President.›

‹Gewiß hat er keine Kernladung, aber wir behandeln ihn mal so. Holt ihn herunter, Jungs!› ...»

Vom Abendhimmel fiel ein rosiger Hauch auf das Papier in meiner Hand. Ich nahm die Blätter und ging über den Rasen zurück in das Quartier. Eine fesselnde Eröffnung. Übrigens war mir ihr Ursprung klar. Sie ging auf den Streit um die Befehlsgewalt zurück, der damals vor zwei Jahren gleich nach dem Attentat auf Ronald Reagan in der Führungsspitze ausgebrochen war. Ranghohe Politiker, Herren über Leben und Tod auf der Welt, hatten sich beklemmend egozentrisch und machtgierig gezeigt, als Männer von beschränkter Denkungsart, strotzend von Durchsetzungslust gegenüber ihren Amtsrivalen wie gegenüber dem äußeren Feind. Sie sprachen hart und kalt wir Gangster, bei Craig und in Wirklichkeit; Chicago ließ grüßen. Ein knappes Dutzend Schreibtischtäter, in dieser Lage zeigten sie zwar Scharfsinn, doch wenig Weisheit und Menschlichkeit ... Der nackte Realismus überzeugte mich. Vielleicht las ich ja mehr hinein, als drinstand. Es war ein großer, greller Stoff, nichts für Feinschmecker, für literarische Gourmets. Und Craig hatte ihn griffig gemacht, hatte fast alles in Szenen aufgelöst, sicherlich gab es zuviel Dialog. Ich mußte ihm sagen, daß es auf die Dauer so nicht ging. Nach meinem

Empfinden brauchte der Roman mehr Ruhepunkte, aber er ließ mich auch nicht los.

Während draußen die Nacht niedersank, nahm – einstweilen noch auf dem Papier – das Verhängnis seinen Lauf. Man sandte dem fremden Flugkörper drei atomar bestückte Abfangraketen vom Typ «Sprint» entgegen. Sie würden ihn in der Höhe des Wendekreises westlich von Cuba erwischen und zerschmettern. Doch kaum zogen auf der Bildwand im Kriegsraum die drei «Sprints» als weiße Punkte auf den roten Fleck des Angreifers zu, da zerstob der in zehn Teile und wurde zum nordwärts wandernden Fächer, der auf alles mögliche zu zielen schien, von Washington D.C. bis zum Hauptquartier der Strategischen Luftstreiftkräfte im Omaha, Nebraska. Und sogleich gab das Luftverteidigungskommando im fernen Cheyenne Mountain den hellroten Alarm fünf – *Cocked Pistol,* gespannte Pistole.

«Der Präsident reckte sich, er nahm die Herausforderung an», las ich. «Seine Augen blitzten, die Rolle schien ihm auf den Leib geschrieben. Er spielte das klassische High-Noon-Motiv nach, um die Menschheit zu retten: hier er selbst und Amerika als Sheriff, dort die anrückende Verbrecherbande. Er nahm den Hörer des goldenen Telefons, den der Verteidigungsminister ihm reichte, und befahl den Start der zweiten Welle, dreißig ‹Sprints› an der Golfküste, drei für jeden Eindringling. An der Bildwand verfolgte man, wie sie sich auf das feindliche Rudel stürzten.»

Als aber die weißen Punkte wie abwehrende Blutkörperchen mit den zehn roten Spritzern verschmolzen, fiel das Bild zusammen; das verhieß nichts Gutes. Im nächsten Moment hauchten sämtliche Darstellungsgeräte und Nachrichtenmittel fast ihr Leben aus, im Kriegsraum erlosch sogar das Licht. Man behielt die Nerven, denn es war klar, dies würde rasch behoben sein. Fest stand, die Gefechtsköpfe der «Sprints» hatten, so schwach sie im einzelnen auch waren, zusammen die Kraft einer Wasserstoffbombe. Und eine Megatonne, außerhalb der Atmosphäre gezündet, reichte hin, im Umkreis von dreitausend Meilen alles auszuknipsen, wie Craig salopp schrieb. Das Befehlssystem des Weißen Hauses, noch ungenügend gehärtet gegen Hochenergieblitze dieser Art, war zeitweilig gelähmt.

Ich las: «Das Licht flammte auf, der Notstrom sprang ein, doch blieben die Bildschirme dunkel, die Telefone waren tot, und der Startzähler, der zuletzt 010 angezeigt hatte, drehte durch, er meldete bald 084, bald 204 anfliegende Feindraketen. Der Farbkreis daneben glühte in brandigem, flackerndem Violett, was der Alarmstufe eins (*Fade out* – Abblende) gleichkam. Aus dem Schweigen erhob sich die Stimme des Geheimdienstdirektors. ‹Mr. President, jetzt sind wir blind und stumm. Was, wenn eben das die gegnerische Absicht ist? Er jagt etwas los, das unseren Gegenschlag auf sich zieht und uns durch elektromagnetischen Schock mattsetzt, während er ausholt zum Entwaffnungsschlag.›

‹Jemand soll nachsehen, was oben ist mit der Stadt›, befahl der Präsident kaltblütig. ‹Welche Optionen bleiben uns?›

‹Wir müssen schauen, daß unsere Bomber und Raketen ihren Arsch hochkriegen, ehe sie am Boden ausgelöscht sind›, antwortete der Verteidigungsminister, auf den Startzähler starrend, der von 392 auf 416 sprang.

‹Die Bomber, na gut›, sagte der Vorsitzende der Stabschefs. ‹Die kann man zurückrufen, aber die Raketen ...› Sein Blick fiel auf den zwölften Mann im Raum, der dem Präsidenten gefolgt war und stumm bei ihm blieb. In seinem Koffer trug dieser Mann alles Unheil der Welt: jenes Funktelefon, das den Präsidenten mit seinen Nuklearstreitkräften verband – den 300 achtstrahligen B-52, den 1054 Interkontinental-Raketen und den 656 U-Boot-Fernraketen in den Meeren.

‹Die Stadt ist finster›, meldete der Generalmajor, vom Erkundungsgang zurück. ‹Die Ampeln sind aus, Verkehrsstau bis zum Potomac ...›

‹Warnt den Kreml, sobald der heiße Draht funktioniert›, entschied der Präsident. ‹Und zum Zeichen unserer Bereitschaft zur Vergeltung ein Schuß vor den Bug! Demonstrationsschlag Typ A.›

Jeder begriff, was das hieß. Ein Sprengkopf von nur zwanzig Kilotonnen würde auf die Taimyr-Halbinsel im Norden Sibiriens fallen, wie kürzlich für den Ernstfall beschlossen; ein sauberer Eröffnungszug. Das würde abschrecken, sofern es nicht schon zu spät war. Der Kreml wußte ja, daß seinen rund 6000 strategischen Gefechtsköpfen dank der Mehrfachladung der Raketen 11894 amerikanische Gefechtsköpfe gegenüberstanden, 60 davon laut Zielplanung auf Moskau gerichtet.

‹Falls deren erste Welle rollt›, äußerte jemand, ‹bleiben uns bis zum Einschlag noch dreizehn Minuten.›

‹Der Hubschrauber wartet im Park›, erinnerte der Luftwaffenoberst; man sah, ihm wurde kalt ums Herz. ‹Er bringt uns, Mr. President, in sieben Minuten zum fliegenden Befehlsstand.›

Es war, als atmeten alle auf. Natürlich stand auf Andrew Air Force Base der *Doomsday-Plan* bereit, der Weltuntergangs-Jet, eine fensterlose Boeing E-4 B. Von dort aus, hoch über dem Atlantik, ließ sich die Sache weiterführen. Aber der Präsident lehnte solch einen Rückzug mit den Worten ab: ‹Den Mutigen trifft's bloß einmal, der Feigling stirbt tausend Tode!› ...»

Das Telefon läutete, doch es war nur der Portier. Er fragte, wann ich geweckt werden wolle, er könne die Notiz seines Vorgängers nicht entziffern. Ich nannte ihm die Uhrzeit, erstaunt darüber, wie mir das wichtig sein konnte, während die Welt bereits in Scherben fiel. Der Kontrast zwischen dem Kriegsraum im Weißen Haus und meinem Cottage, vor dem das Meer sanft rauschte, war groß. In solch hübschem Milieu – die Werbung sprach vornehm von *Ambiente* – hatten Craigs Sätze eine würgende Kraft. Trotzdem vertauschte ich den Roman nun mit meinen Reiseunterlagen. Das Büro des Premierministers hatte mir für morgen früh ein Gespräch mit Maurice Bishop in Aussicht gestellt, darauf mußte ich mich vorbereiten.

Später träumte ich, in einem schäbigen Hotel zu sein. Ein Mann war im Zimmer, etwas in mir sträubte sich, das Bett mit ihm zu teilen. Die Aussicht ging auf den Hof, von allen Seiten erwiderten leere Fenster meinen Blick. Darüber verlor sich das Leben der Stadt in trauriger, von Neonlicht durchzuckter Schwärze ... Irgend etwas drang in meinen Schlaf. Ich hörte leise und drohend das Heulen der Fahrstühle und machte mir mühsam klar, daß es, soviel ich wußte, auf der ganzen Insel keinen Lift gab, weil kaum ein Haus mehr als zwei Etagen hatte. Einmal wach, griff ich wie unter Zwang wieder zu dem Manuskript.

Rettung schien in Sicht, denn jetzt tickte im Kriegsraum der rote Fernschreiber los. Der heiße Draht zwischen den Großmächten war in Wahrheit eine Telexleitung. Bedauerlicherweise ergab der Spruch aus Moskau zunächst gar keinen Sinn. Das eigene Fernsehen regte sich auch, ein Sprecher verlas pausenlos drei Sätze: «Meine Damen und Herren, es besteht nationaler Notstand. Stellen Sie bitte Ihr Gerät auf den Empfang einer Botschaft des Präsidenten ein. Achtung, dies ist keine Testsendung und kein Film. Es besteht nationaler Notstand ...» Eine Warnung vom

Videoband. Der Präsident stand aufrecht da, unbeirrt durch das Mißgeschick, das über seinen Stab hereingebrochen war. Allem die Stirn bieten, Ordnung und Recht auf dem Erdball durchsetzen! Die Lage war ernst, doch das Ziel glasklar. Craig hatte ihn nicht verkleinert oder verteufelt, weder stellte er ihn als Cowboy noch als Narren hin. Der Präsident war ein Mensch mit bedeutenden Vorzügen und Schwächen.

Mir gefiel die wertende, sorgsam abgestufte Sicht. Craigs Schlüsselfigur mangelte es zwar an einer voll ausgereiften Vorstellung von der Welt, doch sie hatte klare Überzeugungen. So prägte ein holzschnittartiger Antikommunismus ihren Stil, der hauptsächlich darin bestand, energisch zu handeln, um deutlich zu machen, daß die Vereinigten Staaten bestimmte sowjetische Unternehmungen – wie etwa solchen Raketenschuß – einfach nicht mehr hinnehmen würden. Innerhalb dieser geistigen Schranken handelte Amerikas Präsident wie ein ernsthafter und gemäßigter Staatsmann, in jeder Sekunde bereit, auf dem Bildschirm zu erscheinen und das Land davon zu überzeugen, daß er den Dingen gewachsen sei. Nur, seine Assistenten verwirrten und die Ereignisse überrannten ihn auf tragische Weise. Als nämlich der Luftwaffenoberst herausfand, daß die nie identifizierte, nunmehr zerstörte Rakete die eigene MX gewesen sein müsse (sie schien aus Gründen, die sich in der Hast nicht klären ließen, über den Südpol weitergeflogen zu sein, statt bei der Weihnachtsinsel niederzugehen), als eine politische Blamage sich abzeichnete, die seinen Ruf vernichtet hätte, da zögerte der Präsident eine Minute lang, sich den Irrtum einzugestehen. Und der Verteidigungsminister, ein Falke, bestärkte ihn in dem verständlichen Wunsch, den Fehler zu leugnen oder doch zu vertuschen. Den folgenden Passus las ich zweimal, er beschrieb einen Knackpunkt des Romans:

«Es schien sich um eine MX zu handeln, sie hatte sich in zehn Teile zerlegt. Die Mehrfachsprengköpfe des Gegners enthielten nie zehn Einzelköpfe. Der Kontakt zur MX-Mannschaft war mangelhaft gewesen. Nun erst wurde festgestellt, daß die MX um 23 Uhr gezündet worden war, vor knapp anderthalb Stunden, und zwar der optimalen Helligkeit im Zielgebiet wegen; auf der Weihnachtsinsel stand die Sonne im Zenit. War der Treibsatz zu stark dosiert oder hatte die Rakete sich wie ein Raumgleiter – also wie ein Stein, der übers Wasser hüpft – von den dichteren Luftschichten abgeschnellt? Oder sollte dies das Werk der Erdabplattung oder sonstiger polarer Phänomene sein? Der Verteidigungsminister war verstört, seine Karriere schien zu Ende. Irgendwie hätte er die Abläufe koordinieren und verhindern müssen, was geschehen war. ‹Unfaßbar, unvorstellbar›, rief er. ‹Nein – es war und bleibt ein Ding der Russen! Ihr letztes Heil ist die Flucht nach vorn, bestreiten Sie das?›

‹Durchaus nicht›, erwiderte der Oberst, ‹nur in diesem Fall ...›

‹Um den Red Lake zu treffen, hätte man die MX auf dessen geografischer Länge starten müssen! Sie wurde aber ...›

‹Verzeihung, nein, Sir.›

‹Wie bitte? Sie ist im nördlichen Maine gezündet worden, um die Sibirienroute zu ermöglichen, oder etwa nicht?›

‹Doch, das schon. Aber in den hundert Minuten ihrer Flugzeit dreht sich die Welt um fünfundzwanzig Grad.›

‹Ich weiß selbst, daß die Welt sich dreht – nach rechts.›

‹Vom Nordpol aus gesehen hat sie Linksdrall, Sir.›

‹Genug›, rief der Präsident. ‹Oberst, gehen Sie wirklich so weit, zu behaupten, wir hätten unser eigenes Projektil zerstört?›

‹Eben das›, sagte der Außenminister, ein Fernschreiben in der Hand, ‹ist allem Anschein nach passiert.›

‹Falls das passiert sein sollte, so erkläre ich es zum Staatsgeheimnis ... Ja, was bringen Sie?›

‹Jetzt wird klar, Sir, was Moskau will. Es protestiert gegen einen Kernwaffentest über dem Golf von Mexico, mit Hinweis auf das Teststoppabkommen von dreiundsechzig.›

‹Nun, es wird Ihnen wohl gelingen, die Wogen zu glätten›.»

Doch es gab nichts mehr zu glätten. Die absurde Entdeckung und der groteske Streit hatten sie alle den Demonstrationsschlag vergessen lassen. Der aber war längst auf dem Marsch, ausgeführt von einem U-Boot, das im Eismeer schwamm, was die Flugzeit dramatisch verkürzte; die Warnfrist lag bei null. Infolge eines Übermittlungsfehlers, verursacht durch das ungeheure Nordlichtgeflacker der Atomexplosionen im Weltraum und ihren elektromagnetischen Schock, war auch statt der Variante Alpha die Variante Charly befohlen worden; niemand sah mehr durch. Die Katastrophe nahm ihren Lauf. Anstelle einer Kernladung vom Kaliber der Hiroshima-Bombe, die auf Ödland fallen sollte, detonierte ein Gefechtskopf von fünf Megatonnen punktgenau über einer Militärbasis der Halbinsel Kola. Und der Blitz dieser Atomwaffe veränderte sofort den Charakter des Konflikts. Das war kein Schlag ins ewige Eis, sondern auf sowjetisches Territorium. Der Antwortschlag traf, zumal die Telexlinie zwischen Moskau und Washington erneut zusammenbrach, einen US-Stützpunkt auf Alaska. Dem folgten weitere «angemessene Schritte», die Dinge wurden unlenksam, unumkehrbar, der große Schlagabtausch begann. Seiner stählernen Logik folgend, wich der Krisenstab zum Hubschrauber aus und schwang sich im *Doomsday Jet* in die Lüfte.

Ich konnte nicht mehr, die Zeilen tanzten vor meinen Augen, das Manuskript glitt mir aus der Hand. Unfähig, weiterzulesen, fand ich trotzdem keine Ruhe, sondern lag mit klopfendem Herzen da. Um den Schlaf herbeizuholen, redete ich mir ein, es gäbe keinen Grund, sich bedrückt umherzuwälzen in diesem köstlich weichen Bett, geschaffen zur Entspannung. Schlaflos liegen einer Fiktion, einer phantastischen Geschichte wegen, das war dumm, es war mir noch nie passiert. Craig hatte das doch ertüftelt und es effektvoll arrangiert – dem Publikum zuliebe, der Lesbarkeit, also seinem Bankkonto. Er wollte groß herauskommen damit. Wie albern, ihm derart auf den Leim zu gehen.

Der berufliche Sachverstand sagte mir, was an seinem Bild vom Beginn des Weltuntergangs alles nicht stimmte. Erstens, das Szenarium des Kriegsausbruchs erschien stark verkürzt; so schnell würde es in Wirklichkeit kaum gehen, ganz ohne politische Krise, die das militärische Geschehen flankierte. Zweitens, keine Rakete flog um die Erde, wenn sie die nur halb umrunden sollte. Drittens, die nuklear bestückten «Sprint»-Raketen zur Bekämpfung ballistischer Flugkörper existierten nicht mehr. Meines Wissens war das ganze System, Mitte der 70er Jahre für sieben Milliarden Dollar in die Prärie von North Dakota gesetzt, wenig später wieder abgebaut worden, weil es nicht funktionieren konnte. Bisher gab es nämlich einfach kein Radar, keine Sensoren, keine Computer-, Kommunikations- und Fernsteuerungsanlagen, die imstande waren, Hunderte von Abfangraketen gleichzeitig an ebenso viele, mit sieben Kilometern in der Sekunde dahinrasende feindliche Gefechtsköpfe heranzulenken. Es fehlte an Mitteln, im erdnahen Weltraum echte Sprengköpfe von jenen Attrappen zu unterscheiden, die der Angreifer mitschicken würde, um die Verteidigung durch Konfusion zu lähmen. Und es gab kein denkbares Radar- oder Satellitenauge, das nicht geblendet wurde, wenn Wasserstoffbomben über der Atmosphäre detonierten.

Das war also erdichtet, erfunden, bloß ausgedacht, um gehörig zu schockieren ... Aber immerhin, es gab etwas anderes, das meine Unruhe nährte. Da war Ronald Reagans berühmte Star-Wars-Rede vom März dieses Jahres, als der Präsident versprach, im Rahmen eines großen Plans, genannt Strategische Verteidigungs-Initiative, solch einen Schutzschirm dennoch zu schaffen: mit gigantischem Aufwand die nukleare Bewaffnung des Gegners bis zur Jahrtausendwende unwirksam zu machen. «Meine amerikanischen Landsleute», hatte der Präsident gesagt, «heute abend beginnen wir mit einer Kraftanstrengung, die den Lauf der menschlichen Geschichte zu ändern verspricht. Es wird Risiken geben, und Resultate brauchen Zeit. Aber ich glaube, wir können es schaffen. Und indem wir diese Schwelle überschreiten, bitte ich Sie um Ihre Gebete und Ihre Unterstützung. Ich danke Ihnen, gute Nacht. Gott segne Sie.»

Das waren die letzten Worte seiner Ansprache gewesen. Sie hatten sich mir in ihrer perfekten Rhetorik eingeprägt. An der salbungsvoll verklärenden Vortragskunst konnten sich Amerikas Sektenprediger ein Beispiel nehmen. Vielleicht war sie der Grund, weshalb ich jetzt schlaflos lag: die einschmeichelnde Art, den Fortgang des Wettrüstens wie eine Heilslehre zu verkünden.

VIII

Der Tag begann mit einem Anruf vom Regierungsbüro. Eine weibliche Stimme sagte, der Premier könne mich anderer Verpflichtungen wegen leider noch nicht sehen, mein Besuch sei vorgemerkt, man gebe mir Bescheid. Nein, auch sein Vize, Bernard Coard, stehe nicht zur Verfügung. Ich fragte nach Whiteman, dem Außenminister, nach Strachan (Nationale Mobilisierung) und Jacqueline Creft (Erziehung, Jugend, Sport, Frauen und Soziales), keiner war zu sprechen. Vielleicht tagte der Ministerrat. Der Armeechef Hudson Austin, dem auch das Arbeitsressort und das Verkehrswesen unterstand, war im Ausland. Immerhin, so tröstete mich die Dame, sei der Botschafter meines Landes angelangt, er empfange ab zehn Uhr Besucher im Grenada Beach Hotel.

Dieses Haus, ein Bau aus den späten sechziger Jahren, lag nur achthundert Meter weiter in Richtung St. George's. Ich ging am Strand hin, vorbei am Grand Anse Beach Hotel und den Riviera

Cottages. Über mir knisterten die Fächer der Palmen schattenspendend in der milden Brise, die einen stets zu umschmeicheln schien. Am Eingang sah man die übliche Schildersammlung, die das Hotel namens mehrerer Vereine und Kreditkartenfirmen als Schlemmerlokal und Luxusherberge empfahl. Es hatte hundertzwanzig Betten.

Der Botschafter, ein fülliger Endfünfziger mit breitem Gesicht, ruhigem Blick und skeptischem Mund, hieß Johannes Reitberger. Sein dunkelblondes Haar war grau durchzogen, in Wellen gelegt und zurückgekämmt; er sah aus wie ein erfolgreicher Manager auf den Zeichnungen im Werbeteil der Illustrierten. Reitberger residierte in Port of Spain auf Trinidad, von dort aus vertrat er die Bundesrepublik in acht weiteren Ländern, von Surinam und Guyana auf dem südamerikanischen Kontinent bis hin zu dem kleinen Inselstaat Antigua & Barbuda. Die englischsprachigen Antillen waren sein Feld. Er galt als der unumstrittene «Multi» des Auswärtigen Amtes, betonte aber, man beneide ihn ganz zu Unrecht. Was von weitem als ein Traumjob in der Karibik erscheine, sei vor Ort in der Tat eine Knochenarbeit. Von ihm werde nämlich erwartet, daß er mindestens dreimal jährlich in jedem der neun Staaten mehrere Tage für Konsularangelegenheiten zur Verfügung stehe; dies seien dreißig Reisen im Jahr. Sein Büro schlage er meist in Hotels auf, die Öffnungszeiten würden im Rundfunk bekanntgegeben. Und auch bei der Repräsentation sei Stehvermögen gefragt. So habe ihn kürzlich bei den Unabhängigkeitsfeiern (ich vergaß, in welchem Land) im nichtüberdachten Stadion ein tropischer Platzregen begossen: «Meine Frau im kleinen Schwarzen und ich hielten aus bis zum Schluß, naß bis auf die Haut, aber mit Würde.»

Es gelang mir, seine Selbstdarstellung zu bremsen und ihn von den eigenen auf meine Schwierigkeiten hinzulenken, den Mangel an taufrischer Information. Reitberger, das Kinn gekräuselt und die rechte Braue wissend hochgezogen, gab sich bürgernah und eingeweiht. Trotz der Ausdehnung seines Sprengels – tausend Meilen von Nord nach Süd – erweckte er den Anschein, jede der von ihm betreuten Inseln ziemlich im Blick zu haben. Der diplomatische Sachverhalt war schnell geklärt, drei Botschaften existierten auf Grenada: neben der Venezuelas die der Sowjetunion, in der es außer dem Chef, der Exzellenz Saschenew, neben ein paar Hilfskräften nur noch einen Mitarbeiter ohne diplomatischen Status gab. Dazu die Botschaft Cubas unter Julián Torres Rizo, der mehr Personal habe. Washington werde von Barbados aus vertreten, Ostberlin durch seinen Mann in Habana ... Hier gab Reitberger lächelnd zu erkennen, daß ihm diese literarische Anspielung geläufig war.

«Wieweit», fragte ich, «hat denn Ihrer Meinung nach der Osten überhaupt seine Hand im Spiel?»

«Ich weiß gar nichts! Das hat mich ja auch kaum zu kümmern.»

«Aber Sie hören am Rande von Empfängen sicherlich so manches. Seit vier Jahren tanzt das Land aus der Reihe, dies gibt doch Gesprächsstoff her.»

«Grenada geht eigene Wege, schon ...» Er drückte sich behutsam aus, neutral, und ließ sich nur schwer zu einer Äußerung bewegen. «Hören Sie, wenn ich Ihnen da vielleicht etwas andeute, so dürften Sie sich in keinem Fall auf mich berufen. Jedes eventuelle Zitat müßte ich dementieren.»

«Selbstverständlich. Es wäre nur für mich, für den Hintergrund – etwas, das mir hilft, Fehler zu vermeiden.»

«Nun, es hält sich ein Gerücht», sagte Reitberger, nachdem ich ihn beruhigt hatte. «Im Kern besagt es, daß es in der grenadischen Führung zwei Fraktionen gibt: Gemäßigte und Radikale. Alles weitere ist Spekulation. Aus dem kleinen Führungskreis dringt kaum etwas heraus ... Die gemäßigten Sozialisten dürften Habana hinter sich haben.»

«Und wen unterstützt Moskau?»

«Die Sowjetunion hält sich hier sehr zurück. Das zeigt schon die schwache Besetzung ihrer Botschaft. Sie hat ihren Einfluß, der aus der Wirtschaftshilfe kommt, praktisch an Cuba delegiert. Castro unterstützt Bishop, den Premier, mit dem ihn eine persönliche Freundschaft zu verbinden scheint.»

«Wer sind denn Bishops Gegenspieler? Es fehlt auf der Insel doch jede Oppositionspartei.»

«Aber nicht an einer innerparteilichen Opposition. Die führt offenbar Bishops Vize an, Bernard Coard – gleichfalls eine starke Persönlichkeit, wenn auch in der Bevölkerung nicht so bekannt und beliebt. Ja, wie in vielen Entwicklungsländern existiert nur eine Partei, *New Jewel Movement* heißt sie, *Jewel* als Abkürzung von ‹Gemeinsame Anstrengung für Wohlfahrt, Erziehung und Befreiung›, nicht wahr. Nun ist das zwar keine tief verschwiegene kommunistische Kaderpartei, sondern eher eine sozialdemokratische, soweit unsere Begriffe da noch passen. Sie gehört auch der Sozialistischen Internationale an, mit deutlichen Sympathien für Nicaragua und die Befreiungsfront von El Salvador. Aber mit wenig mehr als hundert Mitgliedern und noch mal soviel Kandidaten ist sie sehr klein. Ihr Zentralkomitee besteht aus vierzehn Männern und einer Frau – der Ehefrau von Coard, der selber ausgeschieden ist ... Sehen Sie, da spitzt man halt die Ohren und achtet auf Gerüchte.»

«Einen Riß in der Regierung aber vermuten auch Sie?»

«Weniger in der Regierung, Frau Janssen, wenn Sie mal von Coard absehen, der ja auch noch Minister für Finanzen, Handel und Planung ist. Die Regierung hat manches Gute bewirkt, zweifellos – im Bildungs- und Gesundheitswesen, beim Flugplatzbau und Ankurbeln der Wirtschaft, die Arbeitslosigkeit ging auf ein Drittel zurück und so fort –, daher schwört die Bevölkerung auf Bishop. Er würde jede Wahl haushoch gewinnen, das weiß die Regierung, man braucht solch einen Führer, in all diesen Ländern sind charismatische Männer beinah unersetzlich, überaus gefragt ... Doch wer steht hinter der Regierung? Das NJM, das *New Jewel Movement!* Und innerhalb der Partei, oder doch in ihrem Führungsgremium, dem Zentralkomitee, wächst offenbar die Kritik an Bishop, wie man gerüchtweise hören kann.»

«Was werfen ihm seine Parteifreunde denn vor?»

«Seinen Pragmatismus. Die sanfte karibische Art. Er führt keinen Klassenkampf und verstaatlicht weder die Plantagen noch die Hotels – das, in dem wir jetzt sitzen, gehört zum Beispiel dem Unternehmen Caribeach Hotels, das noch zwei weitere Häuser dieses Zuschnitts auf Antigua betreibt. Maurice Bishop bringt in den Augen seiner radikalen Kritiker die Revolution kaum noch voran.»

«Was können sie dagegen tun?»

«Wenig genug. Mit ihm reden natürlich. Ihn im Zentralkomitee bedrängen. Aber mir scheint, seine Stellung bleibt stark, selbst wenn er die Mehrheit dort einmal verlieren sollte. Die Radikalen kennen ja seine Trümpfe, es sind drei: Er ist zu populär, als daß man ihn einfach abhalftern könnte; Castro unterstützt ihn, auf dessen Hilfe man angewiesen ist; und er wird von der eigenen Armee gedeckt, Armeechef Austin ist auf seiner Seite. Die Miliz hält sowieso zu ihm, da sie mit der Bevölkerung identisch ist ...»

Reitberger zählte die Pluspunkte des Premierministers an den

Fingern her. Wiederholt bedachte er mich mit seinem Augurenlächeln und ließ ein paar junge Männer aus Köln, die ihn sprechen wollten, meinetwegen unbekümmert warten.

Ein lohnender Besuch. Auf dem Heimweg überkam mich das Gefühl, es laste da etliches auf mir. Ergänzte ich meine Kenntnisse durch das, was der Botschafter mir da unter Vorbehalt skizziert hatte, so ergab sich ein seltsam bedrückendes Bild. Grenada, die Insel der Heiterkeit mit ihrem Rumpunsch, der Reggae-Musik und dem *why worry,* lag im Zwielicht, von Konflikten überschattet, *Island in the sun* zwischen den Fronten.

Ein Paradies der unerfüllten Hoffnungen und Wünsche, der begrenzten Möglichkeiten, dachte ich, voller Zündstoff. Ein Paradies mit armen Leuten, Touristen auf Kreuzfahrt, britischen Pensionären, cubanischen Lehrern, Bauarbeitern und Militärberatern, amerikanischen Studenten und Firmeninteressen. Wäre dies ein Film, würde man von unübersichtlichem Drehbuch, zuviel Rollen und chaotischer Besetzung sprechen. Die Wirtschaft war kapitalistisch mit einem staatlichen Sektor – dem einstigen Privatbesitz des verjagten Diktators. Ökonomisch in den Westen eingebunden, wurde das Land von den USA boykottiert, mit dem Ergebnis leerer Hotelbetten, weil es schüchtern abwich vom Pfad des Gehorsams und der kommerziellen Tugend. Das blieb trotz cubanischer Hilfe nicht ganz ohne Folgen. Die Regierung Bishop stand vor erheblichen Schwierigkeiten. Und dahinter die winzige Partei, von Spaltung bedroht.

Ein Trumpf blieb Bishop, die Bevölkerung hielt zu ihm. Ziemlich geschlossen, davon hatten mich ein paar Zufallsäußerungen überzeugt. Ich forschte in dieser Richtung nicht, das lag diesmal abseits dessen, was hier herauszufinden war. Aber all die Jahre hatten meinen Sinn für Atmosphärisches geschärft – ein paar flüchtige Berührungen, und ich wußte schon Bescheid.

Nach dem Lunch hatte ich frei und nahm den Roman wieder mit ans Meer. Es drängte mich, weiterzulesen. Dem Text entstieg wohl etwas, das zu der Stimmung paßte, in die Reitbergers Auskunft mich versetzt hatte. Craig hielt das Tempo des Beginns auch dort, wo es ihm nötig schien, weiter auszuholen. Das Ambiente an Bord des fensterlosen Flugzeugs war echt, geschrieben mit beträchtlichem Schwung. Das kam schon einer Vision, ja einem Aufschrei gleich. Ein fliegendes Hauptquartier stellte er hin, von außen verletzlich, inwendig zerrissen. Dies war das Hauptstück des Romans, hier erst nahmen Figuren, die bisher bloß Funktionen ausgefüllt hatten, Gestalt an. Zumal der Außenminister und ein Sicherheitsberater gewannen Profil. Sie wurden zu Menschen mit plausiblen Wünschen, geheimen Motiven und verborgenen Leiden; mit familiären Wurzeln und sozialen Bindungen, teils hochherzig, teils frostig oder unverträglich handelnd; manchmal auch egoistisch und solidarisch zugleich.

Der Sicherheitsfachmann etwa hatte eine Bypass-Operation hinter sich, einen langwierigen Eingriff am Herzen, der ihn seelisch verformt hatte. Er war überaus reizbar und positionsbewußt geworden, mit einem Anflug von Größenwahn. Erbittert vertrat er die These, ein Kernwaffenkrieg lasse sich begrenzen, gewinnen, und verfocht sie auch jetzt. Der Außenminister und andere traten ihm entgegen, während der Präsident schwankte – nervlich, geistig und altershalber überfordert; erschöpft bald durch die Dauer der Auseinandersetzung, neigte er dazu, wie immer und überall sein Nickerchen zu machen.

Unten wurden Städte zu Asche, im *Doomsday Jet* aber hoffte jeder auf seine Art das Schlimmste noch zu verhüten. Keiner von ihnen wollte den totalen Krieg, die Verwüstung des Erdballs, doch sie schafften es nicht, dem Schrecken Einhalt zu gebieten. Und während die Dinge ihnen entglitten, rangen sie weiterhin um die Macht, um ihre persönliche und um die des Landes, was ihnen ziemlich dasselbe war. Dabei wurde klar, daß sie ohne ein Gemisch von Schläue, Robustheit, Zynismus, rhetorischer Verstellung und Menschenverachtung nie in die Spitze aufgestiegen wären, sich dort jedenfalls nicht gehalten hätten. Sie waren es gewöhnt, zu pokern, zu bluffen, zu korrumpieren, die Ellbogen zu gebrauchen – und auf dieselbe Art betrieben sie, zur Führung geworden, die äußeren Angelegenheiten ihrer Weltmacht! Sie hatten gepokert, geblufft und verloren.

Meine Gedanken wanderten weg von Craigs Manuskript. Welch eine Elite, abgebrüht und erfahren im innenpolitischen Grabenkrieg! Diese Regierung war ursprünglich ein Wahlkampfstab gewesen, der Präsident umgab sich mit seinen Wahlhelfern, nur wenige Fachleute zog er außerdem hinzu. Darin war er dem allgemeinen Brauch gefolgt. Kennedy hatte sein irisches Team von der Ostküste gehabt, Johnson seine Texaner, Nixon das Quartett mit den deutschen Namen und den schmutzigen Händen, Carter die Seilschaft aus Georgia und Reagan seine kalifornische Mafia. Sie hatte die Wahlen trickreich gemeistert und war nun hochachtbar und einflußreich, einer öffentlichen Kontrolle weit entrückt. Zu Lasten der Sozialetats gab sie der Rüstungsindustrie mehr Geld als je zuvor: Sie war ihr verpflichtet und überdies von der Vorstellung beherrscht, das Land müsse die Militärmacht Nummer eins sein und bleiben. Überlegenheit hieß die Devise ... In den siebziger Jahren hatte die Sowjetunion, um ihre Sicherheit besorgt, sich angestrengt, mit dem Gegner militärisch gleichzuziehen. Und ebendas erbitterte jene Männer, es reizte sie, einen Wettlauf zu entfesseln, unter dem die Erde bebte, noch ehe die erste Bombe fiel. Niemand wünschte den Selbstmord, das Inferno, alle aber wollten – wie vor dem ersten und dem zweiten Weltkrieg – ihre Macht erhalten, ja noch ausdehnen, im Namen irgend einer Überzeugung, hinter der oft nur der nackte Aggressionstrieb stand. Keiner dieser Männer hatte das Format, das Schlimmste zu verhindern. Und die Frauen?

Mit leisem Bedauern merkte ich, daß jetzt Frauen auftraten; das minderte die Überzeugungskraft. Bisher fand ich das Herrschaftsmilieu keimfrei und stilrein nachgebildet, ein Schwachpunkt deutete sich an. Zwei Frauen auf dem fliegenden Feldherrnhügel? In Wirklichkeit war dies wohl kaum vorgesehen. Aber Craig, um Glaubwürdigkeit bemüht, führte die eine als Ärztin ein – äußerlich unscheinbar, Spezialistin für Altersheilkunde und beauftragt, den Präsidenten entscheidungsfähig zu erhalten; die andere als den Gegentyp: eine Starjournalisitin, hinreißend, kultiviert und regierungstreu. Er hatte es halt nicht über sich gebracht, den Wahnwitz von Männern ganz ohne Weiblichkeit zu inszenieren; das verstand ich schon. Die Hälfte aller Opfer würden schließlich Frauen sein, sollten sie fehlen in diesem Schiff der Überlebenden, wo doch die Arche Noa selbst Tiere beherbergt hatte, von jeder Art ein Pärchen? Es war doch mehr als der Kunstgriff eines Schreibers.

Die Starjournalistin war, wohl unvermeidlich, höchst apart und die Geliebte des Sicherheitsberaters. Er hätte sie als Chronistin an Bord gebracht, vielleicht zu dem doppelten Zweck, die Fortpflanzung der Menschheit zu sichern und diese Nachkommenschaft sachkundig vom Ablauf des Geschehens zu unterrichten. Denn die Dame teilte ganz seine Sicht, sie zählte zu den Scharfmachern im Medienbetrieb der Vereinigten Staaten. Sie war ein begabter, sensibler Mensch, nur befangen in einer Doktrin, die im Osten das Reich des Bösen sah. Unwillkürlich verglich ich sie mit den berühmten Schriftstellern Europas, die im Herbst 1914 gegeneinander bellten in haßvollem Nationalismus, sich in den Dienst der Propaganda ihrer jeweiligen Regierung stellten und die erste Massenpsychose der Neuzeit geschürt hatten. Sie hatten ja ehrlich geglaubt, wennschon nicht mit der Waffe, so doch wenigstens mit der Feder kämpfen zu müssen, ehe ihnen nach Jahren und Millionen Kriegstoten die Verpflichtung der Kunst aufging, allein für Menschlichkeit und Frieden zu streiten. Dieser Wandel vollzog sich bei der Journalistin rasch, wie überhaupt gegenüber früheren Kriegen alles stark beschleunigt war. Sie wollte überleben wir jeder an Bord mit Ausnahme des Präsidenten, der, beim Untergang Washingtons schlagartig vergreist, tatenlos vor sich hindämmerte und meist dem recht gab, der gerade zu ihm sprach ... Sie wollte leben, und nun schien es zu spät.

War es zu spät? Ich übersprang Seiten, der Lösung entgegenfiebernd. Noch immer zog der *Doomsday-Plan,* eine umgebaute Boeing 747, ein Jumbo-Jet mit der meterhohen Aufschrift «United States of America», seine Schleifen über dem Atlantik. Sechs solcher Geisterflugzeuge existierten, zum Gesamtpreis von anderthalb Milliarden Dollar, die restlichen fünf bemannt mit Reserveteams, falls dieses hier ausgelöscht werden würde. Sie alle hatten einen Hitzeschutz gegen Atomexplosionen, ein kleiner Buckel auf dem Rumpf verbarg Antennen. Direkt unter dem Cockpit befand sich, mit einem goldfarbenen Teppich ausgelegt, der Raum, in dem der Präsident, gestützt auf höchstens drei Berater, seine Entschlüsse fassen sollte. Gleich dahinter der Konferenzraum und das militärische Lagezentrum mit achtzehn Firstclass-Sesseln für Führungspersönlichkeiten und hohe Offiziere. Dann mittschiffs, im größten der Kabinenräume, auf einem Dutzend Konsolen die Drucktasten der Weltkatastrophe, zur Hälfte bereits gedrückt. Von dort aus wurden durch Funkbefehl wahlweise Raketen aus den Silos gejagt, auch dann noch, wenn die Bodenmannschaft schon tot, die Befehlsstränge zu Lande unterbrochen waren. Es folgten die Nachrichtenzentrale und die Küche. In den Tragflächen steckten Stromgeneratoren, zusätzliches Trinkwasser und eine erweiterte Klimaanlage. Die Ruheräume befanden sich im Heck. Alle Funk- und Kommandogeräte waren gegen den elektromagnetischen Impuls geschützt. Es fehlte an nichts, außer am Nötigsten – einem Kontakt zum Feind. Stillschweigend war angenommen worden, den Kreml gebe es dann nicht mehr, die sowjetische Führung sei unerreichbar, sofern überhaupt noch vorhanden.

Durch häufiges Nachtanken war dafür gesorgt, daß die Maschine drei Tage in der Luft bleiben konnte. Die Fachleute hatten zweiundsiebzig Stunden als äußerste Spanne errechnet für den Schlagabtausch im unbegrenzten Krieg. Das Flugzeug zog eine kilometerlange Antenne nach, um mit der Flotte getauchter U-Boote Fühlung zu halten, was sich als schwierig erwies. Es stand mit achtzehn Aufklärungssatelliten in Verbindung, die (soweit noch intakt) unablässig meldeten, welche feindlichen Ziele unzerstört waren und wo auf dem eigenen Kontinent noch ein Stück Erde heil geblieben war, benutzbar als Landeplatz. Auch die Nachtankflotte brauchte unversehrte Flugfelder. Es drohten aber noch andere Gefahren. Staub, von all den Explosionen hochgeschleudert, trieb auf den Ozean hinaus und geriet in die Kompressorschaufeln der Triebwerke, die sich allmählich erhitzten. Niemand wußte, wann dieser Staub einen herunterzwang, er trübte die Sonne selbst in großer Höhe und würde der Nordhalbkugel eine neue Eiszeit bescheren. Man steuerte südwärts, doch wohin? Auf den Azoren tobte ein Feuersturm, die Bermudas versanken im Meer, der Isthmus von Panama zerbrach. Brasilien verweigerte die Landeerlaubnis, es drohte das Flugzeug abzuschießen, im Gegenzug kündigte man ihm nukleare Bestrafung an.

Die kluge und schöne Frau verfolgte an den Bildschirmen des Lagezentrums, wie der Norden der Erde in Stücke fiel. Ihr Auge sah die Früchte des Übermuts, der Arroganz, des Glaubens an Amerikas Führungsrolle und Einzigartigkeit, den sie jahrelang gepredigt hatte. Sie war ein publizistischer Falke gewesen, ein Verrücktmacher, sie hatte Wind gesät und floh vor dem Sturm: Australien war noch unzerstört! Doch während sie ihren Freund beschwor, den fünften Kontinent ansteuern zu lassen, zerplatzten dort hundert Megatonnen. Die Gegenseite verschoß ihr ganzes Arsenal, die letzten Gefechtsköpfe zerschlugen das Fluchtziel, weil inmitten Australiens ein nordamerikanischer Weltraumstützpunkt verbunkert worden war.

Ihre nächste Hoffnung galt der britischen Vulkaninsel Ascension im Südatlantik; die hatte rettende Betonbahnen, zuletzt benutzt beim Angriff auf die Falklandinseln, und meldete noch keinen Einschlag. Die Dame verführte einen General – das war leicht, der Wunsch, mit ihr zu schlafen, bewegte die meisten hier an Bord –, sie setzte die Kursänderung durch. Das Refugium erschien bereits, tausend Meilen voraus, auf dem Radarschirm. Da aber durchzog ein stechender Geruch die Räume des zwölf Kilometer hoch fliegenden Jets. Das Unheil kam ohne Warnung. Unheimliches, bläulich zuckendes Licht glühte an den Tragflächen auf. Die Piloten hörten anhaltendes Knattern und Brummen atmosphärischer Störungen im Funkverkehr, als es geschah – ein Triebwerk fing Feuer, es mußte gelöscht und stillgelegt werden, das zweite begann zu husten, es lief bedenklich heiß. Nacheinander stellten auch die dritte und vierte Turbine ihre Arbeit ein.

Eine schwärzliche, klebrige Substanz aus Ascheteilchen überzog die Scheiben des Cockpits und nahm der Besatzung die Sicht. Obwohl es Tag war, ging man zum Instrumentenflug über, eine Batterie hielt die Geräte auf der Kapitän-Seite in Betrieb. Die Gleitzahl der Maschine lag bei 1 : 22, das hieß, im antriebslosen Flug sank sie auf zweiundzwanzig Meter immer um einen Meter ab. Der Navigator hoffte, man könne noch eine Stunde lang gleiten, 260 Kilometer weit: nicht genug für Ascension, doch vielleicht sprangen die Turbinen wieder an, wenn sie abgekühlt waren? Ein mechanisch ausgefahrener Propeller lieferte hinreichend Strom, um die Bordelektrik und später beim Landen die hydraulischen Systeme zu aktivieren ... Aber die Triebwerke zündeten nicht mehr, die «United States of America» sank den Wellen entgegen.

Ein verblüffender Schluß. Meine erste Regung war, Craig anzurufen und ihm zu dem Buch zu gratulieren. Trotz meiner Einwände fühlte ich, ihm war da ein großer Wurf geglückt. Doch er hatte ja gesagt, sein Telefon sei gestört. Und schwerlich konnte ich schon wieder zu ihm fahren, ohne aufdringlich zu wirken. Miss Sheila Ashby fiel mir ein. Ich hatte Angst, zu enthusiastisch zu sein und mich lächerlich zu machen.

IX

Zwei Tage später gab ich im Büro der Cable & Wireless West Indies Ltd. meinen ersten Telefonbericht nach Hamburg durch. Die Verbindung war klar, sie lief durch ein gutes altes Unterwasserkabel, nicht über Satellit. In dem Gefühl erfüllter Pflicht ging ich zum Taxi zurück, das an der Carenage parkte, und nannte den Marktplatz als Ziel. *Go Cool* stand an dem Wagen, gemächlich rollte er mit mir durch den einzigen Tunnel von Grenada. Der Hügel mit dem Fort George war so steil, daß er die Hauptstadt in zwei Teile schnitt. «Aber der Charme des Fin de siècle verbirgt Wunder an Ingenieurkunst», hieß es in Felton's Reiseführer, der einen Stadtbummel empfahl als *a walker's delight,* zum Ergötzen des Wanderers: *You can «do» St. George's on foot in about two hours,* zwei Stunden reichten hin, die Stadt zu sehen und abzuhaken ... Wir kamen ans Licht, vorbei an victorianischen Fassaden und Vorgärten, aus denen die Blüten der Flamboyant- und Frangipani-Bäume quollen.

Der Markt war voller Gerüche und bunt gekleideter Menschen mit Strohhüten und Kopftüchern, die bedächtig um ein paar Dutzend Stände strichen. Ich bezahlte das Taxi und schob mich in die Menge. Es gab drei Markthallen ringsum, Wellblechdächer auf Pfählen. Sie hatten Steintische für die Waren: Eier, Geflügel, Schildkröten, schwarze Schweine, Melonen, Bananen, Ananas, Kokosnüsse, allerhand Gemüse. Ich sah einer Frau zu, deren dunkle Finger Langusten, Krebse, Muscheln, Austern und Krabben, Meeresfische und Krustentiere auf Eisstücke verteilten; ich empfand einen Widerschein möglichen Glücks. Wie leicht das Leben ist, wenn man genügsam ist und nicht vorhat, es zu was zu bringen – jedenfalls auf der Sonnenseite dieser Welt! Die Leute um mich waren arm, sie kamen mir trotzdem zufrieden vor, frei von Arbeitswut, Geltungsdrang und der Jagd nach Erfolg. *Work harder, produce more,* predigte die Revolutionäre Volksregierung auf Plakaten, doch es war wohl in den Wind gesprochen.

Vorbei an der Bank of Nova Scotia, der Royal Bank of Canada und Barcley's Bank International, die als erste Afroamerikaner beschäftigt hatte, schlenderte ich die Halifax-Street hinab zur Young-Street, wo es das gab, was des Fremden Herz begehrte, Schweizer Uhren, japanische Kameras, französisches Parfüm, schottischen Whisky, dänische Möbel, englisches Chinaporzellan, Gold und Silber zu ziemlich niedrigen Preisen. All dies kam zollfrei herein, um Besucher anzulocken, es brachte dem Land nichts. Ein Dorado für Sportangler, Sporttaucher, Golf- und Tennisspieler, die Basarstraße der Müßiggänger und Touristen, die bei Grenada Tours & Travel ihre Rundfahrten buchten: den kleinen *Royal Drive* auf den Spuren von Queen Elizabeth II. oder den *Island Drive,* die ganze Insel komplett. *You can «do» Grenada in about two days.*

Unten an der Wharf Road ließ ich Rudolph's Restaurant rechts liegen, setzte mich hundert Schritte weiter unter das Sonnendach von The Nutmeg (Die Muskatnuß, geführt von deutschem Besitzer) und hörte einer Steel-band zu, die im Freien musizierte. Acht oder neun Trommeln verschiedener Länge, abgeschnittene Ölfässer, man hatte Beulen herausgeklopft und entlockte ihnen glokkenreine, wohlabgestimmte Töne, eine Art Xylophonmusik ähnlich der mittelamerikanischen Marimba. Der Calypsosänger nannte sich Lord Nelson, ich gab mir keine Mühe, zu verstehen, was er sang, lauschte nur über meinem Eiskaffee der endlosen Wiederholung weicher und doch aufpeitschender Rhythmen, spöttisch-heiterer Melodien und fing an, mich wohl zu fühlen – zum ersten Mal seit Wochen.

Da sah ich, schräg über die Carenage hinweg, Craigs gelben Flitzer vor dem Cable & Wireless Office stehen. Nach einer Weile kam er heraus, verschwand hinter der Takelage eines Fischkutters, tauchte an seinem Auto wieder auf und fuhr langsam in meine Richtung. Vielleicht waren die Bibliothek oder die Hauptpost sein Ziel. Die Stadt ist so klein, daß man sich zwangsläufig trifft, dachte ich, erfreut von der Aussicht auf ein Gespräch. Ich winkte ihm zu, er hielt an und kam an den Tisch. «Was machen denn Sie in meinem Stammlokal?»

«Ich war bei Cable & Wireless, wie Sie. Der Report ist weg, ich erhole mich von der Strapaze.»

«Darf ich Sie zum Lunch einladen?» fragte er galant. «Langusten, Huhn, Steaks oder Fisch mit Chips sind hier ganz gut. Das ist der Treffpunkt anspruchsvoller Leute, der Jachtbesitzer, müssen Sie wissen; der Inhaber gehört zu ihnen. Jetzt, außerhalb der Saison, liegen die meisten Boote am Pfahl.»

Craig war recht mitteilsam und tolerant. Es tat mir gut, daß er sich wenigstens diesmal meiner entsann. «Ich hab Ihren Roman gelesen», sagte ich und erwartete den nervös suchenden Blick, die lauernde Aufmerksamkeit, die jeden Autor überkommt, wenn man von seinem Werk spricht. Doch die Worte verschwanden spurlos hinter den dunklen Gläsern, die er wieder trug.

«Sprechen wir lieber von Ihrer Arbeit.» Es klang, als sperre sich etwas in ihm, scheue zurück vor der Berührung seines Schaffens. «Sind Sie zufrieden, haben Sie's gepackt?»

Ich übersetzte ihm den Text, er begann mit der Landung auf Barbados und gipfelte in den Sätzen: «Der als schönste Karibikinsel gerühmte Zwergstaat mit seinen Urwäldern, Vulkanen und langen Stränden bereitet Washington Kopfzerbrechen, seit es dort neben Gewürzen, Rum, Joints und Reggae auch eine Staatspartei, Volksmilizen und einen großen Bauplatz gibt. Der Kriegshafen, den der US-Präsident in der Westerhall Bay ausgemacht hat, existiert freilich nicht. Und ein Besuch des Flughafens steht für Touristen im Programm, ungehindert darf man ihn fotografieren. Washingtons Geheimdienstler könnten das auch. Wozu also in den Weltraum gehen und von dort aus Bilder schießen?» Das klang salopp, ich war ganz stolz auf den Schluß.

Craig aber tadelte den Anfang, mein Blick auf Barbados war ihm zu schwärmerisch. Aus dem Handgelenk entwarf er ein Gegenbild, sein Vorschlag war: «Der triste Klecks sieht von oben aus wie ein graugrüner, mit Dosenapfelmus bestrichener Pfannkuchen. Dieses Möchtegern-Miami, wo die Tropenfrüchte von Libbys kommen, der Bananenbrei von Nestle, der Fisch tiefgefroren aus Canada und die Palme fürs Urlaubsfoto erst gefunden sein will, hat es irgendwie geschafft. Zwar steckt auch Barbados in der Krise, bis an den Rand des Bankrotts. Aber Präsident Reagans erste Karibikfahrt ging nach Barbados. Eine Anerkennung für das ehrliche Bemühen der Insulaner, den American way of life zu finden ... Na, gefällt es Ihnen?»

«Eine Spur zu gehässig, sonst aber brauchbar.»

«Manchmal scheint mir, ich sollte versuchen, Pressemann zu werden. Was Neugier und Bosheit betrifft, eigne ich mich für den Job.»

Das Essen kam, über dem duftenden Fisch versicherte ich Craig, er sei zu schade dafür. Er hatte eben erst mein Zeug bemängelt, doch wäre es kleinlich gewesen, sein Manuskript herabzusetzen – die Arbeit von Jahren, kein Vergleich mit meinem Text. Ich sagte ihm unverblümt, wie beeindruckt ich war.

«Wollen Sie wirklich darüber sprechen?» fragte er. «Es wird uns das Essen verderben.»

Ich antwortete, der Fisch sei so köstlich, daß mir die Schrekkensbilder des Romans den Appetit nicht verderben könnten. Craig zeige darin, ohne daß man die Absicht spüre, den Weg zum Inferno. Er habe einen wichtigen Stoff unserer Tage in Schicksale aufgelöst und plausibel entwickelt.

«Den Schrecken lesbar gemacht, konsumierbar», unterbrach er mich. «Wie wahr ist es doch, daß die meisten Autoren davon leben, die Tragödien anderer auszubeuten. Falls wir reich werden, dann durch fremde Katastrophen.»

«Weshalb machen Sie sich kleiner als Sie sind?»

«Vermutlich, weil der Roman keinen interessiert.»

«Das kann ich nicht begreifen.»

«Ich schon. Es ist der sechste oder achte Weltuntergang in Romanform dieses Jahr, hat man mir erklärt. Ein klassischer Fall von Überproduktion. Katastrophenliteratur sei passé, meint mein Agent. Mit einem Wort, der Markt ist zu.»

«Wechseln Sie den Agenten, er ist ein Dummkopf.» Ich war überzeugt, daß sich für sein Manuskript ein Verlag fände.

Craig lächelte matt, er stocherte in seinem Fisch. «Warum ereifern Sie sich so?»

«Weil Sie was können, Jeffries!»

«Nennen Sie mich lieber, Jeff.»

«Zum Beispiel wird Ihre Darstellung niemals breit. Sie beherrschen den Trick, immer etwas eher aufzuhören, als der Leser es möchte ...» Ich fuhr fort, ihm Mut zu machen. In der Eile ließ ich all das Kritische weg, das ich ihm außerdem hatte sagen wollen; erst einmal mußte Craig aufgerichtet werden. Ich hatte das angenehme Empfinden, Macht über ihn zu haben, solange wir von seiner Arbeit sprachen. Er akzeptierte mich, ja, er fing an, sich an mich zu gewöhnen. «Der Kriegsraum im Weißen Haus und das Flugzeug, wunderbar, nur zwei Schauplätze – beide so geheimnisvoll wie ein Geisterschiff. In jeder Szene hört man das Knarren der Takelage und das Ächzen der Planken, manchmal kann man sogar die Mannschaft an Deck erspähen. Aber wer steht am Ruder? Anfangs der Präsident, wer dann? Ist es der Außenminister oder der Sicherheitsberater oder die Journalistin? Es läßt sich unmöglich herausfinden.»

«Das Geheimnis der Macht – bei wem liegt sie?» Craig, von

meinem Lob erwärmt, ließ uns Obstsalat servieren. «Wie fanden Sie die Frau?»

«Sie werden doch da nicht etwa unsicher sein?»

«Bei Frauen immer. Man blickt ihnen so schwer ins Herz.»

«Diese ist Ihnen geglückt. Würden wir uns schon länger kennen, müßte ich denken, Sie hätten mich porträtiert; jünger, schöner und verbohrter.»

«Sie sind liberal, nicht wahr?»

«Zu wenig, in Ihren Augen?»

«Ach wo», entgegnete er höflich. «Mir hat es auch lange genügt, liberal zu sein – duldsam, aufrecht, pazifistisch.»

«Und jetzt reicht es Ihnen nicht mehr?»

«Ich kann mich nicht allein für solche Werte begeistern.»

«Ihr Buch läßt davon aber nichts erkennen.»

«Kunst und persönliche Ansichten, das hat wenig miteinander zu tun», sagte Craig leise, schob die Silberschale weg und betupfte sich die Lippen. «Ein Vorschlag, Judy: Kommen Sie doch morgen abend zu mir, ich gebe auf Point Egmont eine kleine Mondscheinparty. Einmal im Jahr finden die Jungs aus meinem College-Jahrgang sich da ein, die zufällig auf der Insel sind. Natürlich mit ihren Frauen, soweit vorhanden. Wie ist es, haben Sie Lust?»

Es klang, als sei es ihm nicht nur darum zu tun, die Schar seiner Gäste zu komplettieren. Die «Jungs» mußten, wie er, um die vierzig sein.

«Wo bleibt Ihre professionelle Neugier?» fragte er. «Ihnen bietet sich die Chance, ein paar feine, feurige Burschen kennenzulernen: zwei Grenader, einen Yankee und einen Mann aus Canada; auch vom Metier her interessant – Nervenarzt, Regisseur, Offizier und Literat.»

«Sind die Damen auch berufstätig?»

«Aber gewiß – Lehrerin, Hausdame und ... Ich hab vergessen, was Pamela treibt.»

«Bei einer Frau wohl nicht so wichtig.»

Craig nickte zerstreut, zahlte und bot an, mich heimzufahren. «Es gibt bei mir wunderbare Daiquiris und Hummer», hörte ich ihn am Hafenufer sagen. Statt den kürzesten Weg zu nehmen, kurvte er bergauf in das grüne Viertel Sans Souci, um mir hinter dem Observatorium die Residenz des Premierministers und den Sitz des Generalgouverneurs Sir Paul Scoon zu zeigen, des dunkelhäutigen Vertreters der Queen. Dann fuhr er am Gefängnis und der Nervenklinik von Richmond Hill abwärts durch die lokker bebauten Vororte Paddock und Springs. Schon überzogen die Schatten des Nachmittags die Straße, der Fahrtwind wühlte in meinem Haar, und ich fing an, mich auf die Party zu freuen. Es sei nicht nötig, ein Taxi zu nehmen, versicherte mir Craig, Dr. Fisher habe denselben Weg, er werde mich im Hotel abholen.

«Ist Dr. Fisher schwarz?»

«Nein, aber die Hälfte von uns wird farbig sein. Es macht Ihnen doch hoffentlich nichts aus?»

«Ich wollte nur wissen, wie der Mann aussieht, bei dem ich einsteigen soll.»

«Harte Augen, durchbohrender Blick», entgegnete Craig sarkastisch. «Wir können uns ihm anvertrauen, Fisher ist der Psychiater ...»

Vor dem Spice Island Inn stieg er diesmal sogar aus.

Am Strand sah ich zwei kaum hummelgroßen Kolibris beim Liebesspiel zu und überlegte, wem die Einladung zu verdanken sei, dem Lob des Romans oder meinem Bericht; vermutlich beidem. Craig hatte in mir die Karrierefrau gesehen, ich wohnte im teuersten Haus und würde schreiben, was die erwarteten, die meine Rechnung hier bezahlten. Nun merkte er, daß es anders war, und hielt mich für wert, seine feinen, feurigen Burschen kennenzulernen – so mußte es wohl sein. Was aber trug man zu so einer Party? Mir blieb nur das geschlitzte Seidenkleid, das Craig galanterweise mit der Garderobe einer Madame Tschiang Kai-schek verglichen hatte.

Am nächsten Morgen sprach ich wieder mit dem Büro des Premierministers. Der Herr am Apparat wußte nichts von meiner Existenz und dem zähen Bemühen um einen Termin bei einer maßgeblichen Persönlichkeit der Regierung. «Rufen Sie in zwei bis drei Tagen noch mal an», sagte er und riet mir, bis dahin die Insel anzusehen, behutsam zu fahren und das gesellige Leben zu genießen *(drive safe, enjoi social life)*.

«No problem, Sir», erwiderte ich wohlerzogen und spürte den Reibungsverlust, das Erlahmen meiner Energie. Selbst im finsteren El Salvador waren Gesprächswünsche prompter erfüllt worden als an diesem Ort des sanften und ansteckenden Schlendrians. Ersatzweise las ich Bishops gesammelte Reden, ein Mitbringsel aus der Young Street, zur Beruhigung des Gewissens.

«Was der kapitalistische Weltmarkt für uns bedeutet», hatte der Premier gesagt, «das will ich euch, Schwestern und Brüder, am Beispiel der Muskatnuß klarmachen. Vor zehn Jahren hat uns eine Tonne Muskatnuß noch genug Geld gebracht, um ein Auto zu kaufen. Heute müssen wir mindestens fünf Tonnen Muskatnuß für ein Auto verkaufen. Oder anders. Die Schwester, die hier die Nüsse knackt, schafft vielleicht hundertfünfzig Pfund am Tag und bekommt dafür sieben EC-Dollar. Unsere Schwestern und Brüder, die in London arbeiten, bezahlen für eine Unze Grenada-Muskat umgerechnet einen unserer Dollar. Sie bezahlen dreihundert mal mehr als die Schwester hier für ihre Arbeit kriegt. Begreift ihr, was ich meine, wenn ich von dem imperialistischen Blutsauger-System rede?»

Starke Worte. Noch war keine Bank und keine Plantage den in- und ausländischen Blutsaugern entrissen worden. Das meiste an Staatsbesitz stammte aus dem ergaunerten Eigentum des Ex-Premiers und wirtschaftete mit Verlust. Es gab also gute Gründe, den hiesigen Geschäftsleuten ziemlich freie Hand zu lassen. Von ihnen kam ein Großteil der Steuern, mit denen langsamer sozialer Fortschritt finanziert wurde: Wohnungsbau, kostenloser Arzt und höhere Schulen, billige Busse, Milch für Schüler, Stipendien für Studenten. Sie waren einstweilen nicht ersetzbar.

Seinen Haushaltsplan hatte Maurice Bishop den Delegierten der Landarbeiter höchst volkstümlich erklärt: «Also, wenn du dreihundert Dollar am Monatsende nach Hause bringst, dann setzt du dich mit deiner Frau zusammen und ihr überlegt, was ihr wofür ausgeben wollt. Erst mal, wieviel wird für Rum beiseite gelegt. Und dann wieviel für Essen, für Kleidung und so weiter. Ja, und nun wollt ihr auch noch einen Vorhang anschaffen fürs Haus. Der soll zwischen das Ehebett und die Kinderbetten, damit die lieben Kleinen nicht immer die ganze Nacht rüberschielen ...»

Die Reden fesselten mich durchaus. Was sollte der dumme Ehrgeiz, mit Bishop ein Interview zu machen, bloß um daheim zu glänzen? Mir war, als habe der Mann schon alles gesagt, wonach ich ihn hätte fragen können. Genieß das Leben, erfreu dich an der Insel, dachte ich und merkte, wie deren schläfriger Reiz mich mit tausend Fäden umspann und zum Faulsein verführte. *Work harder, produce more,* predigte der Premier. Ich aber schloß die Augen, dieses Wort galt ja nicht mir.

X

Dr. James Fisher holte mich in seinem Straßenkreuzer ab, ein hochgewachsener Mann mit schlaksigen, zielsicheren Bewegungen, scharfgeschnittenem Profil, senkrecht gefurchten Wangen und einem Lächeln, das auf seinen Lippen haftete. Er gab mir gleich zu verstehen, daß er Sportangler sei, ein Boot habe, Klavier spiele und überall eingeladen werde, wo eins stehe. Er tat sein bestes, mich zu beeindrucken, und ich begriff, eine Art Tischdame für ihn zu sein, die Partnerin des Abends. Das dämpfte erheblich meine Erwartungen, nachdem ich mich im stillen schon auf die Party eingestellt hatte.

Auf Lance aux Épines lud er das zweite Paar ein, den leicht verfetteten Canadier Pierre Lescaut und dessen anschmiegsame Begleiterin, eine etwa dreißigjährige Mulattin namens Pamela Dolland. Im Wagen verbreitete sich ihr Parfüm, Moschus mit einer Andeutung von Blumen. Frau Dolland war eine üppige Schönheit, sie stand der Wäscherei des zweitgrößten Hotels vor. Lescaut erwähnte genießerisch, daß sie auch einen Rang in der Miliz bekleide. Dabei küßte er ihren Hals unter dem Ohr, und sie strahlte ihn an. Sie ist wie sein Eigentum, dachte ich, während ihre schrille Stimme gegen meine Ohren schlug. Er soll aufhören, sich wie ein Pascha zu benehmen. Die Liebkosungen der zwei rundlichen Körper im Fond und die Anziehung, die sie aufeinander ausübten, waren mir zuwider ... Bei der Miliz! Ich hatte vom raschen Wachstum der Bürgerwehr gehört, jeder zehnte Grenader gehörte ihr an, abzüglich der Kinder und der alten Leute. Gewisse Umtriebe im Ausland zwangen wohl zur Vermehrung der Miliz. Aber mit Pamela Dolland in der Truppe mußte die Führung eigentlich das Gefühl haben, daß sie ihr Netz doch zu weit ausgeworfen hatte.

Pierre Lescaut, ein Mensch mit schwammigem, stupsnasigem Gesicht und wäßrigen Augen, lenkte ihren Redefluß durch milden Tadel oder gedämpftes Lob, manchmal auch bloß durch Grunztöne, in ihm genehme Bahnen. Uns unterhielt er den ganzen Abend mit Hollywood-Anekdoten. Er schien ein wichtiger Mann beim Film zu sein, hüllte sich jedoch in Schweigen, sobald man Genaueres erfahren wollte. Er hatte ein breitmäuliges, hämisches Gesicht, so als ob in den Genen seiner Eltern nicht genug

Kraft gesteckt hätte, ihm eine anständige Nase und richtige Augen mitzugeben.

Vor dem Haus auf Point Egmont parkte ein Jeep, bewacht von zwei Soldaten mit khakifarbenen Mützen und Sturmgewehren: die Begleitung des Commanders Forsyth, der uns mit seiner zarten Frau an Craigs Seite erwartete und mit kräftigem Handschlag empfing. Dennis Forsyth war ein riesiger, recht dunkler Afroamerikaner von muskulösem Körperbau; selbst Dr. Fisher wirkte neben ihm zerbrechlich. Eine starke, ausgeglichene Persönlichkeit. Später hörte ich, er sei der Adjutant des Oberbefehlshabers und von großem Einfluß auf Hudson Austin, den man zum General erhoben hatte, trotz der geringen Stärke der Armee. (Der Titel sollte ihm Autorität geben, Austin war Ingenieur für Straßenbau – nach anderen Quellen Polizist oder Gefängniswärter – gewesen, bevor er im März 1979 beherzt zum Schlag auf die Kasernen der Truppe des Diktators Gairy ausholte). Forsyths Frau hieß Joan, eine stille Lehrerin mit schöngeformten Beinen und traurigen Augen über den warmen Kurven von Kinn und Brust; wie ihr Mann war sie fast schwarz.

Das also, überlegte ich, sind die feinen, feurigen Jungs. Mitte der sechziger Jahre hatten sie an der University of Pennsylvania – eine Wirtschaftshochschule eher – Soziologie oder Politologie studiert, die Erinnerung verband sie, doch was war aus ihnen geworden? Alles andere als Soziologen. Nur Forsyth war in die Nähe der Politik gerückt, er hatte es am weitesten gebracht, wie die Leibwache bewies. Ihm folgte Dr. Fisher, der immerhin an der St. George's School of Medicine die schwierige Kunst der Psychoanalyse lehrte. Die Akademie, vertraute er mir an, habe nichts zu tun mit der University of the West Indies, die von britischer Entwicklungshilfe zehre und sechstausend Studienplätze auf Jamaica und Trinidad biete. Seine Hochschule sei zu Gairys Zeiten bei Beginn der Amtszeit Jimmy Carters von Freunden des Präsidenten gegründet worden, mittels einer privaten Stiftung. Unter den knapp tausend Studenten stammten fünfzig aus Grenada, zuerst seien es bloß drei gewesen.

Sheila Ashby, die die Hausdame war, kam mit der nächsten Runde Drinks. Ihre Daiquiris, dazu bestimmt, uns anzuwärmen, glichen rumgetränktem saurem Schneematsch. Dann servierte sie die Hummer. Fishers Geschwätz störte mich schon so, daß ich wenig davon hatte. Alles ließ sich scheußlich an. Pierre Lescaut hatte die wunderliche Idee, ein von ihm mitgebrachtes Videoband in Craigs Recorder zu schieben. Zu seinem Ärger sah niemand dem zu, was dort über den Bildschirm zog. – «Vermutlich ein Film, bei dessen Herstellung er dritter Regieassistent gewesen ist», flüsterte Fisher mir zu. «Er hat keinen Schimmer von Film, nur, sein Vater ist Produzent ... Die Art von Vetternwirtschaft, die das alte Hollywood zugrunde gerichtet hat. Jetzt bietet er sich dieser Regierung an, zum Glück hat die kein Geld. Selbst wenn's wenig wäre ..., glatter Diebstahl an dem Land.»

Ein gemeinsames Thema fanden die Kommilitonen, als ihnen ihr alter Lehrer einfiel, ein Professor Talbot. «Seine Theorie ist radikal, doch ungewöhnlich abstrakt», hörte ich Craig sagen. «Der Flug findet über den Wolken statt.»

«Und die Wolkendecke ist geschlossen», sagte Forsyth.

«Dabei steckt hinter der Fassade bloß eine Handvoll simpler Sätze», bemerkte Lescaut mit vollem Mund. «Die Welt ist kompliziert, alles ist mit allem verbunden, der Mensch erträgt nur ein bestimmtes Maß an Kompliziertheit.» Er machte eine komische Handbewegung, als ginge jede weitere Deutung der Lehren Professor Talbots über seine Kraft.

«So wird die Soziologie zur Krankheit der Gesellschaft», stellte Dr. Fisher fest, «und die Gesellschaft zur Krankheit der Soziologie.»

Dies ödete mich an. Ohne die Aussicht auf das Ende des Essens wäre ich verzagt. Schließlich ging Craig an den weißen, abgeschabten Flügel, er stimmte den St. Louis Blues und «O When the Saints Go Marching In» und «See You Later, Alligator» an, während wir Frauen abräumten.

Ich brachte den Posten etwas zu trinken und rauchte mit ihnen eine Zigarette. Sie waren beide erst vor drei Jahren aus den Vereinigten Staaten heimgekehrt. Der eine hatte bei New York, der andere in Florida gejobt und Kurse für Datenverarbeitung besucht. Als er von der Revo hörte (sie sagten «Revo» und «Bish» statt Revolution und Bishop), zog es ihn zurück nach Grenada. «Da sind immer zwei Ichs in mir gewesen», teilte er mit. «Das erste wollte es in Florida zu was bringen, das zweite ist hier geblieben. Und als ich wieder auf der Insel stand, wußte ich, welches stärker war. O Madam, bin ich da oben kaputt gewesen! Und jetzt hab ich echt Frieden gefunden, in meinem Land!»

Dennis Forsyth kam heraus, Gläser in der Hand, um seine Leibwache zu stärken. Er sah, daß ich ihm zuvorgekommen war, und lachte, als ich mich deswegen entschuldigte. «Jeff hat mir erzählt, Sie treten den Lügen entgegen, die man über uns verbreitet. Tatsächlich sind wir für jede Stimme dankbar, die unsere Revolution draußen verteidigt.»

«Nichts Besonderes! Ich schreibe bloß, was ich sehe.»

«Die meisten schreiben, was von ihnen erwartet wird.»

«Mit denen hab ich nur das Alphabet gemeinsam, Commander; und auch das nur widerstrebend.»

«Nennen Sie mich Dennis, hier gibt's keinen Dienstrang.»

Ein recht charmanter Offizier, liebenswürdig und selbstbewußt. Vielleicht kam ich durch ihn an den Armeechef oder gar an den Premierminister heran?

Drinnen hatte Dr. Fisher den Gastgeber vom Piano verdrängt, gefühlvoll spielte er Songs von Simon & Garfunkel und all die Hits der Beatles. Dabei zog er den Kopf, ganz Partylöwe, so ruckartig ein, als wollte er das gängige Klischee verkörpern – der Psychiater, infiziert von den neurotischen Ticks seiner Patienten. Ja, die sechziger Jahre, schien er uns zuzurufen, was sind wir damals jung gewesen!

Den musikalischen Teil beschloß ein rührendes Lied vom Bananenmann, das Joan Forsyth mit überraschend kräftiger Stimme vortrug. Die Drinks hatten ihr offenbar Mut gemacht, sie brachte es sonst wohl Schulklassen bei. Es begann im Calypsosound: *Tourist, white man, wiping his face/Met me in Golden Grove market place* und ging über sieben Strophen mit dem Kehrreim: *Yes, by God, and my big right hand/I will live and die a banana man;* alle sangen mit. Dr. Fisher, der sie begleitete, unterstrich die Naivität des Songs durch Gesten und Grimassen. Sheila Ashby klatschte in die Hände, Frau Dolland lachte grell, wenig damenhaft, und Fisher streifte sie mit hungrigen Blicken.

Auch ich hatte ein verspieltes, leicht beschwipstes Gefühl, als wir hinaus auf die Terrasse traten. Tief unter uns schwappte das düstere Meer mit seinem Silberpfad aus Mondlicht, der bis zu den fernen Inseln schimmerte. Grillen zirpten, Leuchtkäfer umschwirrten uns. Ich starrte ins Halbdunkel. Ohne Craig und die Forsyths wäre es ein verlorener Abend gewesen. Craig trat zu mir, schweigsam in seiner unergründlich grüblerischen Art. Nie drängte er sich in den Vordergrund. Wir standen da, ohne einander zu berühren. Egal, mit wieviel Frauen er hier schlief, wenn dies seine einzigen Freunde waren, tat er mir leid. Liebte er die Einsamkeit? Sicherlich; doch ich spürte, seine Unfähigkeit oder mangelnde Bereitschaft, Freunde zu gewinnen, brachte ihn mir näher. Je reifer man wurde, desto schwerer schloß man Bekanntschaft. Auch meine Jugendfreunde waren allmählich in der Versenkung verschwunden, als hätten sie nie existiert, und es gab für sie kaum Ersatz. Unsere Kontaktarmut war beschämend. In dem Punkt hatten die Menschen hier uns viel voraus.

Wie um die Stimmung zu zerstören – das feine Netz, das sich da wortlos zu entspinnen schien –, kamen Miss Ashby und Lescaut mit bunten Lampions heraus, gefolgt von Forsyth und Fisher. «Mich würde sehr interessieren, Dennis», hörte ich den Doktor fragen, «woher nimmt Washington sein sogenanntes Wissen?» Es klang, als setze er ein Gespräch fort, das drinnen begonnen hatte. «Wie zum Teufel kommt man zu all den dummen Behauptungen über euch?»

«Bei Washington liegt das Fort Langley, nicht wahr?»

«Die Giftküche eures Geheimdienstes», sagte Lescaut in boshaftem Triumph. «Ich bin überzeugt, er ist präsent, drei Meilen westlich, an deiner schönen Akademie.»

«Wie kommst du auf mein Institut?»

«Weil es die größte Ansammlung von Yankees auf der ganzen Insel ist.»

«Du verdächtigst meine Studenten?»

«Nicht unbedingt die», erwiderte Lescaut alkoholisch aggressiv. «Säße ich in Fort Langley, fiele meine Wahl schon eher auf einen Dozenten. Die Vorzüge liegen auf der Hand. Der Dozent ist älter, er bleibt länger im Land und bringt für den Job des Top-Agenten mehr Erfahrung mit. Besonders wenn er Psychologe ist.»

«Werd nicht unverschämt, Freundchen.»

«James», sagte der Commander, «er nimmt dich doch auf den Arm.»

In der Stille hörte man, wie sich das Nachtgeschwader der Käfer und Falter auf die Lampions stürzte.

«So was ist für mich kein Spaß», sagte Fisher dumpf. «Das geht mir zu weit! Jeder kennt meine Tätigkeit, aber was treibst eigentlich du, Pierre? Dein Filmprojekt ist so windig, daß es nicht mal zur Tarnung taugt.»

«Du kennst dich aus mit Tarngeschichten, wie?»

«Die Agency macht bekanntlich vor nichts halt, die hat selbst Genies aus Canada auf ihrer Lohnliste.»

«Ach, das weißt du?» höhnte Lescaut. «Dann bist du restlos eingeweiht.»

«Gebt Frieden, ihr zwei.» Craig zündete sich die Pfeife an, ein Lichtschein huschte über sein Gesicht. «Hört zu, bevor ich euch herbat, hat Dennis eure Akte gecheckt und mir erklärt, ihr beide seid okay.»

«Stimmt», sagte Forsyth halb im Scherz. «Gegen euch liegt nichts vor.»

«Hast du auch ihn gecheckt?» Lescaut wies auf Craig. «Er ist länger als James auf deiner Insel ... In manchem Drehbuch, das man mir vorlegt, ist der Spion ein Autor oder ein Journalist, der sein Tun unter dem Mantel beruflicher Wißbegier verbirgt.»

Craig sagte: «Ja, wenn du nur C-Filme kriegst?»

«C-Filme?» rief Fisher. «Werbespots macht er, falls er überhaupt was kriegt.»

«Dennis», beharrte Lescaut, «an deiner Stelle würde ich mich mit Jeff befassen.»

«Nicht nötig», erwiderte der Commander knapp, als wolle er einen Schlußpunkt setzen. «Wenn ihr's noch nicht wißt, Jeff ist Bürger meines Landes; und sicherlich nicht ohne Grund.» Es trat eine Pause ein, denn Forsyth gab dazu keine Erklärung, und es bat ihn auch niemand, dies zu erläutern. Der Ton seiner Stimme ließ erkennen, daß er diesbezügliche Fragen nicht schätzen würde.

Mit diesem Mißklang endete die Party, obwohl sie sich noch etwas hinzog. Das Fröhliche der ersten Stunden schien dahin, es war, als seien Geister aus dem Wald getreten, um den Kommilitonen vorzuführen, daß sie in verschiedenen Lagern standen und womöglich Gegner waren. Als erster brach Dr. Fisher auf, der am wenigsten getrunken hatte und den Riß wohl am deutlichsten spürte. Widerwillig lud er Lescaut nebst Frau Dolland in den Wagen und fragte pro forma auch mich, doch hörte man heraus, daß er auf meine Gesellschaft keinen Wert mehr legte, nachdem ich ihm den ganzen Abend die kalte Schulter gezeigt hatte.

Als die Forsyths aufbrachen, spülte ich mit Sheila Ashby Gläser ab. Ich hörte Craig zu dem Commander sagen, er werde mich selber nach Hause fahren, in dem Jeep sei doch kein Platz. Mein

Herz schlug höher. Eine Zeitlang belauerten wir einander wie Katzen. Es kam mir so vor, als hoffe Miss Ashby im stillen, daß Craig sie dabehielt. Doch er fuhr mit uns beiden talwärts, bog auf halber Strecke nach rechts und setzte sie vor ihrem Haus in Calivigny ab. Als wir wieder an die Gabelung kamen, hielt er an und fragte: «Möchten Sie wirklich schon heim? Ein angebrochener Abend.»

«Es ist eins durch.» Etwas in mir zog sich zusammen.

«Und, und? Sie können doch ausschlafen, Judy. Ihre Arbeit ist getan.»

«Nicht ganz», sagte ich, um Zeit zu gewinnen. «Ich hätte gern noch von Ihnen gehört, wieso Sie Bürger von Grenada sind.»

«Was ist denn so Besonderes daran?»

«Welcher Amerikaner verzichtet schon auf seine Staatsbürgerschaft.»

«Wo wollen Sie die Story hören, gleich hier, im Auto?»

Ich nickte, er stellte den Motor ab.

«Kurz genug ist sie ja», hörte ich ihn neben mir sagen. «Die Botschaft in Bridgetown hat mir vor zwei Jahren den Paß nicht verlängert. Den Beamten im State Department mißfiel mein Bleiben auf einer Insel, vor der sie alle braven Bürger warnen – vielleicht auch das, was ich darüber schrieb. Da verhalf mir Dennis zu einem grenadischen Paß, damit ich wieder reisen konnte. Seitdem zahle ich meine Steuern an das Ministerium von Bernard Coard. Es ist übrigens sehr wenig, fünf Prozent, wenn man nicht mehr als tausend Dollar macht, acht Prozent für die nächsten tausend, zwölf Prozent für die übernächsten und so fort ... Möchten Sie die Tabelle sehen? Die liegt in meinem Schreibtisch. Eventuell lohnt sich die Staatsangehörigkeit ja auch für Sie.»

Er hatte es wirklich nett gesagt, doch etwas – mein Stolz oder auch bloß weibliche List – veranlaßte mich, ihn zu bremsen. «Sie sind sehr gewandt, Jeff, wenn Sie mit Frauen sprechen.»

«Bei Ihnen komme ich mir durchaus schüchtern vor.»

«O nein, Sie tun nur so. Ihre Reaktionen sind überaus perfekt. Noch nie hat mich jemand mit einer Steuertabelle in sein Haus gelockt. Sie sind humorvoll, abgebrüht, ein Routinier. Ich bin ganz geblendet von dem Feuerwerk, von Ihrem kalten Glanz.»

«Verstanden», sagte er leise. «Es läuft Ihnen zu sehr wie am Schnürchen. Sie denken: ein Playboy, Mondscheinparty und kleine Nachtmusik, bevor man wie üblich ins Bettchen fällt ...

Judy, ich entschuldige mich für den Eindruck, der da von mir entstanden ist.» Seine Finger klopften auf das Lenkrad, schlanke nervöse Finger.

«Weiter so», bat ich. «Was kommt jetzt?»

«Was möchten Sie denn hören?»

«Na, zum Beispiel, daß dieser Augenblick unwiederbringlich ist. Es kann soviel geschehen mit uns, und dann ist es zu spät. Es kann Krieg kommen oder ein Hurrikan, es ist doch Hurrikansaison?»

«Machen Sie sich getrost lustig über mich, ich hab's bestimmt verdient. Tatsächlich aber hab ich noch nie mit einer Frau so gesprochen wie mit Ihnen. Und keine so mit mir ... Ich wünschte, Sie glaubten mir wenigstens das.»

«Das tue ich, Jeff. Akzeptiert. Und es genügt mir. Ja, damit wären die Präliminarien wohl vom Tisch.»

«Wie meinen Sie das?» fragte er naiv.

«Wir haben die Vorprüfung bestanden. Fassen Sie Mut! Schließlich verdanke ich Ihnen das Leben, falls Sie sich noch an die Szene vor den Klippen erinnern. Betrachten Sie mich einfach als Strandgut, als Ihre rechtmäßige Beute von letzter Woche ... Also starten Sie ruhig und biegen Sie nach links.»

Er schluckte und ließ den Motor an. «Sie wissen wenigstens, was Sie wollen.»

«Das sollte man auch in unserem Alter.»

Mehr wurde zwischen uns nicht gesprochen, bis wir das Haus erreichten. Womöglich hatte ich ihn eingeschüchtert statt die Glut zu schüren, doch das bestätigte sich nicht. Ich selber schwieg aus Furcht, meine Stimme könnte schwanken. Während der holprigen Fahrt genoß ich die kleinen Schauer der Erwartung wie ein köstlich belebendes Gift. Das Adrenalin fing an, meinen Puls zu beschleunigen, und ich gab mich dem prickelnden Gefühl völliger Bereitschaft hin, der Vorfreude auf einen unbekümmerten, ekstatischen Genuß ... Als das geschlitzte Kleid endlich am Boden lag und Craig mich in die Arme nahm, riß ein Entzücken mich fort, wie ich es seit Jahren nicht mehr empfunden hatte. Gott, dachte ich, wenn schon nichts für immer ist, laß es möglichst lange mit uns dauern.

XI

Ich wachte auf und fragte mich, wie spät es sei. Eine halbe Stunde vor Sonnenaufgang wohl, die kurze tropische Dämmerung brach sicherlich bald an. Ich sollte aufstehen und nachschauen, wieviel Uhr es war, aber ich blieb liegen. Schon die Frage nach der Uhrzeit schien eine Art Unrecht an dem Mann neben mir zu sein. Still daliegen wollte ich, seinem Atem lauschen und den anderen Geräuschen, die schwach mein Ohr erreichten – der ins Endlose wiederholte Ruf der Grillen, das Plätschern des Meeres, das Rascheln eines Lufthauchs in den Jalousien am offenen Fenster. Ich überließ mich dem Strom meiner Gedanken, hatte nicht mehr den Wunsch, zu schlafen, als würde das die Vollkommenheit dieser Nacht beschädigen.

Eine Zeitlang suchte ich mir zu vergegenwärtigen, daß dies womöglich ein Wendepunkt, ein einmaliger Augenblick in meinem Leben sei: Ich schloß mich einem begabten, engagierten Mann an, gegen dessen Haltung selbst mein Sohn nichts hätte einwenden können, und glaubte sogar, ihn zu lieben. Aber es gelang mir nicht ganz, das Einmalige gelten zu lassen, das vielleicht Schicksalhafte der Stunde zu erkennen. Erfahrung hatte mich gelehrt, immer neun Zehntel der Begeisterung abzuziehen, um auf den brauchbaren Rest zu kommen. Man war es gewöhnt, dem Glück zu mißtrauen.

Ich sagte mir, begreif doch, das ist ein Schritt nach vorn für dich, du schlüpfst aus deiner Vereinzelung, hörst auf, die kühle Beobachterin zu sein, stolz in sich verkapselt ... All dies hielt ich mir vor, ohne daß meine Vernunft bereit war, zu billigen, was da aufstieg aus der Tiefe des Gefühls. Zwanzig Berufsjahre hatten wohl viel an Ursprünglichkeit in mir verschüttet. Wie auf der Hut vor Enttäuschung beargwöhnte ich meine Empfindungen; kein Wunder nach zwei gescheiterten Ehen. Mir bricht keiner noch mal das Herz!

Doch es war, als öffne ich im Traum die Tür zu einem langen Korridor, den man – zwischen Angst und Hoffnung – aus einem nie erklärbaren Grunde jedesmal ganz durchschreiten muß, ehe der Traum enden kann; so oder so. Offenbar, dachte ich, bist du nicht mehr fähig, einmalige und schicksalhafte Augenblicke in ihrer vollen Bedeutung zu erfassen. Schon die Wortwahl bezeugt deinen Sarkasmus, der dich schützen soll, mit dem du dir aber auch viel verbaust.

Der Tag begann mit einem Regenguß. Wir warteten ihn im Bett ab, stiegen hinunter ans Wasser, schwammen die sechshundert Meter zum Hotelstrand der Calivigny-Insel, verschnauften dort und schwammen gegen den Wind und die Sonne zurück, die funkelnd aus dem feuchten Wald von Fort Jeudy stieg. Das kleine Adam-Inselchen blieb rechter Hand zurück, mit seinem Hügel und dem einzigen Haus am Nordende . . . Danach saßen wir eine lange Zeit beim Kaffee, erfrischt, zufrieden miteinander und mit uns selber. «Woran denkst du?» fragte ich, als ich Craig über seinem Frühstück selbstgefällig lächeln sah.

«An nichts. Wenn ich überhaupt etwas gedacht haben sollte, dann allenfalls: Junge, hast du aber Glück gehabt.»

«Danke, sehr schmeichelhaft. Weshalb nicht: haben wir beide Glück gehabt?»

«In diesem Fall klingt die Einzahl bescheidener.»

«Tu nicht so brav, dein Gesicht verrät dich. In Wirklichkeit bist du bloß stolz auf den Neuzugang im Harem, auf deinen raschen Erfolg.»

«Rasch? Es ist unsere vierte Begegnung gewesen.»

«Die fünfte. Du hast im Flugzeug erst hinter, dann neben mir gesessen.»

«Kann es nicht sein, du verwechselst mich?»

«Nein, schon am Abend zuvor hab ich dich im Hilton-Park von Bridgetown gesehen, mit einer jungen Dame.»

«Deshalb der schlimme Ausdruck ‹Harem›?»

«Du hast sie beflirtet, mit deinem Wissen geglänzt ...»

«Du täuschst dich, ich weiß gar nicht so viel.»

«... und ihr von dem Telegramm an Chamberlain erzählt: ‹Nur mutig voran, England, Barbados steht hinter dir.›»

«Tatsächlich hab ich dich zum erstenmal hier unten im Wasser bemerkt, als du versuchtest, wie Aphrodite schaumgeboren an Land zu steigen.»

«Schön – aber wer ist sie?»

Ohne etwas zu leugnen oder zu bestätigen, zog Craig es ins Komische, er wich mir aus. Ich war noch zu euphorisch gestimmt, um ihm dafür böse oder auch nur leicht verärgert zu sein. Er setzte eine verschwiegene Miene auf und vergab mir die Fragen mit gesitteter Herablassung. Das bißchen Eifersucht, das dahintersteckte, bereitete ihm sichtlich Vergnügen. «Judy», sagte er verschmitzt, «wir werden uns doch davon den herrlichen Tag nicht verderben lassen, wie?»

«Wann kommt deine Sheila Ashby?»

«Die hat heute frei. Laß uns in die Stadt fahren, ins Nutmeg oder zum Crescent Inn überm Yachthafen! Zwischen Mangobäumen, Avocados und Bananen ißt man dort Fischsuppe, Seeschnekken und Steaks und lauscht dem Rascheln der Palmwedel ...» Er nahm mich in die Arme, wir küßten uns, das beendete den harmlosen Streit.

Draußen, im Schatten eines Eukalyptusbaumes, der nach Pfeffer roch, bot mir Craig an, wegen meines Interviews mit Dennis Forsyth zu telefonieren. «Wir hätten ihn gleich gestern fragen sollen, du bist zu scheu gewesen.»

«Nur aus Rücksicht auf dein Fest. Ich bin eine gute Reporterin und lasse es sonst jeden wissen.»

«Wir müssen es anständig vorbereiten. Maurice hat die Fragen gern schriftlich, damit er seinerseits gewappnet ist. Beschränk dich auf drei Punkte, sonst schiebt er's vor sich her.»

«Mehr als drei Wünsche machen ihn konfus?»

«Er hat halt viel im Kopf. Natürlich darfst du ihm dann Zusatzfragen stellen.»

«Hilfst du mir, meine Fragen zu präzisieren?»

«Aber ja. Zwar ist mein Steckenpferd weniger die Tagespolitik, mehr Zeitgeschichte und Historie, weißt du. Zum Beispiel ärgert es mich, daß ich keine Gelegenheit mehr hatte, Eric Gairy kennenzulernen, den schwarzen Diktator ... Nun ja, man kann nicht überall zugleich sein.»

Unterwegs erzählte mir Craig, daß Columbus die Insel im August 1498 entdeckt und Concepción genannt hatte, ohne sie zu besetzen. Ihm waren Briten gefolgt, die 1609 durch das «unsportsmännische Verhalten der Kariben» zum Rückzug veranlaßt wurden, wie Craig sagte. Vierzig Jahre später «kauften» französische Händler Grenada für ein paar Hacken, Äxte, Messer und zwei Faß Rum von einem Häuptling. Offenbar machten sie ihn vor dem Abschluß völlig betrunken. Vom Rausch erwacht, merkten die Kariben den Betrug und «traten vom Vertrag zurück». Mit ihren Schußwaffen aber trieben die Franzosen die Steinzeitkrieger nordwärts vor sich her. Am felsigen Nordufer angelangt, stürzten sich die letzten vierzig Krieger von einer Klippe ins Meer, die im kreolisch-französischen Dialekt *Morne des Sauteurs* (Berg der Springer) und auf Englisch *Carib's Leap* (Sprung der Kariben) genannt wurde.

«Die nicht sprangen, haben's wohl bereut. Es klingt nur deshalb erträglich, Judy, weil es so weit zurückliegt. Es war das erste große Blutbad hier. Dann hundert Jahre britisch-französischer Streit und ein Aufstand der aus Afrika herbeigeschleppten Sklaven. Erst 1783 ist Grenada endgültig britisch und Kronkolonie geworden ... Zwölf Jahre darauf neue Gemetzel, als man den Vizegouverneur und vier Dutzend Briten erschlagen hatte. Ab März 1967 war die Insel ein Assoziierter Staat des British Commonwealth, seit Februar 1974 ist sie formell unabhängig.»

«Es fällt schwer, auf diesem traumhaften Fleck Erde an Blutvergießen zu denken.»

«Die Zeiten sind ja auch vorbei», sagte Craig. «Heute sind die Menschen friedlich, sie verabscheuen Gewalt; kein Vergleich mit Mittelamerika.»

Ich hatte ihm erzählt, wo ich zuletzt gewesen war. In diesem Moment kamen mir die Bilder aus El Salvador weit entfernt und verschwommen vor. Carlos Rivas. Manchmal würde ich an ihn denken, gewiß mit schmerzlichem Zusammenkrampfen, einem Zucken, so wie eine Narbe sich gelegentlich bemerkbar macht, wenn die Wunde sich längst geschlossen hat. Nur er selber würde sich an nichts mehr erinnern ... Eben das ist der Tod – ein erloschenes Gedächtnis.

Wir hielten am Hotel, ich mußte mich umziehen. Der Portier gab mir einen Luftpostbrief aus Managua und ein Telegramm aus Hamburg. Holger Baron teilte mit, er habe meinen Beitrag erhalten und vergebens versucht, mich telefonisch zu erreichen; ich solle ihn sofort anrufen. Nun, ich dachte nicht daran, jetzt auf ein Ferngespräch zu warten und mir die Stimmung trüben zu lassen.

In den Brief meines Sohnes warf ich auch nur einen Blick. Dirk schrieb unter anderem zur «Strategie der westlichen Industriestaaten», Daimler-Benz liefere keine Ersatzteile mehr nach Nicaragua, Siemens habe den Ausbau des Telefonnetzes gestoppt, und Bonn sei nicht mehr willens, die zugesagte Wirtschaftshilfe von 40 Millionen Mark auszuzahlen ... So sehr mich sein Lebenszeichen freute, so wenig war ich fähig, Dirks Empörung zu teilen. Nun ja, man kann nicht überall zugleich sein.

Mehr beschäftigte mich während des Ankleidens Craigs schwaches Gedächtnis. Kein Erkennen beim zweiten Mal. Dabei hätte ihm doch die Begegnung im Flugzeug wenigstens nachträglich einfallen müssen. Immerhin hatte er sich zu mir gesetzt, auch kurz das Wort an mich gerichtet und die Art der Cubaner, auf Pearls Airport zu landen, ihrem Nationalcharakter zugeschrieben. Fast war es, als ob statt seiner ein anderer Mann, ein Doppelgänger auf Barbados gewesen wäre ... Zerbrich dir nicht den Kopf, sagte ich mir, hast nicht auch du ihn erst an dem gelben Flitzer eindeutig erkannt?

«Die Redaktion scheint mit mir unzufrieden», sagte ich beim Lunch im Crescent Inn. «Ich muß sie nachher anrufen.»

Craig war es gewöhnt, beim Essen die Brille abzusetzen, so daß ich seine blaugrauen Augen sah. Er hob die sandfarbenen Brauen, sie liefen in krause Büschel aus, was seinem Gesicht einen lustigen Ausdruck gab. Doch statt über meinen Kummer zu spotten, den er mir ja prophezeit hatte, erwiderte er nur: «Denk an die Zeitverschiebung. Wenn du abends durchkommst, ist es dort schon Mitternacht.»

Hinter uns hing ein Schwarzweißbild unter Glas, eine altmodische fotografische Vergrößerung. Sie zeigte eine Kompanie Soldaten im Tropenhelm an der Carenage, umringt von Zivilisten in hellen langen Kleidern, mit Strohhüten und Sonnenschirmen. Die Unterschrift lautete: *St. George's, September 19, 1915. The Grenadian contingent goes off to fight for Great Britain in the First World War.* – «Schwarzes Kanonenfutter», sagte Craig. «Die meisten sind nicht heimgekehrt, das Klima drüben ist zu rauh gewesen.»

Pierre Lescaut, der dickliche Canadier, betrat das Lokal. Er kam an unseren Tisch, und ich merkte, daß Craig mit ihm verabredet war. Höflich wandte Lescaut sich an uns beide, er entfaltete wortreich den Entwurf zu einem Dokumentarfilm, als hätten wir versprochen, ihn dabei zu beraten. Er wollte die feindliche Haltung Washingtons gegenüber Grenada geißeln. Sein Plan war, vorhandenes Filmmaterial mit Interviews und ein paar nachgestellten Szenen anzureichern; auch aus dem US-Propagandastreifen «Angriff auf beide Amerikas», der Grenada als cubanischen Stützpunkt beschrieb, sollte zitiert werden. Für mich ein windiges Projekt, der absurde Versuch, übermächtige Medien mit ihren eigenen Waffen zu schlagen. Dr. Fisher hatte gesagt, dafür fehle es an Geld, Craig aber vertiefte sich in den Entwurf, schien ihn ernst zu nehmen.

Das Konzept begann mit Gairys Versuch, gleich nach seinem Sturz auf einer Nachbarinsel Söldner zu sammeln. Kaum hatte die Revolution am 13. März 1979 gesiegt, da rief sein Rundfunksender in San Diego zur Konterrevolution auf, und er trat an die USA, Großbritannien und Canada mit Geld- und Waffenwünschen heran, die zögernd zurückgewiesen wurden. Was insgeheim geschah, wußte niemand. Anfang April 1979 bat die Regierung Bishop ihrerseits alle Nachbarn um Unterstützung: Defensivwaffen und Wirtschaftshilfe. Jamaica schickte ein paar Experten, Guyana Reis und Karabiner, aus Cuba kam am 7. April die erste Delegation. Am 10. April erschien Frank Ortiz, als damaliger amerikanischer Botschafter auf Barbados zuständig für die Ostkaribik, um Bishop davor zu warnen, Hilfe aus Cuba anzunehmen; falls er weiterhin vom «Phantom einer Söldnerarmee» rede, werde Grenadas Außenhandel leiden, zumal der Tourismus. Aus seinem persönlichen Fonds bot Ortiz die beleidigende Summe von 5000 Dollar an – mehr sei erst drin, wenn feststehe, daß Grenada sich von Cuba fernhalte.

«So fing es an», erklärte Lescaut kurzatmig über seinem Manuskript. «Drei Tage nach Ortiz' Besuch sagte Maurice in einer Rede, ich hab sie auf Videoband: ‹Vom ersten Tag der Revolution an haben wir die engsten und freundlichsten Beziehungen sowohl zu den Vereinigten Staaten als auch zu Canada, Großbritannien und allen karibischen Nachbarn angestrebt. Aber keiner darf das als Vorwand benutzen, sich in unsere Angelegenheiten einzumischen, wie stark und mächtig er auch sei ... Wir sind niemandes Hinterhof.› Er nahm Beziehungen zu Cuba auf, das ihm umgehend eine Ladung Zement und Kisten mit Waffen schickte. All das ist dokumentiert, man muß es nur zusammenfügen.»

«Wo steht denn Ihr Schneidetisch?» Ich versuchte, ihn anzulächeln, wußte aber nicht, wie es aussah. «Wer finanziert die Produktion, und wer wird sie dann senden?»

«Wir machen das in Montreal.» Lescaut war diesmal stocknüchtern, er reagierte prompt. «Aus unserem Spendenfonds. Erster Abnehmer ist natürlich Radio Free Grenada.»

Es zeigte sich, daß die Station in der Tat an zwei Wochentagen ein kleines Programm ausstrahlte, Revolutionäres und US-Filmserien. Trotzdem blieb das ein Witz, denn es gab kaum Fernsehgeräte im Land, jedenfalls nicht in den Holzhäusern. Wer ein Gerät besaß, der schob Videokassetten ein, anstatt auf Radio Free Grenada zu schalten. Craig aber, der das wissen mußte, fuhr fort, allen Ernstes das Exposé zu studieren.

Über fünf Seiten hinweg zählte das Manuskript Washingtons Versuche auf, den Prozeß auf Grenada umzukehren und, wie es hieß, «das Land zu destabilisieren». Laut Pierre Lescaut geschah dies auf insgesamt zehn verschiedenen Wegen. Da gab es Söldneraufmärsche, Spionageflüge und einschüchternde Militärmanöver auf der Vieques-Insel bei Puerto Rico, Landeübungen an einer Küste, die der Grenadas ähnlich war; gefolgt von Seekriegsspielen in der Ostkaribik, die zeitweilig den zivilen Luftverkehr unterbrochen hatten. Ferner Brandstiftung in Hotels und Reisebüros sowie das Attentat vom 19. Juni 1980, als eine Bombe unter der Regierungstribüne im Queens Park Stadion von St. George's drei junge Frauen zerriß und hundert Menschen verletzte. In die grenadische Gewerkschaftsleitung waren Leute eingesickert, bezahlt vom US-Geheimdienst. Multinationale Konzerne hatten, dem Finanzminister Coard zufolge, das Land übel erpreßt. Die Kirchen – sechs religiöse Bekenntnisse gab es – stänkerten andauernd. Dazu der große Propagandakrieg, «Destabilisierung durch die Medien» genannt. Publizistische Störmanöver des eigenen Bürgertums (mit Blättern wie «The Torchlight» und «The Grenadian Voice») schlossen sich an. Die Vereinigten Staaten warben gezielt Fachkräfte und Akademiker ab. US-Politiker bereisten die Karibikstaaten, forderten sie zur Frontstellung gegenüber Grenada auf und lockten mit Geldspritzen: «diplomatische Destabilisierung». Der Wirtschaftskrieg reichte vom Kreditboykott bis zur Drosselung des Fremdenverkehrs. Angeblich waren sogar – von Lescaut als «biologische Destabilisierung» verbucht – gewisse Bakterienstämme eingeschleppt worden, die Augenentzündungen hervorriefen und eine Minderung des Ernteertrags bei Zuckerrohr zur Folge hatten.

«Ein bißchen viel», brummte Craig.

«Es ist längst nicht alles», sagte Lescaut. «Von den vier Mordanschlägen auf Maurice zeige ich nur einen.»

«Das transportiert kein Film, Pierre. Politik ist immer nur dann gut, wenn sie auch unterhaltsam ist.»

Experten bei der Arbeit ... Für Lescaut war alles, was Grenada widerfuhr, Teil eines großen, fein abgestimmten Planes. Was für Motive die einzelnen Gegner auch haben mochten, er hielt sie sämtlich für Marionetten des Hauptfeinds in Washington. Es schien mir die Kehrseite des paranoiden Denkens zu sein, das hinter jedem Vorkommnis, das Washington mißfiel, die Hand Moskaus sah. – «Weshalb sagen Sie immer ‹Destabilisierung›?» fragte ich ihn. «Das klingt reichlich pompös.»

«Uns fehlt ein besserer Ausdruck», war seine Antwort. «Dieser kam vor zehn Jahren auf, nach dem Septemberputsch in Chile. Henry Kissinger hat ihn zuerst benutzt, als er vor einem Senatsausschuß schließlich zugab, daß die CIA beteiligt war. ‹Vielleicht sorgen wir für ein bißchen Unruhe in der Wirtschaft›, hieß es damals im Senat, ‹betreiben ein wenig Öffentlichkeitsarbeit und geben Oppositionsgruppen Unterstützung, aber wir stürzen keine Regierungen.›»

«Das Wort ist hier in aller Munde», fügte Craig hinzu. «Maurice hat erst kürzlich erklärt: Destabilisierung nennt man die neueste Methode eines mächtigen Landes, schwächere Länder zu kontrollieren. Früher schickte man Kanonenboote und Marinetruppen hin, übernahm die Macht mit nackter Gewalt. Heute ist Destabilisierung die Hauptwaffe und Bedrohung, klar auf uns gerichtet. Sich gegen den Angriff einer Söldnerbande zu wehren ist das eine; solch einen Feind erkennt man leicht. Destabilisierung ist von anderer Art – viel subtiler und trügerischer.»

Während er sprach, starrte ich auf sein Hawaiihemd und dachte, es muß doch möglich sein, ihm beizubringen, sich weniger grell zu kleiden. Die Belehrungen reichten mir, ich erhob mich, denn ich mußte heim, den Anruf erledigen.

Craig stand auf, um mich zu fahren. Leider mißglückte es mir, Lescaut auf diese Weise loszuwerden. Den lud er ein, mit ihm auf Point Egmont weiterzumachen. Vorm Hotel verabschiedete sich Craig mit dem Satz: «Ruf mich an, sobald du mehr weißt, Judy; mein Telefon ist repariert.»

«Wie schön für dich», sagte ich.

Beim Warten auf das Ferngespräch fragte ich mich, was Craig an diesem Schwätzer fand, wieso er dessen Gesellschaft vorzog. Den Film, falls er je zustande kam, würde kein Mensch sehen wollen. Ich aber hatte ein Millionenpublikum, wenn es mir gelang, meinen Text durchzudrücken. Da Dr. Baron nicht mehr in der Redaktion sein konnte, hatte ich seine Privatnummer verlangt. In mir schwirrten wie ein Bienenschwarm die zehn Arten der Wühlarbeit, stupide zählte ich sie her: Destabilisierung durch Söldner und Militärmanöver, durch Attentate und Bombenlegen, durch Eindringen in die Gewerkschaften, durch multinationale Konzerne, durch die Kirchen, mit Hilfe der örtlichen Bourgeoisie, auf diplomatischem Wege, durch ökonomischen Druck, durch die Medien, mit schmutzigen biologischen Tricks ... Zehn Arten, dachte ich böse, darunter macht er's nicht, und wenn er eine hinzudichten muß; man könnte auch neun oder zwölf herzählen, aber nein, genau zehn müssen's sein, Lescaut liebt die Ordnung, ein Freund des Dezimalsystems, ein neurotischer, verfetteter Pedant.

Endlich läutete das Telefon. Dünn und klar drang Holger Barons Stimme durch das Unterwasserkabel an mein Ohr. Er mußte schon geschlafen haben, mürrisch hörte ich ihn sagen, meine Bilder seien per Luftpost angelangt, die Fotos vom Flugplatz, von der Westerhall Bay, dem Point of Fort Jeudy und den Inselchen, hell begeistert sei man nicht von meinem Text, werde ihn aber, durch Archivbilder ergänzt, in der nächsten Nummer ohne Abstrich drucken. «Wir möchten nur hinzufügen dürfen, daß niemand weiß, ob der Airport nicht auch militärisch genutzt werden wird, durch Russen oder Cubaner, wenn er erst mal fertig ist. Damit sind Sie doch einverstanden?»

Erleichtert, weil er den Rest guthieß, wollte ich schon zustimmen, als mir Punkt neun einfiel: die konzentrierte Aktion der Medien. Sie fanden doch immer einen Dreh, einen in ihre Kampagnen zu verwickeln, auch mich. «Nein», antwortete ich. «Das wär reine Spekulation.»

«Seien wir nicht naiv, Judy. Bei Ihnen fehlt der Hinweis, daß die Sowjetunion zum Bau des Flughafens neun Millionen Dollar beigesteuert hat. Sie sind nicht so weltfremd, das für Zufall zu halten.»

«Die Zahl ist mir neu. Wenn Sie es wünschen, werde ich den Premierminister danach fragen.»

«Daß der's bestreitet, liegt wohl auf der Hand. Warten Sie nicht schon zehn Tage auf das Gespräch mit ihm?»

«Es ist mir jetzt absolut sicher.»

«Ihnen bleibt keine Zeit dafür. Wir bitten Sie nämlich, Ihre Zelte abzubrechen und in die USA zu gehen.»

«Sie haben mir drei Wochen für Grenada gegeben», stieß ich heraus, einen Druck im Hals, erschreckt durch den Gedanken, die Insel zu verlassen – und Craig.

«Das bringt doch nichts mehr», sagte die ferne Stimme glatt und kühl. «Herr Strathmann hält das Thema für ausgeschöpft. In den Staaten aber bietet sich Ihnen ein wirklich großer Stoff: der Todesflug des Korea-Jumbos null-null-sieben. Wie kam es zu dem Irrflug vom ersten September? Man wünscht, daß Sie dies vor Ort – also zwischen New York, Alaska und Japan – zusammen mit einem britischen Reporter recherchieren, der ein Luftfahrt-Fachmann ist. Larry Robinson von der ‹Times›, Sie sind ihm zuletzt in San Salvador begegnet. Sie beide wären ein glänzendes Gespann ... Na, das muß Sie doch reizen.»

«Ganz und gar nicht.»

«Drei Wochen nach der Katastrophe soviel Rätsel ...» Dr. Baron war restlos munter geworden, da er auf Widerstand stieß. Während die Stimme an mein Ohr drang, glaubte ich ihn zu sehen, im Pyjama auf der anderen Seite des Atlantiks, sein aristokratisches Profil, den ironisch gekrümmten Mund mit der hauchdünnen Oberlippe, die wie ein Austernmesser knapp gebogene Nase. Und hinter ihm Strathmann, ein Fels in der Flut, der Mann mit dem spatenhaften Kopfumriß. «War es ein Fehler der Piloten oder wichen sie wissentlich vom Kurs ab? Welche Rolle spielten die sowjetische Luftverteidigung und Amerikas Geheimdienste? Dekken Sie die Hintergründe auf, Judy, daraus kann sogar ein Buch werden, das ist Ihre große Chance!»

«Die Antwort ist: nein.»

«Bitte seien Sie nicht schwierig.»

«Es bleibt bei der vereinbarten Zeit auf Grenada ...»

«Ach, was soll uns noch die Insel!»

«... und anschließend nehme ich meinen Resturlaub. Ab November können Sie wieder über mich verfügen.»

«Dann ist es zu spät für den Jumbo.»

«Für den war es schon am ersten September zu spät.»

«Es handelt sich um eine Anweisung der Chefredaktion.»

«Richten Sie ihr aus, ich ziehe es vor, erst eine Arbeit zu beenden. Man kann mich nicht quer über den Globus schubsen.»

«Bitte überdenken Sie das noch mal. Ihre Weigerung hätte natürlich Folgen.»

«Ach, Sie kündigen mir meine Entlassung an?»

«Bitte legen Sie mir nichts in den Mund, Frau Janssen.»

«Ja, was heißt es denn sonst?»

«Zunächst einmal kämen wir nicht mehr für Ihre Spesen auf, wenn Sie ohne unsere Zustimmung dort blieben, urlaubshalber.»

«Das hoffe ich zu überleben, Herr Doktor! Gute Nacht.»

Ich legte auf und wählte Craigs Nummer. «Jeff, sie drucken es», teilte ich ihm atemlos mit. «Aber sie wollen mich weghaben und zahlen mein Zimmer nicht mehr.»

«Dann zieh doch zu mir, ehe du dort pleite gehst.»

«Nur, um die Pleite abzuwenden?»

«Was willst du hören, Judy? Daß du wie ein Wind aus der Sahara die Erinnerung an alle Frauen, die ich je kannte, in mir gelöscht hast?»

«Es würde schon reichen, wenn du Pierre Lescaut mal vergißt.»

«Was hast du gegen ihn? Für seine Häßlichkeit kann er nichts. Ich bin doch auch kein schöner Mann.»

«Für mich schon», sagte ich zu meiner eigenen Verwunderung. Es kommt nicht wieder vor, dachte ich beim Kofferpacken. Selbstsicheren Männern darf man keine Komplimente machen.

XII

Baron und Strathmann hatten mir, ohne es zu ahnen, einen Dienst erwiesen. Die geschäftsmäßige Kälte ihrer Weisungen brachte mich gegen sie auf, entlastete mein Gewissen und sorgte für inneren Abstand zu meinem Tun. Ich dachte sogar daran, ihnen den Kram vor die Füße zu werfen. Mein Name war in der Branche so bekannt, daß ich – wie mir schien – woanders leicht wieder unterkam, wenn nötig.

Zunächst aber holte ich, frei von Ehrgeiz, lange Versäumtes nach und genoß mit Craig das süße Leben. Er hatte mir sein Gästezimmer gegeben, und wenn ich nicht schwamm, faul in der Sonne lag oder uns etwas kochte, erfreute ich mich im Schaukelstuhl von der Terrasse aus des Blicks über all die grünen Landzungen, Inseln und schaumgesäumten Klippen. Am dritten Tag fing ich an, seinen Roman zu übersetzen. Er nahm die Idee, einen deutschsprachigen Verlag dafür zu suchen, zwar skeptisch auf, doch spürte ich wohl, wie sie ihn erwärmte. Seine Augen leuchteten, sooft wir diese Möglichkeit streiften. Er selber saß an einer Monographie über Grenada, für die er historische und zeitgeschichtliche Schriften und Abbildungen gesammelt hatte, auch eine Karte von anno 1700. Darauf war die Einwohnerzahl vermerkt: 257 Weiße, 53 freie Farbige, 525 Negersklaven.

Bei der Vorbereitung auf das Interview stieß ich in Craigs Bibliothek auf ein zehn Jahre altes Manifest des *New Jewel Movement*. Die Bewegung war im März 1973 aus zwei Linksgruppen entstanden, dem *Jewel* (Gemeinsame Anstrengung für Wohlfahrt, Erziehung und Befreiung), ein Jahr zuvor von dem Ökonomen Unison Whiteman und dem Angestellten einer Zuckerrohrplantage Selwyn Strachan im Südbezirk St. David gegründet; und der MAP (Bewegung für Volksversammlung), ein paar Monate später von zwei damals 28jährigen Rechtsanwählten namens Maurice Bishop und Kenrick Radix zu St. George's ins Leben gerufen. Die MAP strebte weg vom britischen Vorbild einer parlamentarischen Demokratie, hin zu einer basisdemokratischen Verfassung nach Art der Dorfversammlungen in Tansania. *Jewel* hatte seinen ersten Erfolg auf La Sagesse, einem Landgut vier Meilen ostwärts der Westerhall Bay. Durch diesen Besitz des englischen Lords Brownlow führte der Weg zu einem beliebten Badestrand. Der Lord ließ den Weg mit einem Zaun versperren, *Jewel* berief ein Volksgericht ein. Der Lord wurde schuldig gesprochen, sein Zaun eingerissen.

Solche volkstümlichen Aktionen brachten Zulauf. Doch weder das *New Jewel Movement* (NJM) noch seine beiden Vorläufer waren sozialistisch oder gar marxistisch. Unter ihren Gründern überwogen junge, radikaldemokratische Akademiker, die von Auslandsuniversitäten die linken Ideen der sechziger Jahre mitgebracht hatten. Prägende Erfahrungen schienen der Rassismus in den USA und in Großbritannien zu sein, wo zusammen doppelt soviel Grenader lebten wie auf der Insel selbst, sowie die Solidarität für Vietnam und den Freiheitskampf im südlichen Afrika. Als hiesiger Impuls wirkte das Regime von Eric Gairy, das schon damals als Schandfleck in der englischsprachigen Karibik galt.

So stieg ich hinab zu den Quellen. Das Manifest von 1973 ließ Anleihen bei der Black-Power-Bewegung erkennen und bei dem Modell Tansania. Sein größter Teil galt der Wirtschaft. Das Leitmotiv war die Forderung, die Abhängigkeit vom Ausland zu vermindern. Die Importe sollten gesenkt, eigene Reserven entwickelt werden. Oft war von Selbstbestimmung und wahrer Unabhängigkeit die Rede; das Wort Sozialismus kam nicht vor. Ausländische Interessen sollten beschnitten, die einheimischen Geldleute geschont werden. Nur die drei Familienfirmen Hubbard, Higgins und Julien würden ihr Importmonopol verlieren. Keine Enteignung der Großgrundbesitzer und ihrer fünfzig *estates,* der Plantagen. Die Kleinbauern sollten Kooperativen bilden, die Landgüter durch Modernisierung produktiver werden, ohne Änderung der Eigentumsstruktur. Viel war von Gerechtigkeit und Menschenwürde der kleinen Leute zu lesen.

Das Manifest schlug Reformen in puncto Erziehung, Gesundheit und Wohlfahrt vor, hatte aber nur zwei radikale Abschnitte. Der erste handelte von den Außenbeziehungen, er sprach sich für strikte Blockfreiheit aus. Der zweite verlangte eine «Graswurzel-Demokratie». Ihr Kernstück sollten Volksversammlungen in den Dörfern sein, an denen jeder Erwachsene stimmberechtigt teilnahm. Diese Gremien wählten als Exekutivorgan den Dorfrat, der jederzeit abgesetzt oder verändert werden konnte, und schickten je zwei Vertreter in die sechs Bezirksversammlungen der Insel. Der übliche Parlamentarismus wurde als Täuschung des Volkes nach der Devise «teile und herrsche», als Quelle von Cliquenwirtschaft und Korruption verworfen: Das Volk werde überhaupt nicht einbezogen, wenn es nur alle fünf Jahre einmal den Stimmzettel ankreuzen dürfe.

Zwei Seiten weiter wurde das Politikverständnis des NJM deutlich, wo es im vorletzten Abschnitt hieß: «Wir glauben, daß keine kleine Gruppe von Personen, ganz gleich wie intelligent oder gebildet oder wohlhabend diese sind, das Recht hat, sich in einem Zimmer zusammenzusetzen und sich als neuer Messias zu erklären. Vielmehr muß die Führung aus dem Volke kommen und vom Volke angenommen werden – nicht wegen ihres Aussehens, ihrer Kleidung oder ihrer Sprache, sondern wegen ihrer bewiesenen Verpflichtung, Hingabe und harter Arbeit im Interesse der Nation. Führung darf nicht das Entstehen neuer Herren bedeuten. Vielmehr soll sie sich als Diener des Volkes begreifen, sie muß die Zerstörung der Beziehungen von Herr und Sklave, von Arbeitgeber und Arbeitnehmer sowie die Auflösung aller Klassenverhältnisse in unserer Gesellschaft anstreben.»

Craig sagte mir, was da am Schluß wie ein Aufruf zum Klassenkampf klinge, sei tatsächlich eher das Gegenteil, nämlich der Ausdruck des Traumes von einer geeinten Nation. Die Partei sehe den Feind draußen, kaum im eigenen Land. «Sie führt die Klassendifferenzen in erster Linie nicht auf Unterschiede im Besitz zurück, Judy, sondern auf verinnerlichte Formen von Hochmut der einen und von Fügsamkeit bei den anderen, den Armen. Für das NJM ist das mehr eine Sache des Verhaltens als der Verhältnisse, weißt du? Eine Frage der Einstellung, des Wertgefühls und des natürlichen Selbstbewußtseins ... Jeder soll stolz sein, jeder sich zum *master,* zur Persönlichkeit entwickeln. Ganz gleich, an welchem Platz er steht, er soll sich als nützliches Mitglied der Gemeinschaft begreifen. Ohne Zwang und Streß, ohne Leistungsdruck! Was du bist, zählt allemal mehr als das, was du hast. Hier mußt du einfach bloß ein dufter Kerl sein – reden, tanzen, singen, trinken, gastfreundlich sein, nicht wahr –, dann hast du alles Sozialprestige, was du dir wünschen kannst. Du brauchst keinen Fernseher, kein Auto, keine Auslandsreisen und erst recht kein Geld auf der Bank, damit deine Umgebung dich anerkennt.»

Eine Lektion in *Caribbean soft life.* Das half mir, den stillen Reiz Grenadas, die heitere Gelassenheit seiner Menschen zu verstehen. Und doch, es konnte nicht alles, konnte schwerlich die ganze Wahrheit sein.

Tags darauf, es lag schon ein kleiner Stoß sauber getippter Blätter vor mir, hörte ich beim Übersetzen, denn die Tür zum Wohnzimmer stand des Durchzugs wegen offen, wie Craig mit dem unsäglichen Lescaut über Reibereien in der Führung sprach. Der Konflikt zwischen dem Premier und seinem Vize fiel mir ein, von Botschafter Reitberger bereits um die Monatsmitte behutsam erwähnt. Lescaut war beunruhigt, er äußerte die Ansicht, Maurice Bishop habe kürzlich im Zentralkomitee des NJM die Mehrheit verloren. Sein Sicherheitschef Liam James, der stellvertretende Verteidigungsminister Ewart Layne, Coards Ehefrau Phyllis, die Präsidentin des Frauenbundes, und der frischernannte Major Leon Cornwall träten dort in Abwesenheit des Armeechefs gegen ihn auf.

Craig hielt das offenbar für ein Gerücht. Im übrigen sei dies bedeutungslos, sagte er, solange das Volk und die Armee hinter Bishop ständen. Die Opposition habe auch ihr Gutes, sie veranlasse den Premier, manches zu überdenken, von den veralteten Teilen des dreiundsiebziger Manifests abzurücken und das Land straffer zu führen, also kämpferisch zu werden, anstatt bloß flammende

Reden zu halten und in der Welt umherzupilgern, auf der Suche nach Krediten ... Craigs Worte berührten mich sonderbar. Erstmals hörte ich ihn Bishop kritisieren.

«Wenn Maurice den Rückhalt im ZK verliert», sagte Lescaut, «hilft ihm das nicht gerade, das Land zu führen.»

«Hab keine Angst um deinen Film, Pierre. Auch Bernard Coard würde dich angemessen unterstützen.»

«Sei nicht so ironisch. Ein Wechsel im Amt wäre sehr riskant angesichts der Lage, die unser Film schildert.»

«Ich hab hier noch keinen Amtswechsel erlebt, deshalb weiß ich nicht so recht, wie man da reagiert.»

«Nicht mit Ironie, Jeff.»

«Ich versuche nur, kultiviert und gelassen zu bleiben.»

«Gelassen? Dafür ist der Fall wohl doch zu ernst.»

Mehr war nicht zu verstehen, sie senkten die Stimmen und wandten sich wieder dem Szenarium zu. Abends fragte ich Craig nach der Situation; durch Dennis Forsyth mußte er mehr darüber wissen, als er Lescaut gegenüber zugegeben hatte.

«Gewiß ist da über die Jahre hinweg viel Rivalität entstanden», räumte er ein. «Zeig mir ein einziges Team auf der Welt, das da frei von Sünde ist. Bish und Coard sind auch nur Menschen.»

«Wer ist der bessere?»

«Schwer zu sagen, Judy. Bernard Coard hat ähnliche Führungsqualitäten. Nur ist er vier Jahre später heimgekehrt, aus Jamaica, wo er geheiratet hat und schon mit Anfang dreißig Professor für Völkerrecht und Wirtschaftswissenschaften an der Westindischen Universität gewesen ist. Beide haben sie in England studiert, Maurice an der London University, Coard erst an der Brandeis University in den USA, dann in Sussex mit dem Abschluß als Master of Arts. Als er hier ankam, 1976 unter Gairy, hatte Maurice schon vier Jahre illegalen Kampfes hinter sich und war unangefochten der Führer des NJM.»

«Wieso kann Coard sich ihm nicht unterordnen?»

«Das hat er doch getan. Er hat's jahrelang versucht. Aber versetz dich mal in seine Lage: kaum bekannt in der Bevölkerung, nicht so charismatisch, umweht vom Geruch des Theoretikers und Einpeitschers. Er sieht nicht so blendend aus wie Maurice, wurde von Gairys Schlägern nie mißhandelt und hat auch keinen Vater, der zum Märtyrer geworden ist. Keine Chance für ihn, ein Volksheld zu werden! Als Politiker ist Coard genauso gewitzt und robust, dazu noch fleißiger, konsequenter – auf jeden Fall der bessere Organisator. Aber niemand nennt ihn beim Vornamen.»

«Also der starke Mann im Hintergrund.»

Craig nickte. «Außerdem angestachelt von seiner Frau Phyllis, einem Sproß der Familie Bacardi, des berühmten Rumfabrikanten im vorrevolutionären Cuba. Sie hat die Tatkraft der Bacardis, bringt es hier aber nur zur Vizeministerin für Frauenfragen, während Bishops Gefährtin Jacqueline Creft immerhin Ministerin für Jugend, Soziales und Volksbildung wird. Wie das so ist bei Hofe: Der Ehrgeiz beider Frauen schürt die Rivalität ihrer Männer.»

Craig verglich dies mit einer Episode der deutschen Heldensage: dem Streit zwischen Kriemhild und Brunhild vor der Kirche. Habe nicht weiblicher Ehrgeiz zum Untergang der Nibelungen geführt? Die Grundmuster menschlichen Verhaltens steckten sämtlich in den Mythen ... Mir war das zu weit hergeholt, und er brachte es glatt wie eine Illustierte, Sachfragen verpackt in Klatsch, sahnig umhüllt vom *human touch,* durch Neid und Eifersucht schmackhaft gemacht. Ich fragte ihn nach Coards Wirken im NJM.

«Schon 1977», sagte er, «also zwei Jahre vor Beginn der Revolution, baute Coard innerhalb der Partei die OREL auf: *Organization for Revolution, Education and Liberation,* einen linken Schulungszirkel. Das war für ihn der eigentliche Vortrupp. Cornwall, James, Layne und seine eigene Frau spielten dabei eine führende Rolle. Man darf nicht vergessen, geistig kommt Coard von der ‹Roten Avantgarde› Jamaicas her. Bish dagegen wurzelt in der Tradition des Black Power, wie das Manifest von 1973 zeigt.»

«Demnach stützt Bish sich auf das Volk, Coard auf eine Elite, die natürlich auch meint, im Namen der Mehrheit zu handeln. Zwei legitime Wege.»

«Aber nur einen kannst du gehen. Aus diesem Grund hat sich ein Dauerkonflikt entwickelt, der Richtungskampf zweier Gruppen innerhalb des NJM. Bishop schien das lange Zeit zu ignorieren, mit der Selbstsicherheit des Volkshelden. Aber Coards Gewicht wuchs, ihm kam neben seiner Arbeitsdisziplin zugute, daß der Kontakt zu einigen kommunistischen Parteien der Region allmählich enger wurde. Ihrem Sprachgebrauch näherte sich das Vokabular des NJM an, und die OREL wurde so einflußreich, daß Coard es sich schon im Sommer vergangenen Jahres leisten konnte, aus dem Zentralkomitee auszuscheiden. Und zwar mit der Begründung, unter Bishops Leitung erfülle es seine revolutionären Aufgaben nicht. Selbstverständlich ist er Regierungsmitglied geblieben, als Vizepremier und Minister für Planung und Finanzen.»

«Wie trat Bishop ihm entgegen?»

«Sehr elastisch und verdeckt. Er belebte die Volksversammlungen und sorgte dafür, daß der Kanal zwischen Führung und Bevölkerung stets offenblieb. Jeden Schritt müssen seine Minister vor den Räten begründen, ihnen Rede und Antwort stehen, ihre Vorschläge prüfen. Ein imponierender Dialog, der die Massen wirklich einbezieht.»

«Mit einer Ausnahme, ja? Von dem Konflikt innerhalb der Führung hörten sie doch nichts.»

«Kein Sterbenswort. Man muß es Maurice lassen, das hielt er eisern unter Verschluß.»

«Im Widerspruch zu dem Manifest, das vollen Einblick zusichert, auch für den Fall eines Streits ganz oben.»

«Wäre er damit an die Öffentlichkeit gegangen, sie hätte Coard glatt weggefegt. Es war nur fair von Bish, den Trumpf nicht auszuspielen.»

«Fair? Schön, mal eine moralische Wertung von dir zu hören.»

«Weshalb so spitz, Judy? Obwohl wenig an die Öffentlichkeit dringt, mache ich mir meine Gedanken.»

«Ja, aber auf wessen Seite stehst du?»

«Auf keiner. Ich halte mich heraus, wie sich's auch gehört. Trotz des grenadischen Passes hab ich kein Recht, mich einzumischen.»

«Du hältst das Manifest für überholt, nicht wahr? Jedenfalls hörte ich dich das zu Lescaut sagen.»

«Gott, was verlangst du? Es ist zehn Jahre alt. Man hat's geschrieben, bevor man wußte, wie schwer es ist, ein Land zu führen und die Macht zu behalten. In puncto Transparenz geht es bestimmt zu weit. Mit völliger Offenlegung jeder Krise an der Spitze kannst du einfach nicht regieren, das würde geradewegs ins Chaos führen.»

Sheila Ashby kam in dem Moment, als das Gespräch anfing, mich zu fesseln – wegen des Duells vor einem Hintergrund, der sich zu verfinstern schien. In dem Korb auf ihrem Kopf lag eine mit leckeren Früchten gefüllte Ente, die dann höchst delikat schmeckte. Auch hier war ein stummer Kampf im Gange, schien sie es doch darauf anzulegen, mit ihrer Kochkunst (oder der ihrer Mutter) meine eigene in den Schatten zu stellen. Wie immer lud Craig sie unter allerhand Scherzen ein, mit uns zu essen. Es gefiel ihm eben, seinen Glauben an die Gleichheit der Rassen und die Liebe zu den Landeskindern – besonders zu den jungen und hübschen – auch bei Tische zur Schau zu stellen. Allerdings ließ er in Miss Ashbys Gegenwart das Thema fallen. Die Vertraulichkeit der Informationen zog seinem Demokratieverständnis Grenzen.

Wir lagen schon im Bett, als etwas ins Zimmer drang und sich in einem Winkel festkrallte – ein flatterndes, schwalbenähnliches Wesen. Mit einem Angstlaut fuhr ich hoch, Craig griff nach meiner Hand und küßte sie. «Nur eine Fledermaus», sagte er, stand auf und vertrieb sie. Nebenan läutete das Telefon. Er kam zurück mit der Nachricht, der Premier sei bereit, mich morgen früh zu empfangen.

«So plötzlich», stammelte ich, noch schockiert vom Gezappel des Tieres.

«Die letzte Chance. Mittags fliegt er nach Übersee.»

Wir hatten vier Fragen eingereicht, so formuliert, daß es Bishop reizen mußte, sie zu beantworten. Die erste lautete, ganz seiner Diktion angepaßt: «Was glauben Sie, weshalb fürchtet der Imperialismus so besessen die Revolution auf Grenada, eine Besessenheit, die in keinem Verhältnis steht zur Größe des Landes?» Die zweite galt den Lehren seines Kampfes unter der Diktatur, ein Punkt, den ich noch nicht recht überblickte. Daher bat ich Craig, mir von Eric Gairy zu berichten.

«Nicht der Rede wert», sagte er schläfrig. «Ein Bauer aus der Gegend von Grenville, dann Volksschullehrer, so schlitzohrig wie dunkelhäutig. Inzwischen muß er über sechzig sein. Mit Ende zwanzig ist er der Held aller Landarbeiter und sozial Deklassierten gewesen. Hat ein paar große Streiks angeführt und haushoch gewonnen. Ein gewaltiger Demagoge, Mädchen. Sie haben ihn voller Verehrung ‹Uncle Gairy› genannt, bis er als Chef der United Labour Party 1967 Premier wurde und, geadelt zum Sir Eric, seine Anhänger total verriet, indem er sich alles mögliche unter den Nagel riß: Hotels, Nachtclubs, Plantagen und so weiter, die er dann dermaßen molk, daß sie noch heute in Staatsregie mit Verlust arbeiten. In Sachen Militärhilfe bereiste er Chile, Südkorea und natürlich die Staaten. Sechs Ministerien hatte er unter sich, ein siebtes kriegte Cynthia, seine Frau. Beide sind auch Abgeordnete gewesen; die Hälfte der fünfzehn Abgeordneten saß im Kabinett ... Hinter der glatten Westminsterfassade die nackte Korruption. Das ganze lief nur mit schwarzer Magie und Gewalt, dank seiner Schlägerbande, der *Mongoose-Gang*, und weil man ihm mystische Kräfte zuschrieb. An die hat er selber geglaubt. Nach dem Sturz fand man in seinem Haus eine Menge Zaubergewänder und Kultgegenstände.»

«Wie hat man ihn gestürzt?»

«Wie üblich – er war im Ausland und plagte die UNO mit einem Vortrag über Fliegende Untertassen, seinem speziellen Spleen. In seiner Abwesenheit wollte er die Mitglieder des NJM ermorden lassen, die hörten davon und schlugen los. Gleich in der ersten Nacht stürmten sie mit ein paar Mann die Armeekaserne von True Blue und nahmen die Radiostation. Das gab den Ausschlag! Nur drei Tote, die Polizei warf gleichfalls die Waffen weg. Die Minister, sogar Gairys Frau, liefen zu der Handvoll Rebellen über, und das Volk tanzte anderntags auf den Straßen ...»

Während Craig noch sprach, dämmerte ich sachte weg. Was ging mich Eric Gairy an? Dessen Regime war passé ... Mir war, als blitze in einem Winkel meiner Gedankenwelt die Idee auf, den Streit der neuen Männer zu schildern. Was für eine Story! Ich sah bloß noch nicht ganz durch. Fest stand nur, jetzt gabelte sich die Straße. Der eine Weg führte – wie es mir im Halbschlaf erschien – die Menschen der Insel und vielleicht auch anderswo auf lichte Höhen, der andere führte in die Sackgasse; und niemand wußte, welches der richtige Weg war.

Von weither drang Craigs Stimme einschläfernd an mein Ohr. Ich hatte den Eindruck, er wolle mich beruhigen, denn er sagte dem Land eine friedliche Zukunft voraus. Die geistige Elite führe es an, nicht mehr ein raffgieriger Bauer. Und selbst der habe in zwölf Jahren Gewaltherrschaft kein Dutzend Menschen umgebracht. Zwar seien am «blutigen Sonntag», dem 18. November 1973, die sechs NJM-Führer Bishop, Whiteman, Strachan, Austin, Radix und Daniel auf Gairys Befehl zusammengeschlagen worden, auch habe man ihnen die Köpfe mit Glasscherben kahlgeschoren. Doch eben das galt hier als unerhört, der Volkszorn darüber war so groß, daß ein Streik die Insel für drei Monate lähmte. Seinen Höhepunkt fand der am 21. Januar 1974, dem «blutigen Montag», als Bishops Vater Rupert bei dem Versuch, Frauen und

Kinder vor der Polizei zu schützen, auf offener Straße erschossen wurde.

Jeder Vergleich mit dem Völkermord in Mittelamerika verbot sich da von selbst, fügte Craig beschwichtigend hinzu. Und mit diesem Trost schlummerte ich in seinen Armen ein.

XIII

Wie vor dem Interview mit Chomeini hatte ich Lampenfieber. Wirre Träume suchten mich heim. Sheila Ashby erschien mir, sie lächelte lasziv und sagte: Eine Insel suchen, kein Ziel haben wollen, nichts rechtfertigen müssen, einfach so leben; mit Bacardi-Rum geht alles: der weiße Rum aus Jamaica ... Dabei verwandelte sie sich in einen bartlosen Neger mit kurzem Wollhaar, tiefliegenden Augen und schwerem, fliehendem Kinn. Er trug Schlips und Kragen, am längsgestreiften Jackett hafteten drei Ordenssterne auf dem Revers und fünf weitere Orden daneben, ihm von Queen Elizabeth, Richard Nixon und Augusto Pinochet verliehen, und nach dem Foto in Craigs Papieren erkannte ich, daß dies Sir Eric Gairy war.

Ich hatte Angst, vor ihm zu versagen. In der Rolle des Volksschullehrers nämlich prüfte Gairy mein Wissen, die Regierung betreffend, und ich hörte mich stotternd antworten: Unison Whiteman, Minister für Äußeres, Tourismus und Zivilluftfahrt; Bachelor of Arts an der Howard University, Washington D. C., Wirtschaftswissenschaftler. Kenrick Radix, Generalstaatsanwalt, Minister für agroindustrielle Entwicklung; hat in Dublin und London studiert, dort 1970 als Rechtsanwalt zugelassen. Selwyn Strachan, Minister für Nationale Mobilisierung; Arbeiter, Gewerkschafter, Zeitungsherausgeber. George Louison, Landwirtschaftsminister; Grenada Teachers College, Lehrer und Farmer. Hudson Austin, General, Armeechef, Arbeits- und Verkehrsminister; Presentation College, Grenada, Straßenbauingenieur. Jacqueline Creft, Ministerin für Volksbildung, Jugend, Sport, Frauen und Soziales; Carlton University, Ottawa, Canada, Bakkalaureus der Politologie 1970. Norris Bain, Minister für Wohnungsbau; kleiner Geschäftsmann, hat in den sechziger Jahren die Wiederaufforstung nach einem Hurrikan geleitet ... Ja, die Ministerliste saß, die Daten hatte ich im Kopf. Das Zentralkomitee der Partei sollte mich nicht kümmern, dessen Zusammensetzung war ziemlich geheim.

Ganz überraschend drang ein Satz Craigs in meinen Schlummer. «Wie lange willst du denn hierbleiben?»

«Vielleicht für immer», hörte ich mich erwidern. «Es soll ja ein reizender Ort sein, voll sauberer Luft und aufrechter, feuriger Männer, nicht wahr?»

«Komm hoch, wir müssen pünktlich sein», rief er, und mir wurde klar, daß er nicht im Traum, sondern tatsächlich zu mir sprach. Nach einer schnellen Tasse Kaffee ließ er seinen Flitzer an und fuhr mit mir nach Norden. Es war ein windiger, klarer Tag, noch angenehm frisch. Als wir über Morne Jaloux, das alte Fort Adolphus und Fort Frederick durch die Mortley Hill Street abwärts nach Sans Souci rollten, ging rechts neben dem Mount Sinai die Sonne auf.

Der Sitz des Premierministers, von Posten bewacht, lag am Ende eines Serpentinenwegs hundert Meter weg von der Residenz des Generalgouverneurs auf dem Mount Royal. Zwei weiße Gebäude, die St. George's überblickten, Craig hatte sie mir schon gezeigt, als wir letzte Woche aus dem Nutmeg kamen. – «All das verdankt man den Briten», bemerkte er heiter. «Sie hatten ihrer Muskat-Kolonie einen Staat nach Westminster-Art verschrieben; den Gouverneur als Vertreter der Queen. Doch während in London die Regierungschefs kommen und gehen, die Queen aber bleibt, läuft's hier anders. Paul Scoon ist schon der dritte Gouverneur, Bish erst der zweite Premier.»

«Vielleicht liegt das mehr an der Hinfälligkeit der Vertreter der Krone als am System.»

«Zu sagen haben sie praktisch nichts. Nur, mit Sir Paul kam ein zäher Bursche zu Amt und Würden. Nun lassen beide, Premier und Generalgouverneur, gelegentlich schon mal die Muskeln spielen.»

Craig erklärte mir die Fotos im Vorraum. Sie zeigten Bishops Vater Rupert, der fast weiß aussah, adrett wie ein Geschäftsmann. Dann Bishop mit Daniel Ortega aus Nicaragua und Michael Manley, dem einstigen Regierungschef Jamaicas. Ferner den weißhaarigen Cheddi Jagan von Guyana und Héctor Oqueli aus El Salvador; Oqueli war Beauftragter für Auswärtiges der Revolutionär-Demokratischen Front. Alles Politiker, die für die Befreiung ihrer Länder stritten. Es war, als schließe sich für mich ein Kreis. Zu

Gairys Zeiten hingen wohl Diktatoren dort unter Glas, falls er andere Bilder als solche, die ihn selber zeigten, geduldet hatte … Während wir warteten, reichte man uns Orangensaft mit Eis, und Craig empfahl, davon nur zu nippen und – da mir später die Kehle trocken werden könne – das Glas mit hineinzunehmen. Beim Premier gebe es gewöhnlich weiter nichts; er wolle mehr durch das wirken, was er sage, als durch üppige Bewirtung.

Maurice Bishop empfing uns im Beisein von Dennis Forsyth, dem ich das Gespräch verdankte. Forsyth war in khakifarbener Uniform mit olivgrünem Gürtel nordamerikanischer Machart. Bishop, der ihn noch etwas überragte – der Premier maß 1,92 Meter – trug ein weißes Hemd mit Schulterklappen, das locker über die dunkle Hose fiel. Fast so hellhäutig wie sein Vater, sah er mit dem Kraushaar und seinem Vollbart noch besser als auf den Fotos aus. Bis auf einen Ring am linken Ringfinger und ein silbernes Armband war er ohne Schmuck. (Später fiel mir auf, daß es das Armband einer Uhr war, die er am Handgelenk nach innen gedreht hatte.) Dieser Mann, dachte ich, hat sich in den Londoner Slums sein Studium erarbeitet, und dann hat er mit fünfzig Getreuen, achtzehn Gewehren, ein paar Pistolen, Brandflaschen und Macheten die 230 Söldner von Gairys Mungobande in einem halbstündigen Gefecht besiegt. Welch ein Glanz Menschen umgibt, die soviel gewagt und gewonnen haben!

«Zur Frage Nummer eins», sagte er, als wir saßen. «Die Hysterie unserer Gegner hat viele Gründe. Einmal ist Grenada wohl das kleinste Land weit und breit, zugleich aber das erste in der englischsprachigen Karibik, das mit Erfolg Revolution gemacht hat. Washington zeigt stets eine entsetzliche Angst vor solchen Prozessen. Die eigene Revolution von 1776 hat es aus seinem Bewußtsein verdrängt und durch die Dominotheorie ersetzt: kippt der erste Stein, fallen sie bald alle. Auch ist es besorgt wegen der siebenundzwanzig Millionen schwarzen Menschen im eigenen Land, die dort recht benachteiligt sind, und fürchtet, der Funke unseres neugewonnenen Selbstvertrauens könnte auf sie überspringen … Durch die gemeinsame Sprache leichter als von Cuba oder Nicaragua.»

Während er mich aus großen dunklen Augen ansah und weiter auf mein Tonband sprach, nahm ich am Rande des Gesichtsfelds die spartanische Einrichtung wahr. Neben der Sitzgruppe, die uns aufgenommen hatte, gab es eine Schrankwand, in der unter Glas Mitbringsel von Auslandsreisen standen, eine russische Matroschka, ein Moslem-Käppchen aus Mittelasien, cubanische Schwerter und Statuetten aus Hartholz, der Berliner Fernsehturm und ähnliches mehr. Schräg gegenüber dem Eingang führte eine Tür ins Innere des Hauses. Daneben hing eine Kopie des Elbtals bei Dresden mit der Brühlschen Terrasse.

«Der zweite Grund sind die meßbaren Erfolge der Revolution. In einer Zeit, da es ringsum kaum noch Wirtschaftswachstum gibt, haben wir das Sozialprodukt vermehrt, anfangs um zwei Prozent, im vorletzten Jahr um gut drei Prozent und im letzten um fünfeinhalb. Die Löhne und Gehälter stiegen doppelt so schnell wie die Preise. Ein Drittel unserer Arbeiter zahlt keine Lohnsteuer mehr ...»

Eine Zeitlang überhäufte er mich mit Ziffern. Sie waren ihm restlos geläufig, vermutlich sagte er sie oft her: Die Arbeitslosigkeit von fünfzig auf zwölf Prozent gedrückt, nur noch drei Prozent Analphabeten, dank cubanischer Dentisten siebenmal mehr Zahnkliniken als zuvor, das Verhältnis Arzt–Patienten von eins zu viertausend auf eins zu zweitausend gebracht, Milch für die Schulkinder, dreimal soviel Oberschüler durch Kostenfreiheit, vierzigmal soviel Stipendien für Studien im Ausland. Einem Fünftel der Bevölkerung die Wohnungen repariert oder im Wert von drei Millionen EC-Dollar neugebaut, fünfhundert Fertighäuser jährlich produziert. Im vergangenen April die Sozialversicherung eingeführt. Die Staatsausgaben verdreifacht, durch günstige Kredite und ein gerechteres Steuersystem die Schulden dennoch so begrenzt, daß vier Prozent der Deviseneinnahmen für den Zinsendienst und die Schuldentilgung reichten. Mit zehntausend Personen ein Viertel aller Erwerbstätigen vom Staat beschäftigt, dank der «gemischten Wirtschaft». Eine Viertelmilliarde EC-Dollar in die Infrastruktur gesteckt: den Flughafen, die Wasser- und Stromversorgung, den Straßenbau, das Telefonnetz. Seit vier Wochen erstmals direkter Fernsprechkontakt zu den Nebeninseln Carriacou und Petit Martinique; nunmehr doppelt soviel Anschlüsse wie vor der Revolution. Noch immer Stromabschaltungen, trotz neu installierter Generatoren. Steigender Wasserbedarf, gedeckt durch das neue Reservoir in St. David. Sogar die Weltbank lobe all das in ihrem letzten Bericht. Und es spreche sich herum, verunsichere die konservativen Kräfte in der Region.

Ich fand mich so zugedeckt mit Fakten wie in der US-Botschaft von San Salvador, nur waren die Fakten hier positiv – fast zu schön, um gänzlich wahr zu sein. Man mußte Bishop vorbringen lassen, was ihm am Herzen lag, ehe das Gespräch beginnen konnte.

«Der Hauptgrund ihrer Ängstlichkeit ist unsere Graswurzel-Demokratie», fuhr er geschmeidig fort. «Weg vom Westminster-Parlamentarismus, den wir unter Gairy hatten, hin zu etwas, das es den Menschen an der Basis erlaubt, mindestens einmal monatlich in den Dorfräten, den Arbeitsversammlungen und auf Bezirksebene Aufklärung zu fordern und in jeder Hinsicht mitzureden. Das ist völlig neu, ein Faktor der nichtökonomischen Ausstrahlung und Anziehungskraft unseres Gesellschaftsmodells ... Der letzte Haushaltsentwurf etwa ist ausgiebig erörtert worden, man hat Kritik und eine große Zahl von Änderungsvorschlägen eingebracht.»

«Die Sie berücksichtigen konnten?»

«Wo immer es ging – gewiß.»

«Hätte die Mehrheit der Räte zum Beispiel gegen das teure Flugplatzprojekt gestimmt, wären sie ihr doch nicht gefolgt.»

«Nein. Der Flugplatz war ja längst im Bau. Wir hätten den Menschen erklärt, man muß ihn fertigstellen. Daß wir das erste Land in der Karibik sind, das nach Erringung der Unabhängigkeit solch einen Airport baut. Die Nachbarn haben ihre Flughäfen sämtlich in der Kolonialzeit gekriegt.»

«Nun gut, der Flugplatz ist sehr populär ...»

«Bei uns schon, anderswo nicht.» Der Premier fiel mir ins Wort. «Wir sind da arg verleumdet worden. Die winzige Tageszeitung Washington Times, das Sprachrohr der reaktionären Moon-Sekte, warf den ersten Stein, sie schrieb in einer Notiz, dort stünden bereits MiG-Jäger, die uns Moskau geliefert habe. Die Meldung ging, wie wir fanden, auf einen grenadischen Anwalt namens Sylvester zurück, der in den USA eine oppositionelle Exilgruppe leitet. Die Notiz wäre wohl übersehen worden, doch Washingtons Informationsdienst gab sie an die Presse in Trinidad, Jamaica und Barbados weiter, die ihren verblüfften Lesern die Story in Großaufmachung bot. Zwar stellte das State Department dazu fest, es fehle an verläßlichen Indizien zur Stützung der Nachricht. Aber das Mißtrauen war gesät – etwas bleibt immer hängen.»

«Ich hab auf Point Salines nur ein sowjetisches Agrarflugzeug entdeckt», sagte ich, um einem neuen Monolog vorzubeugen. »Schließen Sie eine spätere militärische Nutzung des Rollfelds denn gänzlich aus?»

«Absolut. Die Welt würde sich zu Recht betrogen fühlen, wenn wir Point Salines jemals anderen als Basis zur Verfügung stellten; und eigene Luftstreitkräfte haben wir nicht.»

«Weit mehr beschäftigt mich die Frage, wie Ihr Gesellschaftsmodell in der Praxis funktioniert, Herr Premierminister. Sie nehmen Kritik von unten auf, die Entscheidung aber liegt bei Ihnen, der Regierung, die in den Räten gewiß nicht zur Disposition steht.»

Commander Forsyth verzog den Mund, als hätte ich einen wunden Punkt berührt. Bishop blieb gelassen. «Es stimmt, die Graswurzel-Demokratie steckt noch in den Kinderschuhen», räumte er ein. «Wir möchten den dritten Schritt nicht vor dem zweiten tun.»

«Sie sprechen von den Wahlen zu einer Nationalversammlung – nicht wahr? Erst sie wäre ein wirksames Kontrollorgan, ein echter Partner der Regierung?»

Forsyth sagte: «Die Wahlen würden wir gewinnen, jederzeit.»

«Verständlicherweise schloß Ihre Regierung allgemeine Wahlen in den ersten drei Jahren des Aufbaus aus. Aber, meine Herren, diese Frist ist um.»

«Nordamerikas Siedler hatten es auch nicht so eilig», warf Craig ein, bestrebt, die Atmosphäre zu entspannen. «Meine Vorfahren haben nach ihrer Revolution mit dem Gang zur Urne vierzehn Jahre gewartet.»

«Sie haben recht, Frau Janssen», sagte Bishop schlicht. «Der Bau unserer Demokratie ist noch unvollendet. Unter dem Druck der Feindseligkeit ringsum, des ökonomischen Boykotts, der militärischen Bedrohung und der diplomatischen Isolation haben wir's in den drei Jahren nicht geschafft. Es fehlt der Schritt zum frei gewählten Nationalrat und die Definition seiner Rolle, seiner Rechte gegenüber der Regierung. Dazu braucht man freilich eine Verfassung. Seit Beginn des Jahres wird daran gearbeitet, unter dem Vorsitz eines namhaften Juristen aus Trinidad.»

«Die Verzögerung», betonte Forsyth, «geht einzig auf das Konto des Imperialismus! Der glaubt sich im Besitz des göttlichen Rechts, eigenständige Entwicklungen zu stoppen, die ihn daran hindern, kleine Völker auszubeuten.»

Ich fragte mich im stillen, ob dies der einzige Grund sei. Um aber Bishops Geduld nicht zu strapazieren, erkundigte ich mich nach seinen Erfahrungen unter Gairy und deren Wert für den jetzigen Kampf.

«Das ist unsere Lehrzeit gewesen», antwortete er stolz. «Erst in der Illegalität sind wir gereift, haben Sinn für Sicherheit entwikkelt, für das Unausweichliche eines Bündnisses mit dem Kleinbürgertum, aus dem ja mancher von uns kam. Wir wurden gestählt, zu einer Disziplin gebracht, die sonst nicht gerade eine Stärke unseres Nationalcharakters ist. Wenn man jederzeit verhaftet werden kann, muß sich einer auf den anderen verlassen können. Auch lernten wir, strategisch und nicht bloß taktisch zu denken.»

«Gairy gewann viele Schlachten, doch er verlor den Krieg.»

«Seine engsten Verbündeten saßen in Chile, Südkorea und Haïti. Das zeigte uns, wo unsere Freunde waren. Wir begriffen nun besser die internationale Situation. Die Grunderfahrung aber war, daß der Kontakt mit dem Volk, die Arbeit mit den Massen über alles geht. Dort also sind unsere Wurzeln. Wer einen verbirgt und sein Leben wagt, vor dem bekommt man Achtung. Wir sahen, welche Kraft in den einfachen Menschen steckt – genug Kraft, um all ihre Probleme zu lösen.»

Ich sah zur Uhr und auf mein Blatt, die dritte Frage lautete: *What precedents and new techniques has imperialism divised in its strategy of trying to destabilize the Grenada Revolution?* Bei diesem Satz lebte Bishop auf, der schon ein wenig erschöpft wirkte. Hier, wo es um den äußeren Feind und dessen Umtriebe ging, schien er in seinem Element zu sein. Wortgewandt hob er die Unterschiede der Wühlarbeit in seinem Land zu den konterrevolutionären Techniken hervor, die in Chile, in Guyana und auf Jamaica ans Licht gekommen waren.

«Bei uns gibt es keine US-Botschaft», sagte er, und mir fiel Ziesels Witz ein, daß in den USA nie geputscht werde, weil es auch dort keine gebe. «Damit fehlt das Zentrum der Machenschaften, das man woanders ja hatte und hat. Der CIA fehlt die Infrastruktur, sie muß improvisieren, sich auf lokale Agenten stützen, sie an der langen Leine halten, anstatt sie im Schutz diplomatischer Immunität von einem Geheimdienstresidenten in St. George's straff zu führen. Die Agency konnte sich auch nicht ins gemachte Nest setzen. Ihr fehlen Anknüpfungspunkte bei der alten Beamtenschaft, die hatten wir bald abgesetzt, wie auch im Parlament, das ebenso geschlossen worden ist wie reaktionäre Zeitungen, die boshafte Lügen verbreitet hatten. Folglich geht sie in die Medien ringsum und läßt dort ausstreuen, uns seien in zehn Kisten russische MiGs geliefert worden ... Etwas anderes bleibt ihr nicht übrig.»

«Sie sind vom Meer umgeben, anders als Nicaragua.»

«Ja, bei uns muß man erst landen. Es gibt das warnende Beispiel der Schweinebucht. Man kann sich auch nicht, wie in Chile und auf Jamaica, einfach der Streitkräfte bedienen. Gairys Truppe haben wir sofort zerschlagen.» Der Premier blickte auf Forsyth, als er fortfuhr: «Unsere Armee entstand aus patriotischen Jugendlichen, Bauern und Arbeitslosen. Wir haben sie von Anfang an im Geiste des Antiimperialismus erzogen.»

«Reichlich zweitausend Mann, geschult von vierzig Militärberatern aus Cuba», ergänzte der Commander. «Dem Feind dürfte es schwer sein, da einzudringen und uns zum Putsch zu ermuntern», fuhr er fort, geübt im Understatement, der britischen Kunst des Untertreibens. «Auch haben wir eine Miliz, inzwischen doppelt so stark wie die Armee, wenn auch weniger trainiert und nur leicht bewaffnet.»

«Diese Bürgerwehr wuchs mit jedem Anschlag des Gegners spontan, durch freiwilligen Zulauf», sagte Bishop. «Ihr Wert liegt in der Bereitschaft des Volkes, selbst der Bedrohung zu begegnen, dies nicht allein der Armee zu überlassen.»

«Trotzdem: Wie ertrug Ihre Regierung, Exzellenz, viereinhalb Jahre lang diesen Druck, während andere revolutionäre Prozesse in der Region gestoppt und zerstört worden sind?»

«Das gelang uns durch Übereinstimmung mit dem Volk. Sehen Sie, Destabilisierung wirkt verdeckt, im Verborgenen. Wir aber weihen die Menschen ein, enthüllen ihnen die Winkelzüge ...» Der Premier unterbrach sich, ich sah ihm in die Augen. Mir war, als habe sich dort in der Tiefe etwas bewegt, so als denke er an etwas, das jenseits seiner Worte lag. «Offenheit auch bei Fehlern, die uns passieren, das ist die erste Verteidigungslinie: immer aussprechen, was ist ... Die Gesinnung des Volkes, seine Organisiertheit, eine gesunde Wirtschaft und der Wille zur Verteidigung, das sind die vier Pfeiler der Revolution.»

«Gibt es sonst noch hilfreiche Faktoren?»

«Ja, unsere internationalen Beziehungen. Jede neue Bedrohung alarmiert unsere Freunde auf der ganzen Welt. Als man uns vor zwei Jahren mit den Landungsmanövern auf Vieques schreckte, unter dem beziehungsvollen Codewort ‹Amber und Amberines›, baten wir jede uns wohlgesonnene Regierung, von ihrer US-Botschaft Aufklärung zu fordern.»

«Amber, also Bernstein, ist ein seltener Name, weil es in der Karibik kaum Bernstein gibt», erläuterte mir Forsyth, die Arme über dem breiten Brustkorb gekreuzt. «Aber so heißt ein Ort an unserer Südküste nahe dem Campus der amerikanischen Medizinischen Akademie. Das US-Manöver nahm damals eine Befreiung von Geiseln an. In aller Stille gingen zuerst Spezialgruppen von Froschmännern an Land ... Und ‹Amberines›, das war eine Anspielung auf unsere Nebeninseln im Norden, die Grenadines.»

«Sie wehrten sich auf diplomatischem Wege.»

«Mehrfach. Auch als man uns in der Weltbank und beim Internationalen Währungsfonds Knüppel zwischen die Beine warf ...»

Eine Ordonnanz trat ein und reichte Bishop einen Zettel. Für einen Moment sah ich ihn im Profil, den schönen Schwung des Kopfes, und fand eine Einkerbung an seiner Ohrmuschel, die mich sinnloserweise rührte. «Ich bitte um Verzeihung», sagte er in ruhigem Ton; die Worte waren wie bisher genau artikuliert und sorgsam voneinander getrennt, so als gäbe er mir nichts und fordere auch nichts von mir. «Mein Stellvertreter ist aus dem Ausland zurück, er will mich sprechen, bevor ich selber fliege. Commander Forsyth steht Ihnen für jede weitere Auskunft zur Verfügung.»

Damit stand er auf, gab mir die Hand und zog sich ins Innere des Hauses zurück. Wie eigentlich gelang es ihm, in all der Bedrängnis so menschlich und charmant zu bleiben? Nach den Fotos, die ich bei Craig gesehen hatte, war Coard ein ganz anderer Typ: Er trug eine Brille, hatte eine breite Stirn und einen kräftigen Nacken. Einen Hauch dunkler als Bishop, wirkte er körperlich schwerer, weniger beweglich, dafür zäher und vitaler.

«Die schaffen es nicht», versicherte Forsyth mit Nachdruck, kaum daß die Tür sich hinter dem Premier geschlossen hatte. «Kein Geheimdienst und keine Macht der Welt kann eine Führung stürzen, die so mit dem Volk verbunden ist wie wir. Was möchten Sie noch wissen?»

«Man hört auf der Insel, es gäbe an die hundert politische Häftlinge. Wird auch diese Frage offen erörtert?»

«Dazu ist kein Anlaß. Es sind übrigens nicht mal fünfzig; darunter rechtskräftig verurteilte Mitglieder der Schlägerbande Gairys. Dann diese Anarchisten, die meinten, wir müßten ihnen den Anbau von Marihuana erlauben, damit sie schnell reich würden. Und ein paar überführte CIA-Agenten, verantwortlich für die Brandstiftungen, Bombenanschläge und Attentate auf Maurice.»

«Da sind auch zwei Leute der bürgerlichen Opposition, die sitzen.»

«Okay. Wir lassen sie so schnell wie möglich frei. Der Feind steht vor der Tür, nicht im eigenen Haus, das ist unsere feste Überzeugung.»

Draußen goß es, Craig lief zum Wagen, kam zurück und hüllte mich in einen Regenmantel, der noch aus seiner Collegezeit zu stammen schien. «Na, zufrieden?» fragte er, als wir durch die Observatory Road abwärts fuhren.

Ich schwieg, um zu verbergen, wie tief mich Bishops Wesen und seine Worte berührt hatten. Nein, ganz zufrieden war ich mit mir nicht. Ich hatte das Gefühl, ihn infolge des Zeitdrucks und aus Respekt oder aus Rücksicht auf seine Lage – vielleicht auch bestrickt von seiner Liebenswürdigkeit – zu schonend befragt zu haben. Mehr Provokation wäre besser gewesen. Nur einmal hatte ich den Kern gestreift, das Problem der Macht. Wo lag sie, oben oder unten? Wer hielt sie demnächst in der Hand, die Regierung weiterhin mit Maurice an der Spitze, das Volk mit seinen Räten oder das winzige NJM, die Partei im Hintergrund? Sie war wohl bei Bishop am besten aufgehoben ... Bei ihm, dachte ich, hat man wenigstens nicht wie anderswo gelegentlich den Eindruck, von Idioten regiert zu werden.

Oktober

I

Craig wollte mir die Insel zeigen. Er fand, dies hätte schon längst geschehen sollen. Ich war ihm viel zu fleißig. Dreieinhalb Wochen lebte ich auf Grenada und kannte doch nur den Südwesten, das Zentrum der Zivilisation. Statt immer nur an seinem Roman zu sitzen und zwischendurch im Meer zu schwimmen, im Nutmeg, im Yin Wo (dem chinesischen Vogelnest), im Red Crab (einem englischen Pub ähnlich) oder auch daheim auf Point Egmont zu essen und mit ihm zärtlich zu sein, sollte ich endlich sehen, was das Land bereithielt für den pflichttreuen, gehetzten Europäer.

Am ersten Donnerstag im Oktober luden wir ein bißchen Gepäck in den gelben Flitzer und fuhren zunächst ans Ende der neuen Startbahn. Ein milder Wind blies von den Hängen des Mount Sinai herab, wehte über die Piste mit ihren Betoniermaschinen, die wie Dinosaurier schneckenhaft die fünfte Schicht auftrugen. Nahe dem Leuchtturm von Point Salines lagen dicht beieinander zwei ganz verschiedene Strände, mit weißem Korallensand auf der karibischen und braunschwarzer Vulkanasche auf der atlantischen Seite der Landzunge: Canoe Bay und Black Bay, im Abstand von kaum zweihundert Schritten. Jeder Tourist mußte das bestaunt haben. Auch den Leuchtturm durfte man besteigen.

Ein Stück ostwärts davon, hinter den ehemaligen Salt Ponds, wo die Landebahn begann, zeigte mir Craig seltsame Löcher im Fels, im Viereck angeordnet, Fundamente von Pfahlbauten wohl, Relikte aus der Karibenzeit. Niemand wußte, wer sie gebohrt hatte, vielleicht auch erst die fanzösischen Pflanzer im 17. Jahrhundert ... Wir fuhren durch das cubanische Camp von Calliste und passierten die Pavillons der Sowjetbotschaft, ohne daß Craig mich darauf hinwies. Anders als das Ehepaar Seymour schien ihn die Gegenwart der Russen und Cubaner nicht im mindesten zu stören. Sie war ihm keine Bemerkung wert.

Nach dem Frühstück im Seascape oberhalb des Hafens besichtigten wir den Botanischen Garten gegenüber dem Kino an der Paddock Road. Man hatte ihn vor hundert Jahren angelegt. Zwischen Seerosenteichen und Königspalmen prangten mannshoch Weihnachtssterne, auch Poinsetta genannt, wuchsen Mangobäume mit ihren saftig-aromatischen, leider nicht exportierbaren Früchten an meterlangen Stengeln, stand der berühmte Kanonenkugelbaum. Unterhalb der Palmenkrone trug er ein Gewirr blattloser Zweige voll runder Blüten und kugeliger Bomben, härter als die trockenste Kokosnuß ... Ich fühlte, dies war seit langem mein schönster Tag.

An Craig entdeckte ich einen unerwarteten Zug, seine Liebe zur Natur. Er zeigte mir eine seltene Palme mit Doppelfrüchten. Diese Doppelkokosnuß, erläuterte er, stamme von den Seychellen; so oft sie in Indien angespült worden sei, habe sie das erotisch hochgespannte Land als Sexsymbol in Erregung versetzt ... Unser Rundgang endete bei dem legendären Brotfruchtbaum, von Captain William Blight auf seiner zweiten Reise – die erste endete mit der «Bounty»-Meuterei – vor genau zweihundert Jahren als Wurzelschößling aus Tahiti mitgebracht: hoch wie der stärkste Apfelbaum, mit dichter Krone voll wirrer Zweige und dunkler, gelappter Blätter.

«Siebzig Jahre lang hat er getragen», sagte Craig; und das Wissen, das er da vor mir ausbreitete, erinnerte mich an sein belehrendes Geplauder mit der Unbekannten im Hilton-Park von Barbados. «Man erntet die Früchte grün und bäckt sie in der Schale. Von James Cook, dem Urahn des Reisebüros, ist das Wort überliefert: Wenn ein Bewohner dieser glücklichen Inseln zehn junge Pflanzen des Brotfruchtbaumes setzt, was eine Stunde dauert, dann hat er gegenüber der Mitwelt und der nächsten Generation seine Schuldigkeit getan.»

«O Gott, was fängt er mit dem Rest des Lebens an?»

«Das hat der weiße Mann ihn bald gelehrt! Übrigens danken die botanischen Gärten Westindiens ihr Entstehen dem Londoner Kriegsministerium oder der Admiralität. Sie sollten die eingeführten Kulturpflanzen akklimatisieren: Oliven, Muskat, Opium-Mohn, Zimt, Aloe, Indigo, Baumwolle, Vanille, Gewürznelken und Pfeffer. Das hat in den Pflanzenschulen auch geklappt, all dies wurde hier heimisch. Die Banane zum Beispiel stammt aus Indonesien, sie kam über Madagaskar und Afrika auf die Kanarischen Inseln und landete erst 1517 in einer spanischen Galeone als Wurzelstock in Santo Domingo.»

Als Craig das sagte, rollten wir schon aufwärts über Snug Corner, wo sich das Tal zum Meer hin öffnete, ins Bananenland und in die Zone des Regenwalds mit ihren Baumfarnen, Gummibäumen und dem Bambusgestrüpp. Hinter Vendôme verstummte er und begann, düsteren Gedanken nachzuhängen. Ich hatte die Neigung, in Träume zu versinken und sich schweigend zurückzuziehen, schon oft an ihm bemerkt. Warum fiel es ihm so schwer, das Glück der Stunde mit mir zu teilen? Nie konnte er einen ganzen Tag hindurch heiter sein.

Immergrüner Urwald umgab uns, überragt von den Skeletten toter Baumriesen. Der Hurrikan «Janet» hatte vor langer Zeit die höchsten Wipfel entlaubt, auch die Gummibäume erholten sich nie mehr richtig, ihre Atmung war vermindert, es starb das Dachgeschoß des Dschungels. An dem schattig-kühlen Annandale Fall, einem hohen grünlichen Wasserfall, hielt Craig an; ich beugte mich hinüber und drückte ihm einen Kuß auf den Nacken.

«Was ist los, Judy?»

«Liebling», sagte ich im Rauschen der Kaskaden, die in einen von wildem Wein und Elefantengras gesäumten Pool stürzten, «ich mache mir Sorgen um dich.»

«Sorgen? Und wieso?»

«Wenn du dich allein fühlst, siehst du so verlassen aus.»

«Allein? Unsinn, du bist doch bei mir.»

«Eben war ich's nicht. Jeff, was bedrückt dich?»

«Ich versichere dir – gar nichts. Alles ist gut.»

«Du blickst so schwermütig drein.»

«Welchen Grund hätte ich zur Traurigkeit?»

«Das möchte ich eben von dir hören.»

Es entstand eine Pause, angefüllt mit dem Schnattern der Affen, die über uns in den Ästen turnten. – «Du solltest mir einmal mehr von dir erzählen», fuhr ich fort, da er beharrlich schwieg. «Von deiner Vergangenheit.»

«Es gibt keine, Judy.»

«Wie du aufgewachsen bist, von deiner ersten Liebe, der Zeit am College, deinen Freunden und Frauen – auch über die, von der du geschieden bist.»

«Wir leben heute; laß die Gespenster doch ruhen.»

«Tu's für mich. Damit ich weiß, wer du bist und weshalb ich dich liebe.»

«Sehr deutsch, dein bohrender Wissensdrang. Gibt es Gründe für Rosinen? Du liebst mich, weil ich dich anbete, das muß uns beiden halt genügen.»

«Man sieht aber doch, es reicht dir nicht. Dabei lebst du wie Gott in Frankreich, hast den erfreulichsten Beruf der Welt und bist sogar noch gut darin. Als Schreiber ähnelst du einem Märchenerzähler im Orient, der es genießt, auf dem Basar zu kauern und den Leuten das Leben zu deuten und zu versüßen, sie zu fesseln, zu belehren und zu erfreuen. Ohne feste Arbeitszeit, nie verlangt man dasselbe von dir! Heute bist du vergnügt, und dein Märchen wird heiter sein. Morgen bist du traurig und schreibst es dir von der Seele. Frauen betrügen dich, und du ziehst über die Weiber her. Gott wendet sich von dir ab, also predigst du den Atheismus. Politiker enttäuschen dich, und schon setzt du sie in ein Flugzeug, das du abstürzen läßt. Du bist allwissend und allmächtig! Was fehlt dir denn, Jeff, was willst du mehr?»

«Stimmungen, Judy; mach dir nichts draus. Das kommt und geht wie Ebbe und Flut. Zwecklos, zu grübeln! Du kommst dem niemals auf die Spur.»

Ich merkte, er verkroch sich von neuem, und ließ es sein. Geständnisse, die erleichtern, kann man nicht erzwingen. Doch sein Trübsinn begann abzufärben, er bedrückte nun auch mich. Meine

Zugehörigkeit zu ihm, wenn man es so nennen durfte, erschien mir plötzlich bestürzend, einstweilig vom Zufall bedroht. Ab November würde Strathmann versuchen, mich wieder einzuspannen. Konnte ich mich dem entziehen, wollte ich das, hielt ich es wirklich durch? Der Beruf war ein Zentrum meines Lebens. Hatte ich Craigs Buch erst übersetzt und für ihn einen Verlag gefunden, was tat ich dann, was wurde dann aus mir – aus uns und unserer Liebe? Ich war nichts ohne meinen Ehrgeiz, ohne Ziel … Aber auch nichts ohne Jeff.

Craig blieb merkwürdig in sich gekehrt. Am Grand Etang, dem lianenumsponnenen Kratersee im Dschungelbecken zwischen dem Mount Sinai und dem Mount St. Catherine, Grenadas höchstem Berg, schlug er mir vor, nach den sowjetischen Raketenstellungen zu suchen. Ein Schwesterblatt meiner Redaktion, eine westdeutsche Illustrierte, habe schon vor Jahren Raketensilos an diesem Punkt geortet, nahe der Straße in regenfeuchter Einsamkeit. Ich gab ihm keine Antwort.

Am Ostufer des Sees bog er Gestrüpp auseinander und zeigte mir Schlangenritzungen in einem Stein, plump geringelt, doch mit klar erkennbarem Kopf. Ein Werk der Kariben? Eher der schwarzen Sklaven; indianische Felsbilder seien von feinerer Struktur. «Zeichen der Vergangenheit», hörte ich ihn sagen. «Dienen wohl noch heute magischen Zwecken. Die Quelle, aus der Eric Gairy trank … Na, Zauber ist tabu, kein Einheimischer spricht mit dir darüber.»

«Ich bin dem Schlangenkult in Westafrika begegnet.»

«Am deutlichsten lebt er auf Haïti fort. Damballah, der Schlangengott. Ist mit Ezili vermählt gewesen, einem Weib mit großem Männerbedarf. Ezili lebt im Körper jeder Frau und will, wenn sie heiratet, immer die erste sein; die Nymphomanin schlechthin. Man besänftigt sie mit Geschenken als *mambo,* als Ehestifterin. Auch Damballah heiratet stets mit, er wohnt in der Brust des Mannes und sorgt für die übliche Verpflichtung, daß die Ehefrau keinen Tag ohne Geld sein wird.»

Der See, fünf Hektar kobaltblaues Wasser, lag gläsern vor uns, sechshundert Meter über dem Meeresspiegel im Mittelpunkt eines Natur- und Vogelschutzgebietes, durch riesige Baumfarne so verschattet, daß es mich fröstelte in der leichten Kleidung. Ich blieb still, mehr mit Craigs innerem Gespanntsein – wenn er's auch überspielte – als mit den Rätseln des Landes und der Afroamerikaner beschäftigt. Als wir aufbrachen, glitt unterhalb seines Ohrs ein Muskelknoten auf und ab. Meine Zurückhaltung fing an, ihn zu peinigen. Ich spürte, wie er mit sich rang. Doch statt sich mir endlich zu öffnen, faßte er einen anderen Entschluß. In dem Dorf Birch Grove bog er von der Straße zum alten Flugplatz links ab und lenkte über holprige Wege nach Mirabeau Estate, einer Bananenplantage mit Agrarstation, und verschwand mit dem Satz, er müsse rasch einmal telefonieren, in der Fahrzeughalle.

Wir befanden uns schon im Ostbezirk St. Andrew, dem größten der Insel. Ich stieg aus, als zu meinem Erstaunen zwischen den Lastwagen, die man hier reparierte, deutsch gesprochen wurde. Ein halbes Dutzend junger Mechaniker aus der DDR umringten mich. Sie waren seit August mit dem Auftrag in Grenada, sechzig Einheimische zu Kraftfahrzeugschlossern auszubilden. Diese Arbeit war aber bisher noch nicht angelaufen, und so befaßten sie sich damit, die dreißig LKW instand zu setzen, die ihr Staat auf die Insel geschickt hatte. Die Lastwagen waren zu groß für die schmalen, verschlungenen Wege zu den Plantagen, auch hatten sie offenbar beim Seetransport und im Tropenklima gelitten. Die Gruppe verfügte über einen japanischen Jeep, mit dem sie nach Feierabend zum Baden an den wilden Oststrand und sonntags nach St. George's fuhr. Dort spielte sie mit den Cubanern Fußball, trotz der schlechten Verständigung. Mir empfahl man die Disko auf einem Schiff im Yachthafen, das tagsüber ein Restaurant war; doch das Bier koste zwei bis drei Dollar an der Bar, während es bei der Brauerei nahe dem neuen Flugplatz für 95 Cents zu haben sei ... Die jungen Leute hielten mich für eine Ärztin oder Entwicklungshelferin aus Hamburg. Als sie hörten, daß ich für ein Magazin dort schrieb, ließ ihre Mitteilsamkeit nach.

Craig kam zurück, und ich fragte ihn, mit wem er gesprochen habe. Unter den üblichen Scherzen wich er einer Antwort aus. Dafür wies er mich unterwegs auf Kaffeesträucher und Kakaobäume hin, nebst Paletten voll schokoladenfarbener Bohnen, in der Sonne trocknend. Man polierte sie durch Stampfen mit den bloßen Füßen, wenn sie in Bottichen lagen. Und er zeigte mir, wo die Muskatnuß mit ihrer gelben Schale und dem roten Kern in schattigen Hainen gedieh. Grell gekleidete Farbige pflückten sie in den Gewürzfarmen, die sich häuften, als wir den Distrikt St. Patrick erreichten. «Alle grenadischen Kleinbauern haben grüne

Daumen», sagte er. «Sie knacken die Früchte mit einem Kunstgriff ... Ein reiches Land, warm, feucht, gedüngt von Vulkanasche. Das und eine gewisse geistige Unabhängigkeit erhebt es über das karibische Niveau.»

Ich schwieg dazu, meine Stimmung war dahin. Das karibische Niveau sollte mir gestohlen sein, solange Craig nicht aufrichtiger war. Gegen Abend erreichten wir Sauteurs, mit 3000 Einwohnern die drittgrößte Stadt; Grenville hatte nur wenig mehr und St. George's rund 8000 Bewohner. An ihrem Nordrand lag zwischen zwei Buchten *Carib's Leap,* die historische Klippe. Der Friedhof und die Kirche verliehen dem Ort einen düsteren Hauch. Der Felshang war nicht so hoch wie jener von San Salvador mit dem Teufelstor, doch um den wüsten Fuß dieses Kliffs brandete im Nordostpassat das Meer. Ich spähte hinab und dachte an die Grausamkeit eines Kulturvolks wie das der Franzosen, der sich die Indianer vor über 300 Jahren durch den Sprung in die Tiefe entzogen hatten.

«In der Kolonialzeit die Expansion zu suchen und ganze Völker auszurotten, das läßt uns heute erschaudern», sagte Craig. «Damals taten es alle.»

«Hat sich seitdem viel geändert? Denk an Verdun, an die Juden in Europa, an das zerbombte Vietnam, an Kambodscha und an die Kernwaffenarsenale!»

«Nicht alle Schurken hat man in Nürnberg gehenkt. In jedem Herrscher steckt ein Diktator, in jedem Politiker und General ...»

«Ach, Männer machen Geschichte? Ist die für einen Linken wie dich nicht das Ergebnis des Zusammenpralls gesellschaftlicher Kräfte?»

«Sie ist beides zugleich, Judy. Diese Kräfte handeln doch immer in Wechselwirkung mit ihren Exponenten: den Männern, die sie auf den Schild gehoben haben, nicht wahr? Die Kirche hat recht, wenn sie vom sündigen Menschen spricht, von seiner moralischen Schwäche. Das Böse schlummert in uns allen.»

«Jeder ist fähig, ein Verbrechen zu begehen?»

«Unter Umständen schon. Und ich fürchte, eines Tages richtet die Menschheit sich auch zugrunde. Wenn nicht durch Krieg und Aggression, dann durch Verschwendung, Übervölkerung – indem sie einfach die Naturreserven unseres Planeten zerstört.»

«Für einen, der an den Fortschritt glaubt, entwickelst du seltsame Ansichten.»

«Du willst doch, daß ich ehrlich zu dir bin.»

«Schon. Aber dann fang bei dir selber an, nicht bei der Menschheit.»

«Gut, bei mir», murmelte er, während hinter dem Nordkap Grenadas die Sonne versank. «Du, das ist nicht ganz leicht.»

«Versuch es trotzdem.»

«Was uns betrifft, Judy, so meine ich, wir sollten die Stunde nutzen und daraus das Beste machen. Laß uns eine schöne Zeit miteinander haben!»

«Wär dir das wirklich genug?»

«Mehr kann man vom Leben nicht verlangen. Du, ich bin froh, mit dir hier zu sein – oben auf der Klippe, und nicht unten zu liegen wie der junge Mann in San Salvador, von dem du mir erzählt hast.»

«Er lag nicht da unten, Jeff, du verwechselst da etwas. Er fühlte sich verpflichtet, die zu identifizieren, die der Geheimdienst hinabgestoßen hatte.»

«Aber als du weggingst, war er doch tot? Und zwar, weil er sich um die gekümmert hatte, die unten lagen und denen gar nicht mehr zu helfen war.»

«Stehst du nicht auch auf seiten derer, die man hinabstoßen will?»

Craig wandte sich mir zu, das Gesicht im Abendschein. Ich nahm an, er würde sagen, hier sei es friedlich, der Unterschied liege im Grad der Gefahr. «Es ist wahr, auch ich mische mich ein», erwiderte er so leise, daß ich ihn im Klatschen der Brandung kaum verstand. «Hoffe aber immerhin, das Gleichgewicht zu wahren … Ein Balanceakt, bei dem du mir helfen kannst.»

«Wie denn?» Unwillkürlich packte ich ihn beim Arm.

«Dräng mich nicht, stell keine Fragen, die ich noch nicht beantworten kann.»

Enttäuscht ging ich zurück zu dem gelben Wagen. Was ist nur mit ihm, fragte ich mich. O Gott, warum hat er kein Vertrauen?

Wir jagten noch über die Küstenstraße bis Mt. Alexander nahe dem Nordkap. Craig starrte finster in das Abendrot. Wenn er meinte, ich beobachte ihn nicht, hatte er oft etwas Trauriges an sich, als seien ihm eine Menge schlimmer Dinge zugestoßen, die er nicht vergesssen konnte.

Eigentlich hatten noch Victoria (alte Kirchen, fliegende Fische, rosarote Korallenriffe) und Gouyave, das alte Charlotte Town, auf seinem Programm gestanden, wo es den Windsor Park, die Dougaldston Plantage, auf der alle Gewürze wuchsen, und eine berühmte Muskatnußfabrik gab. Es sollte von dort aus nicht mehr allzu weit sein bis Fedons Camp, 2509 Fuß hoch, dem Zufluchtsort des Aufstandsführers vom März 1795. Julien Fedon, ein grundbesitzender Farbiger, hatte den Briten fünfzehn Monate lang blutige Gefechte geliefert, gestärkt durch Zulauf flüchtender Sklaven. Die Ära der großen Sklavenbefreiung auf Haïti, im Gefolge der französischen Revolution. Fedon hatte den englischen Gouverneur festgesetzt, St. George's umzingelt und beherrschte, von den französisch besetzten Antillen mit Schußwaffen versorgt, zeitweilig den Rest Grenadas. Aber dann rückten die Briten von Insel zu Insel vor, nahmen seinen Nachschubhafen und drängten ihn ins Landesinnere zurück, bis zu jenem Gipfel – Fedons Camp –, der nur zu Fuß erreichbar war. Ein halbes Jahr noch, dann zerbrach sein Widerstand. Zwar wurde er nie gefaßt, war aber vermutlich im Sommer 1796 auf der Flucht nach Trinidad ertrunken ... Jedenfalls, sagte Craig, verlor sich seine Spur, wie die so manchen standhaften Revolutionärs in der Geschichte.

Craig wußte das alles, hatte beim Schreiben seiner Monographie viel darüber nachgedacht. Für diesen Trip war es zu spät geworden, man brauchte halt zwei Tage für Grenada: *You can do the island in two days,* wie es im Reisebüro an der Young Street ganz richtig hieß. Er wendete und raste im Licht der Scheinwerfer zurück. Ich bat ihn, etwas vorsichtiger zu fahren.

«Wenn ich in trüber Stimmung bin, hilft mir das», antwortete er. «Es ist eine Art des Vergessens.»

«Was willst du vergessen?»

Er schwieg, dann äußerte er vieldeutig: «Die allgemeine Situation und auch meine eigene.»

Mehr war von ihm nicht zu erfahren.

Nachher, im Bett, versprach er: «Bald werde ich dir alles sagen, was du wissen willst. Gib mir noch ein bißchen Zeit.»

«Verschiebe die Vergangenheit auf später; die erste Regel der Zivilisation.»

«Des friedlichen Zusammenlebens, Judy. Komm zu mir!»

«Auch eine Art des Vergessens, Jeff?»

«Vielleicht die beste», sagte er. «Liebling, du mußt dir deshalb keine Sorgen machen. Schließlich bin doch ich derjenige, der die Sache austragen wird.»

Diesmal kam Craig mir seltsam unbeteiligt vor. Er war womöglich noch einfallsreicher als sonst, doch mit den Gedanken ganz woanders, und ich spürte die Routine. Er schien in mir eher den Mannschaftskameraden in einer besonders lebensvollen Sportart zu sehen als die Frau, die ihn liebte; das machte mich unsicher und traurig. Ja, ich fand ihn perfekt und kalt, ein Liebhaber der Luxusklasse, vom Fließband ... Und auch von mir wußte ich nicht genau, ob ich noch ernstlich vorhatte, ihn zu verstehen, ihm zu helfen oder ihn doch zu trösten – oder ob ich jetzt gleichfalls Theater spielte, nur erpicht auf den eigenen kurzen Genuß. Es ließ sich kaum übersehen, zumindest vor mir selber nicht verheimlichen, zum erstenmal war unsere Harmonie gestört.

II

Wir hätten natürlich heimfahren können, Sauteurs war auch bei Nacht keine zwei Autostunden von Point Egmont weg. Aber Craig zog es vor, in einem billigen Gasthof zu übernachten. Er wollte mir am Freitag den Norden der Insel zeigen, das Fischernest Nonpareil, den Muskatnußverarbeitungsbetrieb von Grenville, den Kratersee Lake Antoine dicht beim Nordoststrand. In seiner Lebensführung sparsam, ökonomisch, als berechne etwas in ihm, das sich seinem Einfluß entzog, ständig den Kosten-Nutzen-Faktor, kannte er Überschwang eigentlich nur im Bett. Doch nicht bloß dort glich er, wie mir bald aufging, einem Wirbelsturm auf schwer berechenbarer Bahn. Er war überhaupt für jede Überraschung gut.

Ein paarmal hörte ich ihn im Schlaf reden, ohne ein Wort zu verstehen. Gegen Morgen merkte er, daß auch ich nicht mehr schlief, zündete seine Pfeife an und eröffnete mir, auf den Ellbogen gestützt, seine Maschine ginge mittags. Ja, er fliege von Pearls Airport ab, für ein paar Tage in die Staaten. Das sei leider unvermeidlich, es habe ihn sehr gequält. Er sage das erst jetzt, da er mir und sich den gestrigen Tag nicht hatte verderben wollen. – «Du bist mir doch deshalb nicht böse, Judy?»

«Es ersetzt mir die kalte Dusche. Triffst du wieder die Dame im Barbados Hilton?»

«Nein, in Bridgetown steige ich nur um.»

«Ist sie deine Exfrau?»

Er schüttelte den Kopf, und es erleichterte mich, daß er wenigstens nicht log. Das Distanzierte ihres Umgangs, von mir an jenem Septemberabend bemerkt, schloß es völlig aus, daß sie einmal Mann und Frau gewesen waren. Ich hatte eher den Eindruck gehabt, er wollte erst mit ihr ins Bett. – «Und weshalb fliegst du diesmal, mein Schatz?»

«Wegen Greta, meiner Tochter. Sie ist elf und Evelyn bei der Scheidung zugesprochen worden.»

In aromatischen Tabakrauch gehüllt, blickte ich ihn fragend an. Wo war das Problem? Er sah, daß ich mich nicht zufriedengab, und fuhr widerstrebend fort: «Vorgestern kam ein Anruf aus Boston. Ein alter Freund sagte mir, er habe bei Evelyn ein Chaos vorgefunden. Ich wußte zwar, sie hat angefangen zu trinken, aber nicht, daß es so schlimm mit ihr geworden ist.»

«Gibst du etwa dir daran die Schuld?»

«Nein. Jedenfalls nicht direkt. Es sieht so aus, als hätte mein Nachfolger sie sitzenlassen. Doch mit dem Kind muß nun etwas geschehen. Ich muß mich um Greta kümmern, nicht wahr, das leuchtet dir doch ein?»

«Was meinst du mit kümmern? Bringst du sie mit?»

«Ich hab daran gedacht, aber das wär auch keine Lösung. Evelyn hat das Sorgerecht. Ich bringe Greta in ein gutes Internat. Mein Freund hat schon eins ausgeguckt, aber abnehmen kann er mir's ja nicht. Das müssen schließlich die Eltern tun. Es geht auch nicht ohne Evelyns Einverständnis ... In spätestens einer Woche bin ich zurück.»

Zum erstenmal erwähnte er seine Tochter, mit spürbarer Überwindung. Es stand kein Bild von ihr bei ihm; weder eins von Evelyn, was normal war nach dem Bruch, noch von Greta, an der er offenkundig hing. Das erschien mir nicht ganz so plausibel. Ich war voller Mitgefühl, obschon eine innere Stimme mich flüsternd warnte. Weshalb machte er solch ein Geheimnis aus Dingen, die peinlich sein mochten, aber jedem von uns passieren konnten? Doch die Welle des Mitleids schwemmte meine Zweifel weg. Er neigte eben, was Privates betraf, zur Geheimniskrämerei. Ich mußte ihn nehmen, wie er war; im Grunde gefiel mir seine Scheu. Nichts ist lästiger als Männer, die unablässig von sich selber reden, von ihren Liebschaften, einen mit der Vergangenheit nerven ... Und sollte die Geschichte dennoch erfunden sein – etwa, weil er seine Exfrau oder das Mädchen aus dem Hilton wiedersehen wollte –, so bot er sie doch so überzeugend dar, daß man ihm glauben mußte.

«Wer ist die Frau im Hilton-Park gewesen?»

«Die rechte Hand meines Literaturagenten. Sie gab mir damals den Roman zurück, mit dem bedauernden Kommentar ihres Chefs.»

Ich erinnerte mich, er hatte einen Aktenkoffer mit Zahlenschloß bei sich gehabt, den ich später nicht wieder bei ihm sah. Vermutlich enthielt er das Originalmanuskript; ich übersetzte seinen Text nach einer Kopie. «Und wen hast du gestern von Mirabeau aus angerufen, Evelyn oder Greta?»

«Gut, daß du danach fragst.» Er zögerte, weiterzusprechen, man mußte ihm jede Auskunft abringen. Ich dachte, wenn er jetzt in die Falle tappt und sagt, er habe mit Boston telefoniert, dann beschwindelt er dich auf der ganzen Linie. Denn in den zehn Minuten, die das Gespräch gedauert hatte, kam er nie bis Boston durch. «Judy, ich hab James gebeten, in meiner Abwesenheit mal nach dir zu sehen.»

«Diesen Dr. Fisher?»

«Ich weiß, du magst ihn nicht besonders; deshalb gehe ich mit euch beiden auch kein Risiko ein. Er wartet nachher am Flugplatz auf dich, wenn ich mich in die Lüfte schwinge. Du legst doch keinen Wert darauf, den Wagen selber heimzusteuern?»

«Nein, wegen des Linksverkehrs. Ich hätte mir ein Taxi genommen.»

«Willst du denn überhaupt die Stellung halten?»

«Soll ich solange wieder ins Hotel ziehen?»

«Immerhin, es ist ziemlich einsam auf Point Egmont.»

«Ja, du wirst mir fehlen. Aber ich bin keine zaghafte Natur.»

«Es gibt ja auch praktisch kaum Kriminalität hier. Ich dachte mehr an Fledermäuse, Liebste, oder an die vielen Mungos, die dich erschrecken könnten.»

«Hast du eine Waffe im Haus, so für alle Fälle?»

«Nein, du weißt doch, ich bin Pazifist.»

Das Frühstück bestand aus verbranntem Toast, zähem Rührei, gallebitterem Kaffee und einem Obstsalat, in dem die billigen Melonenwürfel überwogen. Als wir über La Fortune in Richtung Levera fuhren, sprach Craig von den Mungos auf der Insel. Man hatte die marderähnlichen Tiere um die Jahrhundertwende aus Indien importiert, zur Schlangenvertilgung, obgleich es Giftschlangen hier gar nicht gab. Auf Trinidad und St. Lucia kamen freilich Lanzenschlangen vor, das war im Kolonialamt wohl verwechselt worden, sie stießen schneller zu als die Kobra und töteten auch Mungos. Überhaupt war – laut Craig – der Ruf des Tieres als Schlangentöter, von dem alten Romantiker Kipling verbreitet, sehr übertrieben. Der Mungo griff die Kobra ungern an, solange es ihm an ungefährlicheren Gegnern nicht mangelte, und war der (ungiftigen) großen Boa nicht gewachsen. Im Zoo von Port of Spain auf Trinidad fütterte man Boas mit lebenden Mungos ... Das ganze habe sich als gedankenloser Eingriff in die Tierwelt erwiesen und zur Mungoplage auf Grenada geführt. Daneben existiere noch die Nonnenmeerkatze, von französischen Sklavenhändlern aus Westafrika importiert. Sie habe sämtliche Tauben erlegt, während die Papageien, als träge und schmackhaft, von Menschenhand ausgerottet worden seien.

Wie Craig wieder mit seinem Wissen glänzte! Wozu erzählte er mir das? Fast klang es, als wollte er mich einschüchtern, so daß ich Point Egmont für die Zeit seiner Abwesenheit freiwillig räumte. War er so um mich besorgt? Er sollte lieber froh sein, wenn ihm jemand das Haus hütete.

Levera Beach war ein Idyll aus Sand, brausendem Wasser und Palmen im äußersten Nordosten, wo die lange Dünung des Atlantiks schäumend anrollt und sich an den Riffen bricht. So schön wie Grand Anse Bay, noch ursprünglicher durch das Fehlen von Hotels und den machtvollen Wellenschlag. Dicht vor der Küste lag die Levera-Insel, ein steiler, bis an die Spitze bewaldeter, hundert Meter hoher Zuckerhut (auch Sugar Loaf genannt), mit Green Island und Sandy Island rechts davon und dem bizarren Felsen London Bridge, in den das Meer eine Wölbung gewaschen hatte, im Hintergrund. Die Kette der Grenadinen zog sich bis zum Horizont.

Craig zeigte mir mit verächtlicher Miene Levera Beach Development, eine Errungenschaft des Fremdenverkehrs wie Westerhall Point, nur viermal so groß – zweihundert Hektar. Eine Kapitalgruppe aus Canada war dabei, das Objekt mit Bungalows, einem Supermarkt und dem unvermeidlichen Country-Club auszustatten, nebst 48-Betten-Hotel und einem Golfplatz mit neun Löchern. Die Tourismus-Spekulanten hatten ihren Tummelplatz noch unter dem alten Regime gekauft, von der Land Development Control Authority, einem Komitee unter dem Vorsitz von Paul Scoon, dem heutigen Generalgouverneur der britischen Krone. Und zwar zu dem Spottpreis von einer Million EC-Dollar, was ein halber Dollar für den Quadratmeter war. Man konnte sich vorstellen, wieviel da in die Taschen von Eric Gairy und des achtköpfigen Gremiums unter Paul Scoon geflossen sein mochte.

Es gelang mir nicht, diesen Handel so recht zu verabscheuen. An Grundstücksgeschäften klebte auch anderswo Dreck. Viel mehr bedrückte mich Craigs Abreise und der Umstand, daß er sich erneut zu verdüstern schien, obwohl mein Verständnis ihm doch alles erleichtern mußte. Wir verzichteten auf das Naturwunder des Lake Antoine und fuhren über Tivoli, Upper Pearls und Paradise zu der Muskatnußfabrik von Grenville, die Besucher gern empfing und ihnen handgeflochtene Palmblattbeutel als Souvenir anbot, gefüllt mit Muskatnuß, Vanille und sonstigen Gewürzen; preiswerter als in der Granby Street von St. George's.

«Jeff», fragte ich, als wir vom Obst- und Gemüsemarkt – einen Block landeinwärts – zum Fischmarkt an der Seeseite schlenderten, «was hast du noch auf dem Herzen? Es kann nicht nur deine Tochter sein, das sehe ich dir an.»

«Ziemlich schwer, dir auszuweichen», sagte er auf dem Weg zum Flugplatz. «Ja, es ist mehr als das: die ganze verdammte Situation auf der Insel.»

«Sie bricht nicht gleich zusammen, wenn du ihr mal den Rükken kehrst.»

«Wer weiß? Bist du sicher? Ich bin's nämlich nicht. Maurice ist recht optimistisch, wenn er meint, es könne nichts geschehen, weil Washington hier keine Botschaft und die CIA keine Bleibe hat. Der Regierungschef auf Reisen – gleich passiert etwas.»

«Wo ist er denn hin?»

«Über Cuba nach Ungarn und in die Tschechoslowakei, also weit genug weg.»

«Dein Freund Forsyth hat gesagt, kein Geheimdienst der Welt kann eine Führung stürzen, die so im Volk verankert ist.»

«Das hat Dennis dir gesagt. Tatsächlich ist er nicht so naiv. In Wahrheit macht er sich Sorgen. Er sieht in der Medizinischen Akademie die Operationsbasis, das Zentrum des Spionagerings.»

«Genau wie Lescaut ... Erinnerst du dich an den Schluß deiner Party? Da hat Lescaut erst Fisher und dann sogar dich mit dem

Geheimdienst in Verbindung gebracht. Ihr seht doch alle Gespenster.»

«Pierre ist beschwipst gewesen, das stimmt, in puncto Akademie war er auf der richtigen Spur. Wo sonst hier bietet sich der Agency wohl so eine breite Basis konzentrierter weißer Intelligenz? Vor Jahren gab es noch dreißigtausend Urlauber, ein Viertel davon aus den USA, und hundertfünfzigtausend Tagesgäste von Kreuzfahrtschiffen. Doch erstens ging das sehr zurück, und zweitens, wie lange bleibt denn ein Tourist? Dagegen die Hochschule, da hat man die Wahl für ein Dutzend ständige Vertreter. All die Lehrer und Studenten ...»

«Lescauts Verschwörungstheorie!»

«Immerhin ist ein Student schon als Terrorist gefaßt worden. Hat damals das Reisebüro in der Young Street und die Hotelpavillons in Brand gesetzt, angestiftet von zwei Männern aus New Jersey, wie er zugab. Nein, für Dennis bleibt die Hochschule ein Rattennest, ein Hort der Konterrevolution. Und leider ist sie für ihn absolut tabu.»

«Er kann dort nicht ermitteln?»

«Nein. Stell dir den Aufschrei in den Staaten vor. Seit dem Geiseldrama von Teheran sind solche Einrichtungen jedem Zugriff entzogen. Welch prächtiger Ersatz für die nichtvorhandene Botschaft.»

Es war schwer, sich dieser Logik zu verschließen. Craig parkte am Südrand der regennassen Piste und gab mir, meines Gepäcks wegen, den zweiten Wagenschlüssel. Der Flitzer würde hier bis zu seiner Rückkehr stehen. Am Schalter bezahlte er die Flughafensteuer von 5 EC-Dollar und nahm die Bordkarte entgegen, das Ticket hatte er schon in St. George's gelöst. Dann gingen wir neben dem Rollfeld auf und ab.

«Versuch, mit James auszukommen», bat er mich. «Er hat seine Schrullen, ist aber ein gescheiter Kerl. Und gib ihm den ‹Ernstfall›, er will ihn lesen. Das Manuskript befindet sich im Aktenkoffer, der im Flügel liegt. Klapp den auf, dann siehst du's gleich.»

«Du willst ihm deinen Roman anvertrauen?»

«Es sind nur drei Exemplare, und mir ist's lieber, eins davon liegt bei ihm. Tue nie alle Eier in einen Korb.»

«Glaubst du, man könnte sie dir stehlen?»

«Ach was, für jeden anderen ist das Altpapier. Aber es könnte doch der Blitz einschlagen, das Haus brennt ab, es ist aus Holz.»

«Ich rette eher dein Werk als meine Kleider.»

«Noch etwas», sagte er hastig, denn nun wurde sein Flug aufgerufen. «Versuch doch mal, mit James über einen gewissen Jimmy Pfister zu sprechen – ein dünner Mann von Mitte dreißig mit einem Schnurrbart, Student der Akademie.»

«Jim Pfister», wiederholte ich. «Was ist mit ihm?»

«Nun, er fällt schon seines Alters wegen leicht aus dem Rahmen. Behauptet, Absolvent von West Point und Konsul in Laos gewesen zu sein, während des Vietnamkriegs. Verläßt den Auswärtigen Dienst zugunsten einer zweiten Karriere als Arzt, das erscheint Dennis und auch mir etwas dubios.»

«Ich soll also deinem Commander helfen.»

«Liebling, er tut auch was für dich. Ruf ihn an, falls du dich einsam fühlst, seine Nummer liegt auf dem Schreibtisch, und er schickt dir einen seiner Leibwächter. Er hat's mir ausdrücklich versprochen.»

«Ach, Jeff, das wird nicht nötig sein.»

Wir küßten uns unter dem grauen, wolkenverhangenen Himmel, und ich sah zu, wie Craig mit Passagieren um die Pfützen herum zu der viermotorigen DC-6 der Leward Islands Air Transport schritt, die am Westende der Startbahn stand. An der Gangway wandte er sich um, winkte mir zu und verschwand im Rumpf. Zwei Motore sprangen hustend an. Während die Triebwerke warmliefen, gingen mir zusammenhanglos Dinge durch den Kopf wie: Diesen Airport haben die Briten 1943 gebaut, zur Bekämpfung deutscher U-Boote nahe den karibischen Tankerrouten. Was, wenn das Flugzeug abstürzt oder Craig wegbleibt, bei Greta oder in den Armen dieser Frau aus dem Park? Aber ich wußte ja, das waren unsinnige Gedanken. Es fiel mir nur so schwer, die Maschine abheben und meerwärts verschwinden zu sehen.

III

Als ich meine Reisetasche aus Craigs Auto zog, trat plötzlich Dr. Fisher an mich heran, gefolgt von einem ziemlich großen goldfarbenen Apportierhund undefinierbarer Rasse. «Hallo, Mrs. Janssen», sagte er mit dem professionellen Lächeln des Psychiaters, das ihm wie gefroren auf den Lippen haftete, in Kontrast zu seinem harten Blick. «Unser gemeinsamer Freund wünscht, daß ich Sie heimbringe.»

«Reizend von Ihnen. Wo steht denn Ihr Wagen?»

«Für die drei Kilometer reicht ein Taxi.»

«Drei Kilometer?» Der Hund stupste mich an, mit dem Satz «brav sein, Ronny» rief Fisher ihn zur Ordnung.

«Ja, bis zum Boot, es liegt im Hafen», sagte er zu mir. «Es stimmt doch, daß Sie gern auf dem Wasser sind?»

«Das hängt vom Wetter ab.»

«Es klart auf und bleibt fein, Nordost drei, zum Segeln ideal. Eine Kaffeetour, Madam. Gemütlicher, als Sie's mit Admiral Seymour hatten.»

Craig mußte ihm mein Abenteuer geschildert haben. Der Hund tappte neben uns her. Mit einem Schnalzen lockte Fisher ihn ins Taxi, wo das Tier leise, von Ungeduld zeugende Laute ausstieß. Ich wußte nicht, wer mir mehr zuwider war, der Hund oder sein Herr.

Das Boot lag am Landungssteg hundert Schritte südlich der Anglikanischen Kirche von Grenville, eine weiße Yacht mit zwanzig Quadratmetern Segelfläche und Außenbordmotor; es hieß «Inspiration». An sich mußten zwei oder drei Mann es segeln, Dr. Fisher aber, der vieles an Bord mechanisiert hatte, schaffte es mit seinem Hund allein. Nicht mal beim Ablegen durfte ich ihm helfen, er schien sich im Glanz seiner Männlichkeit zu sonnen. «Platz, Ronny», befahl er, und der Hund kroch im Cockpit auf ein Kissen, das zweifellos sein Stammplatz war.

Die Ausfahrt erforderte viel Können, Fisher lief im Zickzack durch den Luffing Channel, eine von Sandbänken und unsichtbaren Riffen gesäumte Rinne, an deren Rändern sich brausend der Ozean brach. Es schien mir bestimmt zu sein, den Ehrgeiz von Seehelden zu teilen. Verbissen bediente er von seinem Platz im Heck das Ruder, die zwei Segel und das Schwert. «Wenn ich Wind hab, brauch ich kein Benzin», erklärte er mir, als in einer Wende das Schwert aufkam und ich ihm riet, den Motor anzulassen. Nach einer schlimmen Meile lag die Außentonne hinter uns, Fisher umrundete das Ostkap des Inselchens Marquis Island – schmal und unbewohnt –, lockerte die Schoten und ließ sich genießerisch in einem Wind treiben, der schräg von hinten kam und den er Backstagbrise nannte, der Neigung folgend, in Fachausdrücken zu schwelgen und sich gehörig vor mir aufzubauen. Mit seinem scharfen Profil, den senkrecht gefurchten Wangen und den zielsicheren Bewegungen der schlaksig langen Arme machte er an der Pinne auch gar keine schlechte Figur.

«Erzählen Sie mir lieber von sich, von Ihrem Job», bat ich ihn auf der Höhe von Great Bacolet Point, an dessen Felsflanke die Brandung stand. Lange Wellen hoben das Boot, glitten schmatzend unter uns weg. Von der See her zeigte sich die Ostküste Grenadas in piratenhaft wilder, zerrissener Schönheit.

«Ja, was wollen Sie hören?»

«Möchten Sie nicht die Interna der Hochschule lüften?»

«Eigentlich nein ... Was interessiert Sie daran?»

«Nun, die Seltsamkeiten ihrer Existenz an diesem Ort. Zum Beispiel, wer sie gegründet hat.»

«Kein Geheimnis! Das ist der Vater von Peter Bourne gewesen, eines Beraters der Carter-Administration. Bourne senior soll ein enger Freund von Alfonse D'Amato sein, dem konservativen Senator von New York. Das ist noch unter Gairy eingefädelt worden.»

Dr. Fisher beschrieb mir die Hochschulleitung und die Zusammensetzung der Studentenschaft. Ich empfand sein Entgegenkommen als unausgesprochene Aufforderung, nach unserem mißglückten Start auf Point Egmont doch noch eine Basis freundschaftlicher Gemeinsamkeit zu finden. Sein Bericht war ganz frei von Seitenhieben, von der üblichen akademischen Bosheit und Rivalität. Gegenüber den anderen Dozenten und ihren kleinen Schrullen nahm er eine eher olympische Haltung ein. Wenn er den Namen des einen oder anderen nannte, mit dem er zu tun hatte, geschah dies stets mit einem Wort der Anerkennung. Trotzdem blieb in mir ein Unbehagen – so, als sei er beständig darauf aus, etwas Entscheidendes vor mir zu verbergen.

Übrigens war Fisher kein Doktor der Medizin. Bevor er die ärztliche Laufbahn einschlug, hatte er mit dem Thema «Skandal und Gesellschaft» promoviert, an Hand der Watergate-Affäre. «Ja, da berühren sich unsere Branchen, die der Soziologie und die des Enthüllungsjournalismus», eröffnete er mir. «Ich würdige die Bedeutung dessen, was der Kern Ihrer Arbeit ist, Mrs. Janssen: die Jagd nach der Sensation. Von einem bestimmten Niveau an zumindest. Auch da, wo diese Jagd aus Motivgründen unsympathisch erscheint, muß man sie wegen ihrer Reinigungsfunktion im Dienste der Aufklärung anerkennen.»

«Schön, daß Sie mein Tun so hochherzig beurteilen.»

«Wie ich eben sagte: Niemand hat ein allgemeines Interesse an Aufklärung, an Herstellung von Öffentlichkeit deutlicher gemacht als der französische Autor Emile Zola, als er den Skandal um den jüdischen Hauptmann Dreyfus, der zu Unrecht wegen Geheimnisverrats verurteilt und verbannt worden war, zu seiner Sache machte. Bekanntlich schloß Zola seinen offenen Brief an den Präsidenten der Republik mit den Worten: ‹Ich habe nur eine Leidenschaft, die der Aufklärung im Namen der Menschlichkeit, die soviel litt und die ein Recht auf Glück hat. Mein flammender Protest ist nichts anderes als der Schrei meiner Seele. Man bringe mich vor das Schwurgericht, und die Untersuchung soll in aller Öffentlichkeit stattfinden.›»

«Man muß Zolas Leidenschaft nicht teilen, um zu sehen, daß wir auf der Ebene viel profanerer Gefühle und uns unbewußter Bedürfnisse Skandale höchst attraktiv finden», sagte ich, um ihn ein wenig zu dämpfen. «In Frankreich erregt man sich voller Wollust, in Deutschland ist man entsetzt, schlicht angewidert; nach englischer Art lehnt man sich zurück und genießt es erst mal; bei Ihnen schreibt man Dissertationen darüber.»

«Ganz recht. Denn wie ich schon sagte ...» Mir fiel auf, daß Fisher es liebte, diese Wendung zu gebrauchen, einem Komponisten gleich, der gern zu einer Tonfolge zurückkehrt, um die Hörer mit einem Motiv zu kitzeln, das durch Wiederholung nur gewinnt. «Wie gesagt, durch Skandale wird ja auch Dampf abgelassen, werden gesellschaftliche Konflikte erträglich gemacht, indem man sie in Kampfschauspiele verwandelt.»

«Watergate oder Dreyfus, das war doch kein Spiel.»

«Die meisten Dinge des Lebens, Mrs. Janssen, werden dennoch nach festen Regeln in Spielform ausgetragen. Sogar der Krieg.»

«Und wer gewinnt?»

«Der Bessere natürlich.»

Es war die gehobenste Konversation, die ich jemals an Bord geführt hatte. Wir erreichten jetzt die La Sagesse Bay, wo vor elf Jahren die Einheimischen, geführt vom *Jewel,* den Zaun des Lords Brownlow eingerissen und sich den Zugang zum Strand ertrotzt hatten. Nördlich von Westerhall Bay sank die Sonne auf den Delice Hill nieder, und Fisher fragte sich, ob er's wohl noch bei Tageslicht bis zu seinem Liegeplatz im Yachtclub von St. George's schaffe. «Sonst ankere ich unterhalb Ihres Hauses, wenn Sie gestatten.»

«Jeffs Haus», erinnerte ich ihn.

«Der Spaß endet nämlich dort, wo man nachts durch solche Gewässer läuft. Zwar hab ich nichts dagegen, Kopf und Kragen zu riskieren, doch wär es schade um das Boot. Hinter der Calivigny-Insel ist ein geschützter Platz.»

«Secret Habour.»

Fisher lachte trocken auf, er bog, wie damals Seymour, elegant um den Point of Fort Jeudy, vermied die überwaschenen Klippen vor der kleinen Adam-Insel, hob das Schwert und ankerte so dicht am Ufer, daß uns das Wasser beim Aussteigen nur bis an die Knie ging. Vom Wind war im Port Egmont nicht mehr viel zu spüren. Mit eingerollten Segeln schwankte die «Inspiration», gut vertäut, bloß ein wenig in der Dünung. Der Hund schüttelte sich an Land, hechelnd trottete er mit uns bergauf.

«Ich muß sowieso das Manuskript von Ihnen holen», hörte ich Fisher hinter mir sagen. «Jeff hat's mir fest versprochen.»

Mit Craigs Yaleschlüssel, einem Sicherheitssystem aus der Vorkriegszeit, schloß ich auf und ließ Fisher den Vortritt. Es wunderte mich, daß er das Manuskript seines vertrauten Freundes nicht kannte ... Wie sollte es weitergehen? Ich sah, daß er aus seinem Beutel eine Flasche Wein in den Kühlschrank schob, und begriff, er wollte mir noch Gesellschaft leisten – wozu?

«Kampfspiele, wie gesagt.» Bei Tisch nahm er den Faden wieder auf. «Es wird mit hohem Einsatz und ungewissem Ausgang gespielt, oft in glänzender Besetzung und Dramaturgie. Dabei kommt es stets zu dem, was man die moralische Abwertung der Eliten nennen könnte. Das Veröffentlichen der Fehler, die sie begehen, ruft insgeheim ja Genugtuung, Mitgefühl und manchmal Einsicht in tragische Konfliktlagen hervor. Einblick in die Schwächen derer, die in der Hierarchie emporgekommen sind und sich vom Volk entfernt haben, ist immer auch ein Trost: ein Stück Rücknahme von sozialer Distanz und Entschädigung der unten Gebliebenen. Da haben Sie die Ventilfunktion.»

Ich schenkte ihm ein. Der Wein war noch nicht kalt genug. Vorerst war nur klar, daß der Mann es genoß, plaudernd Dinge zu zerpflücken und aus dieser Übung des Geistes einen persönlichen Stil zu entwickeln. Der Wein und der Imbiß, schnell von mir bereitet, machten ihn mitteilsam. Mich entspannte dies, ohne mein

Unbehagen gänzlich zu zerstreuen. Weshalb nahm er nicht den Roman, rief ein Taxi herbei und verschwand?

«Wäre mir eine unwissenschaftliche Sinneshaltung eigen», fuhr er fort, «würde ich sagen, ich hab die Zweifelsucht im Blut. Im Grunde ist mir wenig heilig, Judy.» Er gebrauchte den Vornamen mit aller Natürlichkeit, so als ob das Gespräch, das wir führten, nur unter Freunden möglich sei. «Seit Watergate bin ich nicht mal mehr ein Patriot. Klar ist doch, in den großen Skandalen wird die Grenze zwischen Politik, Moral und Geschäft neu vermessen. Bei der ständigen Grenzverschiebung zwischen Erlaubtem und Unerlaubtem bleiben ja viele Normen unscharf, im Halbdunkel. Es ist die Funktion von Skandalen, über unser Interesse an persönlichen Schicksalen hinaus zur Reformierung von Handlungsrichtlinien zu führen.»

Recht hochgestochen. Wozu sagte Fisher das? Er schien doch eiskalt zu sein, gar nicht der Mann für zweckfreies Geplauder. Bestimmt war es besser, ihm Craigs Text zu geben und dem Geschwätz ein Ende zu setzen, denn als die Diva in einer Salonkomödie zu agieren. Aber etwas hielt mich zurück, ich goß ihm nach und sagte: «Aus meiner bescheidenen Sicht stört der Skandal das kumpelhafte Untersichsein der Herrschenden. Für Sekunden öffnet er die Tür zu ihren Villen und Büros. Mit der Langeweile durchstößt er die Entfremdung.»

«Indem er uns an den Fragen von Herrschaft und Moral teilnehmen läßt, ergänzt er auf volkstümliche Art die öden Strukturen der Machtausübung.» Fisher sprach im Ton ironisch-wehmütiger Klage. Schlagartig änderte sich das, er fragte: «Und welchem Skandal sind Sie auf der Spur? Vermutlich einer Geheimdienstaffäre.»

«Vermutlich. Fragt sich bloß, welchen Dienstes.»

«Der unsere hat sein Grenada-Debakel schon hinter sich. Ein Senatsausschuß hat die CIA bereits vor zwei Jahren arg kritisiert und ihr alles weitere hier verboten. Wär Ihnen mit den Protokollen des Hearings gedient?»

«Lüften Sie lieber einen anderen Zipfel des Schleiers, Doktor.»

«Bitte nennen Sie mich James.»

«Mir fehlen ein paar Stücke in dem Puzzle ..., James. Eins davon heißt Jim Pfister.»

Fisher spielte mit der Flasche, er drehte sie lässig auf dem Tisch herum. «Wer soll das sein?»

Ich fühlte seine Unaufrichtigkeit. «Einer Ihrer Studenten.»

«Einer von achthundert. Das ist ein weites Feld.»

«Dünn, schnurrbärtig und zwölf Jahre älter als der Rest.»

«Ach, der! Unser bemoostes Haupt.»

«Was ist seine Rolle nach Ihrer Meinung, James?»

In dem Moment erlosch das Licht. Die übliche Stromsperre. Ich zündete uns Kerzen an. Im Vorraum jaulte der Hund. Fishers Schatten glitt riesengroß über die Wand. Ich hatte den Eindruck, er musterte mich nachdenklich. «Wer hat Sie auf Pfister gebracht?»

«Natürlich Jeff, wer sonst?»

«Es fällt mir nicht leicht, über ihn zu sprechen. Vor Jeff täte ich's kaum, er ist mir zu eng mit Dennis liiert. Sie verstehen doch, Judy, es wär mir unmöglich, einen amerikanischen Bürger auch nur andeutungsweise zu denunzieren.»

«Im feindlichen Ausland! Als Patriot, der Sie nicht sind. Pfister soll an der Militärakademie von West Point und Konsul in Laos gewesen sein.»

«So heißt es. Wie ich eben sagte, man trifft mit einer Vielzahl von Menschen zusammen und blickt den wenigsten ins Herz ... Obgleich ich mich oft bemühe, es zu tun – auch jetzt, in diesem Augenblick.»

Er zeigte die Krallen. Offenbar haßte es Fisher, auch nur den Anschein von Sanftmut entstehen zu lassen, auf Kosten seiner Männlichkeit. Mit einer Entschuldigung stand er auf und ließ den Hund herein, dessen Gewinsel ihn störte.

Mir reichte es nun, die Zeit war reif für eine klare Sprache. «Wissen Sie was? Für mich ist Ihr Schützling Pfister bedeutungslos. Zu alt, zu auffällig und außerstande, den Mund zu halten über seine politisch-militärische Vergangenheit. Nicht gerade das Musterbild eines Profis; eben noch gut als Scheinziel.»

«Als Scheinziel, wieso?»

«Um von den wirklich harten Burschen abzulenken.»

«Wessen Spiel spielen Sie eigentlich?» fragte Fisher aus dem Dämmerlicht heraus. «Das von Jeff oder Ihr eigenes?»

«Und Sie?» Ich goß den Rest der Flasche in sein Glas. «Trinken Sie das als Wahrheitsserum.»

«Immerhin sind Sie auf Jeff zugegangen und nicht umgekehrt – warum? Er ist nicht übermäßig attraktiv, und bei Ihrem Charme hätten Sie's kaum nötig ...»

«Vielen Dank, James. Das reicht wohl.»

«Ich will nur sagen, Sie haben sicherlich viel Glück bei den Männern.»

«Ach, wissen Sie, die meisten schaffen es, sich in meiner Gegenwart zu beherrschen.»

«Weshalb so bescheiden? Jeff haben Sie völlig den Kopf verdreht, nach dem, was ich von ihm darüber weiß.» Er tätschelte das Fell seines Hundes.

Ich tat es ihm nach. Das Tier schnaufte, es wedelte träge mit dem Schwanz und ließ es sich gefallen.

«Ronny ist ein Snob», sagte Fisher. «Sehr wählerisch. Nicht mit jedem schließt er gleich Freundschaft.»

«Ich teile seine Einstellung.»

«Er mag Sie, Judy. Genau wie Jeff Sie mag. Den haben Sie tief beeindruckt.»

«Was macht Sie daran so nervös?»

«Im Gegenteil, ich begrüße es. Wie kommen Sie denn darauf, daß es mich irritiert?»

«Weil Sie es dauernd wiederholen.»

«Tue ich das?»

«Seit fünf Minuten habe ich den Eindruck.»

«Verzeihen Sie. Kann sein, der Alkohol bekommt mir nicht mehr.»

«Macht er sie aggressiv? Sind Sie deshalb neulich so aufgebraust, während Jeffs Party?»

«Wann bin ich denn da aufgebraust?»

«Als Lescaut Ihnen im Scherz unterstellte, für Ihren Geheimdienst tätig zu sein.»

«Im Scherz? Sagen wir besser, im Suff. Pierre trinkt, er ist menschlich so fertig wie beruflich, wußten Sie das nicht? Nur noch eine feiste Ruine. Sein Wirklichkeitsverständnis hat sich stark zurückgebildet. Und die Früchte seines Verfolgungswahns dient er auch noch der Regierung von Grenada an.»

Eine Zeitlang sprach Fisher über Lescaut im Jargon des Psychiaters. In seiner Stimme lag kein Vorwurf, es klang wie eine nüchterne Darlegung von Fakten.

«Lescaut», warf ich ein, «hat Jeff dasselbe vorgeworfen, und der ist absolut ruhig geblieben; das gab mir zu denken.»

«Jeff hat eine Schwäche für Pierre, dem läßt er alles durchgehen ... Ich nicht. Ich lasse mich ungern anpöbeln.»

Das Licht flammte auf. Ich blies die Kerzen aus. Meist kam der

Strom wieder, bevor der Kühlschrank anfing, abzutauen. Als ich mich umsah, saß Dr. Fisher am Flügel, er schlug ein paar Akkorde an und improvisierte «Some of these days you make me happy»; es klang blechern, als spiele er auf einem Spinett. Mir fiel ein, daß ganz hinten im Klavier nach Craigs Worten «Der Ernstfall» lag.

«Tut mir leid, das Ding ist irgendwie verstimmt.»

«James, bitte hören Sie auf zu musizieren.»

Er verstand den Wink. Brav schloß er die Klappe über den Tasten, ging zum Telefon und bestellte sich vom Calabash-Hotel ein Taxi. «Ich darf nicht zulassen, daß meine Sangesfreude Sie der Ruhe beraubt», sagte er und lächelte glatt.

Irgend etwas an seinem Gebaren warnte mich. Ich brachte es nicht fertig, vor seinen Augen das Manuskript aus dem Versteck zu ziehen. Vieles von dem, was er geäußert hatte, war recht zweideutig gewesen; ich wollte es erst einmal durchdenken. Von instinktiver Vorsicht geleitet, gab ich ihm statt des Originalmanuskripts, das Craig ihm zugedacht hatte, die Durchschrift, nach der ich den Roman übersetzte.

Er warf einen Blick darauf. «Ist dies das richtige Exemplar? Es sollte in einem Aktenkoffer sein.»

«Ich hab's da herausgenommen.»

«Wirklich? Jeff sprach vom Original.»

«Die Kopie wird Ihnen doch genügen.»

Er schob den Hefter stumm in seinen Beutel und trat mit mir auf die Terrasse hinaus. Unter uns schwankte im Mondlicht sein Stolz, die «Inspiration», und irgendwo im Hintergrund scharrte der Hund. «Morgen hab ich zu tun, es macht Ihnen doch nichts aus, wenn das Boot da noch etwas liegt?» Er sprach so höflich, als sei die Bucht mein Privatbesitz.

«Aber nein. Es wird mich an diesen reizenden Nachmittag erinnern.»

«Ich rausche öfter um die Insel, seien Sie doch wieder mal mein Gast.»

«Ach, lieber nicht. Eines Tages werden Sie kein Glück mit dem Wetter haben, auf ein Riff laufen und traurig zugrunde gehen.»

«Sie würden mir das doch nicht wünschen?»

«Nein, mein Freund. Ich fragte mich nur, warum das zwischen all diesen Klippen noch nicht geschehen ist.»

«Ich bin erst drei Jahre hier, Judy. Lassen Sie mir Zeit.»

Ich schloß hinter ihm ab und verriegelte die Fenster. Sie hatten kein Glas, es waren schräge Brettchen aus Hartholz, die den Regen abwiesen, die Luft aber hindurchstreichen ließen. Von einem Klimagerät schien Craig nichts zu halten ... Dann zog ich seinen Aktenkoffer aus dem Flügel. Es war derselbe schwarze Koffer, den er damals im Flugzeug von Barbados bei sich gehabt hatte. Irgendwie mußte ich ihn öffnen, um mit der Übersetzung fortzufahren, doch er hatte ein vierstelliges Zahlenschloß. Bei vier Kreisen von null bis neun gab es zehntausend Einstellmöglichkeiten. Es würde Stunden dauern, den Koffer aufzukriegen. Bestimmt fand ich eher das dritte Romanexemplar, das ja auch noch im Hause war.

All das sollte mich erst morgen beschäftigen. Ich duschte und ging zu Bett. Vorm Einschlafen stieß ich in Craigs Taschenbuchausgabe der Reflexionen und Maximen von La Rochefoucault auf zwei Sätze, die mich seltsam berührten. Sie lauteten: «Es gibt böse Menschen, die weniger gefährlich wären, wenn sie dabei nicht auch gut wären.» Und: «Es gibt verkleidete Unwahrheiten, die die Wahrheit so gut vortäuschen, daß man ein schlechtes Urteil hätte, wenn man sich nicht von ihnen übertölpeln ließe.»

Hatte ich ein schlechtes Urteil und war Dr. James Fisher solch ein Mensch? Dann jedenfalls der amüsanteste Bösewicht, dem ich je begegnet war.

IV

Das erste, was mir in die Hände fiel, als ich zwischen Craigs Papieren nach der zweiten Kopie seines Romans suchte, waren zwei Clubkarten des Hauseigentümers. Er hieß Arthur Lambert, hatte im Kolonialdienst gestanden und war Mitglied des Corona Clubs sowie des West Indian Clubs gewesen. Dieser beschrieb sich auf der Karte britisch pingelig als *a Social Club for persons belonging to, connected with or interested in the British West Indies,* er stand also Offizieren, Beamten wie Geschäftsleuten und deren Angehörigen offen, die jemals etwas mit dem karibischen Besitz der Krone zu tun gehabt hatten. Der Corona Club schien rein geselliger Art, er war im Jahre 1900 gegründet worden zu dem bizarren Zweck, alljährlich ein Dinner in London zu geben. Für 25 Pfund im Jahr war man dabei, als ehemaliges Mitglied *of Her Majesty's Overseas Civil Service.* Schutzpatron: Her Majesty The Queen ... Als Arthur Lambert Grenada verließ, hatten erst er und dann seine Erben, wie mir Quittungen zeigten, das Haus für 50 EC-Dollar pro Woche mit dem Mobiliar vermietet. Craig zahlte nur die Hälfte des Betrages, den Rest schoß die Regierung zu, praktisch wohnte er hier für 100 Mark im Monat, also beinahe umsonst.

Es war mir lieb, meine Neugier zu befriedigen. Er sprach so wenig von sich, daß ihm nur recht geschah, wenn man ihm ein bißchen auf die Schliche kam. Da besaß er zum Beispiel eine *Concorde VIP Club*-Karte, die dem Inhaber Prominentenstatus gab, indem sie ihn als Freund von Ersterklasseflügen mit dem französisch-britischen Überschall-Jet Concorde auswies: ein Prestigebillett ohne Wert, seit der Jet, durch die Treibstoffkosten unrentabel geworden, nicht mehr flog ... Aber nein, das Kärtchen sicherte ihm bei der Air France und der BOAC noch immer das Vorrecht auf gesonderte Ruheräume in Flughäfen und auf einen Platz an Bord, wenn ein Flug schon ausgebucht war. Irgendein Normalsterblicher blieb dann für ihn zurück. Dieses Privileg gewährten Fluggesellschaften eigentlich nur Leuten, die ständig mit ihnen reisten. Wie war Craig in den erlesenen Kreis gelangt?

Aha, die British Airways hatte er oft benutzt, und zwar auf Routen zwischen den Vereinigten Staaten und Jamaica – nach dem, was in vergilbten Flugplänen angekreuzt war. Ich vertiefte mich da hinein. Ein Dutzend Luftlinien bedienten den International Airport Palisadoes bei Kingston, doch außer der Air Jamaica flog nur die BOAC-Tochter British West Indian Airways täglich von dort nach Miami, mit günstigem Anschluß zum Washingtoner Dulles-Flughafen. Wie es schien, hatte Craig im Jamaica Pegasus an der Oxford Road von New Kingston oder im Hotel Flamingo gewohnt, zwei Meilen vom Zentrum und 13 Meilen vom Airport Palisadoes, wie ein Vermerk besagte. Darunter die Anschrift der US-Botschaft: Dukestreet 43, Kingston.

Relikte aus einer Zeit, als sein Paß noch nicht abgelaufen und der Schutz der Botschaft ihm sicher war. Was hatte er dort getrieben? Urlaub gemacht – das konnte nicht sein, eine Addition von Reisespesen wies allein drei solcher Flüge aus. Auch zwischen Boston und Kingston war Craig häufig gependelt, wie ein Firmenvertreter im Auslandsdienst. Seine Zeit auf Jamaica – irgendwann gegen Ende der siebziger Jahre – hatte er nie erwähnt; er zog es ja überhaupt vor, das Vergangene ruhen zu lassen. Daher fehlte es dem Bild, das ich von ihm hatte, an Tiefenschärfe. Wie ein Porträtfoto, auf dem der Hintergrund verschwimmt.

Viel weiter brachte mich die Suche nicht. Man kriegte ein schlechtes Gewissen und staubige Finger davon. Statt der Romankopie fand ich eine Mappe voller Wirtschaftsdaten und Reden karibischer Politiker, in der über den hiesigen Vizepremier handschriftlich folgendes stand: «Winston Bernard Coard – ein schwergewichtiger, hochintelligenter Mann von 32 mit derbem, humorvollem Gesicht. Trotz seiner Boxerstatur liegt Charme in seiner Art, sich zu bewegen und zu reden. Er hat eine Manier, Zigarillos anzubieten, die seltsam entwaffnend und kultiviert wirkt ... Zwei Töchter mit seiner Ehefrau Phyllis, 5 und 6 Jahre alt.»

Craigs Handschrift und auch sein Stil. Ich stutzte bei der Altersangabe. Da Coard inzwischen, wie auch Bishop, 39 war, stammte der Zettel aus dem Jahr 1976. Er war aber dem Text einer Rede beigefügt, die Coard im letzten Februar vor Vertretern von privaten und kirchlichen Organisationen für Entwicklungshilfe aus England, Canada und den USA in St. George's gehalten hatte. Wenn kein Schreibfehler vorlag, was sich anhand der Altersangaben für die Töchter Coards leicht überprüfen ließ, dann mußte Craig dem Mann schon vor sieben Jahren begegnet sein, als Coard noch auf Jamaica gewesen war.

Die Rede selbst überflog ich bloß. Der Vizepremier bekannte sich darin zur Idee der Basisdemokratie: «Es geht uns nicht um Verhältnisse, bei denen nur einige wenige an der Spitze für sich selbst Demokratie erfahren im Gegensatz zur großen Mehrheit der Menschen unten, sondern um Verhältnisse, unter denen jeder einzelne voll teilnehmen kann.»

In einer Randnotiz kommentierte Craig dies zustimmend. Seine Anmerkungen verrieten ein lebhaftes Engagement. Aber hatte er mir nicht gesagt, daß ihn mehr die Historie und die Zeitgeschichte kümmere als der gegenwärtige Stand, der Fraktionskampf auf der Insel? Am Schluß stand, er habe die ganze Rede auf Band genommen. Ich fand das sauber beschriftete Tonband in seinem Regal und nahm mir vor, es später anzuhören. Es interessierte mich schon, wie Bernard Coard die Dinge sah.

Ein flacher Ordner enthielt Zahlenreihen – die Wirtschaft Grenadas im Spiegel der Statistik. Man erfuhr, daß es eine Zuckerfabrik, sieben Rumbrennereien, eine Seifen-, Kokosmehl- und Ölfabrik, eine Baumwollspinnerei (regierungseigen, auf Carriacou), zwei Eisfabriken, eine Zigarettenfabrik, ein Werk für Toilettenpapier und eine Brauerei gab, die auch nach Trinidad Bier exportierte. Wozu sammelte Craig solches Material? Auch die Steuertabelle war da, die er nach seiner Party erwähnt hatte.

Es folgten Vergleiche des Staatshaushalts vor und nach der Revolution. Im Jahre 1980 hatte sich der Etat auf 38 Millionen verdoppelt; Tendenz steigend. Die Handelsbilanz war passiv, es wurde dreimal soviel ein- wie ausgeführt, das Defizit sollte der Fremdenverkehr decken. Ein Siebtel der Importsumme, 17 Millionen Dollar, ging für Erdöl drauf, da das Land ohne Energiebasis war. Ähnliche Summen wurden für Kleidung sowie für Autos und Maschinen gebraucht. Nummer eins war die Ernährung, für fast 40 Millionen importierte man Lebensmittel. Ein Großteil dessen, was die Touristen aßen, kam noch immer aus Canada oder den USA.

Bald flimmerten die Zahlen mir vor den Augen. Bevölkerungsdichte 317 pro Quadratkilometer, 84 Prozent der Einwohner Afroamerikaner, elf Prozent Mischlinge, drei Prozent Indianer, ein Prozent Weiße, der Rest Inder und Chinesen. 64 Prozent römisch-katholisch, 22 Prozent Anglikaner, je drei Prozent Methodisten und Adventisten und so weiter. Es gab 766 Kilometer Straßen, zur Hälfte befestigt. Die Hälfte der Bevölkerung war unter 16 Jahre alt, die Geburtenrate betrug 24, die Sterberate sechs Prozent oder Promille, ich sah schon nicht mehr durch. Sie hatten drei Krankenhäuser mit 325 Betten, 39 Ärzten und 225 Schwestern (besonders treue Anhängerinnen von Maurice Bishop, wie Craig angemerkt hatte). Rund 4000 Rinder lebten auf der Insel, 8000 Schafe, je 6000 Ziegen und Schweine sowie 1500 Esel, 36 Maultiere und 13 Pferde.

Daß ich dies überhaupt durchlas, sprach für mein Interesse an Craigs Tun. Doch wozu trug er das zusammen, für seine Monographie? Er war Literat, kein Ökonom! Aufzuzeichnen, daß es auf Grenada 7702 registrierte Kraftfahrzeuge, 1005 Segelyachten, 18 Hotels mit 975 Betten, 68 Hauptschulen und 21 Realschulen gab, ging über jedes vernünftige Maß hinaus, es zeugte von Besessenheit.

Endlich dann, in Craigs Schlafzimmer, fand ich den Roman – gleich doppelt: das Originalmanuskript und eine Durchschrift. Dazwischen steckte das Foto eines wohl neunjährigen Mädchens, vermutlich seiner Tochter. Auf die Rückseite war, kindlich rührend, die Bitte gekritzelt: «Vergiß mich nicht» ... Das Original und eine Kopie, die zweite hat Fisher, drei Exemplare sind es bloß, was also ist in dem Aktenkoffer?

Ich ging hinüber und schüttelte ihn, es hörte sich an, als sei wenig darin. In einer Art Fieber begann ich, an dem Zahlenschloß zu fingern. Fest stand, Craig hatte mich belogen. Auch sprach Fishers Benehmen gestern abend dafür, daß er etwas anderes erwartet hatte – den Koffer eben, nicht das Manuskript. Mir war auf einmal, als würde ich etwas Wichtiges erfahren, wenn es mir gelang, den Koffer zu öffnen. Doch er blieb zu, und mir wurde klar, es würde drei bis vier Stunden dauern, alle zehntausend Kombinationen einzustellen, die möglich waren. Soviel Geduld brachte ich nicht auf. Ich versuchte es mit Zahlenreihen, die Craig geläufig sein mußten – der Telefonnummer, seiner Autonummer, dem Geburtsdatum –, ohne Erfolg.

Jemand klopfte an die Tür. Mir fiel ein, daß es Sonnabend war, ein Tag, an dem Sheila Ashby kam. Ich schloß auf und fand sie weniger flott gekleidet, so als lohne es in Craigs Abwesenheit nicht, sich besonders hübsch zu machen. Während wir das Nötigste besprachen, spürte ich – gegen meinen Willen immer wieder ihre zimtfarbenen Arme, die kleinen spitzen Brüste und den sinnlichen Mund mit Blicken streifend –, daß sie zwar so tat, als billige sie meine Gegenwart, mir in Wahrheit aber nicht gewogen war. Was auch immer die zwei verbunden haben mochte, bloße Neckerei oder vielleicht doch das Bett, mit meinem Einzug endete das, und sie sah in mir die fremde Frau, den Eindringling. Ich brachte es daher nicht über mich, mit ihr von Craig zu sprechen. Alles, wozu ich mich aufraffte, war, ihr das Foto des kleinen Mädchens zu zeigen.

«Das ist Greta», sagte sie. «Gretchen nennt er sie.»

«Ist sie denn einmal hier gewesen?»

«Sie kommt jedes Jahr in den Schulferien. Zuletzt ist sie Ostern dagewesen, zu ihrem Geburtstag. Jeff hat sie abgeholt, er flog ihr bis Barbados entgegen.»

Wenig angenehm, Miss Ashby «Jeff» sagen zu hören. Trotzdem fuhr ich fort: «Ostern fiel auf ihren Geburtstag?»

«Ja, Madam. Elf ist sie geworden. Ich mußte eine Torte backen mit der Zahl darauf ... Ein süßes Kind, er hängt sehr an ihr.»

«Fallen Ihnen sonst noch Besucher ein, von denen ich nichts weiß?»

«Nein», erwiderte sie schnippisch. «Meistens kommen ja nur die, die Sie von der Party kennen.»

«Meistens ... Und gelegentlich, wer noch?»

Miss Ashby sah mich belustigt an, als hätte ich keine Möglichkeit, jemals mehr über die Besucher zu erfahren, es sei denn, sie verriet es mir – wozu sie keine Neigung zeigte. Sie genoß spürbar das bißchen Macht, das es ihr erlaubte, meine Neugier zu befriedigen oder aber diskret zu sein, ihrem Herrn treu.

«Genauer gesagt?» fragte ich. «Oder möchten Sie nicht näher darauf eingehen?»

«Nein», sagte sie, und ihre vollen Lippen entblößten die blendend weißen Zähne. «Wenn Sie Damen meinen, da halte ich besser wohl den Mund.»

Damit drehte sie sich um und verschwand in der Küche, wo ich sie bald singen hörte. Es war ihr geglückt, mir einen Stich zu versetzen. Kein Weibchen ist so jung, daß es dies nicht kann.

Ich legte das Tonband ein und ging mit Craigs Recorder auf die Terrasse. Tief unten lag die «Inspiration», doppelt verankert, still im Wasser. Die Sonne stand so hoch, daß der Schatten des Bootes sich gleich daneben auf dem Sandgrund abzeichnete. Wann würde Dr. Fisher seine Yacht abholen? Er habe zu tun, hatte er gesagt; aber doch kaum den ganzen Tag. Ich stellte mir vor, daß er auch kam, um das zu fordern, was in dem Koffer war – dessen Kombination er kennen mußte, im Unterschied zu mir! Ein Unterschied, der mich kränkte, denn wer stand Craig näher, er oder ich? Welcher Art war das Geschäft, das sie da offenbar verband? Und weshalb hatte Fisher mich nicht gedrängt, ihm die richtige Fracht auszuhändigen? Ich besann mich ganz gut, er war etwas irritiert gewesen, hatte sich aber so taktvoll benommen, als ob es sich bei dem Inhalt des Koffers um Liebesbriefe oder um Rauschgift handelte.

Aus den zwei Lautsprechern des japanischen Recorders drang die Stimme von Bernard Coard. Ich hatte, bedrängt von meinem Problem, den Anfang der Rede verpaßt. Doch nun hörte ich ihn mit dem gepflegten Akzent der amerikanischen Ostküste sagen – natürlich, er hatte ja an der Brandeis University in Waltham, Massachusetts, studiert –: «Sehr oft ist manches im Leben nicht schön und gerecht. Es gibt viele Grenader aus der Mittelschicht, die im Ausland leben, und sie werden dort gefragt, wie es bei ihnen daheim aussieht: in was für Häusern die Leute wohnen, ob sie Autos haben und wie es mit Kühlschränken, Herden und ähnlichen Dingen steht. Dann sagen sie, jeder wohne in einem festen Haus, habe ein Auto, einen Kühlschrank, ein Stereogerät und dergleichen. Und wenn sie dann zurückkehren und vom Flugplatz heimkehren und sehen, daß auch Leute in Hütten wohnen, ohne fließendes Wasser und Strom, dann merken sie erst, daß mancher hier eine ganze Meile weit zu einem öffentlichen Wasserhahn gehen muß, um sich sein Wasser im Eimer zu holen, daß vierzig Prozent der Menschen ohne Wasseranschluß sind. Natürlich führen auch Stromleitungen fast durch jedes Dorf, aber es kommt doch darauf an, ob die Leute es sich leisten können, daß ein Anschluß zu ihnen gelegt wird ... Tatsächlich haben vierzig Prozent keinen Strom im Haus. Sie müssen mit Petroleumlampen und anderen Laternen auskommen. Dies ist der Teil der Wirklichkeit ...»

Es schienen Worte eines gescheiten und maßvollen Mannes zu sein. Recht sparsam die klassenkämpferischen Töne, als er von Auslandskorrespondenten sprach, die nach dem Gedeihen der Privatwirtschaft forschten, bei den falschen Leuten, wie der Vizepremier meinte: sie sprächen nur mit Menschen ihrer eigenen Bildungsschicht, und auch da mit den Großkaufleuten anstatt mit den Unternehmern. – «Es sind aber die Großhändler, die Druck gespürt haben, weil wir ihnen sagten: Schaut her, wenn wir dieses Land, diese Gesellschaft entwickeln wollen, dann sind die Tage des Gewinnabschöpfens vorbei. Wir sagten ihnen: Wer sein ganzes Leben lang nur Sachen importiert hat, um sie mit einem Preisaufschlag danach im Groß- und Kleinhandel weiterzuverkaufen, der sollte diese Dummheiten im Laufe der nächsten Jahre langsam vergessen und sich nach einer Betätigung in der Produktion oder im Tourismusgeschäft umsehen, in den neuen dynamischen Bereichen der Wirtschaft.»

Wieder sackten mir die Sätze weg, denn plötzlich fürchtete ich, Dr. Fisher würde vorfahren, um den Koffer zu holen. Ich stand auf, ging hinein und schob ihn verstohlen in mein Bett. Es mangelte peinlich an Möglichkeiten, etwas zu verbergen. Wir setzten uns zum Essen, doch es kam kaum ein Gespräch auf. Ich wäre gern geschwommen, wagte es aber nicht, das Haus zu verlassen. Zu unruhig, um an Craigs Roman zu arbeiten, drehte ich das Tonband um und lauschte dem zweiten Teil der Rede.

Bernard Coard beklagte die guten Noten, die man in den USA

einem Staat wie Südafrika erteile, weil es dort ein Parlament und eine freie Presse gäbe. «Wir wollen doch nicht vergessen, daß es auch im alten Rom und in Griechenland Demokratie gab, für die Freien, und brutale Unterdrückung für die Sklaven – aber sie hatten Demokratie! Sie hatten Demokratie für einige. Die Bürger Roms hatten unverfälschte Demokratie für ihren Bereich in der Gesellschaft, aber diese Demokratie ruhte auf dem Rücken einer Masse von Sklaven, so wie es natürlich auch heute in Südafrika ist. Wenn sich aber dort ein Weißer entschließt, die schwarze Mehrheit zu unterstützen, wird er verhaftet und gefoltert werden. Deshalb müssen wir vorsichtig sein. Man kann eine ganze Reihe von Gesellschaftssystemen betrachten, und sie haben alle ihre Fallen. Wir müssen tiefer graben bis zu ihren Wurzeln.»

Von dem Gedanken an James Fisher ging etwas aus, das mich hinderte, der Ansprache zu folgen. Ich hörte ihn wieder sagen: Wessen Spiel spielen Sie eigentlich, Judy, das von Jeff oder ihr eigenes? Was sollte das heißen, was spielte denn Jeff für ein Spiel? Ich sah über die Brüstung – die «Inspiration» lag nicht mehr da … Während wir aßen, war die Yacht verschwunden! Fisher war also hier gewesen, warum nicht auch oben bei mir? Das verhieß nichts Gutes. Als Sheila Ashby aufbrach, war ich schon so nervös geworden, daß ich Commander Forsyth anrief und um den vereinbarten Schutz bat. Ohne mich etwas zu fragen, versprach er, einen Mann zu schicken, der mir mitsamt dem Jeep bis zu Craigs Rückkehr zur Verfügung stehen würde. Erleichtert legte ich auf, dankbar für diese Großzügigkeit.

Die Sonne sank über Lance aux Épinees und der kleinen Glover-Insel, Coard redete weiter, ich konnte ihm nicht mehr folgen. Wie am Abend zuvor schloß ich das Haus ab, verriegelte die Fenster und horchte auf jeden Laut. Wo blieb der Soldat des Commanders? Es wurde rasch finster. Ein Knacken im Holz schon beunruhigte mich. In diesem jämmerlichen Zustand kam mir der Einfall, es mit Gretas Geburtsdatum zu versuchen. Sie hatte Ostern Geburtstag gehabt, und mein Taschenkalender nannte als Ostersonntag den 3. April … Als ich die Zahlenfolge 0304 am Kofferschloß einstellte, sprang unter meinen Händen der Deckel auf.

Auf den ersten Blick enthielt der Koffer wenig, drei dünne Schnellhefter, dazu aber – in die Deckeltasche eingezwängt, so daß es beim Schütteln nicht klapperte – eine kleine Kamera, an der ein Kettchen hing zum Einhalten des richtigen Abstands. Es war ein Fotoapparat, geeignet, Papiere abzulichten, sie auf Mikrofilm zu nehmen.

Mir blieb keine Zeit, die Hefter aufzuschlagen. Draußen war Motorgeräusch, Schritte knirschten, und es pochte an der Tür. Ich lief hin und fragte, wer draußen sei. Es war der Leibwächter Forsyths, derselbe junge Mann, mit dem ich schon auf der Party gesprochen hatte. Er hieß Ben Friday und war Sergeant. Er entschuldigte seine Verspätung: Maurice sei soeben aus Cuba zurück, man habe ihn von Pearls Airport hergeleitet.

Ich gab Friday zu essen und wies ihm mein Zimmer an. Selber zog ich mich in Craigs Schlafraum zurück. In einer sentimentalen Regung hatte ich schon letzte Nacht Craigs Bett benutzt. Es war der einzige abschließbare Raum innerhalb des Hauses. Ich drehte den Schlüssel um und nahm den Koffer mit spitzen Fingern – als berge er alles Unheil, das mich hier noch treffen konnte.

V

Der erste Ordner enthielt Dossiers über einige Personengruppen auf Grenada. Ein Blatt zählte Namen und Lebensdaten des Personals der Botschaft Cubas auf. Einem ihrer Mitarbeiter schrieb es Sympathie für die Gruppe Coard zu. Dieser Gruppe, so hieß es, gehöre auch der grenadische Botschafter in Habana an. Das Papier folgerte daraus, die Schärfe des Fraktionskampfes werde Cuba gegenüber verdeckt. Die sowjetische Botschaft wurde überhaupt nicht erwähnt.

Alle weiteren Blätter schätzten die Führungskräfte Grenadas ein, sortiert nach Ministern, ZK-Mitgliedern, Gewerkschaftern und Offizieren. Viele der Genannten saßen in zwei dieser Gremien, einige – wie der Verteidigungsminister und sein Vize – gehörten sogar dem Kabinett, dem Zentralkomitee und der Armeeführung an. Bernard Coard, so las ich, sei es in den letzten zwei Jahren geglückt, Vertreter seiner Linie (wie Ewart Layne, den Sicherheitschef Liam James und den erst kürzlich zum Major ernannten Leon Cornwall, Exbotschafter in Habana) in das 15-köpfige ZK zu bringen. Man habe den alten Führungskern des NJM um Kenrick Radix, Jacqueline Creft und Vincent Noel allmählich aus ihren Parteiämtern verdrängt. Die Gruppe Coard besetze längst auch Schlüsselpositionen in der Armee. Dennoch sei deren Haltung so unklar wie die ihres Chefs, des Generals Hudson Austin. Das *New Jewel Movement* lasse über den internen Streit nichts verlauten, nach außen demonstriere es Geschlossenheit.

Ich war erstaunt. Manches davon hatte Craig mir schon angedeutet, doch wozu führte er darüber Buch? Es war auf seiner Schreibmaschine getippt – keiner elektrischen, wegen der Stromsperren –, derselben, die auch ich benutzte, die Typen waren mir vertraut. Und nahm er die Seiten dann womöglich auf Mikrofilm, in wessen Auftrag, für wen? Schaffte er sie etwa so außer Landes, und wenn ja, wohin? Bestürzende Fragen.

In der zweiten Mappe fand ich verwirrenderweise Materialien über eine «Partei der Roten Avantgarde» auf Jamaica, mit Auszügen aus Reden ihres Führers Jack Shannon, der mehrfach Grenada erwähnte. So hatte er gesagt: «Unter den Jamaicanern, die dort beim Aufbau der neuen Gesellschaft helfen, sind auch Mitglieder unserer Partei.» Ein angehefteter Zettel nannte in Craigs Handschrift ein paar solcher Helfer. Dazu der Vermerk, grenadische Führer wie Bernard Coard und Dennis Forsyth hätten während ihrer Zeit auf Jamaica der Partei nahegestanden, sie seien von deren Geist erfüllt.

Was für ein Geist das war, ließ sich höchstens erraten. Viel zu nervös, mich in das Gestrüpp programmatischer Erklärungen zu versenken, nahm ich nur einzelne Sätze auf – so über die Notwendigkeit, den kapitalistischen Entwicklungsweg zu verlassen, die Bourgeoisie zu enteignen und mit kleinbürgerlichen Kräften nicht mehr zu paktieren. In Nicaragua und Grenada gehe der Befreiungsprozeß nach der Zerschlagung reaktionärer, von den USA gestützter Diktaturen über den Rahmen bürgerlich-demokratischer Staatlichkeit bereits hinaus, dort werde der Übergang zu einer revolutionären Demokratie vollzogen. Auf Jamaica hingegen habe die sozialistische Partei des Ministerpräsidenten Michael Manley bei den 80er Wahlen ihre Positionen hauptsächlich deswegen verloren, weil sie nach innen bloß populistisch, also inkonsequent gewesen und nach außen vor dem US-Imperialismus Schritt für Schritt leisetreterisch zurückgewichen sei.

Was hatte das mit Grenada zu tun? Manche der Wendungen waren mir fremd, schwer verständlich. Immerhin begriff ich, die «Partei der Roten Avantgarde» war ultralinks, eine Gründung radikaler Studenten aus den frühen 70er Jahren. Sie hatte nach eigener Mutmaßung allenfalls ein paar tausend Wähler (von der einen Million Stimmen, die es auf Jamaica gab) und keine Chance, dort je ins Parlament zu kommen. Ihr fehlte es, so wurde geklagt, an Rückhalt bei ebenden Arbeitern, in deren Interesse sie vorgab, zu handeln. Nicht mal im Bauxit-Tagebau, dem größten Industriezweig, mit dem multinationale Konzerne den Reichtum des Landes ausbeuteten, hatte sie Fuß gefaßt. Doch keine Einsicht in die Realität hemmte ihren, wie mir schien, romantischen Gedankenflug. Offenbar bestand sie praktisch nur noch auf dem Papier und machte hauptsächlich durch Reden ihres Leiters Jack Shannon auf sich aufmerksam, eines wortgewaltigen ehemaligen Studentenführers. Allerdings, sie wurde von der Regierung geduldet; ihre Versammlungen fanden in einem Gebäude der Westindischen Universität in Kingston statt, an der Bernard Coard gelehrt hatte. Vielleicht übte sie auf Teile der grenadischen Führung einen gewissen Einfluß aus.

Der dritte Ordner enthielt das Protokoll einer Versammlung des Zentralkomitees des NJM vom 14. bis 17. September; dies lag kaum drei Wochen zurück. Mein Blick fiel auf einen Satz des Vorsitzenden Maurice Bishop: *Don't split a winning crew,* spaltet keine Mannschaft, die dabei ist, zu siegen. An anderer Stelle hielt ihm »Schwester Phyllis«, Coards Frau, entgegen: *Tell that to the marines* – ein Wort, das Verwirrung stiftete. Man bezog es auf die US-Marineinfanterie, doch es war nur eine Redensart, die bedeutet: Das kannst du einem erzählen, der die Hosen mit der Kneifzange anzieht. Ein dramatischer Bericht, durchsetzt von banaler Komik.

Die Tagung begann ohne den Armeechef, der im Ausland war, und ein weiteres krankheitshalber fehlendes ZK-Mitglied ganz sanft mit dem Herumreichen der Tagesordnung. Wie anscheinend üblich hatte Maurice Bishop sie verfaßt und mit Punkten zur Wirtschaftslage gespickt, doch man akzeptierte sie nicht. Liam James führt den ersten Schlag, indem er das Papier pauschal verwarf. Er sagte, es treffe nicht den springenden Punkt. Bishop erklärte sich bereit, die Tagesordnung zu ändern. Der Gewerkschafter Ventour präzisierte, was sie eigentlich enthalten müßte: Es gelte, den Zustand von Partei und Revolution sowie «Probleme des ZK» zu prüfen und zu sehen, wie man sie lösen könne. Bishop bezweifelte, daß sich dies an einem Tag schaffen ließ. Dann müsse man sich die Zeit halt nehmen, wurde ihm von Phyllis Coard gesagt – so lange tagen, bis es ausgestanden sei.

Ewart Layne begann: Die Revolution stehe vor ihrer größten Bedrohung. Im Volk mehre sich Unzufriedenheit wegen der langsamen Fortschritte, und der Feind schlafe nicht. Es gelte, das Bewußtsein der Arbeiterklasse zu heben und die Partei trotz ihrer vielfach kleinbürgerlichen Basis in eine echte Avantgarde umzuwandeln. Nach außen sinke ihr Prestige, wie das der Besuch der Delegation einer befreundeten Partei gezeigt habe. Der Druck des Imperialismus wachse, man brauche eine besser gerüstete Armee und den Schutz starker Verbündeter. Das ZK sei auf dem Wege zum Rechtsopportunismus.

Zwei weitere Sprecher billigten Laynes Analyse. Bishop versuchte, Herr der Situation zu bleiben, was ihm jedoch mißlang. Er räumte Fehler des Zentralkomitees ein, doch das beschwichtigte seine Gegner nicht. Am deutlichsten wurde Liam James, als er sagte: «Das Grundproblem ist die Qualität der vom Genossen Maurice ausgeübten Führung.» Es fehle ihm an den drei derzeit wichtigsten Eigenschaften: an Organisation und Disziplin, an ideologischer Gründlichkeit und an mehr Klugheit in puncto Taktik und Strategie. Die Fähigkeiten, an denen es ihm mangele, seien ebendie, derer man am dringlichsten bedürfe.

Beim Weiterlesen hatte ich das Gefühl, in ein Labyrinth von meist höflich und logisch vorgebrachten Argumenten zu geraten. Freilich mit dem Lichtblick, daß alle Wege zu einem Punkt hinführten: einer Schwächung von Bishops Position. Gegen seinen freundlich zögernden Widerstand trägt man die Idee einer «gemeinsamen Führerschaft» pausenlos an ihn heran. Man will ihn als Premier behalten, den Parteivorsitz aber soll er mit Bernard Coard teilen. Bishop fragt, wie das gemeint sei, und erfährt, sie beide sollten sich abwechseln – er möge jeden Monat im ZK präsidieren, Coard jede Woche im Politbüro. Bishop verstehe es, zum Volk zu sprechen und das klassenübergreifende Bündnis zu pflegen, Coards Stärke sei, die Akzente zu setzen in der Partei und im Land. Man beklagt – in Abwesenheit des Generals – die Schwäche der Armee, einer nennt sie «demoralisiert».

Landwirtschaftsminister Louison und Außenminister Whiteman unterstützen Bishop, sind gegen die gemeinsame Führerschaft. Man stimmt ab, neun sind dafür, zwei dagegen, zwei enthalten sich der Stimme. Darunter auch Bishop, er sagt, ihm falle es noch schwer, zu begreifen, worin genau die gemeinsame Führerschaft bestehe. Das ZK vertagt sich, um ihm Zeit zu geben, den Beschluß zu überdenken.

Die letzte Sitzung findet ohne Bishop statt, jedoch im Beisein Coards, der dem ZK nicht mehr angehört. Man bedauert, daß der Genosse Maurice den Eindruck habe, man vertraue ihm nicht länger. Es fällt der Satz: «Wir haben ihm schließlich erklärt, daß wir von einer Position der Liebe und des tiefen Respekts für seine Person ausgehen.» Seine Vorbehalte gegen den Beschluß würden das Voranschreiten der Partei hemmen und die Genossen verunsichern. Coard ergreift das Wort, tadelt Bishops Führungsschwäche sowie dessen Reise in die USA und sagt, daß der nationaldemokratischen Etappe der Revolution jetzt die sozialistische folgen müsse. Die Idee der gemeinsamen Führerschaft wird bestätigt; es klingt glatt und kultiviert, fast parfümiert. Außerdem wird beschlossen, daß «man nicht mehr während der Sitzungen raucht».

Im Grunde war all dies kaum sensationell – ein eher normaler, wenn auch in der Lage des Landes nicht ungefährlicher Konflikt in einer Regierungspartei, der ein Wechsel in der Führung bevorzustehen schien. Ein zivilisierter Streit hinter verschlossenen Türen. Von ihrem Manifest hatte sich die Partei, wie das so geht in der Politik, inzwischen weit entfernt. Darin stand, keine kleine Gruppe von Personen, wie klug oder gebildet sie auch sei, habe das Recht, sich in einem Zimmer hinzusetzen und für den neuen Messias zu halten. Ebendas war nun, zehn Jahre später, leider doch geschehen.

Viel mehr aber quälte mich die Frage, wie Craig zu diesem Wissen kam. Es konnte nicht direkt von Dennis Forsyth sein, der Commander war kein Mitglied des Zentralkomitees ... Die halbe Nacht hindurch lag ich schlaflos, mit pochendem Herzen, im Aroma des Pfeifenrauchs, das anheimelnd im Zimmer hing und an dem Bettzeug haftete – ein Duft, der mich mit Craig verband. Würde ich je sein Tun, seine Motive verstehen? In wirren Träumen war mir, als zerspringe das Bild, das ich von ihm hatte, zu Scherben. Hob man sie ans Licht, blitzte immer nur ein Stückchen Wahrheit darin auf.

Dr. Fisher fuhr am nächsten Morgen vor, als ich vom Schwimmen kam und gerade, ein Handtuch über den Schultern, mit Friday beim Frühstück saß. Er berührte mich leicht am Arm, eine Geste, die Ausdruck von Wertschätzung oder von Belustigung sein konnte. «Nanu, militärisch bewacht?» fragte er strahlend. «Mrs. Robinson und Freitag ...» Er kannte natürlich den Namen des Sergeanten.

«Ich stehe unter seinem Schutz.»

Fisher gab sich den Anschein, mich bewundernd zu mustern. Die Nacht hatte ein Netz von Fältchen um meine Augen hinterlassen, dennoch stellte er fest: «Gut sehen Sie aus! Ich bin beeindruckt.»

«Da soll mir wohl ein Schauer den Rücken runterlaufen?»

«Wär doch gar nicht schlecht!»

«Vielleicht ein andermal.» Ich zog es vor, auf seinen Ton einzugehen. Jetzt war es mir unbegreiflich, wie ich mich vor ihm hatte fürchten können. Was auch immer diesen Mann hier trieb, er war Craigs Partner und respektierte mich. Ich konnte ihm den Koffer ohne weiteres geben und so tun, als glaubte ich, das ihm angeblich zugedachte Romanexemplar sei darin. Wäre es nicht besser gewesen, die Augen zu schließen und aus der Sache herauszusein? Aber ich wollte Klarheit haben.

In Craigs Zimmer, wo man uns nicht hören konnte, legte ich den Koffer vor ihn hin. «Das Originalmanuskript. Verzeihen Sie, es hat im Klavier gesteckt.»

In Fishers Gesicht regte sich nichts. «Wozu das noch? Es genügt Jeff wohl, ein Exemplar auszulagern.»

«Vielleicht weicht der Text der Kopie, die Sie haben, erheblich ab vom Original.»

Er sah mich aufmerksam an. Mir war, als ziehe sich in der Tiefe seiner Augen etwas zusammen. «Sie wissen, was drin ist?»

«Natürlich das, was Sie vorgestern suchten.»

Fisher nickte, als habe sich ihm etwas bestätigt; in seiner Miene mischte sich müde Versonnenheit mit Ironie. Anstatt ihn zu verunsichern, hatte ich mich – wohl mehr durch den Tonfall – verraten. Es schien unmöglich, den Mann zu belügen.

«Der Koffer war doch schwer zu knacken», sagte er anerkennend. «Judy, Judy! So zäh und mißtrauisch, voll von beruflicher Neugier.»

«Es freut Sie, daß ich im Bilde bin?»

«Ich pokere zwar gern, aber nach meinem Gefühl war dieses Blatt schon vorgestern ausgereizt.»

«Ach ja, für Sie ist alles bloß ein Spiel. Ich frage mich nur, welches!»

«Hören Sie, Jeff hat verhindern wollen, daß Ihnen dies unter die Augen kam. Er liebt Sie und wollte Sie nicht unnötig belasten. Außerdem widerspricht es den Prinzipien unserer Arbeit, Dritte einzuweihen, auch wenn sie einem noch so nahestehen.»

«Die Regeln der Konspiration.»

«Sie sagen es. Als Jeff nun vor drei Tagen merkte, daß Ihnen etwas auffiel an ihm, daß Sie unterwegs an dem Kratersee in ihn zu dringen suchten, weil er bedrückt war, da rief er mich halt an ...»

«Sie sollten sich um mich kümmern.»

«Und den Koffer sicherstellen. Er fürchtete nämlich, Sie würden seinen Kram durchwühlen aus Sorge um ihn – und nicht nur auf das Zeug in den Regalen stoßen, das aus offenen Quellen stammt, sondern auch den Koffer finden. Also bat er mich, den mitzunehmen, sofern es ihm nicht noch gelang, Sie dazu zu bringen, in seiner Abwesenheit wieder ins Hotel zu ziehen. Er hat's doch versucht, nicht wahr?»

«James, weshalb ließen Sie sich von mir mit der Kopie abspeisen, wo es Ihnen um den Koffer ging?»

«Ich sah keine Möglichkeit, an den heranzukommen, ohne Ihren Argwohn zu erwecken. Hoffentlich ist das nun ausgestanden.»

«Oh, noch nicht ganz! So leicht stellen Sie mich nicht zufrieden.»

«Schön, was möchten Sie noch hören? Restlose Offenheit, die kann ich zwar nicht bieten. Aber was sich guten Gewissens beantworten läßt, das will ich Ihnen nicht vorenthalten.»

«Warum haben Sie gestern die Yacht geholt, ohne zu mir zu kommen?»

«Ich bin nicht selbst hiergewesen, ein Assistent hat das für mich gemacht. Wenn ein Boot verlassen daliegt, werden manchmal die Segel gestohlen oder gleich das ganze Ding. Nein, erst hatte ich zu tun, und später schien es mir geboten, mich ein wenig über Sie zu erkundigen.»

«Über mich? Bei wem?»

«Beim hiesigen Sicherheitsdienst. Wissen Sie, Jeff und ich, wir haben einen Draht dorthin.»

«Offenkundig ... Mit welchem Ergebnis?»

«Mit dem besten. Sie sind eine energische Frau, stehen aber

nicht, wie ich am Freitagabend schon fast befürchtet hatte, in amerikanischen Diensten.»

«Vielen Dank für das gute Zeugnis», stieß ich heraus, schockiert von der Unverfrorenheit, mit der er den Spieß umdrehte. «Und wie steht's da mit Ihnen selber? Für wen schnüffeln Sie?»

«Wie ich schon sagte, für die Sicherheitsbehörden des Landes.»

«Welchen Landes?»

«Dieses, das Grenada heißt.»

«James, das soll ich Ihnen glauben?»

«Der Inhalt des Koffers beweist es doch, bei genauer Betrachtung.»

«Dann haben Sie wohl nichts dagegen, wenn ich ihn Friday mitgebe, zu Händen von Commander Forsyth?»

«Gewiß nicht.» Der Vorschlag schien Fisher zu erheitern. «Tun Sie das, Judy. Dennis schätzt Sie sowieso, da wird Ihre Wachsamkeit seine Verehrung noch steigern.»

Wir starrten uns über den Koffer hinweg an.

«Was gucken Sie denn so streng?» fragte Fisher. «Das paßt gar nicht zu Ihnen. Eigentlich sind Sie doch ein ganz fröhlicher Mensch.»

«Sie haben Jeff da in etwas verwickelt, das für mich ziemlich undurchschaubar bleibt.»

«Sie täuschen sich, eher ist es umgekehrt gewesen. Jeff lebt länger hier als ich. Er war es, der mich davon überzeugt hat, daß man Grenada helfen muß. Stellen Sie sich vor, das Land ist praktisch ohne Abwehrdienst gewesen. Niemand hatte im internationalen Maßstab da die nötigen Erfahrungen. Denken Sie mal an das Zahlenverhältnis – Amerikas Geheimdienste beschäftigen weit mehr Menschen, als diese Insel Einwohner hat. Von der Qualität der Ausbildung ganz zu schweigen.»

«Sie und Jeff, Sie hatten die Erfahrung und die Qualität?»

«Allerdings. Wir sind Vietnam-Veteranen, hat er das nie erwähnt? Haben beide dort bei der G-2 gedient, im militärischen Abschirmdienst. Was wir dort sahen, hat uns für den Rest des Lebens genügt ... Denkweisen und Praktiken solcher Dienste sind uns seitdem durchaus geläufig. Das weiß man hier zu schätzen, es ist schon von einigem Wert.»

«Und Pierre Lescaut – auch mit von der Partie?»

«Keineswegs. Pierre ist aus Canada, war nie in Vietnam, dem fehlt das Saulus-Erlebnis. Ein verkrachtes Genie, ein Clown, das sollten Sie wissen. Er mag amüsant sein und eine hübsche Freundin haben, Jeff verzeiht ihm viel, aber Clowns gehören in den Zirkus. Daheim erweisen sich ihre Possen meist als üble Streiche ... Kein Wort zu ihm! Er trinkt – schon deshalb nicht.»

«Die Menschen sollten ein Schild um den Hals tragen, auf dem der Inhalt der Packung angegeben ist.»

«Solange das nicht der Fall ist, Judy, braucht man Burschen wie Jeff und mich: Literaten und Psychologen, die es fertigbringen, einem ins Herz zu schauen.»

«Wenn Sie's bei mir tun, was sehen Sie da?»

«Wie ich schon sagte, eine couragierte Frau. Sie sind aus beruflichen Gründen hergekommen – die Marinebasis, nicht wahr – und haben, auch dafür weiß ich dem Schicksal Dank, aus rein persönlichen Gründen beschlossen, zu bleiben. Sie sind genau die Richtige für Jeff ...» Energisch stellte Dr. Fisher das Glas mit dem Drink auf den Tisch und erhob sich.

«Nehmen Sie den Koffer nicht mit?»

«Nein, wozu? Der ist jetzt bei Ihnen besser aufgehoben als im Campus, wo es von Agenten wimmelt.»

«Das hat Lescaut gesagt ...»

«Weshalb soll ein Clown nicht auch mal recht haben? Die Agency ist überall. Was dieses Haus betrifft, da bin ich nur bei drei Leuten sicher, daß sie nicht dazugehören. Bei Jeff weiß ich's wie von mir selbst, und bei Ihnen ... Nun, genaugenommen wissen es da bloß Sie; aber das soll uns genügen, irgendwo muß man die Grenze ziehen.»

Mit dieser Betrachtung entfernte er sich, ohne den Koffer anzurühren. Draußen in seinem Straßenkreuzer hörte ich den Hund ihm freudig entgegenwinseln, dann sprang der Motor an.

Ich blieb verwirrt zurück, halb besänftigt; ja, das hatte Fisher geschafft. Halb aber doch mit dem vagen Gefühl, in irgendein schwer durchschaubares Komplott verstrickt zu sein. Einiges war von ihm nicht erklärt worden, wie die Existenz der Spezialkamera. Ich hatte vergessen, danach zu fragen. Ein paar Zweifel also blieben. Immerhin hatte ich mehr über Craig erfahren, als er selber mir anvertraut hatte: Die Bekehrung durch den Schock in Vietnam und sein Einsatz für dieses kleine, so schwer bedrängte Land. Das fügte die meisten der Scherben wieder zusammen, in die sein Bild mir über Nacht zerfallen war. Und doch, ich spürte, es blieb da ein blinder Rest.

VI

Einsam, in feuchter Hitze, verstrichen die Tage ohne Craig. Mit durchschnittlich 32 Grad im Schatten ist der Oktober auf Grenada der heißeste Monat. Wohl verschatteten hohe Kapokbäume das weiße Haus, doch zumal in den schwülen Nächten fehlte mir das lautlos fächelnde Klimagerät des Spice Island Inn. Frühmorgens saß ich stets an dem Roman, später unterhielt ich mich mit Ben Friday. Bevor er in die Vereinigten Staaten ausgewandert war, pflegte er sich der Völkerwanderung anzuschließen, die während der Zuckerrohrernte über Monate hinweg von Insel zu Insel zog. Er kannte sie alle und war voller Geschichten. Die daumendicken, mehr als drei Meter langen Stangen des bambusähnlichen Riesengrases schlug man mit der Machete, gefolgt von Frauen, die sammelten die Stücke auf. Grenada, sagte er, decke nur noch knapp den eigenen Zuckerbedarf und den seiner Rumdestillen.

Hinter den Calivigny-Kasernen, am Ostufer des Ports Egmont, zeigte mir Friday indianische Felsritzungen im weichen Tuff oberhalb eines mit Bananen bepflanzten Hanges. Zwischen Dornbüschen waren Tonscherben am Boden verstreut. Er warnte mich vor den rotbraunen Wespen, ihre Nester klebten offen am Fels. In flachen Höhlen gab es komische kleine Männchen, naiv geritzte Köpfe wie auf Kinderzeichnungen. «Keiner weiß, was das bedeutet, von welchem Indiovolk die Bilder sind ...» Noch ein ungelöstes Rätsel dieser Insel.

Laut Friday war die Banane auf dem Vormarsch. Nach dem verheerenden Orkan «Janet» hatte man zuerst ihre Wurzelstöcke neu gesetzt. Sie gedieh am besten auf humusreichem Waldboden, in ihrem Schutz wuchs Schattenbedürftiges wie Kakao-, Gewürznelken- und Muskatnußbäume oder Kokospalmen auf. Aber an Steilhängen reichte das schwache Wurzelwerk der Pflanze nicht aus, bei Wolkenbrüchen die Erde festzuhalten. Da bewährte sich der Korallenbaum besser, auch «Mutter des Kakaos» genannt. Die Banane, das ist ja bloß grünes Kraut, ein Stamm aus eingerollten Blättern, nur einmal im Leben treibt sie eine rotlila Blütenknospe hervor. Daraus entwickelt sich die Fruchtstaude mit den dichtsitzenden, aufwärts gereckten «Händen», deren jede viele «Finger» hat.

Wie die Milchrampen an deutschen Dorfstraßen standen hier

kleine palmblattgedeckte Schuppen, die *banana sheds.* Ein Zettel daran wies auf die nächste Schiffsankunft hin. Näherte sich ein Bananenschiff St. George's – es hatte stets Vorrang, die Musikdampfer mußten dann auf Reede bleiben –, karrte man die grünen Stauden an den Kai, gewaschen und in Zellophan verpackt. Männer und Frauen schleppten je eine Staude, über einen halben Zentner schwer, auf dem Kopf bis an die Ladeluken. Am Kontrolltisch auf Deck gab es Wertmarken dafür. Wer es wie Friday verstand, unter der schmetternden Sonne von früh bis spät zu schleppen, der kam auf zehn Mark pro Tag, denn zwei Stauden brachten immer fünf Cents.

Am Mittwoch, drei Tage nach Fishers Besuch, hielt ich es nicht mehr aus. In mir wuchs der Wunsch, eine vertraute Stimme zu hören. Da man von Point Egmont aus telefonisch nicht durchkam ins ferne Nicaragua, fuhr Friday mich zur Hauptpost. St. George's versank unter Regengüssen, beim Aussteigen verdampfte die Nässe, was man auch anhatte, es klebte einem an der Haut. Die Hauptstadt war gründlich verändert – oder doch mein Blick auf sie. Ohne Craig erschien sie mir glanzlos, armselig, verwahrlost. Zum erstenmal sah ich ihre schiefen, verschrumpelten Häuser, das rostende Wellblech der Dächer, die häßlichen Strommasten aus Holz in den nassen, schrägen, schlecht asphaltierten Straßen. Im Rinnstein, vor jedem Geschäft plump überbrückt, gurgelte das Wasser und ergoß sich in den Hafen. Tückisch stach die Sonne aus Wolkenlöchern, warf peinigend ihr trügerisches, beinahe giftiges Licht.

Wo war Craig? Wie erging es ihm in der Ferne? Seit fünf Tagen kein Wort! Weshalb rief er niemals an, schickte keinen Gruß und hatte auch nicht hinterlassen, wie ich ihn erreichen konnte? Unbegreiflicherweise fehlte in den Papieren, die ich durchstöbert hatte, die Anschift seiner geschiedenen Frau. Ich fand nur die Kontonummer einer Bank in Boston, wohin er regelmäßig tausend Dollar überwies; vermutlich den Unterhalt für Weib und Kind. Von ihm selber keine Spur, es war, als sei er verschollen.

Aus dieser Stimmung heraus, dem Gefühl des Verlassenseins, drängte ich meinen Sohn, als er nach stundenlangem Warten endlich in der Leitung war, sich doch für eine Woche dort loszureißen und zu mir zu kommen. Schon im September hatte ich ihm einen langen Brief geschrieben und ihn nach hier eingeladen.

Schließlich hatten wir uns eine Ewigkeit nicht mehr gesehen. Da Dirk in solchen Dingen eher unpraktisch war, sagte ich ihm die beste Flugverbindung durch. Die Kosten für das Ticket wies ich ihm telegrafisch an und fuhr zufrieden heim: *action is satisfaction.*

Auf Point Egmont erwartete mich unter dem Sonnendach der Terrasse überraschender Besuch: Pierre Lescaut mit seiner ständigen Begleiterin, der Halbblutschönheit Pamela Dolland. Ich bat sie hinein, und im Wohnraum verbreitete sich Frau Dollands Duft, Moschus mit einer Andeutung von Blumen. Lescaut ließ sich schwer in den Schaukelstuhl sinken, sie setzte sich zu seinen Füßen auf ein Polster und himmelte ihn wie bei unserer ersten Begegnung unablässig an. Vielleicht hatte er ihr gesagt, in seinem Grenadafilm sei Platz für sie als führendes Mitglied der Miliz, jedenfalls war er – den Dr. Fisher als Clown einstufte – für sie ein bedeutender Mann. Unverwandt haftete ihr Blick mit verzückter Aufmerksamkeit an seinem fast affenähnlichen Mund, so oft er den auftat.

Ich fragte ihn gleich nach der Telefonnummer von Craigs Exfrau in Boston, und wirklich, er hatte sie in einem Notizbüchlein parat. «Wo steckt denn Jeff?» wollte er wissen. «Er hat uns doch für heute eingeladen.»

«Bei seiner Tochter, in den Staaten.»

Lescaut wußte von der Reise, nahm aber an, Craig sei schon gestern zurückgekehrt. Ich bat Friday, die Drinks zu bereiten, und ging ins Schlafzimmer, ans Telefon. Die Verbindung kam rasch zustande, eine Frau meldete sich mit träger, wie alkoholisch verschleierter Stimme: «Wer ist da? Was wollen Sie?»

«Mrs. Craig, hier spricht eine Journalistin aus Grenada.» Falls sie inzwischen einen anderen Namen trug, so war mir der doch unbekannt. «Könnten Sie mir wohl Ihren Mann geben?»

«Ich habe keinen Mann.»

«Ich meine Mr. Jeffries Craig. Ist er zu sprechen?»

«Nein, mein Täubchen.»

«Wann kann ich ihn erreichen?»

«Bei mir nicht.»

«Wo dann? Ist er bei Ihrer Tochter Greta, im Internat?»

«Das geht Sie einen Dreck an.»

«Bitte hören Sie, Mrs. Craig …»

«Ach, halten Sie den Mund, Sie Schlampe.» Es knackte im Hörer, die Frau hatte aufgelegt. Ich kehrte zu meinen Gästen zurück.

Vielleicht gelang es mir später, Jeff selbst zu erreichen – oder Mrs. Craig in einem günstigeren Augenblick.

Nebenan bot sich mir das Bild aufkeimender Unstimmigkeit zwischen zwei Menschen, die einander verehrten. Noch immer sah Frau Dolland zu Lescaut hoch mit dem Ausdruck einer Jüngerin, der im Erweckungsgottesdienst das Licht der Gnade aufgeht. Unverändert hing sie an seinen Lippen und gab sich dem sanftrauhen Wohlklang der Stimme des dicklichen Mannes hin, als dringe vom Schaukelstuhl herab ein Glockenläuten an ihr Ohr. Aber sie begann auch, ihm zaghaft zu widersprechen. «Wenn man uns die Waffen wegnimmt, Pierre», sagte sie, «dann ist das weder ein Zeichen von Weisheit noch von dem Vertrauen, das man doch angeblich in uns setzt.»

«Sei froh, Pamela, die Knarre loszusein. So was paßt nicht zu dir. Du würdest dich nur selbst damit verletzen.»

«Im Gegenteil, ich schieße gut!»

«Soviel ich weiß», warf Friday ein, «schafft man das Zeug nach Point Salines, zu den Cubanern. Die wissen besser damit umzugehen.»

«Maurice begeht einen Fehler», erwiderte sie bitter. «Niemand hält mehr zu ihm als wir, abgesehen von seinen Krankenschwestern, für die ist er ja der Heiland in Person. Das stößt uns alle vor den Kopf ... Er ist eben auch nicht unfehlbar.»

«Seid froh, daß ihr ihn habt», erklärte Lescaut mit Nachdruck. «Er wird sich dabei schon was denken.»

«Wenn es überhaupt auf seine Weisung hin geschieht», sagte der Sergeant. «In der Stadt wird geflüstert, die Armeeführung hätte es durchgesetzt.»

«Dein General ist mächtig aggressiv», sagte Frau Dolland zu Friday. Sie äußerte diese Meinung in einem Ton, als ob Aggressivität für sie eine Eigenschaft sei, die einem General wohl anstünde.

«Ein ganzer Kerl», bestätigte Friday.

Es kam heraus, daß die Armee begonnen hatte, die Bewaffnung der Miliz – an die viertausend Handfeuerwaffen, teils veraltet, teils modern – einzusammeln und neben dem Rohbau der Empfangshalle des neuen Flugplatzes bei den Dörfern Frequente und Calliste zu lagern. Das sprach sich herum und führte zu Gerüchten. Ich dachte an die Papiere in Craigs Koffer und an das Gerangel in der Führung, von dem sie handelten. Mir erschien die Entwaffnung der Bürgerwehr, sollte sie sich bewahrheiten, als ein

Schritt gegen Bishop; die Miliz stand geschlossen hinter ihm. Wir machten uns Sorgen, keiner von uns wußte Genaues. Ein Duell an der Spitze war offenkundig das letzte, was das Land vertrug.

«Phyllis steckt dahinter», mutmaßte Lescaut. «Sie hat den Ehrgeiz und den Durchsetzungswillen, der bei Coard eine solche Stärke nicht erreicht. Sie ist sein Zündfunke, sein Antrieb ... Es steckt immer ein Weib dahinter.»

Er sah Pamela Dolland so zärtlich an, als gelte dies auch für ihn. Ihre Blicke trafen sich, Frau Dollands große, dunkle Augen, kindlich staunend, ohne Lidschlag, wie in Trance, und Lescauts wasserblaue Äuglein, als sei er eine überirdische Erscheinung, ein Engel mit feurigen Schwingen. Denn nun hatte er sich an Craigs weißen Flügel gesetzt – der noch von Lambert, dem Vorbesitzer, stammte – und schlug sanft und unaufdringlich lange, traurige, verträumte Akkorde an. Erwärmt von ihrer Bewunderung für solch musikalisches Talent, leuchtete sein Gesicht wie ein elektrischer Christbaum auf. Auch er schien dauerhaft von ihr bezaubert zu sein; so flossen bei den beiden Wirklichkeit und Einbildung wie in jeder Liebe untrennbar ineinander. Ich konnte nicht umhin, den äußerlich so benachteiligten Mann um das Glück dieser Partnerschaft zu beneiden. Gewiß liebte er die Insel, weil er ihr Pamela verdankte ... Im übrigen hatte ich dem Paar bei der ersten Begegnung innerlich unrecht getan.

Zweierlei bedrückte Lescaut: Er kam auch über Forsyth nicht mehr an Maurice heran, und man verweigerte ihm das Dutzend Fotos, die bei dessen Besuch in Washington im letzten Juni entstanden waren. Die Visite galt als kein Ruhmesblatt, nicht der US-Präsident hatte Bishop empfangen, nur sein Sicherheitsberater Clark, ein Falke; der sollte, praktisch ohne Gegenleistung, von Maurice die Zusage erhalten haben, Radio Free Grenada werde seine antiimperialistischen Töne dämpfen. Eine Goodwill-Mission, sie wurde dem Premier als Anbiederei, als Rechtsabweichung angekreidet. Lescaut zeigte uns auch die Fotokopie eines Briefes, den Bishop an His Excellency Mr. Ronald Reagan geschrieben hatte und der ohne Antwort geblieben war. *(Dear Mr. President: Greetings and best wishes to you, your Government and your people ... I avail myself of the opportunity to extend highest consideration to you. Yours sincerely, Maurice Bishop, Prime Minister.)* Obwohl der Brief wohlverpackt nur Beschwerden vortrug und um Verständnis für die Probleme des kleinen, armen Landes warb, sollte er als Geste der Unterwürfigkeit in dem Dokumentarfilm fehlen. Über all das hatte Lescaut mit Craig sprechen wollen, da er sich mit Fisher nicht verstand und keinen anderen Rat wußte.

Bevor die zwei gingen, stimmten sie noch ein dreistrophiges Lied mit dem Titel *Don't Take My Soul* an (Nimm mir nicht die Seele). Sergeant Friday sang kräftig mit. Ich fand den Song unter Craigs Büchern in einer Broschüre des Volksbildungsministeriums wieder, die den Titel trug «Freiheit hat keinen Preis». Der Text lautet in meiner schwachen Übertragung – ich kann vielleicht Prosa übersetzen, doch kaum ein Poem –: «Reit mich nicht zu, preß mir nicht deinen Stempel auf, deine Zeit ist um; laß mich neu beginnen, und nicht durch das, was du sagst; ich bin gekommen und gehe meinen Weg. Brich mich nicht nieder, vereinnahme mich nicht, ich will nicht kaltherzig werden; die Ketten des Konsums binden zu fest, sie schmerzen zu sehr. Lähme mich nicht, verschone meinen Geist mit deinen Fesseln, bitte laß ihn frei davon, nach deiner Art zu leben; nimm nicht meine Seele in deine Hand ...»

VII

Zwei Tage darauf, am Freitag, dem 14. Oktober, berichtete Radio Free Grenada in der Frühe, ein Mordanschlag auf den Premier sei fehlgeschlagen. Diese Durchsage – ohne jede Einzelheit – wurde verwirrenderweise Stunden später durch die Nachricht ergänzt, Maurice Bishop sei wegen Verbreitung einer Falschmeldung «unter Hausarrest» gestellt worden. Offen blieb, ob es sich bei der ersten Nachricht um ebendiese Falschmeldung gehandelt habe. Auch wurde nicht mitgeteilt, wer den Hausarrest verfügt und damit den Premier faktisch abgesetzt hatte.

Nachdem ich wiederum vergebens versucht hatte, Craig in Boston zu erreichen, stieg ich zu Friday in den Jeep, um Dirk von Pearls Airport abzuholen. Da wir wegen der Ereignisse in St. George's Unruhen befürchteten, mieden wir den Umkreis der Hauptstadt und fuhren über Calivigny, Westerhall, St. David's und Battle Hill auf der kurvenreichen Straße oberhalb der zerklüfteten Südostküste Grenadas. Erst in letzter Minute, als die DC-6 schon aufsetzte, langten wir auf dem Parkplatz an. Craigs gelbes Auto stand am alten Fleck, mit nassem Stoffdach und Tropfen auf der Motorhaube. Vor genau einer Woche hatte er mir von der Gangway aus noch einmal zugewinkt.

Und jetzt, in der Abfertigungsbaracke, sah ich mit Herzklopfen meinem Sohn entgegen, der oft etwas linkisch war und wohl unter den letzten Passagieren sein würde, weil er es verschmähte, zu drängeln oder im Flugzeug etwas vergaß. Ich erwartete ihn so, wie er mir vor anderthalb Jahren zuletzt begegnet war. Als nachdenklich und verträumt, im Leben eher unbeholfen, ja schutzlos, so hatte ich ihn in Einnerung. Doch plötzlich umarmte mich ein braungebrannter junger Mann recht forsch und entschlossen. Er trug einen hellblonden Vollbart, das Haar ganz kurz und eine kleine ovale Metallbrille, wie sie vor hundert Jahren üblich gewesen und nun wieder in Mode gekommen war. Sein Hemd, die Hose und die Reisetasche sahen aus, als hätten sie im Wechsel von Ebbe und Flut am Meer gelegen, gebleicht von der Tropensonne, die den letzten Rest Farbe getilgt hatte. Nur an der Stimme und den Augen erkannte ich ihn wieder. Dirk, seit fünf Jahren etwas größer noch als ich, war breit in den Schultern geworden, und seine Art, sich zu bewegen und mit mir umzugehen, berührte mich angenehm.

Unterwegs erzählte er mir ziemlich selbstsicher von Nicaragua und von den zwei bis drei Monaten Haft, die ihm in Westberlin blühten, wegen irgendeines Artikels, den er als Freizeitredakteur des Monatsblatts «radikal» zu verantworten hatte, jener «Zeitung für die Jagd aus Leidenschaft», deren 5000 Exemplare selten alle an den Mann kamen, weil sie oft gleich stapelweise von der Justiz beschlagnahmt wurden. Im Juni vergangenen Jahres hatte Dirk schon einmal als Teilnehmer einer verbotenen Demonstration gegen den Besuch von Präsident Reagan gesessen und war, aus Mangel an Beweisen freigesprochen, zwar nicht vorbestraft, aber trotzdem überzeugt, im Computer des Bundeskriminalamts zu stekken.

«Was ist nun mit dir, Judy, und deinem Freund, diesem *hombre misterioso*?» fragte er, als wir oberhalb von Great Bacolet Point durch die Hope-Plantage fuhren.

«Zur Zeit ist er in Boston. Du wohnst natürlich bei uns. Weshalb nennst du ihn so?»

«Na, das ist er doch, ein *mysterious man.* Geheimnisumwittert, nach dem bißchen, was ich von dir weiß.»

«Ja, er spricht wenig von sich.»

«Von Natur aus schweigsam, oder ist das seine Linie bei den Frauen?»

«Etwas bedrückt ihn, privat und im Beruf.»

«Irgendein Rätsel ... Das muß es wohl sein, was dich an ihm reizt.»

«Du kennst mich, ich will eher Klarheit haben.»

«Verlaß dich auf mich. Ich hab inzwischen gelernt, Mütterchen, Leuten auf den Zahn zu fühlen. Was treibt er denn – lebt von seinen Kurzgeschichten?»

«Kaum. Jeff ist hier eine Art Regierungsberater.»

«Bei welchem Ministerium?»

«Sie haben ihm ein Haus gegeben, da schreibt er seine Analysen.»

«Phantastisch. Ein Traumjob. Er muß in kein Büro?»

Wir sprachen deutsch, Sergeant Friday konnte uns nicht verstehen, und so sagte ich: «Er ist bei der G-2 in Vietnam gewesen und berät die Armee in Abwehrfragen.»

Dirk pfiff durch die Zähne. Ich hatte erwähnt, daß Maurice Bishop offenbar gestürzt worden sei, mein Sohn aber schien gewillt, erst einmal Licht in den Fall Craig zu bringen. Es hörte sich an, als würde er den noch heute lösen, um dann morgen in St. George's nach dem Rechten zu schauen. «Zwischen dem Rückzug der Yankees aus Vietnam und Craigs Erscheinen auf Grenada liegen mindestens sechs Jahre. Womit hat er in dieser Zeit seine Brötchen verdient?»

Ich wußte es nicht und fing an, mich zu ärgern.

«Da tut sich aber eine Lücke auf! Du bist doch sonst bekannt für die Vollständigkeit deiner Recherchen?»

«Mein Junge, wenn dir ein Mädchen gefällt, fragst du sie dann auch erst mal aus bis aufs Hemd? Jeff tritt seit ungefähr soviel Jahren für diese Insel ein, wie du Wochen in Nicaragua zugebracht hast. Kein Grund, argwöhnisch zu sein! Nicht er ist an mich herangetreten, ich bin zu ihm gegangen, weil er großartig schreibt, alles hier kennt, so hübsch sarkastisch und amüsant und ...»

«... rätselhaft ist. Allwissend, unterhaltsam, progressiv vom Scheitel bis zur Sohle, durch die Barbarei in Vietnam bekehrt. Ein rundum dufter Typ.»

«Warte ab. Lern ihn kennen und mach dir dann ein Bild.»

«Du bist dir doch darüber klar, daß schräge Typen meist weit amüsanter sind als brave Bürger?»

«Bitte hör auf, so von Jeff zu reden.»

«Verzeih, ich wollte nur testen, wie ernst es dir mit ihm ist.»

Eine Welle von Gefühl überflutete mich. Ich zündete mir eine Zigarette an. «Ernst genug», sagte ich.

Auf Point Egmont ging Dirk zuerst ins Bad. Die Tür ließ er unbekümmert offen, warf seine verwaschenen Sachen hin und drehte das Wasser auf, das lauwarm aus der Dusche floß. So nackt war er wieder mein Sohn, schutzlos wie früher. Seine Arme waren glatt, aber muskulös unter der mahagonifarbenen Haut. Hüften und Füße hatten einen helleren Ton als der übrige Körper. Was für eine schmale, biegsame Taille er hat! Irgendwann im Laufe der Zeit, dachte ich, hast du vergessen, wie junge Männer aussehen.

«Also dann, an die Arbeit!» Tropfnaß kam er herein, nur in zerschlissenen Shorts. «Seine Abwesenheit ist unsere Chance.»

Mit diesen Worten begann er, Craigs Papiere zu durchwühlen. Schlechten Gewissens sah ich ihm zu. Obwohl er jedes Blatt ordentlich wieder einsortierte, kam es mir wie ein Verrat an Jeff vor. Und doch hinderte mich etwas, Dirk Einhalt zu gebieten. Er fühle sich verantwortlich für mich, versicherte er mir; es sei nur recht und billig, wenn ich mehr über Craig erfahre, als der von sich aus sage. Ich hätte genug Enttäuschungen hinter mir, ab und an Niederlagen zu erleben, das tue nur jungen Leuten gut, solchen wie ihm, für die sei das Lehrgeld, ich hätte schon bezahlt ... Soviel Tatkraft am Ende eines Fluges von zweitausend Meilen! Mein Sohn hatte sich verändert, die Erfahrungen der letzten Jahre mußten ihn gestärkt haben. Auch ein Schuß Eifersucht schien im Spiel zu sein, ich spürte es ohne Belustigung. Mir war, als würden sich die zwei Menschen, die mir am nächsten standen, auch dann kaum sonderlich mögen, wenn sie sich die Hand gaben. Aus rein persönlichen Gründen; in ihrer Weltanschauung waren sie nicht weit voneinander entfernt.

Das Ergebnis der Nachforschungen lohnte in meinen Augen gar nicht den Aufwand an Skrupeln und Energie. Dirk fand lediglich heraus, was Craig zwischen 1973 und 1979 getrieben hatte. Er war, gestützt auf sein Diplom von der University of Pennsylvania, dieser Wirtschaftshochschule, und einen kaufmännischen Sonderkursus, den ihm die Armee aus dem Veteranenfonds bezahlt hatte, Unternehmensberater geworden – Mitarbeiter einer Firma in Boston, die Geschäftsleuten half, ihren Profit zu steigern. Er hatte also Bücher geprüft, Angestellte befragt, Betriebe von vorn bis hinten durchleuchtet und dann kaltblütig Gutachten geschrieben, die alles enthüllten, was ihm aufgefallen war: Schlendrian, Unfähigkeit, Verschwendung, Fehlorganisation, Diebstahl, erfolglose Werbemaßnahmen, falsches Marketing, mangelhafte Produktionsabläufe und unrentable Filialen. Solche Unternehmensberater schwangen die Peitsche, sie pflegten laut Dirk ein Blutbad anzurichten – Antreiberei, Umsetzung oder Entlassung von Arbeitern, gefeuerte Manager, geschlossene Fabriken. Sie hinterließen ein Schlachtfeld. Es waren die Geier der Marktwirtschaft, sie vertilgten die Schwachen. Und Craig hatte so glänzend verdient dabei, daß man ihn bei seiner Scheidung zu gepfefferten Unterhaltszahlungen verdonnerte.

«Das muß nach Vietnam sein zweiter Schock gewesen sein», sagte Dirk. «Er warf den Job hin und fing an zu schreiben. Mit welchem Erfolg, das wissen wir nicht, ich finde keine Belege. Nach dem, was da alles bei ihm steht, dürfte er hier eher Wirtschaftsprüfer als Sicherheitsfachmann sein. Damit hat er dir bloß imponieren wollen.»

«Du, ich hab das nicht von ihm.»

«Sieh mal her, das Verzeichnis sämtlicher Plantagen, von Annandale Estate, die der Familie Branch gehört, bis zur Windsor-Farm einer Mrs. Fleming! Hope Estate, wo wir vorhin durchgekommen sind, ist Eigentum der Hope Development Company und erzeugt Kakao, Kokosnüsse und Bananen. Zement kauft man bei Brown, Jonas & Hubbard, und die Sun Life Assurance of Canada versichert einem alles. Kakao produziert Grenada auf siebentausend Hektar im Wert von viereinhalb Millionen Dollar, Bananen und Muskatnuß auf je dreitausend Hektar für je dreieinhalb Millionen ... Und hier, für läppische fünftausend Dollar hat die Western Transmission, eine US-Gesellschaft, vor vierzehn Jahren das Recht erworben, vor der Südwestküste nach Erdöl zu suchen. Ein Buchhalter, ein Zahlenmensch! Er hat die Insel voll im Griff, als Unternehmensberater. Für ihn ist das eine Gemischtwarenfirma, ein maroder Konzern, der saniert werden soll.»

«So?» fragte ich, durch die Tatsache gereizt, daß ihm alles, was er ausgrub, dazu diente, Craig herabzusetzen. «Dann komm mal mit und sieh dir noch was anderes an.»

Dirk folgte mir ins Schlafzimmer, ich gab ihm die drei Hefter aus dem Aktenkoffer. Seine Ohren glühten, als er die Berichte las. Es war spät geworden, doch er wurde nicht müde – vielleicht weil dort, wo er herkam, die Sonne drei Stunden später unterging. «Das allerdings ändert manches», hörte ich ihn, noch in die Papiere vertieft, leise sagen. «Kein Wirtschaftsprüfer, Judy, sondern ein politischer Berater, um nicht zu sagen: ein Agent.»

Ich muß mich vor ihm hüten, dachte ich, vor seinen raschen Urteilssprüchen. Dirk ist mir zu elastisch, er schwenkt zu schnell um. Bei jungen Männern sind nicht nur die Taillen biegsam. «Jeff handelt im Auftrag der Regierung.»

«Ganz bestimmt. Fragt sich bloß, welcher.»

«Der Regierung von Grenada, mein Sohn.»

«Tell that to the marines.»

«Er ist der Freund eines Offiziers, der mit ihm zusammen studiert hat, und besitzt einen grenadischen Paß. Der Sergeant nebenan gehört zur Truppe dieses Commanders, der wiederum der Adjutant des Armeechefs ist. Bist du nun überzeugt?»

«Nein, Judy; tut mir leid. Wären das Texte für Grenadas Abwehr, müßten sie wohl etwas anders lauten.» Dirk tippte so behutsam auf das Papier, als fürchte er, es könne sich aufrichten und ihn in den Finger beißen. «Auch gehörte das dann in den Panzerschrank einer Dienststelle und nicht in ein Ferienhaus, gesichert durch ein Zahlenschloß, das selbst für einen Laien wie dich kein Hindernis war.»

«Du wirst noch merken, hier ist manches primitiv.»

«So primitiv kann keine Abwehr sein ... Laß mich nachdenken.»

«Laß uns schlafen gehen.»

Ich bereitete ihm auf der Couch im Wohnzimmer ein Bett. Die Tür blieb offen, damit der Wind lindernd durch die Räume strich. In der Nacht weckte mich Dirks Schnarchen. Er war als Kind einmal durch meine Schuld beim Rodeln an einen Baum geprallt, mit Folgen für seine Nase. Ich schlief nicht wieder richtig ein. Gegen Morgen erinnerte ich mich undeutlich an verworrene Träume von Gepäck, das mir auf Flughäfen abhanden kam, und von dunklen Korridoren, die zu falschen Ausgängen führten. Über einer Tür leuchtete die Schrift *mysterious man.* Ich schritt hindurch und stolperte ins Nichts. Ein endloser Sturz im freien Fall. Jemand – Jeff oder Dirk – rief mir zu: *To feel the full impact, try to arrive at night, at night...* Wie in einem Gruselfilm hallte die Stimme gespenstisch nach.

VIII

Beim Frühstück sagte Dirk: «Du, ich hab die halbe Nacht gegrübelt.»

«Die halbe Nacht hindurch hast du geschnarcht.»

«Das muß die andere Hälfte gewesen sein. Judy, wie bring ich's dir bei? Wir sind in einem Wespennest.»

«Drück dich mal etwas deutlicher aus.»

«Nun, mir schwant jetzt, was mit ihm los ist. Aus seinen Papieren geht hervor, er hat vor sechs Jahren einige Zeit auf Jamaica gelebt. Und zwar als Wirtschaftsberater. Ganz plausibel! Die Regierung Manley ging damals ökonomisch in die Knie, unter dem Druck der Auflagen des Internationalen Währungsfonds, sie stellte weiße Fachleute ein, die ihr den staatlichen Sektor managen sollten. Dabei dürfte der Sanierer Craig die Männer um Coard kennengelernt haben.»

«Na, und wenn?»

«Sie werden nicht bloß über das Wetter gesprochen haben. Craig sah ja, daß dem Reformer Manley die Puste ausging. Ihm war schon nicht mehr zu helfen, sein rechter Rivale Seaga und dessen Hintermänner in Washington waren dabei, ihn fertigzumachen. Dies vor Augen, schloß sich Craig denen an, die als Reflex auf Manleys Lavieren kompromißlos für Verstaatlichungen in der Wirtschaft, für einen nichtkapitalistischen Entwicklungsweg eintraten: den Gründern der ‹Roten Avantgarde› Jamaicas.»

«Jeff – für Verstaatlichungen? Er ist weder Kommunist noch ein Narr. Gerade als Ökonom muß er doch Realist sein. Nichtkapitalistische Entwicklung, wie soll das funktionieren? Wie sollen kleine und abhängige Länder das bewerkstelligen?»

«Es bringt uns nichts, darüber zu streiten.»

«Dann red keinen Unsinn. Jeff hält sich parteipolitisch sehr zurück. Nie und nimmer ist er Kommunist.»

«Wie kannst du da so sicher sein? Er wird seine Gründe haben, das Thema zu vermeiden. Ich finde, es ehrt ihn, wenn er aus all den Erfahrungen – von Vietnam über die USA bis nach Jamaica – dieses Fazit zog.»

«Und weshalb kam er her? Um mit der Coard-Gruppe den Sozialismus aufzubauen? Das wär doch absolut illusorisch! Wenn das schon für Jamaica mit seinem Rohstoffreichtum schwer denkbar ist, hier wär es bloß eine fixe Idee.»

«Kann sein. Das müssen wir gar nicht erörtern. Immerhin darf man annehmen, er war auf der Suche nach einer Idee. Jeder denkende Mensch sucht sich ein strategisches Ziel. Worin der Lebenssinn eines anderen besteht, Judy, das läßt sich immer nur vermuten.»

«Deine Vermutung ist absurd.»

«Hör trotzdem mal zu. Ich bin überzeugt, man hat ihn und ein paar andere hergeschickt mit dem Auftrag, den linken Flügel des New Jewel zu stärken.»

«Wer soll ihn denn geschickt haben?»

«Zum Beispiel die ‹Rote Avantgarde› Jamaicas. Er dürfte zu den Leuten gehören, die seine Akte nennt. Wobei er sich bestimmt als uneigennützigen Ratgeber begreift.»

«Er ist Regierungsberater, genau wie Dr. Fisher, von dem ich es weiß.»

«Natürlich. Aus ihrer Sicht dienen die zwei durchaus keiner fremden Kraft, da sind sie Internationalisten.»

«Wie du in Nicaragua.»

«Mit dem Unterschied, daß sie verdeckt handeln. Regierungsberater, das ist eigentlich Ganztagsarbeit, sie aber treten als Autor und als Hochschullehrer auf. Glaub mir, beide sind auf lange Sicht hier eingesetzt und aufgebaut worden, wohl nicht nur zur Berichterstattung, sondern auch als Einflußagenten. Ausgewählt für den Job, weil ein oder zwei der hiesigen Führer ihnen auf Grund alter Sympathien aus der gemeinsamen Studentenzeit von vornherein nahestanden. Beide dürften damals ziemlich links gewesen sein und sich mit den farbigen Kommilitonen verbrüdert haben. So etwas prägt sich ein, es verbindet.»

Und wenn er irgendwie recht hatte? Zu verblüfft, um Dirk zu antworten, hörte ich dem zu, was er mir da auftischte an vermeintlichen Indizien: Craigs Ankunft aus Jamaica, wo er ebenso billig leben und ungestört schreiben konnte, hier in dem Moment, als das NJM die Macht ergriff. Seine Kontakte zur Führung. Die Fotoausrüstung – sie diente ihm dazu, seine Erkenntnisse auf Mikrofilm zu nehmen; so brachte er sie heraus. Die Frau im Hotelpark auf Barbados konnte statt Literaturagentin ganz gut jemand vom Kurierdienst der «Roten Avantgarde» sein, der Craigs Analysen weitergab. Seine womöglich prosowjetische Haltung, die ihn die Sowjetbotschaft übersehen und die Möglichkeit einer sowjetischen Marinebasis leugnen ließ, obwohl der Einsatz zwar nicht kernwaffentragender, aber doch torpedobestückter U-Boote an den karibischen Tankerrouten denkbar blieb. Fishers Tarnung als Dozent sei so perfekt wie Craigs Rolle eines antiimperialistischen, grenadafreundlichen Schreibers, dem Washington den Paß gesperrt habe ... Pierre Lescaut war für Dirk kein Agent, sondern ein nützlicher Idiot, dessen Filmpläne die Tätigkeit der zwei anderen zusätzlich verschleiern und ihren Umgang mit Regierungsvertretern festigen sollten. Diesem Zweck habe wohl auch das für mich arrangierte Interview mit dem Premier gedient.

An dem Punkt fiel mir ein, Fisher hatte seltsam reagiert, als ich «Secret Habour» sagte. Auch hatte er die Befürchtung geäußert, ich spiele ein «eigenes Spiel», was im Klartext hieß, ich habe mich im Auftrag der CIA an Craig herangemacht. So dachte einer, der selbst mit gezinkten Karten spielte. Fest stand, Fisher hatte die Papiere sicherstellen sollen, nachdem ich keine Neigung zeigte, in Craigs Abwesenheit das Haus zu räumen. Er hatte ja zugegeben, Grenada mit seiner Geheimdiensterfahrung zu helfen. Das lag ganz dicht neben Dirks Verdacht. Bis auf die angebliche Fernsteuerung. Sollte eine ultralinke Splittergruppe wirklich fähig sein, sich über tausend Meilen hinweg hier einzumischen? An Ehrgeiz mochte es ihr nicht fehlen, doch hatte sie dazu das Geld und die Kraft? Aber was wußte denn ich, wie stark sie im Untergrund war, wie sie sich selbst finanzierte. Schließlich hatte sie, nach Shannons Bekundung, «Helfer» hergeschickt. Und die Grenze zwischen selbstloser und eigennütziger Hilfe verschwamm, wo es um die Verbreitung einer Ideologie ging; leicht übten Helfer auch Einfluß aus, bei hinreichender Anzahl und Qualität ... Irgend etwas stimmte nicht. Zu Fisher schien ein Doppelspiel zu passen, kaum zu Craig. Das Bild, das ich noch immer von ihm hatte, war das eines Romanautors, der trotz seines linken Engagements in den Tag hinein lebt, gern gut ißt und in Ruhe seine Arbeit tut.

«Die zwei sind bloß die Spitze des Eisbergs», fuhr mein Sohn fort. «Im Zentralkomitee müssen sie auch einen Vertrauten haben. Wie kämen sie sonst zu dem Sitzungsbericht? Oder eine Frau, ‹Schwester Phyllis› vielleicht. Das ist für mich sonnenklar.»

«Wenn es Freundschaftsdienste sind, Dirk, weshalb dann soviel Tarnung, Infiltration und Heimlichkeit?»

«Das fragst du im Ernst? Na, zum Beispiel wegen der Yankees, deren flinke Jungs mit Sicherheit ebenfalls auf Grenada zugange sind. Das Tragische ist, hier entsteht das Modell einer Basisdemokratie, von der ich und meine Kumpel träumen. Wenn so was überhaupt klappen kann, Volksherrschaft pur, dann auf solch einer Insel mit nicht viel mehr als hunderttausend Menschen. Die könnten sich sogar noch versammeln und in entscheidenden Fragen direkt abstimmen, nicht wahr? Aber man läßt sie nicht in Frieden. Sie sind sofort im Spannungsfeld.»

«Ich kann mir einfach nicht vorstellen, was Jeff bewegen könnte, dabei mitzutun. Lies seinen Roman, und du wirst anders von ihm denken.»

«Vermutlich sieht er für Grenada nur den Weg eines Bündnisses mit den kommunistischen Kräften der Region. Die Unterstützung durch Cuba mag ihm nicht genügen.»

«In seinem Buch findest du keine Spur von Kommunismus.»

«Ohne mit Craig gesprochen zu haben, kann ich dir unmöglich sagen, was ihm vorschwebt. Von uns Linken hat fast jeder seine eigene Vision.»

«Die also billigst du ihm immerhin zu.»

«Was denn – edles Streben? Warum nicht? Keiner von uns hat die Moral für sich allein gepachtet.»

«Schön, daß er wenigstens ein Überzeugungstäter für dich ist.»

«Na, vielleicht war auch Geld im Spiel. Laß uns auf dem Teppich bleiben. Er hat ja Geld gebraucht nach der Scheidung, als er bei den Unternehmensberatern ausgestiegen war und es mit seiner Schriftstellerei nicht so recht lief. Am Ende kam beides zusammen, zum Idealismus die Knete. Ist doch oft so im Leben! Würdest nicht auch du gern auf einem Fleck wie diesem sitzen und dabei noch tun dürfen, wozu's dich treibt?»

Man konnte ihm schwer widersprechen. Er hatte mich mattgesetzt. Im Grunde war dies ja gar nicht so unfaßbar. Ich suchte nach Entlastungspunkten, nach Entschuldigungen für Craig, und zugleich hörte ich eine innere Stimme sagen: Das muß ausgerechnet dir passieren, du verliebst dich in einen Agenten. Ich mußte wohl lernen, ein wenig umzudenken, wollte ich weiter an Craigs Seite bleiben – wozu etwas in mir, das sich jedem Zugriff des Verstandes entzog, offenkundig fest entschlossen war.

Aus Craigs Bibliothek schleppte mir Dirk ein Werk an, das er für den Schlußstein des Gewölbes, für ein letztes Beweisstück hielt. Es war das Memoirenbuch eines US-Diplomaten, der vor zwanzig Jahren Botschafter in Santo Domingo gewesen war. Darin schilderte der Mann, wie sein CIA-Chef ihm ein Papier unterbreitet hatte, das drei Möglichkeiten beschrieb, den liberalen Präsidenten Juan Bosch unter Aufsicht zu stellen. Punkt drei lautete: *We might try to subvert, infiltrate and surround him – that is, put our own people close to him, and, through these people, run his government without his knowing it* (wir könnten versuchen, ihn zu erschüttern, bei ihm einzusickern und ihn zu umzingeln – das heißt, unsere eigenen Leute an ihn heranschieben und durch diese Leute seine Amtsgeschäfte lenken ohne daß er's merkt).

Tatsächlich, es schien das zu sein, wovon auch hier etwas geschah – eine Methode unter vielen, wenn man es auch selten so klar beschrieben fand ... Craig, oder wer auch immer, hatte diesen Passus mit einem Bleistiftstrich versehen.

Sheila Ashby war wieder gekommen, zu dem üblichen Hausputz am Wochenende, machte aber kaum einen Finger krumm. Sie schien sehr erregt und überschüttete den Sergeanten Friday mit Fragen über das, was in der Hauptstadt geschah, zumal mit Maurice Bishop. «Warum hat er Hausarrest?» wollte sie wissen. »Wen habt ihr außer ihm noch eingesperrt, he, Jackie Creft?»

«Ich weiß nicht, Mädchen. Ich bin nicht bei den Sicherheitskräften. Die Führung hat beschlossen ...»

«Was glaubst du eigentlich, daß die Führung unfehlbar ist?»

«Hör zu, Sheila, in der Führung gibt es die Ansicht, Maurice sollte ausgeschlossen werden. Das Zentralkomitee hat aber noch nicht entschieden.»

«Weshalb soll er ausgeschlossen werden?»

«Ja, weißt du, es heißt, er hat erst zugestimmt, den Vorsitz der Partei mit Coard zu teilen. Im September ist er einverstanden gewesen, er wollte es sich überlegen. Dann, genau vor einer Woche, kommt er aus Cuba zurück und will von einer Teilung nichts mehr wissen. Statt dessen soll er das Gerücht verbreitet haben, Bernard Coard und dessen Frau wollten ihn umbringen, stell dir vor!»

«Ich stelle es mir vor. Coard war schon immer gegen Maurice!»

«Schwester, hör nicht auf Gerüchte! Maurice hat das nicht selbst erzählt, aber seinen Koch und die Freundin von dem veranlaßt, das Gerücht zu verbreiten, begreifst du?»

«Nein. Alle Leute da unten in Calivigny, die wollen Bish, nicht Coard. Wer hat Bish eigentlich abgesetzt?»

«Er ist nicht abgesetzt», beteuerte Friday.

«Willst du behaupten, daß er noch regiert?»

«Die Haltung des Zentralkomitees ist, daß keine Entscheidung getroffen wird, bis die Sicherheitskräfte den Fall restlos aufgeklärt haben.»

«Ihr habt immer gesagt, daß Bish der beste Mann ist, unser Premierminister und dein Oberbefehlshaber zu sein. Auf einmal heißt es bei euch, er wär zu schwach, er führt uns nicht hart genug, und außerdem sagt ihr, sein Charakter ist schlecht und sein Liebesleben auch.»

«Davon weiß ich nichts, Mädchen.»

«Doch, das streut ihr aus bei uns im Dorf. Dabei wißt ihr genau, wie er an die Macht gekommen ist, daß wir ihn gerade wegen seines guten Charakters als Führer behalten wollen, auch wenn er was falsch gemacht haben sollte.»

«Was ich dir sagen will ist, daß es um parteiinterne Auseinandersetzungen geht. Das Zentralkomitee ist nun mal zu der Ansicht gelangt, daß Bernard Coard das Zeug dazu hat, die Partei besser zu führen.»

«Ich möchte mal von dir wissen, Ben, nimm es mir nicht übel, aber was würdest du sagen, wenn du heute abend nach Hause kommst, und deine Frau erklärte dir: ‹Eh, du bist nicht mehr der beste. Dieser andere Mann hier macht es mir viel besser als du.›»

«Der Fehler ist, daß ihr nicht wißt, nach welchen Regeln die Partei geführt wird.»

«Das hat uns nie ein Mensch erklärt.»

«Sag ich ja, das war der Fehler, ihr hättet Bescheid wissen müssen.»

«Du mußt doch im Gefühl haben, Ben, daß es so einfach nicht geht. Bish ist vom Volk bestimmt worden, der Führer im Land zu sein.»

«Da täuschst du dich aber sehr.»

«Ohne Bish keine Revo, ohne Creft keine Bildung!»

«Eine Grundregel ist, Schwester, interne Diskussionen nicht

auf die Straße zu tragen. Das hat überhaupt nichts damit zu tun, daß die Partei dann später, wenn ein Beschluß gefaßt ist, damit zu den Massen geht.»

«Warum müßt ihr denn eure Diskussionen von uns fernhalten?»

«Aber es ist doch alles okay, mach dir keine Sorgen ... Es gibt ein weiteres Prinzip: Jedes Parteimitglied muß den Massen immer die Wahrheit sagen.»

«Wie willst du das tun, wenn du schweigen mußt? Und noch etwas, Ben: Haben wir das Recht, zu demonstrieren und zu sagen, wer uns führen soll?»

«Später einmal wohl, in der Perspektive, im Augenblick noch nicht. Die Situation ist viel zu ernst, der Imperialismus wartet ja bloß darauf, daß wir uneins sind.»

Dirk, der mit mir der Debatte bisher stumm gefolgt war, warf ein: «Der braucht nicht mehr lange zu warten, ich fürchte, es ist schon soweit.»

«Siehste du!» trumpfte Friday auf. «Er hat vollkommen recht. In solchen Situationen braucht man eine feste Hand. Wir sind in Not, und das Zentralkomitee bestimmt, wer uns führt. Es hat ja auch damals entschieden, daß Maurice Premierminister sein soll. Das haben nicht die Massen gemacht.»

«Aber die haben ihn akzeptiert», sagte Dirk.

«Zum Teufel mit eurem Zentralkomitee», rief Miss Ashby, sie hatte Tränen in den Augen. «Kein Mensch hat einen Dunst, wer oder was das überhaupt ist!»

«Sister, keep cool», erwiderte ihr der Sergeant mit unglücklicher Miene. «Immer ruhig bleiben ... Wir schaffen es schon, euch all das zu erklären.»

Kurz darauf meldete Radio Free Grenada: «Die Sicherheitskräfte bestätigen heute die Festnahme von Cletus St. Paul, früher Chef der persönlichen Leibgarde, zuständig für Premierminister Maurice Bishop, wegen der Rolle, die er spielte in der Verbreitung des Gerüchtes, daß es einen Plan gibt, Bishop zu ermorden, und daß der Vizepremier und Minister für Planung, Finanzen und Handel, Bernard Coard, gemeinsam mit der Vizeministerin für Frauenangelegenheiten, Genossin Phyllis Coard, in diesen Plan verwickelt waren.

Als Antwort verkündete Genosse Bernard Coard zur selben Zeit seinen Rücktritt von der Revolutionären Volksregierung. In einer Stellungnahme des Genossen Coard heißt es, daß die Gerüchte seit Mittwoch einen besonders bösartigen Grad erreicht haben; und nach Coard hatte eine Gruppe von Elementen, angeführt vom Eigentümer einer Versicherung, versucht, sich Waffen zu verschaffen, um den Vizepremier und die Vizepräsidentin für Frauenfragen zu ermorden.

Genosse Coard sagte, daß er zurückgetreten ist, um dem grenadischen Volk klarzumachen, daß jenes Gerücht eine bösartige Lüge war. Die Sicherheitskräfte haben inzwischen davor gewarnt, daß sie Maßnahmen gegen jeden treffen werden, der in Aktivitäten verwickelt ist, die Unordnung und eine Störung des inneren Friedens hervorrufen können. Die Stellungnahme der Sicherheitskräfte erfolgte im Hinblick auf die Gerüchte, die überall im Land verbreitet werden, und auf die Möglichkeit, daß konterrevolutionäre Elemente dies ausnutzen könnten, um Unordnung im Lande zu stiften.»

Dirk fuhr mit Friday in die Hauptstadt, um zu sehen, was dort vorging. Nach Stunden kehrten sie tief besorgt zurück. Die Mißstimmung in der Bevölkerung wuchs. Mit dem Ruf: «Bishop yes, Coard no» war ein Trupp Demonstrierender zum Hafen marschiert. Mitglieder des NJM schwärmten aus, um zu versichern, ihr Zentralkomitee habe beschlossen, Bishop und Coard sollten eine gemeinsame Führung bilden. Coard sei für die politisch-organisatorische Ausrichtung der Partei da, Bishop für den Kontakt zu den Massen. Diesen Beschluß habe Bishop verworfen, die Partei aber könne es sich nicht leisten, von schwankenden und kleinbürgerlichen Elementen im Stile Bishops geführt zu werden. Der widme den Unternehmern hier mehr Zeit als den Arbeitern, seine Herkunft sei schuld daran.

«Ein schwerer Konflikt», sagte Dirk. «Die Partei kann auf Coard und das Volk will auf Bishop nicht verzichten.»

Abends läutete das Telefon. Ich hob ab und hörte eine Telefonistin fragen, ob ich ein R-Gespräch von einem Herrn Craig aus Boston annehmen wolle. «Natürlich», rief ich, «dies ist ja sein eigener Anschluß.»

«Bitte sprechen Sie! Sie sind mit Boston verbunden.»

Dann hörte ich Craigs Stimme. Sie ging mir durch und durch, ich konnte nicht verhindern, daß meine Hand mit dem Hörer zitterte. Craig klang beunruhigt, er hatte von den hiesigen Vorgängen im Rundfunk gehört und wollte wissen, ob bei mir alles okay sei. Mehrmals habe er schon versucht, sich zu erkundigen, ohne mich zu erreichen – gestern nachmittag zum Beispiel.

«Da hab ich meinen Sohn vom Flugplatz abgeholt ... Es ist dir doch recht, daß er ein paar Tage bei uns wohnt?»

»Aber ja, Judy. Sonst alles in Ordnung?»

Durch die ganze Länge des Drahtes spürte ich seine Anteilnahme. Mit den abgenutzten Worten, die man in solchen Fällen gebraucht, suchte ich seine Besorgnis zu zerstreuen. Er antwortete mir nicht mehr. «Hallo Jeff», rief ich in Furcht, der Kontakt reiße ab, «wie geht es dir selber?»

«Ganz gut, bis auf den Mangel an Kleingeld.»

«Wann bist du wieder hier?»

«Sobald es irgend geht. Meine Exfrau macht Schwierigkeiten wegen Greta. Ich mußte einen Anwalt nehmen. Übermorgen ist der Termin am Vormundschaftsgericht, wo ihr das Sorgerecht entzogen werden soll. Dann bringe ich das Kind ins Internat und fliege sofort zu dir.»

Zwecklos, ihn zu drängen, er tat ja von sich aus alles, es abzukürzen. Während des ganzen Gesprächs hämmerte mein Herz, ich fühlte mich schuldbewußt. Es war, als hätte ich mich, seit Jeff nicht mehr bei mir war, zu verachtenswerten Handlungen hinreißen lassen – den Koffer und seine Habe durchwühlt ... Doch war dies nur ein Reflex seines eigenen Vorgehens, all der Geheimniskrämerei. Nein, wir schuldeten einander nichts. Ich war bei ihm ebenso eingedrungen wie er selbst in die Dinge dieses Landes! Das sagte ich mir, doch das schlechte Gewissen blieb. War er ein Agent, stand er im Dienst dieser «Roten Avantgarde»? Möglich, manches sprach dafür, doch unvermindert sehnte ich mich nach ihm.

«Was geht eigentlich bei euch vor?» fragte er schließlich. Ich schwieg einen Moment. Wie das in Worte fassen, was in St. George's geschah? Argwöhnisch sah ich in dieser Frage den wahren Grund seines Anrufs. «Coard ist zurückgetreten, ein taktischer Schritt», teilte ich ihm mit. «Justizminister Radix ebenfalls; er räumt sein Haus, das der Regierung gehört, und hat erklärt, ohne Bishop sei die Revolution am Ende.»

«Wo hat er das gesagt, im Radio?»

«Nein, das haben die anderen, Jeff. Er sprach vor einer Menschenmenge auf dem Marktplatz. Heute ist Markttag in St. George's. Wenn Bishop nicht bis Montag zum Volk gesprochen hat, sagte Radix, sollen auch Geschäfte und Schulen schließen. Außenminister Whiteman scheint Radix' Position zu teilen. Dagegen hat Leon Cornwall im Rundfunk den Standpunkt des Zentralkomitees erklärt und vor jeglichem Widerstand gewarnt. Ich hab die Rede auf Band, willst du sie hören?»

Er wollte es. Ich trug den Recorder zum Telefon. Die Fremdheit, die sich in unser Gespräch schlich, verstärkte noch meine Sehnsucht nach Craig. Und es gab soviel, was ich ihm nicht sagen konnte! Zweitausend Meilen lagen zwischen uns, wer hörte wohl alles mit? Trennung, das waren verschlossene Tresore, zu denen kein Zugang gewährt wurde, es sei denn, man drang verstohlen ein, verräterisch ... Ich hielt die Sprechmuschel an den Recorder und hörte den Major Cornwall, genannt Bogo, im Namen der Armee eine Stellungnahme verlesen.

«Brüder und Schwestern», rief er etwas krächzend, «die Armee von Grenada ist sich bewußt, daß das New Jewel Movement während der letzten zehneinhalb Jahre die Kämpfe unseres Volkes geführt hat. Außerdem erkennen wir an: Das NJM hat die Revolution gemacht. Genosse Maurice Bishop ist der unumstrittene Führer der Revolution gewesen und hat uns bis dahin geführt, wo wir heute stehen. Jedoch ist der Prozeß, der sich entwickelte, komplexer geworden. Viele ernste Entscheidungen müssen tagtäglich getroffen werden, um die Probleme zu lösen, vor denen unser Volk immer noch steht ...»

Cornwall wiederholte nun die Vorwürfe, er bezichtigte Bishop der Halsstarrigkeit, der Gerüchtemacherei und des Strebens nach Alleinherrschaft. Obwohl man ihn liebe und akzeptiere, könne man ihm darin nun nicht mehr folgen. Prinzip sei Prinzip, es gelte für jeden. Da werde die Lüge verbreitet, dies sei ein persönlicher Machtkampf zwischen zwei Personen. «Wenn das so wäre», fragte er, «wie kommt es dann, daß unsere ganze Armee auf einer Seite steht, und die gesamte Partei sich einig ist?» Die Armee prüfe sorgsam das Entstehen jenes bösartigen Gerüchts – so lange, bis alles geklärt sei; zumal Bishops Anteil daran. Hätte sie nicht gehandelt, wäre es letzten Mittwoch zu einem Blutbad in den Straßen bekommen. Warnend schloß der Major: «Alle, die es angeht, sollten sich darüber im klaren sein, daß die Revolutionäre Volksarmee absolut kein Anzeichen von Konterrevolution dulden wird, egal, in welcher Form und Gestalt es sich zeigt.»

«Danke, Judy, sehr aufschlußreich», sagte Craig. «Kannst du noch etwas für mich tun? Ruf James an oder fahr hin, ich krieg ihn nämlich nicht an die Strippe, und bitte ihn, mit Dennis zu reden.»

«Er soll mit Dennis reden – worüber?»

«Das weiß er schon. Mach's gut, mein Schatz, und paß auf dich auf.» – Das Gespräch war zu Ende.

«Gratuliere», sagte Dirk hinter mir. «Du erledigst also schon Aufträge für ihn. Die ‹Rote Avantgarde› wird deine Mitarbeit begrüßen.»

«Hör auf damit, du kannst dich durchaus in ihm täuschen», würgte ich heraus. «Deine Beweise sind mir zu dürftig. Wenn ein Glied der Beweiskette bricht, dann ist die ganze Kette nicht schlüssig!»

«Ich glaub ja auch nicht, daß du scharf auf ein Lob aus Kingston bist. Aber wo ist das wacklige Glied?»

«Er ist doch weg, nicht wahr? Schlicht abwesend. Frag dich mal, welcher Top-Agent verreist in Familiendingen, wenn sein Einsatzraum in Flammen steht!»

«Mother, keep cool», sagte er.

IX

Da es auch mir mißlang, Dr. Fisher telefonisch zu erreichen, fuhr Friday mich am nächsten Morgen auf den Campus der St. George's University School of Medicine bei True Blue – sechs Gebäude, die im Halbkreis um den Verwaltungssitz stehen. Aber es war Sonntag, der Lehrbetrieb ruhte, James Fisher wohnte in Morne Jaloux, ein Stück unterhalb des alten Forts Adolphus. Ich bekam seine Adresse im Verwaltungsbüro, das der Ereignisse wegen ständig besetzt war. Der Bungalow grenzte an das Haus des oppositionellen Ministers und Generalstaatsanwalts Kenrick Radix. Der war einst der Kompagnon des Rechtsanwalts Maurice Bishop gewesen, hielt ihm die Treue und hatte begonnen, sein Haus zu räumen. Ihm war der Fernsprechanschluß gesperrt und dabei durch ein technisches Versehen auch Fishers Telefon stillgelegt worden.

Fisher dankte mir für die Nachricht und setzte sich vom Apparat der nahen Polizeistation aus gleich mit Commander Forsyth in

Verbindung. Sie vereinbarten, sich mit meiner Erlaubnis – alles ging sehr höflich zu – am späten Vormittag auf Point Egmont zu treffen. Das wirkte ziemlich konspirativ, doch es war klar, daß Forsyth die Nachbarschaft des unter Protest aus der Regierung scheidenden Justizministers meiden wollte, während Fisher kaum bei den Calivigny-Armeebaracken vorfahren konnte, wo der Commander saß, ohne mit seinem amerikanischen Auto Aufsehen zu erregen und Forsyth zu kompromittieren. Der inoffizielle Anstrich seiner Beraterfunktion war damit klar.

Auf Point Egmont lehnten die zwei meine Einladung zum Lunch ab und zogen sich auf die Terrasse zurück. So blieb mir der Kern ihrer leise geführten Unterhaltung dunkel. Nur einmal, als ich ihnen Drinks herausbrachte unter das Sonnendach, gewann ich den Eindruck, Fisher bestärke den Commander in einer Haltung der Unnachgiebigkeit gegenüber dem allgemeinen Drängen nach Wiedereinsetzung Bishops in seine Ämter. Das entsprach sowieso der Linie der Armeeführung, die den Parteibeschlüssen jetzt einmütig zu folgen schien. Spätestens am letzten Mittwoch war Forsyths Chef, General Hudson Austin, von Bishop abgerückt, um die ZK-Mehrheit um das Ehepaar Coard zu unterstützen. «Das Militär ist die bestorganisierte Kraft im Lande», glaubte ich Fisher sagen zu hören. «Es steht als integrierender Faktor über dem Streit von Cliquen und verkörpert die Einheit der Nation.»

Der Commander schien zu nicken; welchem Offizier leuchtet so etwas nicht ein. Sie vereinbarten, sich – meine Zustimmung vorausgesetzt – in drei Tagen etwa zur gleichen Zeit, womöglich etwas früher, wieder bei mir zu treffen, und gingen händeschüttelnd auseinander. Es sah so aus, als hätte Fisher sich darauf beschränkt, etwaige Skrupel Forsyths zu zerstreuen und ihm moralisch den Rücken zu stärken ... So nahmen die Dinge ihren Lauf.

Am Montag, dem 17. Oktober, wurde in halbstündigem Abstand ein Kommuniqué im Radio wiederholt, das Hudson Austin in seiner Eigenschaft als Mitglied des Zentralkomitees mit fester Stimme verlas. Der Rundfunksprecher kündigte ihn irrtümlich zunächst als «Hudson Phillips» an, bevor er sich korrigierte (für die Grenader ein erkennbarer Akt des Widerstands, da Phillips ein reaktionärer Politiker in Trinidad war). Die reichlich lange Rede mußte am Vorabend aufgezeichnet worden sein, denn der General begann sie mit dem Satz: «Liebe Schwestern und Brüder, das New Jewel Movement möchte sich heute abend wegen der momentanen unerfreulichen Situation in unserem Land an euch wenden.»

An die Erfolge der Vergangenheit anknüpfend, gab Austin Rechenschaft über die jüngsten Ereignisse und räumte den Fehler ein, angesichts der Bedrohung von außen und um der Geschlossenheit willen die schwelenden Fragen innerhalb des NJM dem Volke verheimlicht zu haben. Das Grundübel sei der wachsende Ehrgeiz von Maurice Bishop und seine Neigung gewesen, die Regeln der kollektiven Führung zu mißachten. Er habe zunehmend andere verdächtigt, ihn kaltstellen zu wollen, besonders den Genossen Coard. Der sei daraufhin aus dem Politbüro und dem Zentralkomitee ausgeschieden; und damals beging das ZK den Fehler, zu Bishop zu halten.

Man habe, sagte der General in einem Gemisch aus klaren Sätzen und seltsamen Fachausdrücken, «ineffektive und der Revolution feindlich gesinnte Elemente weiter beschäftigt», Landwirtschaftsmaschinen und Ausrüstung – Geschenke befreundeter Länder – schlecht gewartet, die Straßen verkommen lassen und ständige Stromausfälle geduldet. Nicht alles sei Bishop anzulasten, es gebe auch «objektive Schwierigkeiten« wie Mangel an Geld für neue Generatoren im E-Werk. Doch die Hauptschuld liege bei ihm, bei seiner Führungsschwäche, verbunden mit der Unmöglichkeit, alle Probleme allein zu lösen. Im Widerspruch zu den Normen des Parteilebens habe er nach seiner Rückkehr aus Europa die Dinge an die Öffentlichkeit tragen und einen Skandal herbeiführen wollen in der Hoffnung, die Liebe der Massen zur Umgehung einer prinzipiellen Entscheidung zu mißbrauchen. Danach aber hätte man auf Grenada wieder die «Ein-Mann-Herrschaft» gehabt. (Zumindest hier ging Austin, indem er Bishop mit Gairy gleichsetzte, auch meinem Sohn zu weit.)

Ursprünglich, hörten wir weiter, sei nie geplant gewesen, den Premier abzusetzen. Doch am letzten Mittwoch habe man nicht mehr umhingekonnt, ihn auch aus der Partei auszuschließen, nachdem er sich vor dem ZK habe rechtfertigen dürfen. Denn trotz aller Liebe und Bewunderung für den Genossen Maurice sei die ganze Mitgliedschaft des NJM, bis auf eine kleine Minderheit, der Meinung des Zentralkomitees. In Wahrheit nämlich habe es in der Partei zu keiner Zeit einen Machtkampf gegeben. Bishops Kampf sei der eines einzelnen gewesen, ein Griff nach der unbegrenzten Macht. Eher mache die Partei sich, auch wenn das großen Mutes bedürfe, bei Teilen der Bevölkerung jetzt unbeliebt, als daß sie diesen Zugriff länger ertrage. Der äußere Feind verbreite die Lüge, auf Grenada habe das Militär geputscht. Doch das NJM versichere allen, wie bisher die Regierung vollständig zu kontrollieren.

«Wir rufen euch auf», schloß der General, «an diesem kritischen Punkt unserer Geschichte beherzt zu sein, weiterhin die Einheit zu wahren und die Errungenschaften der Revolution zu verteidigen, damit der Imperialismus diese schwierige Lage nicht zu seinem Vorteil nutzt. Nehmt euch in acht vor allen Versuchen, Panik und Verwirrung zu stiften! Wir müssen jetzt standhaft sein ... Sind überzeugt, diese Angelegenheiten unseren Prinzipien entsprechend beilegen zu können ... Überzeugt, daß die Revolution nicht zerstört werden kann. Lang lebe unser starkes und mutiges Volk! ... Lang lebe das NJM ... *Forward ever – backward never.*»

Dirk kam klatschnaß aus der Stadt zurück. Niemand arbeite, teilte er mir mit. Überall werde Austins Rede erregt diskutiert. Sie verfehle offenkundig jede Wirkung. Man bange um das Leben von Maurice Bishop. Niemand, außer den kaum hundert Mitgliedern des NJM und einer Handvoll Kandidaten der Partei, zu denen auch Friday zählte, stimme der Entmachtung Bishops zu. Auch in der Armee sei die Lage kritisch. Soldaten hätten erklärt, Coard habe ihnen zwar Ende September, als Bishop im Ausland war, eine Solderhöhung von 30 EC-Dollar im Monat versprochen, aber dafür würden sie noch lange nicht auf das Volk schießen, wenn es Maurice wiederhaben wolle. Die Schulen seien geschlossen, Kinder ständen in strömendem Regen und riefen: *Without Jackie Creft no education.* Ihre Lehrer stimmten in solche Rufe ein.

Pierre Lescaut rief mich an, ratlos, verwirrt. Nach seiner Darstellung war Unison Whiteman, beschützt von ein paar Getreuen, zu einer Ansprache an seine Mitarbeiter ins Außenministerium gegangen. Er, dessen rundes Gesicht mit dem dünnen Bart sonst weich und liebenswürdig, ja häufig unentschlossen wirkte, trat dabei sehr energisch auf. Er könne keinem die Entscheidung vorschreiben, hatte er gesagt, doch jedermann müsse klar sein, daß die Gefahr eines Bürgerkrieges und einer US-Invasion näherrücke ... Seit Samstag hatte Whiteman versucht, zwischen Bishop und Coard zu vermitteln – umsonst. Die zwei blieben unversöhnlich, so voller Argwohn, als sei einer vom anderen überzeugt, er wünsche dessen Tod. Zwar wollte Bishop mit Coard sprechen, doch nicht unter Hausarrest, und ferner bestand er darauf, die Frage der «gemeinsamen Führung» dem Volk vorzutragen. Coard dagegen, für den das unannehmbar war, schlug Whiteman vor, das Problem auf der nächsten ZK-Sitzung zu behandeln: das Zentralkomitee habe noch nicht getagt – was im Widerspruch zu Austins Rundfunkrede stand.

Unter diesen Umständen fiel mir die Weiterarbeit an dem «Ernstfall» schwer. Gut die Hälfte des Romans hatte ich schon übersetzt. Warum meldete Craig sich nicht wieder, warum ließ er mich so im Stich? Er hatte sogar vergessen, mir seine Bostoner Hotelanschrift zu geben, so daß auch ich ihn nicht anrufen konnte.

Die Dinge spitzten sich zu. Als am Dienstag das vereinbarte Treffen mit Bernard Coard zunächst von zwölf auf eins und dann nochmals auf vier Uhr nachmittags verschoben wurde, beschlossen Unison Whiteman, Wohnungsbauminister Norris Bain, ein weiteres Kabinettsmitglied namens Ramdhanny und Landwirtschaftsminister George Louison, der Bishop auf seiner Europareise begleitet hatte, zu demissionieren. Whiteman gab dies um sechs Uhr abends über Radio Antilles bekannt, einen Sender auf einer der Nachbarinseln. Damit war die Mehrheit der Minister entweder, wie ihr Premier, arretiert oder, wie der Justiz- und der Außenminister, zurückgetreten. Vom Rundfunkmann gefragt, wer denn nun das Land regiere, antwortete Whiteman: «Das weiß ich nicht, fragen Sie doch Bernard und Phyllis Coard.» Zur selben Zeit wurde George Louison verhaftet; Whiteman und Ramdhanny hielten sich versteckt.

Dirk berichtete von den ersten größeren Demonstrationen. Fünfhundert Schüler hielten die Abfertigungsräume von Pearls Airport besetzt. Auf der ganzen Insel wurde die Losung ausgegeben: Treffpunkt morgen früh auf dem Marktplatz von St. George's ... Unheil lag in der Luft.

Dr. James Fisher kam am Mittwoch ziemlich früh, um auf Dennis Forsyth zu warten. Er tat recht gelassen; übrigens brachte er mir die Kopie des Romans wieder. Ich gab sie gleich weiter an Dirk. Kurz nach acht rief Forsyths Ordonnanz an: Die Ankunft des Commanders verzögere sich aus dienstlichen Gründen.

Während Fisher mit uns auf der Terrasse Rumcocktail trank, fragte Dirk ihn unvermittelt, was er sich von dem Machtwechsel denn verspreche. Männer wie Coard, Layne (wegen seiner schwierigen Ausdrucksweise Kopfschmerz-Layne genannt), Major Cornwall oder Selwyn Strachan, der Minister für Nationale Mobilisierung, ständen der «Roten Avantgarde» Jamaicas zwar geistig näher als die Gruppe um Maurice Bishop, doch was springe für die «Avantgarde» bei all dem eigentlich heraus?

«Wie kommen Sie auf die?» fragte Fisher und zog an seinen langen Fingern, wobei es in den Gelenken knackte. «Ich weiß wirklich nicht, wovon Sie reden.»

«Von der ‹Roten Avantgarde› aus Jamaica. Die stärkt den Leuten um Coard doch offenbar den Rücken.»

«Wer um Himmels willen hat Ihnen das erzählt?»

Ich sagte: «Es ergibt sich aus Craigs Papieren.»

Fisher saugte an dem Strohhalm, der in dem kühlen Drink steckte, dann wandte er sich mir zu. «Mit ausländischen Kommunisten haben weder Jeff noch ich das geringste zu tun.»

«Jeff hat auf Jamaica gelebt ...»

«Nun, ich nicht.»

Intuitiv glaubte ich ihm, wenn auch nur für einen Moment und in dem, was seine Person betraf. Er hatte eine eigentümlich überzeugende Art, wortkarg zu leugnen, was ihm lästig war. Natürlich gibt es keinen Agenten, der seine Hintermänner nennt, solange sich das irgend vermeiden läßt: eine eiserne Regel des Metiers. Ebendeshalb hielt ich Dirks Vorstoß auch für verfehlt.

Da aber fragte mein Sohn: «Wie deuten denn Sie den Streit in der Führung?»

«Ein Flügelkampf, hausgemacht und vorprogrammiert», antwortete Fisher, indem er die Fingerkuppen aneinanderschob. «Seit langem schon steht das New Jewel Movement am Scheideweg, mein Freund. Als Coard vor fünfzehn Monaten unter Protest das Zentralkomitee verließ, da hatte er ein Signal gesetzt. Für die Elite hier gab es nun zwei gangbare Richtungen. Einmal den zaghaften Weg einer sozialdemokratischen Partei. Der bringt dem Volk zwar ein paar Erleichterungen, führt aber zur Preisgabe der Ziele, zum Abflachen des revolutionären Schwungs. Man bleibt trotz einiger populärer Schritte fest eingebunden in das kapitalistische Weltsystem. Ein Blick auf die Wirtschaftsdaten zeigt Ihnen das; für diesen Kurs stand Maurice Bishop.»

«Das klingt ja wie marxistische Kritik.»

«Nennen Sie es, wie Sie wollen.»

«Und was ist die Linie von Bernard Coard?»

«Der Kurs auf Unabhängigkeit von den westlichen Märkten und auf Sozialismus. Das mühsame Herauslösen der Insel aus ihren bisherigen Wirtschaftsbindungen, die schließlich auch Fesseln sind. Die Hinwendung zu Cuba und anderen sozialistischen Staaten, ohne das Prinzip der Eigenständigkeit und Blockfreiheit aufzugeben.»

«Auch Cuba betrachtet sich als blockfreien Staat.»

«So ist es. Coard will so wenig wie Bishop oder Castro der Stützpunkt oder der Vasall irgendeiner Großmacht sein.»

«Wenn das so ist, hätte man sich einigen können. Liegt für Sie der Schlüssel des Konflikts etwa in persönlicher Rivalität?»

«Die ist allerdings eklatant.» Dr. Fisher lächelte, es gefiel ihm wohl, uns zu belehren. Er saß da wie ein Buddha, ein vom doppelten Licht der Psychologie und der Politologie Erleuchteter. «Meistens steckt eine Frau dahinter, wie man in Frankreich sagt. In diesem Fall sind es zwei.»

«Aber unter der Oberfläche», fuhr Dirk fort, «prallen doch eher zwei Grundsätze, zwei Modelle der Entscheidungsfindung und des Demokratieverständnisses aufeinander. Nämlich die Idee der Basisdemokratie, verkörpert durch Bishop, und die der Herrschaft einer Kaderpartei, vertreten durch Coard.»

«Wenn Sie hinzufügen, daß der Konflikt trotz solcher Wurzeln im Lande selbst herangereift ist, stimme ich Ihnen bei. Kein Mensch hat ihn von außen geschürt.»

«Sind Sie da sicher?»

«Sind Sie es nicht?»

«Nein. Wie es aussieht, ist Washington bereit, die Lage auszunutzen.»

«Mag sein.» Fisher zuckte die Achseln. «Das hat nichts zu tun mit der Urheberschaft. Anderseits hält Cuba sich restlos heraus.»

«Ebenso wie Sie, Doktor.»

«Ebenso wie ich.»

«Eine wahrhaft olympische Haltung. All dem niederen Gezänk entrückt. Coard und Bishop, beide sind für Sie integre Vertreter zweier an sich gleichwertiger Ideen. Deute ich Ihren Standpunkt richtig?»

«So ziemlich. Irgendwie haben ja beide recht. Das hebt ihren Streit fast in den Rang einer klassischen Tragödie.»

«Sie weichen aus», warf ich ein. «Und gleich bis in die Antike.»

«Man muß nicht gar so weit zurückgehen. Denken Sie mal an das Algerien der sechziger Jahre, an den charismatischen Volksliebling Ben Bella und an seinen Rivalen, den häßlichen, aber tüchtigeren Boumedienne, der ihn vom Thron stieß ... So etwas kommt immer wieder vor.»

Ihn festzulegen war, als versuche man, einen Pudding an die Wand zu nageln. Mir fiel auf, daß er viel kälter und unbeteiligter von solchen Dingen sprach als Craig. Fisher bedrückte nichts, er war aus härterem Holz.

«Mir ist klar, Ihr Herz schlägt für Maurice», hörte ich ihn sagen, als ich aufstand, um sein Glas zu füllen. «Sie haben ihn gesprochen, und er hat Sie bezaubert. Coard hatte die Chance nicht, er ist auch kein Charmeur ... Nein, stellen wir Gefühle mal zurück. Ihr Sohn hat recht, dies ist auch ein Zielkonflikt, es geht um zwei Prinzipien politischer Ordnung: Hier Basisdemokratie, viel Mitsprache und Dialog zwischen den Massen und ihrem strahlenden, geliebten Führer, mag er auch Fehler machen. Dort die straffe Führung durch eine disziplinierte, von oben nach unten voll durchorganisierte Partei.»

«Mag sie auch Fehler machen.»

«Meinetwegen. Aber dieses Modell funktioniert in etlichen Varianten auf der halben Welt; während es an einem überzeugenden Beispiel für das Funktionieren der direkten Volksherrschaft ja noch fehlt. Diese zwei Tendenzen der grenadischen Revolution, das Mitspracherecht aller und die Notwendigkeit zentraler Entscheidungen, stoßen jetzt so hart aufeinander, weil der Konflikt verschleppt worden ist. Wo liegt die reale Macht, unten oder oben? Natürlich oben, das zeigt sich jetzt. Vier Jahre lang bestanden beide Elemente nebeneinander, und weil es mißlungen ist, sie zu kombinieren, wird das heute ausgekämpft – ein Drama, das Sie nun miterleben, auf dem Logenplatz Point Egmont ...» Fisher knickte den Strohhalm durch und fragte in verändertem Ton: «Aber wo bleibt Dennis? Er wollte längst dasein.»

Erstmals nahm ich Zeichen von Ungeduld an ihm wahr. Hatte er sich bisher über die allgemeine Nervosität erhoben, so schwand seine olympische Haltung nun dahin.

«Sie vergessen eins», sagte Dirk. «Bishops Popularität beruht, das ist mein Eindruck, nicht bloß auf seiner Liebenswürdigkeit, der männlichen Ausstrahlung und auf seinen Verdiensten um die Revolution. Mehr noch, glaube ich, ist es sein Vertrauen in die Massen und seine Idee, daß man sie Schritt für Schritt einbeziehen muß in die Entscheidungsprozesse, egal, auf welcher Ebene, um ihre Schöpferkraft freizusetzen. Das hat der Mann auf der Straße gespürt, erstmals in der Geschichte dieses Landes fühlte er sich einbezogen, ernst genommen und – in der Masse – als treibende Kraft des Neubeginns verstanden. Und diese Achtung und Wertschätzung, die ihm die Führung entgegenbringt, strahlt auf diese zurück, stärkt sie faktisch und moralisch. Eine Wechselwirkung, die man nicht ungestraft zerstört! Führer, die so verehrt werden, festzusetzen und ihren Dialog mit dem Volk abzuschneiden, das ist dumm ...»

«Gestatten Sie mir, einzuwenden ...»

«Der Hausarrest, das ist ein Gipfel an Dummheit, ein entscheidender Fehler, der Knackpunkt für mich!»

«Ich fürchte, das ließ sich nicht vermeiden.»

Ich sagte: «Am Schluß des Interviews hat Dennis Forsyth mir erklärt, daß keine Macht und kein Geheimdienst der Welt eine Führung stürzen kann, die so mit dem Volk verbunden ist. Aber jetzt ist die Führung gespalten, und man hat einen Keil getrieben zwischen sie und das Volk – wer hat das getan? Nach Ihren eigenen Worten tat das kein anderer als Ihr Freund Bernard Coard. Er und ein paar andere, die haben das geschafft.»

«Wie schon gesagt, der Konflikt drängte zur Lösung; so oder so, die Sache mußte vom Tisch.»

«Passen Sie nur auf, daß danach der Tisch noch steht», sagte Dirk. «Mir scheint, er wackelt schon beträchtlich.»

«Alles hat seinen Preis.» Fisher zog an seinen Fingern, bis sie knackten. «Wie bereits Napoleon fand, man kann kein Omelett backen, ohne Eier zu zerschlagen.»

So erörterten wir den Fall. Gegen halb zehn rief man aus der Kaserne nochmals an: dem Commander Forsyth fehle sein Wagen. Wir schickten also den Sergeanten Friday hinunter nach Calivigny, und mein Sohn fuhr mit. Er kehrte unter drastisch veränderten Umständen zurück, nach Stunden, die sich wie Tage dehnten; Ben Friday sahen wir niemals wieder.

X

Kurz darauf hörten wir Schüsse im Nordwesten, hinter den Hügeln und Baumwipfeln. St. George's ist in Luftlinie von Point Egmont nur acht Kilometer entfernt. – «Ich nehme an, es ist soweit», sagte Dr. Fisher. «Die Waffen haben gesprochen, es dürfte entschieden sein.»

Ich sah ihn fassungslos an und dachte an meinen Sohn, der, wie ich ihn kannte, dort war, wo die Kugeln pfiffen … Doch Fisher hatte sich getäuscht.

Drinnen läutete das Telefon. Ich ging ins Schlafzimmer und hob ab. Es knackte in der Leitung, dann fuhr ich zusammen. Die Stimme, die mir ins Ohr tönte, war so nah, als spreche man unmittelbar gegen mein Trommelfell. Commander Forsyths Stimme; er drängte mich, James Fisher an den Apparat zu holen.

Der stand schon ungerufen neben mir, ich gab ihm den Hörer, blieb aber stehen, trotz der gebieterischen Geste, mit der er mich aus Craigs Zimmer wies.

«Was ist los, Dennis?» fragte Fisher. «Habt ihr es unter Kontrolle?»

«Leider nicht», war die Antwort.

Fisher hielt die Muschel etwas vom Ohr weg, denn der Commander sprach so laut, daß ich einen Teil seiner Worte verstand. Ein Demonstrationszug von annähernd zehntausend Menschen, sagte er, habe sich den Hügel hinaufgewälzt, vor Bishops Residenz, und das Haus gestürmt, obwohl dessen Wache schoß. Von der lärmenden Menge befreit, sei der abgesetzte Premier im Triumph zum Markt gebracht worden, dort spreche er gerade zu der Bevölkerung.

«Major Cornwall hat noch versucht, Vincent Noel zu verhaften, den Gewerkschafter. Der führte den Zug mit Whiteman an. Aber die Menge hat es verhindert.»

«Und die Bewachung, deine Soldaten?»

«Die haben bloß in die Luft geschossen.»

«Auf wessen Befehl?»

«Auf meinen …»

«Ich dachte, Dennis, wir hätten uns verstanden.»

«Ein Gemetzel unter den eigenen …» Forsyth' Stimme kippte weg, wurde unhörbar für mich.

«Da wird doch noch jemand sein, der die Nerven behält! Was sagt der General?»

Die Antwort blieb unverständlich. «Und Coard? Wie, nicht auffindbar?»

Fisher hatte gemerkt, daß ich lauschte, er stieß mich ohne ein Wort aus dem Raum und drehte den Schlüssel um, der von innen steckte. Ich hämmerte wütend gegen die Tür. Es gibt keinen Schurken in dem Stück, hatte er eben noch erklärt, nun aber ging mir auf, einer der Drahtzieher war er.

«Bitte verlassen Sie das Haus», sagte ich zu ihm, als er herauskam.

«Das bestimmen nicht Sie!» Er war außer Atem, Schweiß stand ihm auf der Stirn, unter den Achseln seines T-Shirts zeichneten sich Flecke ab. Es beschwichtigte mich nicht, zu sehen, wie es auch ihn mitnahm. «Im übrigen, ich bin schon weg.» Er nahm seinen Zündschlüssel aus dem leeren Aschenbecher – den tat er immer dahin, damit ihn in der Hitze am Körper nichts drückte – und wandte sich dem Ausgang zu.

«Sie kommen besser nicht wieder!»

«Das ist Jeffs Haus», knurrte er, den Schlüsselring klimpernd am Finger. Vorhin hatte ich mich versucht gefühlt, den Schlüssel vom Tisch zu nehmen und hinunter ins Gestrüpp zu werfen, damit der Mann nicht noch mehr Unheil anrichtete. Doch schließlich war er mein Gast gewesen; wir sind das Opfer unserer Erziehung.

Ich ging hinein, um irgendwen anzurufen, Forsyth oder Lescaut, ganz gleich – eine menschliche Stimme hören, selbst mit Seymour hätte ich, in dem Haus allein, jetzt gesprochen, falls er noch auf der Insel war. Oder mir ein Taxi bestellt. Aber das Telefon war tot. Dr. Fisher hatte, wie ein Gangster im Film, das Kabel aus der Wand gerissen. Er wollte mich isolieren, ich hatte zuviel mit angehört. Brocken das Telefonats gingen mir unablässig durch den Kopf.

Dann merkte ich, dabei zu sein, in die Staubwolke zu laufen, die sein Wagen aufgewirbelt hatte. Die Straße nach Calivigny, Fahrspuren in getrocknetem Schlamm, führte durch eine Senke zunächst auf einen sechzig Meter hohen, baumlosen Hügel. Mich umfing völlige Stille in flirrender, schweißtreibender Glut. Von oben sah man, wie ich wußte, das Fischerdorf Lower Woburn und das Kreuz auf der Gospel Hall von Calivigny.

Doch ich stieg nicht hinauf. Um den Weg abzukürzen, bog ich am Fuß des Hügels nach rechts. Ein Pfad aus dem vorigen Jahrhundert lief unter grellen Blüten und Bäumen mit filzigen Bärten am Ostufer der Halbinsel entlang. Kein Mensch begegnete mir. Nach anderthalb Kilometern, am Scheitel der kleinen Bucht, die Egmont Habour hieß, endete der Weg bei einem Flüßchen, ohne daß man drüben die Fortsetzung sah. Die morsche Brücke war eingestürzt. Ich zog die Schuhe aus, das Wasser ging mir bis über die Knie, ich glitt auf dem Geröll des Flußbetts aus, verlor einen Schuh und kehrte entmutigt um. Die Sonne knallte auf mich herab. Umschwirrt von einer Wolke aus Fliegen und Mücken, kam ich wieder an die Gabelung unterhalb des Hügels – und gab es auf, barfuß durch die Wildnis zu laufen, über der senkrecht die Sonne stand.

Das Haus empfing mich in lastender Lautlosigkeit. Nicht einmal Vogelzwitschern war zu hören; mir war, als wäre ich taub geworden. Immerhin gab es Schatten, die vertrauten Gerüche nach Jeffs Tabak, überreifen Früchten und moderndem Holz. Ich trat unter die Dusche und überlegte, was tun. Eine Zeitlang saß ich unschlüssig herum. Was ging jetzt in der Hauptstadt vor? Aber was auch dort geschah, ich konnte es nicht beeinflussen, nicht einmal herausfinden, solange ich es in diesem jämmerlichen Zustand der Schwäche nicht schaffte, mich bis Calivigny oder sonstwo zur Küstenstraße durchzuschlagen, wo ein Auto mich wohl aufgelesen hätte.

Vielleicht legte sich meine Unruhe, wenn ich jetzt versuchte, fortzufahren, Craigs Roman zu übersetzen? Die Stelle, wo im Manuskript der Zettel lag, war allerdings so düster wie im Grunde fast das ganze Werk, eher geeignet, meine Bedrückung zu vertiefen. Die «United States of America» nämlich, der fliegende Feldherrnhügel des Präsidenten, geriet in Luftschichten, die sich immer mehr trübten vom Staub all der Detonationen auf beiden Seiten des Atlantiks, emporgespritzt in die Stratosphäre. Die Sonne verfinsterte sich wie bei der biblischen Kreuzigung Christi, sie, die oberhalb der Wolken sonst in traumhafter Höhe weiß glühte, war kaum noch sichtbar als matte Scheibe. Auf der Erde verbrannten ja die Städte, die Ernten, die Wälder, und der Feuersturm spie eine Rauchschicht aus, die der Welt eine neue, alles vernichtende Eiszeit bescheren würde.

Und in diesem Zwielicht mißglückte eines der gewagten Auftankmanöver – unerläßlich, um die Präsidentenmaschine obenzuhalten. Ihr Pilot flog erst neben, dann hinter dem durch Radar georteten Tanker her, bestrebt, seinen Einfüllstutzen in den trichterförmigen Korb der Schlauchmündung zu schieben, die, einem Riesenfederball gleich, zwanzig Meter vom Heck des Tankflugzeugs an dem biegsamen Schlauch durch die rußige Luft zischte. Alles schien glatt zu gehen, das Kontrollgerät zeigte das Zusammenkoppeln der zwei Brennstoffleitungen an. Aber der ausströmende Treibstoff spritzte, statt sich in die Tanks des *Doomsday-Plan* zu ergießen, plötzlich über die Windschutzscheiben der Kanzel und nahm den Piloten die letzte Sicht. Die Crew konnte weder den Tanker noch den Verbindungsschlauch ausmachen, sie kam sich vor – hatte Craig bildhaft geschrieben –, als sei sie in eine Autowaschanlage geraten. Man stellte die Scheibenwischer auf schnellste Gangart, doch es hatte keinen Zweck.

Mitten in dieser Szene brach ich die Arbeit ab. Mir fehlten ein paar Fachausdrücke, es gab kein englisch-deutsches Wörterbuch im Regal, zugleich überkam mich eine schreckliche Nervosität. Die Wirklichkeit war stärker als der Roman ... Wieder fielen in der Ferne Schüsse, weit mehr als beim ersten Mal, ein wahres Gefecht schien sich zu entwickeln. Denn das, was ich am Telefon erlauscht hatte, gab mir die beklemmende Gewißheit, daß diesmal nicht in die Luft, sondern auf Menschen gefeuert wurde: gezielt in die Menge, in der sich auch Dirk befand.

Ich knipste das Rundfunkgerät an, es stand auf der Welle von Radio Free Grenada und brachte nichts als Reggae-Musik, die mich ziemlich nervte. Nach langem quälendem Warten dann, gegen Abend, folgte «eine Stellungnahme der Armee zur gegenwärtigen Situation in unserem Land», wiederum vorgetragen von Hudson Austin. Der General, man merkte ihm keine Erregung an, schilderte zunächst mir schon Bekanntes, den Sturm der Menge um neun Uhr dreißig auf Bishops Residenz: «Die Menge erkannte, daß die Soldaten Weisung hatten, nicht auf sie zu schießen, und barst in das Haus. Maurice Bishop ging mit ihr. Er bewog dann die Menge unschuldiger Menschen, sich Fort Ruperts, des Hauptquartiers der Armee, zu bemächtigen. Wieder waren die Soldaten angewiesen, auf die Menschen, die das Fort stürmten, nicht zu schießen. Die Armee versuchte, mit Bishop und Whiteman über eine friedliche Lösung zu verhandeln und ihnen zu versprechen, daß die Zivilisten das Fort verlassen könnten. Die zwei erklärten: kein Kompromiß, keine Verhandlung. Dann entwaffneten sie die diensthabenden Offiziere und die Soldaten, die Fort Rupert bewachten, und begannen, die Menge zu bewaffnen. Sie äußerten die Absicht, das gesamte Zentralkomitee, die alten Mitglieder der Partei sowie die gesamte Armeeführung zu verhaften und zu vernichten ...»

Austin räusperte sich, er fuhr fort: «Zu diesem Zeitpunkt sandte die Revolutionäre Armee eine Kompanie Soldaten, um die Herrschaft über Fort Rupert wiederherzustellen. Sie war gezwungen, das Fort zu stürmen, und in diesem Verlauf wurden die folgenden Personen getötet: Maurice Bishop, Unison Whiteman, Vincent Noel, Jacqueline Creft, Norris Bain und Fitzroy Bain unter anderen. Die Armee evakuierte dann die Verwundeten und half anderen, zum Krankenhaus zu kommen.»

Es klang, als trinke der General einen Schluck Wasser, dann rechtfertigte er die Erschießungen langatmig mit Bishops angeblichen Mordplänen gegen die alten Gefährten und dessen Schritt zum offenen Bündnis mit Aufrührern und Konterrevolutionären. Es gelte, die Revolution zu retten. Die Armee habe sich lange aus dem parteiinternen Konflikt herausgehalten, sei aber nicht gewillt, dem Imperialismus und der Konterrevolution Tür und Tor zu öffnen. Sie habe daher einen Revolutionären Militärrat gebildet, der bis zur Herstellung der Normalität die Regierung sei.

Man werde mit drakonischer Strenge regieren, hieß es weiter, und jeden Störenfried erschießen: «Eine Ausgangssperre rund um die Uhr gilt von jetzt an für die nächsten vier Tage bis Montag sechs Uhr früh. Niemand darf sein Haus verlassen. Jeder, der die Ausgangssperre mißachtet, wird auf der Stelle erschossen. Alle Schulen und sämtliche Arbeitsplätze außer den notwendigsten Dienststellen sind bis auf weiteres geschlossen. Die persönliche Sicherheit und das Eigentum aller Bürger und Ausländer werden von der Armee garantiert.» Erste Aufgabe, schloß Hudson Austin, sei die Landesverteidigung gegen den Imperialismus, der versuchen werde, die Gunst der Stunde zu nutzen. Eine militärische Invasion würde den Tod von Tausenden bedeuten. Welche Meinung der einzelne im Moment über die Situation persönlich auch hegen möge, not tue Einigkeit gegen jeden Angriff von außen. Die Armee werde die Revolution mit all ihrer Macht verteidigen ... Den üblichen Schlußfloskeln folgte Militärmusik; sie klang teils britisch steif und pompös, teils erinnerte sie mich an das Geschmetter auf nordamerikanischen Sportparaden.

Es fehlte am Ende die Formel «lang lebe das NJM». Und kein Wort fiel über Bernard Coard. Er schien nicht Mitglied des 15köpfigen Militärrats geworden zu sein, obwohl – wie im Falle «Bogo» Cornwalls – seine Erhebung in den Majorsrang nur eine Formalität gewesen wäre. Vielleicht gebot ihm die politische Vernunft oder sein Instinkt, sich anfangs zurückzuhalten, um nicht mit der blutbefleckten Armeeführung gleichgesetzt zu werden, die ihm den Weg zur Macht freigeschossen hatte.

Spätabends im Finstern langte Dirk auf Point Egmont an. Er hatte sich, da kein Wagen mehr fuhr, zu Fuß von der Hauptstadt aus durchgeschlagen, vorbei an den Calivigny-Kasernen, in ständiger Furcht vor den Posten und Streifenfahrzeugen der Armee, denen man befohlen hatte, die Ausgangssperre gewaltsam durchzusetzen. Mit einem Schlage stand die Insel unter Kriegsrecht. Der Strom war ausgefallen, ich empfing und umarmte Dirk bei Kerzenlicht. Wir zehrten von einem Wasservorrat, den ich angelegt hatte, da ohne Strom nichts aus der Leitung floß. Was aber fingen die Menschen an, die überhaupt kein fließendes Wasser hatten, wenn sie ihre Hütten vier Tage lang nicht verlassen durften? Wo nahm man dort, wo es keinen Kühlschrank gab, bis zum Montag die Nahrungsmittel her? Das schien die Armee nicht groß zu kümmern, wenn das Volk nur ruhig blieb – und abwehrbereit gegenüber dem inneren wie dem äußeren Feind. Der Militärrat, geplagt wohl vom schlechten Gewissen, sah sich derart von Feinden umstellt, daß er alles andere aus dem Blick verlor.

Der Bericht, den mein Sohn mir gab, wich denn auch stark ab von der Darstellung des Generals. Als Dirk auf dem Marktplatz angelangt war, hatte sich dort und in den Nachbarstraßen schon eine Menge versammelt, deren Zahl die der Einwohnerschaft von St. George's überstieg. Ständig trafen von außerhalb überfüllte Busse und Privatautos ein, aus denen Menschen quollen, die Transparente entrollten mit Aufschriften wie: *No Bish – No Revo, Maurice for More – Bishop for Better, No Creft – No Education, No to Coard!, No Bishop – No Airport* und immer wieder: *We free the Leader today.* Die Menge drang über Market Hill und die gekrümmte Steigung der Lucas Street hinauf zur anderthalb Kilometer entfernten Residenz des Premiers, befreite Bishop und dessen Gefährtin Jakkie Creft und trug beide auf den Schultern in unbeschreiblichem Jubel zum Markt zurück. Die Leute tanzten vor Freude, umarmten einander und riefen: «Wir haben Maurice wieder, haben gesiegt, dies ist unsere Revolution, ist Volksmacht – *this is people's power* – der größte Tag in unserer Geschichte.»

In dem Lärm verstand Dirk von den Worten, die Bishop auf dem Marktplatz sprach, so gut wie nichts. Der Premier hatte kein Mikrofon. Ein Trupp scharte sich um ihn, man zog los, bog am Obersten Gerichtshof links in die Church Street ein und zog nordwärts an der neugotischen Kathedrale mit ihren vier Turmspitzen vorbei wiederum bergan, um beim Tennisplatz rechts in die Old Fort Road einzuschwenken. Dort, kaum sechshundert Meter vom Marktplatz weg, lag am Südhang des Hospital Hill das älteste Fort der Stadt, zwischen 1705 und 1710 von den Franzosen als Fort Royal erbaut. Inzwischen hieß es – zu Ehren von Bishops Vater – Fort Rupert und war, neben dem siebzig Jahre jüngeren Fort Frederick (zwei Kilometer weiter östlich und noch höher gelegen) ein Stützpunkt der Armee und der zehn Tage zuvor entwaffneten Miliz. Von fünfzig Fuß hohen Mauern umgeben, bildete der Innenhof des Forts ein Geviert aus zwei wellblechgedeckten Gebäuden und uralten Kasematten. Tausende von Demonstranten drangen kampflos ein. Die kaum mehr als zwanzig Soldaten, die hier lagen, liefen zu Bishop über, der im ersten Stock des Westflügels, bewacht von Getreuen, mit den ihm verbliebenen Ministern und zwei Gewerkschaftsführern Kriegsrat hielt.

Wie die Macht zurückgewinnen? In dem Raum war es sehr heiß. Etwa fünfzig Menschen umstanden in Gruppen den Premier, die Ministerin für Volksbildung, den Außenminister, den Wohnungsbauminister und die Gewerkschafter. Radio Free Grenada sollte besetzt und dem Ausland mitgeteilt werden, dies sei ein rein interner Konflikt. Mittlerweile wurden auf dem Marktplatz Lautsprecher angebracht. Norris Bain, ein Bruder des Gewerkschaftsführers Fitzroy Bain, kündigte dort an, Bishop werde um ein Uhr mittags zur Bevölkerung sprechen. Das wurde mit Freudengeschrei quittiert. Als Viertel vor eins vom Fort Rupert her die ersten Schüsse fielen, rief ein alter Setzer aus der Druckerei-Kooperative unter Tränen: «Das ist der Salut! Die Armee hat aufgegeben.»

Tatsächlich eroberte in jenem Moment ein Eliteverband der Armee – geführt von Commander Forsyth, den Dirk in einem Jeep zu erkennen glaubte – das Fort zurück. Mit zwei Schützenpanzerwagen und Lastwagen preschte der Verband durch die Menge in den Hof und eröffnete das Feuer. Der Gewerkschafter Vincent Noel, selber unbewaffnet, fiel als einer der ersten. Panik brach aus, alles stob auseinander, die meisten flohen abwärts in Richtung Markt, einige sprangen von den Mauern des Forts in die Tiefe. Unter ihnen war ein Major Louison, Bruder des Ministers und bis zum 13. Oktober Stabschef der Armee, der das Fort angeblich Bishop übergeben und ihm die Waffenkammer aufgeschlossen haben sollte. (Der Major brach sich die Knochen bei dem Sprung, Radio Free Grenada sendete vier Tage später ein Interview mit ihm, in dem er – gewiß um sein Leben bangend – die Schuld an dem Massaker und dem Tod von siebzehn Menschen auf Bishop schob.)

Es wurde berichtet, der Premier und fünf seiner engsten Gefährten seien auf den Hof hinabgeführt, an die Wand gestellt und offenkundig in größter Hast exekutiert worden. Mein Sohn war nicht dabei, er hörte nur das Knattern der Salve. Der Hof war inzwischen wie leergefegt, aber doch nicht ganz, denn der Militärrat suchte noch tagelang nervös, auch durch Fahndungssprüche im Rundfunk, nach drei Zeugen der Hinrichtung, die der von ihm verbreiteten Legende hätten widersprechen können.

Hundert Schritte hinter dem Fort lag ein Krankenhaus. Es glich nun einem Schlachtfeld voller Verwundeter und Sterbender. Ein kaum sechzehnjähriger Junge lag da, dem der Arm zerfetzt worden war. Neben ihm ein Mädchen in Schuluniform mit einem Kopfschuß ... Totenstille hatte sich über die Stadt gesenkt. Auf seinem Heimweg durch die glühenden Straßen – das Ausgehverbot erging erst später – stieß Dirk immer wieder auf weinende, verbitterte, verzweifelte Menschen. Jüngere unter ihnen, mit denen er ins Gespräch kam, wollten nach Trinidad oder Canada auswandern oder einfach zur See fahren – als hätten sie mit ihrem Führer das Vertrauen in ihr Land und allen Lebensmut verloren.

«Vorbei, Judy! Das ist das Ende auf dieser Insel. Von dem Schlag erholt das New Jewel Movement sich nicht mehr. Der Imperialismus hat das Signal beseitigen wollen, das Grenada für die Karibik gewesen ist ... Er muß es jetzt nicht mehr, die Arbeit ist ihm abgenommen worden, und zwar durch den Fraktionskampf der Revolutionäre selbst. Das ist für mich das Schlimmste daran.»

«Für mich ist noch etwas anderes schlimm», begann ich, brachte es aber nicht fertig, von Fishers Rolle zu sprechen, von dessen schmutzigen Händen und von dem ganzen Spiel, in das auch Craig verstrickt sein mußte, da Fisher doch sein Partner war.

XI

Am folgenden Tag saßen wir zwei – mit kurzen Pausen, in denen wir uns abwechselnd am Meer erfrischten – vorm Radio. Während der Stromsperren lief es im Batteriebetrieb. Radio Habana verbreitete eine Erklärung der Kommunistischen Partei und Regierung Cubas, in der die gestrigen Vorgänge tief bedauert wurden. Die Spaltung unter den Revolutionären Grenadas, von der man auf Cuba bis zum 12. Oktober keine Kenntnis hatte, habe mit einem blutigen Drama geendet. Die Lage sei äußerst schwierig und verworren. Nur ein Wunder an Gemeinsinn, Besonnenheit und Weisheit der Führer auf Grenada sowie wohldurchdachtes Reagieren und Handeln der internationalen fortschrittlichen Bewegung könne den revolutionären Prozeß dort noch retten.

Der Sprecher sagte, Fidel Castro habe am Samstag, dem 15. Oktober, eine Botschaft an das Zentralkomitee des NJM gerichtet, die Cubas Nichteinmischung in die inneren Angelegenheiten der Partei und des Landes unterstrich, aber auch ernste Besorgnis über die Behandlung des in Cuba hoch angesehenen Premiers Bishop zum Ausdruck brachte; zusammen mit der Verpflichtung, das Volk von Grenada weiter zu unterstützen, unabhängig von den Veränderungen in dessen Führung … «Gelegentlich», hieß es weiter, «schien sich eine würdige, kluge und friedliche Lösung abzuzeichnen. Es wurde deutlich, daß sich das Volk zu Bishop bekannte und seine Anwesenheit verlangte.» Sein Tod und der seiner Genossen müsse aufgeklärt werden. Sollten sie kaltblütig exekutiert worden sein, verdienten die Schuldigen eine exemplarische Strafe: «Keine Doktrin, kein Prinzip, keine als revolutionär proklamierte Position und keine innere Spaltung rechtfertigen ein grausames Vorgehen wie die physische Beseitigung von Maurice Bishop und der hervorragenden Gruppe ehrenhafter und angesehener Führer, die gestern den Tod fanden.»

Das war in diesem Moment sogar Nichtkommunisten wie mir

aus dem Herzen gesprochen. Das Kommuniqué schloß mit einer Warnung vor dem Imperialismus, der jetzt versuchen werde, diese Tragödie und die von den grenadischen Revolutionären begangenen schweren Fehler auszunutzen, um das Land erneut der neokolonialistischen Herrschaft zu unterwerfen. Nichts dürfe unternommen werden, das solche Pläne begünstige. «Obwohl wir infolge der Ereignisse zutiefst verbittert sind, werden wir keinen übereilten Schritt hinsichtlich der technischen und wirtschaftlichen Zusammenarbeit tun, der die lebenswichtigen Dienstleistungen und Wirtschaftsinteressen des grenadischen Volkes, für das wir aufrichtige und herzliche Bewunderung und Zuneigung hegen, beeinträchtigen könnte.» Die vielen cubanischen Ärzte, Lehrer, Techniker und Bauarbeiter würden also bleiben, die wirtschaftliche Zusammenarbeit könne weitergehen. «Aber unsere politischen Beziehungen mit den neuen Verantwortlichen der Führung Grenadas werden einer ernsthaften und tiefgründigen Analyse unterzogen werden müssen. Ungeachtet dessen, ob der revolutionäre Prozeß Grenadas bewahrt werden kann, werden wir das Mögliche tun, ihn zu unterstützen. Mögen die schmerzlichen Ereignisse Anlaß sein, daß alle Revolutionäre Grenadas und der Welt gründlich nachdenken und sich die Linie durchsetzt, daß kein Verbrechen im Namen der Revolution und der Freiheit begangen wird.»

Aus Washington verlautete, unter der Leitung von Vizepräsident George Bush sei ein Krisenstab zusammengetreten, um die «schwerwiegenden Ereignisse in Grenada» zu erörtern. Außenminister George Shultz räumte vor der Presse die Möglichkeit ein, daß der US-Präsident dem Rat seiner Krisenmanager folgen und einen gerade mit Kurs auf das Mittelmeer auslaufenden Flottenverband, es handelte sich um einundzwanzig Kriegsschiffe, zum Schutz des Lebens amerikanischer Bürger nach Grenada umlenken werde. Kurz darauf hieß es, der für den Libanon bestimmte Konvoi nehme schon Kurs auf die karibischen Gewässer. Ein blitzartiger Schwenk! Man hatte den Eindruck, daß seitens der Vereinigten Staaten alles wie am Schnürchen lief ... Auch ein britischer Zerstörer steuerte, zum Schutz der Engländer natürlich, mit ein paar Hilfsschiffen von dem columbianischen Hafen Cartagena aus Grenada an.

Im Inselrundfunk garantierte der Revolutionäre Militärrat erneut sämtlichen tausend US-Bürgern und den sonstigen Ausländern volle persönliche Sicherheit, wenn sie nur die befristete Ausgangssperre beachteten und sich aus den Dingen heraushielten. Neun Zehntel der nordamerikanischen Medizinstudenten hätten per Telex eine Resolution an den Präsidenten Reagan gesandt, mit der dringenden Bitte, die gegen Grenada laufenden Militärmaßnahmen zu stoppen; denn sie fühlten sich nicht bedroht ... Dann strahlte Radio Free Grenada eine Verlautbarung des Militärrats aus, in der dieser sich zu einer Politik der Blockfreiheit bekannte; die Insel lege Wert auf gute Beziehungen zu all ihren bisherigen Freunden. Nach innen werde die Entwicklung einer gemischten Wirtschaft aus staatlichem, genossenschaftlichem und privatem Sektor fortgesetzt. Überhaupt wolle man die Linie des früheren Premiers Bishop im wesentlichen weiterführen, zumal hinsichtlich einer Verbesserung des Einvernehmens mit den USA.

Zu unserer Verblüffung gab der Sender außerdem bekannt, Selwyn Strachan, bisher Minister für Nationale Mobilisierung, habe als Mitglied des Militärrats – er wurde jetzt «Commander» genannt – die Offiziere und Soldaten, die gestern das Fort Rupert zurückerobert hatten, für ihre Tapferkeit mit Orden dekoriert. Es fielen keine Namen. Und wieder keine Rede von Bernard oder Phyllis Coard. Hatte der General die zwei etwa weggedrängt? Sollte Hudson Austin, nachdem er ein volles Jahr gezögert hatte, seinem alten Kampfgefährten Maurice Bishop untreu zu werden und sich dem OREL-Bund anzuschließen, plötzlich keine Lust mehr haben, das Werkzeug der beiden Coards zu sein? War dafür er selber nun auf dem Wege, die Nummer eins im Staat zu werden?

Wir fragten uns, wie es denn zuging, daß Männer, von Idealen beflügelt, ihren persönlichen Ehrgeiz so über das Wohl des Landes stellten. War das naiv gefragt, wurde man an der Spitze so leicht blind? Wie hatte ein Politiker von der Intelligenz und Bildung eines Coard übersehen können, daß sein Schlag gegen Bishop die Revolution begrub? Warum war Hudson Austin umgeschwenkt, warum hatte er mit der Erschießung seiner Parteifreunde das Volk in Verzweiflung gestürzt und dem Feind, vor dem er ständig warnte, praktisch die Tür geöffnet? Wie nur war die Armee so einflußreich geworden, mit all den Sitzen im Zentralkomitee des NJM? Und weshalb hatte der integre Bishop, als er die Mehrheit dort verlor, keinen Kompromiß ertragen, der ihm zumindest das Amt des Premiers belassen hätte? Ja, auch er schien mitverantwortlich zu sein. Er und seine Getreuen hatten doch mit dem New Jewel Movement einen Parteityp geschaffen, in dem die Gruppe um Coard bald mehrheitsfähig geworden war. Das NJM hatte nach Meinung Dirks den Übergang von der kleinen, illegalen Kaderpartei zur großen Regierungspartei kaum anvisiert und nie vollzogen ... Fragen über Fragen. Ach, die schwer erforschlichen und fast unlenksamen Dinge der Politik!

In der Nacht schlief ich schlecht. Meine Gedanken konzentrierten sich hauptsächlich auf die Entlastung Craigs. Instinktiv wollte ich ihn heraushalten. Auch Fisher hatte ja erklärt, dies sei ein hausgemachter, seit Jahren schwelender Konflikt, den von außen niemand habe schüren müssen. Wenn es stimmte, daß im NJM und dessen widersprüchlichem Konzept – Basisdemokratie gegen das Erfordernis zentraler Führung – von vornherein der Wurm saß, dann traf Craig auch keine Schuld. Nach Fishers Worten waren sie beide Sicherheitsberater einer Armee, die ihren Rat nötig hatte, weil sie von Abwehr nichts verstand. Dafür war sie zum Angriff geschritten und hatte den Staat übernommen (bis zur «Wiederherstellung der Normalität», wobei einzig sie bestimmte, wann die erreicht war). Craig und Fisher, wem sie auch folgten, den Radikalen von Jamaica oder einem hochherzigen Impuls der eigenen Brust, sie hatten hier einer Fraktion gedient. Daß das Land dabei in Stücke ging, war für sie nicht vorhersehbar gewesen. Besonders Craig würde, so nahm ich an, die Hände in Unschuld waschen. Er war in Boston gewesen, gab es ein besseres Alibi?

Doch da hatte ich mich getäuscht. Als Craig am Freitagabend trotz der Ausgangssperre und des Fahrverbots für Zivilisten in seinem gelben Flitzer bei uns eintraf, fand ich ihn schon bei der Umarmung, beim ersten Kuß schwer erschüttert und bedrückt. Unter seiner Zärtlichkeit lauerte ein tiefer Ernst, der mich frösteln ließ. Meine Wiedersehensfreude sank zusammen. Craig wirkte zerfurcht und blaß, so als hätten seine Rechtsstreitigkeiten und vierzehn Tage trüben Herbstwetters an der Nordostküste Amerikas genügt, ihm viel von seiner Lebenskraft zu nehmen.

«Gott sei Dank, Jeff, du bist da! Wie hast du's geschafft, ist der Flugplatz nicht zu?»

«Pearls ist offen, aber Barbados fertigt keine Flüge hierher ab. Ich mußte über Martinique, sonst wär ich schon gestern gekommen.»

«Wie bist du durchgekommen? Schießt man nicht auf jeden?»

«Die Armee ist zu schwach, die Straßen zu kontrollieren. Nein, der Weg war frei.»

Vielleicht nur für ihn. Der Flugplatz würde doch bewacht sein, Craig mußte einen Passierschein haben. Ich hatte mich damit abgefunden, daß er mir niemals alles sagte. «Mein Sohn sitzt drin, er hat übrigens angefangen, dein Buch zu lesen, und ist gespannt auf dich.»

Würden die zwei sich riechen können? Das hatte ich kaum in der Hand, obwohl soviel davon abhing für mich. Aus Craigs Miene sprach eher eine höflich verdeckte Verstimmung, als sei Dirks Anwesenheit für ihn eine Komplikation. Aber er war doch davon unterrichtet, wie immer wußte er genau Bescheid. Ich war sicher, daß Fisher ihn angerufen hatte, um ihm meine Entdekkung des Kofferinhalts und auch unseren Zusammenstoß zu schildern. Im Gegensatz zu mir wußte er bestimmt, wie Craig zu erreichen war. O Jeff! So selbstgefällig war ich nicht, mir einzubilden, ein Teil seiner Bedrückung sei Furcht davor, mich zu verlieren ... Ich allerdings zitterte bei dem Gedanken.

Im Wohnzimmer stand mein Sohn auf zu dem nach Lage der Dinge unvermeidlichen Händedruck. Eine frostige Begrüßung. Über ein paar Floskeln kamen die zwei einfach nicht hinaus – anscheinend so mit sich selbst und ihren Vorbehalten beschäftigt, daß kein Raum zum Kennenlernen blieb. Dirk wandte sich wieder dem Radio zu, unserem einzigen Draht zur Außenwelt. Ein Sprecher in Bridgetown sagte, mittags seien Vertreter der Organisation Ostkaribischer Staaten – OECS – auf Barbados eingetroffen, um das Chaos auf Grenada zu erörtern. Die Beruhigungstelegramme des Militärrats in puncto Sicherheit der Ausländer seien ohne Gewicht. Daher habe die OECS (sieben kleine Inseln, sie teilten sich Währung und Briefmarken-Druckerei) einen «informellen Hilferuf» nach Washington gesandt. Barbados und Jamaica – beide nicht Mitglieder der OECS – seien bereit, an einer Rettungsaktion teilzunehmen. Der US-Botschafter in Bridgetown habe an der Beratung teilgenommen und das Ersuchen weitergeleitet.

«Nun ist das ja erreicht, Mr. Craig», sagte Dirk. «Ihr Land hat den gewünschten Hilferuf. Man muß kein Prophet sein, um anzunehmen, es wird sich beeilen, zu kommen.»

«Bitte machen Sie mich nicht haftbar für Aktionen Washingtons.»

«Und an den Aktionen hier sind Sie auch unbeteiligt.»

Es fing nicht gut mit den beiden an. Mein Vorschlag, einen Drink zu nehmen und einander mit Vornamen anzureden, wurde von ihnen überhört. Das Gespräch versiegte unter einer Flut von Rundfunkmeldungen, die teilweise bedrohlich klangen. Da der Strom wieder ausfiel, gingen wir nach dem Abendbrot bald zu Bett.

Dirk bezog das Gästezimmer, das Sergeant Friday benutzt hatte, als es den noch gab. Ich schlief bei Craig, voller Sehnsucht nach ihm, in den Schläfen ein taubes Rauschen, fast verrückt vor Verlangen, ehe er zu mir kam. Ich sah ihn sorgsam seine Sachen über den Stuhl breiten. Er überfordert glatt die Selbstbeherrschung einer Frau, dachte ich beim Anblick dieser pedantischen Verrichtung. Liebe? Auch so ein Wort. Die meisten Männer langweilten mich entsetzlich. Oft hatten sie nach dem Paarungsakt eine Ausrede parat, aus dem Bett zu springen und wegzueilen. Mit Jeff konnten die nächtlichen Umschlingungen niemals Paarungsakte genannt werden. Es war überwältigend, ein Gipfel an Lust, all meinen Sinnen ein starkes, sich stets erneuerndes Versprechen.

Aber diesmal nicht. Er zögerte, mich zu berühren, als er endlich neben mir lag. Verschwunden war der Mann, dem ich gestanden hatte, er sei als Liebhaber unerreicht. «Neuengland hat wohl auf dich abgefärbt?» fragte ich provozierend. «Du bist keusch geworden, richtig puritanisch, wie?»

«Verzeih, Judy, ich bin ganz erledigt. Diesmal war's einfach zuviel für mich.» Und er fing an, mir von Gretas Tränen, dem schrillen Widerstand seiner geschiedenen Frau und den juristischen Verwicklungen zu erzählen. Der schwierige Rückflug mit der Sorge um mich und um das Land hatten dann ein übriges getan … War das glaubhaft? Zur Hälfte schon. Die andere Hälfte blieb im Dunkeln, wie immer bei ihm. Ich aber wollte den Rest jetzt ans Licht ziehen. Da er mir sonst nichts gab, verlangte ich seine Aufrichtigkeit. Darauf bestand ein Anspruch. Er schuldete mir die Wahrheit – nach all dem, was zwischen uns beiden und auf der Insel geschehen war.

Ich rückte von ihm ab, stützte mich auf den Ellbogen und bat: «Laß uns aufhören, um den heißen Brei herumzulaufen …» Dabei versuchte ich, etwas von seinem Gesicht zu erkennen. Der Mondschein fiel in Streifen durch die schrägen Brettchen der Jalousie.

«Wir wollen es lieber auf morgen verschieben.»

«Wozu? Was nützt das? Wir können doch nicht schlafen, mit diesem Felsblock von Lügen zwischen uns.» Als würde ein Schleusentor gezogen, platzte nun alles aus mir heraus. Ich erwähnte den Kofferinhalt ebenso wie Fishers Benehmen und ging, da Craig beharrlich schwieg, so weit, ihn mit einer Zwiebel zu vergleichen, von der man unter Tränen Schicht um Schicht zu lösen habe: Romanschriftsteller, Liebhaber der Geschichte dieser Insel, selbstloser Freund ihrer Revolution, bekehrter Vietnamveteran, nüchterner Unternehmensberater, Abwehrfachmann im Dienste Grenadas, womöglich aber auch ein Mann aus Jamaica hier ... «Jeff, wer bist du eigentlich?»

Es war heraus, die Frage stand im Raum. Jetzt war ich in seinen Augen kein anschmiegsames Weib mehr, sondern ein würdiger Gegner und mußte – so schien es mir – entsprechend behandelt werden. «Wer bist du wirklich?»

«Wenn du nicht so oberflächlich wärst, wüßtest du's inzwischen», hörte ich ihn sagen. «Lange genug sind wir zusammen.»

«Fünf Wochen! Und zwei davon warst du noch weg.»

«Die hast du benutzt, dich im Haus umzusehen.»

«Und bin nur auf Widersprüche gestoßen!»

«Wenn du durchaus naiv sein willst, Judy, lohnt es gar nicht erst, darüber zu reden.»

Mit diesen Worten verließ er das Bett und schlug sein Nachtlager im Wohnzimmer auf. Ich ließ ihn ziehen. Es hatte keinen Zweck, das Professionelle an ihm zu unterschätzen, seine Härte und Passioniertheit, den Willen oder die Pflicht, verschwiegen zu sein.

Am Samstag, dem 22. Oktober, tauchte die Vorhut auf: Zwei Kriegsschiffe der US Navy, im Fernglas laut Dirk als Fregatten zu erkennen, dümpelten sechs Seemeilen vor St. George's in der Morgensonne, außerhalb der Hoheitsgewässer. Wegen der Augangssperre kam Miss Ashby nicht zum Wochenendputz; wir sahen sie überhaupt nie wieder. Was Dirk nicht geschafft hatte, das gelang Craig. Auf Knien, als wollte er für Fishers Grobheit um Verzeihung bitten, reparierte er, handwerklich recht geschickt, im Nu den Telefonanschluß. Vielleicht, dachte etwas in mir, hat er in Vietnam auch gesehen, wie man Menschen mit Feldtelefonen verhört – indem man die Kurbel dreht, langsam oder schnell, und so die Stromstöße dosiert.

Sosehr sein Schweigen unser Zusammensein vergiftete, mit Dirk ging er höflich um, ja es schien mir, als freundeten die zwei sich mangels anderer Gesellschaft fast ein wenig an. Craig erklärte ihm, das Ausgehverbot sei ein Fehler, daraus werde sich, wie er die Grenader kenne, ein Generalstreik entwickeln ähnlich dem, der vor knapp zehn Jahren den Diktator Gairy um ein Haar zu Fall gebracht hätte. Dem Volk sei Gewaltanwendung in jeder Form zuwider, der Militärrat habe sein Ansehen von vornherein verspielt.

«Sie hätten also Ihren Freund Forsyth anders beraten?»

Craig zuckte die Achseln. «Die Armee mußte für Ordnung sorgen. Zu den Erschießungen hätte es nie kommen dürfen. Es kann nicht sein, daß James dem Commander so etwas empfohlen hat. Mir gegenüber bestreitet er es jedenfalls.»

Das entspannte die Atmosphäre. Es folgte ein Disput in linkem Kauderwelsch, sie redeten miteinander wie zwei Sozialisten unterschiedlicher Couleur: Dirk als Radikaldemokrat, Craig als Zentralist. Anders als bei meinem Gespräch mit Fisher kam mehr Ökonomisches ins Spiel, Craig konnte den Unternehmensberater nicht verleugnen. Maurice Bishop, sagte er, habe die Landoligarchie nie bedrängt. Auslandsfirmen hatten auf Grenada kaum Großgrundbesitz, doch lebten viele Latifundistas gar nicht hier, sie waren eine karibische Klasse mit inselweiten Familienbanden. Bishops Ausbau der Gewerkschaften mißfiel zwar der Bourgeoisie, doch da die Arbeitslosigkeit fiel und die Löhne nicht auf Kosten der Profite stiegen, blieb sie ruhig. Auch das Bildungsprogramm, von ihren Steuern bestritten, kam ihr durch Weiterbildung der Arbeitskräfte entgegen. Nur der langfristig sozialistische Kurs des NJM und dessen Nähe zu Cuba wurden von ihr beargwöhnt. Im übrigen aber: kein Klassenkampf, weder von oben noch von unten.

«Und das Graswurzel-Konzept?» fragte Dirk. «Das ist doch irgendwo steckengeblieben. Die Bürokraten um Coard haben es gebremst und die Basisdemokratie nie über Versammlungen unten in den Dörfern oder allenfalls den Kreisen hinauskommen lassen.»

«Coard war stets für Mitsprache aller an den zentralen Entscheidungen.»

«Er hat nicht mehr unterschieden zwischen dem Volk als Nutznießer oder als Teilhaber und Inhaber der Macht. So kommt man um die Frage der Herrschaft glatt herum. Mitsprache, wissen Sie, gibt's auch in der westdeutschen Montanindustrie! Verkörpert solch ein Konzern deshalb etwa die Idee der Basisdemokratie?»

Ich hielt mich fern von diesem Dialog, der angesichts des Zerfalls der Revolution bloß ein Grabgesang war. Theoretikern liefert selbst ein Untergang Gesprächsstoff, meinen sie doch, daraus noch was zu lernen – für ein künftiges Modell, mit dem ein neuer Versuch zu wagen wäre.

Dirk fragte nach Hintergründen der Spaltung im NJM. Craig nannte ihm Liquiditätsprobleme. Es habe zunehmend an Geld gefehlt. Coards Lösung, die Privatwirtschaft mehr zu besteuern, mißfiel Bishop: der Kreditfluß aus dem Westen würde stocken. Coard wollte ihn durch Hilfe aus dem sozialistischen Block ersetzen, Bishops Minister aber waren für vielfältige Außenbeziehungen, sogar für eine gewisse Aussöhnung mit den USA. Sie ließen Staatsrechtler an einem Verfassungsentwurf arbeiten, der dem Volk vorgelegt werden sollte. All das alarmierte die Coard-Fraktion. In den Hauptbereichen Wirtschaft, Außenpolitik und Staatsstruktur zeigte sich ihr, daß die Dinge nicht mehr bloß zu langsam, sondern auch in die falsche Richtung liefen. Dem Versuch Coards, seine Linie über das ZK des NJM durchzusetzen, stand die enorme Popularität Bishops im Wege. Es gab für ihn keinen kalten Weg an die Macht. Als das Volk für Bishop eintrat, ließ er eben schießen ... Craig hatte nichts damit zu tun.

«Dem Cheftheoretiker der Revolution blieb es vorbehalten», sagte Dirk, «die Revolution zu vernichten.»

Später sagte ich zu Craig: «Wenn wir dir auf die Nerven gehen, fahr uns ins Hotel zurück.»

«Du vergißt die Ausgangssperre ... Judy, bleib bei mir! Hab noch zwei, drei Tage Geduld, dann kann ich dir alles sagen, die ganze Wahrheit. Du darfst sogar darüber schreiben. Du kriegst die Story von mir komplett.»

«Ans Schreiben denke ich nicht, Jeff; nur an uns.»

«Kein Reporter ist so dicht an dem Stoff dran wie du.»

«Aha! Dein Freund und du, ihr macht hier Geschichte, und ich darf sie schreiben, so teilen wir uns die Arbeit?»

«Warum nicht? Erfolg im Beruf ist doch keine Schande.»

«Findest du euch beide hier denn sehr erfolgreich?»

Craig wandte sich ab.

Abends sprach Dirk mit ihm über den Roman. Ohne mich einzumischen, sah ich den beiden zu, soweit sie im Kerzenlicht erkennbar blieben – zufrieden, daß sie einander anhörten und sich ein bißchen näherkamen. Mir hatte Dirk gesagt, ein Sog gehe aus von dem Buch, es sei sachlich fundiert und effektvoll gemacht, so zugkräftig wie grell. Die Konflikte seien reißerisch zugespitzt, gleichsam überbelichtet, ein Knall folge dem anderen, wie nach Hollywoods Rezept: Macht mir einen Film, der mit einem Erdbeben anfängt und sich dann langsam steigert.

Vor Craig nun stellte mein Sohn den Vorwurf des Kunstgewerblichen zurück, er übte politische Kritik. «Ihr Werk», hörte ich ihn sagen, «regt einen zwar an, über den friedensgefährdenden Kurs im Weißen Haus nachzudenken. Leider aber stellen Sie den Ausbruch eines Vernichtungskrieges als Kette unglücklicher Zufälle hin. Bei Ihnen beginnt er mit technischen Pannen, gefolgt von Kurzschlußhandlungen bestimmter Personen ...»

«... die zuvor mit dem Feuer gespielt haben.»

«Mag sein. Es bleibt bedauerlich, daß Sie solch zweitrangigen Schwächen mehr Gewicht geben als all den wirklichen Gefahren ... Die reale Gefahr geht von den Kräften innerhalb der US-Machtelite aus, die in ihrem Rüstungsrausch bewußt auf eine Katastrophe zusteuern.»

«Das tut doch gar keiner.» Craig stopfte seine Pfeife und setzte sie in Brand. «Diese Leute wollen immer nur bis an den Rand des Abgrunds gehen. Zähe Burschen, knallharte Realisten, kann ich Ihnen sagen! Sie wollen weniger abgeschreckt sein als die anderen, fähig, der Gegenseite einen Krieg anzudrohen, den diese mehr zu fürchten hätte als sie.»

«Sie spielen mit dem Weltuntergang!»

«Aber sie führen ihn nicht absichtlich herbei. Das wär ja auch ihr eigener Tod. Sie haben nur die Voraussetzungen geschaffen und machen ihn langsam immer wahrscheinlicher; das ist schon schlimm genug. Zum kollektiven Sturz in die Tiefe braucht es noch ein paar technische und menschliche Pannen.»

«Vor solchen Pannen kann man sich notfalls durch ausgeklügelte Kontrollmaßnahmen wohl doch schützen. Wirklich verhängnisvoll ist erst der Drang nach Weltherrschaft – der Wunsch, der anderen Macht um jeden Preis überlegen zu sein, sie niederzuhalten und womöglich totzurüsten. Gegen solch aggressive Machtgier scheint ja kein Kraut gewachsen, sie dreht die Rüstungsspirale immer höher. In Ihrem Land gibt es strategische Studien über den gewinnbaren Nuklearkrieg, ein Inferno, das Amerika verschont, weil es sich bloß in Europa und Ostasien abspielt. Mich erinnert das an den deutschen Größenwahn von 1914 und von 1939. Der Schlieffenplan und das Blitzkriegskonzept sollten sogar Zweifrontenkriege gewinnbar machen. Es hat dann nicht geklappt … Das gleiche auf nuklearer Ebene ist die Lehre vom begrenzten Kernwaffenkrieg, ergänzt durch eine Raketenabwehr im Weltraum.»

«Was wollen Sie?» fragte Craig. «Mein Text zeigt doch gerade, wie solch ein Konzept scheitert.»

«Er läßt außer acht, daß nicht unglückliche Zufälle, sondern die ganz öffentlich betriebene Politik der Weltmacht USA die vorhandenen Risiken unerträglich erhöht. Keineswegs zufällig, sondern ganz bewußt! Oder meinen Sie, auch die Vorhut Ihrer Flotte, deren Lichter wir schon sehen, wäre jetzt zufällig hier?»

«Wir wollen nicht polemisieren», sagte Craig, in aromatischen Rauch gehüllt. «Die Flotte läuft aus, weil das Pentagon weiß, hier kann es ungestraft vorgehen. Im ‹Ernstfall› liegt die Sache anders.»

«Ja, hätten Sie wenigstens gezeigt, wie sich Teile Ihrer Kriegsmaschine in einer schweren Ostwestkrise fast zwangsläufig verselbständigen!»

«Das wär ein anderes Buch. Vielleicht schreiben Sie es eines Tages?»

Meine Gedanken schweiften weg, ich hörte nicht mehr zu. Ihre Standpunkte lagen, wie mir schien, dicht beieinander. Anders als bei Grenada war Übereinstimmung da leicht zu haben. Nur ein Narr konnte glauben, wir Menschen würden den nächsten Großkrieg überstehen. Aber es gab noch immer Unvernünftige, die sich selbst von der beiderseitigen Fähigkeit, die Welt mehrfach zu vernichten, kaum daran hindern ließen, den Krieg auch künftig als äußerstes Mittel für möglich zu halten, als *ultima ratio regis:* das letzte Mittel des Königs, wie es früher auf den Kanonen stand.

Als ich wieder hinhörte, hatten sie das Thema gewechselt, denn mein Sohn sagte: «Nach Ihren Notizen kommt diese ‹Rote Avantgarde› mir vor wie aus der Retorte. Sie tritt formal für alle Prinzipien des Marxismus-Leninismus ein. Mit Begriffen wie ‹Wege der

Revolution›, ‹die Etappen› oder ‹das Bündnis der Arbeiter und Bauern› bewegt man sich in Sphären hoch über der karibischen Wirklichkeit. Fragen nach Rolle und Bedeutung der Mittelschichten werden nicht gestellt, sie passen nicht in die hergebrachten Denkschablonen. Strengster Zentralismus, intensive ideologische Arbeit, genaue Auswahl der Kader. Die eigene Reinheit steht über jedem Bündnis mit weniger konsequenten Linkskräften. Für mich ist das Sektierertum. Ich begreife es als Antwort auf das Versagen der kleinbürgerlichen Kräfte unter Manley ... Aber wenn nun, wie das mein Eindruck ist, die Coard-Gruppe dieses Modell übernimmt, dann stülpt sie der Praxis theoretische Ideale auf, anstatt ihr Vorgehen aus der gegebenen Realität abzuleiten. So was geht selten gut.»

Craig rieb sich mit Daumen und Zeigefinger die Augen. «Ach, lassen wir doch die ‹Avantgarde› sein», äußerte er in müdem Ton. «Vor ein paar Tagen hat sich die Partei gespalten, und damit ist sie wohl am Ende. Vermutlich löst sie sich bald restlos auf.»

Er hielt einen Zeitungsausschnitt in der Hand, den er von seiner Reise mitgebracht hatte. Darin stand, der Einfluß der «Roten Avantgarde» sei selbst an der Universität von Kingston stark zurückgegangen, man müsse heute von einer Partei ohne Basis sprechen. Ihr Führer Shannon habe sich bis in den August hinein darin geübt, alle Abweichler zu brandmarken und Schlappen mit Wortschwallen unkenntlich zu machen. Dann habe er selbst die eigene Linie abrupt verlassen und Ende September im Fernsehen die Hilfe der USA erbeten, zur «Festigung der Ordnung in der Karibik.» Ein Schwenk um hundertachtzig Grad.

«Jack Shannon ist mit wehenden Fahnen übergelaufen», seufzte Craig. «Offensichtlich hat er die Partei als Trittleiter für den persönlichen Aufstieg benutzt und sie zerstört, als sie seinen Ambitionen nicht mehr förderlich war. Jetzt steht er beim politischen Zentrum, und es würde mich nicht wundern, wenn er noch ganz nach rechts abdriftet.»

«Eine bemerkenswerte Entwicklung», sagte Dirk. «Können Sie ausschließen, daß der amerikanische Geheimdienst seine Hand dabei im Spiel hatte? Die Linke durch Gründung solcher Splittergruppen schwächen, na das kennt man doch von ihm.»

«Ich schließe gar nichts mehr aus ... Die Welt ist ein Zirkus. Wissen Sie was? Manchmal ist mir, als ob wir völlig machtlos sind. Die Show geht immer weiter. Und dabei tröstet es mich, zu denken: Nichts wird passieren, die ganze Angst vor dem Atomtod ist umsonst.»

«Nichts wird passieren, und zwar für immer! Eben das erzählen uns die Nuklearstrategen. Sie preisen uns das Gleichgewicht des Schreckens, das sie ständig stören ... Nicht gerade die Botschaft Ihres Romans.»

«Sie erlauben einem doch, sich gelegentlich selbst zu widersprechen? Man sollte das ruhig ab und zu tun. Es hilft einem, das, was man so zusammenschreibt, nicht zu überschätzen. Mein Verleger nennt es Sodom-und-Gomorrha-Literatur.»

Autoren sind unglaubwürdig, wenn sie so tun, als stünden sie kritisch zu ihrem letzten Werk. Das Gespräch verflachte, es war gewiß besser, zu Bett zu gehen.

Craig versuchte nicht, neben dem Telefon zu schlafen. In den vierundzwanzig Stunden, die er bei uns war, hatte er niemanden aufgesucht oder empfangen und mit keinem telefoniert. Wandte er sich von der Coard-Gruppe ab, enttäuscht von der Art ihrer Machtergreifung? Ich hoffte, es wäre so. Aber vielleicht verhielt es sich auch anders. Vielleicht waren Dennis Forsyth und seine anderen Kontaktleute bei Hudson Austin in Ungnade gefallen. Oder Craig steckte auf Point Egmont einfach den Kopf in den Sand, um dem Gerangel fern zu sein, das Bishops Tod zu folgen schien.

XII

In der Nacht kam Craig zu mir. Vielleicht trieb ihn der Wunsch, zu vergessen, in meine Arme – mehr die Verzweiflung als das Verlangen. Ich brauchte dennoch nichts mehr als die Bestätigung des Fortbestehens seiner Liebe. Unser Bett war ein Ort, an dem nichts von Verschwörungen, dem drohenden Untergang des Landes und einer aus den Fugen geratenen Welt zeugte. Wo alles ringsum zu zerbröckeln schien, da hielten wir uns umschlungen. Ich hütete mich, ihm Fragen zu stellen – einfach nur dankbar für diese Stunde ... Mit anderen Männern hatte ich nie viel Glück im Bett gehabt.

Ich zündete mir eine Zigarette an und sagte zu ihm: «Was das anbetrifft, Liebster, bist du ein Geschenk des Himmels; wenn ich mal ein bißchen ordinär sein darf.» Es war mir ganz von selbst entschlüpft, ich neige sonst nicht zu solchen Kommentaren. Craig streichelte mich noch ein bißchen, blieb aber nicht, sondern zog sich unter dem Vorwand, sein Schlaf sei gestört, wieder auf die Couch im Wohnzimmer zurück. Seine Fähigkeit, zärtlich zu sein, Macht über mich zu haben und dabei doch beharrlich zu schweigen, war bemerkenswert.

Alles, was ich am folgenden Sonntag tat, war, mich halbbenommen durch den Vormittag treiben zu lassen. Der einzige uns offene Weg führte hinab ans Meer. Als ich mit Dirk zum Schwimmen ging, saß Craig brütend auf den Stufen der Terrasse, vornübergebeugt, die Arme auf den Schenkeln, die Hände zwischen den Knien hängend, wie ein Fußballspieler auf der Reservebank, den Wink seines Trainers zum Einsatz erwartend. Was mochte ihm durch den Kopf gehen? Er war mein Mann, und ich wußte es nicht.

Unten am Fuß des Kliffs sagte Dirk: «Irgendwie tut er mir schon leid. Und trotzdem sträubt sich da etwas in mir.»

«Weil er so hartnäckig schweigt.»

«Vielleicht muß er das. Nein, was anderes. Er kennt Marx und Lenin, zitiert sie korrekt – und dann das hier, seine ganze Existenz! Das ist halt die Kunst: links denken und am rechten Fleck leben, wer außer ihm schafft das schon?»

«Dir mißfällt doch bloß, daß er mit mir schläft.»

«Unsinn, das gönne ich ihm.»

«Wie großzügig.»

«Es dürfte für längere Zeit sein letztes Vergnügen sein.»

«Wieso das denn?»

«Ahnst du nicht, was ihn so bedrückt? Er hat Angst vor dem, was auf ihn zukommt – ganz zu Recht.»

«Und was kommt auf ihn zu?»

«Na, die Navy! Falls die Yankees hier landen, was wird dann aus deinem Jeff?»

Daran hatte ich noch gar nicht gedacht.

«Seine Landsleute kämmen, wenn's soweit kommt, doch die ganze Insel durch. Mich würden sie sich auch vorknöpfen, mit meinem Nicaragua-Stempel im Paß und ihren Kontakten zu unserem Verfassungsschutz. Na, bei mir ist das ein Klacks, es würde zu keiner Auslieferung reichen, aber was erwartet ihn? Überleg doch mal, wo soll er hin? Als Yankee mit grenadischem Paß sehen sie ihn als Verräter an, vermutlich kommt er hinter Gitter, darüber zerbricht er sich den Kopf.»

«Sein Freund Fisher hat ein seetüchtiges Boot, ich nehme an, die zwei segeln noch rechtzeitig ab.» Gar nicht so gelassen, wie ich vor Dirk tat, stellte ich mir Craigs Flucht vor. Würde auf der «Inspiration» wohl auch Platz sein für mich?

«Weg über See, unter der Luftüberwachung und den Radaraugen der Navy, ob ihm das gelingt? An seiner Stelle hätte ich mich von Boston nach Canada abgesetzt, statt hierher zurückzukommen.»

«All seine Habe ist auf Point Egmont, vor allem das Manuskript, an dem er so lange gesessen hat.»

«Wenn die Falle zuschnappt, wird er weit länger sitzen als an dem Roman.»

Das Herz wurde mir schwer beim Gedanken an diesen Verlust. Craig verschwand aus meinem Leben, ob nun durch Verhaftung oder erzwungene Flucht. Doch falls ihm die glückte, fand ich ihn womöglich in Canada oder anderswo wieder ... So ging es mir im Wasser durch den Sinn. Wir schwammen wie üblich zur Calivigny-Insel hinüber und entdeckten am Strand des kleinen Badehotels «Secret Habour» etwas Unangenehmes: ein anthrazitfarbenes Schlauchboot ohne irgendeine Aufschrift. Der Ostwind hatte es angeschwemmt, es konnte keinem der Gäste gehören, deren Boote waren farbenfroh, und es gab auch keine Gäste mehr; seit jenem verhängnisvollen Mittwoch ruhte der Fährbetrieb zu dem Inselchen.

«Das riecht mir verdammt nach der Navy», sagte Dirk. «Kann sein, die setzt schon Vorauskommandos an Land.»

Das Schlauchboot war umgestürzt, ich stieß mit dem Fuß dagegen, es überlief mich kalt. Gegen den Passat, der uns vom Point of Fort Jeudy her lebhaft ins Gesicht blies, schwammen wir mühsam zu der Badebucht unterhalb des Hauses zurück, wo Fishers Yacht einmal gelegen hatte.

Oben hatte Craig unsere Abwesenheit dazu genutzt, ins Schlafzimmer zu gehen. Ich hörte ihn sprechen, offenkundig rief er seine Freunde an und besprach mit ihnen die neueste Entwicklung und ihre persönliche Situation. Dirk nahm das Fernglas, er kletterte aufs Dach, von dort aus konnte man, sechs Kilometer westlich, den Campus der University of Medicine und gleich dahinter den Flughafen sehen. Dirk stieg mit der Nachricht herab, man blockiere die Betonbahn mit Baufahrzeugen und stelle Maschinengewehre auf, rechne also mit einer Luftlandung. Lächerlich, zu glauben, dies schrecke eine Weltmacht ab. Die war wie ein Supertanker, ein schwer lenkbares Monster mit vier Meilen Bremsweg – und wer sollte sie hier stoppen?

Zur selben Zeit meldeten die US-Sender von Puerto Rico bis Guantánamo den verheerenden Bombenanschlag arabischer Terroristen auf das nordamerikanische Hauptquartier in Beirut. Ein Mercedes-Lastwagen, eine ganze Tonne Sprengstoff auf der Ladefläche, war in das Bauwerk gerast und hatte es in einer gewaltigen Explosion zerstört. Zwanzig Sekunden später flog das Hauptquartier der französischen Fallschirmjäger im Libanon gleichfalls in die Luft; auch hier war ein Kamikaze-Lastwagen durchgebrochen. Insgesamt starben fast dreihundert Soldaten auf einen Schlag. Ganz Amerika schien zu trauern. Wir hörten einen Reporter sagen: «Schwermütig flappen im Nieselregen Washingtons die auf halbmast gesetzten Flaggen am Weißen Haus, am Capitol, rund um das Washington-Monument und am Heldenfriedhof Arlington. Die Nation trägt Trauer und ist zugleich gelähmt von dem würgenden Gefühl ohnmächtiger Wut ...»

«Jeff», fragte ich, «wie ist dein Programm?»

Er hob die Schultern, als habe er keines. Das aber konnte doch nicht sein ... Den Rest des Tages verlebte ich wie hinter Schleiern. Der schwache Dunst vor meinem Blick verzog sich nicht. In der Dämmerung glommen links von dem Leuchtturm die Positionslichter der beiden Fregatten auf. Sie lagen ungefähr dort, wo die US-Firma Western Transmission nach Öl gesucht hatte und wo einst ein stolzes Schiff versunken war, die «Bianca C»; das Wrack war ein beliebtes Ziel der Sporttaucher von Grenada. Es lag, wie mir Mr. Seymour erzählt hatte, vor Point Salines in dreißig Meter Tiefe glasklar auf Korallengrund.

Einmal an diesem Nachmittag, meinem letzten auf Point Egmont, kam ein Ferngespräch aus Übersee für mich. Es meldete sich Dr. Holger Baron, erstaunlich angesichts der Tatsache, daß es in Hamburg später Abend war, noch dazu ein Sonntagabend. «Frau Janssen», begann er salbungsvoll, «erlauben Sie mir zunächst, mich zu entschuldigen für den etwas – eh, schroffen Charakter unseres Kontakts im September. Wir sind damals enttäuscht gewesen von Ihrem Bericht, haben ihn aber ungekürzt gebracht.»

«Bitte schicken Sie die Belegexemplare ...»

«... an Ihre neue Adresse, jawohl, die hab ich vom Portier des Spice Island Inn. Sie hatten natürlich recht: keine Marinebasis und der Flughafenneubau einzig für zivile Zwecke.»

«O nein, der läßt sich durchaus militärisch nutzen.»

«Wie bitte? Sie schrieben doch ausdrücklich – nein!»

«Seitens der Russen und Cubaner. Die US Air Force aber kann uns leicht das Gegenteil beweisen.»

«Das ist der Grund meines Anrufs. Es spitzt sich bei Ihnen zu, und Sie sind als einziger vor Ort. Die Insel scheint isoliert zu sein, von Europa aus jedenfalls kommt keiner mehr hin. Für uns ein sensationeller Vorsprung! Daher meine Bitte, betrachten Sie unser letztes Gespräch als nicht geführt. Selbstredend übernehmen wir Ihre Spesen wieder, rückwirkend ab September.»

«Doktor, seien Sie nicht kleinkariert.»

«Ich wollte es nur erwähnt haben. Vergessen wir das kleine Mißverständnis, ja? Nun darf ich Ihnen Herrn Strathmann geben.»

Es knackte, dann erscholl Gunar Strathmanns sattes Organ. Die Auslandsredaktion war vollbesetzt, zur Nachtzeit. Es mußte schlecht um den Libanon oder um Grenada stehen. «Judy», hörte ich ihn volltönend und überdeutlich durch das gute alte Unterwasserkabel sagen, «Sie haben den richtigen Riecher gehabt, als Sie so dickköpfig waren und dort geblieben sind. Nun machen Sie aber auch was daraus für uns! Haben Sie den Eindruck, die Amis könnten landen?»

«Ich kann die Positionslichter der Vorhut sehen.»

«Ausgezeichnet. Damit schlagen wir sie alle.» Der Flottenaufmarsch schien ihn zu begeistern, Frohlocken lag in seiner Stimme, die Wärme und Behaglichkeit eines frisch entfachten prasselnden Kaminfeuers. «Judy, bleiben Sie uns bloß am Ball!»

«Unter einer Bedingung, Herr Strathmann.»

«Ja, ja, kein Gefeilsche diesmal, Sie kriegen alles gedruckt.»

«Und mein Sohn Dirk erscheint als Mitautor des Berichts. Er macht mir nämlich die Recherchen, hält den Kopf hin, wir sind ein Team; da muß er ebenso genannt und bezahlt werden wie ich.»

Er stimmte ohne weiteres zu und wünschte uns viel Glück.

«Ganz schön ausgekocht», sagte Dirk, der neben mir stand.

«So sind die Herren nun mal.»

«Ich meine nicht die Branche, Mütterchen; da hab ich keine Illusionen. Nein, ich meine dich.»

«Was ist an mir denn ausgekocht?»

«Deine Art, mich als Mitautor für dein Bilderblatt zu verpflichten und ohne meine Zustimmung in euren Medienbetrieb zu integrieren.»

«Sei doch froh, daß du journalistisch wirken kannst!»

«Und wie fassen's meine Kumpel auf, daß ihr mich vereinnahmt habt?»

«Mach denen nur klar, es war deine Chance, nicht bloß fünftausend, sondern ein paar Millionen Lesern die Wahrheit zu sagen.»

«Kennen wir die denn?»

«Noch nicht, Dirk ... Aber bald.»

Gegen Morgen weckte mich ein Pochen an der Außentür. Im ersten Schreck meinte ich, die Yankees seien da, um Craig zu holen und zur Rechenschaft zu ziehen. Die Speerspitze der Invasionsarmee. Aus Geheimdienstberichten und ihren Luftbildern würden sie wissen, wo er zu finden war. Angsterfüllt, wie in einem Alptraum, nahm ich wahr, daß er ihnen öffnete. Doch statt bellend herausgestoßener Sätze, die Verhaftungen begleiten, schien es ein ruhiger Wortwechsel zu sein, so leise geführt, daß ich kaum etwas verstand. Craig nahm die Besucher mit auf die Terrasse; nun war gar nichts mehr zu hören. Es mußten seine Freunde sein. Mein Herz zog sich zusammen: der Augenblick der Trennung ... Nun also begann für ihn die gefahrvolle Flucht!

Er kam herein und tätschelte zum Abschied mein Gesicht, in kaum bemäntelter Unruhe. «Es wird nicht lange dauern.»

«Jeff, sehe ich dich wieder?»

«Aber ja doch.»

«Wer ist das da draußen?»

«Bekannte von der Akademie, sie wollten mit dem Boot nach Lower Woburn, sind im Dunkeln vom Kurs abgekommen und vor der Gary-Insel gestrandet. Ich fahre sie nur rasch in ihr Quartier, damit sie trockenes Zeug und ein Motorboot kriegen, das ihre Yacht freischleppt.»

Ich glaubte ihm kein Wort. Er war in Hast und es war gelogen, noch dazu schlecht. Wer segelte denn jetzt des Nachts? Craig hatte Flecke im Gesicht. Es war nun zu spät für Erklärungen. Das, was er mir hatte sagen wollen, würde ich nie erfahren. «Paß auf dich auf, Jeff!» In solchen Momenten fällt einem meist nur Banales ein. «Die Armee schießt ...»

«... nicht auf mich.»

«Falls wir uns trotzdem nicht wiedersehen ...»

«Ich werde dich immer finden.»

«Wenn es dich dann noch gibt.»

«Unkraut vergeht nicht.»

«Sollte dir etwas zustoßen, was wird aus deinem Roman?»

«Hüte ihn, wenn du willst. Aber in zwei, drei Stunden bin ich spätestens zurück.»

So ging er mit einer frommen Lüge, der Mann, an dem ich hing. Draußen klappten Autotüren, dann heulte der Motor seines Flitzers auf. Der Wagen war gelb, im Mondlicht ein gutes Ziel ... Ich zitterte um Craig und verzieh ihm restlos, daß er mich getäuscht hatte und um keinen Preis bereit gewesen war, die Wahrheit zu gestehen. Als ob es ein Verbrechen sei, je etwas anderem als dem eigenen Land zu dienen – dem, in dem man zufällig geboren war. Er wäre doch nicht der erste gewesen! Manch ein Revolutionär hatte in der Fremde gekämpft, in Nord- wie in Südamerika. Kannte Craig mich so schlecht, daß er meinte, ich würde deshalb den Stab über ihn brechen?

XIII

Mitten in diesen Gedankengang platzte mein Sohn. Er war auch aufgewacht und kam an das Bett, befremdlicherweise mein kleines Bandgerät in der Hand, wie zu einem Interview gerüstet. «Bleib liegen, Judy», sagte er. «Das hörst du dir besser liegend an, dann haut es dich wenigstens nicht um.»

Es stellte sich heraus, Dirk hatte die Männer belauscht. Er war ums Haus geschlichen und hatte im Schutz der Terrassenwand das Aufnahmegerät so zwischen die Kletterpflanzen plaziert, die die Brüstung umrankten, daß es nicht bemerkt worden war. Er ließ das Band zurücklaufen und spielte es mir vor. Zunächst hörten wir Dennis Forsyth sagen: «Die schaffen es nicht. Kein Geheimdienst und keine Macht der Welt kann eine Führung stürzen, die so mit dem Volk verbunden ist wie wir. Was möchten Sie noch wissen?»

Ach, das gehörte nicht dazu. Es war noch auf dem Band gewesen: der Schluß meines Interviews mit dem inzwischen getöteten

Premier. Der Commander hatte dies geäußert, als Bishop schon gegangen war. Dirk drückte den Vorlauf, und nach hektischem Gezwitscher folgte das, was er selber vor fünf Minuten aufgefangen hatte. Ich hoffte, etwas über den Fluchtweg oder ein mögliches Versteck zu hören, sah mich darin aber vollständig getäuscht. Schon beim ersten Satz stockte mein Atem. Mich überkam das eigentümliche Gefühl, daß etwas Seltsames mit mir geschah und weiterhin geschehen würde. Es war wie im Traum, jener endlose Sturz, bei dem jemand mir zugeraunt hatte: *To feel the full impact, try to arrive at night, at night* ... Der freie Fall ins Nichts.

Craigs Stimme fragte: «Seid ihr das Team, das die Baustelle aufklären soll? Auf der Piste sind Lastwagen, die kriegt ihr niemals weg, ohne die Wachmannschaft zu alarmieren.»

«Das ist Sache der Fallschirmjäger», wurde ihm geantwortet. «Wir haben den Sender zu besetzen oder zu zerstören, je nachdem ...»

An diesem Punkt wurde das Band unverständlich, die Männer sprachen zu leise und redeten durcheinander. Dann hörte ich Craig fragen: «Sie haben Funkkontakt mit dem anderen Team?»

«Ja, aber es steckt absolut fest.»

«Und da geht's um den Generalgouverneur?»

«Der Name ist Paul Scoon.»

«Den wollt ihr holen?»

«In Sicherheit bringen. Der Mann ist wichtig.»

«Er sitzt am anderen Ende, im Norden der Stadt.»

«Das wissen wir. Der Haupttrupp ist dort gelandet, nördlich der Mündung des St. Johns River. Er hängt im Queen's Park an der Rennbahn fest und weiß nicht, wie über den Fluß kommen. Die Green Bridge und auch die zweite Brücke landeinwärts, die sind zu stark bewacht, man kommt nicht durch zum Hospital Hill.»

«Gott im Himmel», sagte Craig, «habt ihr keinen Stadtplan? Ihr müßt gar nicht durch Gretna Green. Eine Dreiviertelmeile oberhalb ist eine dritte Brücke, da seid ihr gleich in Sans Souci, fünfhundert Yards vom Mount Royal.»

«Das beste wäre, Sir, Sie kämen mit.»

«Wozu? Es ist offenes Gelände, Captain, mit nur zwei großen weißen Gebäuden, kaum verfehlbar, das südliche ist Ihr Ziel. Es geht lautlos, wenn Sie nur nicht über die Polizeistation auf der Sans Souci Road stolpern und das nördliche Bauwerk umgehen; es ist Bishops Residenz gewesen. Über den Tennisplatz kommen Sie dem Scoon genau bis vor die Tür.»

«Reichlich kompliziert, Mr. Craig.»

«Nicht mit Karte und Kompaß.»

«Sie sind ortskundig, ich ersuche Sie dringend, uns persönlich einzuweisen.»

«Captain, so etwas war niemals vorgesehen.»

«Dies ist ein Notfall, Sir. Ich kann Ihnen nichts befehlen, aber wollen Sie's verantworten, das Leben unserer Jungs zu gefährden? Nehmen Sie das wirklich auf sich ...»

Die Stimmen entfernten sich, kamen wieder näher, nur brach an der Stelle die Aufnahme ab; das Band war zu Ende. Aber wir hatten genug gehört. Statt vor den Angreifern zu fliehen, wies Craig ihrer Vorhut den Weg. Das Ausmaß seiner Lüge erschien unfaßbar. Weit davon entfernt, ein Kommunist auf verlorenem Posten zu sein, der Mitgefühl verdiente, stand er schamlos auf seiten des Stärkeren, der Sieger, war er US-Agent, ein Zyniker des Militärgeheimdienstes oder der CIA.

Im Morgengrauen fielen weit im Norden Schüsse, und kaum waren wir fertig mit Packen, da hörten wir das Auto, Craig kam zurück. Er hatte es offenbar geschafft, in anderthalb Stunden eine Aufgabe zu lösen, für die er gar nicht da war und die man ihm förmlich aufgehalst hatte. Ein Top-Mann eben. Ich wußte nicht, was ich bei seiner Rückkehr eigentlich empfand; wohl ein Gemisch von Erleichterung, Trauer und Zorn. Es wäre besser gewesen für mich, das Tonband nie zu hören. Wäre er dann nicht mehr wiedergekehrt, hätte ich ihn wenigstens in guter Erinnerung behalten, als außergewöhnlichen Mann, dessen Nähe einen bereichert. So blieb nur seine Fähigkeit zur Irreführung bemerkenswert.

Er warf den Zündschlüssel in den Aschenbecher, wie es auch sein Freund Fisher zu tun pflegte, und wandte sich mir mit einem Seufzer zu, in dem die Anspannung nachschwang, der ganze Druck, der auf ihm gelastet hatte als Pfadfinder bei einer Militäraktion in Feindesland.

«Alles okay?» fragte ich. «Habt ihr's geschafft?»

«Was denn geschafft?»

«Das Boot freizuschleppen.»

Craig sah mich an, als lasse mein Ton ihn aufhorchen. Er wirkte ziemlich abgespannt. An der Gary-Insel gestrandet! Die lag nahe genug, das Erscheinen der Fremden plausibel zu machen, war aber vom Haus aus nicht zu sehen. Man mußte durch Gestrüpp zum Osthang kriechen – er nahm wohl an, wir hätten dies, in Sorge um ihn, inzwischen getan, und kein Boot gesehen ... «Ja, es hat geklappt.»

«Schnelle Arbeit», sagte ich. «Sir Paul Scoon, habt ihr den gleichfalls am Haken?»

Craig starrte mich entgeistert an. Ich sah, wie er Mühe hatte, Luft in seine Lungen zu kriegen.

Vom Flügel her fragte Dirk: «Und den Sender besetzt? Oder ist das, wie der Flugplatz, Sache der Fallschirmjäger?»

Wir hatten ihn in der Zange. Er griff sich an den Kopf, nahm die Brille ab und rieb sich die Augen, als habe man ihm Wasser ins Gesicht geschüttet. Nach allem, was hinter ihm lag, war er nicht mehr frisch genug, sich anständig zu wehren. Er sank in den Schaukelstuhl und fragte fast tonlos: «Seit wann wißt ihr es?»

Ich sagte: «Wir müssen die Polizei rufen.»

«Besser die Armee», antwortete Dirk. «Oder was würden Sie uns raten?»

«Gar nichts, außer still zu sein», erwiderte Craig. «Geht auf Tauchstation wie ich und wartet ab.»

«Die Armee muß wissen, was da vorgeht.»

«Von der wird bald nichts mehr übrig sein. Dann steht eine andere Armee hier, und was würde da aus Ihnen?»

«Nichts», sagte Dirk. «Mangels Zeugen. Sie stellt man an die Wand. Die Armee fackelt nicht lange, wie man seit Fort Rupert weiß.»

«Das Leben eines Amerikaners steht viel zu hoch im Kurs.»

«Sie vergessen Ihren grenadischen Paß.»

Sie pokerten beide. Es ist riskant, einem zu drohen, der Partner und Hintermänner hat. Immerhin wußte ich, Craig trug keine Waffe, und körperlich war er meinem Sohn kaum überlegen.

«Also gut», sagte er schließlich. «Bevor wir uns gegenseitig zerstören, wär es besser, sich zu verständigen. Ich rede, ihr haltet dafür still; am Lauf der Dinge hier kann sowieso kein Mensch was ändern.»

«Dann fangen Sie an!»

«Unter einer Bedingung: kein Tonband!»

Wir folgten ihm ins Freie, wo er vor Mikrophonen sicher war.

Eine Brise blies von der Westerhall Bay, ein Hauch von Morgenrot lag über den Wipfeln. Craig stand vor blühendem Hibiskus, wie auf dem Sprung, die Brauen gesträubt, das Gesicht grobporig und zerfurcht. Er sagte uns, daß er vor Jahren, als man ihn anwarb, nervlich und geldlich am Ende gewesen sei. Man bot ihm finanzielle Sicherheit, ein ruhiges Arbeiten erst auf Jamaica, dann hier. Er war überzeugt gewesen, daß seine Berichte über die «Rote Avantgarde» und Coard in irgendeiner Ablage verstaubten. Sie hatten keinerlei Bedeutung. Craig hatte sich vorgemacht, dem Aufbau zu dienen und seinen Zielen treu zu sein. Nebenbei entstand der Roman, den er anderswo nie hätte in Ruhe schreiben können. Dann erschien Fisher auf der Insel, er hatte die Fäden in der Hand und schlug eine härtere Gangart ein.

«Was heißt das?» fragte Dirk.

«Aus der Berichterstattung wurde Einflußnahme. Wir spielten mit verteilten Rollen. Er hielt sich an Bishop und an Hudson Austin – ein sturer Klotz, von den Briten auf Jamaica zum Polizisten ausgebildet –, ich hielt mich an Forsyth und Coard.»

«Ihr habt also die Führung gespalten», sagte ich.

«Das wär zuviel gesagt. Der Keim des Konflikts war auch ohne uns da, das hast du schon früher von mir gehört.»

«Früher hast du mir manches erzählt.»

«Viel verschwiegen, ohne dich zu belügen.» Es klang, als sei er stolz darauf; ich hätte nicht sagen können, ob dieser Ton erkünstelt war oder seiner wahren Auffassung entsprach. Hinter ihm ging die Sonne auf, funkelnd brach sich ihr Schein in den Tautropfen. Die schönste Stunde eines Oktobertags auf der Steilküste. Hier war ich glücklich gewesen, und nun war es vorbei.

«Eine letzte Frage. Was sollte neulich die Bemerkung, Jeff, wenn ich nicht so oberflächlich wär, hätte ich merken müssen, wer du bist?»

«Nicht so vergeßlich, war gemeint. Erinnerst du dich an den Abend vor meinem Abflug, als wir in Sauteurs auf der Klippe standen?»

«Dem Carib's Leap? Ganz genau.»

«Dort hab ich dir gesagt, wie froh ich bin, Judy, mit dir oben auf der Klippe zu sein und nicht etwa unten zu liegen – wie der junge Mann in San Salvador, der sich um die Verlierer gekümmert hat.»

«Du wolltest auf seiten der Sieger sein.»

«Leben will ich, nach all dem, was ich durchgemacht hab! Und nur auf dieser Seite kannst du das.»

Dirk sagte: «Sie versetzen also der Revolution, an der Ihr Herz hängt, einen Tritt und denken dabei: Wenn eh schon alles über den Jordan geht, kann ich auch noch eins draufgeben?»

«Wer fragt nach unseren Träumen? Die Welt ist ein Zirkus.»

In dem Gefühl, die Beherrschung zu verlieren, rief ich: «Und während du hilfst, das Land ins Unglück zu stürzen, schreibst du einen so großartigen Roman?»

«Das ist ja meine Rechtfertigung. Darin hab ich mich verwirklicht. Der Mensch lebt nicht von Brot allein ... Für das, was ich hier auf mich nehme, ist mir versprochen worden, daß ‹Der Ernstfall› in einem namhaften Verlag erscheinen wird.»

«Du schreibst solch ein Buch, und dann gehst du hin und verkaufst dich an die, die es angreift?»

«Das ist eine Frage der Kosten-Nutzen-Effizienz», antwortete Craig trocken wie ein Unternehmensberater. «Ein paar Leute hier mögen mich ja verfluchen, aber Millionen werden ein Buch lesen, das meine Ideen transportiert.»

Das war der Moment, wo ich ihm fast ins Gesicht geschlagen hätte. An Craig glitt alles ab, es war unmöglich, ihn zu beleidigen. In mir brannte eine Sicherung durch, ich lief ins Haus. Gewillt, ihn härter zu treffen als durch einen körperlichen Schlag, riß ich die Seiten meiner Übersetzung aus dem Ordner und warf sie draußen in den Wind.

«Ein Jammer», sagte Craig, der an der Art des Papiers sah, daß es meine Arbeit war. «Ich kann dich nicht daran hindern, dein Werk zu zerstören.»

«Und deines», schrie ich in einem Zustand von Wut und Hysterie, schleppte alle drei Romanexemplare auf die Terrasse und fing an, das Papier aus den Heftern zu zerren und es in die Luft zu schleudern. «Nun war dein Verrat umsonst!»

Jetzt warf er sich auf mich, um sein Manuskript zu schützen. Ich wurde an die Wand gequetscht, aber Dirk stand mir bei. Während die zwei sich prügelten, verstreute ich die Blätter der Kopien. Um mich war ein Keuchen und der dumpfe Laut von Faustschlägen. Beim Original angelangt, das zuunterst lag, hielt ich inne. Wuchs die Angst um Dirk, war mein Zorn verraucht, meine Kraft erschöpft? Die Finger bluteten mir, irgendwo hatte ich mich verletzt. So riß ich die letzte Mappe nicht mehr auseinander, sondern warf sie einfach über die Brüstung in die Tiefe.

Augenblicklich ließ Craig von Dirk ab, und in der Hoffnung, wenigstens dieses Stück noch zu retten und so das Werk zu erhalten, setzte er ihm nach, lief in halsbrecherischen Sprüngen hinunter zum Strand. Dies ist das Bild, das mir von ihm blieb: Jeff mit zerfetztem Hemd abwärts hastend, hurtig wie ein Känguruh, umweht von den tausend Seiten der zwei Kopien, dünnes Papier, das im Nordostwind wedelnd über Port Egmont zur Calivigny-Insel trieb.

Wir warfen unser Gepäck in Craigs Wagen, Dirk nahm den Schlüssel aus dem Aschenbecher und fuhr mit mir los. Es war Montag, der 24. Oktober 1983, kurz nach Aufhebung der Ausgangssperre. Die liebliche Landschaft verschwamm vor meinem Blick, etwas preßte mir die Luft ab, wie bei dem Mord an Carlos Rivas verfiel ich in eine Art Lähmung. Dirk parkte vorm Spice Island Inn, er hinterließ den Zündschlüssel beim Portier für einen Herrn Craig.

Das Hotel stand fast leer, man gab uns meinen Bungalow vom September. Drinnen wurde mir schlecht, mit einem Weinkrampf fiel ich aufs Bett. Das Verlustgefühl war unerträglich. Schlimm war, mir einzugestehen, daß ich – ohne Dirks Tonband und das, was es nach sich zog – bei Craig geblieben wäre. Seine Rolle hier war ausgespielt, sie würden ihn in Ruhe lassen, sein Wert für den Geheimdienst bestand nur in den alten Kontakten zu Männern, die nun im Nichts versanken. Hätten wir nicht zusammenbleiben können, mit ein paar dunklen Punkten zwischen uns, wie es sie beinahe in jeder Partnerschaft gab? Das fragte ich mich, zerrissen von Scham und Qual.

Mein Sohn gab mir Schlaftabletten. Wie durch eine Watteschicht hörte ich ihn herumtelefonieren. Er teilte irgendwelchen Dienststellen mit, ein US-Vorauskommando sei dabei, sich der Landebahn, des Senders und der Person des Generalgouverneurs zu bemächtigen. Ich weiß nicht, ob man ihm glaubte und was daraufhin geschah. «Hör auf, dich einzumischen», bat ich ihn. «Wir sind Reporter, weiter nichts.»

«Soll ich zusehen, wie die Schweine sich Grenada nehmen?»

«Nenn nicht deinen Namen ... Wir sind doch ein Team.»

«Wenn das so ist, Judy, steig ich aus.»

«Weshalb denn, Junge? Das ist deine Chance, Fuß zu fassen ...»

«Ist es das? Wer gewinnt dabei? Es wird mir ja kaum gelingen, dein Bilderblatt, diesen Musikdampfer, in einen Zerstörer zu verwandeln.»

Ich setzte mich hoch und sprach auf ihn ein, als sei meine eigene Krise schon vorbei. Es ließ mich ein wenig den Kummer vergessen. «Niemand, der für die Medien schreibt», erklärte ich meinem Sohn, «darf so arrogant sein, sich um keinen Preis nach dem Publikum zu richten. Wer nicht unterhält, der vermittelt den Menschen keine einzige Idee.»

«So ähnlich hat das Craig auch gesagt. Sehr weit seid ihr zwei gar nicht voneinander entfernt ... Verzeih, Judy, aber ohne die Schweinerei, die er hier macht, hätte er ganz gut zu dir gepaßt.»

Da konnte ich ihm nicht widersprechen. Wir beide müssen uns zusammenraufen, dachte ich. Bestimmt wird aus uns doch ein Team. Er ist jetzt meine ganze Hoffnung. Vielleicht werden wir künftig wieder so etwas wie der Rest einer Familie sein.

Epilog

An jenem Wochenende war die amerikanische Öffentlichkeit wie betäubt von dem Massensterben der Marinetruppen im Libanon. Der US-Präsident hatte den Samstag in einem Golfclub in Georgia verbracht. Zwölf Stunden vor dem Beiruter Bombenanschlag war Reagan beim Golfspiel von seinen Leibwächtern in die gepanzerte Limousine gezerrt und vor einem mutmaßlichen Attentäter in Sicherheit gebracht worden. Der Mann schoß aus einer Pistole in den Boden und verlangte, den Präsidenten zu sprechen; nach zwei Stunden ergab er sich.

Der Zwischenfall hatte Ronald Reagan an all die Feinde erinnert, die ihn und Amerika aus seiner Sicht umgaben: von Arabern in Nahost und «libyschen Terroristen» über die «linken Strolche» auf Grenada, die Sandinisten in Nicaragua und die Befreiungsfront El Salvadors bis zum Erbfeind Cuba. Die ausstehenden Golflöcher spielte Reagan zwar nicht mehr, wollte jedoch im Süden bleiben und sich nicht auch den Sonntag noch verderben lassen.

Nun aber, nach dem Tod von 240 US-Soldaten in Beirut, nach Ferngesprächen mit Shultz, Bush und weiteren Beratern, flog er am Sonntag früh – es war der 23. Oktober 1983 – mit der Präsidentenmaschine binnen einer Stunde in seine Hauptstadt zurück. Was war zu tun? Man sagte ihm, die amerikanische Öffentlichkeit verknüpfe den Schlag im Libanon mit der Erinnerung an die Geiseln im Iran und mit der demütigenden Niederlage in Vietnam; er möge ihr jetzt die Wiederauferstehung der Macht und Entschlossenheit der USA an einem klaren Exempel zeigen ... Die Regierung «hielt Ausschau nach irgendeiner Möglichkeit, den anderen eins auf die Nase zu geben», so ein hoher US-Beamter, «mit der größten Erfolgsaussicht und dem kleinsten Risiko, sich mit der Sowjetunion unmittelbar anzulegen*).» Ihr Blick fiel auf Grenada. Das Militär hatte dieses winzige Ziel ohnehin längst im Fadenkreuz. Seit drei Tagen lief ein Konvoi der Navy auf die 3400 Kilometer südostwärts Washingtons liegende Insel zu. Jetzt erging der endgültige Angriffsbefehl.

Das Unternehmen war schon am Donnerstag, dem 20. Oktober, eingeleitet worden, unter dem Codewort *Urgend Fury* (Drängende Wut). Ab Samstag überflogen US-Spionagemaschinen Grenada. Um ihren unerklärten Krieg gegen ein UNO-Mitglied zu rechtfertigen, lieferte die US-Administration eine ganze Palette nicht stichhaltiger Begründungen. Hauptwert legte sie, wie 18 Jahre zuvor bei der Invasion der Dominicanischen Republik, auf das verbrauchte Argument, es gehe um den Schutz des Lebens ihrer Bürger. Gestützt auf den von ihr bestellten Hilferuf der sechs übrigen ostkaribischen Zwergstaaten, machte sie ferner geltend, «der Zusammenbruch von Recht und Ordnung auf Grenada» verstärke «die Notwendigkeit, militärisch einzuschreiten»**). Neunzehn weitere Behauptungen wurden von ihr nachgeschoben, dreizehn davon bekräftigt durch Ronald Reagan selbst – meist gegen Cuba zielend und sämtlich von Fidel Castro mühelos widerlegt***). Es blieb ein Überfall auf ein souveränes Land, zwei Jahre zuvor von

*) «Time», 7. XI. 1983, S. 33

**) «Time», 7. XI. 1983, S. 34

***) in dessen Rede beim Trauerakt zu Ehren der auf Grenada gefallenen Cubaner; «Neues Deutschland», 16. XI. 1983

den Marinetruppen auf der Vieques-Insel geprobt und nun kalt ins Werk gesetzt.

Am Montag, dem 24. Oktober, flogen zwei US-Diplomaten nach Grenada, um sich über die Lage und Stimmung der rund tausend amerikanischen Bürger auf der Insel zu unterrichten. Der Flugplatz Pearls war offen, die Ausgangssperre aufgehoben. General Austins Militärrat bot allen, die es wünschten, ausdrücklich an, das Land auf dem Luftwege zu verlassen. Vier Charterflugzeuge starteten, prompt abgefertigt, mit 60 Ausländern am Montag von Pearls. Dennoch glaubten die beiden Diplomaten in Gesprächen mit Vertretern der Medizinischen Akademie «ein gewisses Angstgefühl» zu spüren. Es gab auch Grund zur Beunruhigung: Zur selben Zeit waren mehr als 30 US-Elitesoldaten einer neu geschaffenen Anti-Terror-Einheit heimlich an Land gegangen. Der Entschluß, «militärischer Machtausübung mehr Wert beizumessen als der Diplomatie», stand – laut «The Washington Post» – fest.

Am selben Tag, dem Vorabend der Invasion, verblüffte die US-hörige Premierministerin der Insel Dominica, Eugenia Charles, ihre konservative Amtskollegin und Schirmherrin Margaret Thatcher mit der Behauptung, Sir Paul Scoon, der Vertreter der britischen Krone auf Grenada, habe die Karibiknachbarn persönlich um bewaffnetes Einschreiten gebeten. Davon war Frau Thatcher, die es als erste hätte wissen müssen, nichts bekannt. Sie rief den US-Präsidenten an und ersuchte ihn, Grenada keinesfalls nach Falkland-Art zu stürmen. Reagan aber, so meldete es die Londoner Abendzeitung «The Standard», beendete das Gespräch nach nur vier Minuten mit dem Satz: «Genug der Worte, es wird schon gehandelt» *(talking is over, action is on)*. Tatsächlich war der Feldzug schon angelaufen, wenn auch das Vorauskommando, aus Männern aller Waffengattungen zusammengestellt und an Land gesetzt, seinen militärischen Auftrag verfehlte*). Ein Spähtrupp landete im Nordosten, um für das Ausbooten von Marineinfanterie geeignete Strände auszuwählen und sie nachts darauf mit Leuchtzeichen zu markieren. Er fand zwischen Levera Bay und Conference Point drei Sandstrände, durch vorgelagerte Klippen und Riffe aber für amphibische Operationen ungeeignet. Weiter südlich lagen Mangrovensümpfe, auch gab es Bänke mit Wracks; die Küste lag in vollem Seegang.

---

*) «Der Spiegel», 21. XI. 1983, S. 142–144

All das hätte Vizeadmiral Joseph Metcalf, der Chef des ganzen Unternehmens, schon der britischen Seekarte Nr. 2821 entnehmen können. Die warnt mit der Notiz *Sea always breaks heavily on this coast* auch vor Brechern in jenem Abschnitt. Da die Späher keine vertretbaren Landungspunkte fanden, empfahlen sie ihrem Befehlshaber über Funk, den Flugplatz Pearls mit Hubschraubern zu nehmen. Schwere Transportmaschinen konnten dort nicht niedergehen. Das schloß den geplanten Einsatz gepanzerter Fahrzeuge im Nordosten der Insel aus.

Ein zweites Team von Marine-Elitetruppen (genannt *Seals,* Robben), mit vier Mann das kleinste, sollte im Südwesten Grenadas die Baustelle des Flughafens bei Point Salines aufklären. Vor der zerklüfteten Südküste ausgesetzt, wurden die vier «Robben» im hohen Wellengang die ersten Opfer der Invasion. Ihr gekentertes Schlauchboot entdeckten tags darauf die Ranger-Kameraden. Von der Crew fehlt bisher jede Spur.

Die dritte Vorhut aus wenigstens 22 *Seals,* die nachts nördlich von St. George's aus ihren Schlauchbooten stieg, war mit drei divergierenden Aufgaben überfordert. Der Stoßtrupp sollte im Handstreich die nördlich der Hauptstadt errichtete zweite Sendestation von Radio Free Grenada nehmen; sodann bestimmte Häftlinge aus dem Gefängnis von Richmond Hill befreien; vor allem aber dafür sorgen, daß der Generalgouverneur Sir Paul Scoon endlich in amerikanische Hand und so in die Lage kam, den Notruf, den man ihm schon zugeschrieben hatte, auch wirklich ausstoßen zu können.

Der Sturm auf den Sender schlug fehl. Radio Free Grenada warnte nun in kurzen Abständen, gefüllt mit Reggae-Musik, vor dem eigentlichen Angriff, rief die Miliz zu den Waffen (die ihr vor Bishops Sturz entzogen worden waren) und verbreitete Zuversicht. Die Station fiel erst tags darauf. Und zwei Tage später zerstörten drei US-Jagdflugzeuge des Typs A-7 «Corsair» und vier Kampfhubschrauber den zweiten Sender – ohne Rücksicht auf die Nähe der Sowjetischen Botschaft, die im Verlauf der Kampfhandlungen Schaden nahm.

In das Gefängnis von Richmond Hill, ein ehemaliges Militärhospital aus dem Jahre 1880 mit 86 Zellen, fand die Truppe gleichfalls keinen Einlaß. Und das Greifkommando für Paul Scoon sah sich auf dem Mount Royal einigen Soldaten Grenadas in Panzerspähwagen gegenüber. Einmal entdeckt, blieb das Kommando vor

Scoons Residenz liegen. Bis auf einen wurden alle «Robben» verwundet.

Zwei der drei zu Hilfe gerufenen Kobra-Kampfhubschrauber schossen die Grenader ab. Erst die A-7 Jets vom Flugzeugträger «Independence» brachten am frühen Morgen des Invasionstages den Umzingelten Entlastung. Sie bombardierten Fort Frederick, das die Retter des Gouverneurs als Hauptgefechtsstand ihres Gegners, der grenadischen Armee, ausgemacht hatten. Die Bomben trafen auch einen Flügel der 180-Betten-Anstalt für Geisteskranke; viele Patienten starben.

Inzwischen hatte der Hauptangriff begonnen, der aber den Mount Royal links liegenließ. Um dort die Lage zu bereinigen, improvisierte Vizeadmiral Metcalf ein aufwendiges Manöver. Er setzte am Invasionsmorgen um 7.30 Uhr fünf Panzer vom Typ M-60, 13 gepanzerte Fahrzeuge und 250 Mann nördlich von St. George's in der Gran Mal Bay an Land. Allerdings mußten diese Kräfte erst von der anderen Seite der Insel, wo sie nicht hatten landen können, in die Kampfzone verlegt werden. Zwölf Stunden lang harrten der Gouverneur und seine Befreier in ihrer mißlichen Lage aus.

Ähnlich liefen die größeren Kampfhandlungen ab. Am Dienstag um 5 Uhr früh sollte gleichzeitig im Nordosten wie im Südwesten Grenadas gelandet werden. Doch während 400 *Marines* planmäßig von dem Hubschrauber-Trägerschiff «Guam» auf Pearls Airport abgesetzt wurden, glich die Landung von 500 Fallschirmrangern auf dem Flughafen bei Point Salines einem Himmelfahrtskommando. Sieben der C-130 Transportmaschinen hatten sich auf dem weiten Weg nach Barbados, von wo die Invasion ausging, verflogen und beim Start dort um 36 Minuten verspätet. Der Überraschungseffekt war dahin.*) Aus dem Führungsflugzeug sprangen die Ranger in einen Geschoßhagel, der ihre Fallschirme durchsiebte. Die zwei folgenden Transporter drehten ab; vor dem erneuten Anflug warteten sie auf das Niederkämpfen der Luftabwehr durch schwer bestückte AC-130 Maschinen. Die nächsten Transporter flogen so tief an, daß die Ranger aus 150 Meter Höhe springen mußten. So niedrig war keine US-Einheit seit dem zweiten Weltkrieg mehr abgesetzt worden. Zu Fallschirmentfaltung und Schwebeflug blieben nur zwölf Sekunden. (Nach Darstellung

*) «Newsweek», 7. XI. 1983, S. 20–23

der Pentagon-Sprecher, denen alle US-Kampfberichte folgten, rettete dies den meisten Springern das Leben; zehn fielen beim Erstürmen der Landebahn.)

Acht Tage lang hatte das 2. Bataillon der 75. Rangerdivision aus Fort Lewis (Staat Washington im Nordwesten der USA) Ende September geübt, eine gleich lange Landebahn nebst Flugplatzgebäuden zu nehmen, von Hindernissen zu räumen und danach Geiseln zu befreien.*) Zur Eroberung des Flughafengeländes brauchten die 500 Mann dennoch dreieinhalb Stunden. Dann erst erreichten sie hinter dem Ostende der Piste den Universitäts-Campus von True Blue. Dort fanden sie 130 verängstigte, aber nicht als Geiseln gehaltene Studenten vor und hörten von ihnen, daß es zweieinhalb Kilometer nordwärts von der Grand Anse Bay weitere Wohnheime mit 224 Kommilitonen gab.

Erst am Mittwoch, dem zweiten Invasionstag, glückte den Rangern der Vorstoß auch nach dort. Denn dazwischen, rund um das Dorf Frequente, stießen sie auf den Widerstand von knapp 600 Cubanern. Diese hatten die Luftlandung nicht behindert, gemäß einer Weisung ihrer Regierung beschränkten sie sich – ohnehin nur teilweise und leicht bewaffnet – ganz auf Selbstverteidigung. Das gesamte cubanische Personal folgte dem Befehl, nicht als erste und nur dann zu schießen, wenn die eigenen Arbeitsplätze oder Unterkünfte angegriffen würden. Als der ungleiche Kampf am Donnerstag nach einem vernichtenden Tieffliegerangriff auf ihre Baracken bei Frequente endete, waren 24 Cubaner gefallen.

Inzwischen stellten sich die Eindringlinge auf einem mitgeführten Mittelwellensender der schockierten Bevölkerung als Befreier dar. «Bürger von Grenada, auf Bitten eurer karibischen Nachbarn haben US-Truppen hier eingegriffen, um Nordamerikaner und andere Ausländer zu schützen», tönte es immer wieder. Man möge daheim bleiben und sich «nicht an Fenster und Türen stellen». Zwischen den Ansagen strahlte der Sender Pop-Musik aus.

Ein militärischer Spaziergang stand auf dem Programm. «Sollten wir uns entscheiden, Grenada zu nehmen», hatte ein Beamter des State Departments zwei Wochen zuvor gesagt, «dann könnten

---

*) Covert Action Information Bulletin, Nr. 20, Washington D. C., Winter 1984, S. 13

wir den Job von einer Gruppe Hollywood-Statisten erledigen lassen.»*) Präsident Reagan, der zu Beginn des Überfalls schlief und nicht gestört sein wollte, erklärte dann im Fernsehen, man habe den Widerstand fast überall schon gebrochen. «Unsere Ziele sind erreicht», sagte er zwei Tage später. Seit Mittwoch, 16 Uhr hätten seine Truppen keine Feindberührung mehr. Solange er auf dem Posten sei, «werden wir kein Land mehr an die Kommunisten verlieren».

Das war Wunschdenken. Die Großmacht mit der Flotte von Aufklärungs-Satelliten im Weltraum, all ihrer Abhörtechnik und den Agenten im auserwählten karibischen Feindesland hatte dessen Abwehrkraft unterschätzt. Der *D-Day in Grenada,* wie «Time» seine Titelstory überschrieb, um den Überfall mit der Normandie-Invasion vom Juni 1944 gleichzusetzen, verlief nicht wie geplant. Zwar war die Piste von Point Salines ab 9 Uhr frei für den Pendelverkehr der Nachschubtransporter zwischen Grenada und dem 150 Meilen entfernten Barbados.**) Doch mit den reichlich 1900 Mann, die man mittags auf der Insel hatte, war es offenkundig nicht getan.

Noch am Dienstagnachmittag warf das Pentagon zwei weitere Bataillone der 82. Luftlandedivision (namhaft seit der Ardennenschlacht von Ende 1944 und der 65er Landung in der Dominicanischen Republik) nach Grenada. Das brachte die US-Streitkräfte dort auf 3000 Mann, genügte aber noch immer nicht. Die «Guam» erschien mit ihren Hubschraubern und Begleitschiffen, die aus Bordgeschützen feuerten, vor der Südwestküste der Insel, dem Zentrum des Widerstands.

Am Donnerstagabend versicherte Admiral Wesley McDonald, Befehlshaber der US-Atlantikflotte und Vorgesetzter des Vizeadmirals Metcalf, jetzt habe man alle größeren Militärobjekte des Feindes im Griff. Er sagte dies, nachdem Feldhaubitzen, Schiffsartillerie und Tiefflieger die Calivigny-Kasernen, den letzten Stützpunkt der grenadischen Armee, sturmreif geschossen hatten. Zu dieser Zeit standen schon 5000 Mann der 82. Luftlandedivision, die 500 Fallschirmjäger der 75. Rangerdivision und 650 Marineinfanteristen auf Grenada – gefolgt von 300 Hilfswilligen aus den verbündeten Karibikstaaten. Die freilich kämpften nicht, sie be-

*) «Der Spiegel», 31. X. 1983, S. 154
**) «Time», 7. XI. 1983, S. 15

mäntelten das Unternehmen nur und dienten dann als Polizisten. Aber Admiral McDonald stellte auch am Freitag noch Gegenwehr im Landesinneren fest.

Nur 15 Tote und 67 Verwundete sollte der Sieg die USA gekostet haben. Doch dabei unterschlug man die Ertrunkenen, die Vermißten und die Verluste durch eigenen fehlgeleiteten Beschuß – so, als eine Bombe vor Calivigny zwölf Ranger traf – und auch die Unfallopfer, etwa bei dem Zusammenstoß zweier Hubschrauber über Point Salines. Der Londoner «Guardian» nannte am 10. November schon 42 gefallene GIs, andere Berichte nahmen mehr als 70 Tote an.*)

Während Amerikas Verluste verschleiert wurden, blieben die Grenadas unbekannt. Die US Army machte nur 34 Gefangene im Gefecht, tote und verletzte Soldaten oder gar Zivilpersonen auf der Gegenseite zählte sie nicht. Nach dem Ende der Kämpfe ergaben sich ihr 306 Mann auf dem Queen's-Cricket-Feld von St. George's. Der Rest der Truppe war, wie ihr Befehlshaber Hudson Austin und auch die vierköpfige Familie Coard, im Landesinneren untergetaucht.

Nach den verhängnisvollen Ereignissen des 19. Oktober war die PRA, die Revolutionäre Volksarmee Grenadas, durch Festnahmen, Verwundung oder Flucht Bishop-treuer Offiziere und Soldaten auf eine Kampfstärke von allenfalls 1200 Mann geschrumpft. Innerlich erschüttert, hatte sie unter der 8-Tage-Herrschaft des ungeliebten Militärrats die Unterstützung der Miliz wie überhaupt jeden Rückhalt in der Bevölkerung eingebüßt. So stand sie auf zweifach verlorenem Posten.

Die Härte ihrer Verteidigung gegen hochtrainierte, äußerst mobile, an Zahl und Feuerkraft weit überlegene US-Spezialtruppen bedurfte einer Erklärung. Die US-Medien und ein Teil der europäischen Konzernpresse fanden sie bei Washingtons Sprechern, die den Cubanern die Schuld daran gaben. Wider besseres Wissen wurde ihnen unterstellt, sie seien, über tausend Mann stark und sämtlich militärisch geschult, nach der Waffenstreckung bei Frequente mit starken Resten in den Dschungel gegangen, zu weiterem Kleinkrieg gegen die Besatzer.

Nichts davon traf zu. Bei Beginn der US-Aggression gegen Grenada hielten sich 784 Cubaner dort auf, und zwar 636 Bauleute,

*) Covert Action Information Bulletin, a. a. O., S. 16

17 Ärzte, 12 Lehrer, 6 Agrarfachleute, 6 Kraftverkehrsexperten, 5 Fischer und einige Beamte verschiedener Ministerien. In St. George's lebten ferner 18 Botschaftsbeamte mit ihren Familien; 9 Abgesandte des Innenministeriums und 43 Militärs waren auf Dienstreise dort.*)

Tatsächlich war Habana durch das Blutbad vom 19. Oktober in eine schwierige Lage geraten. Die Kommunistische Partei und die Regierung Cubas stellten in einer Erklärung**) fest, daß sie von der Spaltung im New Jewel Movement unangenehm überrascht worden waren. Bei seinem letzten Cuba-Aufenthalt vom 6. bis 8. Oktober hatte Bishop die Differenzen daheim mit keinem Wort erwähnt: «Damit bewies er seinen großen Respekt für die internationale Politik Cubas und für die internen Angelegenheiten seiner eigenen Partei.» Erst am 12. Oktober informierte er Habana, ohne eine Stellungnahme zu fordern. «Aber niemals konnte man sich den Ernst vorstellen, den diese Meinungsverschiedenheiten während seiner Abwesenheit erreichen würden ... Nach unserer Meinung gab es in Wirklichkeit mehr Konflikte um Persönlichkeiten und Konzeptionen der Leitungsmethoden – die nicht frei waren von anderen subjektiven Faktoren – als um grundlegende Fragen.»

Der Tod Bishops und seiner Genossen müsse aufgeklärt werden, hieß es weiter. «Wenn sie kaltblütig exekutiert wurden, verdienen die Schuldigen eine exemplarische Strafe.» Der Imperialismus werde jetzt versuchen, diese Tragödie und die von den grenadischen Revolutionären begangenen schweren Fehler auszunutzen. Die Situation sei äußerst schwierig und verworren, nur ein Wunder an Gemeinsinn, Besonnenheit und Weisheit könne den Prozeß noch retten. «Nach dem gestrigen tragischen Ausgang», schloß das Kommuniqué, «werden wir die Entwicklung der Ereignisse aufmerksam verfolgen, werden wir uns strikt an das Prinzip halten, uns nicht in die inneren Angelegenheiten Grenadas einzumischen, und wir werden – allem voran – den Interessen des Volkes von Grenada hinsichtlich der ökonomischen und technischen Zusammenarbeit Rechnung tragen, wenn sie in der neuen Situation möglich sein sollte. Aber unsere politischen Beziehungen mit den neuen Verantwortlichen der Führung Grenadas werden einer

*) «Neue Zeit», Moskau, Nr. 46/1983, S. 9

**) «Neues Deutschland», 22./23. X. 1983, S. 4/5

ernsthaften und tiefgründigen Analyse unterzogen werden müssen.»

Cuba war also kaum willens, die Urheber der Tragödie auf Grenada zu unterstützen. Doch ein Abzug der 784 Helfer angesichts des sich abzeichnenden US-Überfalls war als ein Akt des Im-Stich-Lassens der Grenader in ihrer dunkelsten Stunde gleichfalls nicht möglich. So befahl Fidel Castro die Selbstverteidigung der cubanischen Bürger auf der Insel, ohne Hilfe für deren Armee. Seinem Botschafter in St. George's sagte er: «Ich verstehe, wie schmerzlich es für Sie wie für uns ist, cubanische Patrioten in Grenada nach den dort begangenen groben Irrtümern des NJM und den tragischen Ereignissen aufs Spiel zu setzen ... Wir müssen jetzt nicht an die neue Regierung Grenadas denken, sondern an Cuba, seine Ehre, sein Volk und seine Kampfmoral.»*)

Als der US-Konvoi auslief und der Militärrat Castro um Beistand bat, ließ dieser ihm durch den Botschafter ausrichten, es sei unmöglich und undenkbar, die geringste Verstärkung zu schikken. Die Schwächung der Verteidigungskraft sei die logische Folge der schweren Fehler der grenadischen Revolutionäre, die dennoch kämpfen müßten.

Cuba werde versuchen, zusammen mit allen fortschrittlichen Ländern eine Kampagne gegen die Bedrohung Grenadas durch die USA zu entfachen.

Nach Bekanntgabe des Beschlusses der Karibikstaaten auf Barbados, Truppen nach Grenada zu entsenden, wiederholte der Militärrat seinen Hilferuf an Cuba. Auch dieses Gesuch wies Castro zurück. Er ging einmal davon aus, daß Grenada sich gegen jene Staaten allein verteidigen könne; zum anderen wollte er den USA keinen Vorwand zum Angriff liefern. Sollten dennoch US-Truppen landen, würden die cubanischen Bauarbeiter und Militärberater – an Zahl und Kraft viel zu gering, den Dingen eine Wendung zu geben – sich zwar energisch selbst verteidigen, aber nur, wenn sie direkt angegriffen würden. Eine US-Landung auf dem Flughafen nahe der Universität zur Evakuierung der Studenten werde kein Cubaner behindern. Castro empfahl dem Militärrat sogar, seine Truppen rund um die neue Piste und die Medizinische Akademie abzuziehen, um Washington jeden Vorwand zu nehmen,

*) «Death of a Revolution», EPICA, Washington D. C., Januar 1984, S. 18

wegen einer angeblichen Geiselnahme von US-Bürgern einschreiten zu müssen.*)

Bei Annäherung der Flottenkampfgruppe des Vizeadmirals Metcalf erneuerte die grenadische Führung nochmals ihr Ansinnen. Diesmal ging sie so weit, Habana ein förmliches Abkommen über militärische Aufgabenteilung vorzuschlagen; auch wünschte sie das cubanische Personal in ihre Armee einzugliedern. Am Montag, dem 24. Oktober, wiederholte Cuba seinen Standpunkt und fügte hinzu, es werde kein Abkommen benötigt, da das cubanische Personal ausschließlich an die rein defensive Weisung der eigenen Regierung gebunden sei. Dieser Bescheid traf auf Grenada in dem Moment ein, als die Invasion begann.

Castro hatte noch ein übriges getan, den amerikanisch-cubanischen Zusammenprall zu vermeiden, indem er am Sonnabend um 21 Uhr der US-Regierung eine Botschaft übermittelte. Darin legte er dar, Cuba sei ebenso besorgt um die Sicherheit seiner Bürger auf Grenada wie die USA um diejenige der Nordamerikaner. Er schlug ständige Kontakte zwischen Washington und Habana vor zu dem Zweck, die Sicherheit sämtlicher Ausländer auf der Insel zu gewährleisten, und zwar «ohne Gewalt und Einmarsch in das Land». Das State Department zögerte die Erwiderung um 60 Stunden hinaus, bis es zu spät war. Die Antwort, in der den cubanischen Bürgern «freies Geleit» zugesagt wurde, traf erst drei Stunden nach dem Überfall in Habana ein.**) Da lag das Camp der cubanischen Bauarbeiter schon unter US-Beschuß.

Kurz vor Invasionsbeginn brachten die Cubaner ihre Ärzte aus anderen Teilen Grenadas nach Frequente und errichteten ein Feldhospital. Ungeachtet des Mangels an Medikamenten, Verbandzeug und chirurgischem Gerät taten die Ärzte ihr Bestes, die durch Kugeln, Granatsplitter und das Raketenfeuer von Tieffliegern Verletzten zu behandeln. Schon am Samstag hatten cubanische Freunde trotz der vom Militärrat verhängten Ausgangssperre die FDJ-Brigade der DDR-Mechaniker von der Staatsfarm Mirabeau abgeholt und sie nahe der sowjetischen Botschaft in relative Sicherheit gebracht.

Im Fernsehen bedauerte Präsident Reagan mit gespitzten Lippen den Umstand, daß die Cubaner sich überhaupt gewehrt hat-

*) Covert Action Information Bulletin, a. a. O., S. 15

**) Berliner Zeitung, 27. X. 1983, S. 4

ten. Seiner Annahme, sie müßten automatisch kapitulieren, lag der Gedanke zugrunde, die USA hätten das Recht, in der Karibik – und anderswo – einzuschreiten, während die Überfallenen zum Stillhalten verpflichtet seien. Es war eine Äußerung der alten, von US-Senator Fullbright schon zur Zeit des Vietnamkriegs verurteilten amerikanischen «Arroganz der Macht».

Diesem Ungeist entsprach auch die Behandlung der Cubaner, die nach 48 Stunden vor der Übermacht die Waffen streckten. Sie wurden bedroht, unter freiem Himmel hinter Stacheldraht gehalten und von Geheimdienstlern verhört. Man bot ihnen gutbezahlte Arbeit in den USA, doch es fand sich kein Interessent. Vor der sowjetischen Botschaft, deren Tor die Ranger mit einem Lastwagen blockierten, verlangten US-Offiziere die Auslieferung von 53 Cubanern, die – wie die DDR-Bürger und Fachleute aus Nordkorea und Bulgarien – dort Schutz gesucht hatten. Dem wurde nicht entsprochen.

Erst acht Tage später, am 3. November, verließ das sowjetische Personal zusammen mit seinen Schützlingen für immer die Mission. Sir Paul Scoon, die US-Marionette, hatte die Botschaften Cubas und der UdSSR geschlossen, deren Angehörige ausgewiesen. Tags darauf flogen insgesamt 130 Bürger sozialistischer Staaten in zwei DC-9 der US-Marine via Jamaica, wo es nochmals vergebliche Abwerbungsversuche gab, nach Mexico – erwartet dort von einer Sondermaschine der Aeroflot.

Die Invasoren, zuletzt 7600 Mann stark, erbeuteten nach den Worten des US-Vizepräsidenten Bush ein «furchterregendes Waffenarsenal» und schafften es zu Propagandazwecken in den Hangar 3 auf Andrews Air Force Base bei Washington. Dort waren zwei Schützenpanzerwagen und zwölf leichte Fla-Waffen zu besichtigen, umgeben von 1626 AK-47-Gewehren, 300 Schrotflinten, 1824 kleinkalibrigen Granaten, 1200 Stangen Dynamit und 180 Maschinengewehren nebst fünf Millionen Schuß Munition. Dies sei nur eine Auswahl, hieß es, tatsächlich habe man 6300 Schußwaffen neuerer und älterer Machart entdeckt. Wenn dies zutrifft, so entspräche es doch nur der ursprünglichen Gesamtstärke von Armee, Polizei und Miliz auf Grenada und würde keinesfalls die These stützen, die Insel sei im Begriff gewesen, eine «cubanische Bastion» zu werden. Ein Teil der Gewehre waren britische Modelle des Jahrgangs 1870.

«Wir sind gerade noch rechtzeitig gekommen», versicherte der

US-Präsident drei Tage nach dem Überfall. Von nun an meldete das Pentagon fast täglich die Entdeckung sogenannter Geheimdokumente, die den Angriff nachträglich rechtfertigen sollten. Darunter waren auch Teile des Protokolls der ZK-Sitzung des NJM vom 14. bis 16. September 1983, mit der Bishops Entmachtung begann. Diese Papiere, bald der Presse zugespielt*), verdienen es, so kritisch bewertet zu werden wie die übrigen Funde der US-Armee auf Grenada, da all das durch die Hände der Geheimdienste ging.

Auch gegenüber den Kampfberichten ist Skepsis am Platz. Während der Invasion blieben die Medien auf das angewiesen, was Washingtons Sprecher ihnen sagten. Der Krieg begann ganz unamerikanisch unter Ausschluß der Öffentlichkeit. Bei dem vergleichbaren US-Einfall in die Dominicanische Republik im Mai 1965 waren mit den Soldaten die Reporter gekommen, in einem Truppentransportschiff der Navy. Diesmal aber hielt man 350 Reporter, angeblich zu ihrem Schutz, von der Insel fern, bis der letzte Schuß verhallt war.

Die einzigen, die noch Pulver rochen, waren eine «Newsweek»-Reporterin und ihre Fotografin. Von dem 30 Meilen entfernten Palm-Island erreichten die zwei Frauen in einem Motorboot Grand Anse Bay nahe dem verödeten Holiday Inn. Sie fanden den Amtssitz des Premierministers niedergebrannt, Hotels wie das Grenada Beach und den Spice Island Inn beschädigt, das Elektrizitätswerk zerbombt; St. George's war ohne Strom und Wasser. Sie wurden Augenzeugen letzter Gefechte mit den Resten der grenadischen Armee.**)

Die nächsten Journalisten, nun von der Besatzungsmacht geladen, sahen auf dem zerstörten Armeekomplex bei Calivigny US-Soldaten auf der Suche nach unterirdischen Anlagen, womöglich Raketenbasen.***) «Wir finden nichts», sagte ein amerikanischer Offizier als Opfer der eigenen Propaganda erbost; «da müssen wir wohl noch lange suchen.» Überall klebten Bilder der inzwischen gefangenen ehemaligen Minister Hudson Austin und Bernard Coard. Dieser war mit fünf weiteren Personen verhaftet worden, nachdem US-Fallschirmjäger sein Versteck umstellt und ihren Raketenwerfer darauf gerichtet hatten. Den General Austin stellten

---

*) «Le Monde», Paris, 13./14. XI. 1983, S. 7

**) «Newsweek», 7. XI. 1983, S. 22 B

***) «Spiegel»-Redakteur Armin Wertz in Nr. 45/1983, S. 162

die Besatzer in einem anderen Teil der Insel. Beide Männer wurden auf dem Hubschrauberträger «Guam» verhört, dann halbnackt, gefesselt, mit verbundenen Augen der Presse gezeigt und im Richmond-Hill-Gefängnis völlig isoliert.

Gegen sie und weitere 16 Personen – sieben von ihnen unmittelbar des Mordes an Bishop und dessen Getreuen bezichtigt – wurde am 4. April 1984 vor einem Gericht in St. George's Anklage erhoben. Ein Jahr nach den Oktoberereignissen war der Prozeß noch nicht einmal eröffnet worden. Laut George Louison verschob man ihn, da sich mit ihm nicht die ganze Revolution anklagen ließ. «Die US-Behörden haben nichts über die Befragung von Austin und Coard veröffentlicht», sagte der ehemalige Landwirtschaftsminister im Februar 1985 auf einem Forum in Hamburg.*) «Sie gingen mit einigen Verhafteten milde um, ließen drei frei – so Ian St. Bernard und Liam James, den wegen Mordes mitangeklagten Chef des Innenressorts des Militärrats und dessen Stellvertreter, um absichtlich eine Basis für neue ultralinke Aktivitäten zu schaffen, die dann nach Bedarf erneut Verwirrung unter den Leuten stiften sollen.»

Erst am 26. Mai 1986 sagte Callistus Bernard, der Führer des Exekutionskommandos, laut Reuter aus, die Erschießungen hätten auf Befehl des Zentralkomitees des NJM kurz nach der Einnahme von Fort Rupert stattgefunden. Er habe den Befehl empfangen, ehe er Fort Frederik verließ, wo das ZK zusammengekommen sei. Der Prozeß endete im Dezember mit 14 Todesurteilen, u. a. für Coard und Austin, ohne Aufhellung der Hintergründe.

Auch Generalgouverneur Sir Paul Scoon war auf die «Guam» geschafft und dort beauftragt worden, eine Übergangsregierung zu bilden. Dabei beriet ihn die neu gegründete US-Botschaft auf Grenada. Sie nahm Anfang November Quartier in dem Hotel Ross Point Inn, das US-Diplomaten bei Inselbesuchen stets bevorzugt hatten. Mit 80 Beamten hatte sie weit mehr Personal als die cubanische und die sowjetische Vertretung zusammen, die Scoon schließen ließ. Ironischerweise war der amerikanische Botschafter Charles Anthony Gillespie nirgends akkreditiert, da es noch keine grenadische Regierung wieder gab.

Als ranghoher Mann des State Departments *(Deputy Assistant Secretary of State)* war der Botschafter bislang für die ganze Karibik

*) Lateinamerika-Nachrichten, Westberlin, Juli 1985, S. 61–72

zuständig gewesen und jetzt de facto Herrscher auf Grenada. Mit ihm kam E. Ashley Wills, zuvor Mitglied der Politischen Abteilung der US-Botschaft auf Barbados, wo er nacheinander unter Frank Ortiz, Sally Shelton und Milan Bish gedient hatte – alles US-Botschafter in der Ostkaribik, für Grenada kompetent. Noch im Juli 1983 hatte Maurice Bishop den Wills als CIA-Offizier bezeichnet.*) Während der Invasion war er an Bord der «Guam». Ein Reporter des Londoner «Guardian» nannte ihn «den politischen Berater des US-Unternehmens».

Gelenkt von Gillespie und Wills, rief Sir Paul Scoon nun den Notstand aus, erließ ein Versammlungsverbot, erlaubte Festnahmen ohne Haftbefehl und ordnete eine Pressezensur an. Dann berief er eine Interims-Regierung, der nur Technokraten und Fachleute (meist Emigranten aus Barbados) angehörten; sich selbst behielt er die Rolle des Schiedsrichters vor.

Carlos Widman, als Korrespondent der «Süddeutschen Zeitung» schon vor 18 Jahren in Santo Domingo dabei, beschrieb Scoons erste Pressekonferenz am 3. November in dessen Residenz hoch über der Hauptstadt: «So haben sie ausgesehen, die Häuser der Vertreter Ihrer Majestät, die in den Romanen und Erzählungen von Somerset Maugham und Joseph Conrad eine Rolle spielen: die riesigen Fenster, durch die eine tropische Blütenpracht hereinleuchtet, die schönen, auf Hochglanz polierten Möbelstücke, die gemütlich surrenden Ventilatoren und in der Ecke ein niemals benutzter Flügel ... Neben Sir Paul sitzt ein dünnlippiger, drahtiger Offizier: Vizeadmiral Joseph Metcalf III.; er hat den Generalgouverneur vor zehn Tagen aus der Residenz herausgeholt, auf den Flugzeugträger *Guam* verfrachtet, nach zwei Tagen auf die Insel zurückgebracht und ihm befohlen, zu regieren ... Metcalf ist an diesem Donnerstag gekommen, um sich nach erledigtem Auftrag zu verabschieden. Die Marinefüsiliere ziehen ab, das Kommando der Besatzungstruppen wird dem amerikanischen Heer übertragen, die ‹Präsenz› der USA von 6000 Mann auf etwa ein Viertel reduziert; die 82. Luftlandedivision unter Brigadegeneral Jack Ferris besorgt alles weitere.»**)

Der Strohmann Scoon war schon unter Gairy Beamter und davor Studienrat gewesen. Er hatte eine schöne Baritonstimme und

*) Covert Action Information Bulletin, a. a. O., S. 20
**) «Süddeutsche Zeitung», München, 9. XI. 1983

hielt stets ein passendes Shakespeare-Zitat bereit. Daß unter ihm ein Stück des britischen Commonwealth in amerikanische Hände fiel, dafür entschädigte ihn der Geschmack der Macht. Er trat auf, als wäre er tatsächlich Herr seiner Entschlüsse.

«Der Mann ist einfach unbezahlbar», sagte ein US-Korrespondent in Scoons Residenz. «Ohne ihn könnten wir hier überhaupt nichts machen.» Von nun an wurden Washingtons Entscheidungen über die Zukunft Grenadas nicht mehr von US-Sprechern bekanntgegeben, sondern von Scoon an Ort und Stelle ... Gefragt, was er von den USA als nächstes erwarte, antwortete er einem Mitglied des US-Kongresses: «Die Fertigstellung des Flughafens.» Der Abgeordnete wunderte sich – sei man nicht hier einmarschiert, weil die Cubaner den Airport bauten? («Der Mann hatte noch nicht unterscheiden gelernt zwischen guten und schlechten Flughäfen», merkte Widman an. «Und er wußte auch nicht, daß ein von Cubanern beinahe fertiggestellter Airport ein sowjetisch-cubanischer Militärstützpunkt ist, während er sich ohne weiteres zum Zivilflughafen zurückentwickelt, sobald dort erst einmal die US-Luftwaffe landet.»)

Ringsum spürte man die Folgen. Der Tod Maurice Bishops und die prompte US-Invasion lösten bei den Nachbarn Betroffenheit aus. Mit einem Rechtsruck reagierte Oberst Desi Bouterse von Suriname; er hatte kurz zuvor die USA besucht und brach nun seine Beziehungen zu Cuba ab. Im angrenzenden Guyana dagegen demonstrierten in seltener Einigkeit Mitglieder aller Parteien vor der US-Botschaft. Präsident Burnham sagte im Rundfunk, er habe sich auf dem CARICOM-Treffen am 22. Oktober gegen jede Einmischung in die Angelegenheiten Grenadas gewandt, die übrigen Teilnehmer hätten ihm darin mehrheitlich zugestimmt. In Mexico verurteilten Regierung, Parteien und Gewerkschaften den Überfall als Gefahr für den Frieden in der Region, als Bedrohung für Nicaragua und «sogar für Cuba». Columbien und Venezuela lehnten den US-Einmarsch ab; Guatemala, Honduras und El Salvador billigten ihn. Trinidads Premier Chambers kritisierte die US-Aktion heftig. Er sagte, diese sei längst geplant gewesen, und wollte eine Beteiligung der CIA an der dramatischen Entwicklung auf Grenada vor der Invasion nicht ausschließen.*)

So begann das Rätseln über die Rolle der US-Geheimdienste.

*) Lateinamerika-Nachrichten, Nr. 121, Dezember 1983

Als mutmaßlichen Agenten hatte schon «Newsweek» den «geheimnisvollen Mann» Jim Pfister genannt*), einen Medizinstudenten von Ende 30, der über einen Kurzwellensender Kontakt mit den Angreifern hielt. Amerikas Konzernpresse griff die Pfister-Story auf. Ansonsten enthielt sie sich, bis auf Notizen in der «New York Times», aller weiteren Spekulationen hinsichtlich einer Verwicklung der eigenen Geheimdienste in den Fall Grenada.

Eine Woche später, in seiner Rede beim Trauerakt zu Ehren der auf Grenada gefallenen Cubaner, ging Fidel Castro wie folgt auf den Hintergrund ein: «Unglückseligerweise waren es die grenadischen Revolutionäre selbst, die die Ereignisse auslösten, die der imperialistischen Aggression Bahn brachen. Aus den eigenen revolutionären Reihen traten Hyänen hervor. Noch kann heute niemand sicher sagen, ob jene, die mit dem Dolch des Spaltertums und interner Konfrontation zustießen, dies aus eigenem Antrieb oder durch den Imperialismus inspiriert und ermuntert taten. Dies ist etwas, das sie nicht perfekter hätten machen können, ob es nun die CIA war oder von ganz anderer Seite kam. Sicher ist, daß vorgeblich revolutionäre Argumente benutzt wurden, die die reinsten Prinzipien des Marxismus-Leninismus beschworen und Bishop des Personenkults und der Abwendung von den leninistischen Leitungsnormen und -methoden beschuldigten.»

Solche Vorwürfe nannte Castro absurd und fuhr fort: «Waren vielleicht die Konspirateure gegen ihn innerhalb der Partei, der Streitkräfte und Sicherheitskräfte in Grenada eine Gruppe von theoretizistisch vergifteten Extremisten? Handelte es sich einfach um eine Gruppe Ehrgeiziger, Opportunisten oder sogar feindlicher Agenten, die die grenadische Revolution vernichten wollte? Nur die Geschichte wird hier das letzte Wort sprechen können. Es wäre allerdings nicht das erste Mal, daß dieses in einem revolutionären Prozeß passierte. Nach unserer Beurteilung war es objektiv die Coard-Gruppe, die die Revolution vernichtete und der imperialistischen Aggression Bahn brach. Was auch immer ihre Absicht war – die grausame Ermordung Bishops und der treuesten ihm angeschlossenen Genossen stellt eine Tatsache dar, die weder in dieser noch in irgendeiner anderen Revolution jemals gerechtfertigt werden kann.»

---

*) «Newsweek», 7. XI. 1983, S. 22 A

Unterdessen forschten nichtkommerzielle und alternative US-Zeitschriften – wie das *Covert Action Information Bulletin,* Washington, und die ebenda erschienene EPICA-Publikation *Death of a Revolution* – weiter. Sie wiesen anhand von Beispielen nach, daß von Mitgliedern der Medizinischen Akademie auf Grenada Handlungen ausgingen wie die Brandstiftungen am 6. Mai 1979, als das Reisebüro in der Young Street und Touristenhäuser nahe dem Studentenwohnheim am Strand zeitlich so abgestimmt in Flammen aufgingen, daß der einzige Löschzug von St. George's nichts mehr retten konnte.

So geriet die Hochschule ins Zwielicht, deren Leitung, wie schon unter dem Regime Gairy, während der gesamten Ära Bishop mit einzelnen Ministern Umgang pflegte. Als Bishop unter Hausarrest stand und auch noch nach seinem Tode, hielt Dr. Geoffrey Bourne, Prorektor der Universität, enge Fühlung erst mit Bernard Coard; dann begann er auch den General Austin politisch zu beraten. Er gab an, Berater aller grenadischen Regierungen gewesen zu sein. Die Ausgangssperre des Militärrats galt nicht für Bourne. Selbst seine Studenten konnten sich zwischen dem Campus bei True Blue und den Wohnheimen an der Grand Anse Bay durch die Siedlung der Cubaner frei bewegen.

Einem vertraulichen Kongreßbericht zufolge sagten Beamte des Pentagons vor Mitgliedern des Geheimdienstausschusses, sie hätten von dem drohenden Coup gegen Bishop zwei Wochen im voraus Kenntnis gehabt. Das kam einem Wort des US-Botschafters in Paris, Evan Galbraith, recht nahe, der am 26. Oktober 1983 im französischen Fernsehen sagte, die Invasion sei «ein Unternehmen, das schon vor zwei Wochen begonnen» habe.*) Zwar zog Galbraith diese Auskunft bald als «falschen Zungenschlag» zurück: Er habe sich versprochen, es sei unvernünftig, zu denken, die Aktion wäre vor Bishops Sturz geplant worden. Dem widerspricht aber das schon erwähnte Spezialtraining des 2. Bataillons der 75. US-Rangerdivision zur Erstürmung eines Flughafens. Es fand, wie *Covert Action* ermittelte, vom 23. September bis zum 2. Oktober 1983 auf dem Ephrata-Airport im Nordweststaat Washington statt.

Stimmen aus Cuba wie die Fidel Castros und die Berichte der Nachrichtenagentur Prensa Latina runden das Bild. Beobachter in

---

*) Covert Action Information Bulletin, a. a. O., S. 13

der Sowjetunion und in der DDR wiesen auf die Wechselwirkung von äußeren und inneren Faktoren beim Zusammenbruch der grenadischen Revolution hin. So hob die Zeitschrift «horizont» hervor, daß unter dem vielfältigen Druck der USA, deren Geheimdienst jahrelang hinter allen konterrevolutionären Aktivitäten gegen Grenada stand, auch die Lage im Inneren schwierig wurde: «Vorstellungen, alle Probleme des Landes in kürzester Zeit zu lösen, scheiterten an den Realitäten. Infolgedessen erlahmte der revolutionäre Elan unter den Mitgliedern der Massenorganisationen. Außerdem waren die kapitalistischen Besitzverhältnisse fast unangetastet geblieben. Vor diesem Hintergrund nahmen in der Führung des NJM, die sich weitgehend aus Vertretern progressiver kleinbürgerlicher Kräfte zusammensetzte, die Meinungsverschiedenheiten über den weiteren Entwicklungsweg sowie über Fehler und Schwächen der Bewegung besorgniserregend zu. Die Einheit der revolutionären Kräfte war nicht mehr gesichert. Diese Auseinandersetzungen, in deren Folge Maurice Bishop und andere verdiente Revolutionsführer am 19. Oktober 1983 ums Leben kamen, führten zu einer Verunsicherung des Volkes und diskreditierten die Ideale der Revolution. Wie Fidel Castro ... feststellte, ‹war das Symbol der grenadischen Revolution bereits tot›. Ihre eigenen Führer hatten es ‹durch ihre Spaltung und ihre kolossalen Fehler zerstört›.»*)

Ein sowjetischer Korrespondent in Habana kam zu folgendem Schluß: «Aus unbegreifbaren Gründen, oder vielleicht auch durch feindliche Einflüsse, hatte sich in der revolutionären Avantgarde ein sektiererischer Geist ausgebreitet, der sich darin zeigte, daß keiner dem anderen traute. Es entwickelten sich Divergenzen zwischen den Gruppen um Bishop und Coard ... Die Gruppe um Coard erlangte die Vorherrschaft im Apparat von Staat und Partei. Bishop wurde seiner Posten enthoben und am 13. Oktober unter Hausarrest gestellt. Am Morgen des 19. Oktober wurde Bishop vom Volk befreit und eine große Kundgebung organisiert. Ein bewaffnetes Sonderkommando, entsandt von der Coard-Gruppe, eröffnete das Feuer auf die Kundgebungsteilnehmer. Bishop, Whiteman, Creft, Noel, Bain und andere kamen dabei um. Es ist schwer vorstellbar, daß auf diese Weise ein Konflikt unter Revolutionären endet, zumal wenn diese sich seit ihrer Jugend kennen. Die

---

*) «horizont» Nr. 3/1984, S. 11

Ereignisse lassen den Schluß zu, daß in die Führung fremde Elemente infiltriert worden waren, die die Konflikte angeheizt haben.»*)

Ähnlich äußerten sich fortschrittliche Amerikaner wie die Covert-Action-Autoren Ellen Ray und Bill Schaap, deren Analyse «Die USA zerstampfen karibisches Juwel»**) 17 Seiten umfaßt. Die Facette der Erscheinungsformen jeder Geheimdienstarbeit, die sie detailliert beschreiben, reicht von Attentaten und Sabotageakten über Nachrichtenbeschaffung bis in die Sphäre der direkten Einflußnahme auf Mitglieder einer Regierung, deren Sturz bezweckt war, damit ein Vorwand zum Einmarsch und zur Zerstörung des verhaßten Modells Grenada entstand. In West und Ost kamen Journalisten zu dem Schluß, daß Washington, wenn es so blitzartig die Gelegenheit nutzen konnte, auch fähig war, sie überhaupt erst zu schaffen. So schrieb die Westberliner «Wahrheit» am 9. November 1983 unter der Schlagzeile «Wer ließ Bishop ermorden?»: «Es gibt dieser Tage in karibischen Zeitungen erste Informationen, wonach sich in Coards Umgebung mehrere Personen befunden haben sollen, die im Auftrag der CIA handelten.»

Die EPICA Task Force, eine Arbeitsgruppe progressiver US-Journalisten, ging in ihrer Analyse «Tod einer Revolution» noch weiter, als sie schrieb: «Im Grunde genommen ist es sicher, daß Geheimagenten an der (Medizinischen) Schule waren, die als Lehrkräfte oder Studenten auftraten.» Die Fäden zwischen der Hochschulleitung und dem Militärrat des Generals Austin lägen noch im Dunkeln, doch es sei «sehr wahrscheinlich, daß nach viereinhalb Jahren fast unbehinderter Operationstätigkeit die CIA auf Grenada imstande war, die Regierung und/oder die Armee in bestimmtem Maße zu durchdringen. Es gab unverkennbar echte Widersprüche zwischen den Mitgliedern des NJM, sowohl persönlicher wie politischer Art. Die CIA hat eine langjährige Praxis im Fördern und Vertiefen solch interner Spaltungen, sie pflegt in Zielgruppen einzusickern, um sie durch Verwirrung und Zwietracht zu schwächen. Einige Beobachter vermuten, daß Grenadas Armee von der CIA gründlich infiltriert war, und es kann sogar sein, daß es im Zentralkomitee selbst Kollaborateure gab. Schließ-

---

*) Victor Lunin: *Grenada – la logica de la violencia imperial,* «America Latina», Moskau, 3/1984, S. 23–34 (Zitat von S. 31/32)

**) *U. S. Crushes Caribbean Jewel,* Covert Action Information Bulletin, a. a. O., S. 3–20

lich müssen die Ereignisse des 19. Oktober genau untersucht werden, besonders die ungeklärte Frage, warum die Volksmenge Bishop hinauf zu dem Fort trug, wo die Morde geschahen.»*)

Die Verfasser fragten sich, wie Coard so blind sein und die Armee derart einflußreich werden konnte; auch warum Austin sich plötzlich gegen Bishop wandte, dem er seit langem die Treue hielt. «Diese und eine Anzahl anderer Fragen sind wie die fehlenden Stücke eines Puzzles», hieß es weiter. «Viele der Stücke passen bisher nicht zusammen. Nur die Zeit wird das Puzzle zusammenfügen und vielleicht die abgefeimteste CIA-Operation enthüllen *(reveal perhaps the most sophisticated CIA operation)*, die seit Jahren in der westlichen Hemisphäre stattgefunden hat.»

Während dem US-Militär auf Grenada vieles mißlang, bot der US-Geheimdienst das Bild einer rundum geglückten, weil offenbar langfristig geplanten Aktion. Er hatte den Vorwand zum Einmarsch geliefert und seine Spuren weitgehend verwischt. Wieder einmal zeigte es sich, wie anfällig ultralinke Gruppen gegen Unterwanderung sind. Auch ihre subjektiv ehrlichen Mitglieder werden leicht zum Werkzeug einer ebenso skrupellosen wie verdeckt agierenden feindlichen Regie.

Kaum zufällig wurde die gerichtliche Klärung der Vorgänge des 19. Oktober jahrelang verschleppt; auch waren die Medien nicht grundlos vom Tatort des Überfalls vom 25. Oktober ferngehalten worden. Ihre Reporter hätten erste Aussagen notieren und in zerstörten Regierungsgebäuden gleichfalls Dokumente finden können. So aber war die Welt zunächst auf das angewiesen, was Washington ihr an Funden, Wertungen und Kampfberichten bot.

Der Verfasser des vorliegenden Romans hat Berichte und Darstellungen aus amtlichen oder offiziösen Quellen kritisch geprüft und sich häufiger auf grenadische Quellen gestützt – etwa beim Zitieren aus der Rede von Bernard Coard**). Das fiktive Gespräch mit Maurice Bishop beruht auf einem Interview des britischen Lehrers und Schriftstellers Chris Searle***), der zwei Jahre auf Grenada unterrichtete und im März 1983 mit dem Premier sprach. Zur Bewertung der Ereignisse, die der Invasion unmittelbar vorausgingen, wurde auch der Beitrag von Cathy Sunshine «Wie die

---

*) «Death of a Revolution», a. a. O., S. 11/12

**) vgl. «Frankfurter Rundschau», 11. u. 12. XI. 1983, jeweils S. 14/15

***) «Grenada: The Struggle Against Destabilization», London 1984, S. 121–133

Freiheit gerettet wird/Fallstudie Grenada»*) herangezogen. Weitere Erkenntnisse verdankt der Autor drei DDR-Bürgern, die mit unterschiedlichen Aufgaben teilweise wiederholt auf der Insel waren. Die Verlautbarungen des Zentralkomitees des NJM sind, ebenso wie eine Reihe anderer Mitteilungen, dem Buch «Generalprobe Grenada»**) entnommen worden.

Ein Jahr nach dem Überfall war Grenada in Lethargie versunken. Das Eröffnen des Flughafens im Beisein des US-Vizepräsidenten belebte den Tourismus kaum, zumal rund die Hälfte der insgesamt 461 Hotelzimmer der Insel von US-Truppen und Botschaftsbeamten belegt war. Die Hoffnung auf großzügige Wirtschaftshilfe als Entschädigung für den barbarischen Angriff blieb unerfüllt. Staatsfarmen verkamen, die einzige Ziegelei, von Cuba errichtet, stellte den Betrieb ein.

Mit dem Hinauswurf der cubanischen Ärzte, die ambulant praktiziert hatten, entfiel die weitflächige kostenlose medizinische Versorgung. Zum Stillstand kam auch die Erwachsenenbildung. Schulbücher zog man ein, da sie aus Habana stammten. «Doch der Bedarf an Lehrmaterial dürfte ohnehin sinken», schrieb ein westdeutscher Reporter; «denn das kostenlose Erziehungssystem gehört der Bishop-Vergangenheit an. Eltern, die ihre Kinder zur Schule schicken wollen, müssen nach Grenada-Maßstäben wohlhabend sein und neben Schulbüchern und Schuluniformen umgerechnet eine Mark Fahrgeld pro Tag für den Bus bezahlen können, der ihre Kinder in die Nähe einer der 159 Schulen auf der Insel bringt.»***)

Dreizehntausend Grenader, über 30 Prozent der Arbeitsfähigen, waren wieder unbeschäftigt. «Kein Land dieser Erde kann mit einer 30- bis 40prozentigen Erwerbslosenquote lange existieren», klagte Major Dowdy, ein Kommandeur der Besatzungstruppe. Und weil von den Arbeitslosen viele Soldat in der einstigen Volksarmee waren, fürchtete der Chef der Interimsregierung «die Möglichkeit sozialer Unruhen» und wollte auf fremde «Schutztruppen» nicht verzichten. Mit fünf regelmäßig patrouillierenden Hubschraubern und sechs Polizeistationen sorgten die Okkupanten für Ordnung, unterstützt durch 392 Polizisten der

---

*) vgl. «Blätter für deutsche und internationale Politik», Köln, Nr. 1/1984, S. 49–60

**) Hamburg 1984, S. 26–37

***) «Der Spiegel», Nr. 40/1984, S. 177–186

«Karibischen Friedensstreitkräfte» (Caribbean Peacekeeping Forces, CPF) aus Jamaica, Barbados, St. Lucia, Antigua und Dominica. Erst 1987 sollen alle wieder abziehen. Solange wird es dauern, bis britische Offiziere und Ausbilder der US-Special Forces eine grenadische Polizei aufgebaut haben.

Krise, sozialer Abbau, sinkende Löhne. «Hundert Leute hier kosten mich soviel Lohn wie zwölf in den Staaten», sagte der US-Spielzeugfabrikant Bill Ingle einem Reporter*). Ingle, der daheim schon 17 Betriebe besaß, war nach einem Jahr der erste US-Unternehmer, der eine Firma auf der Insel gründete, die «Ingle Grenada Ltd.» mit 40 Beschäftigten. Zehn Jahre wird er keine Steuern zahlen, und jeder Dollar Gewinn, den er macht, geht in die USA. Für ihn hat sich die Invasion gelohnt.

Drei Meilen ostwärts der Ingleschen Wellblechhallen, auf Mount Hartman Point, stieß der Reporter auf eine Zuchtfarm für Schweine, die einst zum Besten gehörte, was die Regierung Bishop in der Landwirtschaft erreicht hatte. Auch Gemüse war auf dem Mustergut angebaut worden, das nun verfiel. Auf den Hügeln der windumfächelten Landzunge sollte statt dessen ein Golfplatz für amerikanische Touristen entstehen.

«Der Wandel vollzieht sich kaum spürbar», hieß es in dem Bericht. «Nur wer Zeit und Geduld aufbringt, kann hinter die Fassaden blicken. Nach ein paar Tagen fällt auf, daß nie zuvor so viele Menschen apathisch am Straßenrand herumgelungert haben ... Die Menschen reden leiser, stockender als früher – wenn sie überhaupt sprechen wollen über das, was seit Oktober 1983 auf dieser Insel passiert ist. Wer spricht schon gern über etwas, das er verloren hat ... Die USA möchten sich von der Insel, auf der ihr Image weltweit ramponiert wurde, lieber heute als morgen davonstehlen.»

Als sie in Grenada einfielen, wollten sie nach den Worten Castros «das Symbol zerstören, das die grenadische Revolution darstellte; aber dieses Symbol war schon tot. Die Vereinigten Staaten haben, als sie ein Symbol umbringen wollten, eine Leiche ermordet und zugleich das Symbol wieder auferweckt.»

Mitte 1984 mehrten sich, trotz schwieriger Bedingungen, die Anzeichen für ein Wiedererwachen der demokratischen Impulse, die einst Bishop an die Spitze des Landes gebracht hatten. An den

*) «Stern», 18. X. 1984, S. 54–61

Wänden der Hauptstadtstraßen tauchten Sprühparolen wie *Yankee go home* oder *CPF get out* auf. Das Protestlied «Stinging bees» wurde zum Hit. Darin verglich ein Calypso-Sänger die Politiker der Karibik und ihre Hintermänner mit Stechbienen: von Paul Scoon über Eric Gairy (der in sein rosa Haus hoch über St. George's zurückgekehrt war und sich in den Dezemberwahlen 1984 vergebens um das Amt des Premiers bewarb) bis zur britischen Regierungschefin. Die Streichung der Wirtschafts- und Sozialprogramme des NJM rief Proteste und Widerstand in der Bevölkerung hervor; die vier guten Jahre seit 1979 waren unvergessen. Im Mai 1984 gründeten überlebende Revolutionäre um den ehemaligen Minister Kenrick Radix die Patriotische Bewegung «Maurice Bishop». Als Nachfolgerin der Bishop-Gruppe im NJM forderte sie die Beendigung der Besatzungsherrschaft und versuchte, trotz aller Behinderung die fortschrittlichen Kräfte der Insel erneut zu sammeln.

Seinen Beitrag «Operation geglückt/Die Rolle der Central Intelligence Agency»*) schloß Philip Agee, Exoffizier der CIA und nach seinen Enthüllungen einer der dort bestgehaßten Männer, mit den Sätzen: «Als Jackie Creft an jenem Mittwochnachmittag zusammen mit Bishop ums Leben kam, starben mit den beiden nicht nur ihre eigenen Träume. Grenada, das war ein neuer Weg, das waren neue Hoffnungen sowohl für die karibischen Völker als auch für viele andere weit darüber hinaus. Diese Hoffnungen wurden im Oktober 1983 zerschlagen. Aber das Beispiel der grenadischen Revolution – in positiver und negativer Hinsicht – wird nie vernichtet werden.»

Dieses Buch will helfen, die Erinnerung an viereinhalb Jahre friedlichen Wandels auf einer zuvor fast unbekannten Insel zu bewahren – als ein Roman, der in erster Linie das Ende eines radikaldemokratischen Wagnisses erzählt. Es kam darauf an, die Mechanismen des Zusammenbruchs und mit ihnen den Grad der äußeren Einmischung aufzuhellen; obschon, wie bei solcher Nähe zu den Ereignissen kaum anders möglich, ein paar dunkle Stellen blieben. Möge der Leser angeregt sein, all dies zu durchdenken und eigene Erkenntnisse daran zu knüpfen.

Zugleich war ein Zeitpanorama zu geben: anhand des Bürgerkriegs in El Salvador, der Rolle der Medien und des weltweiten Kampfes zwischen den Kräften der Veränderung und des Behar-

---

*) «Generalprobe Grenada», a. a. O., S. 133–147

rens war der historische Hintergrund zu skizzieren. Der imperialistische Rüstungswahn und der gefährliche Glaube, ein dritter Weltkrieg sei führbar, sind ein Teil davon. Bei all dem galt es zu schildern, was auf Grenada geschah; und an dramatischen und entlarvenden Szenen waren die letzten Wochen der Revolutionsregierung wahrlich reich. Oft schlägt der Sprung in geschichtliches Neuland beim ersten Anlauf fehl. Dann wird die Analyse des Scheiterns zum Element jener unverzichtbaren Erfahrungen, ohne die es keinen Fortschritt gibt.

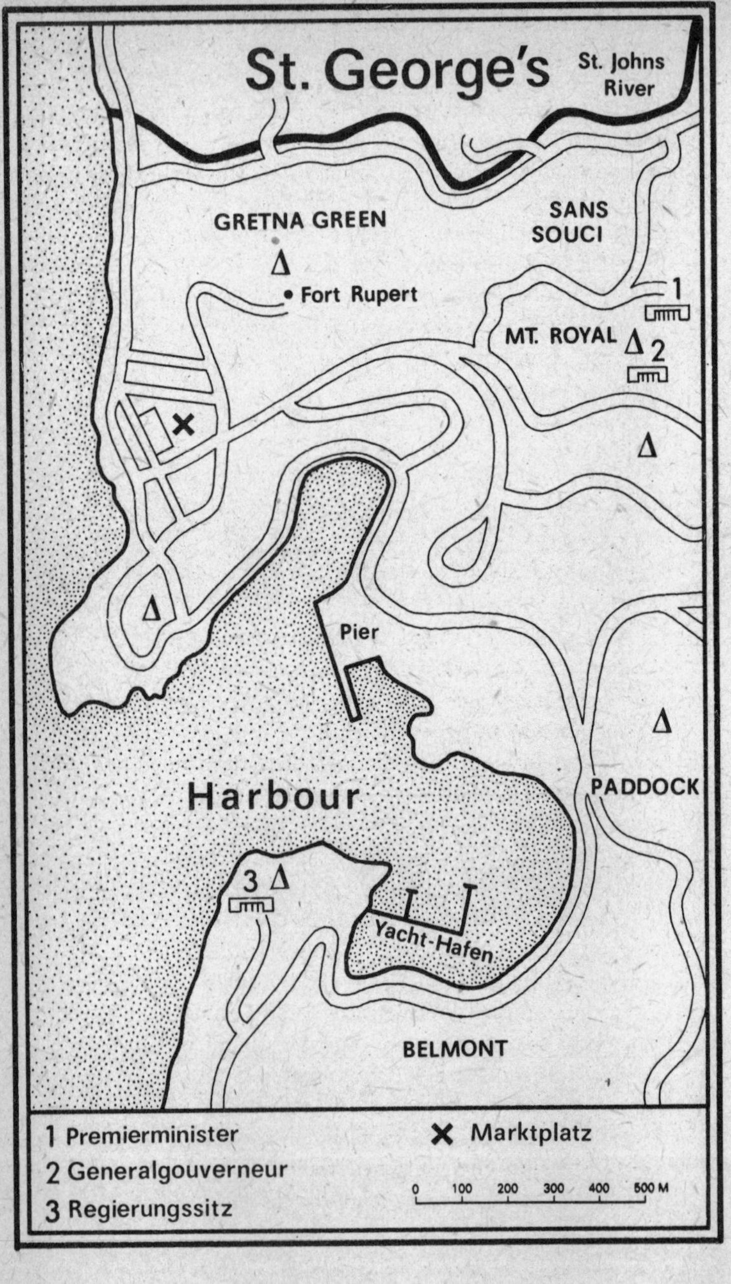
St. George's
St. Johns River
GRETNA GREEN
SANS SOUCI
Fort Rupert
1
MT. ROYAL
2
Pier
Harbour
PADDOCK
3
Yacht-Hafen
BELMONT
1 Premierminister
2 Generalgouverneur
3 Regierungssitz
Marktplatz
0 100 200 300 400 500 M

Daten aus der Geschichte Grenadas

1498 Christoph Columbus erreicht auf seiner dritten Reise das Seegebiet der südlichen Antillen und kommt auch an die Küste Grenadas. Auf der Insel lebt derzeitig die indianische Volksgruppe der Kariben.

1523 Die Insel erscheint auf einschlägigen Karten unter dem Namen Grenada.

1592 Die südlichen Antillen gehen in den Besitz der spanischen Krone über.

1650 Franzosen erheben Anspruch auf die Insel.

1651 Die Kariben wehren sich gegen die Fremdherrschaft. Die Franzosen führen gegen sie einen Ausrottungsfeldzug.

1654 Die letzten Kariben stürzen sich unter Bedrängnis von einer Klippe ins Meer.

1714 Die Plantagenwirtschaft hat sich entwickelt. Aus Westafrika sind an die 12 000 Sklaven hierher verkauft worden. Achtzig Jahre später hat sich die Zahl verdoppelt. Der Zuckerrohranbau gewinnt an Bedeutung.

1763 Im Siebenjährigen Krieg werden die Briten neue Kolonialherren von Grenada. Der Besitz der Insel wird ihnen im Vertrag von Paris zuerkannt.

1779 Grenada wird wieder von Franzosen beherrscht.

1783 Der Vertrag von Versailles beendet den amerikanischen Unabhängigkeitskrieg. Grenada wird wieder britisch.

1833 Großbritannien erläßt ein Emanzipationsgesetz, das die Sklaverei abschafft.

1877 Grenada wird britische Kronkolonie. In den Jahren bis zum Vorabend des zweiten Weltkrieges kommt es von Zeit zu Zeit zu heftigen Protesten verschiedener Volksschichten gegen die britische Kolonialpolitik.

1943 Der Flughafen Pearls Airport wird eingeweiht.

1950 Eric Gairy, ein ehemaliger schwarzer Lehrer, gewinnt Einfluß auf die gewerkschaftliche und politische Massenbewegung.

1961 Gairy wird Regierungschef. Gegen ihn wird der Vorwurf der Korruption erhoben. Er muß abtreten.

1967 Gairy wird erneut Premierminister und beginnt ein autoritäres Regime aufzubauen.

1970 Die Oppositionsbewegung unter Kenrick Radix und Maurice Bishop formiert sich.

1973 New Jewel Movement unter der Losung »Gemeinsam für Wohlfahrt, Erziehung und Bildung sowie für Befreiung« wird als politische Partei gegründet.

1974 Generalstreik gegen das Gairy-Regime. Rupert Bishop, Vater von Maurice Bishop, wird von der Polizei bei Demonstrationen erschossen.

1974 7. Februar: Grenada erringt die Unabhängigkeit, bleibt aber Mitglied des Commonwealth. Staatsoberhaupt ist die britische Königin. Sie wird durch einen Generalgouverneur vertreten.

1979 Bewaffneter Aufstand gegen das Gairy-Regime. Maurice Bishop wird Ministerpräsident. Die New Jewel Bewegung setzt eine Reihe sozialer Reformen durch.

1982 Der außenpolitische Druck seitens der USA auf die Revolutionsregierung in Grenada nimmt zu.

1983 Spaltungserscheinungen in der Führung des NJM. Bishop und einige seiner engsten Vertrauten werden erschossen. Seit 20. Oktober nehmen Einheiten der US-Streitkräfte Kurs auf Grenada, die am 25. Oktober mit der Invasion beginnen.

Worterklärungen und Übersetzung fremdsprachiger Textstellen

8 **island-hopping-holiday:** Inselhüpfen in den Ferien
8 **out-door-life:** Leben außer Haus, an frischer Luft
14 **war theatre:** Kriegsschauplatz
24 **comisión de los derechos humanos:** Menschenrechtskommission
30 **report:** Bericht
30 **thrill:** Schauer, Sensation, innerlich Aufpeitschendes
34 **Policia de Hacienda:** Landgendarmerie
40 **San Salvador is a fantastic dream:** . . .: San Salvador ist ein phantastischer Traum. Um ihn voll auszukosten, sollten Sie versuchen, nachts anzukommen.
61 **free strike zone:** Kampfgebiet; es wird ohne Warnung hemmungslos zugeschlagen
63 **Radio Venceremos:** Rundfunk der Revolutionär-demokratischen Front El Salvadors (Radio «Wir werden siegen»)
69 **Fuerzas Aéras Salvadoreña:** Salvadorianische Luftstreitkräfte
74 **muchachos:** Jungen (Bezeichnung Sympathisierender für die Guerrilleros)
85 **this paper**. . .: dieses Papier ist hergestellt von Kodak
94 **put it up**. . .: errichteten es 1813 in dankbarer Anerkennung des Helden, der ihre Zuckerprofite vor den Franzosen schützte
96 **patchwork:** Flickenarbeit
97 **LIAT:** Fluglinie der «Inseln unter dem Winde»
99 **cottages:** Häuschen
99 **Soviets in a Holiday Paradise:** Sowjets in einem Ferienparadies
105 **West Indies Pilot**. . .: Westindien-Lotse; Segelvorschriften für Grenada und dazugehörige Inseln

122 **Island in the Sun:** Insel in der Sonne
123 **One-eleven:** Eins-elf (gebraucht, wie auf Seite 123 angegeben)
145 **New Jewel Movement:** Bewegung Neues Juwel (hier als Abkürzung)
153 **Go cool:** reg dich nicht auf, bleib entspannt
153 **work harder, produce more:** arbeite härter, erzeuge mehr
163 **Tourist, white man...:** Tourist, ein weißer Mann, der sein Gesicht abwischte, begegnete mir auf dem Marktplatz Goldener Hain... Ja, bei Gott und meiner starken Rechten, ich will leben und sterben als ein Bananenmann
172 **St. George's, September...:** St. George's, 19. September 1915. Das grenadische Truppenkontingent zieht aus, um für Großbritannien im Ersten Weltkrieg zu kämpfen
181 **Caribbean soft life:** sanfte karibische Lebensart
183 **human touch:** menschliche Berührung; Anpassung der Medien an den Publikumsgeschmack
183 **OREL:** Organisation für Revolution, Erziehung und Befreiung
193 **What precedents...:** Was für Präzedenzfälle und neue Methoden hat der Imperialismus geschaffen bei seinem Versuch, die grenadische Revolution zu erschüttern?
205 **You can do...:** Sie können die Insel an zwei Tagen schaffen
221 **a Social Club...:** ein geselliger Club für Personen, die zu Britisch-Westindien gehören, mit ihm verbunden oder an ihm interessiert sind
222 **Her Majesty's Overseas Civil Service:** der Übersee-Zivildienst Ihrer Majestät (die Kolonial-Beamtenschaft)
242 **Dear Mr. President...:** Sehr geehrter Herr Präsident, Grüße und beste Wünsche für Sie, Ihre Regierung und Ihr Volk... Ich nutze die Gelegenheit, Sie meiner höchsten Aufmerksamkeit zu versichern. Ihr ergebener Maurice Bishop, Premierminister
244 **hombre misterioso** und **mysterious man:** rätselhafter Mann
262 **Forward ever – backward never:** Immer voran, niemals zurück
262 **Without Jackie Creft...:** Ohne Jackie Creft keine Bildung

273 **No Bish – No Revo. . .:** Ohne Bish(op) keine Revo(lution), Maurice (steht) für Mehr, Bishop für Besser. Kein Creft – keine Bildung, Nein zu Coard! Kein Bishop – kein Flugplatz; Heute befreien wir den Führer

274 **this is people's power:** das ist die Kraft des Volkes

315 **Deputy Assistant Secretary of State:** Stellvertretender Gehilfe des Außenministers

Inhaltsverzeichnis

ISBN 3-327-00380-7

3. Auflage, 1990

Lizenz-Nr. 5
Printed in the German Democratic Republic
Gesamtherstellung: Karl-Marx-Werk,
Graphischer Großbetrieb, Pößneck V 15/30
Lektor: Klaus Kapinos
Schutzumschlag und Einband: Ingolf Neumann
Vor- und Nachsatz: Robert Schreyer
Typografie: Günter Molinski
LSV: 7001
Bestellnummer: 746 954 3
00980

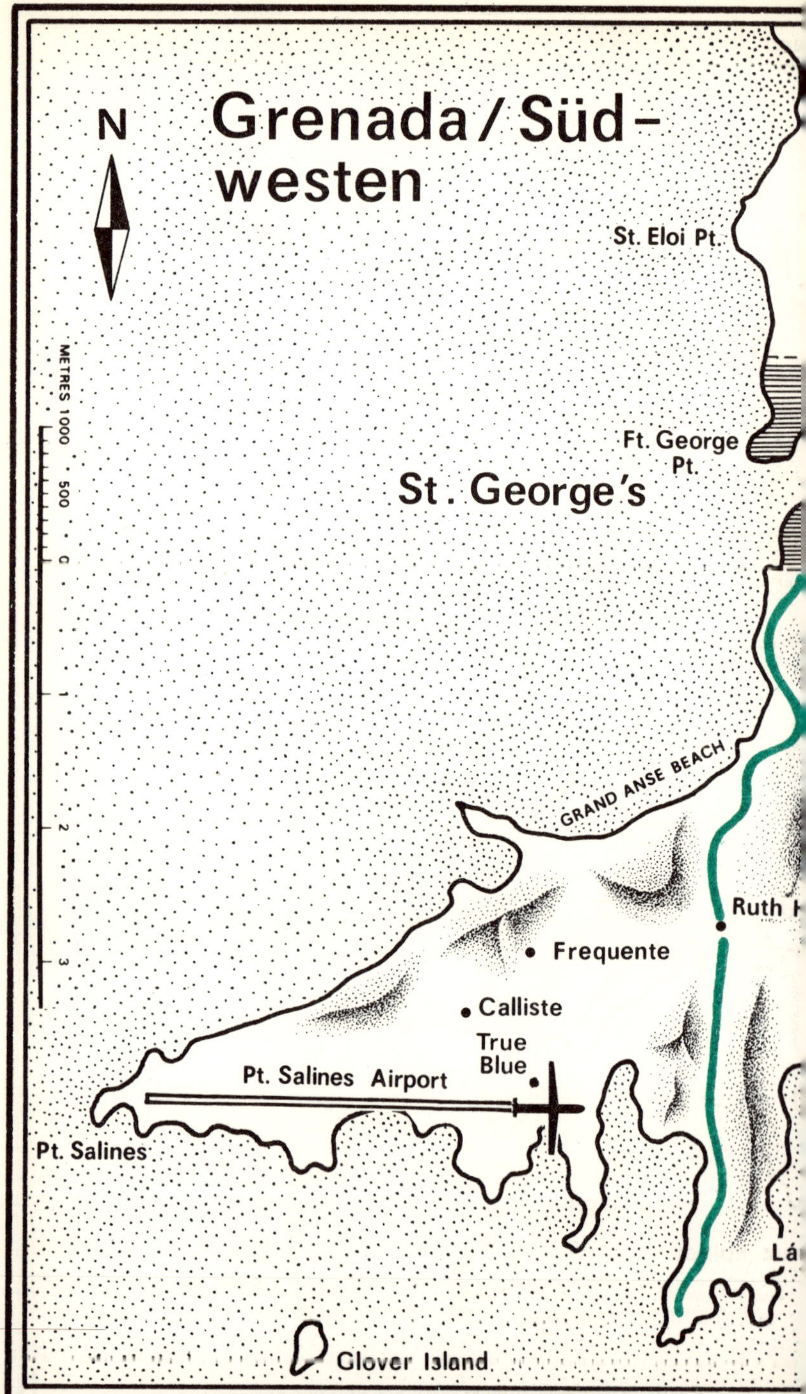
Grenada / Süd-
westen
N
METRES 1000 500 0
1
2
3
St. Eloi Pt.
Ft. George
Pt.
St. George's
GRAND ANSE BEACH
Ruth
Frequente
Calliste
True
Blue
Pt. Salines Airport
Pt. Salines
Glover Island